SHINKIRO
Pablo Gato

SHINKIRO
Pablo Gato
Primera edición, 2019©
Portada y diseño de Mario Ramos
Fotografía de portada de Mario Ramos ©
Diagramación y cuidado editorial de Óscar Estrada
512 páginas. 6" x 9"
ISBN-13: 978-1-942369-27-1
ISBN-10: 1-942369-27-1
Impreso en Estados Unidos

Casasola LLC
1619 1st Street NW Apt. C Washington DC 20001

casasolaeditores.com
info@casasolaeditores.com

SHINKIRO
El último cartucho del independentismo catalán

Pablo Gato

www.casasolaeditores.com

Pablo Gato (Sao Paulo, Brasil, en 1961)

Periodista y escritor. *Shinkiro* es su tercera novela. Ha publicado *El Plan Hatuey* (Editorial Verbigracia de España, 2006) y *La segunda, Unidad 120050* (Editorial Gregal de España, 2014).

Ha trabajado en los informativos nacionales de las cadenas Telemundo, Univisión, Telemundo-NBC, Telenoticias-CBS y CNN.

Es el periodista televisivo del mercado hispano de Estados Unidos que más guerras y conflictos ha cubierto. Entre otros, la guerra Perú-Ecuador, la de Afganistán, la invasión de Irak, Kuwait, la revolución sandinista en Nicaragua, la guerra civil en El Salvador, el conflicto civil en Guatemala, las invasiones de Haití y Panamá y las guerras en la antigua Yugoslavia.

Ha gado dos Emmys y tiene cinco nominaciones, así como dos Menciones de Honor de la Academia de las Artes, las Ciencias y la Televisión de EEUU.

También ha ganado el Premio de Investigación de la Academia de Periodistas Hispanos de EEUU, una mención de honor del Premio Márquez Sterling, el premio de la Asociación de Comentaristas y Criticos del Arte y el Clarion Award en categoría de reportaje investigativo por parte de la Asociación de Mujeres en las Comunicaciones.

Actualmente reside en Washington, DC.

I

Manel Bartra se detuvo frente al monumento a Francesc Macià en la plaza de Cataluña, situada en el centro de Barcelona.

Enseguida vinieron a su mente las imágenes de las ya rutinarias visitas anuales de políticos independentistas frente al busto del ex presidente de la *Generalitat* para rendirle tributo.

El catalán despreciaba esas peregrinaciones porque las veía como un simple acto propagandístico sin impacto real.

Luego se acercó un poco más a la estatua y miró fijamente a los ojos del busto.

-¡Si los vieras!- exclamó para sí-. Se pasan el día hablando del compromiso por la independencia de Cataluña, pero no hacen nada efectivo para conseguirla. Nos animan a seguir el ejemplo de la valiente lucha que sostuviste para lograr una república catalana soberana, pero ellos son sólo una pandilla de cobardes que insultan tu recuerdo- pensó con rabia.

Su resentimiento había crecido a lo largo de los años y estaba convencido de que ninguno de los actuales políticos independentistas catalanes tenía las agallas para realmente separar a Cataluña de España.

-Te avergonzarías de ellos. Tienen mentalidad de esclavos. No se atreven a hacer nada decisivo sin el permiso de Madrid. Sólo puro teatro que no lleva a ninguna parte. No te llegan ni a la suela del zapato. Lo único que quieren es más dinero y seguir en el poder- se lamentó en voz baja.

Acto seguido, inclinó ligeramente la cabeza en señal de respeto a Francesc Macià, dio media vuelta y se dirigió hacia el aparcamiento donde estaba su coche.

Mientras caminaba, le vino a la mente lo sucedido el 27 de septiembre de 2014. -Ése al menos sí tuvo un par de cojones- pensó.

En aquel momento, admiró a Athur Mas, el *expresident* de la *Generalitat*. No obstante, cuando el político afirmó posteriomente que si la causa de la independencia se convertía en demasiado ideológica corría el peligro de no ser realista, se le cayó del pedestal. Ante los ojos de Manel, pasó a engrosar la larga lista de los dirigentes catalanes que, al final, siempre acababan arrodillándose ante Madrid.

Nunca olvidaría aquel 27 de septiembre. Era sábado y Manel Bartra llagaba quince minutos tarde a su cita de cada fin de semana. En la puerta de la residencia de ancianos le esperaban sus dos hermanos, Xavier y Marta.

-Perdonad. Surgió algo de última hora- se excusó.

El catalán llamaba la atención por su extrema delgadez. Sus movimientos eran eléctricos, se veía muy seguro de sí mismo y rebosaba carisma.

Xavier sonrió con prepotencia.

-Qué bueno es ser periodista. La excusa perfecta para justificar tu impuntualidad habitual.

Manel se acercó a él, le devolvió la sonrisa y lo despeinó ligeramente con su mano derecha.

-Cállate, cabroncete. Yo trabajo para vivir. No como otros, que se hacen ricos sentaditos en el despacho especulando con la propiedad inmobiliaria- afirmó aquel hombre atractivo de treinta y cinco años, un metro setenta y cinco de altura, pelo negro y ojos castaños.

Xavier era el director de la inmobiliaria familiar, Fincas Bartra. Había intentado convencer innumerables veces a su hermano para que se uniera al negocio fundado por su abuelo Oriol, pero Manel siempre tuvo claro que lo suyo era el periodismo. Marta sí siguió la tradición y era copropietaria de la empresa, que contaba con diez empleados más.

-Sentado en el despacho te voy a dar a ti- le respondió en tono irónico-. Unos se dedican a hablar y otros a trabajar. No sabes las filigranas que hemos tenido que hacer para sobrevivir durante la crisis del ladrillo. Tú, en cambio, comodito y sin preocuparte de nada mientras cada mes te llegaba la nómina, ¿no? ¡Qué bien vivís los asalariados! - se mofó.

Manel volvió a sonreír. Se llevaba muy bien con sus hermanos, pero en especial con Xavier.

-Vamos, capullo. Pareces tú el periodista. No paras de hablar- afirmó mientras se acercaba a Marta y le daba un beso en la mejilla.

Xavier, de treinta y tres años, tenía los mismos rasgos mediterráneos que su hermano, pero era algo más bajo y no tan delgado. Marta acababa de cumplir veintinueve y parecía una modelo. Alta, estilizada, guapa y elegante, ya llevaba encima varias operaciones de cirugía estética. La primera había sido en Brasil justo al cumplir los dieciséis. Su regalo de cumpleaños.

Los tres entraron en la residencia privada Florida, ubicada en una calle tranquila y aislada cerca del Estadio Olímpico de Montjuïc.

Como solía ocurrir con muchos negocios, las fotos que aparecían en la página web no reflejaban adecuadamente el estado de las instalaciones. A pesar de eso, se trataba de uno de los mejores asilos de Barcelona.

La fachada era blanca y gris y todo el edificio tenía amplios ventanales, de modo que durante el día la residencia permanecía generosamente bañada por intensos chorros de luz natural.

El grupo continuó por un pasillo hasta llegar a la recepción, que había sido construida con una lujosa y fina capa de madera de caoba de color marrón claro.

-Buenos días- dijo Marta a la recepcionista.

Ésta los saludó con familiaridad. Cada sábado visitaban a su abuelo a la misma hora.

-Está en la sala, viendo televisión-afirmó.

Marta asintió y los tres enfilaron hacia otro corredor. Al lado derecho había un patio interior con media docena de bancos de madera gris, voluminosas macetas cubiertas de flores y algunos árboles. Vieron poca gente, algo que les extrañó. Muchos de los ancianos solían pasar varias horas al día sentados en aquel silencioso jardín.

La explicación llegó al entrar a la sala. Prácticamente todo el asilo se había congregado allí para ver un programa especial por televisión. Algunos estaban sentados en las mesas y otros de pie, cerca del monitor. Todos se mostraban nerviosos y a muchos les costaba permanecer quietos. Nunca se había vivido tanta expectación en la residencia.

A las diez y treinta y cinco minutos de la mañana, el *president* Artur Mas firmó en la sede de la *Generalitat* la ley que autorizaba la consulta del 9 de noviembre de 2014. El referéndum preguntaría a los catalanes si querían seguir en España o independizarse. Al ver las imágenes procedentes del salón Virgen de Montserrat, un anciano estalló de rabia.

-¡Traidor! - exclamó. Su rostro enrojeció y las venas del cuello se le hincharon visiblemente.

-Pero, ¿qué dices, *collons*? - replicó otro residente, indignado por sus palabras-. ¡Es un patriota! Si no nos dejan hablar... ¡algo tendremos que hacer!

El murmullo general se hizo cada vez más intenso y comenzaron a escucharse gritos esporádicos procedentes de distintas partes de la sala.

Los tres hermanos se miraron asombrados ante semejante agresividad por parte de los habitualmente pacíficos ancianos y enseguida buscaron a su abuelo, que también se había unido a la disputa.

- ¡No nos van a amordazar más! *Visca Catalunya! Visca Catalunya!* -repitió Oriol casi fuera de sus casillas.

A su lado estaba sentada su hija Miriam, la madre de Marta, Manel y Xavier. La familia, que pertenecía a la alta burguesía catalana, pagaba cuatro mil euros al mes para que Oriol pasara sus días en la residencia rodeado de paz y tranquilidad. Jamás hubieran imaginado que el debate independentista se extendería tan febrilmente por el oasis de calma donde vivía su paterfamilias.

Oriol Bartra, de noventa y seis años, siempre había estado muy politizado y la firma de la ley revivió sus pasiones secesionistas más profundas. Había soñado con aquel golpe de pluma durante décadas.

El catalán, siendo apenas un muchacho, ya estaba peleando en las batallas más sangrientas de la Guerra Civil española. Republicano, independentista radical y miembro del partido político fundado por Francesc Macià, Estat Català, no dudó en abandonar sus estudios de arquitectura para empuñar un fusil e irse al frente a defender la República. Era una apersona apasionada y todo su ser le hizo saber en aquel momento que la mejor forma de luchar por su causa era pegando tiros desde las trincheras.

Tras pelear en las batallas de Teruel, del Ebro y del Segre, regresó a Barcelona y se unió a pequeños grupos de combatientes que se rehusaban a aceptar su cada vez más clara derrota. De espíritu irreductible, se dispusieron a preparar una desesperada y futil defensa de la Ciudad Condal.

Levantaron barricadas y repartieron octavillas a la población para animarlos a resistir junto a ellos, pero los milicianos apenas consiguieron alistar a un puñado de voluntarios. La suerte de la República ya estaba echada. Tanto el gobierno republicano como lo que quedaba de su ejército huían hacia Francia junto a cientos de miles de refugiados.

Sin apoyo popular ni tiempo ya para escapar, los combatientes se mezclaron con la población civil de Barcelona y el 26 de enero de 1939 vieron con impotencia cómo las tropas franquistas comandadas por el general Yagüe ocupapaban la ciudad sin resistencia.

Oriol no fue hecho prisionero de inmediato. Logró esconderse en casa de unos amigos, donde, para evitar hablar con desconocidos, se hizo pasar por deficiente mental.

Sin embargo, la Policía Política franquista había iniciado una intensa campaña para identificar a cualquier republicano. Al estrecharse el cerco, se marchó de allí y encontró santuario en una iglesia. A pesar de que pertenecía al ala más izquierdista del grupo Estat Català, siempre había sido muy religioso y un amigo sacerdote accedió a esconderlo en la sacristía.

Ser de izquierdas y católico a ultranza era una combinación ciertamente inusual en la época, pero así era como se sentía Bartra. El joven compartía los principios sociales y políticos de la izquierda, excepto en el tema de la religión.

No veía ninguna contradicción en apoyar la lucha del proletariado y, al mismo tiempo, creer en la existencia de un ser superior llamado Dios. De hecho, sostenía que la iglesia debería jugar un papel mucho más activo en la defensa de la clase trabajadora.

Su nieto Manel lo veía como un precursor de lo que más tarde sería la teoría de la liberación, donde no sólo creyentes, sino incluso los propios sacerdotes se unirían a movimientos revolucionarios alrededor del mundo. Algunos sólo con el verbo, pero otros incluso alzándose en armas, como el cura español Manuel Pérez Martínez, que se convirtió en el líder de grupo guerrillero Ejército de Liberación Nacional de Colombia.

Oriol había salvado la vida al párroco durante los primeros meses de la guerra al advertirle que las milicias de la Federación Anarquista Ibérica, la FAI, acudirían a su iglesia para torturarlo y matarlo. El religioso huyó de Barcelona y se escondió con unos familiares en el pueblo gerundense de Begur hasta la caída de la República.

Cuando las fuerzas franquistas finalmente dieron con Oriol, el sacerdote lo protegió asegurándoles que su amigo siempre había sido un simpatizante del Movimiento Nacional, consciente de que ése sería el único argumento con el que, quizás, podría salvarlo.

-Padre, los franquistas creemos en Dios y luchamos en el bando nacional y los rojos son ateos y pelearon en el lado republicano, no al revés- fue la respuesta del agente de la Brigada Político Social, más conocida como la Policía Política.

No obstante, el cura no cejó. Siguió dando la cara por él y no dudó en arriesgar su vida para defender la de la persona que antes se la había salvado a él.

-Lo conozco de toda la vida. Siempre ha venido a misa. Es un gran creyente. Odia a los izquierdistas. Los republicanos lo reclutaron a la fuerza - insistía mientras rogaba perdón a Dios por las mentiras en favor de su amigo.

Ante la encarecida defensa por parte de un miembro del clero, los franquistas postergaron su fusilamiento y lo encarcelaron temporalmente para investigarlo mejor.

El sacerdote aprovechó ese tiempo para generar contactos con los vencedores del conflicto y continuó haciendo gestiones en favor de Oriol.

Durante su reclusión, el joven catalán vio morir en el paredón de la cárcel Modelo de Barcelona a muchos de sus amigos republicanos, pero él fue liberado tras un año en prisión.

A pesar de eso, su periplo no acabaría ahí y todo lo que le ocurrió después ayudó a cimentar aún más su odio al franquismo y a la propia España.

La Policía Política del régimen nunca acabó de confiar en el sacerdote, de modo que, para que Oriol demostrase su lealtad al Generalísimo, lo inscribieron en la División Azul, una unidad militar creada durante la Segunda Guerra Mundial para apoyar a la Alemania nazi.

El catalán pasó así de su militancia izquierdista en el bando republicano a formar parte de una unidad de élite fascista cuyo objetivo era, paradójicamente, destruir la misma cuna del movimiento revolucionario de la clase trabajadora, la Union Soviética.

Tras prestar juramento a Adolfo Hitler el 20 de agosto de 1941, fue enviado junto a dieciocho mil militares españoles a pelear a la ciudad rusa de Nóvgorod. Posteriormente se unieron al sitio de Leningrado, actual San Petersburgo. En total, España mandó a cincuenta mil soldados para asistir al Tercer Reich.

La llamada 250 División de Voluntarios se integró entonces en el 16 Ejército de la temida Wehrmacht, el Ejército nazi. Esas unidades eran parte del llamado Grupo Norte del Ejército alemán, cuyo objetivo final era la conquista del propio Moscú.

Junto a la épica batalla de Stalingrado, en la que murieron un millón de personas, el sitio de Leningrado fue uno de los más sangrientos de aquella guerra, la más cruenta en la historia de la humanidad. Durante los combates, Oriol intentó varias veces desertar al bando soviético, pero le resultó imposible. La vigilancia germana era demasiado estrecha.

La División Azul combatió con valentía y disciplina contra una fuerza siete veces superior a la suya y se ganó a pulso el respeto en las filas de las fuerzas armadas alemanas, pero, en octubre de 1943, una ofensiva del Ejército Rojo barrió a sus enemigos.

Oriol fue uno de los soldados hechos prisioneros y de nada le sirvió intentar convencer a los soviéticos de que había luchado contra Franco en la Guerra Civil, que era izquierdista y que le habían obligado a unirse a la División Azul. Todos acabaron en campos de concentración y sólo unos pocos lograron sobrevivir a los duros años de privaciones y trabajos forzados.

El catalán fue enviado a un lugar remoto y salvaje de las estepas siberianas donde en invierno hacía cincuenta grados centígrados bajo cero y en verano cincuenta sobre cero.

Las condiciones de vida para los cautivos eran terribles, pero las autoridades tensaban aún más el ambiente mezclando a los presos políticos y ex soldados con criminales peligrosos. Disfrutaban viendo cómo se mataban entre sí.

Tras pasarse el día talando árboles en los montes o cavando túneles en una mina de carbón, Oriol regresaba cada noche a una choza insalubre con capacidad para diez personas, pero donde vivían treinta.

No había muebles ni camas, los presos tenían que dormir en el suelo o sobre musgo o heno y bajo un techo que no paraba de gotear. Muchos morían por las torturas a las que eran sometidos y otros por las graves epidemias de tifus y disentería que asolaban constantemente los campos de concentración.

La comida era casi inexistente. En una ocasión, una mujer resultó sorprendida robando un kilo de centeno para alimentar a sus cuatro hijos que sufrían de inanición y fue condenada a veintitrés años de cárcel cerca del Polo Norte. Nunca volvió a ver a sus niños.

En el invierno de 1949, uno de los presos de la choza contagió de neumonía a otros tres reclusos con su continua tos. Uno de ellos fue Oriol, que casi murió. El cuidado médico era prácticamente nulo y los otros dos fallecieron.

Muchos de los soldados alemanes, italianos y rumanos que pelearon en el mismo frente fueron liberados al cabo de cinco años, pero casi todos los españoles tuvieron que esperar doce. Los soviéticos se ensañaron con ellos debido a la ferocidad con la que habían luchado durante el conflicto. La mayor parte eran voluntarios falangistas fervientemente anticomunistas.

Cuando Stalin murió en 1953, algunos de los campos de concentración comenzaron a cerrarse y la Unión Soviética accedió finalmente a liberar a los españoles. Para entonces, el número de sobrevivientes era ya sólo de doscientos veinte.

Los ex militares fueron repatriados desde la ciudad ucraniana de Odessa y llegaron al puerto de Barcelona en un barco fletado por la Cruz Roja francesa, el Semíramis. Oriol fue el quinto en desembarcar.

Eran las cinco y treinta y cinco de la tarde del 2 de abril de 1954. Al descender por la escalerilla, apareció frente a él el Ministro del Ejército español, Agustín Muñoz Grandes. Lo conocía muy bien, ya que, igual que él, había luchado en la Guerra Civil y en la División Azul.

El catalán sintió un asco visceral que le revolvió las entrañas, pero le estrechó la mano con vehemencia y acompañó el gesto con un sonoro "¡Viva Franco! ¡Viva España!"

Oriol nunca pensó que sobreviviría la Segunda Guerra Mundial y mucho menos a los gulags soviéticos, pero cuando volvió a pisar su querida Barcelona sintió que la vida le estaba dando una última oportunidad para dejar su huella en este mundo.

Además de su familia, para él no había nada más importante que Cataluña, así que decidió que su mejor legado sería mantener viva esa llama nacionalista entre los suyos.

Su vida había sido una larga lista de despropósitos. Nunca pudo acabar sus estudios de arquitectura, su bando perdió la Guerra Civil, fue obligado a pelear con las tropas franquistas contra sus compañeros comunistas, padeció las terribles condiciones de los campos de concentración soviéticos y, para colmo, se había visto forzado a realizar el saludo fascista que tanto despreciaba a su regreso a su propia casa, Barcelona. Se sentía fracasado, humillado y sin honor. Avergonzado de sí mismo.

Oriol Barta comenzó la empresa de bienes raíces para alimentar a su familia y el negocio prosperó, pero su verdadera pasión siempre fue inculcar secretamente a su familia un profundo sentimiento de amor a Cataluña y otro de odio y resentimiento hacia una España que él nunca dejó de asociar con el franquismo. Todo, con la esperanza oculta de que, algún día, su sueño de una Cataluña independiente pudiera convertirse en realidad.

-Tengo el honor de ser el *president* número ciento veinte nueve de la *Generalitat* de Cataluña, una institución creada en 1359... -se escuchó la voz de Artur Mas en el monitor. Hablaba en catalán.

-¡Seiscientos diecinueve años antes que la Constitución de España ésa que nos quieren imponer! - exclamó Oriol cada vez más agitado. A pesar de su edad, estaba bastante lúcido y en relativa buena forma física.

De nuevo, más gritos en la sala del asilo, tanto a favor como en contra del *president* de la *Generalitat*. Los ancianos no se cohibían ante nada. A su edad, lo último que les preocupaba era ser políticamente correctos.

-El pueblo catalán intenta recuperar su autogobierno, nuestras raíces más profundas. Queremos votar. Queremos decidir sobre nuestro futuro- prosiguió el político.

-¡Nadie podrá silenciar la voz de Cataluña! ¡Ahora o nunca! - espetó otro anciano.

-¡Independencia! ¡Independencia! - gritó Oriol.

-¿Qué independencia ni qué niño muerto? ¡Os habéis vuelto locos! -exclamó otro abuelito mientras se levantaba furioso de la mesa.

Los hermanos Bartra siguieron sin poder creer lo que veían. Se estaba germinando un motín en toda regla y la edad media de los sublevados era de ochenta años.

Aquellos ancianos habían vivido mucho. Varios incluso pelearon en la Guerra Civil en bandos opuestos. Otros habían sido niños de la posguerra y conocían de primera mano las consecuencias de un conflicto armado, en especial entre hermanos.

El murmullo de voces había desaparecido y ya sólo se escuchaban gritos e improperios.

De pronto, aparecieron imágenes de la Plaza de *Sant Jaume*, donde se habían congregado los partidarios de la consulta. Se veían muchas esteladas y una urna gigantesca en la que varios voluntarios introducían simbólicamente una papeleta de voto.

Mas salió del Palacio de la *Generalitat*, hizo unas breves declaraciones a la prensa, saludó a sus partidarios y volvió a entrar a la sede del Gobierno catalán.

Después, los periodistas dirigieron sus micrófonos hacia la líder de una influyente plataforma independentista que también hizo acto de presencia para apoyar la iniciativa del mandatario catalán.

-¿No viola esta ley la Constitución? -le preguntó una reportera.

-No vamos a hacer nada ilegal. Nosotros somos muy fieles a nuestro *president* y a nuestro *Parlament*. Vamos a votar de acuerdo a la legalidad catalana- respondió.

-¿Y la legalidad española? ¿Dónde se queda ésa? - interpeló otro periodista.

-Ha llegado la hora de saltarse las leyes españolas. Ha llegado la hora de prescindir de la legalidad española para crear la nuestra. Ha llegado la hora de ignorar este marco legal para crear el siguiente, como sucede siempre que un nuevo país se declarara independiente- sentenció con desafío.

Al escucharla, uno de los ancianos que estaba justo frente a Oriol Bartra tiró contra la pantalla la crema catalana que se estaba comiendo. El impacto manchó el monitor y creó aún más tensión en la sala.

-Pero ¿qué es esto? ¡Que la arresten por sedición! ¡Vaya república bananera es esta Cataluña! ¡Es que no hay otro remedio! ¡La única solución es bombardearlos cada ochenta años! ¡Sólo entienden el idioma de la fuerza! - espetó furioso.

Oriol se acercó a él y colocó su rostro aún más cerca del otro anciano.

-¡Imbécil! ¡Fascista! - explotó.

El otro viejito, en vez de acobardarse, se agitó aún más y se abalanzó sobre Oriol.

-¿Imbécil? ¿Me vas a llamar imbécil a mí? - le cogió por la solapa de la chaqueta para después zarandearlo de un lado a otro.

-¡Sí! ¡Imbécil! - repitió Oriol.

-¡Serás subnormal! ¡Yo ya he vivido una Guerra Civil y lo que estáis haciendo es empezar otra! ¡Qué dementes estáis! ¡Vivís en la luna de Valencia, joder!

Manel y Xavier se interpusieron con rapidez entre ambos y los separaron. Luego llevaron a su abuelo hacia la puerta. Intentaban protegerlo, pero también tenían miedo de hacer daño a alguno de los ancianos que les rodeaban. Los gritos de los jubilados eran enérgicos, pero sus cuerpos frágiles.

Fue entonces cuando los ánimos estallaron por completo. De repente, un tropel de cremas catalanas comenzaron a volar de un lado a otro de la sala buscando su diana. Por fortuna, habían sido servidas en inofensivos recipientes de plástico y no provocaron lesiones.

Aquél era un asilo privado y de un costo superior a la media. La mayoría de los jubilados eran profesionales. Personas educadas y de familias pudientes. Sin embargo, cuando se tocaba el tema del independentismo, las reacciones se convertían en viscerales.

Los dos bandos arreciaron sus gritos, insultos y amenazas. Las tres enfermeras que había en la sala pidieron refuerzos y enseguida acudieron cinco personas más para ayudar a tranquilizar la situación.

Al ver aquel panorama, una abuelita se giró hacia Marta.

-¡Va a haber una guerra! ¡Ya verás! - lloró muy asustada.

Marta se acercó a ella y la cogió con cariño por el hombro.

-No se preocupe. Todo se arreglará en paz y con *seny*. Ya verá- le sonrió para intentar calmarla.

La anciana la observó como si Marta estuviera loca o fuera una ignorante.

-¿Qué no me preocupe? ¿Pero es que no ves lo que está pasando? ¿No tienes ojos o qué? ¿Cómo no me voy a preocupar? ¡Mira eso! - señaló a una sala llena de gente que se insultaba, maldecía y se lanzaba cremas catalanas.

El comentario pilló por sorpresa a Marta, que no supo qué responder. Ella misma tenía todo preparado para abandonar Cataluña e incluso España junto a su marido e hijos si la situación salía fuera de control.

-¡Pronto estarán aquí los tanques! ¡Igual que en el 36! - añadió la anciana, ya casi presa del pánico.

El personal de la clínica corrió hacia el televisor y lo apagó. Luego comenzaron a llevar a los veintidós viejitos a sus habitaciones individuales. Una vez allí, les prohibieron abandonarlas hasta nuevo aviso. Detrás quedó una sala convertida en un pequeño campo de batalla con restos del postre insignia catalán esparcidos por doquier.

Oriol, ya en su habitación junto a sus nietos e hija, se sentó sobre la cama y respiró hondo.

-¡Franquistas! ¡Esta vez no ganaréis! - exclamó mientras daba un puñetazo al aire.

Manel lo miró con cariño, le acarició la mano y le dio un beso en la cabeza.

-No, *avi*. Esta vez no ganarán- dijo para apaciguarlo.

Las miradas de abuelo y nieto se cruzaron con complicidad. Oriol escrutó los ojos de Manel y vio algo en ellos que le tranquilizó. Luego apretó la mano del periodista y asintió con una sonrisa. No eran necesarias más palabras.

Su abuelo murió poco tiempo después sin ver cumplido su sueño.

Tras el fallecimiento, Manel siguió escuchando las promesas de muchos políticos independentistas, pero su frustración y resentimiento aumentaron cada vez más ante la falta de un referéndum vinculante o una declaración unilateral de independencia no simbólica, sino efectiva.

Después del referéndum consultivo del 9 de noviembre de 2014, vino el del 1 de octubre de 2017, la posterior declaración de independencia del *Parlament* y la aplicación del artículo 155 de la Constitución por parte de Madrid, que asumió temporalmente el control del gobierno catalán.

Tras la caída del gobieno conservador del Partido Popular, el Partido Socialista Obrero Español asumió el poder y mantuvo la posición de que cualquier acuerdo con los independentistas debería respetar la constitución española. La idea de una Cataluña independiente continuaba siendo sólo eso, una idea.

En el 2018, Manel sintió que, finalmente, había llegado la hora de la verdad.

-No podemos esperar más. Es ahora o nunca- pensó.

II

El doctor Andrés Araujo era el dueño de una clínica de cirugía estética en la ciudad colombiana de Cartagena de Indias.

Ese día había convocado a todo el personal para una reunión. El encuentro tenía lugar en la sala donde se llevaban a cabo las presentaciones a posibles clientes. Eran las ocho y media de la mañana.

-Muchas gracias a todos por su asistencia, en especial a quienes hoy tienen el día libre-comenzó Araujo-. Esto tomará como máximo quince minutos. Juan, de contabilidad, no pudo venir porque está resfriado. Le informaremos de todo cuando regrese.

Al no haber ningún paciente, todos los empleados pudieron concentrarse completamente en el motivo de la reunión.

-La Sociedad Colombiana de Cirugía Plástica Estética y Reconstructiva ha emitido una serie de directivas y quiero comentárselas para que todo el equipo esté al corriente-prosiguió el cirujano.

Además de Araujo, el centro disponía de quince empleados. Dos recepcionistas, tres cirujanos, dos anestesistas, seis enfermeros y dos administrativos. La clínica tipo boutique estaba dotada de dos salas de consulta, dos quirófanos y tres unidades de recuperación. Sólo atendía a personas de muy alto nivel económico y sus clientes procedían de toda Latinoamérica, Estados Unidos y Europa. En su mayoría, eran artistas, empresarios y políticos.

El edificio tenía una sola planta y, más que un centro de cirugía estética, parecía una lujosa mansión. Toda la fachada era blanca y contaba con grandes ventanales reflectantes de color verde. Estaba situada en Bocagrande, una de las áreas más pudientes de la ciudad.

La primera línea de mar contaba con innumerables rascacielos. Muchos eran hoteles para acoger al ejército de turistas que visitaban Cartagena cada año. Sin embargo, la clínica se encontraba a dos calles de la bahía y en un barrio donde las construcciones eran de apenas dos o tres pisos. Aunque más suntuosa que los inmuebles que la rodeaban, la clínica se fundía sin estridencias con los demás edificios y residencias del área.

Como resultaba habitual en esa parte del Caribe, el día era caluroso y los vendedores de coco ya arrastraban sus carretillas por las calles. Con sus torsos desnudos, buscaban clientes con afán y simpatía.

La temperatura sobrepasaría más tarde los treinta y cinco grados, pero lo más difícil de combatir era la humedad inmisericorde que atenazaba Cartagena. La combinación entre los latigazos solares y el bochorno convertían a la capital del departamento de Bolívar en un horno natural.

Sergio Gómez, de apenas once años, miró con precaución a ambos lados de la calle y se adentró en el callejón que llevaba a la parte trasera de la clínica. Una vez allí, se situó frente a la puerta y sacó del bolsillo de sus holgadas bermudas un tubo de pegamento industrial instantáneo. Luego puso la punta del tubo entre el marco de la puerta y la cerradura y apretó con decisión. Un chorro de pasta líquida salió con fuerza y en sólo unos segundos bloqueó la cerradura.

El niño delgado y de pelo negro casi rapado al cero agarró el pomo de la puerta e intentó abrirlo. Al comprobar que era una labor imposible, se retiró satisfecho a una esquina del callejón y silbó con fuerza tres veces. Después se ubicó tras un contenedor de basura, se agachó, sacó un viejo revólver negro de otro bolsillo de las bermudas y se quedó de guardia para liquidar a cualquiera que intentara derribar la puerta desde dentro.

Sergio había sido contratado aquel día para realizar labores de vigilancia. Al ser un niño, despertaba menos sospechas. No obstante, su aspecto era engañoso. De ser necesario, apretaría el gatillo sin titubear.

A pesar de su corta edad, ya había asesinado a ocho hombres, todos por encargo. El método siempre era el mismo: mientras otro sicario lo protegía, él se acercaba a la víctima y le descargaba las seis balas del revólver. Al menos dos tenían que impactar en la cabeza y otras dos en el corazón. Luego huían en motocicleta.

Este trabajo en Bocagrande le permitiría comprar cocaína durante varios meses. Hijo de madre soltera y abandonado a su propia suerte a los siete años en las polvorientas calles de Turbaco, a las afueras de Cartagena, era adicto desde los diez.

El colombianito era apenas un niño, pero ya mostraba un enorme resentimiento contra el mundo y eso le hacía mucho más fácil matar. Hasta el momento, Sergio Gómez, alías el Prendido por estar casi siempre borracho, nunca había fallado a la hora de vaciar todos los proyectiles de su arma contra sus víctimas.

Nunca supo la identidad de su padre y de su madre ya muerta sólo pudo averiguar que fue una prostituta adicta a la heroína que un día apareció apuñalada en la habitación de un burdel de mala muerte en la vecina Barranquilla. La autoría del crimen nunca fue esclarecida. Ella también había sido abandonada de niña por sus padres y tampoco tenía más familia.

Cerca de la entrada al callejón había un hombre sentado sobre la acera leyendo un diario. Al escuchar los silbidos, caminó hacia una modesta furgoneta azul y entró. El vehículo partió, dio una vuelta a la manzana y se detuvo frente a la puerta de la clínica.

El copiloto bajó la ventanilla y preguntó al guardia de seguridad si sabía cómo llegar al restaurante La Olla Cartagenera. Cuando éste se acercó para indicarle el camino, la puerta lateral del vehículo se abrió y el agente de seguridad vio a dos personas apuntándole con sus pistolas.

-¡Sube pendejo o te pelamos aquí mismo! -amenazó uno.

El hombre lo hizo y, tras arrebatarle la escopeta de perdigones, fue ejecutado de dos disparos. Inmediatamente después, cinco encapuchados salieron de la furgoneta y caminaron con decisión hasta la puerta principal. El grupo se movía de manera disciplinada, metódica y precisa, como si se tratara de una unidad militar.

A pesar de que la clínica aún estaba cerrada al público, la puerta se encontraba abierta debido a la continua llegada del personal para la reunión. Los empleados tenían la orden de mantenerla siempre cerrada para evitar atracos.

Los individuos entraron y la primera persona que se encontraron fue una recepcionista temporal hablando por teléfono tras el mostrador del vestíbulo. La joven se quedó petrificada al verlos.

-Sabemos que hay una reunión. ¿Dónde es? -preguntó uno.

La empleada estaba tan asustada que no pudo articular una sola palabra, así que se limitó a señalar con la mano. Acto seguido, el hombre la mató de un certero disparo en la frente con su pistola con silenciador.

Antes de alcanzar la sala, los individuos pusieron en el suelo las bolsas que llevaban colgadas de los hombros y sacaron varias ametralladoras con silenciadores. Luego recorrieron la distancia que les faltaba y, sin mediar palabra, empezaron a disparar a quemarropa contra todo el grupo.

El pánico fue absoluto. Algunos cayeron fulminados de inmediato. Otros, entre el caos, lograron escapar a otras dependencias de la clínica. Sin embargo, los asesinos los siguieron y fueron liquidándolos uno a uno sin ningún tipo de emoción o escrúpulo. Parecían robots programados para matar.

Uno de los cirujanos y una enfermera lograron llegar hasta la puerta trasera de la clínica e intentaron abrirla. Al no conseguirlo, comenzaron a golpearla con fuerza.

-¡Socorro! ¡Socorro! ¡Ayuda! - gritaron aterrorizados.

El niño sicario escuchó aquel intento desesperado por escaparse de la masacre y preparó su arma. Agachado, raspó con rapidez varias veces el incipiente pelo de su pequeña cabeza y permaneció atento. Su piel ceniza se tensó y sus ojos se cerraron ligeramente para enfocar mejor su atención en la puerta. Sin embargo, tanto los gritos como los golpes fueron silenciados con rapidez desde dentro.

Una vez asesinaron a todo el personal, los sicarios fueron a la sala donde estaban archivados los historiales de los clientes. Tras destruir los ordenadores y llevarse los discos duros, se hicieron con todas las copias en papel. A pesar de que para algunas operaciones plásticas ciertos clientes exigían que no quedara ningún registro, la orden era no correr ningún riesgo.

La Clínica Araujo no estaba identificada por las autoridades como un lugar que brindara servicios a delincuentes y había sido elegida precisamente por ese motivo. No obstante, y a pesar de las reticencias iniciales por parte de su dueño, el dinero y las amenazas contra su familia hicieron que acabara dando su brazo a torcer.

Antes de llegar al centro médico, los asesinos ya habían pasado por la casa del cirujano, de donde también se llevaron los archivos que tenía en su oficina privada. Aunque el médico cartagenero siempre cumplía a rajatabla su palabra de no comentar nada a nadie sobre su trabajo, los sicarios mataron a su mujer.

-Por si acaso-alcanzó a decir uno antes de propinarle el tiro de gracia.

Juan Díaz, el contable de la clínica, sufrió el mismo destino en su apartamento. Nadie se salvó.

Ocho minutos después de haberse iniciado la operación, sonó el móvil de Sergio.

-¿Quiubo? - respondió.

Con sus bermudas negras, una camiseta amarilla y zapatillas deportivas blancas, seguía agachado y en estado de máxima alerta.

-Pelado, ¿cómo te trata la vida?

-Aquí, juicioso y camellando. Muy atento pa que todo les salga bien.

-Ya acabamos la vuelta.

-Listo, patrón.

- ¿Todo en orden?

-Chévere.

-Te quiero bien pilas.

-Vaya bulla armaron los muñecos. ¡Ustedes sí que no se andan con mariconadas! - exclamó Sergio con admiración.

El colombianito no medía sus palabras. Al fin y al cabo, no era más que un niño. A pesar de ser capaz de asesinar a sus víctimas sin mostrar el más mínimo reparo, el pequeño también se expresaba a veces con la inocencia y espontaneidad propias de su edad.

El comentario sorprendió al hombre. No pagaban a Sergio para opinar, sino sólo para vigilar. Aunque molesto, evitó cualquier disputa que le distrajera del objetivo de la operación.

-¿Alguien los escuchó gritar desde la calle? -se limitó a preguntar.

-Negativo.

-¿Ningún tombo?

-Nada que ver. Pura bacanería.

-Vete por la sombrita y muy mosca. Si ves algo sospechoso, me timbras. Nos vemos después-afirmó.

El jefe de la operación había decidido ejecutarla por la mañana. A esa hora no había mucha gente en la calle y eso significaba menos testigos potenciales. También había menos tráfico y, por lo tanto, más posibilidades de escapar con éxito si las cosas se torcían.

-Listo- colgó Sergio Gómez.

Luego caminó hasta la calle. Al llegar, distinguió a una manzana de distancia una patrulla de dos policías tomando café en un puesto callejero, así que cruzó la acera y fue en dirección contraria.

Al llegar a la avenida principal, la San Martín, la furgoneta pasó frente a él. Sergio miró hacia la clínica, pero no vio ni escuchó ninguna señal de alarma. Aunque eso le tranquilizó, sabía que aquella paz no duraría mucho más tiempo. La masacre dejaría en estado de shock a todo el país, pero especialmente a una Cartagena no acostumbrada a este tipo de violencia.

Su cuerpo le pidió salir corriendo, pero ya era un consumado profesional.

Continuó caminando con aparente tranquilidad hasta llegar a un supermercado donde le esperaba un hombre con su moto en marcha.

-¡Juemadre, métale la chancleta! -exclamó el pequeño sicario.

La huida resultaría la parte más peligrosa de aquella operación. El motivo era que sólo podían salir de Bocagrande por una calle a cuyo costado había una dependencia militar. Si los soldados eran movilizados, escapar sería imposible.

Ambos partieron con rapidez. Al pasar frente al cuartel, bajaron la velocidad y observaron si había militares desplegados o algún control de carretera. Al no detectar nada inusual, volvieron a acelerar. No se detuvieron hasta llegar a La Boquilla, una de las zonas más pobres de la ciudad y donde se escondieron en una casa segura.

Sergio fue directo a la nevera, cogió una cerveza Club Colombia y se la bebió casi de golpe. Estaba nervioso. Necesitaba su droga.

-Yo ya cumplí. Ahora te toca a ti-dijo al hombre que condujo la motocicleta.

Sebastián Pinzón endureció su rostro.

-Culicagao, me haces el favor y le bajas el tonito. No seas cansón.

El niño no se amedrentó.

-No te me pongas bravo, pero las cuentas claras y el chocolate espeso.

-Cógela suave, cuadro.

-Párame bolas-insistió Sergio.

 El muchacho era peleón. La calle lo había hecho así.

El otro sicario sonrió y se tocó ostensiblemente la entrepierna.

-¡Hay que reconocer que tienes los huevos bien puestos! - dijo con admiración.

Luego extendió varias generosas rayas de polvo blanco sobre la mesa.

-¡Te la mereces, carajo! ¡Esto es gratis! ¡Dale, sardino! ¡Pásala rico!

El Prendido la aspiró y abrió otra botella de cerveza, a la que siguieron varias más.

-Por favor no te me emputés. Es que cuando necesito la coca se me cruza el cable-se disculpó ya algo más tranquilo tras esnifar la segunda raya.

Sergio hablaba con una perenne tristeza en su rostro. Nunca nadie lo había visto sonreír, hacer un chiste o simplemente pasarlo bien. El rostro de aquel pequeño hombre era un reflejo perfecto de su corta, pero atormentada vida.

El otro individuo restó importancia al tema

-Echa tierra a eso. Lo importante es que no te me cagaste. ¿Eres siempre así de berraco?

-Si mi tía tuviera barba, sería mi tío-afirmó molesto con la pregunta y utilizando una ironía impropia de su edad.

-No seas lavaperros y responde.

-No jodas. Hay que echar p´alante y la calle no regala nada. Si no me los quiebro, no hay billete pues.

-¡Así me gusta, güevón! Creo que el jefe te va a dar más trabajitos.

-Pa´ las que sean, papá. Yo me lambo a quien me digan.

-Eso sí, ni se te ocurra hablarle así a él. Con ese no alborotes el avispero o rapidito te convierte en puro muñeco.

Resultaba difícil conciliar la imagen tan infantil de Sergio con el lenguaje que empleaba y las cosas que decía. Había vivido demasiadas desgracias en demasiado poco tiempo y el resultado era un diminuto y desquiciado sicario que no paraba de sembrar caos y destrucción a su alrededor, pero que, al mismo tiempo, era incapaz de entender verdaderamente las consecuencias de lo que hacía.

Unas horas después, Sergio Gómez casi no podía moverse y los dolores en su estómago eran insoportables. Por la noche ya había muerto. La estricnina en polvo mezclada con la cocaína había destrozado su interior.

-Ay, papacito… ¿Nunca te dijeron que cotorreabas mucho y que eras demasiado respondón? Así calladito te ves más lindo- despidió el cadáver Sebastián Pinzón.

Otros dos sicarios recogieron el cuerpo y lo metieron en un coche para poco tiempo después tirarlo en una calle semidesierta del barrio Olaya Herrera, uno de los más azotados por la delincuencia en toda Cartagena.

El niño nunca fue identificado y la Policía interpretó su muerte como un ajuste de cuentas entre narcotraficantes. Nadie reclamó el cadáver y Sergio Gómez acabó enterrado en una tumba sin nombre del cementerio Santa Cruz de Manga, el lugar reservado para los indigentes anónimos que morían en las calles de Cartagena.

III

Josep Agramunt sintió la llamada cotidiana de su estómago y miró su reloj, que marcaba la una en punto de la tarde. Se levantó y salió a almorzar.

La sede en Washington, DC de Biotech era moderna y funcional. La compañía ya había abierto dos fábricas en Estados Unidos y se la consideraba un modelo a seguir por parte de las empresas españolas que querían internacionalizarse.

Agramunt tenía el cargo de director en Norteamérica y su principal objetivo era conseguir contratos con el gobierno estadounidense. También pertenecía al Consejo de Administración y su nombre sonaba con fuerza como uno de los principales candidatos para convertirse en el próximo presidente de la poderosa multinacional catalana.

El edificio de la compañía de biotecnología se encontraba frente al Banco

Mundial y apenas a doscientos metros de la Casa Blanca. Biotech quería presumir de presencia en pleno corazón financiero y político de la capital estadounidense y para ello estaba dispuesta a pagar un alquiler de treinta y cinco mil dólares mensuales.

El día era claro y fresco. Agramunt giró a la izquierda en la avenida Pensilvania y se dirigió a la cafetería Breadline. Siempre había colas considerables, pero las soportaba con estoicismo porque le encantaban las sopas y ensaladas que preparaban en ese establecimiento. Todo era servido en envases desechables porque mucha gente se lo llevaba para comerlo en la oficina.

El ambiente era informal y modesto, lejos de la pompa de los restaurantes de lujo a los que solía ir en Barcelona para sus reuniones de negocios. En Washington lo conocía muy poca gente y, al pasar desapercibido, las apariencias se convertían en secundarias.

Destacar en una zona de la capital como aquélla no era fácil. El día anterior había visto al Jefe de Gabinete de la Casa Blanca sacando dinero en el cajero automático de su mismo edificio como un cliente más; unos meses atrás distinguió a un ex presidente del Gobierno español caminando por la calle sin ningún tipo de escolta y, en otra ocasión, vio al mismísimo Secretario de Estado estadounidense comprando bolígrafos en una tienda cercana sin que nadie reparara en su presencia.

Sin embargo, el encuentro más sorprendente se produjo el día que fue al lavabo del despacho de un amigo ubicado en esa misma manzana y se encontró orinando a su lado nada más y nada menos que a un miembro de la alta nobleza española.

Al salir del cuarto de baño, el aristócrata se perdió en el tráfico de la oficina y pasó a convertirse en un simple cuerpo más. A pesar de que muchos de los americanos en aquel despacho sabían quién era, lo llamaban por su nombre y nadie lo trataba con los formalismos que recibía en España. Lejos de molestarle, parecía disfrutar de aquella vida de casi total anonimato que jamás podría tener en su país, donde las cámaras lo acosaban a cada paso.

Cuando José Agramunt se sentó en una mesa del Breadline, sonó su móvil. Enseguida vio que era Gemma, la secretaria del *president* de la *Generalitat*, así que puso la tapa al recipiente de la sopa y respondió.

-¿Gemma? ¿Eres tú? - preguntó en catalán.

-¡Hola, cariño! ¿Cómo estás? - respondió ella en el mismo idioma.

-Muy bien, gracias.

-Te llamo porque el *president* acaba de entrar a su despacho. Tiene una reunión de gabinete en unos minutos.

-¿A esta hora?

En España eran las siete y cuarto de la tarde.

-Sí. Estaba fijada para las diez de la mañana, pero la pospusieron para la tarde.

-¿Le diste el sobre?

-Se lo puse en la mesa. Será lo primero que vea. Llámalo en un par de minutos.

-Gracias, guapa.

-De nada. Un beso- se despidió antes de colgar.

Agramunt y el *president* eran amigos de juventud. Habían estudiado juntos la carrera de Derecho y su militancia política pro catalanista se remontaba a la adolescencia.

El ejecutivo comenzó a comerse la sopa. Unos minutos después volvió a taparla y marcó el número del móvil personal del presidente del Gobierno autónomo catalán.

El mandatario miró su teléfono, vio el nombre de Josep Agramunt y contestó enseguida.

-Josep, ¿cómo estás? -inició la conversación en catalán.

-Muy bien *president*. ¿Y tú?

-Bien, pero muy ocupado con todo lo que está pasando, como te podrás imaginar.

Las últimas elecciones autonómicas del 21 de diciembre del 2017 habían dejado un mapa político muy dividido y convulso en Cataluña. Un partido españolista había ganado los comicios por primera vez desde la reinstauración de la democracia, pero las agrupaciones soberanistas volvieron a conseguir la mayoría de escaños en el parlamento.

Con un nuevo líder del Parlament que apoyaba la secesión y la presidencia de la Generalitat otra vez en manos soberanistas, la lucha por la independencia continuaba.

Los constantes enfrentamientos entre secesionistas y españolistas, la eterna pugna política con Madrid y las incesantes batallas judiciales entre la Administración central y la *Generalitat* estaban convirtiendo a Cataluña casi en ingobernable.

Por otro lado, el gobierno central había amenazado con que no le temblaría la mano para aplicar de nuevo el artículo 155 de la Constitución si los soberanistas volvían a proclamar la la independencia.

Se respiraba un ambiente de inestabilidad, intransigencia y desconfianza.

Algunos líderes nacionalistas catalanes, sorprendidos ante el avance de los españolistas, estaban cada vez más convencidos de que sólo les quedaba un cartucho para, finalmente, poder separarse de España.

Tras ver como varios de sus líderes habían sido arrestados por apoyar activamente la independencia, los soberanistas actuaban con más astucia y sin incriminarse en sus declaraciones, pero su determinación y resentimiento eran incluso mayor que antes.

Habían prometido a sus seguidores que no cejarían hasta conseguir un país independiente. Ahora exigían al *president* que diera un paso claro, tajante, formal y definitivo para materializar la secesión.

La primera declaración de independencia no alcanzó el objetivo deseado y querían intentarlo de nuevo. Eran conscientes de la amenaza de cárcel, pero los más radicales parecían haber cobrado nuevos bríos y, ansiosos, esperaban las acciones del mandatario.

-Es el momento de tomar decisiones muy importantes- añadió el *president* de manera solemne.

-Así es. Estamos haciendo historia- afirmó Agramunt.

-Pero para un buen amigo siempre hay tiempo-agregó el político-. ¿Qué tal van los negocios? - cambió de tema.

-Como dicen en Castilla, a Dios rogando y con el mazo dando.

El político seguía de cerca la exitosa expansión de Biotech. No sólo porque era una de las empresas catalanas más emblemáticas, sino porque, para él, la compañía enviaba un claro mensaje al mundo sobre la eficacia y poderío del tejido empresarial catalán. La veía como una gran embajadora de la llamada Marca Cataluña.

Por otro lado, mientras tantas otras empresas se habían ido de Cataluña debido a la tensión independentista, Biotech mantenía su sede en la Ciudad Condal y presumía de catalanidad.

-¿Avanzaste en el tema del contrato con el Departamento de Asuntos de Veteranos? -continuó.

Se refería al ministerio estadounidense encargado de cuidar de la salud de los veteranos de guerra. Era el segundo más grande de todo el gobierno federal y, con trescientos veintisiete mil empleados, gestionaba mil setecientos hospitales. Su presupuesto anual sobrepasaba los ciento cincuenta mil millones de dólares, quince veces el del Ministerio de Defensa de España.

Hacía años que la filial estadounidense de Biotech intentaba convertirse en proveedor de ese gigante administrativo. Si Agramunt lo lograba, la cotización en bolsa de la empresa se dispararía y él tendría prácticamente garantizada la próxima presidencia de la multinacional que tanto ansiaba.

El economista y abogado había entrado a trabajar en la compañía al acabar su doctorado, hacía ya veinte años. Era una persona motivada, ambiciosa, tenaz y parecía dispuesta a superar cualquier obstáculo para alcanzar sus metas.

-Estamos en eso. Vamos bien, pero el proceso es lento. Este mercado es muy grande y te da muchos premios, pero también te los hace ganar a pulso. Aquí no se consigue nada de la noche a la mañana- dijo Agramunt.

-Seguro que en inglés no hay una palabra para pelotazo.

Josep Agramunt no pudo evitar una carcajada.

-¡Ánimo! Seguro que tendrás éxito- le alentó el mandatario.

- ¿Has abierto el sobre?

-Esta Gemma… ¡Vaya infiltrada tienes aquí! -bromeó el *president*.

-Estamos en familia.

-Estoy abriéndolo ahora mismo…

El político rasgó por un lado aquel sobre de considerable envergadura y ojeó su interior. Dentro distinguió dos bolsas de plástico transparentes, las sacó y las depositó sobre su escritorio.

La primera protegía un póster de cuarenta y cinco centímetros de largo por treinta de ancho. El *president* abrió la bolsa con cuidado, sacó el papel rectangular y lo observó con detenimiento.

Se veía la figura de un soldado de perfil sobre un fondo amarillo. Tenía uniforme y casco verdes y llevaba colgado sobre su hombro derecho un antiguo fusil marrón de madera, un Mauser. Encima del militar había unas letras en negro que decían en catalán "El derecho a decidir se gana por las armas". Abajo, otras más grandes donde se leía "Estado Catalán".

Aunque todavía desconocía los detalles del póster, el político quedó impresionado.

-¿Qué es esto? -preguntó.

-¿Viste la firma abajo? -respondió Agramunt con otra pregunta.

El mandatario se puso las gafas y enfocó su vista hacia unas palabras escritas en el ángulo inferior derecho.

-Lluís Companys, *president* de la *Generalitat* de Cataluña y del Estado Catalán- leyó en voz alta.

-En efecto. ¿Y la parte de atrás? ¿Ya la has visto?

El gobernante dio la vuelta al papel con un rápido movimiento. Allí, sobre el fondo de una gran bandera catalana con la fecha de 1937, vio que el póster se dividía en dos líneas verticales. Cada una estaba subdividida en cinco partes más. Eran cupones de racionamiento.

Uno a uno, los leyó todos en voz alta.

-Vale por cien gramos de lentejas… cincuenta gramos de azúcar… un pan… cien gramos de garbanzos… tres cabezas de ajos… tres cebollas… cien gramos de arroz… cien gramos de harina… cien gramos de sal… cien gramos de judías…

Luego, todavía impactado, se detuvo unos segundos. Después suspiró y negó con la cabeza.

-¡Es increíble! ¿De la Guerra Civil?

-En efecto.

-¿Es auténtico o una copia?

-Auténtico.

-Está en muy buen estado-se extrañó.

-Encontré dos. El otro estaba casi destruido y con mucha humedad.

-¿Dónde los conseguiste?

-En un mercadillo de antigüedades de Washington. Nadie sabe muy bien cómo acabaron allí. El vendedor cree que eran de un republicano español ya fallecido que se exilió en Estados Unidos, pero no está seguro. Los compró en otro mercadillo de Nueva York.

-Gracias, muchas gracias-insistió-. Nunca había visto nada igual.

-Mira la otra bolsa.

El mandatario la abrió y se encontró con diversos recuerdos con la efigie del presidente estadounidense George Washington.

Esta vez Agramunt se adelantó a la pregunta.

-El domingo pasado fui a visitar Mount Vernon, que fue la finca privada de George Washington. Está en las afueras de la capital, frente al río Potomac. Vivió allí con su familia durante cuarenta años y ahora es la residencia histórica más popular en todo el país.

Entre los recuerdos había sellos, postales, una almohadilla para el ratón del ordenador y varios folletos. Los folletos eran de tamaño folio, con muy buenas ilustraciones y papel de alta calidad.

Uno explicaba todo lo referente a Mount Vernon, otro era una guía sobre los distintos presidentes que había tenido Estados Unidos y el último se concentraba en el legado histórico de Washington.

-Tú has visitado este país y lo sabes. George Washington es el personaje histórico más admirado en Estados Unidos-prosiguió Agramunt-. El padre de la nación y su primer presidente. La persona que, contra todo pronóstico y con apenas un puñado de valientes milicianos y campesinos, consiguió vencer al imperio más importante de la época, Gran Bretaña. Sin él, Estados Unidos nunca hubiera alcanzado la independencia. Convirtió en realidad lo que para muchos sólo había sido un sueño. Hizo posible lo imposible.

Después de estas palabras vino un silencio.

-Ningún catalán olvidará jamás el 11 de septiembre de 1714. Han pasado ya más de trescientos años desde que la invasión de España acabara con la soberanía de Cataluña. Son muchos los que desde entonces han sacrificado sus vidas para recuperar esa independencia. Tienes en tus manos un póster firmado por uno de esos patriotas, que murió fusilado por el fascismo anti catalán.

El *president* siguió sin hablar.

-Estamos cerca del momento crucial. Madrid ya se ha cargado casi todas las fichas del ajedrez, pero nos queda la más importante: tú. Tú serás nuestro George Washington. Tienes en tus manos una oportunidad histórica, única. ¡No la podemos dejar escapar! -enfatizó-. Los verdaderos independentistas no seremos como los escoceses, que no se atrevieron a votar en su referéndum vinculante por lo que realmente querían. ¡Cómo se avergonzaría de ellos William Wallace! -afirmó con energía.

Se refería al líder independentista escocés que, en 1315, prefirió morir desmembrado por orden del rey Eduardo I de Inglaterra antes que renunciar al sueño de una Escocia soberana.

El directivo hablaba con despecho, como si la decisión de los escoceses de continuar dentro del Reino Unido hubiera sido la traición personal de un amigo del alma.

-Es cierto: algunos votantes nos han castigado en las urnas- continuó-. Ven el árbol, pero no el bosque. Se están cansando de la eterna indefinición política sobre el futuro de Cataluña. La crisis también ha afectado a mucha gente y es normal que se centren en lo urgente, que es conseguir trabajo y pagar las cuentas.

El *president* seguía escuchándolo con atención, pero sin decir nada.

-Sin embargo, una cosa es lo urgente y otra lo importante. Que no se te olvide: millones de catalanes te apoyamos y los independentistas hemos conseguido la mayoría en todas las elecciones. El pueblo catalán siempre ha hablado claro y fuerte sobre lo que quiere- afirmó con convicción.

Cuanto más hablaba el ejecutivo, más se emocionaba.

-Independizarnos de España no será fácil. Ya hemos visto lo que pasó tras el referéndum del 1 de octubre. Ganamos de forma aplastante y el *Parlament* declaró la independencia, pero Madrid nos dio un golpe de estado con el artículo 155 y mandó a los nuestros a la cárcel- suspiró.

Tras algunos segundos sin articular palabra alguna, prosiguió.

-Siempre va a haber gente a favor y en contra de la independencia, pero no podemos flaquear. Cuando llegue el momento decisivo, te encontrarás con muchos nacionalistas catalanes valientes, pero, lamentablemente, también con algunos cobardes- aseveró con resignación.

Le vinieron varios nombres a la mente.

-Ya hemos visto lo miedosos que son algunos de los nuestros- continuó-. De jurar que jamás renunciarían a la independencia de Cataluña aunque tuvieran que pasar el resto de sus vidas en la cárcel, a decir que la declaración del *Parlament* nunca fue legal sino simbólica y que ellos no apoyan una independencia unilateral. Se han acojonado -afirmó con rabia-. Con tal de evitar la prisión y que no les embarguen todo, han traicionado todas sus promesas. ¡Qué vergüenza!- enfatizó.

Estaba sumamente molesto, pero, de pronto, su semblante reflejó un rayo de satisfacción.

-Sin embargo, tú estás hecho de otra madera. Serás un orgullo para todos nosotros -añadió emocionado.

-Josep, gracias por los regalos y por tu apoyo incondicional.

-Siempre lo tendrás. Sigue con ese valor- le animó-. Para atrás... ¡ni para coger impulso! - exclamó-. Nada de contentarnos con más dinero, más autogobierno, una reforma de la Constitución o incluso un Estado federal. Esta vez hemos de poner toda la carne en el asador. El destino te ha colocado en ese puesto y en este momento histórico para que, de una vez por todas, liberes a Cataluña del yugo de España. No es ninguna casualidad. Naciste para ser el padre de nuestra patria.

-Agradezco tu confianza en mí.

El empresario no era de los que se andaban con rodeos y sabía que el tiempo del *president* era limitado, así que se lo dijo sin más dilaciones.

-Mira, somos amigos desde hace mucho tiempo y tengo que serte sincero. ¿Me lo permites?

-Claro -dijo él sin dudar.

Era una persona segura de sí misma y le gustaban las personas que hacían críticas inteligentes y constructivas para mejorar las cosas.

-A pesar de que siempre apoyaste la causa de la independencia y de que repetiste con valentía frente a la comunidad internacional que Madrid nos reprime y que en España se encarcela a la gente por sus ideas políticas, ya sabes que muchos macionalistas creen que estás ahí de carambola y que en tu puesto debería estar otro. Te ven como una simple marioneta. Alguien que no es *president* por méritos propios- se atrevió a decir.

Sabía que eso dolería, pero sentía la necesidad de decir exactamente lo que pensaba.

El mandatario se tocó el cabello y se ajustó las gafas. Se sentía un hombre fuerte, ambicioso, inteligente, preparado y decidido. Aunque había apoyado completamente a Carles Puigdemont durante todo el proceso soberanista, ahora el líder de la *Generalitat* era él y el papel en la sombra del *ex president* le incomodaba cada día más. No le permitía actuar con plena libertad.

Los independentistas le habían dado un título, pero no todo el poder que iba con el cargo y eso estaba germinando en el político una sensación de creciente resentimiento. Creía que si lo iban a responsabilizar de la gestión del gobierno catalán, también debían permitir que fuera él quien tomara ciertas decisiones vitales para el futuro de Cataluña. Había aceptado inicialmente ser una mera correa de transmisión de las órdenes de Puigdemont, pero ya comenzaba a mostrar ciertos signos de rebelión.

Por otro lado, había dos temas que lo animaban a reafimar su autoridad cada día un poco más.

El primero fue la decepción que tuvo con Puigdemont cuando el *ex president* texteó por móvil que el proceso soberanista catalán había terminado y que se sentía sacrificado por los suyos . Al enterase, el abogado creyó que era una muestra de arrogancia y soberbia.

-Que tú no puedas ser ya *president* no significa que nuestra lucha haya muerto. Nadie es imprescindible. Todos somos sacrificables por el bien de Cataluña. La causa independentista es más grande que cualquiera de nosotros. Esta lucha seguirá adelante con o sin nosotros hasta que Cataluña sea soberana. No seas petulante- pensó en ese momento.

Le gustaba la rebeldía de Puigdemont, pero él lo era aún más y nadie lo sometería a nada. Jamás se había dejado intimidar y no comenzaría a permitirlo ahora, a los cincuenta y seis años.

El segundo motivo es que jamás perdonaría a Puigdemont haber besado la bandera de España en público mientras lo grababan. Lo entendió como un acto de servilismo, falta de carácter y creía firmemente que un líder jamás podía ser un cobarde.

-*Quin fàstic*! -se espantó al verlo cuando le enviaron el vídeo a su móvil.

Un joven español pidió a Puigdemont que besara la bandera de España mientras el politico catalán prófugo de la justicia comia en un centro comercial en Copenhague. Él, lejos de negarse, accedio con una sonrisa y la besó.

El ahora *president* comenzó en el mundo de la política como un buen soldado, acatando órdenes. Había sido efectivo, trabajador y leal. Sin embargo, ya había decidido que no se convertiría en la marioneta de nadie. Al contrario: el que mandaría allí sería él. El proceso no sería de un día para otro, pero el camino ya no tenía marcha atrás. Sentía que el ex *president* era el pasado y que él representaba el presente y el futuro de Cataluña.

-Además, algunos te ven débil- prosiguió Josep-. Temen que acabarás llegando a algún tipo de acuerdo con la Moncloa que rompa en mil pedazos nuestros sueños. Piensan que te quedan muy grandes los zapatos de *president* y que al final te doblegarán, te asustarán o que, simplemente, te comprarán- sentenció.

Luego respiró profundamente.

-No obstante, yo te conozco. Sé que aceptaste las leyes de España sólo para convertirte en *president* y, de esa forma, poder seguir luchando por una Cataluña independiente. Sé que cumplirás tu promesa de crear un Estado catalán- agregó con seguridad.

El mandatario tensó su cuerpo y su rostro dibujó una expresión de incomodidad. Era cierto. Ya había perdido a algunos de sus aliados políticos y las disputas con otros aumentaban respecto a cuáles deberían ser los próximos pasos.

-A veces la gente se desanima, pero tú eres el faro que nos guiará hasta la victoria final. Los que te han menospreciado pagarán caro ese error. Tienes detrás un gran respaldo. Una vez más, mayoría independentista en el *Parlament*-recalcó-. La primera vez fallamos, pero la próxima tendremos éxito. Ahora sí toca- dijo con convicción-. Te envío un abrazo desde Washington.

-Hasta pronto -se despidió el *president*.

El político se recostó en el sillón y reflexionó sobre las palabras de su amigo. Mientras lo hacía, observaba el cuadro titulado *Catalunya Endevant*, una obra del pintor Antoni Tàpies que colgaba en su despacho.

Aunque no era una experto, al *president* le gustaba el arte. En especial, el de los catalanes universales que colocaban en lo más alto el nombre de Cataluña. Ver ese talento le infundía fuerzas para seguir defendiendo la catalanidad a través del mundo.

Luego volvió a coger una de las postales con un cuadro de George Washington y miró fijamente los ojos del primer presidente de los Estados Unidos.

En ese momento alguien llamó a la puerta de su despacho.

-Adelante.

La sólida puerta de madera se abrió ligeramente y apareció Gemma.

-*President*, el Gabinete ya está reunido.

-Gracias. Ya voy.

Tras cerrarse la puerta, el mandatario siguió escudriñando la mirada de Washington durante algunos segundos más, casi como si estuviera preguntándole algo y esperara una respuesta.

Después introdujo todo de nuevo en el sobre, lo guardó en un cajón, se ajustó los pantalones negros, la camisa azul y caminó hacia la entrada de su despacho por el brillante e impoluto suelo de parqué.

IV

La pesadilla era siempre la misma. Xurxo Pereira gritaba con todas sus fuerzas, pero nadie le escuchaba. Después, corría desesperadamente por la nieve hacia la puerta del edificio. Sin embargo, antes de llegar la artillería serbia lanzaba un obús y destruía el apartamento de Samir Mejmebasic en Sarajevo. Todo ocurría en el invierno de 1993, uno de los peores momentos de la guerra en Bosnia.

Cada vez que padecía la pesadilla, Xurxo se esforzaba por correr aún más rápido y llegar antes al bloque de apartamentos, pero nunca lograba advertir a tiempo a Samir y a su familia del grave peligro que se cernía sobre ellos.

La siguiente escena también se repetía invariablemente. Una enorme explosión, sus oídos ensordecidos, una onda expansiva que lo lanzaba al suelo e infinidad de escombros cayendo sobre él y a su alrededor.

El periodista solía despertarse con un fuerte y repentino sobresalto, exhausto, casi sin respiración, bañado en un extraño sudor frío y con la horrible sensación de no haber hecho lo suficiente para salvar la vida de su amigo.

Esa noche en Sarajevo nació en Xurxo un asfixiante complejo de culpa del que ya nunca pudo zafarse. Él se había salvado y siguió adelante con su vida, pero Samir estaba muerto, quizás por su culpa. Sintió haber fallado a un amigo que había arriesgado su vida muchas veces por él y esa decepción consigo mismo se convirtió en un peso muy difícil de sobrellevar a lo largo de los años.

Casi nunca hablaba del tema, pero si lo hacía era únicamente con alguien que hubiese estado en una guerra. Aunque otras personas pensaran que podían entender por lo que estaba pasando, no era así.

Amor, odio; vida, muerte; euforia, depresión; orgullo, vergüenza; admiración, asco; valentía, pavor; misericordia, crueldad; heroísmo, cobardía; civilización, salvajismo. La rutina de la guerra era una mezcla de todas esas realidades de la condición humana elevadas a la décima potencia. Un lugar por lo general oscuro, doloroso y cuyos recuerdos jamás podrían ser desterrados. Algo que se sufría intensamente, pero de lo que después casi nunca se hablaba porque hacerlo causaba demasiado dolor.

Ese día, aquellos recuerdos volvieron a llamar a la puerta de su memoria. Xurxo se sentó en la cama, respiró hondo y encendió la luz. Eran las cinco y media de la mañana.

Sabía que ya no podría conciliar el sueño, así que se levantó y fue hasta su mesa de trabajo. Allí tenía un viejo archivo en papel de direcciones y teléfonos que guardaba como curiosidad pre digital. Lo abrió en la M y sacó la ficha de Samir. La había escrito hacía más de veinte años. Buscó el número telefónico, cogió el móvil y lo marcó. Sin embargo, cuando empezó a sonar, cortó la llamada. No se vio con fuerzas para hablar.

De todas las guerras que había cubierto, la de Bosnia había sido la más brutal. Nada podía preparar a una persona para vivir algo semejante. Desafiaba cualquier descripción. Ser testigo de esa tragedia le demostró que la línea divisoria entre un ser civilizado y un salvaje era muy fina y se traspasaba con extrema facilidad y rapidez.

Xurxo Pereira abrió la puerta de su estudio, recogió los periódicos que dejó el repartidor y los depositó sobre la mesa. Después los leyó mientras se tomaba un café. Era su ritual de cada mañana, no importaba dónde estuviera.

Luego navegó por las ediciones digitales de otros medios de comunicación y vio algunos canales de noticias, tanto de radio como de televisión. Era un adicto a las noticias.

Estaba en su apartamento del barrio de Adams Morgan, en la capital estadounidense, Washington, DC. El piso era modesto, pero acogedor. Una sala, una pequeña cocina, una habitación y un baño. En el salón sólo tenía una mesa para poder escribir, libros, una computadora, una televisión y una radio.

A las siete y cuarto bajó y dio un paseo durante media hora. Al regresar retomó la lectura de un documento del Departamento de Defensa sobre la amenaza del narcotráfico para la seguridad nacional de Estados Unidos. Estaba trabajando en un reportaje sobre la militarización de la lucha contra los carteles de la droga.

Tras un rato de lectura, su móvil comenzó a sonar. El periodista lo cogió y leyó el nombre de Elena Martorell en el identificador de llamadas.

-Hola, Elena. ¿Cómo estás?

-Bien. ¿Y tú?

-Qué alegría escucharte.

-Igualmente.

Xurxo era sincero cuando decía que se alegraba de la llamada. Sin embargo, hizo un esfuerzo por contener su efusividad. Su vida personal había sido bastante tumultuosa y quería ser más precavido antes de volver a involucrarse demasiado con otra persona.

-Hace ya un par de días que no hablamos, ¿no?

-Sí- arrastró con énfasis la palabra Xurxo.

La forma en que articuló el sí hizo que la respuesta se sintiera auténtica.

-¿Estás trabajando hoy? -preguntó ella.

-Por el momento, no.

-Alégrate, yo estoy como loca.

-¿Todo bien?

-Sí, pero no paro- insistió.

Xurxo soltó lo que llevaba dentro. No era de los que se andaban por las ramas.

-Sé que estás muy ocupada, pero deberíamos enfocarnos por completo en acabar lo que empezamos con Aritz- le recriminó sin demasiada sutileza.

El periodista escuchó al otro lado de la línea un sonido espontáneo por parte de Elena expresando satisfacción.

-Pues tengo buenas noticias. Ya tenemos localizados a todos sus infiltrados en el aparato del estado. La información que nos pasaron Allan Pierce y Lajos Kovács era correcta.

-Entonces, ¿cuándo les echas el cebo?

-Pronto. Muy pronto-enfatizó-. Te avisaré con antelación para que puedas organizarte y venir. Todos están en Madrid.

-Gracias.

Elena dejó pasar unos segundos en silencio. La espía superaba con creces cualquier precaución que Xurxo pudiera tomar en su vida sentimental. Ella no había levantado una barrera, sino un verdadero muro.

-Entonces es un hasta pronto- dijo él.

-Sí.

-¿Tienes tiempo para hablar?

-En realidad, no. Te llamaba sólo para saludarte y hacerte saber qué está pasando.

-Vale.

Otro silencio.

-Jamás hubiera pensado que diría esto a un periodista, pero me alegrará mucho verte.

-Si no fueras una espía a quien pagan por mentir, hasta pensaría que estás diciendo la verdad.

-Cinismo y periodismo. ¿Siempre van de la mano, Xurxo?

-Tras treinta años de profesión y haber visto de todo, inexorablemente.

-Y, para colmo, gallego.

-Escépticos por naturaleza.

-Entonces tendré que demostrarte en persona que es cierto que me alegrará verte.

-Haber empezado por ahí.

El reportero escuchó a Elena reírse con suavidad y picardía.

-Te tengo que dejar. Pierce acaba de llegar a mi oficina. Estamos planificando la operación- dijo ella.

-Entendido.

-Un beso.

-Otro.

Tras colgar, Xurxo hizo ademán de dejar el iPhone sobre la mesa, pero volvió a sonar antes de que finalizara el recorrido. El localizador indicaba que era Luis Bernal, el redactor jefe de *Hispanic Today,* un periódico de Washington enfocado en temas latinos.

-Hola, Luis.

-Hola. ¿Estás libre hoy? ¿Puedes hacer un reportaje para nosotros? -preguntó Luis casi sin respirar. Como todos los redactores jefes, siempre iba a muchas más revoluciones de que las que aconsejaría su cardiólogo.

-¿Qué tienes?

-Estoy escuchando el escáner de la Policía. Acaba de producirse un tiroteo entre pandillas rivales en el zoológico. Hay al menos dos muertos.

-¿Qué pandillas?

-No es seguro, pero por lo visto son los Crips y los Latin Kings.

Los Crips era una de bandas afroamericanas más peligrosas del país. Tenían más de treinta mil miembros. La mitad estaba en California. La mayor parte de los restantes, en Florida e Illinois. Asesinatos, robos, narcotráfico, prostitución...

Su lista de actividades criminales era tan larga como sangrienta.

Los Latin Kings, que no se quedaban atrás, ya eran muy conocidos por la Policía española. Habían comenzado como una banda de puertorriqueños en Chicago, pero ahora la pandilla estaba dominada por mexicanos. Operaban en ciento cincuenta y ocho ciudades de treinta y un estados de Estados Unidos, además de en Latinoamérica y Europa. Su crueldad también era notoria.

-¿Ya han levantado los cadáveres?

-No. Todo ha ocurrido hace apenas minutos.

-Voy para allá.

-¿Puedes ocuparte de las fotos?

-Si quieres fotos de ir por casa, yo las puedo hacer. Si quieres fotos profesionales, tengo un amigo que está aquí de visita y te puede hacer un precio especial. Es el mejor.

-Quizás valga la pena gastarse el dinero. La sangre vende bien. Esto será portada. ¿Quién es?

-Wesley Morgan.

-Joder, pero ése me va a arruinar-afirmó con pesar. Aunque no lo conocía en persona, sabía de quién se trataba.

-¿Cuánto pagas a un freelancer aquí?

-Trescientos dólares para el fotógrafo. Para ti, lo de siempre: quinientos.

-Hecho.

-Necesito el artículo a más tardar a las tres de la tarde para la edición digital. Luego puedes pulirlo para la edición en papel de mañana.

-Entendido. Adiós.

Tras colgar, llamó a Wesley y le explicó la situación.

-Sólo será un par de horas o tres y sé que el tema de las pandillas te interesa mucho. ¿Te animas?

-¡Dale, güey! -respondió Wesley en español con acento gringo y en tono casi musical.

-¿Dónde estás?

-En la Massachusetts con la veintiuno. Frente a la estatua de Gandhi.

-Es mucho rodeo para ir a buscarte. Vete directo al zoológico y nos encontramos allí.

Diez minutos después, el reportero ya estaba en la calle caminando hacia su vehículo. Tras un par de manzanas, llegó al Jeep Wrangler negro, subió y enfiló rumbo al zoológico.

Xurxo había decidido vivir como periodista independiente. Aunque era mucho más inestable desde el punto de vista económico, le permitía centrarse en las historias que más le interesaban.

Decepcionado con lo que calificaba como un periodismo cada vez más sensacionalista y con menos medios, su único interés era cubrir las historias que consideraba importantes. Hacer periodismo de investigación. El precio a pagar era vivir de una forma bastante espartana y, en no pocas ocasiones, rezar para que las cuentas le cuadraran al final de mes.

Wesley estaba de vacaciones. Había venido a Washington para ver a su madre. Sin embargo, si el tema le atraía, nunca decía que no a un reportaje. Amaba el periodismo.

Era uno de los mejores fotógrafos de guerra del mundo. Había cubierto innumerables conflictos, pero seguía sacando fotos con la misma pasión y frescura con las que había iniciado su carrera.

Algunos decían que estaba loco, que arriesgaba demasiado y que parecía tener un deseo por morir. No obstante, la verdad era que distaba mucho de ser un inconsciente. Tomaba riesgos, pero siempre calculados. Ésa era la única razón por la que aún estaba vivo.

-¡Híjole! ¿Crees acaso que me voy a perder esa historia? - era su respuesta habitual cuando le proponían ir a cubrir alguna guerra.

Este jovial estadounidense había tenido su base de operaciones durante muchos años en El Salvador, pero ahora vivía en México. Su español había recogido expresiones de todos esos lugares y las mezclaba en una visión muy particular de la lengua de Cervantes.

Delgado, espontáneo, simpático y de pelo y ojos castaños, Wesley sabía captar con un clic de su cámara la esencia más profunda de las historias que cubría, por complejas que fueran.

Había conseguido colocar portadas en las mejores revistas y periódicos del mundo, pero, igual que Xurxo, no estaba interesado en trabajar para un solo medio. Prefería la libertad de poder escoger sus reportajes.

Wesley conocía muy bien el dolor que provocaba una bala. Paradójicamente, no recibió el disparo en un lejano y peligroso campo de batalla, sino muy cerca de su casa en San Salvador.

Su gran afición era el windsurf y cuando no trabajaba se pasaba en día en la playa del Tunco, en el departamento de La Libertad. Se trataba de un lugar muy popular entre los surfistas por sus excelentes olas.

Por lo general, era una playa muy tranquila. Sin embargo, un día se encontró en medio de un tiroteo entre dos maras salvadoreñas rivales y una de las balas perdidas le alcanzó la pierna derecha.

-¡Hijo de su reputísima y chingada madre! ¡Fui el primero en entrar en Kuwait con la invasión estadounidense y el tiro me lo vienen a pegar a media hora de mi casa! -se quejó al propio pandillero que apretó el gatillo del proyectil que lo alcanzó.

Curiosamente, Wesley lo conocía. Había cubierto muchas historias de pandillas en El Salvador y él era uno de sus contactos para entrar a los barrios que controlaban las maras. Ir con un pandillero era la única forma de poder fotografiarlos allí.

Víctor Antonio Valdez Herrera, alias el Gatillero, era uno de los mareros más peligrosos del país y había pasado una buena parte de su vida en el penal de máxima seguridad de Zacatecoluca. Al ver al fotógrafo en el suelo, el miembro de la Mara-18, corrió hacia él.

-¡Wesley! ¡Me perdonás! ¡Ese plomo no era para ti! - se excusó.

-¡Agüero! ¿Pero de qué chinga me vale eso? -se quejó enfáticamente el americano.

El pandillero puso su bandana sobre la herida para evitar más pérdida de sangre.

-¡Apretá! - le ordenó después.

El fotógrafo gritó.

-¡Púchica! ¡Te tranquilizás! ¡Tú eres un vergón! ¡Esto no es nada! -exclamó el Gatillero.

-¡No jodás! ¡Se nota que no te han pegado el tiro a ti! - lo miró con furia Wesley, preso del dolor.

-¡Hágale güevos! - añadió el pandillero mientras hacía un torniquete y lo apretaba al máximo.

Wesley volvió a sentir el intenso dolor, pero esta vez se mordió los labios.

-No tenés roto ningún hueso. La bala entró y salió por el músculo. En dos semanas ya estarás caminando. Te lo digo yo, que sé mucho de esto- dijo el salvadoreño mientras levantaba su camiseta para que el fotógrafo viera un estómago lleno de cicatrices.

Wesley lo miró y asintió.

-No te encabronés. Ha sido un accidente. ¡Te debo una! - se disculpó de nuevo.

El Gatillero había provocado muchas muertes accidentales por tiroteos como aquél y jamás se excusó por ninguna, pero consideraba a Wesley su colega. Lo respetaba como periodista y pensaba que sus fotografías habían hecho justicia a lo que era su mundo.

Mientras ellos hablaban, la playa se vació con premura. Tanto salvadoreños como turistas habían huido aterrorizados de la zona, donde yacían varios cadáveres de pandilleros.

-¿No hay bronca? - preguntó el Gatillero.

-No, güey- respondió el americano mientras sujetaba el torniquete.

El marero le extendió la mano y Wesley se la estrechó.

-Me voy antes de que lleguen los gorilas- dijo refiriéndose a la Policía- ¡Te debo una! -repitió.

Wesley no pudo presentir en aquel momento la importancia que tendrían aquellas palabras.

Luego Víctor Antonio Valdez Herrera echó a correr, se subió a un coche que le esperaba y el vehículo partió fugaz por el camino sin asfaltar dejando tras de sí una gran nube de tierra.

Xurxo había conocido a Wesley durante la invasión estadounidense de Haití, donde trabaron una gran amistad. Además de ser un gran fotógrafo, lo consideraba una persona sana, desinteresada y sincera. Un excelente amigo.

El día era claro y apacible en Washington. Las calles de esa parte de la ciudad se veían limpias y ordenadas. El tráfico era denso, pero Xurxo conocía muy bien aquella zona y usó varios atajos para llegar al zoológico lo antes posible.

Todavía a algunas manzanas de allí, pensó en la paradoja de las dos imágenes con las que había empezado su día. Por un lado, un nuevo derramamiento de sangre en la ciudad y, por otro, la figura de Mahatma Gandhi frente a la que se encontraba Wesley cuando lo llamó. La contradicción no podía ser más mayor. Violencia y paz; intolerancia y comprensión; ignorancia y sabiduría; odio y amor.

Washington era una ciudad de monumentos. La capital estadounidense rendía tributo tanto a sus héroes nacionales como a otros personajes históricos que habían realizado grandes aportaciones a la humanidad, como el propio Mahatma Gandhi.

Aunque había algunos modernos, como los memoriales a John F. Kennedy o Martin Luther King, Jr., la inmensa mayoría eran de personas que habían vivido hacía cien o doscientos años, como George Washington o Abraham Lincoln.

Xurxo reflexionó sobre el triste hecho de que si la sociedad ya casi no erigía monumentos a sus grandes héroes era porque pensaba que apenas los tenía.

De pronto, el periodista vio al fondo de la calle un gran número de patrullas de la Policía con las luces encendidas. La vía estaba cerrada, así que pasó al otro carril y siguió en dirección contraria hasta llegar al primer agente.

El policía le abroncó, pero, al ver el pase de prensa, abrió la barrera a regañadientes. Luego le hizo una señal para que bajara la ventanilla.

-Debería meterte cinco multas por lo que acabas de hacer- espetó el agente.

El reportero puso cara de circunstancias y calló. Sabía que no había nada peor que ponerse a discutir con un policía, especialmente si tenía razón. Al ver que el uniformado no sacaba su talonario de multas, continuó.

Tras aparcar el coche, se dirigió al área donde se produjeron los crímenes. Había mucha presencia policial y toda la zona estaba acordonada con cinta amarilla.

El informador, de cincuenta y un años, caminó con decisión. De un metro ochenta y dos, pelo castaño y ojos azules, sorteó los cuerpos de varios agentes, detectives y periodistas. Tras unos veinte metros, distinguió las figuras de Milton

Pérez y George Raffo, ambos reporteros y muy buenos amigos.

-Hola -los saludó.

-Hola -respondieron casi al unísono. Después le estrecharon la mano.

-¿Habéis visto a Wesley?

-Ya está sacando fotos-contestó George.

-¿Sabéis qué pasó?

Milton señaló con su mano hacia un área del zoológico. A unos treinta metros se veían tres telas blancas que cubrían a las víctimas.

-Tres muertos y cuatro arrestados. Crips y Latin Kings. Se están disputando una zona de Washington. Un grupo de los Latin Kings siguió a otro de los Crips para matarlos y cuando los Crips los vieron, comenzó la batalla. Había mucha gente haciendo tiempo para entrar al zoológico. Por lo visto, las balas comenzaron a volar por todas partes y, además de los pandilleros, hay una señora muerta y dos niños heridos.

-¿Dónde está el cadáver de la señora?

-Más al fondo. No se ve desde aquí.

-¿Y los niños?

-En el hospital.

Xurxo movió su cabeza lamentando las víctimas inocentes.

Milton trabajaba como redactor para el semanario *El Tiempo Latino*. George Raffo, para el *New York Times*. Raffo era un reportero de investigación especializado en terrorismo y narcotráfico. Los tres habían cubierto juntos la guerra civil en El Salvador.

-¿Y tú qué haces aquí, George? ¿Te interesa esta historia local? -le preguntó extrañado Xurxo.

-Washington está controlada mayormente por la MS-13. Esto puede significar el inicio de una nueva guerra entre maras. Podría ser interesante para el tema de quién controla la distribución de droga en la capital del país-dijo en perfecto español.

Xurxo asintió.

El salvadoreño Milton Pérez había comenzado su carrera como camarógrafo, pero el destino le obligó a cambiar de giro dentro del periodismo.

Todo ocurrió un día cuando, durante la guerra civil en su país, le asignaron acompañar al ejército en helicóptero hasta una zona tomada por la guerrilla.

Al aproximarse al área de combates, los militares distribuyeron cascos entre toda la prensa y les aconsejaron que se sentaran sobre ellos.

-Si la guerrilla nos dispara desde tierra, el metal los protegerá- les explicó un sargento.

Sin embargo, el casco no le sirvió de nada aquel día.

El tiro llegó en diagonal, atravesó la plancha del Huey y casi le arrancó el brazo de cuajo.

La ferocidad y el efecto de las balas hicieron que el pánico cundiera de inmediato entre los periodistas.

Entre ellos estaba su hermano Iván, productor para otro canal de televisión. Excepto encomendarse a Dios, ninguno supo qué hacer para protegerse de los disparos que comenzaron a penetrar la nave por todas partes.

El dolor fue tan intenso que Milton corrió hacia la puerta lateral del helicóptero para lanzarse al vacío y acabar así con aquel calvario, pero su hermano lo detuvo justo antes de que consiguiera su objetivo. Iván necesitó la ayuda de dos periodistas más para poder sujetarlo en el suelo, ya que al menor descuido Milton intentaba levantarse de nuevo para tirarse por la puerta.

El entonces joven cámara tuvo que soportar aquella dolorosa agonía durante veinte minutos.

-¡Pendejos! ¡Suéltenme! ¡Huevones! ¡No puedo aguantar este sufrimiento! –no cesó de insultarles.

Durante el viaje, Milton no recibió ningún tipo de cuidado médico y casi se desangró. El soldado encargado de impartir los primeros auxilios yacía sin vida en un extremo del helicóptero, fulminado por un proyectil calibre cincuenta.

Al llegar a la base del Huey, la ambulancia que lo esperaba partió raudamente hacia el hospital mientras ululaba sin cesar. Cuando Iván se fue caminando hacia su coche, otro reportero le dijo que tenía sangre en la camisa. Pensó que era la de su hermano, pero cuando se la quitó se percató de que él también había sido alcanzado por una bala. El impacto de la suya fue en la espalda. La tensión había sido tan fuerte que ni se había dado cuenta. Ése era el poder de la adrenalina, la droga más poderosa del mundo.

Milton nunca fue capaz de expresar con palabras el dolor tan terrible que sufrió aquel día. Fue operado trece veces, pero jamás pudo volver a mover su mano derecha de la misma forma, de manera que se vio obligado a abandonar su trabajo como cámara.

Tras varios años de terapia, por fin pudo comenzar a usar la mano para escribir y decidió convertirse en redactor. Después se mudó a Washington, donde vivía desde hacía ya quince años.

El italoamericano George Raffo también conocía muy bien Latinoamérica. Además del conflicto en El Salvador, había cubierto todas las guerras centroamericanas durante la década de los ochenta.

De familia pudiente, decidió no seguir la tradición familiar y estudió periodismo en vez de Derecho. Era un informador brillante, valiente y con excelentes contactos logrados a base de muchos años.

- ¿Nos vemos para un café cuando acabemos? -les preguntó Xurxo.

Todos asintieron y partieron en distintas direcciones.

Xurxo habló con el investigador jefe y varios testigos. Durante las entrevistas Milton se acercó a él y le dijo que uno de los niños había muerto.

Tras acabar las entrevistas y tomar sus fotos, los cuatro se fueron a una cafetería justo frente a la entrada al zoológico para compartir sus impresiones.

De pronto, el teléfono de Xurxo comenzó a sonar. Era la cadena televisiva Univisión desde Miami.

-Hola, soy Marilys- dijo la productora ejecutiva del Noticiero Nacional.

-Hola.

-¿Estás en Washington?

-Sí, cubriendo un tiroteo en el zoo.

-Sí, ya lo vi en CNN. Lo tendremos en el Noticiero-afirmó ella de inmediato-. Xurxo, ¿podrías trabajar para nosotros en un tema?

-¿Cuándo?

-Viajarías mañana.

-¿Cuántos días?

-De entrada, tres o cuatro, pero seguramente requerirá más tiempo.

-¿De qué se trata?

-Ha habido una matanza en una clínica de cirugía plástica en Cartagena. Unos sicarios han asesinado a todo su personal.

La noticia sorprendió al reportero. Ese tipo de masacres ya no eran habituales en Colombia. Además, las ciudades más sacudidas por la violencia habían sido Medellín, Cali o Bogotá. Cartagena solía ser un oasis de tranquilidad.

- ¿El narcotráfico?

-Aún no se sabe nada, pero es muy posible.

-Ustedes tienen corresponsal en Colombia.

-Sí, hoy hará un reportaje desde Cartagena, pero esto va para largo. Es demasiado grande. Él permanecerá dos días allí, luego regresaría a Bogotá y el tema quedaría en tus manos. Nuestro corresponsal tiene que concentrarse en las otras noticias que vayan saliendo a diario desde Colombia. Nos gustaría que hicieras algo en profundidad sobre esta masacre. Ya sabes. Investigar, que es lo tuyo.

-Puedo quedarme unos días, pero me tendré que ir pronto a España.

-¿Cuántos días tendrías que irte?

-Dos o tres.

-No hay problema. Vete a Colombia, empieza el tema y lo retomas cuando regreses.

-Trato hecho.

-¿Te reservaremos vuelo para esta noche? Hay uno para Bogotá y puedes enlazar mañana para Cartagena.

-¿A qué hora sale?

-A las cinco. ¿Llegas a tiempo?

Xurxo calculó lo que le tomaría realizar el reportaje del enfrentamiento entre los Crips y los Latin Kings.

-Sí- afirmó al cabo de unos segundos.

-Puedes hacer algo para el noticiero de mañana, pero no necesitamos un reportaje diario. Como te dije, lo que queremos es que investigues esto a fondo. Es grande. Es grande- repitió impresionada por la magnitud de la masacre.

-Sin duda.

-No queremos repetir lo que tendrá todo el mundo. Necesitamos ser los dueños de esta historia. Encontrar ángulos distintos. Y, por supuesto, averiguar antes que nadie quién es el responsable y por qué lo hizo.

-¿La tarifa de siempre?

-Correcto.

-¿Con qué cámara trabajaré?

-Douglas Mejía, de El Salvador.

-Fantástico- fue la reacción inmediata-. Por favor, mándame por email los arreglos del viaje y toda la información que tengas de la matanza. Te llamo mañana por la mañana desde Bogotá.

-Buen viaje.

Tras colgar, Xurxo compartió con el grupo su nueva asignación.

-Te voy a poner en contacto con alguien que te puede ayudar-dijo George-. Se llama Carlos Alberto Ospina. Me refirieron a él amigos comunes cuando yo estaba trabajando en una serie sobre la relación entre el narcotráfico y la guerrilla colombianos. Me presentó a varias personas en el Gobierno que se convirtieron en muy buenas fuentes. Carlos Alberto tuvo un cargo importante en el Ministerio de Justicia y conoce a todo el mundo en Colombia.

Ya en el vuelo a Bogotá, Xurxo volvió a pensar en la conversación con Elena. Había estado tan ocupado durante el día que incluso se había olvidado de Aritz Goikoetxea.

Elena Martorell era una funcionaria del Centro Nacional de Inteligencia de España. Juntos habían desarticulado un peligroso complot de una célula rebelde de ETA liderada por el vasco, la Unidad 120050.

El objetivo de la operación había sido que España sufriera una vergüenza y desprestigio públicos sin precedentes en su historia moderna, tanto a nivel nacional como internacional. Generar tal ignominia que el Gobierno no tuviera más remedio que abrir las puertas a la independencia del País Vasco y a Cataluña.

Básicamente, querían hacer creer que un influyente grupo de funcionarios ultra nacionalistas del Estado español había organizado en secreto un atentado brutal haciéndose pasar por terroristas vascos ligados a ETA. El objetivo era desprestigiar a los secesionistas y dar fuerza moral a Madrid para cerrar a cal y canto la puerta a cualquier referéndum independentista de carácter vinculante por parte de catalanes o vascos.

El terremoto político había sido de enorme magnitud, pero el elaborado plan finalmente fracasó. Aunque la mayor parte de los miembros del grupo fueron arrestados, su líder, Aritz Goikoetxea, había conseguido huir.

La CIA había asistido al CNI porque pensaba que una Cataluña o un País Vasco independientes no estaban preparados para enfrentarse a desafíos como el terrorismo islámico.

La Agencia insistía en que la seguridad nacional de Estados Unidos se vería amenazada si esos grupos conseguían operar más fácilmente en ciertas zonas del Viejo Continente.

El temor no eran sólo ataques contra intereses norteamericanos en Europa, sino que organizaciones como ISIS usaran países europeos como trampolín para realizar atentados en Norteamérica.

Los agentes que habían asistido a Elena eran Lajos Kovács y Allan Pierce. Este último era el jefe de Kovács y también el responsable de las operaciones clandestinas de la Agencia en España, Portugal y el Norte de África.

Todos ellos coincidían en que Aritz Goikoetxea siempre escondía un as bajo la manga. Lo consideraban un brillante estratega que jamás llevaría a cabo una operación de semejante calibre sin tener un Plan B. También estaban de acuerdo en que, para vengarse del fracaso inicial, su nueva operación sería incluso más letal que la primera.

La prioridad era encontrarlo urgentemente antes de que pudiera volver a golpear, quien sabe si, esta vez, con éxito.

La Unidad 120050 había entrelazado caprichosamente las vidas de Elena Martorell y Xurxo Pereira. El periodista se preguntaba si lo que los unía era algo real o si la relación sólo aguantaría hasta que Aritz Goikoetxea fuera capturado. A miles de kilómetros de distancia, la espía se cuestionaba exactamente lo mismo.

V

Jordi Casademunt aterrizó a media mañana en Almaty, Kazajistán. Tras pasar la aduana y el control policial, enfiló hacia la salida, donde le esperaba un chofer enviado por el hotel.

Antes de llegar a la calle oteó el horizonte a través de las cristaleras y vio la famosa cordillera que rodeaba la ciudad. Las montañas eran altas, majestuosas y los picos estaban cubiertos de nieve.

No se trataba de una formación rocosa que creciera paulatinamente, sino que surgía de golpe y formaba un curioso altiplano. Era un paisaje muy inusual y llamaba de inmediato la atención a quienes lo veían por primera vez.

Al pensar que haría frío, preparó su chaqueta. Sin embargo, aunque lloviznaba, cuando llegó al exterior comprobó que la temperatura era inusualmente agradable para la época, unos veinte grados. El sobrio chofer con uniforme gris le abrió cortésmente la puerta del Mercedes-Benz negro, colocó su equipaje en el maletero y partieron hacia el hotel.

Este catalán de sesenta y cinco años era el presidente de Banca Condal. Fundada en Barcelona, se trataba de una de las instituciones financieras de referencia en Cataluña. Sin embargo, ya no era sólo un banco regional. En los últimos años había expandido sus operaciones a una buena parte de todo el territorio español.

El motivo del viaje era reunirse con el presidente del Banco Central de Kazajistán para captar capital. Para este tipo de encuentros solía viajar con su director financiero o con el responsable de tesorería. No obstante, en esta ocasión había decidido ir solo. Tuvo el presentimiento de que no serían necesarios.

Kazajistán era más de cinco veces el tamaño de España. Después de Rusia, se trataba del país más grande de la ex Unión Soviética. Tenía enormes cantidades de petróleo, gas, uranio y carbón. Su producción de crudo apuntaba ya a los tres millones y medio de barriles diarios, con unas reservas estimadas en cincuenta mil millones de barriles.

La misión del financiero barcelonés era convencer a sus dirigentes para que depositaran en su banco una parte del dinero que generaba esa riqueza, una tarea nada fácil porque el país ya tenía gran acceso a capital a un interés muy bajo. No tenían por qué complicarse la vida corriendo riesgos innecesarios con bancos con los que no habían trabajado nunca.

La lucha por conseguir capital era feroz entre los representantes de la banca privada europea y cada día aterrizaban en Almaty muchos financieros con el mismo objetivo de Casademunt: hincar el diente a los treinta mil millones de euros de reservas del país.

Aunque el Banco Central Europeo era la principal fuente de liquidez para los bancos comerciales como Banca Condal, las instituciones financieras del Viejo Continente siempre buscaban alternativas para no depender en exceso de una sola fuente.

Tras un breve descanso en el hotel, Casademunt partió hacia las oficinas del Banco Central de Kazajistán.

En el trayecto pudo ver con más detalle la ciudad. Con un millón y medio de habitantes, era el centro comercial del país. Aquí estaban los bancos más importantes de la nación, así como la Bolsa, la más activa de toda Asia Central.

Almaty, o ciudad de manzanos, era descrita localmente como el puente entre Asia y Europa y tenía residentes de más de cien etnias. La rusa aún mantenía una fuerte presencia, con casi un cuarto de la población.

La urbe era tranquila, con muchos parques y árboles y apenas se veían rascacielos. La ciudad de estilo soviético había crecido más a lo ancho que a lo alto y la mayoría de las construcciones eran bajas, adustas e impersonales.

El conductor lo dejó en la escalinata de entrada al banco. El edificio rectangular marrón y gris tenía cuatro plantas y era frío y anodino.

-Joder, parece un edificio de apartamentos- pensó el banquero.

Sin embargo, no estaba allí para disquisiciones arquitectónicas y siguió su recorrido.

Enseguida comprobó que los petrodólares tampoco se reflejaban en la estética de las oficinas. El jefe del banco recibió a Casademunt en un despacho austero y sin pretensiones.

Tras saludarlo en inglés, el banquero se sentó tras su escritorio y pidió al catalán que lo hiciera del otro lado.

El kazako se movía con la arrogancia habitual de quien tiene el poder para decidir si prestar o no miles de millones de euros. Casademunt solía estar en esa posición, pero aquel día era otro quien tenía la sartén por el mango.

-Hemos estudiado con detenimiento su banco. Deben estar orgullosos de lo que han hecho-se adelantó el kazako.

El catalán sonrió satisfecho.

El responsable del Banco Central abrió una carpeta, se puso las gafas y comenzó a repasar en voz alta el informe elaborado por sus expertos.

-El patrimonio de Banca Condal es fuerte y sólido… el capital es de calidad… su volumen de negocio es saludable… el nivel de impagados y mora no es para presumir, pero aún se encuentra en niveles aceptables… el margen de explotación por empleado y la eficiencia recurrente son buenos…y la rentabilidad también.

-Nos esforzamos mucho por hacer las cosas bien- se vanaglorió el catalán.

-La gerencia del banco es profesional y tan buena o mejor que los bancos europeos más competitivos-prosiguió el kazako.

Casademunt agradeció en particular aquella mención por motivos obvios.

-Los indicadores también dicen que ya comienzan a superar las consecuencias del desplome del sector de la construcción.

-Así es -confirmó el ejecutivo de la Ciudad Condal.

-Pasemos al contexto macroeconómico. España aún tiene desafíos muy marcados. El más importante es el del desempleo. No obstante, el país presenta un crecimiento positivo moderado, pero prometedor. La recuperación ya ha comenzado y todo indica que continuará.

-Considerando de dónde venimos, pienso que es un éxito. Estamos empezando a pasar página y lo hacemos siendo mucho más competitivos. Tanto la inversión como el mercado laboral son mucho más baratos que antes, igual que el precio de la propiedad. Quien tenga liquidez, hoy en día puede comprar media España- sonrió con complicidad.

El otro hombre asintió. Sabía que varios fondos buitres estaban haciéndose con una enorme cantidad de edificios y viviendas en España a precio de saldo. España todavía está enferma y es la hora de aprovecharse, le había dicho el director de uno de esos fondos hacía no mucho tiempo.

-Lo peor ya quedó atrás-continuó Casademunt.

El otro banquero escuchaba con atención. Al ver que el representante de Banca Condal no dijo nada más, continuó.

-Por otro lado, el marco regulatorio y jurídico de España es sólido y predecible.

Luego subió la mirada.

-Banca Condal pasa el examen con nota y, como usted dice, es un buen momento para invertir en su país- concluyó.

El banquero catalán pareció complacido con lo que escuchaba.

De pronto, el kazako cerró la carpeta, se quitó las gafas y las depositó sobre su escritorio.

-Sin embargo, hay un tema que nos preocupa.

Tras aquel análisis tan positivo, Casademunt sospechó de inmediato lo que vendría a continuación.

-¿Qué va a pasar al final con todo el tema de Cataluña? -preguntó sin rodeos el financiero-. ¿Se va a independizar de España? Porque eso lo cambiaría todo…

Su presentimiento se había cumplido, pero el banquero catalán debía tener mucho cuidado con lo que decía. Acababa de conocer a aquel hombre y no sabía qué uso podría hacer de sus palabras.

-Eso está en manos de los políticos, pero, no importa qué suceda, el pueblo español es muy maduro y no anticipamos ningún escenario de inestabilidad significativa.

El kazako se sorprendió ante lo dicho y no pudo evitar una expresión de ironía en su mirada.

-Señor Casademunt, usted sabe mejor que nadie que no hay nada más miedoso que el dinero. El capital huye de la incertidumbre y no me podrá negar que hay mucha inquietud con este tema, tanto en España como en el resto de Europa. Ustedes mismos han mudado su sede social fuera de Cataluña e incluso han amenazado con dar pasos aún más drásticos dependiendo de qué suceda.

Casademunt asintió estoicamente.

-Muchas empresas se han ido de Cataluña y el Fondo Monetario Internacional ha mejorado sensiblemente la previsión para muchas de las grandes economías del mundo menos la española debido precisamente a esa incertidumbre-continuó el kazako-. Nadie sabe en realidad cómo va a acabar ese pulso entre Cataluña y Madrid. El simple hecho de que nadie pueda predecir eso, es para temblar. ¿No le parece?

El presidente de Banca Condal era un hombre inteligente y astuto y no necesitó escuchar más para deducir que su viaje a Almaty había sido en vano.

-Cuando resuelvan ese tema, estaremos encantados de volver a reunirnos para estudiar la posibilidad de depositar capital en su banco. Necesitamos un panorama claro y lo que vemos ahora es demasiada confusión. Queremos seguridad. No nos gustan las sorpresas.

Casademunt no consideró prudente iniciar un debate, así que aceptó la derrota temporal y esbozó una sonrisa de circunstancias. Luego se levantó y estrechó la mano al kazako.

-Por lo que entiendo, se va a reunir en nuestra capital, Astaná, con la cúpula empresarial privada del país. Ellos suelen correr más riesgos que a nosotros. Quizás tenga suerte allí-dijo el representante de Kazajstán.

En el camino de regreso al hotel, Casademunt reflexionó mientras observaba las ordenadas, verdes y limpias calles de Almaty.

Ese mes había hecho otros tres viajes con el propósito de captar capital. En el primero visitó un gran fondo de inversión en Nueva York. Tenía un amplio portafolio de inversiones que no incluían propiedad inmobiliaria. Los dos siguientes fueron para hablar con los bancos centrales de Armenia y Azerbaiyán. Todos le dijeron lo mismo: cuando se solucione el conflicto catalán, volvemos a hablar.

VI

Ryoji Takahashi llegó al lugar de la cita quince minutos antes de la hora indicada. Esperaba en la furgoneta del canal a que dieran las nueve de la mañana, momento en el que vendría a buscarlo el representante de la prisión de máxima seguridad de Fuchu.

Bajo, delgado, con camisa blanca y traje y corbatas negros, el reportero de la cadena japonesa NHK se mostraba ansioso.

Fuchu estaba considerada como una de las diez cárceles más seguras del mundo. Un sofisticado sistema de seguridad hacía prácticamente imposible cualquier fuga.

Ubicada en el área metropolitana de Tokio, albergaba a los delincuentes más peligrosos de Japón, incluidos los miembros de la temida y sangrienta Yakuza, la mafia nipona.

El reportero conectó su ordenador, fue a YouTube y repasó un inusual programa de la televisión francesa sobre la prisión. El sistema carcelario japonés estaba rodeado de un gran secretismo, en especial todo lo que atañía a Fuchu. Muy pocos sabían en realidad qué ocurría tras aquellos muros.

El acceso de los medios de comunicación era casi nulo, de forma que aquellas imágenes se convirtieron en una mirada privilegiada y sin precedentes a la vida diaria en la misteriosa penitenciaría.

Varias organizaciones internacionales de defensa de los derechos humanos llevaban años criticando a las autoridades japonesas por no permitirles entrar a la institución y verificar el trato que recibían los presos. Lo que vieron en el documental acrecentó aún más sus temores.

Japón era un país enamorado de la perfección, la disciplina, la pasión por el detalle y la obediencia. Las órdenes solían obedecerse sin rechistar, pero para muchos Fuchu había traspasado el límite de lo razonable.

De pronto, aparecieron en el monitor imágenes del patio de la cárcel. Parecía un cuartel militar. Los reos corrían en perfecta formación y con un guardia a su lado que no paraba de gritar. La intensidad del funcionario no tenía nada que envidiar a la de los temidos sargentos de instrucción de la Infantería de Marina de Estados Unidos en un día de mal humor.

Los cuerpos de los presos se movían con precisión matemática, demostrando las muchas horas que habían dedicado a coreografiar aquellos ejercicios. No parecían personas, sino una nueva especie de humanoides automatizados y carentes del más mínimo resquicio de individualidad.

Todos iban con camisa y pantalón gris, zapatillas deportivas blancas, una gorra amarilla y calcetines negros.

No era fácil asombrar al periodista. Estaba acostumbrado a ver de todo. Sin embargo, y a pesar de que ya había visto el programa, las imágenes volvieron a impresionarlo. Aquellos presos no parecían curtidos criminales, sino simples peleles completamente intimidados por sus instructores.

-¿Cómo habrán podido meter en cintura de semejante forma a los delincuentes más peligrosos de la Yakuza? -se cuestionó.

Ryoji estaba allí para entrevistar a uno de los terroristas más importantes en la historia moderna de Japón y quería ver con sus propios ojos cómo había vivido sus años en prisión.

El periodista volvió a concentrarse en el vídeo. Los reclusos se encontraban en uno de los centros de trabajo. Curiosamente, fabricaban algo tan inocente como juguetes para niños. De repente, un carcelero gritó algo, todos se levantaron al unísono de sus escritorios como si les hubieran soltado una descarga eléctrica y se colocaron en el pasillo, justo entre dos líneas pintadas de color blanco en el suelo.

El guardia volvió a dar una orden en tono marcial y los presos pusieron sus puños a ambos lados de sus cinturas. Luego vino otra orden, se giraron y comenzaron a trotar hasta llegar a otra sala. Allí, tras un podio, les esperaba otro carcelero con un altavoz. El grupo se reclinó frente al guardia y éste comenzó a gritar a través del megáfono.

-¡Sí! ¡Con obediencia! -exclamó como si en ello le fuera la vida.

- ¡Sí! ¡Con obediencia! - repitieron los presos con no menos pasión.

- ¡Disculpas! ¡Sintiéndolo de verdad! -continuó el mantra diario.

- ¡Disculpas! ¡Sintiéndolo de verdad!

- ¡Perdón! ¡Con los lamentos más sinceros!

- ¡Perdón! ¡Con los lamentos más sinceros! -prosiguió el eco.

- ¡Gratitud con humildad!

- ¡Gratitud con humildad!

- ¡Con placer, benevolencia y espíritu de servicio!

- ¡Con placer, benevolencia y espíritu de servicio!

- ¡Gracias desde el fondo de mi corazón!

- ¡Gracias desde el fondo de mi corazón!

Tras aquella enérgica muestra de aparente arrepentimiento por los errores cometidos, los reclusos volvieron a reclinarse frente al guardia, se esparcieron por el almacén y comenzaron a hacer ejercicios de gimnasia bajo las sonoras órdenes de otros carceleros.

-¡Uno, dos! ¡Uno, dos! - se escuchaban las instrucciones mientras los presos saltaban y se ejercitaban siempre en perfecta sincronía.

En ese momento, Ryoji recibió un mensaje de texto. Le pedían que fuera a la entrada de Fuchu para acompañarle hasta el lugar de la entrevista. Tras cerrar la furgoneta, él y su cámara partieron hacia allí.

La prisión estaba rodeada por altos muros grises con varias torres de vigilancia, pero, una vez dentro, no parecía una cárcel, sino un complejo de oficinas o una academia militar. Sorprendentemente nunca vieron un arma.

-Buenos días-le recibió el representante de Fuchu.

-Buenos días-respondió Ryoji con una sonrisa y la habitual gentileza nipona.

Mientras pasaban los controles de seguridad, el funcionario se acercó con delicadeza al reportero.

-Tenemos una hora. Podemos hacerle un tour por la prisión y luego usted realiza la entrevista o nos concentramos sólo en la entrevista. Usted decide.

El reportero se quedó sorprendido. Los arreglos habían sido otros.

-Pensaba que tendríamos una hora para un tour y media hora para la entrevista. Una hora y media en total.

El funcionario se mostró apenado, pero no cedió un ápice.

-Lo siento. El señor Akira Fumuro sale hoy en libertad y ha llamado más prensa de la que anticipábamos, tanto nacional como internacional. Estamos muy ocupados. Una hora es en realidad un verdadero lujo para un día como hoy.

A Ryoji le molestó tener que escoger entre una opción y la otra, pero no quiso poner en peligro la historia.

-Sólo la entrevista-afirmó consolándose en que al menos ya disponía de las imágenes de la televisión francesa para ayudarle a ilustrar el reportaje.

El grupo caminó por varios pasillos. Los corredores eran amplios, estaban pintados de verde y los suelos relucían de limpios. Luego llegaron a una sala pequeña y aséptica donde se realizaría la entrevista. Cuando el equipo de televisión estuvo listo, llamaron a Fumuro, quien llegó al cabo de unos minutos acompañado de un guardia.

El carcelero recordaba a un militar en su desfile de graduación. Su uniforme azul no tenía ni una arruga y su gorra del mismo color parecía nueva. Vestía una camisa blanca, corbata negra y unos zapatos también negros que no podían brillar más. Para acabar de recalcar la sensación de pulcritud e higiene. Llevaba unos guantes blancos sin la más mínima mancha.

La sala era de color blanco y, excepto cuatro sillas, no tenía ningún mueble. Recordaba a una clínica. Tras una reverencia, Akira Fumuro se sentó frente al reportero. El guardia lo hizo a un lado de la puerta, junto al representante de la cárcel.

Fumuro iba vestido de civil, ya que abandonaría la prisión tras la entrevista. Llevaba un modesto traje marrón claro y una camisa blanca. Delgado, de pelo negro y ojos marrones, parecía estar en muy buena forma física. Tenía cincuenta y tres años.

-Gracias por recibirnos-comenzó Ryoji.

El entrevistado inclinó ligeramente la cabeza en señal de respeto.

-¿Cuál es el principal mensaje que quiere dar hoy, señor Fumuro?

-Quiero que el pueblo japonés escuche de mi propia boca que estoy arrepentido de mi pasado terrorista y que soy una nueva persona-afirmó con seguridad.

Su rostro era el de alguien que había tenido una vida intensa, complicada y con muchos reveses y frustraciones. Se veía una persona atormentada.

Como buen periodista, Ryoji recibió las disculpas públicas con predecible escepticismo.

-Usted perteneció al Ejército Rojo Japonés, muy activo en la década de los setenta y los ochenta.

-En su momento lo vi como un orgullo, pero hoy me avergüenzo.

-Querían derrocar al Emperador, acabar con la democracia e instaurar un gobierno revolucionario y comunista en Japón. Su grupo fue el responsable de numerosos atentados con víctimas mortales.

-Lamento todas y cada una de esas muertes. Daría cualquier cosa por poder retroceder en el tiempo y rectificar esos errores tan graves.

Ryoji parecía una ametralladora verbal. Sabía que el tiempo era limitado.

-Fue arrestado y condenado a cadena perpetua, pero el Gobierno lo ha indultado alegando que está arrepentido. ¿Por qué hemos de creer que de verdad lo está?

Fumuro hizo una mueca y las arrugas en su cara cobraron notoriedad. Luego suspiró.

-He estado en la cárcel veintitrés años. Todo ese pasado terrorista quedó atrás. Lamento mucho el dolor que he causado. Pido perdón a las familias de todas las víctimas, así como a todo Japón por la vergüenza que le he ocasionado. También a mi propia familia por la deshonra que les he traído.

-Repito. ¿Por qué hemos de creerle? -insistió.

El ex terrorista observó el rostro de escepticismo del periodista y pensó que era natural.

-Comprendo sus dudas. No tiene por qué creerme. Demostraré con hechos que es así.

-¿Puede asegurar a los japoneses que jamás volverá a cometer un acto terrorista?

-Por supuesto- aseguró con énfasis.

La contundencia de la respuesta pareció no necesitar mayores explicaciones.

-¿Qué quiere para el resto de su vida?

-Lo único que me interesa es vivir una vida tranquila. Reinsertarme como un miembro productivo de la sociedad y dedicar el tiempo que me quede a ayudar a otros.

-¿Cómo?

-Haré voluntariado en alguna organización social. Quiero redimir mi nombre. Demostrar que soy sincero cuando digo que soy otra persona. Sé que nunca podré eliminar el dolor que he causado, pero a partir de ahora al menos quiero ser una influencia positiva.

Ryoji Takahashi golpeó un par de veces su bolígrafo contra la libreta de notas.

-¿Cuáles son sus planes? ¿Cómo va a sobrevivir?

-En prisión me enseñaron a ser panadero. Fuchu me está ayudando a buscar trabajo.

-¿No piensa escribir sus memorias? Ganaría mucho dinero. ¿Una película, quizás?

La respuesta fue inmediata y sin ningún tipo de vacilación.

-No me interesa el dinero. Sólo necesito lo justo para vivir con humildad. Tampoco me interesa hablar y mucho menos explotar mi pasado terrorista. Lo único que quiero es dejar claro mi arrepentimiento. Muchos periodistas me han pedido entrevistas en persona, pero sólo he accedido a ésta. Después de conversar con usted, nunca volveré a decir nada en público.

El reportero se relamió mentalmente al ver que su exclusiva se acababa de revalorizar.

-¿Cómo evalúa lo que hizo en su época de terrorista?

Fumuro no dudó. Su actitud expresó los muchos años que había tenido para reflexionar sobre ese tema.

-Escogí el camino equivocado. El de la violencia y el odio. No hay ninguna justificación para derramar sangre en un país como Japón, con una democracia tan sólida. Nos creíamos superiores al resto de las personas y queríamos imponerles un futuro que ellos no habían pedido. Fuimos tan arrogantes como ignorantes.

-¿No teme que este arrepentimiento origine alguna represalia por parte de simpatizantes del Ejército Rojo Japonés? ¿Qué lo vean como un traidor a su causa?

-Ese movimiento ya está muerto, pero éste es quien soy- dijo señalándose con las manos-. Aceptaré cualquier consecuencia que eso conlleve- añadió.

El reportero observó su reloj y vio que los minutos pasaban mucho más rápido de lo que él querría.

-Usted ha cumplido su condena en Fuchu, una de las prisiones más estrictas del planeta. ¿Cómo lo han tratado aquí? ¿Han abusado de usted?

De nuevo, ninguna vacilación en la respuesta.

-Todo lo contrario. Éste es el mejor lugar al que hubiera podido venir. Siempre voy a estar agradecido a los responsables de Fuchu por lo que han hecho por mí.

El representante de la prisión hizo una mueca de satisfacción.

-Perdone, pero hay muchos ex presos que dicen que esto no es una cárcel, sino un auténtico campo de concentración.

Fumuro se rio.

-No se ofenda, pero la prensa exagera y distorsiona mucho las cosas. No es cierto.

Ryoji esbozó una sonrisa forzada.

-Ésta es una cárcel de máxima seguridad- prosiguió Fumuro-. Está llena de criminales peligrosos. ¿Cómo piensa que va a poder controlarlos si no hay orden y reglas estrictas? ¿Es que no sabe el tipo de delincuentes que hay encerrados aquí?

El ex miembro del Ejército Rojo Japonés miró al reportero esperando una respuesta que no se produjo.

-Pero lo más importante no es eso, sino que esta disciplina es necesaria para recordarnos e inculcarnos los valores más importantes de la vida.

-¿Cuáles?

-Disciplina, orden, respeto, paz, honor, ética, lucha por la perfección.

-Por lo que veo, aquí disciplina desde luego no falta- ironizó Ryoji.

-La disciplina te da autocontrol. Aprendes a controlar tu mal genio y a no cometer errores que luego pagas muy caros. Aquí hay personas honradas que simplemente tuvieron un mal momento, cometieron una barbaridad y arruinaron toda su vida. Trabajar con disciplina también nos permite aprender una profesión decente para después poder reinsertarnos con éxito en la sociedad.

-¿Y este ambiente paramilitar?

-¿Cómo puede decir eso? - dijo casi indignado y como si fuera el mismo alcaide de Fuchu defendiendo el honor de la penitenciaría-. ¿Ha visto las cárceles de, por ejemplo, Estados Unidos? Aquí todo está limpio, la comida es sana, no hay violencia, nadie te viola, nadie se siente inseguro, los guardias van desarmados, nadie te provoca, no hay drogas, tenemos libros y revistas en todos los idiomas del mundo, servicios religiosos, nos enseñan una profesión y, si eres extranjero, incluso tienes una celda para ti solo. Sí, el ambiente es rígido, pero los guardias te tratan con respeto. Las condiciones de vida son excelentes. Hasta hay televisión en las celdas. ¿Ha pasado por la oficina del dentista? Ya quisieran muchos en los países occidentales tener este cuidado médico de primera.

Ryoji no fue capaz de determinar si las palabras de Fumuro eran sinceras o una mera representación teatral para que nadie se arrepintiera a última hora de liberarlo.

-No hay aire acondicionado ni calefacción. Cualquiera que conozca Tokio sabe que arde en verano y que es un témpano en invierno- siguió pinchando el periodista.

-Estamos en Fuchu para pagar por nuestros crímenes. No hemos venido aquí de vacaciones.

El reportero siguió sorprendido ante aquella inusual defensa de Fuchu. Lo último que hubiera esperado era encontrar a un recluso alabando la institución, en especial si ya estaba amnistiado.

-Por supuesto. Le acaban de dar un indulto-sonrió con malicia el periodista-. Imagino que una de las condiciones es no despotricar contra la cárcel donde ha estado.

-Quienes critican a Fuchu no saben de lo que hablan. Esto es un ejemplo de lo que tiene que ser una prisión. Es exactamente lo que los criminales necesitan para poder rehabilitarse. El resto es demagogia.

-Pero usted no estuvo con la población general. Lo castigaron en un régimen especial y bastante más severo que el del resto de los presos.

Fumuro no respondió.

-Corríjame si me equivoco. Si un reo comete una falta de disciplina lo envían a unas celdas de aislamiento llamadas hugobo, con reglas aún más estrictas que las que se aplican al resto de los presos.

El entrevistado siguió en silencio.

-Y si la ofensa es mayor, lo mandan durante meses o años a una celda de aislamiento total llamada shobat. Por lo visto, lo único que les permiten hacer allí durante el día es mirar a la pared. No hay ventanas, no se pueden comunicar con nadie, recibir correo, leer o hacer ejercicio. Todo está prohibido. Lo único que pueden hacer es pensar y eso sólo porque es imposible de prohibir. Es básicamente un féretro de cemento. Los responsables de Fuchu nunca han dejado que grupos de derechos humanos visiten un hugobo y mucho menos un shobat. Por algo será.

-¿Y cuál es la pregunta? - dijo el ex terrorista con desafío.

-Primero, que me diga si lo mantuvieron una gran parte de su condena bajo ese régimen de castigo. Segundo, que me confirme si la descripción, en especial del Shobat, es correcta.

De pronto, el representante de la prisión se levantó de su silla.

-Lo siento. Ya se ha cumplido el tiempo acordado. El señor Fumuro tiene que finalizar el proceso administrativo para poder abandonar Fuchu o ya no podrá salir hoy.

Ryoji miró su reloj y vio que la suerte no estaba de su lado, pero sospechó que, si la pregunta hubiese dado pie a que Fumuro alabara de nuevo la institución, la consideración del tiempo no hubiera sido tan estricta.

Tras despedirse, el ex terrorista fue las oficinas de la cárcel, firmó los documentos que formalizaban su liberación y se dirigió al garaje. Allí le esperaba un coche encubierto con cristales ahumados que lo sacó por una de las puertas laterales del centro para burlar las cámaras de otros periodistas que esperaban fuera del recinto.

Media hora después, Ryoji ya estaba en directo para todo el país con su entrevista exclusiva.

El vehículo oficial se encaminó hacia la ciudad de Mitaka, donde el japonés había alquilado un apartamento con la asistencia de los servicios de reinserción de Fuchu.

Durante el trayecto pensó en su familia y en lo difícil que sería reparar la relación con ellos. Tras enterarse de su militancia en el Ejército Rojo Japonés, cortaron todo contacto con él y nunca lo fueron a visitar a prisión. Lo veían como un traidor, especialmente a la memoria de su padre, un militar considerado como un héroe nacional durante la Segunda Guerra Mundial.

Sentían que los había deshonrado, sobre todo su sobrina Keiko Yamamoto. La joven siempre lo había idolatrado y su decepción fue incluso mayor que la del resto de la familia. Su resentimiento hacia él era tanto que Keiko había decidido usar el apellido de su madre, Yamamoto, y no el que tradicionalmente utilizaba toda la familia, Fumuro.

El honor y el respeto, tanto a la familia como a Japón, eran valores muy enraizados en esta sociedad tan patriótica y tradicionalista. Los familiares del japonés sentían que los había avergonzado de una manera imperdonable, así que, para ellos, Akira Fumuro ya no existía. Había muerto.

El coche circuló sin prisa por la autopista en dirección a Mitaka. La ciudad era parte del área metropolitana de Tokio, la más poblada del mundo con alrededor de treinta y ocho millones de habitantes. También era una de las más ricas. Tan sólo esa zona del país duplicaba la economía de toda España.

A pesar de que la densidad de población era el doble que la de Bangladesh, no se percibía una sensación de claustrofobia al caminar por las calles de Tokio. Todo estaba milimétricamente planeado para que sus residentes pudieran moverse de un lado a otro con rapidez y sin agobios.

Por supuesto, había sus excepciones. Una de las más notorias era el metro. Los trenes estaban tan llenos que la empresa contrataba a empleados cuya única función era empujar a los pasajeros desde el andén para que, aunque apretujados, cupieran en los vagones.

El coche realizó el trayecto desde Fuchu a Mikata a través de un área residencial. Las escenas mostraban una vida de barrio tranquila y familiar. Casas bajas y pequeñas, jardines diminutos, calles limpias y ropa colgando en los balcones.

Entre las distintas ciudades que formaban parte del área metropolitana de la capital había mucho campo y las parcelas de cultivo parecían trazadas con tiralíneas.

Las plantaciones de arroz se superponían entre sí formando curiosos escalones campestres y no había ninguna zona cultivable que no estuviera rindiendo algún fruto.

Japón era un país pequeño y aprovechaba al máximo su espacio. Aunque casi triplicaba la población de España, disponía de mucha menos superficie.

Tras cuarenta y cinco minutos de recorrido, el coche llegó a Mitaka. El funcionario siguió conduciendo unos diez minutos más por la urbe hasta que se detuvo frente a la estación de metro con el nombre de la ciudad.

-Hemos llegado-afirmó con solemnidad el conductor.

Después se bajó, se dirigió al maletero y lo abrió. Fumuro fue hacia él con lentitud. Estaba lloviendo. El ex terrorista miró hacia el cielo y sonrió.

-De pequeño adoraba jugar bajo la lluvia. Hace veintitrés años que no disfrutaba de esta sensación-dijo al empleado de Fuchu.

Éste asintió de forma mecánica y desinteresada y, tras entregarle una bolsa con sus pertenencias, hizo una leve reverencia.

-Suerte- se limitó a decir.

Fumuro le devolvió la cortesía y comenzó a caminar hacia el interior de la estación. A su lado había un autobús y, en un acto reflejo, miró por su cristal retrovisor para comprobar si alguien lo seguía. En el Ejército Rojo Japonés lo habían entrenado a conciencia para burlar cualquier seguimiento y su recién estrenada libertad pareció activar sus instintos de ex guerrillero.

El japonés vio entonces al funcionario antes de que entrara al coche. De pronto, sus miradas se cruzaron y Fumuro sintió un escalofrío. Aquella no era una mirada de desprecio, respeto o admiración. Ni siquiera de miedo. Era una mirada de lástima e indiferencia.

No tenía que preocuparse por ningún seguimiento. Se había convertido en un cero a la izquierda y la única verdad era que a nadie le importaba lo que hiciera. Hoy lo verían en el reportaje de Ryoji Takahashi, pero mañana ya nadie se acordaría ya de él.

Igual que el ya desmantelado Ejército Rojo Japonés, el antes temido Akira Fumuro era ahora una simple e irrelevante anécdota del pasado y las autoridades no desperdiciarían ni un solo segundo en vigilarlo.

La única medida impuesta por la Policía era presentarse dos veces por semana en la comisaría de su barrio para informar sobre sus actividades. Nadie lo consideraba una amenaza y si en algún momento volvía a asociarse con grupos radicales, sería enviado inmediatamente de nuevo a prisión.

Fumuro llegó hasta la estación y se sentó en un banco. Aún parecía abrumado por poder moverse con completa libertad y no tener constantemente a un guardia de Fuchu gritando órdenes a su costado. También miraba con curiosidad a su alrededor para familiarizarse lo más rápido posible con una sociedad muy distinta a la que había dejado atrás hacía veintitrés años.

Se fijó con rapidez en que casi todo el mundo tenía un móvil. También en que las personas casi no hablaban entre sí, pero no paraban de conversar por sus móviles o enviar mensajes de texto.

Asimismo, le llamó la atención la masa de turistas filmando todo a su alrededor, la cantidad y modernidad de los coches, los llamativos carteles luminosos que estaban en todas partes y cómo iba vestida la gente. Había visto muchas de esas cosas por televisión, pero tenerlas frente a sí era una sensación muy distinta.

Frente a él pasaron decenas de niñas con uniforme escolar. Las adolescentes iban con camisa blanca, falda azul, medias largas blancas y zapatos negros. Unos instantes después llegó otro nutrido grupo de personas encabezado por jóvenes ejecutivos. Todos iban con maletines y trajes oscuros. Tras ellos llegó un tour de estudiantes extranjeros que iban a visitar el Observatorio Astronómico Nacional. Finalmente, pasaron dos mujeres con el vestido tradicional de geisha.

A pesar del continuo tráfico de personas, no se escuchaba ningún ruido exagerado. El silencio era otra de las características de este país en el que en un vagón de metro repleto de personas casi podía escucharse el vuelo de una mosca.

Mitaka era una ciudad de clase trabajadora y no se veían muchos lujos. Fumuro había escogido ese lugar porque estaba cerca de Suguina Miku, donde vivía su familia. Para visitarlos, sólo tendría que subirse al metro y viajar cuatro estaciones hasta la parada de Asagaya, situada a diez kilómetros de allí. Aunque ellos no querían verlo, él necesitaba sentirlos cerca.

El japonés se levantó y caminó hasta la entrada de la estación, un edificio blanco de cuatro pisos. Justo enfrente se encontraba la parada de autobuses. Fumuro se acercó a la parada, miró el mapa que marcaba los horarios y recorridos y continuó andando.

La avenida principal era una sucesión de negocios y letreros comerciales salpicada por edificios de apartamentos de un máximo de diez pisos. Había muchos postes de madera con cables eléctricos y abundante tráfico, incluidas motos y bicicletas. La calle sólo tenía dos carriles.

Un coche paró frente a él y salió una mujer. Antes de que pudiera cerrar la puerta, se escuchó una voz robótica masculina.

-Por favor, cierre la puerta.

El japonés miró impresionado al vehículo. Su reacción dejó claro que era la primera vez que escuchaba hablar a uno. Después siguió su recorrido.

Había bastantes jóvenes en la calle. El rostro de Fumuro no pudo evitar sorprenderse al ver unas chicas con trajes de cuero, cabellos teñidos de varios colores, tacones desproporcionadamente altos y distintos tipos de sombreros. Sus parejas llevaban bastantes tatuajes y multitud de anillos de metal perforando diferentes partes de sus cuerpos.

Luego aparecieron unas adolescentes que le llamaron aún más la atención. Una iba vestida de sirvienta, otra de doncella de cuento de hadas, la siguiente de cocodrilo, otra de ratoncito Mickey Mouse y la última de lo que llamaban Lolita. Iba muy maquillada con colores rosados y llevaba ropa de encaje estilo rococó, guantes, un gran lazo en el pelo como si fuera un regalo, bolso rojo brillante, paraguas también de encaje y tenía un aspecto diabólico-angelical. Parecía una muñeca. Entre la juventud nipona había innumerables subculturas del vestir.

Tras caminar dos manzanas, el japonés giró a la izquierda y entró en una calle aún más estrecha y de un solo carril. Estaba casi desierta.

El segundo local era un restaurante familiar y de pocas pretensiones estéticas llamado Arcoiris. Allí todos se conocían y lo único que importaba era la calidad y el precio de la comida.

El Arcoiris tenía una barra de madera oscura donde había tres personas comiendo. Las ocho mesas del local también eran de madera y el comedor estaba decorado con cuadros y telas con caligrafía y figuras niponas. De fondo se escuchaban canciones tradicionales de la nación asiática.

Fumuro se sentó y de inmediato vino un hombre con delantal blanco y sombrero de cocinero.

-Bienvenido. Aquí tiene la carta. ¿Algo para beber?

-Sake-dijo señalando una marca en el menú.

La cocina era un espacio abierto y los clientes podían ver cómo se preparaba la comida. Todo el local estaba impregnado de un marcado olor a pescado.

El hombre regresó enseguida, puso la botella de sake sobre la mesa, un vaso y se dispuso a anotar el pedido.

-Hace tiempo que no vengo a su restaurante, pero antes tenían un cocinero magnífico llamado Hachiro. Estuvo aquí muchos años, pero no lo veo. ¿Qué fue de él?

El otro japonés hizo un esfuerzo por recordar.

-No lo recuerdo. Yo hace cinco años que estoy aquí. Debe ser de antes. Si quiere pregunto a los dueños.

-No, no hace falta. Muchas gracias- dijo antes de pedir algo de sushi.

Como siempre, la comida de aquel restaurante afortunadamente conocido por pocos le pareció exquisita. Al cabo de media hora, Fumuro pidió la cuenta. Cuando se la trajeron, la cogió, la bajó hasta su regazo, anotó 33-2 en el reverso, la puso de nuevo sobre la bandeja, pagó y se fue.

De ahí se dirigió a un supermercado en la calle principal y compró lo necesario para sobrevivir unos días. El sistema penitenciario le había dado una pequeña cantidad de dinero hasta que cobrara su primera nómina.

Luego regresó a la estación y tomó un té en uno de los bares. A las dos menos cinco se levantó y caminó hasta llegar al autobús número treinta y tres. Justo frente al mismo había un buzón de correos.

Era rojo, alto y en forma de tubo. Lo miró de reojo hasta encontrar una pequeña marca de tiza blanca en forma de equis. Era la señal establecida para confirmar el encuentro. Después subió al transporte público, pagó los doscientos yenes del billete y se sentó.

A esa hora del día el autobús solía ir medio vacío. Había todo tipo de gente, pero en especial ancianos.

A las dos en punto de la tarde, el autobús número treinta y tres inició su recorrido. En la tercera parada se subió un hombre con un mono azul de mecánico. Pagó, camino con lentitud hacia el interior y se dispuso a sentarse en el asiento contiguo a Fumuro.

-¿Me permite? -le preguntó.

-Por supuesto-respondió Fumuro.

El hombre llevaba una guía turística de la ciudad de Hiroshima. En la parte superior derecha tenía la marca de una equis escrita con bolígrafo. Al lado había una inscripción que decía "Mañana. Punto 0. Una de la tarde".

El individuo se bajó en la siguiente parada y desapareció con premura por las calles de Mitaka.

Akira Fumuro apenas durmió aquella noche. Estaba ansioso por el encuentro que realizaría el día siguiente.

A las nueve de la mañana ya estaba subido en el tren bala hacia la ciudad de Hiroshima. Tras un recorrido de seiscientos sesenta y tres kilómetros, llegó a las doce del mediodía.

Comió algo con rapidez y se dirigió al icónico Memorial por la Paz, una de las pocas estructuras que habían sobrevivido parcialmente al impacto de la bomba atómica que Estados Unidos soltó sobre esa ciudad a las ocho y dieciséis minutos de la mañana del 6 de agosto de 1945.

El edificio semidestruido de cemento se había dejado tal y como quedó tras la explosión como testimonio de aquel trágico momento en el que decenas de miles de personas murieron en apenas unos segundos.

Mucha gente asumía que el edificio era el lugar exacto de la detonación, pero éste se encontraba a unos cinco minutos caminando desde allí. El artefacto había estallado justo sobre el hospital Shima.

La bomba, llamada "Niño Pequeño", detonó a seiscientos metros de altura. El motivo era causar la mayor destrucción posible y enviar un claro mensaje a Tokio de que, si no se rendía de inmediato, se enfrentaría a una destrucción aún peor y sin precedentes en la historia.

Washington quería acabar la guerra lo antes posible y evitar una invasión de Japón que calculaba se cobraría la vida de un millón de americanos y tres millones de japoneses.

Akira Fumuro caminó hasta llegar al número 1-5/25 de la calle Ootemachi/Naka-ku. A pesar de que muy cerca de allí había cientos de turistas visitando el Memorial por la Paz y el Museo de la paz, esa zona estaba casi vacía.

A un lado de la calle había una modesta estructura de piedra marrón de algo más de un metro de altura. Tenía una placa con una foto en blanco y negro del hospital destruido y estaba fechada el 6 de agosto de 1945. Aunque ya la había leído muchas veces, repasó aquellas palabras.

"Además de la explosión y la ola radiactiva, la ciudad sufrió una temperatura de entre tres y cuatro mil grados centígrados" leyó en voz baja.

En ese momento, un hombre se paró a su lado y también comenzó a leer la placa, pero en voz alta.

-La explosión fue el equivalente a veinte mil toneladas de TNT- dijo.

Tras unos segundos de silencio, miró a Fumuro.

-Los ochenta pacientes del hospital fueron los primeros en ser pulverizados. Y encima tienen la desfachatez de decir que nos hicieron un favor. Que sin las bombas atómicas hubiera habido más muertos. ¡La madre que los parió! Por favor, no nos hagan más favores como éste, ¿verdad?

El ex terrorista lo observó de reojo y con suspicacia.

-Que tenga un buen día- afirmó después y comenzó a caminar mientras se alejaba de él.

Tras unos cuarenta metros, vio cómo se abría la puerta de cristal de un edificio de apartamentos situado al otro lado de la calle. Era modesto, de dos pisos y de color marrón.

El japonés fue hacia el inmueble y vio salir a una anciana con una bolsa de la compra. Antes de que la puerta se cerrase, entró. Luego observó el interior. La luz automática del vestíbulo ya se había apagado y reinaba la penumbra. No escuchó a nadie, así que volvió a abrir el portal. En tan solo segundos, entró el hombre que había visto frente al hospital Shima.

-¡Akira! - lo abrazó.

Fumuro se fundió en su abrazo. Luego lo observó y puso con cariño sus dos manos sobre sus mejillas.

-¡Makoto! - exclamó.

La emoción parecía embargarlos.

-¡Cuánto tiempo! - afirmó Makoto Kobayashi.

-Exactamente, veintitrés años, tres meses y un día.

Aunque pasadito de kilos y con barba, Makoto era de la misma edad que Fumuro. Levaba gafas, una gorra azul, un traje gris estilo Mao y desprendía un aire de intelectualidad. Ambos habían sido militantes del Ejército Rojo Japonés, pero Makoto nunca fue arrestado por las autoridades.

-¡Qué alegría verte! -prosiguió Makoto.

-¡No sabes cómo os he extrañado!

Makoto volvió a hacer obvia su emoción.

-Te agradezco mucho que nunca hayas dado mi nombre a cambio de alguna prebenda por parte del Gobierno. He esperado durante años a que un día la Policía apareciera en mi casa para arrestame, pero nunca sucedió. Eso sólo puede significar que fuiste fiel a nuestra promesa de jamás delatar a nadie- habló sin temor. Confiaba plenamente en fumuro.

Fumuro se lo quedó mirando con un gesto de sorpresa.

-¡Qué te pasa! - exclamó-. ¿Me ves cara de chivato? - preguntó molesto.

Su amigo sonrió.

-Vi tu entrevista en NHK ayer. Fuiste muy convincente- añadió.

-¿Arrepentido? ¡Jamás! ¡Me cago en sus madres! ¡Que les den a todos! Lo importante es que ya estoy fuera. ¡Imbéciles! - expresó su odio por primera vez desde que saliera de la cárcel.

-¿Y dispuesto a qué?

Akira Fumuro lo observó fijamente.

-A todo, como siempre. Esos cabrones me van a pagar todos los días que robaron de mi vida. Uno a uno- afirmó con rabia.

Makoto asintió con satisfacción.

-¿Cómo estás?

-Deseoso por retomar la lucha. Con el criminal de presidente que tienen en Estados Unidos, es más importante que nunca. Con mucha rabia dentro de mí.

-Me alegro de escucharlo.

Fumuro suspiró.

-¿No necesitas tomarte un descanso? - preguntó Makoto.

-¿Te parece poco veintitrés años de descanso? - respondió Fumuro con ironía.

-¿Seguro que quieres volver a meterte en esto? Si no lo haces, lo entenderé perfectamente. Ya has pagado un precio muy caro y nadie puede pedirte que hagas más- insistió.

Fumuro volvió a tocarle el rostro con cariño.

-Nosotros no somos de los que nos rendimos- descartó de inmediato-. Cuenta conmigo.

Su amigo estudió los ojos de Fumuro y sonrió.

-Nos estamos reconstituyendo en una nueva organización- explicó depositando toda su confianza en su compañero de armas.

-Rentai- añadió Fumuro.

-En efecto. ¿Lo sabías?

-Había escuchado algo.

-¿Cómo te enteraste?

-A veces tenía acceso a la televisión y a la prensa nacional e internacional.

-¿Qué sabes?

-Muy poco. Sólo leí unas líneas en un periódico inglés. Esos hijos de puta casi siempre me pusieron en celdas de aislamiento donde estaba prohibido leer. ¡Cabrones! - exclamó con rabia.

Makoto esbozó un gesto de solidaridad con él y continuó hablando.

-Rentai es la siguiente fase del Ejército Rojo Japonés, pero se trata de una organización mucho más exclusiva. Sólo queremos en nuestras filas a los más comprometidos. A los que están de verdad dispuestos a llegar hasta el final.

-Perfecto. No puedo esperar para vengarme de estos desgraciados.

-Lo sé, lo sé.

Fumuro suspiró de nuevo. Aunque tenía un gran autocontrol, el reencuentro había despertado sus emociones más profundas.

-Aquí no ha cambiado nada- prosiguió Makoto-. Seguimos siendo las marionetas de siempre de los americanos, que hacen con Japón lo que les da la maldita gana. Somos sus perritos falderos. Japón ha perdido su dignidad. Hay que dar una lección a esos yanquis y demostrarles que no todos los japoneses somos unos cobardes incapaces de defender nuestro honor.

Makoto había aguardado con ansiedad aquel momento. Volver a contar con alguien del calibre de Akira Fumuro aseguraba que Rentai golpearía de nuevo con fuerza.

-Por eso te cité aquí- continuó Makoto-. Sabía que recordarías nuestro último encuentro en Hiroshima y nuestro paseo por este memorial.

Fumuro miró en dirección al hospital Shima.

-Primero nos obligan a entrar en la Segunda Guerra Mundial al ahogar nuestra economía. Luego cometen crímenes de guerra pulverizando indiscriminadamente Hiroshima y Nagasaki. Y ahora, a pesar de que ya han pasado siete décadas, seguimos siendo sus esclavos. Todo sigue igual. ¡Qué vergüenza me dan nuestros políticos! ¡Cobardes! - exclamó Fumuro.

-Isamu, si los americanos hubieran perdido la guerra, todos hubiesen entrado en la cárcel por crímenes contra la humanidad.

Fumuro hizo un gesto de sorpresa. Hacía mucho tiempo que no escuchaba a nadie llamarlo así. Sus compañeros lo habían bautizado con el apodo de Isamu, que en japonés significaba valentía. Su alias oficial era Mamoru, o protector.

-Si estás de acuerdo conmigo, eres un miembro civilizado de la comunidad internacional, pero si te opones a lo que te obligo a hacer, incinero tus ciudades. El más fuerte es el que dicta los términos. Siempre ha sido así. La ley de la selva- afirmó Makoto.

La expresión de Fumuro fue entonces de asco.

-Pero siempre habrá patriotas como nosotros. Guerreros que aseguren que nuestros enemigos jamás puedan dormir tranquilos. Es hora de volver a demostrarles con sangre que nadie puede humillarnos. Tardaremos un día, un mes, un año o un siglo, pero siempre nos vengaremos de los que han pisoteado la dignidad de Japón-continuó Fumuro.

Makoto se emocionó ante aquellas palabras.

-¿De cuánta gente dispones? -preguntó Fumuro.

-Veintidós. También tenemos una célula en Singapur y otra en Manila.

-Más que suficiente para empezar.

-¿Habéis podido crear lazos con otros grupos?

-En Japón, con la Brigada Antiimperialista y con el Frente Antiguerra. En el extranjero, con algunos grupos musulmanes que operan en Siria, Irak, Afganistán, Somalia y Yemen. Tenemos una ideología diferente que los islamistas, pero el mismo enemigo.

-Magnífico- afirmó Fumuro, ahora con un semblante de satisfacción.

Sin embargo, su amigo moderó el optimismo que parecía embargar a Fumuro.

-Pero estamos teniendo muchos problemas para conseguir armas y explosivos. No queremos dar ningún paso en falso. La Policía japonesa tiene muchos contactos en toda Asia y podría descubrirnos ante el más mínimo error.

-¿Sospechan algo?

-Piensan que Rentai es sólo una organización de izquierda radical, pero, hasta ahora, no han descubierto nada que les haga pensar que vamos a realizar atentados. Tampoco saben quiénes la integramos. Nos ven como algo muy marginal.

-¿Piensas que podrían seguirme para asegurarse de que no ingreso en Rentai?

-No creo. Perdona, pero te ven como un dinosaurio. Dicho esto, todo es posible.

-No podemos bajar la guardia.

-En todo caso, no sería ahora. Saben que estás muy bien entrenado. Quizás de vez en cuando realicen algún operativo de vigilancia para asegurarse de que no cometieron un error al amnistiarte.

-También podrían haberme soltado para que yo les lleve hasta vosotros.

-Tranquilo. No somos ningunos aprendices. Sabemos protegernos. Lo que más me preocupa ahora es el tema de las armas.

Fumuro reflexionó durante unos segundos.

-Yo te ayudaré con eso. Lo mejor es buscarlas en la otra punta del mundo. Donde nadie nos tenga en el radar. ¿Recuerdas a Aritz Goikoetxea?

A pesar del tiempo transcurrido, Aritz no era una persona fácil de olvidar.

-Sí, de ETA.

-Él nos ayudará.

-ETA ha abandonado las armas.

-ETA sí, pero él no. También leí en un diario que organizó un gran atentado en Barcelona con un grupo de independentistas llamado Unidad 120050. Una célula rebelde de ETA. Está prófugo, pero sé cómo contactar con él.

-¿Confías en Aritz?

-Plenamente- aseveró con seguridad-. Como sabes, fui su instructor en los campos de entrenamiento en Líbano. Trabamos una gran amistad. Es como nosotros, nunca se rendirá. Tiene espíritu de samurái. Está completamente en contra del proceso de paz en España. Califica a ETA como traidora a la causa vasca. Jamás traicionará sus ideales revolucionarios e independentistas. Si ETA pudiera, lo eliminaría de inmediato.

-Muy bien- dijo satisfecho Makoto.

En ese momento escucharon que una puerta del segundo piso se abría.

-Es mejor que me vaya. Ya sabes cómo contactar conmigo.

Los dueños del restaurante Arcoiris también eran miembros del antiguo Ejército Rojo Japonés. Akira Fumuro había ido allí siguiendo el protocolo secreto establecido desde el mismo nacimiento del grupo para solicitar un encuentro con la cúpula de la organización terrorista.

Si el restaurante ya no exisitera, Fumuro también sabía cómo establecer contacto con el grupo subversivo nipón a través de otros canales.

-Habla con Aritz y volvamos a vernos para planear los próximos pasos y presentarte al actual núcleo duro de Rentai- añadió Makoto.

Fumuro volvió a abrazar a Makoto, abrió la puerta y se marchó. Su amigo lo hizo algunos segundos después y en dirección contraria.

En su camino a la estación, Fumuro entró en una tienda de productos electrónicos y compró un móvil desechable.

En la cárcel, las autoridades les habían dado cursos sobre las innovaciones tecnológicas desarrolladas mientras ellos estaban en prisión. Eso incluyó aprender cómo funcionaban los teléfonos móviles, los ordenadores e Internet. Los cursillos estaban ideados para faciliar y acelerar su entrada al mercado laboral una vez finalizaran sus condenas.

Después entró en una tienda de productos de vigilancia electrónica y adquirió un distorsionador de voz. Tras probarlo, caminó hasta encontrar un callejón solitario y se metió dentro. Colocó el modificador de voz sobre el auricular y marcó un número. Al cabo de algunos segundos, escuchó una voz automatizada diciendo que ese número había cambiado y que le conectaban con el nuevo.

 -Agencia de viaje Caracas, ¿en qué puedo ayudarle? -contestó alguien desde Venezuela.

Aritz le había enseñado algo de español conversacional por si algún día tenía que usar ese método para contactar con él sin usar los canales habituales de ETA. Ese protocolo sólo estaba en manos del círculo más íntimo del vasco. A pesar de los años transcurridos, Aritz no lo había cambiado.

-Lo que funciona, no lo toques- solía decir.

El japonés tenía taladrado en su cerebro tanto el número de teléfono como el nombre del negocio. No obstante, si ése plan fallaba, tenía los nombres de dos empresas más establecias con el mismo fin. Una en Buenos Aires y otra en Managua, Nicaragua.

-Hola. Querría hablar con Igari- dijo la clave establecida.

Un silencio al otro lado de la línea.

- ¿Igari? ¿Igari qué?

-Legazpi.

Otro silencio.

-Un momento por favor-dijo el hombre.

La espera duró más de un minuto.

- ¿Dígame? - se escuchó otra voz.

-Querría hablar con Igari Legazpi.

- ¿De parte de quién?

-Soy un cliente. Hace tiempo que no sé de él y me gustaría encargarle algo.

- ¿Su nombre?

-Pedro Medina, del restaurante El Tenedor.

El hombre dudó durante unos instantes. La persona que llamaba no sólo tenía un acento extranjero, sino que estaba usando un método de contacto establecido hacía mucho tiempo y que apenas se usaba.

-Muy bien- afirmó por fin-. Le voy a dar un correo electrónico y un servidor. La clave será el nombre del hermano de Igari.

-Adelante-dijo Fumuro, entrenado a no apuntar ese tipo de datos, sino a memorizarlos.

Tras dárselo, el individuo continuó.

-La cuenta se abrirá mañana a las seis de la tarde hora de España. Permanecerá activa diez minutos. Vaya al buzón de borradores y escriba allí lo que quiere. Si Igari lo quiere ver, le dirá qué hacer.

-Gracias.

La agencia de viajes era uno de las empresas establecidas por Aritz para generar dinero para su causa y ETA no estaba al tanto de su existencia. El negocio había resultado vital para financiar la operación fallida de la Unidad 120050.

De regreso hacia Tokio en el tren bala, Akira Fumuro pensó en su familia y en la vergüenza que sentían por él. Deshonrarlos era lo peor que hubiera podido ocurrirle, pero ésa era la situación que él mismo había creado con su militancia terrorista.

Isamu miró por la ventana y volvió a fijarse en los numerosos y cuidados campos de arroz. Plácidos, magistralmente delineados y de un verde intenso, eran un ejemplo perfecto del orden tan característico de Japón. Fumuro pensó en la contradicción entre aquellos campos y su vida.

-Su existencia no es más que una larga lista de sueños frustrados. Es usted un fracasado. Su familia le aborrece y su país le considera un traidor. Debe tener la mente destrozada. El único lugar donde se puede tener a un animal como usted en es una celda de aislamiento en Fuchu- recordó las palabras del fiscal durante el juicio.

Fumuro era una persona de principios, pero esos mismos valores le habían despedazado la existencia. A pesar de eso, continuaba sintiendo la misma pasión por sus ideas y rezaba para que algún día los suyos pudieran entender las claves de los laberintos más íntimos de su corazón.

Su vida había sido un infierno. Rendirse y cerrar ese capítulo de su pasado sería lo más fácil. Sin embargo, su lealtad a la causa no tenía límites. Sabía que tenía las de perder, pero, aun así, lucharía hasta el amargo final.

VII

Lajos Kovács se movía nerviosamente. En una mano tenía un móvil. En la otra, un clip con el que no paraba de jugar. Aunque sabía que la llamada sería inútil, se preparó para marcar el número. Su naturaleza era luchar siempre hasta el último suspiro.

Se encontraba solo en su vivienda de las afueras de Washington y su teléfono estaba encriptado. Sin embargo, se metió en la urna de cristal que había construido para evitar cualquier escucha.

El pequeño cuarto tenía tres ordenadores y varios aparatos electrónicos que el espía de la Agencia Central de Inteligencia usaba para dirigir algunas de las misiones encubiertas que le encomendaban.

-¿Dígame? -respondió Allan Pierce, el jefe del húngaro.

-Soy Kovács.

El silencio que recibió como respuesta le dejó claro que la llamada no había entusiasmado a su supervisor.

-Estoy ocupado. Vete al grano- afirmó con displicencia.

-Me han ofrecido un trabajo en México. Tendría que irme mañana por la mañana. Sería sólo cuestión de un par de días. ¿Ves algún problema?

El suspiro de Pierce fue más sonoro de lo habitual.

Lajos Kovács, de estatura media, ojos azules, pelo grisáceo, 65 años y cierta barriguita no tragaba a su jefe. El sentimiento era mutuo.

-Ni de coña- dijo Pierce categóricamente.

De nuevo, el espíritu de luchador.

-Por favor, ¿no crees que estás exagerando?

Kovács era un personaje muy inusual y con dos facetas claramente diferenciadas. Por un lado, tenía un doctorado en terrorismo internacional y pertenecía a una prestigiosa institución académica de Washington. Por otro, se trataba de uno de los agentes secretos y mercenarios más efectivos del mundo.

Tenía una empresa privada de seguridad y en ella las consideraciones éticas solían ser escasas o inexistentes. El catálogo de servicios incluía seguimientos, protección, rescate de secuestrados y, por el precio adecuado, discretos ajustes de cuentas.

La CIA lo había contratado, pero el acuerdo permitía a Kovács seguir trabajando por su cuenta. Los motivos eran dos. El primero, que la empresa de seguridad del húngaro era una excelente cobertura para que su agente pudiese viajar por todo el mundo sin despertar sospechas. El segundo, que a la Agencia Central de Inteligencia le convenía tener a uno de sus espías operando en el bajo mundo. Necesitaba tener ojos y oídos en todas partes, en especial en lo más profundo del infierno para vigilar si el demonio cumplía o no los pactos que hacían con él.

-A pesar de ser ateo, Aritz debe estar rezando para toparse de nuevo contigo. Y quién sabe si, en este mismo momento, está intentando localizarte para vengarse de tu traición, ¿no te parece? Eso sería lo que yo estaría haciendo.

Lajos Kovács había logrado infiltrarse en la célula rebelde de Aritz y resultó clave para el fracaso de la operación de la Unidad 120050.

-No nací ayer. Sé cuidarme- descartó la preocupación.

-Mira, nos conocemos desde hace muchos años. Entre nosotros no vale la pena maquillar la verdad. Sabes muy bien que no eres santo de mi devoción, pero he mantenido tus servicios porque siempre has sido muy efectivo.

-Que de ten por culo-pensó Kovács. Aunque el húngaro no verbalizó su pensamiento, Allan Pierce intuyó los buenos deseos de su empleado.

-Ya estás para jubilarte, pero antes hemos de finalizar esta operación-continuó Pierce-. Arrestar o eliminar a Aritz es una prioridad y tú eres una pieza fundamental en este operativo. Lo conoces como nadie. No voy a arriesgar esa ventaja autorizándote a que te vayas a México para que allí alguien te meta en una picadora de carne y te envíen de vuelta en trocitos. Tienes tantos enemigos que necesitaría una calculadora para poder sumarlos.

-Me emociona tu preocupación por mí.

Pierce se rio.

-Déjate de ironías. Tú me importas un bledo, pero sin ti será más difícil atrapar a Aritz.

-Al menos no se te puede acusar de hipócrita.

-Eres un medio para conseguir un fin. Cuando nuestros caminos se separen, créeme, no voy a extrañarte mucho.

-Entiendo- afirmó al comprobar una vez más el gran afecto que su jefe profesaba por él.

-De hecho, cógete unos días libres, pero no te muevas de Washington. Cuando Elena Martorell decida ejecutar el plan, tenemos que estar listos. ¿Entendido?

-No me hace falta ningún día libre.

-No es una sugerencia, sino una orden. Te vamos a necesitar muy fresco y ya no tienes precisamente veinte años.

-¿Y cuándo se supone que Elena dará luz verde? -preguntó mientras se lamentaba por el contrato perdido.

-En los próximos días- afirmó con vaguedad-. Descansa, que buena falta te hará después. A veces te olvidas de la edad que tienes- continuó humillando a su agente-. Vas a ser de mucha utilidad- añadió.

Lajos deseó entonces que Allan Pierce hubiera recibido la alimentación vía rectal que la CIA había aplicado en Guantánamo a algunos presos tras los ataques del 11 de septiembre.

-Voy a ser de mucha utilidad- repitió con ironía la frase de Pierce-. ¿Quizás como carnaza para atraer a Aritz y que muerda el cebo?

-Lo que se tercie. ¿O por qué piensas que te pagamos? ¿Por qué nos caes bien? ¡Eres la hostia! ¡Adiós! - se despidió Pierce abruptamente sin esperar a que Kovács hiciera lo propio.

Allan Pierce, de cincuenta años y algunos kilos de más, pero sin resultar obeso, se levantó de su escritorio en la estación de la CIA en la Embajada de Estados Unidos en Madrid, situada en la calle Serrano. Después se dirigió a las instalaciones de la Agencia Nacional de Seguridad en el mismo recinto diplomático. La NSA era la encargada de realizar el espionaje electrónico de Washington en todo el mundo.

-¿Alguna novedad? -preguntó Pierce a uno de los funcionarios.

-No. Aún no hemos localizado nada.

La NSA tenía grabada en su archivo la voz de Aritz Goikoetxea y rastreaba cualquier comunicación electrónica asociada a esa voz durante las 24 horas del día.

Para hacerlo, utilizaba un superordenador ubicado en el Centro de Datos de la agencia en el estado de Utah. Conocido como Cray XC30, era capaz de realizar 100 mil billones de operaciones por segundo. Su nombre en clave era Cascada.

El macro ordenador tenía un algoritmo denominado Estándar Encriptado Avanzado y se usaba para rastrear datos electrónicos en discos duros, correos electrónicos, servidores y buscadores. Los expertos aseguraban que se tardaría la edad del Universo en poder romper un código tan sofisticado como el suyo.

-Continúen. No bajen la guardia. Algún día cometerá un fallo y ese día puede ser hoy.

VIII

Tras las últimas elecciones autonómicas, las cosas por fin han empezado a cambiar en Cataluña. La gente ya ha dado el primer paso para parar los pies a los independentistas- dijo Ignaci Fornell-. Sin embargo, el varapalo electoral está radicalizando aún más a los soberanistas. Antes eran unos pesados, pero ahora… ¡Ahora no hay quien los aguante! – exclamó después.

Había un murmullo generalizado en la sala y algunas personas aún se estaban sentando, de modo que muchos no lo escucharon bien.

Al darse cuenta de que el acto había comenzado y él ya estaba hablando, todos tomaron asiento y guardaron silencio.

-Así que hasta que los independentistas se civilicen o pierdan la *Generalitat*, nunca volveré a actuar en Cataluña. Aquí no hay libertad. Los nacionalistas han logrado que ya me importe menos lo que pase aquí que en Borneo. ¡Estoy harto de ellos y de su actitud mafiosa y totalitarista! - espetó Fornell.

Ésa fue la forma incendiaria en la que comenzó el coloquio tras la presentación en Barcelona de su último libro.

Actor, dramaturgo y escritor, había anunciado que ése sería su último acto público en territorio catalán.

-Se han enfrascado en una especie de guerra santa y son ya peores que los talibanes. Sólo les faltan los turbantes, las chancletas y el Kaláshnikov al hombro. Me han agotado. Me exilio a Madrid- sentenció.

Fornell era catalán, pero también se consideraba español y se oponía a que Cataluña se independizara de España. De sesenta y seis años, delgado, de pelo blanco y muy histriónico, jamás se había mordido la lengua, ni en los temas más espinosos. Era un polemista nato.

La presentación de su novela se realizó en una prestigiosa librería de la Rambla de Cataluña. Situada en el centro de la ciudad, se trataba de uno de los lugares considerados de referencia para ese tipo de actos.

El establecimiento era amplio, moderno y el espacio dedicado a las presentaciones estaba al final del local. La sala, espaciosa y con cien sillas, permanecía aislada del resto de la librería por un gran vidrio transparente.

Aquella tarde estaba a rebosar, hasta el punto de que la gerencia se había visto obligada a prohibir la entrada de más público. Dentro se encontraban unas ciento cincuenta personas y quince periodistas.

-Los nazinalistas han boicoteado de manera constante mis obras en Cataluña. Son la versión moderna de la SS alemana o de los comisarios políticos estalinistas.

Al escuchar el término nazinalistas, una parte del público expresó un murmullo de profunda desaprobación.

-Si no estás de acuerdo con su ideología, te excluyen y... ¡pobre del que te apoye! Se le acabó la vida profesional aquí. Sobre todo, en los pueblos y ciudades pequeñas, donde todos se conocen. Primero es un ostracismo sutil y paulatino, pero después cada vez se va haciendo más obvio y asfixiante hasta que al final, como yo, esa persona no tiene más remedio que irse. Ojalá que el resultado de estas elecciones consiga que toda esta intimidación comience a desaparecer en Cataluña- prosiguió Fornell.

En la sala se escuchó otro cuchicheo generalizado de rechazo a lo que acababa de decir.

-Sí, sí… ustedes se pueden ruborizar todo lo que quieran, pero yo en Madrid lleno los teatros y aquí, en mi propia ciudad, no va nadie. Me pregunto por qué-ironizó.

Su representante, Marc Martí, observaba al público con perversa curiosidad para analizar sus reacciones, hasta la más mínima.

-Lo importante no es si la gente habla bien o mal de tu cliente, sino que hablen -repitió para sí la filosofía dominante en su gremio.

Para eso había invitado al coloquio a tres personas que, estaba seguro, garantizarían una verdadera demostración de pugilato verbal que no dejaría indiferente a nadie. Sabía muy bien que la prensa necesitaba drama y él se lo iba a servir en bandeja de plata.

-Muchas gracias Ignaci por tus palabras de presentación. No sé por qué, pero presiento que este debate va a ser muy intenso…- dijo Martí mientras sonreía con picardía.

Fornell inclinó la cabeza en un gesto de reconocimiento. Su representante hizo lo propio y continuó.

-Hoy nos acompañan tres personas más para debatir sobre la controvertida obra de Ignaci Fornell, uno de los artistas contemporáneos más populares del país. El primero es Sergi Serra, diputado catalán en el Parlamento español y partidario de la independencia. La segunda es María Vidal, historiadora asturiana y líder de una plataforma ciudadana contraria a la secesión.

Martí se detuvo un par de segundos para que el efecto de la palabra secesión calara entre el público. En Cataluña, muchos usaban el término más políticamente correcto de movimiento soberanista.

El moderador pensaba que secesión tenía connotaciones dañinas para la causa independentista, mientras que cualquier variación de la palabra soberanía era positiva. El debate aún no había comenzado, pero los ganchos al hígado ya se hacían sentir.

-Y, por último, contamos con la participación de Manel Bartra-prosiguió el moderador-. Se trata de un rostro familiar para muchos en Cataluña. Trabaja como periodista para un canal de televisión local y ha defendido públicamente la independencia en muchas ocasiones.

Martí se calló y se escuchó un aplauso comedido. A pesar de que muchos ya habían expresado una incomodidad manifiesta ante ciertas manifestaciones de Fornell y su representante, recibieron con educación y respeto a los panelistas. Martí esperó con cortesía a que el aplauso finalizara y dio por iniciado el debate.

-Ignaci, este libro es una ficción sobre cómo sería una Cataluña independiente dos años después haberse separado de España. ¿Por qué lo titulaste "España, por favor, ¿me aceptas de regreso?" ¡Era una broma!

El autor se dispuso a responder mientras una gran parte de los presentes volvió a mirarle con una actitud de claro reproche.

-Fuera de la Unión Europea y del euro, con una moneda irrisoria que no querría nadie, sin ningún peso en el mundo, con una fuga de empresas y capital sin precedentes, sin poder exportar al resto de Europa, con la corrupta oligarquía catalana robando incluso más que ahora, sin posibilidad de acceder a préstamos del Banco Central Europeo, sin ninguna garantía oficial para las cuentas bancarias, con una población que ni siquiera sabría si cobraría o no su jubilación, sin poder defenderse de organizaciones terroristas y criminales y con jóvenes que cada día hablan peor el español, un lucrativo mercado de quinientos millones de personas...¿Acaso necesito seguir?- preguntó al público con sarcasmo. ¡Hasta la Grecia en bancarrota de hace unos años parecería Disneylandia! - exclamó después.

Los gestos de desaprobación eran cada vez más ostensibles y de vez en cuando, aunque casi entre susurros, algunos en la audiencia comenzaron a articular frases más elaboradas criticando las palabras del singular artista.

-Como máximo en dos años estarían pidiendo de rodillas volver a ser parte de España, pero ya sería demasiado tarde. Si esa puerta se cierra, no se volverá a abrir- sentenció con el rostro de gravedad de quien acaba de apuntillar a un toro.

En Cataluña, la defensa de España solía hacerse en tertulias televisivas, mítines políticos, debates parlamentarios o en manifestaciones masivas.

Un catalán famoso defendiendo su españolidad con orgullo, solo y sin complejos en plena Barcelona, no era precisamente una estampa habitual.

A pesar de que sus ideas eran conocidas por todos, muchos de los soberanistas aún lo observaban algo contrariados. Les costaba trabajo creer que el artista empleara semejante énfasis para expresar sus opiniones en un lugar que muchos españolistas consideraban hostil para su causa. Territorio comanche.

-¡La política del miedo! ¡Para asustarnos y que no se nos ocurra volver a declarar la independencia! - estalló al fin alguien desde una parte remota del auditorio.

Martí había sentado con malicia a Sergi Serra al lado del autor para que las chispas saltaran de inmediato. El político se esforzaba por mantenerse lo más alejado posible de Fornell, pero permanecía esclavizado a la dictadura de la silla. Sentía las palabras del escritor como ácido sobre su cuerpo.

-Vaya sarta de tonterías acabas de decir- afirmó por fin el diputado independentista dirigiéndose al artista-. Afirmas que eres catalán, pero lo dudo porque no entiendes nada de lo que está pasando aquí. La brecha psicológica con Madrid es cada vez más profunda. Cuando escuchamos la palabra España es ya como si nos estuvieran hablando de otro país.

-Entiendo. Si no estoy de acuerdo con la independencia, ya no soy catalán. Ahora resulta que también tenéis el monopolio de la catalanidad. Lo único que os falta es caminar sobre las aguas y multiplicar panes y peces... - siguió ironizando Fornell.

-Te guste o no, hemos entrado en un proceso irreversible. Por más trabas políticas y legales que nos pongáis; por más patriotas catalanes que inhabilitéis de sus cargos y metáis en la cárcel, acabaremos siendo libres. Hemos perdido una batalla, pero ganaremos la guerra. De eso que no te quepa la menor duda.

-Pero ¿qué dices? -intervino de repente María, obviamente molesta.

Estaba agitada. Las palabras que acababa de escuchar la enfurecieron y tuvo que hacer un esfuerzo notable por controlar sus emociones. De pelo negro, largo y rizado, parecía una leona a punto de rugir.

-Cataluña ya es libre- prosiguió-. Forma parte de una democracia donde las cosas se deciden votando. Una sociedad donde mandan las mayorías y se respetan los derechos de las minorías. Esto no es Corea del Norte. Los catalanes, igual que el resto de los españoles, son quienes eligen a sus representantes en elecciones democráticas. Vosotros sí que no paráis de decir tonterías para confundir a la gente. ¿Es que no os dais cuenta del ridículo que estáis haciendo?

-No me hagas reír- replicó Serra-. Madrid siempre nos ha tenido amordazados. No nos permite decidir nuestro futuro porque tiene pánico al resultado. Por eso jamás nos dejarán hacer un referéndum vinculante sobre el tema de la independencia. Eso zanjaría esta controversia de una vez por todas. Aquí, en cambio, dejamos hablar a cualquiera. Este debate es un ejemplo. La oligarquía española nos quiere seguir reprimiendo de por vida. Esto es insostenible y va a petar.

Entonces fue Ignaci Fornell quien se rio.

-¿Qué aquí dejan hablar? ¡Eso sí que es gracioso! El que se peta soy yo... ¡pero de la risa! - exclamó.

El artista era una persona muy transparente y las expresiones de su rostro siempre indicaban con diáfana claridad qué sentía en cada momento.

El político lo miró ofendido, pero Fornell ignoró la afrenta y continuó.

-Yo me fui de Barcelona no sólo porque no me dejaban hablar, sino porque incluso me escupían en la calle. Cuando aún hacía teatro en Cataluña, tenías que ser muy valiente para ir a ver una de mis obras. Si alguien te descubría allí, pasabas de inmediato a convertirte en un leproso al que nadie osaba acercarse. ¿Qué clase de libertad tenéis aquí que mis seguidores sólo se atreven a felicitarme en privado? Ya estáis igual que en el País Vasco, donde si votas al PP jamás lo puedes admitir en público. ¡Y eso que ETA ya no está asesinando! - enfatizó.

El autor se mostraba muy dolido por el trato que decía haber recibido por parte de sus paisanos.

-Los nazinalistas catalanes han creado un ejército de zombis que les siguen sin cuestionarse nada- continuó usando el controvertido término al comprobar el punzante efecto que causaba entre una parte importante de la audiencia-. Es mejor distraer a ese ejército de descerebrados con el tema de la independencia que hablar de la crisis económica, la falta de empleo, la precariedad laboral, la pobreza o la escandalosa corrupción en sus gobiernos. Vamos, de lo que importa de verdad- siguió hundiendo el dedo en la llaga-. ¡Y cuánto imbécil les sigue el juego! - exclamó después con una expresión de incredulidad en su rostro-. Menos mal que los más razonables ya hemos comenzado a castigar a los nazinalistas en las urnas. De independencia, nada- sentenció.

Manel Bartra suspiró con frustración.

-En especial si Madrid usa el artículo 155- ironizó el periodista.

-Lo que haga falta- respondió el artista con seguridad.

El reportero lo observó con resentimiento y prosiguió.

-Hablas de corrupción. Madrid podría dar clases de eso- rio.

-Por desgracia, es cierto. Hay demasiado corrupto- se lamentó Fornell-. Sin embargo, vosotros sois sin duda los mejores alumnos de esa promoción. Sacásteis matrícula de honor. Vuestros llamados padres de la patria desfalcan el país y ¿qué hacéis? Miráis al otro lado y ni os atrevéis ni a criticarlos en público. En cambio, cuando la justicia descubre a algún corrupto en cualquier otra parte de España, es el mayor escándalo en la historia de la humanidad. ¡Qué patéticos sois!

El informador meneó la cabeza, cada vez más molesto.

-España debería aprender un poco del Reino Unido- afirmó despectivamente-. Escocia pudo votar. Decidió su destino. Nosotros, en cambio, somos ciudadanos de tercera categoría incluso en la tierra que nos vio nacer. Estamos maniatados. Lo único que pedimos es un referéndum vinculante para que el pueblo pueda decidir qué quiere, pero, a la primera que lo insinúas, ya viene corriendo el del tricornio, grita ¡rebelión! y te amenaza con la cárcel.

Fornell se rio.

-Oye, a ver si os aclaráis. ¿No decíais que las elecciones autonómicas reflejarían lo que quieren los catalanes en el tema de la independencia? Pues ya viste los resultados: ganó un partido españolista.

-Los partidos nacionalistas obtuvimos la mayoría en el *Parlament*. Eso es lo único que cuenta- apuntó el reportero sin inmutarse.

-Ah, ¿sí? ¿Y qué vais a hacer entonces ahora? ¿Volver a declarar la independencia a pesar de que el partido ganador quiere que Cataluña continúe siendo parte de España?-se rio.

-La solución es muy fácil. En vez de meter a políticos en la cárcel por sus ideas, permitid de una vez por todas un referéndum vinculante y que sea lo que Dios quiera- insistió Bartra-. El resultado tiene consecuencias legales y sería aceptado tanto por nosotros como por la comunidad internacional, como en Escocia o Canadá.

El artista suspiró profundamente.

-Es que aquí ya se ha perdido toda perspectiva. Necesitáis viajar un poco y sacaros la boina, joder. Habláis de democracia, pero no tenéis ni idea de lo que es. Lo que habéis hecho fue anticonstitucional, i... le... gal- arrastró las sílabas para dar más énfasis a la palabra.

-Se os llena la boca hablando de democracia, pero os da pánico ejercerla- ironizó Bartra.

-El problema de España no es la falta de democracia, sino el exceso de democracia. Nosotros no sólo permitimos que los independentistas que odian a España estén representados en el Parlamento nacional, sino incluso que pisoteen las leyes a sus anchas. Vivimos acomplejados por lo que hizo el franquismo y no nos atrevemos a dar un puñetazo encima de la mesa para decir basta ya de tanta tontería.

El periodista observó a Fornell mientras éste realizaba una expresión de desprecio.

-Cómo os duele que Cataluña se os esté escurriendo entre los dedos sin que podáis hacer nada para evitarlo, ¿verdad? - sonrió después con satisfacción-. Nuestra lucha ha sido larga y ardua. Hemos tenido altibajos, pero la victoria es sólo cuestión de tiempo.

-¡En tus sueños! - reaccionó de inmediato el artista catalán-. La gente os castigará cada vez más en las urnas para ver si os despertáis de una vez de ese delirio independentista que os tiene hipnotizados. Las últimas elecciones fueron sólo el comienzo de lo que viene. Se os están acabando los quince minutos de fama. Cada vez vais a tener menos respaldo y cuando finalmente perdáis la *Generalitat* y la mayoría en el *Parlament,* la mitad de vuestros líderes acabarán en la cárcel. Ya nadie podrá protegerlos ocultando información de todo lo que han robado al pueblo catalán y español.

El gesto de regocijo del periodista pasó a convertirse en uno de repugnancia. Su agresividad corporal aumentaba por momentos. Sin embargo, respiró hondo e intentó tranquilizarse para expresar bien sus ideas.

-Vuestra mentalidad fascista nos está obligando a romper la baraja- afirmó.

El dramaturgo miró a Bartra como si no pudiera creer lo que estaba escuchando.

-La gente quiere seguir unida y que, en vez de desestabilizar al país y llevarlo hacia un precipicio, os dediquéis a trabajar para superar la peor crisis en tres generaciones. ¡Que hay millones de españoles que viven con menos de mil euros al mes! ¡ A ver si te enteras!- exclamó el autor-. Dejad de echar cortinas de humo para maquillar lo mal que habéis gobernado. Ya no engañáis a nadie- agregó.

Bartra hizo caso omiso a Fornell y optó por mirar al público.

-Tú estás ciego y sordo ante lo que sucede aquí. En cambio, esta sala está llena de gente que me entiende a la perfección- sonrió mientras hablaba directamente con la audiencia-. Igual que muchos de los que me escuchan ahora, el 1 de octubre me sentí orgulloso de ser catalán porque pude votar democráticamente sobre el futuro de Cataluña en un referéndum. Me emocionó profundamente poder expresar mi opinión. ¿Es eso tan difícil de entender? ¿O es que sólo yo me siendo así?

- ¡No! ¡Estamos contigo! - exclamó un hombre en la segunda fila.

Tras su muestra de apoyo, se produjo un aplauso.

- ¿Ves? - dijo el reportero mientras miraba a Fornell con cierta altanería-. Y si la gente quiere un referéndum vinculante, entonces me pregunto: ¿por qué enviamos a los soldados españoles a defender la democracia en países como Afganistán, pero Madrid no nos permite que la ejerzamos aquí? ¡Y luego os extrañáis de que declaremos la independencia! ¡Es que no nos dejáis otra opción!- exclamó.

Manel Bartra recordaba el 1 de octubre del 2017 como uno de los días más plenos de su vida. Para Fornell, en cambio, había sido simplemente una obra teatral como las que él creaba.

- ¡Y dale con el 1 de octubre! ¡Vaya farsa!- exclamó enfadado-. El pueblo ya dictó sentencia en las últimas elecciones. Ganó un partido que quiere que Cataluña continúe formando parte de España. Se acabó el debate- insistió.

-Mayoría absoluta de escaños en el *Parlament*…- susurró Bartra dando a entender, una vez más, que eso legitimaba la causa de la secesión.

Ambos bandos parecían irreconciliables. Ninguno de los dos se mostraba dispuesto a extender una rama de olivo al otro para encontrar alguna forma de superar esta disputa que mantenía en vilo a todo el país.

-Hay que ser realistas- continuó el periodista con pesadumbre-. No importa qué partido esté en el poder en Madrid, jamás permitirán que nos separemos por las buenas. El gobierno central seguirá agrediendo, mutilando y ahogando nuestros derechos. España se comporta cada vez más como una república bananera. No sé cómo la admitieron en la Unión Europea o, mejor dicho, no sé cómo todavía no la han expulsado. Lo siento, pero de esa España rancia, casposa, acartonada y altanera no queremos saber nada. ¡Vaya democracia de pacotilla!

Tras el exabrupto, se oyeron unas risotadas de apoyo a sus palabras.

-Espero con ansiedad el futuro de esa Cataluña soberana- continuó-. Aunque tú no lo veas, cada día está más cerca. Podéis traer todos los policías que queráis, pero no destruiréis nuestro sueño. Nuestro futuro será brillante porque, finalmente, podremos manejar nuestros propios recursos. Somos más que autosuficientes. Una nación de emprendedores. Madrid sólo nos quiere para exprimirnos a impuestos. Los políticos españoles tienen pánico a que sus dos motores económicos, Cataluña y Euskadi, se independicen. Saben que, si eso ocurre, España no podría sobrevivir- agregó con despecho.

-Vaya, tardaste mucho tiempo en salir con el cuento del dinero- intervino María-. Siendo periodista deberías estar mejor informado. Es Cataluña la que roba a España y no al revés.

Esta vez no fueron risas, sino desconcierto e incredulidad generalizados ante semejante afirmación.

-Cataluña está arruinada. Esos gobiernos nacionalistas que tanto adoras hicieron una gestión no sólo corrupta, sino desastrosa. Sin la ayuda financiera de Madrid, la *Generalitat* no podría ni pagar a sus empleados a final de mes. Ése es el legado soberanista.

Manel la observó de reojo y con un gesto de desconfianza.

-¿Quién te pasó esa información? ¿El Partido Popular? Muy fiable... -se mofó.

Aquella displicencia molestó aún más a María.

-¿Por qué crees que nadie ha comprado durante años deuda catalana? España ha tenido que emitir deuda pública para que los gobiernos nacionalistas de la *Generalitat* pudieran pagar sus cuentas. Ésa es la única realidad. Y encima os quejáis, os hacéis los mártires y os pasáis el día diciendo que los españoles somos una pandilla de vagos e irresponsables que vivimos de lo que vosotros producís.¡Qué desfachatez!

A medida que la pelea verbal ente los panelistas subía de tono, el ambiente en la sala también se caldeaba.

-Si han faltado recursos es porque no paramos de enviar dinero a Madrid para que después allí lo derrochen y repartan entre sus amigotes. ¡Como si cayera del cielo! - dijo un Manel cada vez más irritado.

-Qué argumento tan egoísta y poco solidario. ¿A quién se le ocurriría que, por ejemplo, Nueva York abandone Estados Unidos porque paga más impuestos que Alabama? Sólo a vosotros. En todos los países del mundo pasa lo mismo. Hay partes más ricas que otras. ¿Es ésa la consigna de una Cataluña independiente? ¿Deshaceros de los pobres?- acusó.

Su pregunta despertó miradas de clara desaprobación entre el público.

-Y no olvides que esta España que tanto desprecias es vuestro mercado número uno- prosiguió-. Estos a quienes tanto criticáis somos los que os compramos casi todo lo que producís. Deberíais ser un poco más agradecidos.

María miró al periodista con un desdén nada disimulado y prosiguió.

-Sin embargo, lo que no mencionas es que Cataluña siempre ha sido la más beneficiada de todos los presupuestos del Estado, como en infraestructura. Habéis recibido más dinero que nadie en España, pero para vosotros nunca es suficiente. Siempre queréis más, más y más. Tampoco decís jamás que la comunidad que más paga impuestos en España no es Cataluña, sino Madrid. Concretamente, el doble. A pesar de eso, en Madrid nadie se queja por apoyar a otras partes del país que lo necesitan. Tienes un curioso caso de amnesia selectiva- afirmó con sorna.

Luego se miró las uñas y las acarició con suavidad.

-No estáis haciendo mucho para quitaros de encima la fama de ruines y tacaños que tenéis. Por eso la gente dice que, si aquí se te cae un euro, jamás llega al suelo- espetó consciente de lo que ocurriría después.

La indignación en la sala fue entonces inmediata y mucho más sonora, pero ella ni se inmutó.

Fornell la aplaudió y salió en su apoyo.

-Manel, si habéis conseguido esta base industrial ha sido gracias a los millones y millones de españoles que han venido aquí a dejarse la piel, muchas veces en pésimas condiciones laborales- denunció el artista-. Los habéis explotado con vileza, como en el sector turístico y en el textil. Os preocupáis mucho por la situación de los palestinos en Gaza, pero muy poco por cómo viven los inmigrantes extranjeros y de otras partes de España en el cinturón industrial de Barcelona. Esa pobreza os da lo mismo, sobre todo si no votan nacionalista. Parece que lo que queréis es una limpieza étnica, como en los Balcanes.

-Però què diu aquest home? Està boixo o què? -reaccionó encrespado uno de los presentes cuestionándose el estado mental de Fornell.

La irritación del público aumentó considerablemente su nivel de decibelios, pero, de repente, también comenzaron a escucharse algunas muestras de apoyo hacia los dos españolistas, algo que extrañó a Fornell.

-Perdonad mi sorpresa- afirmó agradecido-. Últimamente ha habido muchas manifestaciones a favor de España en Cataluña, pero es que no estoy acostumbrado a que alguien se atreva a apoyarme en público en Barcelona- sonrió-. Aquí, además de los políticos, hasta ahora sólo se habían atrevido a hablar los jóvenes, los viejos, los desahuciados, los borrachos y algunos artistas temerarios como yo- continuó Fornell-. El resto, no osaba abrir la boca por miedo a represalias. O colgabas una estelada en el balcón de tu casa o tenías que preparte para el ostracismo total. Esto lo sabe cualquiera que viva aquí. El que diga lo contrario es un mentiroso.

Manel suspiró y miró hacia Serra.

-Es que no se enteran. No hay peor sordo que el que no quiere oír- afirmó con sorna el parlamentario nacionalista.

El lenguaje corporal de Manel no dejaba lugar a dudas. Su incomodidad con Ignaci era cada vez más patente. Su mera presencia le revolvía las entrañas. Para él, el dramaturgo representaba el peor de los pecados: no sólo era españolista, sino un catalán españolista. Un traidor en toda regla.

Marc Martí observaba el debate con gran interés. Después echó un vistazo al expositor donde habían colocado los libros para la venta. Ya apenas quedaban algunos. La estrategia de la confrontación estaba funcionando.

-Lo que queréis hacer es un verdadero golpe de Estado. Aniquilar la democracia- continuó María, pero en esta ocasión sin apenas reprimir la rabia que llevaba dentro-. Os saltáis la Constitución, violáis las leyes, pisoteáis los derechos del resto de los españoles, ignoráis las decisiones del Parlamento nacional del que por cierto formáis parte y, para colmo, os reís de las sentencias del Tribunal Constitucional. ¡Sois un ejército de Tejeros, pero sin tricornio! ¡Unos golpistas! ¡Que se sienten, coño!

Serra no pudo evitar una carcajada.

-¡Ja, ja! ¡Cómo tergiversas todo! -exclamó.

La carcajada fue disminuyendo de intensidad hasta quedar en risitas esporádicas.

-A ver, ya que os gusta mencionar a Estados Unidos, la esclavitud también fue en su día legal en ese país, ¿recuerdas? - preguntó Serra a María-. También fue legal que los negros tuvieran que sentarse en la parte de atrás del autobús y que no pudieran votar. Lo que hoy vemos como una aberración fue legal en su día, pero no legítimo. Y ocurrió lo que tenía que ocurrir. Los negros se rebelaron y se quitaron las cadenas, como también haremos nosotros.

Algunos en la audiencia no pudieron contenerse y aplaudieron.

-Eres un demagogo.

-Estáis usando la excusa de la legalidad para aniquilar la legitimidad de una lucha justa. Queremos un referéndum vinculante y vuestro único argumento para prohibirlo es parapetaros tras unas sentencias judiciales manipuladas políticamente. Escucha bien esto: somos un pueblo ocupado y ya estamos hartos de que tengáis la bota sobre nuestro cuello. ¡Se acabó! ¡Nos importa un bledo lo que diga Europa o el mundo!

Luego Serra sacó de su cartera el carnet de identidad español y lo alzó con su mano derecha.

-Estos documentos oficiales dicen que soy español, pero no me siento como tal. Yo soy catalán- afirmó con convicción.

Después lanzó el DNI despectivamente contra la mesa que tenía frente a él. El documento voló, rebotó en la madera y cayó al suelo, pero Serra no lo recogió.

-¡Qué sinvergüenza eres! - exclamó María con cólera en sus ojos.

Estaba agitada, pero logró mantener el control de sus emociones. Hizo una breve pausa y después lo señaló acusadoramente con el dedo índice, como si fuera una fiscal.

-Tú, Sergi Serra, has tenido la desfachatez de ir al Parlamento en Madrid y decir a todo el país desde el hemiciclo que tu objetivo principal es reventar a España por dentro. Me da asco escuchar tus palabras.

El catalán asintió con orgullo.

-Si el objetivo de España es destruirnos a nosotros, yo hago lo mismo. Siembra y cosecharás.

María lo observó con un despreció casi animal. Sus ojos rebosaban odio. Pensó que lo que necesitaba aquel hombre era un par de hostias bien dadas, pero prefirió seguir expresando su desprecio de forma verbal.

-Esta democracia ha sido demasiado generosa con vosotros y lo habéis confundido con debilidad. Habéis cruzado todos los límites y cada día seguís abusando más y más. Parecéis una pandilla de niños de parvulario con una rabieta que no acaba jamás. ¡A ver si maduráis! - espetó.

Los gestos del reportero indicaban constantemente el desprecio que sentía por los argumentos de los españolistas.

-Eso que tú describes como rabieta empezó hace más de trescientos años, cuando en 1714 España invadió militarmente Cataluña y nos robó la soberanía a punta de bayoneta- afirmó.

La activista se rio.

-Igual que Estados Unidos no puede invadir California porque es parte del país, España no invadió nada porque Cataluña es y siempre ha sido parte de España- dijo.

-Sólo en papel. Jamás lo hemos sido y jamás lo seremos.

María se reclinó en la silla blanca y comenzó a preparar mentalmente la respuesta. Durante unos segundos sopesó si responder de forma comedida o provocadora, pero acabó optando por hacer lo que le pedía el cuerpo. Al fin y al cabo, no había ido allí a hacer amigos.

-Cataluña nunca ha sido una nación independiente, pero sí es cierto que habéis perdido bastantes guerras. Pelear no se os da muy bien, así que, si yo fuera vosotros, iría con un poco más de cuidado- afirmó.

Después se calló durante un instante para saborear lo que acababa de decir, pero tuvo que concluir con rapidez su idea antes de que la creciente indignación en la sala ensordeciera por completo sus palabras envenenadas.

-Igual que la traición- continuó-. Visteis a una España herida con la crisis y decidisteis clavarnos una puñalada por la espalda en nuestro peor momento. Eso es lo que se espera de un cicatero. Os habéis retratado muy bien.

-*Merda! Però qui es creu que és aquesta senyora? Venir a insultar-nos a casa nostra? Quin descaro!* -se escuchó de pronto gritar a alguien.

Todos los panelistas se giraron hacia la audiencia en un intento por identificar el origen de aquella sonora indignación. En ese momento una pareja se levantó y se dirigió hacia la salida.

-*Es que ja no puc més! Quina manera de negar la nostra nació i de no parar d' insultar Catalunya! No tenen cap vergonya! Sempre igual! Es la mateixa Espanya impresentable de sempre! Mai canviaran! Per això els volem quant més lluny millor!* -exclamó el hombre fuera de sí antes de abrir la puerta para abandonar la sala junto a su esposa.

-*Visca Catalunya lliure! Independència!* -agregó ella con idéntica pasión.

Casi todos allí hablaban catalán, pero los que no lo hacían y sólo comprendieron algunas palabras sueltas intuyeron con rapidez que nada de lo dicho incluía elogios para el dramaturgo.

El clamoroso desaire rompió el hilo del debate y los participantes se miraron sin saber muy bien qué hacer.

-¿Has visto? -preguntó por fin Manel a María mientras señalaba a la pareja que ya desaparecía por los entresijos de la librería-. Eso es exactamente lo que siempre conseguís los de Madrid con vuestra actitud despectiva, imperial e insultante. Si a alguien le quedaba alguna duda sobre quiénes sois y cómo os comportáis, gracias por venir hasta aquí para despejarla. Cada vez que habláis reclutamos nuevos independentistas.

La historiadora no respondió, pero no parecía arrepentida de sus palabras.

-Yo no he venido aquí a hacer relaciones públicas, sino a decir las verdades a la cara. Hay demasiado en juego. Al que le pique, que se rasque- sentenció.

Manel sacudió su cabeza ligeramente de lado a lado, dando a entender una vez más que no comprendía la actitud de los españolistas.

-Ya estamos cansados de España y de su arrogancia. No tenemos nada que ver con vosotros. Somos de dos planetas distintos. Es cierto que, tras la muerte de Franco, nos casamos con vosotros para facilitar la Transición, pero ahora exigimos un divorcio. La independencia no es un capricho, sino una reivindicación histórica. Pronto lo conseguiremos y no hay nada que podáis hacer para impedirlo. Ni artículo 155 ni hostias. Nada- recalcó con saña.

No había forma de endulzarlo. María y Manel eran enemigos declarados y actuaban como tales. Ambos lo sabían y no tenían interés alguno en limar asperezas.

-Podéis seguir engañándoos todo lo que queráis, pero cada día estáis más lejos de la independencia. Deberíais aprender de la Historia- dijo ella.

-Sabemos muy bien cuál es nuestra historia. Siempre hemos sido una gran nación y siempre lo seremos, pero vosotros aprovecháis la más mínima oportunidad para humillarnos en vez de para entendernos. Si todo un estadio silba al Rey cuando viene a Barcelona, lo que deberíais hacer no es llamarnos salvajes, sino preguntaros por qué lo hacemos.

De pronto, Manel bajó su mirada, observó una pequeña estelada que tenía colgada en el pecho con un alfiler y la acarició. No importa adónde fuera, siempre la llevaba puesta.

De apenas cinco centímetros de largo por dos de ancho, se trataba de un trozo de tela muy desgastado por el paso de los años. No obstante, esa bandera independentista era su tesoro más preciado. Conocida familiarmente en la época como la cubana, se trataba de un regalo de su abuelo, quien, a su vez, la había llevado pegada a la chaqueta de su uniforme militar durante la Guerra Civil. Justo sobre el corazón

En uno de los extremos, el amarillo con las cuatro franjas rojas estaba mezclado con una mancha de color morado oscuro. Era parte de la sangre que Oriol Bartra había derramado cuando fue alcanzado el 23 de diciembre de 1938 por el disparo de un francotirador falangista durante la Batalla del Segre.

Su voz se rompió durante un instante al recordar fugazmente algunas de las historias que su abuelo le había contado: su lucha contra las tropas fascistas, las heridas en el campo de batalla, su amor incondicional por Cataluña, la amargura de la derrota, los fusilamientos, el sufrimiento en los campos de concentración soviéticos, el frío siberiano, el dolor de la distancia y el hambre.

Siempre admiró la valentía de aquellos que, como su abuelo, nunca dudaron en arriesgar sus vidas para defender sus ideales. Sin embargo, los tiempos habían cambiado.

En su familia casi todos eran independentistas, pero ninguno parecía dispuesto a realizar semejantes sacrificios para hacer realidad el sueño de una Cataluña independiente. Ninguno, excepto él.

Tras aquel breve momento de flaqueza emocional, Manel se recompuso y se metió de nuevo en el debate.

-Os encantaría enviar a la Legión con su cabra delante para acabar con quienes piensan como yo, pero, qué lástima, ahora ya no es posible. Nos metéis en la cárcel, pero ya no podéis fusilarnos ni enviar los tanques- volvió a sonreír con cinismo-. Aunque en Madrid algunos actúan como si Franco todavía estuviera vivo, os echarían a patadas de la Unión Europea. ¡Ya se acabó la época del aquí se hace lo que yo digo, coño! - exclamó.

Sus palabras provocaron un sonoro aplauso. Manel lo agradeció e hizo una señal con sus manos para que el público le permitiera concluir la idea. Sin embargo, María se le adelantó.

-Deliras cada vez más. Nosotros no enviamos tanques, sino urnas y la gente habla claro. Cada vez hay más españolistas en Cataluña- afirmó.

El periodista pareció ignorar su presencia y prosiguió.

-Hemos sido una nación independiente y volveremos a serlo, pero, incluso si nunca hubiéramos sido un país soberano, ¿qué más da? Tampoco lo eran las colonias españolas en América hasta que se rebelaron y consiguieron su libertad. ¡Nosotros haremos lo mismo! *Visca Catalunya lliure!* -gritó con entusiasmo.

Otra ovación, ésta casi atronadora. Los independentistas en la sala comulgaban vehementemente con todo lo que decía. Tras algunos segundos, el acto continuó.

-Los españoles actuáis con la misma soberbia y altanería que en la época de la Conquista. Entonces creíais que Madrid era omnipotente y que todos tenían que obedecer sin rechistar lo que vosotros ordenarais a miles de kilómetros de distancia. Por eso lo perdisteis todo y ahora ocurrirá exactamente lo mismo. Estáis ciegos y no veis el tsunami que se avecina. Ya no nos podréis contentar con mejoras fiscales o una reforma de la Constitución. ¡La respuesta es no! ¡Demasiado tarde! ¡Queremos y exigimos ser libres!

Entonces no fue ya sólo una apasionada ovación, sino que muchos incluso se levantaron de sus asientos para mostrar su apoyo de forma aún más enfática a las palabras del periodista.

Sus rostros se habían transformado. Se les veía en una especie de trance emocional en el que los sentimientos más profundos fluían sin ningún tipo de filtro. La conexión con Manel era total.

Esta vez tuvo que transcurrir algo más tiempo para que el evento pudiera continuar. Hasta Marc Martí, un polemista muy acostumbrado a ese tipo de debates, se sorprendió al observar la intensidad con la que estaba reaccionando el público. Por un momento se preguntó si se habría excedido echando tanta leña al fuego, pero enseguida descartó la idea.

-Cualquier cosa menos que un cliente mío pase desapercibido-concluyó.

-Adelante, os va a ir muy bien con la independencia. El primer día, las pocas empresas que aún están aquí cambiarán su sede a Madrid y, ya fuera de España y de la Unión Europea, a ver entonces a quién le vendéis el cava y el fuet- continuó María dirigiéndose con condescendencia a toda la sala.

- ¡Aunque nos muramos de hambre! ¡Es lo que queremos! ¡A ver si lo entendéis de una vez! - volvió a exclamar Manel.

Una gran parte de los asistentes volvió a levantarse y aplaudió con euforia. La presentación del libro ya había dejado de ser un evento literario para convertirse en un mitin político en toda regla.

Cuando al fin volvieron a sentarse, María retomó el ataque.

-¡Qué gran periodista eres! Primero, haces tus reportajes con una estelada pegada al pecho. Ésa es sin duda una gran muestra de periodismo objetivo e imparcial. Y segundo, ¿no te da vergüenza llamarte informador y haberte convertido en un mísero comisario político del movimiento independentista? ¿No deberías acaso describirte más bien como un desinformador profesional? ¿Un simple y patético agitador que saca de sus reportajes en TV3 cualquier cosa que perjudique al soberanismo?

En contra de lo que algunos pudieran anticipar, el comentario no ofendió a Manel. En esta ocasión, su respuesta fue pausada y sin salidas de tono. Esa tranquilidad dio aún más fuerza a sus palabras.

-En la vida tienes que luchar por lo que crees. Yo soy periodista, pero si he de dar un paso adelante para contribuir al nacimiento de Cataluña como país, no dudes que lo haré. En esto hay que mojarse. Es mucho más importante que mi profesión. Primero soy catalán, luego periodista. No al revés.

Más aplausos. Sus partidarios no podían estar más entusiasmados con todo lo que escuchaban de él. No parecía un periodista, sino un político muy curtido en el arte de enardecer a las masas.

-*Ho ha brodat*! *Aixi es parla*! *Aquest noi és collonut*! -exclamó un espectador en la primera fila.

Al escucharlo, otro hombre sentado a su lado se acercó al oído de un amigo. Ambos estaban de turismo en Barcelona y habían aprovechado para ir al acto.

-¿Ves? Si es que es un dialecto del español, pero sin la última letra. Canción es canció y así con todo. ¡Qué idioma ni qué cojones- le dijo despectivamente.

La discusión ya no podía aumentar mucho más en intensidad. El ambiente se había tornado muy espeso, pero Marc Martí se regocijaba por dentro. Estaba logrando su objetivo.

-Pues nada, independizaros- dijo Fornell-. Pero, ¿independencia para qué? - cuestionó enseguida-. ¿No queréis seguir en la Unión Europea? ¿No sabéis acaso que la que manda cada día más es Bruselas y que los países miembros pierden cada vez más soberanía? Entonces, ¿os independizáis de España para seguir recibiendo órdenes, pero esta vez de la Unión Europea? ¡Que os compre quien os entienda! Además, ¿Quién os va a reconocer como país? ¿Francia, para que mañana le ocurra lo mismo con Córcega? ¿Gran Bretaña, para que ahora, además de Escocia, sean Gales e Iralanda del Norte las que pidan un referéndum? ¿Italia, para que se separe su parte norte? ¿Rusia, para que se vuelva a liar en Chechenia? - se mofó.

-Haremos lo que nuestro pueblo decida, ni más ni menos. Es la democracia. Ésa que tanto miedo os da- respondió Sergi Serra.

De pronto, Marc Martí miró el reloj y se dirigió al público.

-Ya queda poco para concluir este magnífico debate. ¿Hay alguna pregunta por parte de la audiencia?

El hombre que había calificado al catalán de dialecto se levantó. Luego caminó hasta donde estaba el DNI de Serra, lo recogió, lo depositó con delicadeza sobre la mesa y regresó a su asiento. Su acción provocó un incómodo y tenso silencio en la sala.

-Esta es una pregunta para los señores Bartra y Serra- dijo de pie frente a ellos-. ¿Por qué están buscando un conflicto con España? ¿No les preocupa la que se liaría si volvieran a declarar la independencia? ¿Es que no ven que el resto de España no se quedaría precisamente cruzada de brazos, incluyendo los españoles que viven en Cataluña? ¿No vieron ya acaso lo que pasó cuando el *Parlament* declaró la independencia el 27 de octubre pasado? ¿Por qué están empeñados en provocar esta fractura social o algo incluso peor? ¿Es que no ven el despelote que se está montando en esta misma presentación?

Serra quedó algo contrariado por la acción de individuo, pero respondió de inmediato.

-Perdone, ¿usted vive aquí?

-No. Estoy de visita.

-Claro. Es que si viviera aquí se daría cuenta de que eso de la fractura social y la división es un cuento chino del Gobierno central para asustar a la gente.

Aquí no hay ninguna fractura social. Todo el mundo está muy tranquilo. Se respetan todas las opiniones. Los agitadores vienen en autobuses de otras partes de España.

- ¡Ja, ja, ja! – saltó Ignaci Fornell-. ¡Eso sí que es un cuento chino! Por suerte, todo el mundo vio la que se lió aquí tras la declaración de independencia. Negarlo es ridículo. Estuvimos al borde del abismo. Se deshizo el mito de que la mayoría de los catalanes quieren separarse de España.

Después miró al turista y se dirigió a él.

-Mire, es cierto. Los catalanes somos gente civilizada y razonble, pero todo cambia de forma radical cuando se toca el tema de la independencia. Hay una gran división social y mucho rencor. Es un tema emocional.

Los rostros de Serra y Manel expresaron un profundo repudio a lo que acababan de escuchar.

-Tengo amigos de toda la vida que ya no se hablan debido a la tensión que está generando este pulso con España que nadie sabe en qué acabará. Muchas familias incluso ya han prohibido hablar de política en la mesa durante las comidas-prosiguió el artista-. Hay mucho temor. Nadie tiene por qué obligarnos a elegir entre ser españoles y catalanes. Somos ambos y lo hemos dejado claro en las urnas. Sí, hay una gran fractura social- se lamentó-. ¡Imagínese si llega a haber una independencia real! - exclamó.

-Estáis desvariando- intervino Manel con desdén-. Tanto Cataluña como España son pueblos maduros. No importa qué ocurra, esa fractura social de la que hablas nunca se producirá y mucho menos actos de violencia. Los únicos que provocaron violencia fueron los policías españoles al reprimir a los que querían votar en el referéndum. Las fotos de sus porrazos dieron la vuelta al mundo. Madrid debería respetar la decisión de la mayoría del *Parlament*. Son las reglas de la democracia de la que tanto presumís.

-¿Democracia? No tienes ni la menor idea de lo que significa esa palabra-replicó María con desaire-. Vosotros queréis independencia express. Actuáis como si estuvierais pidiendo una pizza por teléfono. Exigís todo ipso facto y sin escuchar o hacer caso a nadie y la democracia no funciona así. Os habéis confundido con el WhatsApp.

-Ya estás tergiversando todo de nuevo-afirmó socarronamente Manel.

-¿Por qué crees que España pasó de una dictadura de cuarenta años a una democracia sin derramar sangre? Porque, en su momento, los líderes del país alcanzaron consensos sobre los temas más importantes. Nadie consiguió todo lo que quería, pero todos ganaron algo y de esa forma se pudo avanzar y preservar la democracia. Imagínate la cara de los militares franquistas cuando tuvieron que legalizar al Partido Comunista, pero lo hicieron.

-Esa comparación no tiene sentido. Eran otros tiempos.

-Es exactamente lo mismo. Se trata se sentarse y dialogar. De pactar. No de hacer lo que me da la gana y cuando me da la gana saltándome todas las leyes que tanto trabajo nos han costado construir. La democracia es el sistema más difícil. Es lento y frustrante, pero se trata del menos malo porque garantiza el progreso y la paz. Si queréis la independencia, convenced a los partidos del parlamento en Madrid para que apoyen un referéndum vinculante, igual que hicieron en Canadá o Escocia. Ésa es la vía- afirmó.

La historiadora bajó un poco la cabeza en señal de reflexión y esperó unos segundos.

-Estáis rompiendo todas las reglas del juego y eso es la receta perfecta para el desastre total- dijo con un tono de gravedad en sus palabras-. Y, mientras tanto, los abertzales vascos siguen como lobos al acecho mientras os animan astutamente tras la barrera. Les estáis allanando el camino para agravar aún más este problema. Callan con vileza, pero observan con mucha atención y se preparan para seguir el mismo camino. Sólo esperan el momento adecuado para dar su zarpazo.

-Vaya, ya metiste a los vascos en esta sopa. Estás delirando.

María se rio en voz baja.

-¿Es que no sabes que la Policía Nacional ya no coopera con las autoridades en Navarra porque Bildu está en el poder? ¿O que, antes de ser intervenidos por Madrid, los *mossos* tenían la orden de no pasar ningún dato a la Policía Nacional o a la Guardia Civil? El enfrentamiento entre los cuerpos de Policía nacionales y autonómicos ha sido el peor en toda la historia de la democracia.

El periodista miró hacia el techo y puso sus manos en posición de rezo en un intento por parodiar las palabras María.

-*Déu meu Aquesta dona m'està tornant boig…* -susurró.

Ella lo miró y su actitud la motivó aún más.

- ¿No ves acaso el continuo enfrentamiento entre los tribunales de justicia con la *Generalitat*? ¿Te parece normal que el los líderes catalanes se paseen por el mundo poniendo a parir a España? - prosiguió-. ¿Cuánto más piensas que se puede estirar de la cuerda antes de que se rompa? ¿Qué más necesitas para comprender la gravedad de la situación? ¿Qué alguien vuelta a intentar matar al Rey? ¿Qué un ultra cometa un magnicidio contra un líder independentista? ¿Qué ETA retome las armas si se descarta definitivamente un referéndum vinculante en Euskadi sobre la independencia? ¿Qué surjan células rebeldes de ETA? ¿O quizás que se forme una ETA catalana?

-Por favor, no desvaríes más y escucha bien esto a ver si lo entiendes de una vez: nos vamos a independizar, no tendréis más remedio que aceptarlo y no va a haber ningún desastre. España se adaptará a esa realidad y continuará su camino, así como nosotros el nuestro. Es así de simple. Déjate de dramas. Parecéis un disco rayado, joder- insistió Manel.

María comenzó a recoger sus notas de la mesa y a guardarlas en el bolso. Pensó en cómo resumir el mensaje básico que quería transmitir en la presentación. La respuesta le surgió de forma natural.

-España no es Escocia ni Canadá- dijo mirando a Serra-. Nosotros tuvimos una Guerra Civil hace apenas setenta y nueve años cuyas heridas aún no han sanado del todo. Las consecuencias de romper las reglas del juego serían terribles. No hace falta ser un genio para imaginar qué sucedería. Os las estáis ingeniando para despertar un nacionalismo español que ya llevaba décadas dormido. Si eso ocurre, preparaos.

-No nos amenaces-reaccionó Serra con acritud.

-Tómatelo como quieras. Yo hablo de realidades, no como vosotros. Sois unos paletos, unos lunáticos y unos irresponsables. Lo que proponéis no responde a la realidad social de este país. La ciudadanía os lo ha dicho claramente en las últimas elecciones, pero sólo escucháis lo que os conviene. Sois los políticos quienes estáis empeñados en que nos peleemos entre todos, no la gente común y corriente. Nosotros sólo queremos convivir en paz.

-Deja ya de meter miedo a la gente para que no se atrevan a materializar su sueño de crear una Cataluña independiente. Si los americanos hubieran hecho lo mismo, aún serían una colonia de Gran Bretaña. ¡Otros que rompieron la legalidad para defender la legitimidad! - exclamó el diputado.

-Sois unos intolerantes. Habéis traicionado los principios que siempre han caracterizado a Cataluña, como la concordia, el progresismo, el diálogo, el sentido común y la estabilidad. Os habéis convertido en la España franquista que tanto criticabais.

-¿Qué? -saltó indignado Manel.

-Sí, sois unos fachas, sólo que en vez de una bandera española con el águila lleváis la estelada. Lo único que os falta es comenzar a levantar el brazo. Si vuestra actitud es el reflejo de lo que sería una Cataluña independiente, que Dios coja confesados a quienes se queden aquí. Los nazis pusieron una estrella de David en la ropa a los judíos para identificarlos, vosotros nos pondréis una "E" a los españoles.

Comparar a los independentistas con el franquismo o el Holocausto nazi ya fue demasiado para muchos en la sala. Algunos comenzaron a abuchearla y otros le silbaron.

Ante semejante alboroto, Marc Martí se dio cuenta de que ya no tenía sentido prolongar el evento, así que cogió el micrófono, se levantó y se dirigió a todos en la sala.

-Panelistas, público, muchas gracias a todos por vuestra participación. Hemos asistido a un excelente debate en el que todos los lados de esta controversia han podido expresar su opinión con libertad y respeto. Doy por concluido el acto-afirmó con una sonrisa cada vez más forzada.

A pesar de la claridad de sus palabras, el barullo era de tal magnitud que no quedó nada claro si la audiencia lo había escuchado o no.

La mente comercial de Martí sabía que controversia era igual a ventas, así que presintió que todo aquel alboroto serían buenas noticias para su cuenta corriente. En un rápido movimiento, se giró hacia el expositor y vio que no quedaba ningún libro.

-Misión cumplida-susurró para sí con una profunda satisfacción interior.

IX

Akira Fumuro salió de su apartamento en Mitaka y cogió el autobús hasta la estación de metro. Una vez allí, fue hasta la parada de Asagaya. Esa zona era parte de Sugirami, una de las veintitrés prefecturas de Tokio.

En su recorrido, observó con atención las paradas, los vagones y las estaciones. Sus expresiones faciales reflejaban lo mucho que había cambiado la ciudad desde principios de los 90, cuando él entró en la cárcel.

La moderna red de metro tenía ahora trece líneas, doscientas noventa estaciones y transportaba cada día a ocho millones de pasajeros. A pesar de la complejidad y magnitud del vasto sistema, todo funcionaba con una precisión matemática. La palabra improvisación no existía en el vocabulario de aquellos trabajadores y todo se repetía hasta la saciedad para que funcionara como una máquina perfecta.

Los ferrocarriles también operaban con una eficiencia y puntualidad casi patológicas. Esa exactitud llamaba poderosamente la atención a gran cantidad de turistas, quienes, en su mayoría, procedían de países donde semejante puntualidad sólo ocurría fruto del azar.

Acababan de dar las seis de la tarde cuando Akira llegó a la parada de Asagaya. La estación era un fiel reflejo del resto del sistema de transporte público: no había ni un papel en el suelo, todo parecía fluir a la perfección, no se escuchaban ruidos molestos y se respiraba una sensación de gran seguridad.

El japonés vio a un turista que preguntaba una dirección a una señora. La mujer miró cuidadosamente el mapa y después señaló con un dedo un punto en el papel. Akira recordó entonces que un amigo inglés le había comentado que, en una visita a Tokio, había preguntado tres veces cómo llegar a diversos lugares y que en todas las ocasiones las personas lo acompañaron hasta allí para asegurarse de que no se perdiera. La amabilidad era otra de las características del país.

Ya era de noche. Fumuro salió del edificio color marrón y comenzó a caminar. Al cabo de unos minutos, pasó por una zona donde había pequeños bares con bandas musicales. En su recorrido escuchó pinceladas de jazz, blues, rock y también algo de música tradicional nipona.

El último bar tenía en la puerta a un anciano japonés tocando la guitarra. De ochenta años de edad, acompañaba sus melodías con poesías que adaptaba a la nacionalidad y profesión de quien le pagara cien yenes por dos canciones, menos de un euro.

Tras pasar a su lado, giró a la derecha. Allí se encontró con un enjambre de pequeños negocios en plena actividad.

Casi todas las casas de aquella estrecha calle tenían dos niveles y estaban construidas con cemento, aunque también había algunas de madera. La calle estaba repleta de carteles luminosos y máquinas expendedoras que vendían todo tipo de productos.

Akira llegó al número ochenta y dos y observó atentamente la casa. A pesar de que sabía que no había nadie dentro, su corazón comenzó a palpitar con más fuerza. Después caminó unos metros más y se sentó en la acera.

Como cada viernes, su familia había ido a visitar la tumba de su padre en el Santuario de Yasukuni. El mítico memorial fue construido en honor a quienes perdieron sus vidas defendiendo a Japón y allí reposaban los restos mortales de dos millones y medio de personas.

Él había ido a Yasukuni incontables viernes con los suyos. Conocía muy bien el ritual familiar y sabía que siempre regresaban alrededor de las seis y media de la tarde.

En efecto, a las seis y treinta y cinco minutos, vio aparecer al fondo de la calle a su madre Mio y a su hermano Naoki. Junto a ellos estaba la hija de Naoki, su sobrina Keiko Yamamoto.

Los tres conversaban entre sí y no repararon en la presencia de Akira. No obstante, cuando se aproximaron más a la vivienda de Mio, se detuvieron en seco al darse cuenta de que se encontraba allí. Akira se levantó, pero no se dirigió hacia ellos. Simplemente se hizo visible. No quería forzar nada que incomodara a su familia, pero sí necesitaba que supieran que los extrañaba y que los necesitaba en su vida.

Tras varios segundos de vacilación, los tres siguieron caminando y pasaron por su lado sin dirigirle la palabra. A pesar de que era la primera vez que se encontraban en veintitrés años, ni siquiera lo miraron.

Al llegar a la casa, la madre abrió la puerta y todos entraron con rapidez. Tanto Mio como Akira lloraron cuando la puerta se cerró de nuevo, pero ninguno hizo nada por acercarse al otro. La distancia que los separaba era de apenas unos metros e infinita al mismo tiempo.

Naoki y Keiko abrazaron a Mio y compartieron su dolor.

-No es fácil, pero es mejor así- afirmó Naoki también con los ojos humedecidos-. Ha deshonrado el nombre de Japón y de nuestra familia. Si papá lo viera, también estaría avergonzado de él.

Akira volvió a pasar por delante de la casa y se detuvo frente a la puerta. Sintió una enorme fuerza interior que le impulsaba a llamar al timbre. Su corazón gritaba de impotencia y frustración. Sin embargo, resistió la tentación y continuó andando. Su figura fue disipándose poco a poco hasta que por fin desapareció en la distancia.

Al perderlo de vista, Mio corrió la cortina de la ventana. Si no podía abrazar a su hijo y decirle lo mucho que lo quería, al menos disfrutaría de su presencia hasta el último segundo.

Luego cogió una foto de cuando el pequeño Akira tenía apenas diez años. Estaba disfrazado de soldado y sonreía mirando una instantánea en blanco y negro de su padre tomada durante la Segunda Guerra Mundial. Mio no pudo resistir la emoción y se desmayó.

Fumuro siguió caminando algunos metros más, entró en uno de los bares y se sentó en la barra.

-Una botella pequeña de Hakkaisan, por favor- pidió su sake favorito.

El local estaba lleno de gente. Las conversaciones de los clientes, la música y algún que otro joven profesional pasado de copas provocaban un constante ruido de fondo. No obstante, Akira permaneció inmerso en sus pensamientos y emociones, ajeno a todo lo que sucedía a su alrededor.

El rechazo de su familia era un dolor casi imposible de sobrellevar. Provocaba en él un vacío que quitaba sentido a su existencia. Nada podría hacerle más daño. A pesar de ello, entendía la vergüenza y la humillación que sufrían por su culpa. En su situación, él se estaría comportado de la misma manera. No podía recriminarles nada.

De pronto, un camarero le trajo el sake. La botella tipo tokkuri tenía forma de pequeña ánfora y era de color blanco con unas cañas de bambú verdes pintadas sobre la superficie.

Akira se sirvió el primer vaso de sake y se lo bebió de un solo trago. Casi sin tiempo para saborearlo, vino el segundo. El japonés recordó la última visita al cementerio y la sonrisa aún plena que le dedicó su madre. La comparó con la expresión que acababa de ver en su rostro y no pudo soportar la angustia que generó en él. Con un ágil movimiento, se tomó el tercer vaso y apenas unos segundos después el cuarto, hasta que la pequeña botella se vació. Después, puso ochocientos yenes sobre la barra y se fue. Unos seis euros.

El japonés regresó caminando hasta la estación de metro de Asagaya. Antes de llegar, compró un periódico y se sentó en el banco de un pequeño jardín.

En la acera de enfrente había una parada de taxis. Mientras parecía leer el diario, esperó nueve minutos. Cuando vio que sólo quedaba un vehículo disponible, cruzó y se dispuso a subir. Si alguien lo seguía a pie, su labor sería ahora más difícil.

El taxista se dio cuenta de que se aproximaba un cliente y salió del vehículo.

Fumuro se quedó impresionado al verlo. Con uniforme azul, una gorra tipo marinero también azul, una máscara blanca puesta en la boca y guantes del mismo color, parecía el chofer personal de un alto ejecutivo. Era otra de las escenas del nuevo Japón que apenas conocía.

El hombre se dio prisa en abrir la puerta antes de que Akira pudiera hacerlo y luego la cerró con amabilidad y una sonrisa.

-Por favor, a Shinjuku – dijo Fumuro una vez que el chofer se sentó tras el volante.

Esa prefectura estaba en el centro de Tokio.

El taxista asintió.

-¿Dónde en Shinjuku? - añadió desde el otro lado de la plancha de plástico que le separaba del pasajero.

-Vaya hacia el Ayuntamiento y le indico cuando estemos llegando.

El chofer volvió a asentir y partió. Akira miró a su alrededor y vio que el coche era un dechado de orden y pulcritud.

Tras media hora de trayecto, Akira indicó al taxista que detuviera el vehículo. Pidió la cuenta y pagó la cantidad exacta, dos mil setecientos diez yenes, unos diecinueve euros. En Japón no solían dejarse propinas.

Después salió del coche, pero cuando lo hizo escuchó una voz femenina procedente del interior del taxi.

-Querido pasajero, por favor revise el asiento. Me temo que se ha olvidado algo- dijo con amabilidad.

Una vez más, el japonés se extrañó ante la nueva tecnología que había invadido la vida diaria de su país. Se agachó, miró al interior y, en efecto, vio el periódico en el asiento. El taxi tenía cuatro cámaras que fotografiaban toda la zona del pasajero antes de que éste entrase. Luego, cuando salía, volvía a fotografiar la misma área y avisaba si notaba alguna diferencia.

Akira recogió el diario, dio las gracias al chofer y cerró la puerta. Luego se encontró de frente con una masa gigantesca de gente que circulaba sin cesar de un lado a otro.

La estampa le impresionó e intentó echarse a un lado, pero no importaba qué hiciera o en qué dirección caminara, siempre acababa topándose con oleadas de cuerpos que se movían con decisión a su alrededor.

Todo el barrio de Shinjuku era así, pero especialmente donde se encontraba Akira en ese momento. El taxi le había dejado muy cerca de una de las salidas principales de la parada de metro.

Shinjuku era la estación más transitada del planeta. Con treinta y seis plataformas y doscientas salidas, cada día pasaban por allí cuatro millones de personas. Más que toda la población de Madrid.

También le llamaron poderosamente la atención los miles de carteles luminosos instalados en las fachadas de los edificios. Los había de todos los colores y tamaños y juntos escenificaban una impactante sinfonía visual que dejaba maravillado a cualquiera que los viese por primera vez.

Japón representaba un choque cultural para cualquier visitante occidental y, tras tanto tiempo en prisión, Akira a veces reaccionaba como un turista más.

Finalmente, cruzó la calle y se adentró en Shinjuku. A pesar de ser de noche, la zona bullía en una intensa actividad comercial.

Mientras caminaba se topó con muchos restaurantes. La mayoría eran japoneses y no había casi ninguno occidental. También había muchas tiendas de moda de prestigiosas marcas internacionales que ofrecían sus productos más caros y lujosos, así como varias boutiques estilo vintage y tiendas de disfraces. Sin embargo, los locales con más aglomeración eran los que vendían música y productos electrónicos, así como los pequeños supermercados esparcidos por toda la zona.

A pesar de ese intenso frenesí comercial, Shinjuku era conocido principalmente por su vida nocturna. Tenía un sinfín de bares, pubs, discotecas, clubs, casinos y prostíbulos. Un rápido vistazo a las calles indicaba con claridad que casi todos los que frecuentaban el barrio eran japoneses. Apenas se veían algunos turistas extranjeros.

-¿Quiere una jovencita complaciente? -preguntó a Akira un hombre maduro y con mirada lasciva en una esquina. Luego le mostró una hoja plastificada con fotos de varias chicas.

Normalmente, las fotografías tenían poco que ver con las mujeres que prestaban los servicios.

-No, muy amable- dijo Fumuro zafándose del individuo.

Al ver el fracaso del anterior proxeneta, el siguiente probó mejor suerte.

-Mire, japonesas auténticas y bien jovencitas. Son estudiantes de secundaria y buscan un dinerito extra- afirmó con una sonrisa tan libidinosa como la mirada de su compañero.

Las fotos de éste eran de adolescentes japonesas con uniforme escolar y en posiciones muy poco apropiadas para su edad.

Aunque era cierto que había un fenómeno social de estudiantes adolescentes que se prostituían, las mujeres que trabajaban en el barrio de Shinjuku solían ser chinas, filipinas, tailandesas o de otras partes de Asia. La edad legal para tener relaciones sexuales en Japón era de trece años.

Como en otros lugares del mundo, muchas extranjeras llegaban con promesas de trabajos formales y luego eran forzadas a convertirse en esclavas sexuales. Escaparse de ese mundo era muy difícil porque casi todos los prostíbulos estaban controlados por la Yakuza.

Akira negó con la cabeza y siguió su recorrido. Había estudiado un mapa en Internet y su único objetivo era llegar hasta su destino.

Las calles estaban llenas de bares y en casi todos había alguien afuera intentando convencer a los viandantes para que entraran.

También había pequeños casinos donde los clientes no paraban de echar dinero en las máquinas tragaperras. Algunos tenían una ornamentación tan rococó y retro que parecían haber sido decorados por el propio Elvis Presley.

Tras caminar un rato más, llegó a Kabukicho, un área roja situada al este de Shinjuku. Como era lógico, el número de prostíbulos aumentó considerablemente. Había más de tres mil quinientos y divididos en tantas categorías que sólo un japonés familiarizado con la cultura de la prostitución nipona podría diferenciarlas entre sí.

-¿Cuánto cuesta la entrada? -escuchó Akira a un turista interesado en entrar a uno.

-Lo siento, usted no puede pasar- dijo el portero.

-¿Por qué?

-Es sólo para japoneses.

El turista lo miró ofendido y volvió a intentarlo, pero sin suerte. Era lo normal en los prostíbulos japoneses. El turista intentó sobornarlo con cincuenta dólares. Sin embargo, el portero no se los aceptó y siguió negándole el acceso. El hombre se fue maldiciéndolo en voz baja.

Tanto la prohibición de acceso a los extranjeros como que los porteros se lo dijeran de modo tan abierto siempre causaba gran sorpresa a los turistas que pretendían visitar esos locales.

Al final de la calle vio el cibercafé. A través del cristal observó que dentro había sobre todo extranjeros enviando mensajes y algunos japoneses entretenidos con videojuegos.

Antes de pasar, Akira se puso unas gafas y una gorra. Luego entró, pagó media hora y se sentó frente al ordenador más apartado de la puerta.

En un rápido vistazo ubicó dónde estaba la cámara de seguridad más próxima y posicionó su cuerpo de manera que ocultara su rostro lo máximo posible.

Después miró la hora y vio que ya estaba en la ventana de tiempo de diez minutos que le habían indicado en Venezuela. Buscó el servidor, tecleó el correo electrónico, la clave Igari y accedió al sistema. Una vez dentro, fue al apartado de borradores.

-Soy Isamu. Quiero verte- escribió y guardó el borrador que tituló Encuentro.

Ese método evitaba tener que enviar correos electrónicos. Sabían que las autoridades japonesas y la Agencia Nacional de Seguridad estadounidense los vigilaban sin descanso.

Tras unos segundos, volvió a entrar.

-¿Qué me dejaste para que te guardara? - leyó en el mismo borrador.

-Una hoja de metal con mis iniciales- respondió refiriéndose a un sable familiar con las letras AF grabadas cerca de la empuñadura.

El japonés aguardó unos instantes y entró de nuevo en el documento.

-¿Escritor favorito? - leyó después.

-Yukio Mishima- respondió.

Se trataba de un novelista y poeta japonés que se había suicidado en 1970 tras protagonizar un intento de golpe de Estado. Había criticado duramente al Gobierno japonés acusándolo de servilismo hacia los Estados Unidos y de haber traicionado los valores culturales y tradiciones del país.

La respuesta fue inmediata. Luego siguió un intercambio de mensajes en código para determinar dónde y cuándo se encontrarían. Una vez concluida la conversación, borró el documento.

Después sacó un pen drive del bolsillo, lo colocó en el ordenador y descargó un virus llamado CryptoLocker.

El virus se mandaba como un documento y al abrirlo destruía por completo toda la información del disco duro. No quedaba absolutamente ninguna evidencia electrónica de lo que se había hecho en el ordenador.

El japonés apagó el ordenador y salió del local. Después fue directo hacia la salida de la zona roja de Kabukicho para después coger el metro en la estación de Shinjuku.

En aquellas calles tan estrechas la explosión de colores de los carteles luminosos se sentía aún más impactante. La mayoría de los letreros anunciaban pequeños restaurantes que servían la comida en plena acera. Los clientes se sentaban en la barra y comían y bebían con la gente pasando a su lado. El calor era aún intenso y muchos se ventilaban animadamente con abanicos de papel.

Akira se encontró de pronto con un grupo de chicas con todo tipo de disfraces: azafatas, enfermeras, colegialas, muñecas, personajes de cuentos e incluso una que de cintura para arriba llevaba la ropa tradicional de geisha, pero de cintura para abajo exhibía con desparpajo unas ligas y botas de cuero negro de alto contenido sexual. Todas repartían revistas donde estaban las fotos, datos personales y el precio de los servicios sexuales que ofrecían.

Aunque la prostitución estaba permitida en Japón, era teóricamente ilegal y se guardaban las apariencias. Los anuncios de servicios sexuales estaban escritos con códigos que todos entendían, pero nunca se ofrecía sexo por dinero de forma explícita.

Esa misma calle tenía decenas de diminutas casas pegadas unas a otras que operaban como burdeles individualizados. Una ventana permitía que quienes caminaban por la acera pudieran ver a las meretrices sentadas en sus recibidores. Las mujeres esperaban pacientemente el interés de clientes potenciales que, por supuesto, no fueran extranjeros, o gaijin como los llamaban allí.

-Dieciocho mil yenes por veinte minutos- dijo una mama-san a un japonés que se quedó contemplando a una. Unos ciento treinta euros.

La mama-san era la mujer que administraba los servicios de las prostitutas. Generalmente se trataba de una persona mayor que en su juventud también se había prostituido.

En aquel barrio no sólo había prostíbulos, sino todo tipo de tiendas orientadas a la industria del sexo. Fumuro vio varios sex shops y un comercio de venta de uniformes escolares de segunda mano para niñas. En un lugar como Kabukicho, nadie dudaba que los clientes los compraban como fetiches sexuales.

De repente, Akira escuchó una sirena. Se giró hacia la derecha y vio unos enfermeros que llevaban a un joven en una camilla hacia una ambulancia. En ese preciso instante, su vista se cruzó con la de otro hombre. El sujeto enseguida miró hacia otro lado y siguió caminando.

No lo reconoció, pero se preguntó si el cruce de miradas había sido fruto de la casualidad o bien si lo estaba siguiendo. En caso de que fuera así, también se cuestionó si se trataba de un agente del gobierno o de algún miembro de Rentai para asegurarse de que no estaba traicionando a la organización.

Pensó con rapidez qué hacer y se dio cuenta de que la respuesta estaba justo frente a él. ¿Qué haría un hombre que había pasado los últimos veintitrés años de su vida en la cárcel el día siguiente de obtener su libertad? No podía despertar sospechas. Tenía que actuar de la forma más natural posible y si había ido a Kabukicho tenía que ser para satisfacer sus más bajas pasiones.

Entonces observó los prostíbulos que tenía a su alrededor. El más grande y el que tenía las luces más llamativas se llamaba Paraíso Nipón. El burdel ocupaba todo un edificio de ocho pisos y había muchos hombres entrando y saliendo.

-¿Seguro que es un paraíso? -preguntó al portero.

-No lo dude. No importa qué busque, aquí lo encuentra.

Akira asintió y el hombre le abrió la puerta de metal. Al otro lado había una mujer vestida con botas blancas hasta la rodilla, enormes tacones, unos pantalones cortos azules y un sostén también blanco.

-Buenas noches. Me llamo Mei. Gracias por venir-le recibió con una sonrisa amable y servicial.

Mei significaba brote o comienzo de vida en japonés. La joven era delgada, con músculos bien definidos y aparentaba unos 25 años.

-Soy su guía. Le voy a explicar qué hay en cada uno de los ocho pisos y luego usted elige lo que más le apetezca. ¿De acuerdo?

El japonés asintió. Ella lo miró satisfecha y, como si se tratara de un restaurante, le entregó una carta con los precios de todos los servicios. Después abrió otra puerta y ambos entraron al primer piso.

Allí vio varias barras y gran cantidad de cómodos asientos. Era lo que en Japón llamaban un snack bar. Había bastantes hombres y pagaban por hablar con las mujeres, pero no había relación sexual. El local tenía música de fondo, aunque en volumen bajo para facilitar las conversaciones. El objetivo era capitalizar la soledad que asolaba a muchos hombres japoneses.

Los precios variaban dependiendo de lo atractiva y bien vestida que fuera la mujer, así como del tipo de bebida que se consumiese. El precio más barato era de unos treinta euros por hora para hablar con una sola persona y beber un vaso de licor da baja calidad.

- ¿Seguimos? -preguntó Mei.

Fumuro asintió de nuevo y ambos fueron hasta un ascensor. La muchacha apretó el botón del segundo piso y llegaron en apenas unos segundos.

Este nivel también tenía un bar, pero la música estaba más alta y la luz era mucho menos intensa. Akira dedujo de inmediato que la conversación no era la principal oferta de aquel piso.

El local tenía asientos, sofás y pequeños reservados aún menos iluminados. El cliente pagaba dependiendo de a qué nivel quería llegar con las mujeres que estaban allí.

Akira vio a varias prostitutas hablando con hombres, pero esta vez más pegadas a ellos; otras permitían que les tocaran sus pechos o que les manosearan todo el cuerpo. En las zonas privadas las mujeres practicaban sexo oral y si el hombre no quería ir a un hotel, tenían relaciones sexuales ahí mismo.

Mei recorrió la sala con Akira para que pudiera verla mejor. Nadie mostraba la más mínima inhibición y la música se entremezclaba con las conversaciones, las risas y los gemidos de placer sexual.

-¿Vamos al tercero? - peguntó Fumuro.

En ese piso había una barra gigantesca sobre la que bailaban decenas de mujeres. Todas iban vestidas como Mei y tenían un pin pegado en su sostén con un número.

Los hombres se sentaban frente a ellas mientras consumían sus bebidas y cuando se decidían por una llamaban a la mama-san para que la fuera a buscar.

Aquella sala estaba muy llena y había al menos tres mujeres por cada hombre. Las chicas bailaban de la forma más sensual posible para despertar el interés de los clientes. Al ser todas jóvenes y atractivas, la competencia era intensa y tenían que esforzarse al máximo para que las escogieran.

Fumuro pensó que una de ellas podría ser su sobrina Keiko y se le revolvió el estómago.

Algunos japoneses tenían hasta cuatro mujeres enroscadas a su cuerpo mientras acababan de decidirse a cuál escoger. Akira vio como uno se levantaba con dos jóvenes. Luego las agarró por la cintura, dio una propina a la mama-san y se fue con ellas hacia el ascensor. Su cara era de total felicidad.

El cuarto piso era un spa. Había al menos veinte mujeres sentadas tras un cristal. Cada cinco minutos se levantaban y daban un par de vueltas en fila india a través de su pecera para que los clientes pudieran verlas bien. Todas iban en bikini y también llevaban un número pegado, esta vez sobre la parte baja del bañador.

Tras elegirlas, los clientes se iban con ellas. Las mujeres primero les daban un baño concienzudo y después un masaje que finalizaba con masturbación, sexo oral o penetración. Era lo que en Japón se llamaba un soapland.

Cuando llegaron al quinto piso vieron diferentes salas con fotos pegadas a la pared. Las llamaban salones de imágenes. Los clientes cumplían allí las fantasías sexuales que de otra forma les resultaría muy difícil o imposible realizar.

Fumuro vio la foto de un vagón de metro lleno de gente y otra del interior de una limusina. El hombre iba allí con la prostituta y realizaba actos sexuales con ella imaginándose que estaba en esos lugares.

El sexto piso era igual, pero con una decoración idéntica a la realidad y a un precio que muy pocos podían permitirse.

En este momento la sala tenía el decorado de un vagón de metro, pero estaba vacío. Ésa había sido la elección del último cliente.

La reproducción era perfecta. Los asientos, las medidas del vagón, los asideros, las puertas, las ventanas, los carteles publicitarios en las paredes, los anuncios de voz del conductor, el sonido mecánico del movimiento sobre las vías. Todo había sido medido, construido y reproducido exactamente como el modelo original para aumentar la sensación de autenticidad.

El problema del manoseo a japonesas viajando en el metro era considerable, hasta el punto de que las autoridades habían habilitado vagones sólo para mujeres en las horas punta. Al no poderlas acosar ya en los vagones, la única opción para estos depredadores era materializar sus fantasías en lugares como Paraíso Nipón.

En ese piso, el cliente seleccionaba entre doce posibilidades: vagón de metro, escuela de secundaria, limusina, autobús, calle en hora punta, una nave espacial, un cuartel del ejército, un bar, un estadio de fútbol, una discoteca, el despacho del jefe de una oficina y una comisaría de Policía. Una vez escogía el escenario, esperaba media hora a que la sala fuera preparada para materializar su fantasía.

La opción más simple involucraba a una sola mujer. Las más trabajadas, como la del metro, a treinta personas.

Mei pidió a Fumuro que se sentara frente a una pantalla de televisión y le pasó un vídeo promocional. La escena estaba filmada con calidad profesional y se había cubierto el rostro del cliente para garantizar su anonimato.

Un hombre de unos cincuenta y cinco años viaja en un vagón del metro. De repente, se fija en una mujer. Es mucho más joven que él, quizás veinticinco. Delgada y atractiva, sus facciones son finas y delicadas. Está sola. La mirada del japonés indica con claridad que la desea. Su libido se dispara. Deja su maletín en el suelo y camina hacia ella. No puede controlar su obsesión profundamente animal. Necesita poseerla, hacerla suya, sentirse dentro de ella. El tren está bastante lleno. Él es un ejecutivo. Ella también aparenta ser una profesional. Al llegar a su lado, huele su perfume y eso le excita aún más. Sigue aproximándose hasta que la roza. El primer contacto corporal sorprende a la mujer. Nota el miembro del hombre pegado a su falda y mira insultada al individuo, pero él se junta aún más a ella, ahora por la espalda. Comienza a manosearla con lujuria y sin ninguna sutileza. La mujer siente la creciente excitación del hombre y expresa pavor, pero se congela y no hace nada. No puede moverse. Está aterrorizada. De pronto, recupera algo de control e intenta chillar, pero el hombre le tapa la boca con una mano y la amenaza diciéndole algo al oído. Los pasajeros los rodean sin que nadie aparentemente se dé cuenta de lo que ocurre. Llegan a una estación. La mujer intenta escapar, pero él la detiene, le da una bofetada en la cara, luego otra, la agarra del cuello, se lo aprieta y la neutraliza. La lleva a una esquina del vagón. La multitud anónima sigue envolviéndolos ausentes a lo que sucede. El hombre le desgarra la camisa, le arranca salvajemente el sostén, le manosea los senos, se los lame, le mordisquea los pezones y la obliga a que le toque su pene a través del pantalón. Se siente con el poderío de un león frente a una débil presa indefensa. Puede hacer lo que quiera con ella. Goza de total impunidad. La angustia de la mujer se torna insoportable. Estira un brazo, toca el hombro de un pasajero y pide ayuda. El hombre se enfurece y la abofetea de nuevo. El pasajero se gira y ve lo que ocurre, pero vira de nuevo la cabeza con indiferencia y sigue leyendo el periódico. El individuo levanta la falda a la mujer, le arranca bruscamente la ropa interior, se baja el pantalón y la penetra sin contemplaciones. Las intensas embestidas contra el cuerpo de la joven se escuchan con claridad. La mujer llora, trata de quitárselo de encima, pero él la tiene atenazada entre sus brazos y continúa violándola, insensible al trauma que está provocando. La joven grita más alto en un último intento por pedir ayuda. Otra mujer a su lado que habla con una amiga la mira con rabia y la regaña con un: ¡Pssssss! El hombre la sigue poseyendo con furia. Finalmente, el atacante tiene un orgasmo. Da un gran gemido de placer, que se va aplacando poco a poco. Aprieta aún más su cuerpo contra el de ella y lo mantiene ahí hasta que se siente saciado por completo. Después gira la cara de la joven hacia él, agarra con la mano su rostro desencajado, lo acerca al suyo, lame con lascivia una de sus mejillas y luego una oreja. La expresión de la mujer es de impotencia, dolor físico, asco, miedo y furia contenida. Después el individuo se separa de ella sin ninguna delicadeza, le da un grotesco beso en la boca, la llama perra, le dice que volverá a hacer lo mismo cuando la encuentre de nuevo en el metro, se ríe, recoge su maletín y se baja en la siguiente parada. La joven queda allí, temblando y sollozando. Poco a poco se coloca de nuevo la ropa con torpeza. Casi no puede moverse. La acaban de violar frente a decenas de personas, pero nadie la ayuda. Sigue rodeada de figuras ajenas y robotizadas. Algunas parecen no haber visto qué ha ocurrido, otras permitieron que abusaran de ella sin molestarse en socorrerla. Al llegar a la siguiente parada, sale corriendo y se pierde en la estación.

Tras algunos segundos, todo el vagón rompe en aplausos, se felicitan efusivamente unos a otros y la mujer regresa con una sonrisa junto al cliente. El hombre está entusiasmado, se queda unos instantes hablando con todos y firma un contrato para la semana que viene. La próxima vez quiere ser policía y que la mujer que elija sea una ladrona de bancos que arresta en pleno atraco.

-Nos faltan dos pisos- dijo Mei mientras apagaba el video y señalaba hacia el ascensor.

La séptima planta era una cámara de sadomasoquismo. Tenía ropa de cuero negro, látigos, capuchas, cuerdas, cadenas, pinchos y muchos otros instrumentos de tortura.

-Si esto es lo que le gusta, nuestra dominatriz no le defraudará. Además de lo obvio, le sacará sangre, le pinchará con agujas, le pondrá tubos por todos los agujeros de su cuerpo, le estrujará los testículos, lo atará de forma que no pueda moverse ni un milímetro y le pegará hasta que no pare de llorar- le explicó la mujer.

Fumuro la miró sin ser capaz de articular palabra alguna.

-Le hará feliz- añadió Mei.

El japonés agradeció la explicación y sugirió ir al último piso, el octavo. Era un hotel para que los clientes no tuvieran que salir del edificio.

Las habitaciones también eran temáticas. El cliente podía elegir entre diez tipos distintos de decoración: fondo del mar, selva tropical, futurismo galáctico, carrusel y sala de feria, casino, una cárcel, playa tailandesa, Disneylandia, castillo medieval y ataque de Godzilla.

-Quiero la habitación de selva tropical y la chica número veinticuatro del tercer piso- se adelantó Fumuro.

Mei lo miró pareciendo indicar que ambas eran buenas elecciones y le abrió la puerta que llevaba a una pequeña recepción. Luego miró un pequeño aparato electrónico.

-La veinticuatro está disponible. Vaya poniéndose cómodo y ella subirá enseguida.

-Gracias.

Al cabo de unos minutos, la muchacha llegó y se presentó con el nombre de Hiroko, o generosa en japonés. Enseguida comenzó a desvestirse de forma mecánica, pero Fumuro la cogió con delicadeza de un brazo y le dijo que no era necesario.

Le pagó, le pidió que se sentara y le dijo que sólo quería hablar un rato. La chica en principio se extrañó, ya que nadie pagaba por acostarse con ella para luego sólo ponerse a conversar. Para eso estaba el primer piso, que era mucho más barato.

-Por favor- insistió él con amabilidad.

Ella hizo lo que le pidió, pero sin desterrar sus sospechas. Se preguntó si ese cliente estaría loco y cometería alguna barbaridad con ella. Sin embargo, algo en Akira le inspiró confianza.

-Cuéntame algo de ti-dijo Fumuro.

Hiroko pareció incomodarse. No estaba allí para hablar de su vida, sino sólo para vender su cuerpo. Para ella, hablar de sí misma era mucho más íntimo que acostarse con sus clientes. Implicaba abrirse y compartir emociones.

-Soy de Sapporo. Estudio contabilidad. Tengo veintiún años- dijo de forma comedida y aún algo asustada.

La conversación continuó durante unos diez minutos. De vez en cuando, Fumuro se levantaba e iba hasta una ventana que daba a la calle.

No le preguntó por qué estaba allí. Sólo por cosas cotidianas, como qué tipo de comida le gustaba o cuál era su estación del año preferida. Al cabo de algunos minutos, Hiroko comenzó a reírse ante el surrealismo de la situación. Él también se rio con ella.

Poco a poco la muchacha fue relajándose más al ver que Fumuro no era una persona peligrosa. Ignoraba el motivo de lo que hacía, pero la trataba con sensibilidad y respeto.

Tras algunos minutos conversando, se quedó dormida en la cama. Estaba exhausta. Fumuro también se recostó junto a ella, pero no la tocó.

Cuando se cumplió la hora, la despertó con delicadeza.

-Perdona, Hiroko. Creo que ya se nos acabó el tiempo.

La joven se levantó como un resorte. Miró su reloj de pulsera, fue al lavabo, se lavó la cara y regresó junto a él. Cuando lo tuvo cerca, lo abrazó con ternura y le dio un beso en la mejilla.

-Gracias. Eres un buen hombre.

Al escucharla, sus ojos se humedecieron.

-No todo el mundo piensa lo mismo- afirmó él.

La chica lo miró como si no diera crédito a lo que acababa de escuchar.

-No sé nada de ti, pero están equivocados. No te conocen bien.

Akira se emocionó ante aquellas palabras.

-Siento que tengas que pasar por esto- dijo con pesar.

Ella sonrió con afecto.

-Lo sé- dijo con la sonrisa aún dibujada sobre sus labios-.

La muchacha comenzó a caminar hacia la puerta, pero antes de llegar se detuvo y se giró.

-Me llamo Kulap, soy de Tailandia, tengo veintiséis años y soy madre soltera. Todo lo hago por mi pequeño Sunan. Tiene cuatro años. Vive con mi madre, también madre soltera.

Fumuro la miró con una expresión que mezclaba comprensión y tristeza.

-Estudié japonés en Bangkok. Soy traductora, pero el dinero no era suficiente para mantener a mi hijo y a mi madre. Me contrataron porque tengo facciones japonesas. Llevo seis años aquí, por eso mi japonés es tan bueno.

Akira se acercó y le cogió la mano. Luego le acarició el rostro y sonrió.

-¿Qué significa Kulap?

La mujer también sonrió.

-Rosa.

La expresión del japonés se tornó de pronto más dura.

-¿Estás aquí voluntariamente?

El rostro de la joven se desencajó.

-¿Te acostarías tú voluntariamente con un vejestorio borracho y maloliente?

-Perdona- miró avergonzado hacia el suelo.

-Hay muy pocas que están aquí por su propia voluntad. Yo sí sabía a qué venía, pero otras extranjeras no. A la mayoría nos obliga la vida.

Akira apretó sus manos contra las de ella.

-Mi caso es igual que el de muchas otras. Buscan muchachas jóvenes en otros países. Sobre todo, madres solteras para después poder chantajearlas. Yo viajé aquí con la promesa de ganar mucho dinero. En Tailandia me dijeron que les tendría que pagar dos mil dólares de comisión y que después todo el dinero sería mío. Sin embargo, al llegar me explicaron que en realidad les debía cincuenta mil dólares y que tenía que trabajar para ellos durante dieciocho meses para saldar la deuda. También me dijeron que no se molestarían en vigilarme, pero que si me escapaba no llegaría a tiempo al funeral de mi hijo. Atiendo a clientes todo el día y me cambian de lugar cada semana para que nunca me apegue a ninguna persona ni nadie sepa muy bien dónde estoy. La única forma que tengo de soportar todo esto es llorar todo el día cuando no me ve nadie y pensar que todo lo hago por mi hijo Sunan.

Fumuro sintió una profunda rabia. Como japonés, se sentía responsable de lo que le sucedía.

-Lo siento. Aborrezco este lugar- repitió su pesar, pero esta vez con un tono de voz más enérgico.

-Lo sé- susurró Kulap.

Ambos se abrazaron de nuevo y la muchacha partió. Después lo hizo él. Caminó pensativo hacia el ascensor y sintió una extraña sensación al pensar que la única persona capaz de ver su alma verdadera había sido una prostituta.

Al salir del prostíbulo, observó con disimulo para ver si distinguía el rostro del hombre que había visto antes, pero no lo vio. A pesar de ello, se mantuvo alerta pensando que, si de verdad lo habían seguido y el individuo se sintió descubierto, sería otro quien estaría ahora tras sus pasos.

Fumuro sabía que tendría la oportunidad ideal para eludirlo en la estación de metro de Shinjuku. Si se mezclaba con ánimo de perderse entre las decenas de miles de personas que estarían moviéndose allí de un lado para otro, sería imposible seguirlo.

El japonés siguió caminando con tranquilidad para no despertar ninguna sospecha. Mientras, comenzó a preparar mentalmente su próximo encuentro con su viejo amigo Aritz Goikoetxea.

X

Buenos días- dijo el recepcionista del Hotel Saint Simon con la amabilidad y cortesía típicos bogotanos. Eran las 8 de la mañana.

Xurxo Pereira se acercó a él.

-Gracias, igualmente. Tengo una reserva para esta noche, pero sólo me quedaré unas horas. ¿Podrían subir el equipaje a la habitación? Volveré por la tarde. Ahora necesito un taxi para ir a Los Rosales.

Al escucharlo, el empleado hizo un gesto al portero. Éste se acercó, cogió la maleta del periodista, le puso una etiqueta y la depositó a un lado de la recepción. Luego partió raudo hacia la puerta.

Tras dar su tarjeta de crédito y rellenar el formulario de entrada, el reportero salió del pequeño inmueble de cinco pisos que se mezclaba con el resto de edificios del barrio sin llamar la atención. Allí le esperaba el taxi.

El hotel estaba en la exclusiva Zona T de Bogotá. El área era en su mayoría peatonal y tenía muchos restaurantes, tiendas de moda, galerías, bares y discotecas. También contaba con dos grandes centros comerciales, el Andino y el Atlantis.

Por las noches, multitudes de jóvenes pertenecientes a la alta burguesía llenaban los locales para divertirse, o como se decía en Colombia, rumbear.

No hacía frío, pero el día estaba encapotado. Una masa uniforme de nubes cubría sin resquicios el cielo de esa parte de la capital.

Xurxo vio durante el recorrido una ciudad rebosante de actividad. Comercios que atendían amablemente a sus clientes, vendedores ambulantes, un tráfico infatigable, estudiantes camino de sus escuelas y universidades, turistas que recorrían la urbe y un sinfín más de estampas que ilustraban un día en plena ebullición incluso a esa temprana hora de la mañana. Bogotá era una urbe muy dinámica y que siempre madrugaba.

El periodista había estado varias veces en Colombia y siempre le impresionaba el empuje, la alegría y las ganas de vivir y trabajar de sus habitantes. Eran emprendedores por naturaleza. Por si fuera poco, embellecían constantemente su trabajo con una actitud amable y servicial. Tenían pasión por la vida y la contagiaban sin cesar.

El taxi pasó por la llamada Zona G, también con restaurantes sólo para bolsillos muy selectos. Algunos no tenían nada que envidiar a los mejores de Nueva York o París.

Xurxo bajó la ventanilla para sentir el aire fresco en el rostro y vio a dos mujeres preciosas paseando. Ambas iban con tacones, pantalones tejanos muy apretados y elegantes camisas de marca. Sin duda, Colombia era uno de los países con las mujeres más guapas y sensuales del mundo.

Luego llegaron a la calle setenta y dos, el distrito financiero. Los altos y lujosos rascacielos simbolizaban el poder de una de las economías más pujantes de Latinoamérica. De pronto, aprovechando que la ventanilla estaba bajada, un niño mendigo de unos seis años se acercó al coche.

El muchacho estaba sucio, iba descalzo y llevaba una camisa y unos pantalones viejos y desgastados. Xurxo le dio dos mil pesos, menos de un euro. Eran las dos caras de Latinoamérica, la región con las mayores desigualdades sociales y económicas del planeta.

Después pasaron por un parque que parecía servir de frontera entre la clase media y la opulencia. Lo cruzaron y al cabo de unos minutos llegaron a su destino.

Los edificios en aquella zona habían sido construidos con elegantes ladrillos de color marrón claro y no eran muy altos, de apenas siete u ocho pisos. Todos tenían vigilantes privados y sofisticados sistema de seguridad electrónica para proteger a los inquilinos. El lujo era manifiesto.

En el inmueble de enfrente había un par de soldados con ametralladoras y cascos blancos custodiando la entrada. El taxista se giró, miró a Xurxo y señaló a la escolta.

-Ahí debe vivir un general. ¿Si me entiende?

-Eso parece- dijo el periodista mientras pagaba.

-En este barrio sí que no se bolean a nadie.

Xurxo le dio las gracias, bajó y caminó hasta la puerta del edificio. Estaba cerrada, pero enseguida escuchó una voz electrónica a través de un panel metálico con una cámara.

-Buenas, a la orden. ¿En qué le puedo ayudar, señor?

-Vengo a visitar a Carlos Alberto Ospina.

- ¿Le espera?

-Sí.

-Un momento, por favor.

Tras algunos segundos, la puerta se abrió. Frente a él apareció un corpulento guardia privado con un cinturón repleto de balas. En la cartuchera tenía un revólver Smith & Wesson calibre cuarenta y cinco capaz de matar a un elefante.

-Siga hasta el ascensor- le indicó el camino-. Tercer piso, puerta A.

Cuando llegó a la tercera planta, vio que en cada nivel sólo había dos apartamentos. Llamó a la puerta y enseguida abrió una sirvienta con un uniforme azul claro.

- ¿El señor Ospina?

-Adelante- dijo ceremoniosamente la empleada doméstica-. Por favor, sígame.

Xurxo quedó impresionado con el tamaño del apartamento. En aquella parte de la ciudad, debía costar una fortuna.

La sirvienta lo dejó en una amplia sala. Los muebles eran modernos y elegantes. Indicaban clase y buen gusto. También había muchas obras de arte, todas originales. Alcanzó a observar que entre ellas había un cuadro de Alejandro Obregón, uno de los artistas colombianos más renombrados de todos los tiempos.

-El señor está en el teléfono y pide que le espere aquí.

-Gracias.

-¿Un tintico? -preguntó refiriéndose a un café.

-A un buen café nunca se le dice que no, muy amable.

La mujer se fue y él se acercó a la biblioteca. Había muchos libros de Derecho y literatura, así como una amplia colección de CDs de música clásica y latinoamericana.

-¡Hola! - apareció de pronto Carlos Alberto moviéndose con rapidez mientras exhibía una amplia sonrisa-. Perdona, tenía algo que atender.

Los dos se estrecharon la mano.

-No te preocupes. Al contrario. Muchas gracias por recibirme.

El colombiano tenía cuarenta y dos años, era jovial y bien parecido. Por lo que había escuchado de él, tenía una gran inteligencia natural para superar cualquier obstáculo. Esto, junto a su gran determinación, le habían convertido en una de las personas más influyentes del país.

Conocía prácticamente a todo el mundo con posiciones de poder en Colombia y casi todos le debían algún favor. Aunque era abogado de profesión, su verdadero talento consistía en saber abrir las puertas adecuadas para que sus clientes lograran sus objetivos.

-Bienvenido a mi casa. Si quieres quedarte aquí, estaremos encantados de tenerte con nosotros.

A Xurxo le sorprendió que le ofreciera quedarse en su casa y agradeció de corazón su amabilidad.

-Muchas gracias, pero me voy esta misma tarde a Cartagena.

El colombiano asintió.

-Ya me contó nuestro amigo común, George Raffo, que vienes a reportar sobre la masacre en Cartagena.

El periodista del *New York Times* había pasado a Ospina varios contactos importantes en el Gobierno estadounidense. Estaba en deuda con él y parecía que Xurxo sería el gran beneficiado.

-En efecto. ¿Se sabe algo más?

En ese momento apareció otra empleada también de uniforme, sirvió el café y se fue.

-Por ahora, sólo lo que ha salido en los medios, que es poco o nada- afirmó.

Luego bebió un sorbo de café.

-No sé si sabes, pero yo dirigí la DAS.

Se refería al antiguo servicio de inteligencia de Colombia, ya desmantelado.

Xurxo dijo sí con la cabeza.

-Tengo muy buenos contactos en todo lo que es el aparato de seguridad- afirmó.

Posteriormente cogió su móvil e hizo una señal a Xurxo para que le perdonara unos instantes. Buscó en su agenda un número y lo marcó.

-¿Coronel? ¿Cómo le va? Es Carlos Alberto. Una preguntica rápida. ¿Está el general? - preguntó. Luego esperó unos segundos, sonrió y miró a Xurxo levantando el dedo pulgar de su mano izquierda en señal de victoria-. Gracias, coronel- se despidió.

Después depositó su móvil sobre la mesa e hizo ademán de levantarse.

-Te propongo que vayamos a ver a unos amigos- dijo. Normalmente, y a menos que fuera un buen amigo, el bogotano trataba de usted a la gente, pero como Xurxo era amigo de un amigo, se animó a tutearlo-. Ellos tendrán la última información de la masacre. Te los presento y ya quedas conectado con ellos. Después regresamos y almorzamos antes de que te vayas. ¿Qué te parece?

El periodista apenas pudo creer su suerte.

-No puedo pedir más, gracias.

Apenas unos minutos después ya iban en la camioneta blindada de Ospina. Seguía amenazado de muerte por miembros de la izquierda radical y en Colombia nadie se tomaba eso a la ligera.

El pesado vehículo negro se movía por las calles como un pequeño mastodonte. La velocidad no era su principal virtud, pero su capa de blindaje era prácticamente impenetrable. Sólo el impacto directo del proyectil de un tanque o de una pieza de artillería podrían perforarlo.

Poco después, ya estaban frente al Ministerio de Defensa Nacional, la máxima autoridad en asuntos militares y de seguridad del país. Ospina pasó todos los controles sin exhibir documento alguno. Todos lo conocían.

Estacionó la camioneta en un espacio reservado, entraron al edificio y fueron directos al despacho del Ministro. Al llegar, el colombiano fue a hablar con su secretaria.

-Hola, Mercedes. Venimos a ver al ministro.

-¿Les espera?

-No. Es para presentarle a este amigo que viene de Washington- afirmó señalando a Xurxo.

-Está reunido con el director de la Policía Nacional.

-¡Perfecto! ¡La suerte nos sonríe! - exclamó Ospina.

La mujer se levantó, entró al despacho y salió al cabo de unos segundos.

-Adelante- dijo con una sonrisa.

A Xurxo siempre le había impresionado la velocidad con la que se solucionaban las cosas en Latinoamérica si tenías los contactos adecuados. Había conocido a Carlos Alberto hacía menos de una hora y ya le había puesto frente a los máximos responsables de la investigación de la matanza sin tan siquiera tener una cita previa.

Tras dos abrazos de oso por parte de Ospina con ambos generales, todos se sentaron. La camaradería entre los tres colombianos daba a entender muchos años de amistad. También los unían sus lealtades políticas.

-Les presento a Xurxo Pereira. Es íntimo amigo de George Raffo. Como recordarán, el corresponsal del New York Times hizo unos meses atrás varios reportajes sobre la situación en Colombia y fue muy objetivo. Es un periodista serio.

Xurxo había leído las crónicas y resaltaban los grandes pasos que había dado el país en los temas de seguridad y desarrollo económico. La imagen de Colombia había cambiado mucho en los últimos años.

De pensar en ella como un lugar peligroso y donde no se debía invertir, ahora se la asociaba con una de las naciones más seguras de Latinoamérica y donde el capital extranjero podía aterrizar con mucha más seguridad jurídica que en el pasado.

El turismo subía cada año y, como decía el eslogan del gobierno, el único peligro de visitar Colombia era que los visitantes no quisieran regresar a sus países.

Aunque todavía había muchos desafíos en temas de corrupción, pobreza y violencia, los progresos eran obvios.

Los dos generales asintieron ante las palabras de Ospina. Ambos conocían a Raffo, ya que los había entrevistado para sus reportajes.

-Xurxo está aquí para cubrir la tragedia de Cartagena. Agradeceré que le ayuden. Nos interesa que reporteros serios y objetivos como él informen sobre este tema. Hemos avanzado mucho y con mucho esfuerzo como para que ahora volvamos a ser vistos como un país inseguro. Necesitamos que la inversión extranjera siga llegando. Es vital para nuestro crecimiento.

La matanza había sido titular en todo el mundo y las autoridades estaban preocupadas por la imagen del país.

-Por supuesto- se adelantó el director de la Policía-. La investigación está en su fase inicial. Por ahora, lo único que tenemos claro es que no se trata de colombianos.

-¿Por qué? -preguntó extrañado Xurxo.

-El narcotráfico sigue siendo un problema aquí, pero en Colombia ya no hay grandes carteles. El negocio se ha dividido en muchos grupos criminales más pequeños. Han aprendido las lecciones del cartel de Medellín y lo último que quieren es llamar la atención. Operan como corporaciones. No están interesados en titulares, sino sólo en ganar billete. Nunca harían algo así. Esos tiempos han quedado atrás.

El Ministro de Defensa le dio la razón.

-Esto tiene todas las marcas de un grupo criminal poderoso, pero extranjero. De lo contrario, ya sabríamos quiénes cometieron semejante barbaridad. Tenemos informantes en todos los carteles más importantes.

-¿De dónde son entonces los asesinos y por qué cometieron semejante barbarie?

-Todavía no lo sabemos- afirmó consternado el general de la Policía-. Si le parece, voy a pedir al comandante Jaramillo que se ponga en contacto con usted. Es el responsable directo de la investigación. Le puede contar lo último y después mantenerlo informado.

Tras darle su número de teléfono y agradecerles la ayuda, Carlos Alberto Ospina y Xurxo Pereira se marcharon del Ministerio de Defensa Nacional.

Después almorzaron en casa del colombiano junto a su mujer y su primera hija, Carolina, de apenas un año.

-¡Me tiene embobado! - reconoció Ospina-. Creo que cuando te haces padre ya mayor, disfrutas mucho más de tus hijos. Estás listo para ellos. ¿No me ves? Se me cae la baba todo el día con ella -bromeó-. Nunca pensé que ser padre fuera tan bonito y divertido. ¡Es mi reina! - añadió con una cara de inmensa satisfacción.

Xurxo miraba a la niña y se divertía viendo las tonterías que Carlos Alberto hacía para que se riera.

La imagen le hizo pensar en cómo habría cambiado su vida si hubiese tenido hijos. Durante mucho tiempo no se consideró preparado para ser padre. Tenía pánico a que una criatura como aquélla apareciera de pronto en su vida. No por egoísmo, sino porque no se creía capacitado para semejante responsabilidad. No tendría ni la más mínima idea de cómo criarla y la idea lo asfixiaba.

Luego ese miedo comenzó a transformarse en una especie de curiosidad semi científica. Los miraba como quien observa un organismo bajo un microscopio. Los consideraba casi como si fueran seres de otro planeta. Pequeños, curiosos e indescifrables personajes que se movían de un lado a otro sin cansarse jamás. Seguían siendo todo un misterio para él.

Sin embargo, hacía ya cierto tiempo que los niños, casi mágicamente, comenzaron a llamarle la atención. Algo había cambiado en él y por fin se sintió listo para tener un hijo. La asfixia había desaparecido.

Se fijaba más en ellos, le hacían reír y siempre se encontraba a gusto y relajado a su lado, algo impensable hacía tan solo unos años. Había conectado emocionalmente con aquellas diminutas criaturas e incluso sentía cómo se germinaba un deseo de ser padre. A pesar de ello, sólo tendría uno con alguien a quien amara profundamente, así que, a los cincuenta y un años, las posibilidades eran muy remotas.

-¿Hubiera sido corresponsal de guerra si hubiese tenido hijos? - se preguntó.

La respuesta no requirió de mucha reflexión.

-Posiblemente no-concluyó.

Sería un riesgo demasiado alto. Aunque no podía ponerse en la piel de sus compañeros de profesión que eran padres, él lo hubiera visto como una irresponsabilidad. Su esposa e hijos siempre tendrían que ser más importantes que su trabajo.

Cuando regresó al hotel para refrescarse, recoger su equipaje e ir al aeropuerto, el recepcionista corrió hasta llegar a él.

-¡Señor Pereira! - le paró asustado.

-Dígame- respondió sorprendido ante semejante frenesí.

-Han venido unos señores a preguntar por usted.

-¿Quiénes?

-No lo dijeron.

-Parece preocupado.

-Eran dos. Enseguida me despertaron sospechas. No parecían civiles. Cuando se fueron los seguí y se metieron en una camioneta. Dentro había dos más.

El periodista estaba intentando interpretar lo que quería decir, pero no tuvo que esperar más.

-¿No lo querrán secuestrar, señor Pereira? Le recomiendo que tenga mucho cuidado- dijo en tono circunspecto.

En ese momento, el conserje vio entrar por la puerta a los mismos hombres.

Se echó para atrás y poco a poco se dirigió al mostrador de la recepción. Allí tenía una escopeta de perdigones de cañones recortados y la alarma directa con la comisaría de Policía más próxima.

-¿Es usted el señor Pereira? - preguntó uno de ellos.

El hombre vestía pantalones vaqueros, camisa blanca y zapatos negros. Era corpulento, alto, con el pelo muy corto y tenía una mirada de perpetua desconfianza.

-¿Quién lo pregunta? - reaccionó Xurxo como buen gallego, respondiendo a una pregunta con otra.

El individuo metió la mano en el bolsillo de atrás de su pantalón y sacó la cartera. La abrió y mostró su identificación.

-Comandante Andrés Jaramillo, de la Policía Nacional.

Xurxo se extrañó al escuchar aquellas palabras. No había dicho a nadie en qué hotel se hospedaba ni a qué hora pasaría por allí. Sin embargo, dedujo que, si esa persona fuera un impostor y estuviese frente a él para raptarlo o asesinarlo, ya habría ocurrido.

Al ver la identificación y que el periodista reconoció el nombre de Jaramillo, el recepcionista respiró tranquilo.

-¿Cómo me encontró?

Jaramillo se rio en voz baja, como si le hubieran contado un chiste.

-Señor Pereira, si encontramos a Pablo Escobar sería difícil que no diéramos con usted, ¿no le parece? Para eso me pagan. Soy policía.

Xurxo sonrió y le invitó a sentarse en un sofá del lobby. El comandante lo hizo y ordenó al otro policía que se quedara vigilando en la puerta. No había nadie más en el recibidor, de modo que gozaban de total privacidad.

-Gracias por venir, comandante.

-Me han pedido que le vaya informando de lo que averigüemos. Tiene amigos en posiciones muy importantes. Esto no lo hago ni con la prensa colombiana.

El reportero asintió y agradeció de nuevo su presencia allí con un gesto.

-¿Qué se sabe?

-Por ahora barajamos dos hipótesis. La primera es que sea el narcotráfico de México. Tienen los medios logísticos, el dinero y la crueldad necesarios para hacer algo así. Los carteles mexicanos están pasando por un período similar a lo que nosotros vivimos aquí con el cartel de Medellín. Hay mucha violencia en México. Uno de los capos podría haberse operado para cambiar de apariencia y habrían eliminado a cualquier testigo potencial. Aunque vemos mucha corrupción como en las fugas del Chapo Guzmán, el gobierno mexicano los persigue cada vez más de cerca. La prueba es que lo capturaron de nuevo y fue extraditado a Estados Unidos.

-¿Y la segunda?

-Que se trate de un grupo que no tenga que ver nada con esta área. Tendría que ser muy sofisticado, con muy pocos escrúpulos y también con mucho apoyo financiero.

-¿Por ejemplo?

-En el mundo de la delincuencia organizada, podría ser la mafia rusa. En el terreno del terrorismo, algún grupo tipo Al Qaeda o el Estado Islámico.

-¿El objetivo de la matanza sería el mismo?

-Seguramente.

Xurxo reflexionó durante unos segundos.

-¿Tienen alguna pista concreta? ¿Alguna evidencia?

-Por ahora, no -afirmó Jaramillo-. Quienes llevaron a cabo la masacre son profesionales. No va a ser fácil averiguar quiénes son y menos aún dar con ellos. Es muy posible que ya estén en el otro lado del planeta.

En ese momento llegaron dos policías más, estos uniformados. Hablaron con el agente de la entrada y volvieron a salir.

-¿Puedo usar públicamente esta información?

-Sí, pero no mencione mi nombre. Sólo fuentes de la Policía Nacional, sino los periodistas colombianos me crucificarán vivo y tengo que tratar con ellos a menudo.

El periodista dio su tarjeta al comandante, apuntó sus datos y quedaron en seguir en contacto.

Tras despedirse, subió a su habitación, se duchó y se cambió de ropa. Después recogió su equipaje y subió a un taxi que enfiló hacia el aeropuerto El Dorado. Una vez allí, fue a la terminal nacional de Avianca y cogió el puente aéreo en dirección al aeropuerto Rafael Núñez de Cartagena.

El vuelo era de una hora y quince minutos. Xurxo repasó sus notas, pero las imágenes de Carlos Alberto Ospina jugando alegremente con hija Carolina regresaron a su mente.

Entonces pensó en su amigo Douglas Mejía, el camarógrafo que lo esperaba en Cartagena. La última vez que lo había visto fue durante la cobertura de la guerra en Bosnia en 1993. Curiosamente, el salvadoreño también acababa de ser padre en aquel momento.

-He pensado mucho si venir o no. Lo más importante para mí ahora es mi hija, pero ésta es una oportunidad única en mi vida profesional- le dijo entonces.

Douglas Mejía era un hombre con coraje. Xurxo había conocido otros periodistas que enseguida se apuntaban a cubrir una guerra para hacerse los valientes, pero que cuando llegaban al campo de batalla no se atrevían ni a salir del hotel.

No los soportaba. Entendía que alguien no quisiera ir a cubrir un conflicto armado, en especial si tenían pareja y eran padres. No obstante, si iban y después se negaban a correr riesgos, se convertían en un pesado lastre para la cobertura. Era imposible cubrir una guerra sin asumir riesgos.

El salvadoreño, a pesar de que las profundas emociones que vivía con su recién estrenada paternidad, exhibió el mismo valor y determinación que ya había demostrado tantas otras veces cubriendo la guerra en su propio país y en otras partes de Centroamérica como Nicaragua.

Xurxo recordó el escalofrío que sintió cuando supo que regresaría a cubrir la guerra en Bosnia. Pensó que no volvería vivo. El viaje con Douglas sería el segundo a ese país y las posibilidades de sobrevivir resultarían aún más pequeñas que la primera. Ya se había salvado una vez y no podía esperar tener la misma suerte de nuevo.

La primera vez llegó en un avión militar de la OTAN que había despegado de la base de Ancona, en Italia.

El Hércules 130 tenía que lanzar bengalas térmicas tanto al aterrizar como al despegar de Sarajevo para evitar los misiles antiaéreos que lanzaban las fuerzas serbias que rodeaban el aeropuerto.

Al salir de Ancona, los militares estamparon en su pasaporte un sello con las palabras Aerolínea Quizás.

-¿Por qué se llama así? - era la pregunta automática de todos los periodistas.

-Porque quizás llegas, quizás no- sonreían con malicia.

No era ninguna broma. Muchos periodistas habían muerto cubriendo un conflicto que se cobró la vida de más de trescientas mil personas.

Cuando llegaron a Sarajevo, se abrió la puerta trasera de la nave y recibieron de inmediato la bienvenida a aquel infierno sobre la Tierrra.

-¡Corran! ¡Corran! ¡Vamos! ¿A qué coño esperan? -gritó enfurecido un soldado desde detrás de un todoterreno blindado mientras señalaba hacia unos contenedores.

Todos los periodistas se quedaron congelados ante aquellos gritos.

-¡Que corran, cojones! ¿No me han escuchado o qué? ¡Vamos! ¡Coño! ¡Corran, joder! - insistió de forma aún más vehemente. ¡No quiero que se mueran tan pronto! ¡Acaban de llegar! ¡Si se los cargan, que sea lejos de aquí para que sea otro el que tenga que hacer el papeleo! - añadió.

Los informadores salieron a la carrera y no pararon hasta llegar a los contenedores. Las grandes masas rectangulares de metal los protegían del fuego de los francotiradores serbios.

El militar de la fuerza multinacional se acercó a ellos y les dijo que hicieran un círculo para que lo escucharan bien.

-Off the record. No sé por qué cojones han venido hasta aquí- dijo en un inglés un tanto maltratado-. Yo estoy muerto de ganas por que me saquen de esta mierda gigantesca que cada día huele peor y a ustedes no se les ocurre otra cosa que venir voluntariamente. ¡Están locos! - dijo riendo.

Los periodistas también rieron y nadie disputó el diagnóstico psiquiátrico.

-¡Les deben estar pagando mucho dinero extra para venir aquí a jugarse el pescuezo! ¡Debí haberme metido a periodista!

Xurxo miró hacia el suelo.

-Ojalá fuera el caso. Ni un céntimo más- pensó sin atreverse a compartir la información para no quedar como un estúpido. Su cámara, al menos, ganaba horas extras.

El soldado era parte de la misión de paz de las Naciones Unidas llamada UNPROFOR. Treinta y nueve mil militares de cuarenta y un países, trescientos veinte de los cuales murieron durante la operación.

-¡Pero ya están aquí! ¡Se jodieron! - exclamó-. Van a ir hasta Sarajevo en grupos de cinco personas. Los llevaremos en esos transportes blindados- señaló hacia un vehículo militar de fabricación rusa llamado BMP-1.

La tanqueta enseguida llamaba la atención por lo plana y baja que era. Tenía una tripulación de tres personas, así como espacio para transportar un pelotón de ocho soldados.

Era un modelo de la época de la Unión Soviética y podía resistir ataques biológicos y químicos, así como la contaminación producida tras una explosión atómica. Se trataba de uno de los caballos de batalla que Moscú había construido para enfrentarse a la OTAN en el frente europeo tras una guerra nuclear.

-Los dejaremos en el centro de la ciudad y allí... ¡a espabilarse! - afirmó socarronamente.

Las grandes cadenas de prensa, radio y televisión contaban con personal de apoyo que ya estaban esperando a sus periodistas, pero Xurxo y su camarógrafo estarían obligados a hacer exactamente lo que dijo el militar: espabilarse. No conocían a nadie allí y tampoco disponían de ningún contacto que los orientara sobre qué hacer o adónde ir. Ni siquiera sabían dónde podrían dormir. El diagnóstico psiquiátrico ofrecido por el militar parecía cada vez más acertado.

El reportero entró en el primer vehículo. Era del ejército egipcio. Todos los soldados iban con los cascos azules de la ONU y se movían con rapidez. No paraban de mirar de un lado a otro en un intento por anticipar la llegada de la mítica bala con su nombre.

Un militar comandaba el vehículo blindado, otro lo conducía y el tercero se encargaba de las armas, que incluía un cañón de setenta y tres milímetros, una ametralladora ligera y varios misiles.

La tanqueta comenzó a moverse y lo hizo con brusquedad. El camino estaba lleno de agujeros y el vehículo no paraba de rebotar.

Xurxo se aproximó a una de las pequeñas escotillas con cristales blindados y se pasó todo el recorrido observando los efectos de los combates. Cuando llegaron a la ciudad, vio una imagen que no pudo olvidar jamás.

El paisaje urbano estaba totalmente destruido. Los edificios habían sido destrozados por el fuego de todo tipo de armas cortas, largas, morteros y piezas de artillería, así como de bombas de la aviación.

El reportero recordó los documentales en blanco y negro de la Segunda Guerra Mundial que mostraban ciudades enteras reducidas a meros escombros. La Sarajevo que tenía frente a él era una calca de esas imágenes, pero en color.

En ese momento, sintió vergüenza de ser europeo y de ver que, tras dos guerras mundiales, algo así pudiera estar ocurriendo de nuevo en pleno corazón de Europa.

-Estamos apenas a 45 minutos de vuelo de Italia- susurró con incredulidad-. Dijimos "nunca más", pero ha sido "una vez más"- pensó después con rabia.

No escuchó ni un disparo durante el recorrido. Había una extraña calma que contrastaba drásticamente con toda aquella destrucción. Sin embargo, ese tétrico silencio dio aún más dramatismo y fuerza a aquel paisaje de muerte y desolación.

Lo que tenía frente a él era la materialización del odio en su estado más puro. Sólo personas que se odiaban a muerte podían llegar a destruir de semejante manera una ciudad para aniquilar a sus habitantes.

Sintió como si le acabaran de dar una paliza. Aquellas imágenes habían logrado provocarle un dolor hasta físico. No era capaz de comprender cómo un ser humano podía llegar a sentir tanto odio contra otro. Aún no había puesto sus pies sobre Sarajevo, pero sintió como si llevara años allí. La tristeza lo había envejecido.

Había cubierto muchas guerras. Sabía lo que era el sufrimiento de los campos de batalla: la angustia del día a día, el constante acecho de la muerte, los abusos contra civiles, la bala perdida que sesga una vida inocente, las ejecuciones, la mina que destroza las piernas a un niño, las lágrimas, el horror. Sin embargo, nunca había presenciado semejante salvajismo y menos aún en la propia Europa.

Quien no creyera que el diablo existía, sólo tenía que pasarse por Sarajevo durante aquella guerra fratricida para conocerlo en persona. No obstante, lo peor era que no se trataba de una situación en blanco y negro. Aunque los serbios estaban considerados como los agresores, ambos bandos habían cometido atrocidades. Todos eran culpables.

Al llegar al centro de la ciudad, el transporte se detuvo en un amplio descampado.

-¡Mierda! ¡No creo que éste sea el lugar más apropiado! ¡Nos puede ver cualquiera! - dijo Xurxo.

Los egipcios ignoraron sus comentarios y, con una rapidez inusitada, ayudaron a los periodistas a bajar sus equipos. Querían irse lo más pronto posible de allí.

El resto de los informadores corrieron hacia los coches blindados que les esperaban y desaparecieron con premura.

Xurxo y su cámara se quedaron solos frente a su pequeña montaña de equipo. No había nada a su alrededor. Eran el blanco perfecto. Ambos se miraron y parecieron preguntarse lo mismo.

-¿¡Qué coño hacemos aquí!?

Apenas podían creerlo, pero estaban en la mitad de Sarajevo, en plena guerra, anocheciendo y sin la más remota idea de qué hacer o adónde ir. Por si fuera poco, el frío era intenso y todo estaba nevado. De nuevo, la certeza del diagnóstico.

Esa noche acabaron durmiendo en el edificio de la televisión bosnia. No había otro lugar dónde quedarse. Además, se trataba de un gran complejo de cemento que brindaba más protección contra las balas, los obuses y la artillería serbios.

Lo primero que Xurxo vio el día siguiente fue el cadáver de un anciano tendido sobre una acera. Tenía un agujero de bala en la frente, justo entre ceja y ceja. Lo acababa de matar un francotirador y varias personas acompañaban al cadáver hasta que llegara un coche para llevarlo a la morgue.

El gran peligro de Sarajevo era que no había lugar dónde esconderse. Toda la ciudad estaba a tiro, ya fuera de la artillería o de los francotiradores serbios. La muerte podía llegar en cualquier instante.

-Por favor, abróchense los cinturones, pongan su respaldo en posición horizontal y recojan la mesita. Estaremos aterrizando en Cartagena en los próximos minutos- se escuchó de pronto por el sistema de sonido del avión de Avianca.

Las palabras de la azafata provocaron que los recuerdos de Sarajevo desaparecieran temporalmente de la mente de Xurxo y el periodista se centró en lo que le había llevado a Colombia.

Como siempre en Cartagena, el calor y la humedad se sintieron como una verdadera bofetada. El reportero enseguida vio a Douglas a la salida del aeropuerto y ambos se fundieron en un gran abrazo.

Habían pasado más de veinte años, pero el salvadoreño se conservaba muy bien. Su pelo antes negro tenía abundantes canas, pero seguía delgado y se movía con agilidad. El cámara sacó enseguida una foto de su hija Teresa, que ya estaba en la universidad. Estudiaba, cómo no, periodismo. Su padre le había contagiado el virus.

Douglas le acompañó al Hotel Da Pietro en Bocagrande para dejar su equipaje y después partieron de inmediato hasta la Clínica Araujo, que estaba a apenas tres calles de allí.

En el camino, Xurxo llamó a Marilys, la productora ejecutiva del Noticiero Univisión.

-Te ha tocado la lotería. Vas a ahorrar bastante dinero- le dijo.

-Dame las buenas noticias. Hoy las necesito- afirmó. Siempre decía lo mismo y no con poca razón.

-He conseguido línea directa con el responsable de la investigación. Sospecha que ha sido el narcotráfico mexicano. Quizás el líder de algún cartel para cambiarse la cara y que luego habría eliminado cualquier evidencia.

Marilys aumentó su nivel de atención. La mayoría de la audiencia de la cadena eran mexicanos, así que cualquier cosa que tuviera que ver con México tenía una especial relevancia.

- ¿Alguien más tiene esta información?

-No. Es una exclusiva.

-¿Qué cartel?

-Todavía no lo saben.

-Pondré a la corresponsalía de México a trabajar de inmediato en esto.

-Podemos incluir todo en el reportaje de hoy, pero luego habrá que esperar a que la Policía avance en la investigación. Ya no hace falta que me quede. Ya tengo lo que vine a buscar. Hemos ganado a la competencia. Me voy a Madrid unos días al otro asunto que te mencioné. Cuando mi contacto tenga algo nuevo, me llamará y regreso.

-¿Seguro? - preguntó la ejecutiva. Le inquietaba que se fuera de allí, surgiera algo nuevo y que los otros medios se le adelantaran.

-Alégrate. Sólo me tienes que pagar tres días.

-Estaría más tranquila si te quedas al menos un par de días más.

-No te preocupes. Mi contacto ha prometido informarme antes que a nadie de cualquier novedad. Además, en caso de urgencia podría estar aquí de nuevo en cuestión de horas.

-Ya he escuchado eso antes y después he visto como la competencia nos pulverizaba-dijo con el proverbial escepticismo de los periodistas.

Sin embargo, no hubo mucho que pudiera hacer, así que accedió.

Tras la conversación, Xurxo y Douglas llegaron a la clínica. El edificio todavía estaba acordonado por las autoridades.

Una cinta de plástico de color blanco con la palabra Policía escrita en rojo rodeaba todo el centro hospitalario. Varios agentes con uniforme verde y chalecos naranjas lo vigilaban mientras técnicos forenses con batas blancas examinaban suelos y paredes. Parte de la clínica estaba cubierta por un gran cartel de plástico que decía PFA, Unidad Criminalística.

Xurxo habló con un policía, mencionó el nombre del comandante Jaramillo y el agente le dejó pasar por debajo de la cinta blanca. Después conversó con un oficial para ver si había alguna novedad, pero la respuesta fue negativa.

Al otro lado de la cinta había unos cincuenta periodistas y técnicos. La mayoría trabajaba para canales de televisión y emitían en directo durante casi todo el día. Los camiones de satélite, con sus platos gigantescos apuntando hacia el cielo, se habían ubicado sobre las aceras y había ríos de cables entre estos y las cámaras que retransmitían frente a la clínica.

Xurxo entrevistó a un policía, varios vecinos y al alcalde de Cartagena.

El calor era asfixiante, así que, tras las entrevistas, se fue con Douglas hasta un mercadillo cercano donde había un par de bares y muchas tiendas de recuerdos.

El reportero no lo vio, pero, entre la multitud de curiosos se le acercó una persona a quien conocía muy bien. Llevaba gafas de sol, un sombrero vueltiao típico de Colombia y se había dejado barba.

Hecho con caña, el sombrero de ala ancha estaba decorado con redondeles de color marrón oscuro sobre un fondo pastel. Con bermudas, zapatillas deportivas y una camiseta blanca, parecía un turista más.

El individuo se acercó a unos cinco metros de Xurxo, se bajó ligeramente las gafas y lo observó durante unos segundos para asegurarse de que era él.

-Hijo de la gran puta… te voy a joder vivo- susurró con acento español.

 Luego se fue hacia la playa. Una vez allí, estudió a varias personas hasta que eligió a un hombre.

El colombiano estaba recostado contra la pared y se dirigía a una mujer que pasaba a su lado.

-E Ave María… Yo con vos sí que me gané la lotería. ¿Esa sonrisa es tuya o te la prestaron en el cielo, mi amor? - conqueteó.

La mujer lo miró, le dio entender que no tenía ninguna posibilidad con ella y siguió su camino con indiferencia.

El español estaba acostumbrado a tratar con personas del bajo mundo e intuyó que aquél era un vividor o un carterista de poca monta esperando su oportunidad.

-Buenos días, caballero- le dijo.

Al escucharlo, el colombiano se giró sorprendido.

-A la orden- afirmó con cierta desconfianza.

Después miró a su alrededor temiendo algún tipo de trampa.

-¿Todo bien? -preguntó el turista.

-Al pelo.

-¿Cómo se llama?

-Francisco Hoyos, para servirle.

-¿Quiere ganarse los cincuenta dólares más fáciles de su vida? - le preguntó sin rodeos.

-Claro que sí, cuadro- afirmó ya más tranquilo. Él también sabía identificar a sus compañeros del bajo mundo-. ¿Cómo?

-Necesito averiguar cierta información. Lo único que tiene que hacer es preguntar algo a alguien.

-¿Dónde? ¿Qué? ¿A quién?

-A un periodista de los que están ahí atrás.

El colombiano volvió a mirarlo con desconfianza.

-¿No me meterá en un lío?

-En ninguno, pero si no puede, tranquilo. Buscaré a otro que quiera ganarse esos cincuenta dólares.

-¡Ni de vainas! - exclamó-. Ese billete es para mí.

El ladronzuelo sonrió y los dos se fueron caminando mientras Francisco Hoyos escuchaba con atención los detalles de lo que se requeriría de él.

A apenas dos calles de allí, Xurxo estaba a punto de acabar su zumo y regresar al trabajo.

-¿Usted es español? - preguntó de repente al reportero un niño que vendía todo tipo de gafas de sol.

Xurxo lo vio con una tabla de madera repleta de gafas y se maravilló de que pudiera cargarla. Era más grande que él.

-Sí, de Barcelona- respondió antes de dar el último sorbo al jugo de mango.

-¿Pues sabe a quién le vendí unas lentes ayer? - dijo con entusiasmo el muchacho.

-¿A quién?

-¡A Xavi! ¡El ex jugador del Barcelona! - afirmó emocionado.

Luego cogió unas gafas de la tabla y se las enseñó. Otros niños a su lado se rieron de él.

-Este modelo -sonrió sin hacerles caso.

El periodista era hincha del Barça. Sabía que el día anterior el nuevo equipo de Xavi Herández, el Al Sadd de Qatar, había jugado un partido en Oriente Medio, de manera que eso era imposible.

-Así que Xavi te compró unas gafas como éstas…- ironizó mientras las miraba.

El niño asintió, orgulloso por la venta del día anterior.

-Así es, patroncito.

-Ya… ¿Y de qué marcas tienes?

-Gucci, Dolce & Gabbana, Adidas, Nike, Puma, Louis Vuitton, Dior, Chanel, Ray Ban, y Diesel -dijo de carrerilla.

-¿Y son auténticas?

-¡Claro! - exclamó casi molesto con la pregunta.

Xurxo sonrió.

-Muy bien, me llevo también unas como las de Xavi. ¿Cuánto cuestan?

El muchacho se las puso en la mano para que ya las sintiera suyas y no se arrepintiera. A pesar de su juventud, era un experimentado vendedor.

-¿En euros?

-Sí.

-Cuarenta. En la tienda son ciento cincuenta.

Xurxo se rio.

-En la tienda son auténticas.

- ¡Igual que éstas! - insistió el colombianito para no perder la venta.

-Muy caro- afirmó el reportero haciendo ademán de devolvérselas.

El pequeño se echó hacia atrás para que Xurxo no pudiera alcanzarlo.

-Treinta.

-Diez- negoció Xurxo.

-Veinte- siguió regateando el niño.

El periodista sabía que podría llegar hasta diez, pero sacó un billete de veinte euros y se lo dio. El pequeño lo cogió con rapidez, sonrió, se lo metió en el bolsillo y comenzó a caminar en busca de otro cliente. Sin embargo, de pronto se giró.

-Me saqué una foto con Xavi, ¿la quiere ver? - preguntó con otra enorme sonrisa.

Xurxo iba a responder cuando se le acercó un hombre.

-¿Oiga, usted es Xurxo Pereira? ¿Verdad?

-Sí.

El niño vendedor lo vio hablando con el individuo, así que se giró y siguió caminando con su tabla y su espíritu emprendedor.

-Me llamo Francisco Hoyos. Le he visto mucho por televisión. Siento que tenga que estar aquí por esta tragedia, pero qué placer conocerlo- dijo mientras le estrechaba la mano.

-Muchas gracias.

- Y hasta cuándo se queda?

-Me voy mañana por la mañana.

-Qué visita tan corta.

-Ya sabe, los periodistas no estamos mucho tiempo en ningún lugar. Somos aves de paso.

-Yo soy cartagenero. Ojalá que esto se aclare pronto. Estamos indignados.

-Me imagino. La matanza ha dado la vuelta al mundo.

-Mire, en el barrio hay mucha gente dando sus teorías de lo que pasó. Ya sabe… que si esto…que si lo otro… La mayoría son puras pendejadas, pero si averiguo algo… ¿dónde lo consigo, señor Pereira?

El periodista no solía proporcionar información de dónde se hospedaba y examinó un poco mejor al colombiano. Éste se dio cuenta de la desconfianza, sacó su cédula de identidad y se la mostró.

-No le miento. ¿Ve? Francisco Hoyos, vecino de Bocagrande -leyó. -Sólo quiero ayudarle si se presta la oportunidad. Todos tenemos que cooperar para defender la imagen de nuestro bello país.

El reportero casi se avergonzó por haber desconfiado de él.

-Perdone. Es que persona precavida vale por dos- dijo sin anticipar ningún peligro. No recordó tener ningún enemigo en Colombia.

-No se preocupe. Entiendo perfectamente. Cualquier precaución es poca- sonrió.

-Estoy en el Hotel Da Pietro, aquí en Bocagrande.

-Magnífico. Si hay algo, me comunico. Un placer y que le vaya muy bien -se despidió.

Xurxo miró entonces hacia el lugar donde había visto por última vez al niño vendedor ambulante, pero ya había desaparecido. Luego se fue con Douglas hasta una mesa que habían instalado al lado de uno de los camiones de satélite para editar el reportaje del día y prepararse para el enlace en directo del noticiero nacional.

Al otro lado de la calle había un hotel de lujo. El español que se había acercado a Xurxo estaba en la terraza tomándose un refresco. De pronto, Francisco Hoyos se acercó y se sentó junto a él. Conversaron durante unos segundos, el hombre dio los cincuenta dólares acordados a Hoyos, se despidió y entró al hotel.

Subió a su habitación, se sentó en un sillón y vio las últimas noticias sobre la matanza en la clínica.

El guipuzcoano de cuarenta y nueve años medía un metro noventa y dos centímetros de altura y pesaba noventa kilos. A pesar de su envergadura, era rápido, ágil y estaba en perfecta forma física. Tenía ojos marrones oscuros, piel muy blanca y el pelo rizado. Por eso su alias era Kizkur, o rizado en euskera.

El etarra odiaba al Gobierno español y el objetivo número uno de su vida era lograr la independencia del País Vasco. Poco tiempo atrás había llevado a cabo una operación en Barcelona a espaldas de ETA que podría haber supuesto un éxito sin precedentes para la causa de los independentistas. Sin embargo, fracasó. Uno de los máximos responsables de ese revés había sido Xurxo Pereira.

Ahora estaba a punto de ejecutar otra operación con el mismo objetivo y tenía que asegurarse de que el reportero no volvería a inmiscuirse. Además, tenía una deuda pendiente que saldar con él.

Una hora después de subir a su habitación, llamaron a la puerta. Se levantó, la abrió y vio a tres hombres.

-¿Quiubo, pues? ¡Si es el mismísimo Aritz Goikoetxea! - exclamó uno de ellos con una sonrisa.

-Gracias por venir- afirmó estrechándole la mano.

-Qué delicia. ¡Tanto tiempo, patroncito! - añadió Pastor Jiménez.

Aritz hizo un gesto invitando a pasar al colombiano. Uno de los hombres se quedó en el pasillo y Jiménez entró con el otro. Cuando la puerta se cerró, el guardaespaldas del colombiano dio un par de pasos hacia Aritz.

-¿Tiene algún fierro aquí?

-Sí -afirmó.

Luego se acercó a un mueble, abrió un cajón y sacó una pistola. El hombre la cogió y se la puso bajo la camiseta, entre estómago y cinturón. En la espalda tenía otra.

-¿Sólo ésta?

El vasco asintió. Después el guardaespaldas se fue hacia la puerta y se sentó allí.

Aritz Goikoetxea y Pastor Jiménez caminaron hasta un sofá y se sentaron en lados opuestos.

-¿Cómo estás? - preguntó el vasco.

-Todo bacán. Pasándola bien rico mientras se busca el billete. Ya sabes cómo es esa vuelta.

Jiménez era miembro de las FARC.

-Oye, ¿va en serio eso del plan de paz? ¿Qué sois entonces? ¿Guerrilla o ex guerrilla? ¿Qué pasará ahora con Iván Duque como presidente? - preguntó con cierta ironía el vasco.

El colombiano sonrió.

-Mientras no vayamos a la cárcel, no tengamos que entregar la mayoría de las armas, controlemos el territorio donde estamos y podamos seguir haciendo billete con la coca, no hay problema. Que nos llamen como quieran- ironizó.

-¿Pero no habéis entregado las armas?

Jiménez se rio.

-Ni que fuéamos huevones. Unas pocas. La mayoría están bien escondidas- respondió.

Al escucharlo, el etarra también se rio.

-Por un momento me asustaste- le vaciló Aritz.

El miembro de la FARC miró fijamente al vasco.

-La única verdad es que este año se ha sembrado casi el doble de coca que el año pasado y eso significa mucha más platica para mí. Nunca se ha sembrado tanta coca en Colombia, ni en los tiempos de Pablo Escobar- dijo el colombiano.

Aritz asintió.

-El que es de la FARC siempre lo será, antes y después de cualquier acuerdo de paz. Nuestra organización es la misma, pegando tiros o sin pegarlos, desmovilizados o no. Además, siempre tendremos que estar listos para la lucha. ¿O piensas que vamos a fiarnos de este nuevo gobierno ultra derechista en Bogotá? Son los mismos que nos han masacrado durante décadas. Puras marionetas del carnicero Álvaro Uribe- agregó el guerrillero.

Al etarra le gustaron esas palabras. Ambos se conocían desde hacía casi veinte años y se respetaban mutuamente.

Las Fuerzas Armadas Revolucionarias de Colombia habían contratado los servicios de ETA y del IRA desde el año 1997 hasta el 2001. Varios vascos e irlandeses viajaron entonces hasta la selva del país sudamericano para impartir doce cursillos de entrenamiento a la guerrilla colombiana, a la que cobraron veinte millones de dólares.

En los cursillos se les enseñó a fabricar explosivos de alta potencia, balas de gran calibre capaces de penetrar los vehículos blindados del Ejército y de la Policía y cómo construir morteros de última generación. También se les adiestró sobre el uso de bombas en zonas urbanas y cómo aplicar las estrategias más efectivas para secuestrar y asesinar a empresarios, políticos, miembros de las fuerzas de seguridad y del Gobierno.

Aritz había sido parte del grupo enviado por ETA y siempre mantuvo el contacto con Jiménez, que fue uno de los responsables de organizar el programa de formación. Sabía que algún día lo necesitaría y ese día había llegado.

-Siempre es un gusto verte- dejó la política de lado el colombiano-. ¿Qué te trae por Colombia esta vez?

-Necesito entrar ilegalmente en Estados Unidos. Sé que tienes muy buenos contactos con los carteles mexicanos.

Los carteles aztecas enviaban más de mil toneladas de drogas cada año a Estados Unidos. Eso suponía el 90 % del total de estupefacientes que entraban clandestinamente en el país y los cargamentos incluían cocaína, heroína, metanfetaminas, marihuana y éxtasis.

El narcotráfico mexicano empleaba a medio millón de personas y su negocio generaba setenta mil millones de dólares al año. Dominaban todas las rutas de entrada ilegal al vecino del norte e infiltrar a una persona sería para ellos una verdadera nimiedad.

La FARC también estaba metida de lleno en el negocio del narcotráfico y tenía estrechas relaciones con narcotraficantes no sólo de México, sino también de Panamá, Costa Rica, Perú, Ecuador y Venezuela, así como de varios países europeos.

Fabricar, producir, distribuir y comercializar cocaína significaba tres mil millones de dólares cada año para los miembros de la FARC.

Los frentes más involucrados en el negocio eran los del suroccidente de Colombia. En especial, el Seis, Veintinueve, Treinta y Cuarenta y ocho. Jiménez tenía el grado de comandante y pertenecía al Bloque Sur, Frente Cuarenta y Ocho. Su estructura militar había desaparecido teóricamente, pero en la práctica continuaba igual.

Los guerrilleros podrían quitarse el uniforme militar y decir que se habían desmovilizado, pero, con o sin acuerdos de paz, pocos pensaban que renunciarían a ese lucrativo negocio.

-¿Dónde en Estados Unidos? - preguntó el guerrillero.

-La capital, Washington.

-¿Y después regresar por el mismo México?

-Sí.

Jiménez reflexionó durante unos segundos. No le preocupaba lo que le pedía. Se trataba de algo muy sencillo. Sin embargo, quería anticipar si los planes de Aritz podrían afectarle de alguna forma negativa.

-Otra cosa- añadió el vasco.

El guerrillero hizo ademán de que seguía escuchando.

-También necesito ayuda para asesinar a alguien allí.

El tema se complicaba.

-Entiendo.

-Es personal. Un cabrón que me traicionó.

- ¡Qué berraco! El empute tuvo que ser fuerte para que te lo quieras volar en esa ciudad. ¿Sí o qué? Es arriesgado. Hay muchos tombos.

Aritz desestimó lo dicho con un gesto.

-Será muy sencillo. Apenas unos días. Entrar y salir.

-Un momentico. Si te ayudo a chuzar a ese man, ¿es alguien que me podría poner en problemas?

-No veo por qué-mintió el vasco.

Asesinar a alguien de la CIA tendría consecuencias muy serias. Además, Pastor Jiménez no era precisamente el tipo de persona al que uno pudiera traicionar sin después sufrir una represalia brutal. Sin embargo, ya no había marcha atrás.

-¿Seguro? Mira que lo último que queremos es a los gringos jodiéndonos. Mejor que sigan enfocados en Irak, Siria y Afganistán mientras nosotros les seguimos enviando droga...- rio.

-Tranquilo. No habrá problema. Además, nadie lo va a relacionar con ustedes- insistió con aparente seguridad.

El colombiano asintió, pero con escasa convicción interior. Era zorro viejo.

-Demasiado esfuerzo por bajarse a alguien de poca monta- pensó.

Luego observó en silencio a Aritz.

-¿Tendrá una mujer y le habrá puesto los cachos con ese hombre? -se preguntó.

No obstante, despúes pensó que el verdadero motivo de la venganza era irrelevante. Se conocían desde hacía muchos años y se sentía obligado a ayudarlo.

-Te voy a colaborar con eso-accedió-. Tú has hecho mucho por nosotros. Y tienes razón, a los traidores hay que darles piso.

Aritz se acercó y le estrechó la mano.

- ¿Cuánto me va a costar?

-Un millón de dólares.

El precio no provocó vacilación por parte del etarra.

-Hay un pequeño servicio extra con el que te agradecería me ayudaras.

- ¿Cómo así? ¿Cuál?

Aritz se levantó y pidió al colombiano que lo acompañara. Al llegar a la ventana, sacó unos prismáticos y dirigió su mirada hacia el grupo de periodistas frente a la clínica. Luego pasó los binoculares a Jiménez.

-¿No tendrás nada que ver con esto? - se giró hacia él y lo miró inquieto.

-Claro que no.

El guerrillero le observó con desconfianza.

-¿Y por qué estás en Cartagena?

-España es muy peligroso para mí. La Policía me pisa los talones. Colombia es más seguro y, además, necesitaba verte.

-¿Pero por qué Cartagena? - insistió.

-Hombre, hay mucho turista. Es más fácil pasar desapercibido.

Pastor Jiménez desconfiaba de todo el mundo y Aritz no era ninguna excepción, pero no preguntó más.

-¿Ves ese periodista al lado del camión azul? Tiene una camisa azul clara y unos pantalones beige.

El miembro de las FARC volvió a mirar por los prismáticos.

-Sí.

-Sale mañana por la mañana por el aeropuerto. Se hospeda en el Hotel Da Pietro. Me gustaría que tuviera algún percance. Por ejemplo, que la Policía lo detenga y acabe en la cárcel. ¿Es posible?

El guerrillero sonrió.

-Compa, espero que nunca me veas como un enemigo.

-¿Es posible? - insistió.

-¿Y por qué no darle plomo directamente? Está ahí abajo. Lo sigo y chuseamos a ese fariseo aquí mismo. Nadie va a saber qué pasó con él. Tiramos el cadáver con unas pesitas al mar y se lo comen los pescaditos. Si tienes un enemigo, dale piso de una vez o después te puedes arrepentir.

-No- descartó el etarra-. Prefiero que sufra. Plomo sería demasiado bueno para ese cabronazo.

Jaramillo no discutió.

-¿Cuánto me va a costar?

-Cincuenta mil dólares más y se pudrirá en la cárcel con la flor y nata de la criminalidad colombiana.

-¿Qué vas a hacer?

-No te preocupes por eso y pásala rico el tiempo que te queda en Cartagena- sonrió Jiménez.

A la mañana siguiente, Xurxo Pereira llegó al aeropuerto para coger su vuelo a Bogotá. De allí enlazaría a Madrid. Había decidido dar una sorpresa a Elena.

Al pasar su equipaje por la máquina de rayos x, un policía cogió la maleta y la llevó hasta una mesa instalada a un lado. Junto a él había cuatro agentes más.

El periodista se puso delante asumiendo que se trataba de un simple control rutinario y al azar.

El funcionario miró primero con atención todo el contenido de la maleta. Luego se acercó a los forros y los olió. Tras realizar una expresión difícil de interpretar, continúo examinando el interior.

Poco a poco, fue vaciando toda la maleta. Ropa, enseres personales, dos libretas, un par de libros y una máscara india de madera que Xurxo había comprado de recuerdo. Con la maleta ya vacía, volvió a olerla y repitió la misma e inescrutable expresión.

-¿Todo bien? - preguntó el reportero.

El agente movió la cabeza, pero sin dejar claro a qué se refería. Mientras, los pasajeros pasaban por delante y comenzaron a mirar a Xurxo con cierta sospecha.

Tras media hora de un examen más que escrupuloso, el policía llamó a un compañero y entre los dos volvieron a examinar concienzudamente la maleta durante quince minutos más. Esa persistencia hizo que el periodista se inquietara.

-Perdone, ¿hay algún problema? -volvió a preguntar.

En esta ocasión, el agente fue más claro.

-Aquí hay algo que huele raro. A cocaína.

Xurxo se lo tomó a broma.

-Imposible. Yo mismo hice la maleta.

-¿Cuándo?

-Ayer por la noche.

-¿Y desde entonces alguien más la ha tocado que no sea usted?

-No.

El agente no cuestionó las palabras del reportero, pero siguió atento a la maleta. Ya había pasado una hora y para el grupo de pasajeros que se amontonaba en aquella terminal cada vez parecía más claro que aquel sujeto era una mula.

El policía sacó de pronto una navaja e hizo dos agujeritos en las juntas plásticas de la maleta. Observó con atención, pero no vio nada dentro. A pesar de eso, continuó perforando la maleta por otros lados. Parecía empeñado en encontrar algo.

Xurxo se sentía cada vez más incómodo con la situación, pero permaneció tranquilo convencido de que no encontrarían nada.

Una hora y cuarenta y cinco minutos después del inicio de la revisión, el policía cogió la maleta y la levantó. El reportero pensó aliviado que el desagradable incidente ya había concluido. Sin embargo, le indicó que le acompañara detrás del mostrador de la línea aérea.

Al cabo de unos minutos, llegó un perro especializado en detectar drogas. Se llamaba Nerón, tenía el pelo blanco y llevaba puesto un chaleco negro con las letras Policía Canina. Con él iba un agente con una pequeña pelota de goma roja en la mano. Al perro le encantaba jugar con ella y ése era su premio cada vez que detectaba estupefacientes.

Cuando lo vio, Xurxo se asustó por primera vez. Pensaba que no había nada de droga en su maleta, pero ¿y si estaba equivocado? ¿Y si alguien lo estaba utilizando de camello sin que él lo supiera? ¿Y si alguien que tenía algo contra él se la había puesto en su equipaje para incriminarlo?

El periodista sintió una especie de latigazo interior que le descolocó el cuerpo. Si aquellos agentes encontraban algo, podría pasar varios años en una prisión colombiana. Eso no sólo significaría el fin de su vida en libertad, sino también de su carrera.

Una sensación de profundo nerviosismo invadió a Xurxo y, por primera, vez temió lo peor. Delante suyo tenía a profesionales especializados en la lucha contra las drogas y pensó que si seguían buscando cocaína con tanto ahínco era porque seguramente estaba allí, aunque todavía no hubieran podido localizarla.

Los agentes volvieron a abrir la maleta y el labrador retriever se abalanzó ansioso sobre ella. Se movía con rapidez y empujaba su hocico con desparpajo por diversas partes del rectángulo plástico. Si no podía acceder a una zona de la valija, el policía lo ayudaba. De vez en cuando Nerón se detenía en seco, olisqueaba algo con más atención y luego proseguía su rutina.

De pronto, el perro se giró y miró hacia el agente con la pelotita roja para asegurarse de que aún estaba ahí con su juguete preferido. Tras confirmarlo, continuó infatigable con su labor.

Pasaron los minutos y de repente Nerón se acostó en el suelo. Xurxo había realizado algunos reportajes sobre perros policías y sabía que la señal para anunciar que habían encontrado algo era sentarse, así que el periodista respiró más tranquilo. También sabía que era casi imposible que fallaran. El sentido del olfato de los perros era entre cien mil y un millón de veces superior al de las personas.

El can fue después hasta el policía y éste le dijo que se sentara. Sin embargo, tras acariciarlo un rato, volvió a ordenarle que revisara la maleta. El proceso duró otros quince minutos hasta que el perro dejó claro una vez más que allí no había ninguna droga que encontrar.

Xurxo miró al policía con rostro de victoria y como si se hubiera librado de la guillotina. Esperaba que le devolvieran todo y le dejaran partir de inmediato. Todos los pasajeros estaban ya en la sala de espera a punto de embarcar.

No obstante, la tortura mental continuó. El agente no se rindió y llamó a otro perro. Esta vez, un springer spaniel inglés blanco y marrón llamado Latino. El funcionario parecía convencido de que esa maleta contenía algo y no quería dar su brazo a torcer. En ese momento la sensación de nerviosismo del periodista se tornó en verdadero pánico.

Pensó que la obsesión del policía podría llevarle incluso a plantar algo de droga para justificar el ridículo que estaba haciendo frente a tanta gente. Llevaba casi dos horas y media revisando una maleta que obviamente no contenía nada de droga. Y no sólo eso, sino que no le había ofrecido ninguna explicación profesional y razonable de lo que hacía. Actuaba sin ningún tipo de consideración y parecía que su único objetivo era verlo nervioso y agitado, como si tuviera algo personal contra él.

Xurxo decidió llamar a Carlos Alberto Ospina y cogió su móvil. Tenía que apretar el botón de alarma antes de que fuera demasiado tarde. Al contarle lo ocurrido, Ospina le preguntó dónde estaba y le urgió a no moverse de allí.

Al cabo de diez minutos llegó un comandante de la Policía. Llevaba un trozo de tela en el uniforme que lo identificaba como Montoya. Primero se acercó a Xurxo y lo saludó. Después se dirigió al agente a cargo del operativo, que permanecía atento a los movimientos del segundo perro.

-¿Qué está ocurriendo aquí?

El policía se cuadró.

-Comandante, esta maleta huele raro. Creo que es cocaína, pero aún no la he encontrado.

Montoya cogió la valija, la olió, la examinó de cerca y la depositó sobre el mostrador de la aerolínea.

-¿Cuánto tiempo lleva usted inspeccionando esta valija?

El agente miró su reloj.

-Un rato.

-Dos horas y cuarenta y ocho minutos- espetó Xurxo molesto-. Estoy a punto de perder el avión.

El comandante enfureció por dentro.

-Entiendo la difícil labor que tienes ustedes aquí y la respeto. Están haciendo su trabajo. Tienen que asegurarse de que nadie saque drogas del país- dijo el periodista-. Sin embargo, lo siento, pero esto es ridículo. Me están tratando como un criminal. ¡Por Dios, éste es el segundo perro que traen!

El policía que revisaba su maleta lo miró con rabia, pero no replicó.

-¿Son dos horas y cuarenta y ocho minutos suficiente tiempo para encontrar algo en esta valija? - preguntó Montoya al policía-. ¿O necesita que le enviemos un tercer perro? ¿Qué tal un cuarto?

El agente se mantuvo en silencio y desvió su mirada hacia el techo. Montoya ordenó a otros dos agentes que pusieran las pertenencias de Xurxo de nuevo en la maleta, se la devolvieran y lo acompañaran hasta el avión para que no perdiera el vuelo.

-Lo siento. Ha sido un exceso de celo imperdonable. Por favor, discúlpenos-se excusó Montoya. Luego le estrechó la mano y marchó.

Diez minutos después Xurxo ya estaba embarcando en el avión que lo llevaría hacia Bogotá. En otra parte de la sala, Jiménez, el comandante de las FARC, observaba frustrado la escena.

Antes de despegar, Xurxo llamó de nuevo a Ospina.

-Qué pena el susto que has pasado. Ojalá que no te lleves mal recuerdo de Colombia por esto- afirmó el bogotano.

-No te preocupes. Hace falta mucho más que esto para borrar la imagen tan buena que tengo que tu país, pero si no te tuviera a ti, sospecho que ahora mismo podría estar tras las rejas.

-Quizás…- susurró Ospina.

-Te confieso que me asusté.

-Creo que hay tres posibilidades para explicar lo que te sucedió. Primera y menos probable, que sea un caso real de exceso de celo profesional. Segunda, que pagaron al policía para que te plantara droga en la valija. Tendría que ser alguien muy bien conectado y que obviamente te deteste. Y tercero, que se tratase de una maniobra de distracción.

-¿A qué te refieres?

-Que algún narcotraficante haya sobornado al agente para montar ese show contigo. Toda la atención se centra hacia ti y de esa manera ningún otro policía se fija en la mula que en verdad lleva la droga.

Xurxo pensó que las explicaciones más probables eran las dos últimas.

-De todas formas, si algún día alguien te pone droga en la maleta y te la encuentra la Policía, reza para que sea en Colombia.

-¿Por qué? -preguntó intrigado el reportero.

-Si eso te pasa en Estados Unidos, no te salva nadie. Aquí, en cambio, el dinero y las influencias mueven montañas. ¡Si yo te contara lo que he tenido que hacer por más de uno de mis clientes para sacarlo de un buen lío! -rió.

Jiménez salió del aeropuerto, subió a su coche y partió. Enseguida enfiló hacia la carretera que conducía al puerto de Barranquilla. Ya en las afueras de Cartagena, se detuvo en un barrio muy humilde y entró en un bar. Al cabo de media hora apareció el policía del aeropuerto, ya vestido de civil. Se sentó junto a él y le pasó por debajo de la mesa una pequeña bolsa con cocaína.

-Lo siento. Fue imposible-se excusó-. Había demasiada gente y otros policías que no se dejaron sobornar. Lo intenté, pero no pude ponerla a tiempo. El muy huevón no se movió de mi lado. No me quitaba los ojos de encima y, para colmo, luego llamó a alguien y vino el comandante Montoya. Ahora estoy metido en tremendo lío. No me dijiste que era un periodista- se quejó.

El guerrillero se puso la bolsita en el bolsillo de la chaqueta, se colocó las gafas y se levantó. Sin embargo, antes de irse, agachó la cabeza y se acercó al agente.

-¡Pendejo! - le dijo con furia, pero en voz baja.

El policía se asustó.

-No es a Montoya a quien tienes que temer, sino a mí. ¡A mí, huevón! -repitió-. Me has hecho quedar mal. Desaparece de Cartagena. Si te vuelvo a ver por aquí, te hago muñeco. ¿Mentendés? Abrite, paraguas, abrite.

- ¿Cómo así? Pero compréndeme… -intentó mediar el agente.

-No comprendo un carajo. Echa cabeza a lo que te acabo de decir y da gracias que no te chuce aquí mismo, mijito. ¡No me hagas emputar!

Luego el comandante de las FARC salió del bar y se fue en el coche. El policía, todavía en el local, se puso las manos en la cara y golpeó con rabia la mesa.

Poco tiempo después yacía sobre la misma mesa bañado en su propia sangre. Jiménez había cambiado de opinión y envió a dos de sus hombres para enmendar su error. Los guardaespaldas del guerrillero se llevaron el cuerpo y nunca más se supo de él.

XI

Elena Martorell y Julián Torres, jefe de la Jefatura Superior de la Policía Nacional en Cataluña, llegaron a pie a la plaza de *Sant Jaume* y continuaron hasta la puerta del Palacio de la *Generalitat*.

El edificio de estilo renacentista estaba en pleno barrio Gótico. Era uno de los pocos palacios de origen medieval en toda Europa que aún se mantenía como sede de Gobierno.

Antes de llegar a la gran puerta de madera flanqueada por dos columnas dóricas de origen romano a cada lado, Elena miró hacia arriba y vio la emblemática estatua de *Sant Jordi*, el patrón de Cataluña. Subido a su caballo, mataba a un dragón con su espada.

-Buenos días, tenemos una cita con el señor Adrià Belloch- dijo Julián Torres al miembro de los *Mossos d´Esquadra*, la Policía autonómica catalana.

-Un momento, por favor.

El agente se acercó a otro de mayor rango, habló brevemente con él y los dos caminaron hasta la puerta.

-Acompáñeme por favor, les están esperando- indicó el otro *mosso*.

El grupo pasó por el patio de los coches oficiales, subió a la primera planta y llegó al Salón de *Sant Jordi*. Después prosiguieron por la Sala de los Diputados, la Capilla de *Sant Jordi* y la *Llotja de Llevent* hasta alcanzar el puente situado sobre la calle del Obispo Irurita, presuntamente asesinado por anarquistas al comenzar la Guerra Civil.

Ese puente aéreo en forma de arco era una de las obras de arte más fotografiadas de la ciudad. La belleza y singularidad de la construcción eran imposibles de ignorar.

Los turistas paseaban por la calle mirando hacia arriba para apreciarlo mejor, circunstancia que no pocos carteristas aprovechaban para hacer de las suyas.

El puente parecía tener varios siglos de antigüedad, pero había sido construido en 1928 por un discípulo de Gaudí, Rubió i Bellver. Su función era unir el Palacio de la *Generalitat* con la Casa de los Canónigos, la residencia oficial del *president* catalán.

Existían varias leyendas sobre el puente. Según una, quien pedía un deseo cuando lo cruzaba, lo obtenía. Otra decía que los cimientos de toda la ciudad se hundirían si algún insensato osaba remover la daga que atravesaba la calavera esculpida bajo su bóveda.

Tras cruzarlo, entraron en la Casa de los Canónigos. El edificio ya había sido la residencia oficial de los *presidents* Fancesc Macià, Lluis Companys y Josep Tarradellas. Macià habia declarado el Estado catalán el 14 de abril de 1931 a tan solo unos metros de ahí, en el balcón del Palacio de la *Generalitat*.

La vivienda había estado a disposición de todos los posteriores *presidents,* aunque ninguno optó por instalarse allí. Sin embargo, sí pernoctaban de vez en cuando en la casa y también la usaban para celebrar comidas privadas y reuniones de trabajo como aquélla.

El grupo siguió caminando hasta un ascensor viejo y crujiente. Subieron y llegaron a una amplia sala con varios sofás y sillones donde les esperaba no sólo

Belloch, sino el propio *president*. El salón estaba inundado de luz natural que penetraba a través de los amplios ventanales.

Elena Martorell y Julián Torres se presentaron y el político les invitó a sentarse.

-Ustedes dirán.

El policía nacional tomó la palabra.

-*President*, gracias por recibirnos. Sé que dispone de muy poco tiempo, así que iré al grano. El motivo de la visita es que nos gustaría ofrecerle una dotación adicional de seguridad personal.

El gobernante se tocó las gafas y observó a los dos visitantes.

-¿Por qué?

-Pensamos que sería una medida adecuada dadas las circunstancias actuales.

-Yo ya tengo un servicio de escolta… y muy bueno- afirmó mientras miraba a Adrià Belloch, el responsable del mismo.

El agente leridano de cuarenta y nueve años tenía muy buena reputación profesional, pero, además, era muy afín políticamente al mandatario y de probada lealtad personal.

Pertenecía a la promoción de los *Mossos D´Esquadra* de 1983, la primera tras la dictadura franquista. Había realizado toda su carrera dentro de los cuerpos de seguridad de la *Generalitat* y, tras alcanzar el grado de comisario, fue destinado como jefe del selecto grupo de agentes que se encargaban de escoltar al máximo mandatario catalán.

De pelo casi por completo gris, era musculoso, de complexión atlética y se exigía mucho cada día en el gimnasio para no desentonar con los guardaespaldas más jóvenes bajo sus órdenes.

Casi nunca se separaba del *president* y era famoso en el cuerpo por conocer mejor que nadie tanto el Palacio de la *Generalitat* como la Casa de los Canónigos.

Decía a los suyos que si él era el último responsable de la seguridad del político y esos eran los lugares donde el *president* pasaba más tiempo, tenía que conocer a la perfección hasta el último milímetro de los dos edificios.

Insistía en que ambos tenían que ser castillos inexpugnables, pero que, al mismo tiempo, debían incluir vías secretas de escape para evacuar al *president* en caso de emergencia, así que había ordenado construir una serie de entradas y salidas alrededor de todo el perímetro de la *Generalitat* que no aparecían en la mayoría de los mapas.

Pocas personas se habían fijado en las obras que se llevaron a cabo durante meses frente al palacio. Esta sirvieron para ampliar una red de túneles ya existente y que había sido mantenida en secreto durante siglos. Belloch era una de las contadas personas que conocía la existencia de esos corredores subterráneos, dónde estaban, cómo se accedía a ellos y adónde llevaban.

El Gobierno catalán incluso había elaborado un detallado plan de huida para los principales políticos soberanistas en caso de que las autoridades españolas volvieran a intentar detenerlos por sedición.

Los túneles les permitirían escapar de Barcelona y después del país para instaurar un Gobierno en el exilio. Esta vez todo estaba mucho mejor preparado. No huirían en el maletero de ningún coche. El destino sería Singapur, que no tenía acuerdo de extradición con España. Incluso ya habían abierto cuentas bancarias en las Islas Caimán, Hong Kong y Vanuatu para ser usadas con ese fin. Aún tenían mucho capital escondido en paraísos fiscales como esos.

-Conocemos muy bien la gran capacidad del señor Belloch -afirmó Torres-. Sin embargo, pensamos que siempre es conveniente contar con un anillo extra de seguridad.

-Sigo sin entender por qué lo ve necesario.

-Simple precaución. Una organización distinta a los *mossos* aportaría una visión fresca y diferente respecto a cualquier posible amenaza. Siempre es bueno ver cualquier plan de protección desde puntos de vista distintos. Se cubren más ángulos, se detectan más problemas potenciales.

Los *mossos* habían sido intervenidos por el gobierno tras la declaración unilateral de independencia del Parlament catalán, pero sólo para algunos temas. La seguridad del mandatario catalán nunca fue uno de ellos.

Elena Martorell observaba con atención, pero, igual que Belloch, permanecía al margen de la conversación. Ella esperaba su momento; él no quería parecer que estaba a la defensiva.

-¿Me comenta esto por algo concreto? ¿Existe alguna amenaza específica y creíble de la que no hayamos sido informados?

El policía se encogió de hombros.

-*President*, nada en concreto, pero vigilamos constantemente las comunicaciones de los grupos de ultraderecha y hay mucho tráfico con su nombre.

-En términos muy halagadores, supongo… -ironizó.

-No precisamente.

El gobernante pareció descartar el argumento.

-Usted no me está diciendo nada nuevo. Esto ha ocurrido siempre. Si tuviera que modificar mi rutina o mi vida debido a lo que dice de mí la ultraderecha, jamás podría salir de mi casa con mi familia.

Estaba casado y tenía tres hijos.

-Con su permiso- intervino de pronto Elena-. Sacó una tableta de su maletín y la encendió-. ¿Puedo acercarme?

El político se sorprendió ante aquella repentina maniobra, pero hizo un gesto afirmativo. La espía se levantó, caminó unos pasos y se sentó junto a él. Luego depositó la tableta en la mesa que había delante de ellos y buscó una página en una conocida red social internacional.

-Mire. Esto es una simple página personal y pública. Además, saben muy bien que la Policía los vigila.

El *president* miró la página con detenimiento.

-Esta persona tiene miles de amigos-señaló uno de los perfiles-. Usted mismo puede ver las fotografías que usan para identificarse. Banderas franquistas, símbolos nazis, fotos de Franco, de Hitler, del general nazi Rommel, de Mussolini, falangistas con el brazo en alto haciendo el saludo fascista...

Las expresiones del gobernante dejaron entrever cierta preocupación.

-Los comentarios que hacen de usted son muy negativos. Y estos son los que hablan públicamente, sin ningún tipo de temor. Tenemos fichados a más de diez mil ultraderechistas violentos, pero estos se mantienen en silencio y eso es lo que más nos preocupa. Los que callan siempre son los más peligrosos. Si tienen planeado algo contra usted, no lo van a anunciar en el Telediario o en las redes sociales.

Elena dejó que transcurrieran unos segundos para que el político digiriera lo que había visto.

-Si la pasara algo, tendría consecuencias muy serias para todo el país. También es nuestra responsabilidad evitar que esto suceda.

El *president* se levantó, dio unos pasos por la sala y se acercó a la ventana. Tocó los gruesos cristales antibala y caminó de nuevo hasta el sofá, pero no se sentó. Al verlo permanecer de pie, todos se levantaron.

-Les agradezco la preocupación, pero confío plenamente en nuestros *mossos*. Se han preparado durante años para estas tareas y lo hacen muy bien.

Elena Martorell y Julián Torres no insistieron. Enseguida vieron que no había nada que hacer.

-Además, mi escolta está liderada por el señor Belloch, uno de los mejores profesionales a nivel internacional- insistió-. Ha recibido cursillos de protección a autoridades en Estados Unidos, Gran Bretaña, Francia, Alemania e Israel. Me siento más que seguro con él.

El policía nacional y la agente del servicio de inteligencia español estrecharon las manos del político y del *mosso* y se dispusieron a partir.

-Por cierto, ¿vieron ustedes la estatua de *Sant Jordi* en la fachada del Palacio de la *Generalitat*? - preguntó a los visitantes.

-Sí-respondieron.

El *president* asintió.

- ¿Conocen la leyenda?

-Simboliza el triunfo del bien sobre el mal- dijo Torres.

-Es una leyenda medieval. Según la tradición, un dragón anidó en la fuente que abastecía de agua a una ciudad. Para poder acceder al agua, la bestia exigió a sus habitantes un sacrificio humano diario. Al no tener otra opción, los ciudadanos elegían al azar a las víctimas hasta que un día le tocó a una princesa local. El rey suplicó en vano al dragón por la vida de su hija y, cuando la joven estaba a punto de ser devorada por el monstruo, apareció *Sant Jordi* a caballo. Se enfrentó al dragón, lo mató y salvó a la princesa -narró el *president*.

Todos guardaron silencio durante unos segundos.

-La tiranía no puede vencer a la justicia- sentenció el gobernante-. No podemos permitir que el dragón gane a *Sant Jordi*. No tengo miedo a los dragones que me amenazan ni voy a dejar que dicten cómo vivo mi vida- agregó.

La agente del CNI sabía que no tendría más oportunidades como aquélla para hablar con él, así que realizó un último intento.

-Entiendo la confianza que deposita en sus guardaespaldas, pero si el Servicio Secreto de Estados Unidos no pudo proteger a John Kennedy y a Ronald Reagan casi lo mataron, todo es posible. Cualquier precaución es poca. Es muy fácil asesinar a alguien y muy difícil evitarlo-señaló.

El gobernante se incomodó con aquellas palabras, pero evitó la confrontación.

-Entiendo y agradezco su preocupación- afirmó.

Después volvió a mirar por ventana.

-¿Sabían que el arquitecto Pere Blai comenzó a construir el Palacio de la *Generalitat* en 1596? Si las cuentas no me fallan, hace ya cuatrocientos veintidós años.

Martorell asintió.

-El Gobierno catalán funciona desde hace siglos y seguirá haciéndolo siglos después de que los que estamos en esta sala hayamos dejado este mundo. Por supuesto que mi seguridad me preocupa, pero si algo me llegara a pasar, mis enemigos no conseguirían nada. Cataluña y el movimiento civil que represento no dependen de una persona. Es orgánico. Crece solo. Yo sólo soy uno más. Si mañana desaparezco, otra persona tomará mi lugar y hará exactamente lo mismo.

-Con todo respeto, *president*, yo no estoy aquí para debatir sobre política. Eso se lo dejo a otros. Mi único interés es que cada día usted regrese sano y salvo junto a los suyos. La situación ya era tensa antes, pero tras la declaración de independencia usted sabe muy bien que algunos lo odian-dijo la agente del CNI sin cortarse en lo absoluto.

Los políticos no estaban acostumbrados a escuchar hablar con tanto desparpajo a quienes recibían sueldos para protegerlos. Esa valentía le impresionó..

-Se lo agradezco, agente Martorell. Si cambio de opinión, me pondré en contacto con ustedes.

Otro *mosso* acompañó entonces a Elena y Julián hasta la puerta del Palacio de la *Generalitat*.

-¿Qué piensas? -preguntó el *president* a Belloch ya en privado.

-Vinieron aquí para asustarlo. Quieren vigilarlo de cerca y el supuesto temor a un atentado es la excusa perfecta para convertirse en su sombra. Quieren saber qué hace, con quién se reúne y de qué habla para boicotear sus planes soberanistas. Ya la están espiando electrónicamente y esto sería un paso más para estrechar el cerco.

El *president* reflexionó y, antes de que pudiera decir algo, Belloch concluyó su pensamiento.

-En este caso no creo que deba tener a sus amigos cerca y a sus enemigos aún más cerca, sino más bien a sus amigos cerca y a sus enemigos lo más lejos posible.

Unos minutos más tarde, dos Audis grises salieron velozmente por la puerta principal del Palacio de la *Generalitat* y pasaron al lado de Elena y Julián, que aún conversaban en la plaza *Sant Jaume*.

La agente vio al *president* en el segundo vehículo y se sorprendió al comprobar el tipo de escolta que la protegía.

-Sólo dos coches con dos *mossos* en cada uno y sin ninguna protección adicional. ¡Qué blanco tan fácil! -pensó.

Adrià Belloch no estaba en ninguno de los vehículos. En ese momento salía de la sede del Gobierno catalán por una puerta lateral. Fue hasta un garaje, cogió su coche y condujo hasta el Tibidabo.

La icónica montaña, situada al noroeste de Barcelona, ofrecía una vista privilegiada de la ciudad y del majestuoso y apacible Mediterráneo. En la cima había un parque de atracciones, una iglesia y varios restaurantes.

Belloch caminó hasta la terraza de uno de los bares. A esa hora de la mañana solía estar vacía. Sin embargo, en una de las mesas estaba Manel Bartra.

-Hola, buenos días-dijo en catalán al acercarse.

El periodista se levantó y ambos se abrazaron.

-¿Todo bien? - preguntó Adrià.

-Sí.

-Ya estamos más cerca.

-Esta espera me está matando. Estoy muerto de ganas para que llegue el día decisivo- afirmó Manel con frustración.

Belloch acercó su mano a la cabeza del reportero y la acarició con cariño. Lo conocía desde su niñez. Sus familias veraneaban en el mismo lugar, la ciudad gerundense de Blanes, en la Costa Brava.

-¡Qué orgulloso estoy de ti! - dijo el *mosso* con énfasis.

Manel sonrió.

-Nos hace falta mucha más gente como tú, sobre todo jóvenes- prosiguió Belloch-. Vosotros seréis los encargados de construir las bases de nuestro nuevo país.

El agente se calló durante unos segundos y disfrutó del exultante azul del Mediterráneo. Luego volvió a mirar a su discípulo.

-Manel, cada día estamos más cerca de una Cataluña independiente y, cuando llegue ese momento, tú serás muy importante. Sabes comunicar muy bien nuestras ideas y eso será vital para conseguir apoyo a nuestra causa, tanto aquí como en el extranjero.

El periodista se sentía orgulloso de que Belloch contara con él. Ya estaba cansado de las palabras y sabía que el *mosso* era un hombre de acción. Manel quería transgredir y provocar un cambio político radical e inmediato. Ser parte de la historia de Cataluña.

De pronto, vieron a un camarero que se acercaba a ellos y ambos supieron por qué.

-¿El señor Belloch?

-Sí.

-Tiene una llamada.

Belloch asintió y se fue con él.

El grupo clandestino del que formaban parte se reunía una vez por semana y siempre en lugares distintos. Los integrantes sabían que, de sospechar algo, la Policía Nacional o la Guardia Civil intervendrían sus teléfonos para escuchar las conversaciones y localizar su ubicación, así que cuando se veían los dejaban en la oficina o en casa. Eran personas con responsabilidades importantes, pero siempre encontraban una buena excusa para desaparecer medio día sin despertar suspicacias.

Cada semana, Belloch facilitaba al responsable de la operación el nombre de un bar para que los llamara allí y les revelara el lugar del encuentro. En un principio, todos se habían llevado a cabo en una nave industrial de la ciudad de Igualada, pero ahora lo cambiaban constantemente para evitar ser predecibles.

Sabían que entre los *mosso*s había infomantes del gobierno central, así que todo movimiento se estudiaba al máximo para mantener el secretismo de sus acciones.

Tras unas tres horas conduciendo, llegaron a su destino, una zona remota cercana al Parque Nacional de Aigüestortes, en pleno Pirineo catalán.

Ese día el grupo podría entrenarse lejos de cualquier mirada indiscreta. A pesar de ello, organizaron un perímetro de seguridad para evitar cualquier sorpresa.

Frente a ellos había un lago rodeado por grandes abetos. El día era claro y soleado y el verde de los árboles se reflejaba plácidamente sobre las aguas. Las montañas alternaban el gris de sus espigados picos con el blanco de la nieve. La vista era sublime.

Adrià Belloch y Manel Bartra pasaron el control de seguridad y se unieron al resto de los independentistas.

-¡Pam! ¡Pam! -sonaron las balas.

El grupo estaba integrado por veinticinco personas. Dieciocho hombres y siete mujeres.

A ellos se les unían dos mercenarios que les adiestraban en el manejo de armas, tácticas militares de asalto y técnicas de guerrilla urbana. Se trataba de dos británicos, ambos ex miembros de las tropas especiales de su país y veteranos en los conflictos de Kosovo y Bosnia. Los militares habían improvisado un campo de tiro y una zona para realizar los entrenamientos.

Entre los instructores también se encontraban ocho *mossos* pertenecientes al grupo de élite UCRO, o *Unitat Central de Recursos Operatius*. Esta dotación dependía de los responsables de información del cuerpo de los *Mossos D´Esquadra* y, entre otras actividades, se habían dedicado a vigilar a personas y movimientos sociales contrarios a la iniciativa soberanista. Entre ellos había varios altos mandos.

A pesar del cerco impuesto por Madrid, los *mossos* independentistas continuaban operando clandestinamente y a espaldas de los funcionarios enviados por el Ministerio del Interior para controlar a la Policía catalana.

El distanciamiento entre la base de los *mossos* y las Fuerzas de Seguridad del Estado era cada vez mayor. La Policía Nacional y la Guardia Civil se quejaban de que, a menos que los obligaran, los catalanes no sólo no cooperaban en sus investigaciones, sino que a veces incluso las boicoteaban.

-¡Ratatatatatatá! -se escuchó el tabletear de un rifle de asalto SA-VZ 58 checo.

El grupo había adquirido armas en el mercado negro, pero también tenían acceso al arsenal de los propios mossos. Aquel día el entrenamiento era con pistolas, revólveres y armas largas.

Belloch y Bartra se separaron. El jefe de la escolta del *president* fue a hablar con los instructores y el periodista se unió a las prácticas de tiro.

Los participantes en el entrenamiento tenían entre veinte y treinta y cinco años y habían sido rigurosamente seleccionados. Sólo se aceptaban independentistas radicales dispuestos a darlo todo para lograr una Cataluña independiente.

Pasada media hora, Belloch cogió un megáfono.

-¡Atención! -dijo en catalán-. Por favor, acercaos.

Todos los catalanes dejaron lo que estaban haciendo y se dirigieron hacia él. Al llegar, lo rodearon y el *mosso* puso el megáfono en el suelo. Tras asegurarse de que los dos mercenarios británicos estaban lejos y no podían escucharlo, prosiguió.

-No quiero quitaros tiempo de entrenamiento. Sólo me gustaría compartir brevemente unas reflexiones con vosotros.

El grupo estaba expectante. Adrià Belloch era su líder y todos permanecieron atentos a lo que tuviera que decir.

-Hemos hablado mucho de los errores que nuestro movimiento ha cometido en el pasado. ¿Qué nos ha enseñado la historia?

-¡Pueblo armado, pueblo respetado! - corearon todos al unísono la consigna habitual.

Belloch sonrió satisfecho.

-Ya hemos enviado un ultimátum al Gobierno español. O nos conceden la independencia o empezaremos una lucha armada. Nuestro compromiso con una Cataluña independiente es total y si esa independencia no llega por las buenas, lo hará por las malas.

El grupo había enviado varios vídeos a los medios de comunicación en los que anunciaban sus intenciones, pero nadie pareció tomárselos muy en serio.

En ellos, los independentistas usaban una simbología muy parecida a la etarra. Llevaban máscaras, guantes y tapaban con ropa cualquier rasgo físico que pudiera facilitar su identificación.

En las imágenes aparecían cuatro personas. Dos leían el comunicado y los otros dos permanecían detrás protegiéndolos con armas largas. De fondo siempre colocaban una gran bandera independentista.

-Ya no vamos a esperar más. Ha llegado la hora de volver a declarar la independencia unilateral, pero esta vez de forma definitiva. Ilegalizaremos a todos los partidos que se han opuesto a un referéndum vinculante. Esos fascistas que nos impiden expresarnos con libertad- les arengó Belloch.

Los miembros del grupo aplaudieron.

-Tenemos que estar más unidos que nunca para actuar contra un Gobierno que nos reprime cada vez más y que nos persigue por el solo hecho de ser catalanes. Somos gente de paz, pero si el camino a la libertad pasa por empuñar las armas, no tenemos ningún miedo. Estamos dispuestos a rebelarnos y, si es necesario, a derramar nuestra sangre por una Cataluña independiente. ¡Ya basta de palabras!

-*Visca Catalunya*! - gritó alguien.

-*Visca*! -replicaron todos.

Más aplausos.

-Los españoles critican a ETA, pero, le pese a quien le pese, hoy el País Vasco tiene lo que tiene gracias a ETA. Si esos patriotas vascos no hubieran cogido las armas, Madrid jamás hubiese dado nada a Euskal Herria. ¡Ni una miga de pan! -enfatizó.

El murmullo de aprobación fue inmediato.

-Sin embargo, y por desgracia, ETA ya ha sido domada- se lamentó-. Los que antes se hacían llamar leones ahora se han convertido en simples gatitos domesticados.

El *mosso* se acercó un poco más al grupo que lo rodeaba y los miró uno a uno.

-Lo que hace falta ahora en Cataluña es una ETA como la de antes, sino jamás conseguiremos nada.

De nuevo un murmullo generalizado le dio la razón.

-Que den un paso al frente los patriotas que estén dispuestos a demostrar que somos tan o más feroces que los etarras originales. ¡Los auténticos! ¡Los leones! - enfatizó.

Todos lo dieron sin ningún tipo de vacilación.

Belloch los observó y se sintió orgulloso. No obstante, sabía que aquellos entrenamientos eran vitales para su objetivo, así que se dispuso a concluir la arenga.

-Muchas veces nos preguntamos cuál es el propósito de nuestras vidas. Qué legado dejaremos en este mundo. Yo he encontrado el mío, que es contribuir en todo lo que pueda para crear una Cataluña independiente. No importa el precio que tenga que pagar, lo aceptaré.

El catalán guardó silencio unos segundos, volvió a escudriñar los ojos de sus compañeros de lucha y prosiguió.

-Ojalá que las armas no fueran necesarias, pero la realidad nos demuestra una y otra vez que sólo tenemos una opción y es ésta- afirmó mientras levantaba una pistola-. ¿Estáis conmigo en esta lucha?

-¡Sí! - gritaron todos.

-¿Vais a luchar conmigo hasta el final?

-¡Independencia o muerte! -exclamó uno.

-¡Ahora o nunca! -añadió otro.

-*Visca Catalunya lliure*! -coreó todo el grupo.

XII

El cuartel barcelonés del Bruch llamaba inmediatamente la atención. No parecía una instalación militar, sino un castillo de cuento de hadas.

Tenía varias torres con tejados cónicos, almenas, puestos de guardia cilíndricos como en los castillos medievales y sus altas murallas marrones habían sido construidas con múltiples huecos en su parte superior, como si por ellos todavía pudieran asomarse decenas de arqueros para lanzar una lluvia de flechas contra cualquier tropa enemiga.

El cuartel, de seis hectáreas de extensión, contaba con varias puertas de acceso de gran tamaño. La principal estaba a apenas unos metros de la Diagonal, una de las arterias más importantes de la ciudad.

-A la orden, mi comandante. Buenos días- saludó el capitán Eduardo

Albarracín al entrar en la oficina del regimiento. Eran las ocho y diez de la mañana de un sábado.

-Buenos días. ¿Ya están listos para partir? - preguntó el oficial, que acababa de supervisar junto al coronel el acto de izado de la bandera y la revista de tropas.

-Sí, mi comandante. Voy a enviar el fax de confirmación.

Aunque el fax era un anacronismo tecnológico, el Ejército seguía usándolo para algunas diligencias oficiales. El motivo era que disponía de un mecanismo electrónico que indicaba con mayor claridad que cualquier otro sistema si la notificación había sido recibida por la otra parte. Ese recibí era importante para documentar las órdenes entre los distintos cuarteles.

Igual que el cuartel del Bruch, Albarracín nunca pasaba desapercibido. Sus profesores en la Academia General Militar de Zaragoza lo recordaban a la perfección por su notorio y contagioso fervor patriótico.

Siempre había dicho que su vida tenía dos objetivos: convertirse en militar de carrera y pertenecer a una unidad de gran tradición castrense que operara en situaciones extremas.

El Regimiento de Cazadores de Montaña Arapiles 62 encajaba perfectamente con esa descripción. Estaba dividido entre el Batallón Barcelona, con sede en el cuartel del Bruch, y el Badajoz, ubicado en el Acuartelamiento General Álvarez de Castro, al norte de Gerona.

Junto a sus regimientos hermanos Galicia 64 y América 66, formaban parte de uno de los cuerpos de élite más exigentes del Ejército español.

La historia del Arapiles 62 se remontaba a los tiempos de la poderosa infantería española de los siglos XVI y XVII. Había participado en las guerras de Secesión española, de la Independencia contra Francia, la Carlista, la de Cuba, la campaña de Marruecos y la Guerra Civil.

Operaba en climas y terrenos extremos que exigían una preparación física y mental que muy pocos podían alcanzar. Sus casi dos mil quinientos hombres y mujeres estaban acostumbrados a sobrevivir en las condiciones medioambientales más inhóspitas del planeta.

El regimiento era parte de la Jefatura de Tropas de Montaña del Ejército de Tierra, disponía de la tecnología más moderna de la OTAN y había participado en los despliegues de la Alianza Atlántica en Afganistán, Kosovo y Bosnia y Herzegovina.

Sus soldados tenían fama de ser de los más entregados, austeros, humildes, sacrificados y valientes de las Fuerzas Armadas. A pesar de las delicadas misiones que llevaban a cabo, casi nunca salían en los medios de comunicación. No estaban interesados en publicidad, sino sólo en cumplir con su deber.

Cuando estiró la mano para coger la hoja de papel y enviar el fax, Albarracín dejó al descubierto la bandera española que llevaba pegada en el broche de su reloj de plástico negro.

Tras rellenar el documento, depositó el papel en la máquina y lo mandó. El fax era para confirmar el que Ministerio de Defensa ya había enviado hacía unos días al ayuntamiento de la ciudad gerundense de Figueres.

Las protestas de grupos independentistas habían obligado a las Fuerzas Armadas a informar con todo detalle sobre el paso de cualquier convoy por una ciudad catalana. Los ayuntamientos exigían saber por anticipado el día, la hora y el trayecto que seguirían los vehículos militares.

La Plana Mayor del Regimiento Arapiles se encontraba en el Acuartelamiento General Álvarez de Castro, en el pueblo de San Clemente de Sasebas, provincia de Gerona. Esa apacible localidad agrícola del Ampurdán de apenas seiscientos habitantes se hallaba a sólo veinte kilómetros de Francia y a quince de Figueres.

Ese día Albarracín llevaría hasta allí dos pelotones de militares en varios vehículos. En total, ochenta soldados, dos tenientes, dos sargentos y cuatro cabos primeros.

El grupo se quedaría en el norte del país dos días para realizar marchas en las montañas de la zona. Sin embargo, también habían recibido la orden de pasar antes por Figueres para dejar una bomba de agua de gran potencia en la estación del AVE.

El servicio del tren de alta velocidad estaba paralizado por unas inundaciones y el Ministerio de Defensa había autorizado a que la Unidad Militar de Emergencias ayudara a restablecerlo lo antes posible. A pesar de que ese destacamento procedente de Bétera, en Valencia, había llegado con seis potentes autobombas, pidió asistencia adicional debido a la gravedad de las riadas.

El convoy tardó dos horas y media en recorrer los ciento treinta y seis kilómetros entre Barcelona y la parada de Figueres-Vilafant. Una vez descargaron la bomba de agua, los vehículos se dirigieron al norte por la carretera NII hasta llegar a Figueres.

Albarracín lideraba la caravana en un Vehículo Ligero Multipropósito. Se trataba de un todoterreno fabricado en Italia y especialmente preparado para acceder a zonas remotas de montaña. Viajaba con el conductor y uno de los tenientes. Detrás les seguían seis camiones de transporte URO MT-149-AT con el resto de las tropas.

Ese modelo de camión militar parecía un mastodonte. Era alto, macizo, con unas ruedas gigantescas y pasaba sin dificultad por encima de cualquier obstáculo que se interpusiera en su camino.

El convoy siguió en todo momento el trayecto designado de antemano por Albarracín. Muchos en la calle se quedaban mirando con curiosidad los vehículos y algunos niños corrían con entusiasmo hacia ellos para verlos más de cerca. Era una imagen inusual, dado que las Fuerzas Armadas mantenían un perfil público muy bajo en Cataluña.

Al entrar en una estrecha calle del centro de Figueres, los vehículos tuvieron que disminuir la velocidad y el contacto con los viandantes fue aún más cercano.

-Deténgase- ordenó de pronto Albarracín al conductor.

El cabo primero se sorprendió, pero obedeció al instante. En ese tramo de calle había muy poca gente y sólo un carril, de forma que el tráfico se detuvo por completo.

-Esperen aquí- instruyó el capitán.

El oficial salió del todoterreno de color caqui, fue hacia la parte delantera y se agachó. Miró a su alrededor y no vio a nadie. Instantes después, lo hizo una segunda vez para asegurarse de que nadie lo observaba. Luego sacó un puntiagudo destornillador del bolsillo lateral de su pantalón y lo clavó con fuerza en la llanta del neumático. Después esperó unos segundos y se irguió.

-Tenemos una rueda pinchada- dijo.

El cabo se avergonzó por no haberse dado cuenta. Albarracín sacó su radio portátil y transmitió la orden.

-Apaguen todos los vehículos. Tenemos una rueda pinchada.

Cuando lo hicieron, el ruido de los motores dejó paso a los sonidos propios de un barrio tranquilo como aquél. Tráfico en la lejanía, algunas voces, un ladrido persistente y los primeros cláxones de protesta de los coches que se habían quedado atrapados en la misma calle.

El cabo llamó a dos soldados, sacaron un gato y unas herramientas y se dispusieron a cambiar la rueda.

-¿Qué hacemos con la tropa? - preguntó a Albarracín el teniente que iba con él en el todoterreno.

-Que bajen a estirar las piernas.

La imagen de los ochenta y cuatro militares descendiendo de los camiones impresionó a los vecinos. Todos iban con sus uniformes de camuflaje, cascos, pistolas y fusiles de asalto.

Tras algunos minutos, el capitán regresó al todoterreno, abrió la puerta lateral y activó el sistema de protección electrónica contra explosivos llamado Crew Duke. Todos los vehículos de la OTAN en Afganistán lo llevaban para protegerse de bombas en la carretera.

El aparato anulaba cualquier frecuencia de radio alrededor del convoy, lo que impedía activar el detonador del explosivo. También bloqueaba las comunicaciones electrónicas en la zona. Estaba considerado como el sistema de guerra electrónica móvil más sofisticado en el mercado.

Tras descender de los camiones, los militares comenzaron a formar corrillos para conversar. Algunos aprovecharon para fumarse un cigarrillo.

-Ahí hay una galería de arte. Entren y distráiganse- dijo Albarracín señalándola.

La galería tenía una gran luna a través de la que se veían diversos cuadros de arte moderno.

Algunos soldados pensaron que era una buena idea, apagaron sus cigarrillos y entraron. A otros, en cambio, no les motivó mucho la idea, pero los siguieron para no desobedecer algo que sonó más como una orden que como una sugerencia.

En el interior había una mujer y un hombre. Ambos se quedaron estupefactos al ver a todos aquellos militares armados entrando a su galería. Los propietarios eran fervientes independentistas y ver tantas banderas de España pegadas en los hombros de los soldados fue un shock difícil de sobrellevar.

No supieron qué hacer. Tras algunos segundos de confusión, su actitud cambió y la sorpresa inicial se convirtió en una creciente indignación.

Ambos cogieron sus móviles e intentaron usarlos, pero sin éxito. Los aparatos estaban muertos. Sólo veían una pantalla negra que no reaccionaba por más teclas que pulsaran.

Luego fueron hasta el ordenador de la oficina, pero también parecía haberse fundido. Revisaron las conexiones del cable del ordenador y el cargador de los móviles, pero con idéntica suerte.

Unos minutos después aparecieron varios guardias urbanos. La cola del tráfico era cada vez mayor y el habitual silencio del barrio había sido sustituido por una sonora sinfonía de voces y cláxones que exigían una rápida solución ante semejante atasco.

-Vamos lo más rápido posible. Es un vehículo militar pesado. Siete toneladas- se justificó el capitán poniendo cara de circunstancias.

Los malhumorados guardias comprobaron que la única opción era esperar y se fueron hacia la cola del convoy para apaciguar a los conductores.

Albarracín entró en la galería y se fijó en el malestar de los propietarios. Ver sus rostros desencajados e impotentes le produjo una inmensa satisfacción. Como buen escorpión, le encantaba devolver los golpes con otros incluso más fuertes.

Media hora después, el convoy ya se había ido del lugar. Cuando llegaron los primeros reporteros locales, ya no quedaba ningún militar.

-¿Por qué no nos llamasteis antes? - se quejó uno.

-¡Mira! ¡Es que los teléfonos no funcionan! - se quejó el hombre enseñándole el suyo.

Sin embargo, la señal ya había regresado. La mujer miró entonces su móvil y también funcionaba con normalidad. Luego se fueron hasta el ordenador y la sorpresa aumentó todavía más cuando vieron su habitual salvapantallas: una exuberante isla en el Pacífico Sur destellando luz y color.

-*Collons*! -exclamó confundido el galerista.

Al llegar a la base, el grupo de Albarracín se dividió en dos. Uno se quedó en

San Clemente al mando de un teniente para hacer marchas de montaña. El otro, encabezado por el propio capitán, se trasladó el helicóptero a una remota parte del Pirineo para hacer maniobras en un pico de más de dos mil metros de altura y cubierto por una espesa capa de nieve.

Normalmente, el Chinook HT-17 no tocaba suelo y los militares bajaban a tierra haciendo rapel con cuerdas. Esa estrategia disminuía el tiempo de exposición a posible fuego enemigo contra la nave. Sin embargo, al tratarse de una maniobra y llevar cada soldado mochilas con cerca de cuarenta kilos de peso, el helicóptero de transporte aterrizó, dejó a los treinta y ocho militares en la falda de la montaña y se marchó.

Ese helicóptero siempre llamaba la atención a los civiles. No sólo por sus treinta metros de longitud y gran capacidad de carga, sino porque tenía dos hélices que, al girar, se cruzaban entre sí sin tocarse. La gente se quedaba embobada viendo esa maravilla de la ingeniería sin entender cómo era posible que un aspa no destrozara a la otra.

Albarracín ordenó a los soldados que no se pusieran las raquetas para caminar sobre la nieve y el pelotón inició su marcha.

Las piernas de los militares se hundían hasta las rodillas a cada paso que daban y pronto comenzaron a respirar con dificultad. El esfuerzo físico era tremendo.

Tras una hora de recorrido, se detuvieron para iniciar las otras partes de la maniobra. Realizaron prácticas de tiro, ejercicios de combate ofensivo y defensivo y prácticas de camuflaje, ya que la base de su supervivencia era no ser vistos.

Cuarenta y cinco minutos antes de atardecer, comenzaron a preparar su refugio para pasar la noche.

Justo antes de irse el sol ya habían construido un perímetro de defensa de más de cien metros a base de trincheras, así como varios iglúes bajo la nieve.

Al llegar la noche, sellaron con nieve las entradas de los refugios subterráneos, dejando sólo contados orificios que permitían la circulación de aire fresco.

Los soldados camuflaban hasta el más mínimo detalle que pudiera delatar su presencia allí. Su habilidad era tal que una persona podía pasar esquiando por encima de aquel perímetro militar sin tener la más mínima idea que bajo la nieve se escondían treinta y ocho soldados con todo su equipo.

El día había sido largo. Los militares encendieron sus linternas y se calentaron algo de comida y bebida. Estaban exhaustos y los próximos dos días serían aún más exigentes.

Tras cenar sus raciones de combate altas en proteínas y calorías para recuperar la gran cantidad de energía derrochada, se metieron en sus sacos de dormir mientras apuraban sus tés o cafés.

Albarracín estaba en uno de los iglús con varios de sus soldados de mayor confianza. Todos lo respetaban como oficial, pero, al mismo tiempo, lo querían como a un verdadero amigo.

Él les exigía más que ningún otro mando, pero, sin importar lo duras que fueran las circunstancias, nunca se separaba de ellos. Ya fuera en un incómodo y frío iglú como aquél durante unas maniobras en la montaña o en las peligrosas cordilleras de Afganistán luchando contra los talibanes, siempre era uno más del grupo y corría los mismos riesgos que ellos.

Albarracín era un líder nato y lideraba a sus tropas desde el frente de batalla, no desde un cómodo sillón en la retaguardia.

El ambiente se relajó poco a poco y comenzaron a charlar. Tras algunos comentarios sobre la jornada, los planes para el día siguiente y algún que otro chiste, Albarracín adoptó un semblante más serio.

-A veces los civiles me preguntan sorprendidos: oye, ¿por qué eres militar? No lo entienden. ¿Os ha pasado alguna vez? -preguntó.

Luego realizó una expresión como si no pudiera entender la pregunta.

- ¿Sabéis por qué? - añadió con una sonrisa mientras se dirigía a todos en el interior del iglú-. Por vosotros- afirmó con seguridad señalando a sus compañeros-. Sí, por vosotros-recalcó con énfasis.

Aunque siempre los trataba de usted, ese momento de familiaridad le animó a hacerlo de una forma más cercana. También quería contagiar una sensación de camaradería.

Los rostros de los soldados habían sido esculpidos reflejando las difíciles experiencias que les había tocado vivir en los campos de batalla. Eran caras curtidas y con personalidad.

-Por este compañerismo. Por poder sentirnos parte de algo único, especial y más grande que cualquiera de nosotros. ¿Estáis de acuerdo? -siguió tuteándolos.

Los otros militares asintieron. Sabían muy bien a qué se refería.

Hemos pasado por situaciones terribles y muy peligrosas. Hemos visto morir a nuestros compañeros. Hemos desafiado a la naturaleza en lugares donde muy pocas personas podrían sobrevivir. Calor extremo, escarpadas montañas, frío siberiano o precipicios que no permiten el más mínimo error. Y lo hemos hecho juntos, como verdaderos camaradas- afirmó con orgullo.

Los pequeños calentadores de gas producían extrañas sombras en las paredes blancas del refugio. Parecía un teatro de sombras chino. Por otro lado, el silencio era casi absoluto, interrumpido sólo por las palabras del capitán.

-Esas experiencias nos han unido para siempre. Si mañana dejáramos de vernos durante cincuenta años, cuando volviéramos a encontrarnos sería como si no hubiera pasado ni un solo segundo. Ése es el impacto que hemos tenido los unos en los otros. Somos hermanos y lo seremos hasta que la muerte nos separe.

Sus palabras emocionaron a los otros soldados. Les gustaba sentirse parte de ese algo especial del que hablaba su capitán.

-No hay hermandad que una más que la de las personas que han derramado sangre juntas por un mismo ideal.

-Sí, mi capitán. Y eso sólo lo entendemos los militares- intervino el sargento Gutiérrez.

El suboficial había sido herido junto a seis soldados más cuando una mina anticarro estalló al pasar su convoy por la localidad afgana de Sang Atesh. La dotación servía de escolta a una caravana de ayuda humanitaria del Programa Mundial de Alimentos de la ONU. Sin embargo, ellos fueron los afortunados. Otro compañero que también iba en el vehículo murió debido a la explosión.

Albarracín también estaba con ellos aquel día. Todos recordaron el ataque y mantuvieron silencio durante unos segundos para honrar a su amigo muerto en combate.

-Un solo día como ése te une más que años y años de amistad con personas con quienes tratas cada día. Te hace confiar al máximo en quienes tienes a tu lado. Pones tu vida en sus manos y ellos en la tuya. En ese momento no peleas por una causa política, sino sólo por defender al hermano que está junto a ti- dijo por fin el capitán.

-¡Por John! -levantó la copa de su té un soldado.

-¡Por John! -brindaron todos.

Afuera la temperatura era gélida, pero en el iglú resultaba más fácil de sobrellevar.

-Es cierto que nos gusta la aventura, la naturaleza, estar en perfecta forma física, vivir en libertad, respirar aire fresco cada día y disfrutar de estos paisajes maravillosos. ¿A que os gusta?

-Aquí hay cosas que en la vida civil va y no puedes hacer. ¡Y encima nos pagan! - exclamó campechanamente un soldado.

Todos se rieron, incluido el oficial.

-Sí, somos unos privilegiados. Hacemos lo que nos gusta- agregó Albarracín.

Luego sacó un banderín de España que llevaba en la mochila y lo observó.

-Pero lo que realmente nos motiva es esto- mostró la tela rojigualda-. El patriotismo. Ésa es la verdadera gasolina que mueve nuestro motor.

El grupo asintió.

-A pesar de que nos encanta lo que hacemos, lo cierto es que también se trata de una labor muy dura. Qué os voy a contar que no sepáis, ¿verdad?

Algunos se rieron, otros suspiraron.

-Pasar seis meses en Afganistán o Irak y lejos de la familia no es fácil- prosiguió-. Perdemos aniversarios, cumpleaños, los conciertos de nuestros hijos en el colegio, graduaciones y nuestras familias tienen que vivir con la constante incertidumbre de no saber si regresaremos vivos o muertos de nuestras misiones, pero lo hacemos con gusto y orgullo. Estamos dispuestos a cualquier sacrificio.

¿Por qué?

Volvió a mirar la bandera de España.

-En el mundo civil hay mucha hipocresía. En cambio, en el nuestro, en el militar, eso no existe. Todo es mucho más simple y auténtico. Nosotros estamos aquí porque nos gustan las cosas claras. Al pan, pan y al vino, vino. No nos gusta la confusión, queremos certeza. No nos gustan las dudas, queremos liderazgo. No nos gustan los mentirosos, los traidores o los tramposos. Tenemos valores sólidos y los seguimos con lealtad y disciplina.

-Cierto, mi capitán. Es muy sencillo: nos dan una orden y la obedecemos. No la torpedeamos, como los políticos. Todos vamos en la misma dirección. Sabemos lo que se espera de nosotros y lo hacemos. Todo es diáfano. No hay espacio para malentendidos- comentó el mismo sargento.

-Exacto. Tenemos esa claridad que tanta falta hace en el mundo civil.

Albarracín dio otro sorbo a su café.

-Es importante que nunca olvidemos que nuestra misión es sagrada. Estamos aquí para defender la herencia de este pueblo tan maravilloso que es España y también para proteger la democracia y la Constitución de quienes quieren pisotearla e incluso aniquilarla. No lo olvidéis, nuestros enemigos no son sólo extranjeros. Muchos de ellos, aunque lo odien y renieguen de él, se pasean por el mundo con el pasaporte español.

Otro silencio.

El capitán se quitó los guantes y sopló algo de aliento caliente contra sus manos.

-Algunos dicen que España no existe. Que es un concepto abstracto y desfasado que ya no motiva ni inspira a nadie.

De nuevo, un silencio sólo interrumpido por algunos tímidos sonidos: las enérgicas llamas que desprendía el hornillo dentro del iglú, el sisear del gas al convertirse en fuego, un cuerpo moviéndose dentro del saco de dormir, un sorbo, el viento lejano.

-Pero claro que existe- espetó de pronto con convencimiento-. España no es una palabra sin sentido. España es todo lo que nos rodea. La montaña, el aire que respiramos, los árboles, nosotros, nuestras familias…

Acto seguido, hundió su mano desnuda en el suelo, cogió un puñado de nieve y lo observó.

-…Hasta esta nieve que hoy nos protege y nos da cobijo…

Todo el grupo parecía hipnotizado. Admiraban la capacidad del capitán para articular lo que todos sentían tan profundamente dentro de ellos, pero que no eran capaces de expresar con palabras.

-España es todo esto y mucho más- afirmó apretando la nieve con los dedos de su mano.

Después clavó el banderín en la pared del iglú.

-El filósofo Edmund Burke dijo que el mal triunfa porque los hombres buenos no hacen nada para evitarlo. Y tiene razón. Los malos nunca paran de hacer fechorías. Jamás descansan- recalcó-. Mientras, los buenos desfallecen y muchas veces caen en la desidia. Pero que no se equivoquen con nosotros. Aquí sí hay hombres y mujeres buenos y dispuestos a parar los pies a los malos.

Todos asintieron con convencimiento. Los soldados no podían estar más de acuerdo con aquel concepto tan simple como trascendental. Sin embargo, el oficial quería escuchar el compromiso verbal de sus tropas.

- ¿O me equivoco? - preguntó.

-No, mi capitán- afirmó de inmediato un cabo-. A nosotros no se nos va la fuerza por la boca.

Todos los soldados aplaudieron.

-¡Eso! - exclamó uno.

-¡Quien nos busque, nos encontrará! - se escuchó en otro lado del iglú.

-¡A los enemigos, ni agua! - añadió otro palpando su fusil de asalto alemán FUSA HK, una de las ametralladoras distintivas de los cuerpos de operaciones especiales españoles.

Albarracín observó orgulloso la reacción de todos.

-Viéndoos, no tengo ninguna duda. Mientras haya patriotas como vosotros dispuestos a defender a España, nuestra patria jamás dejará de existir. Jamás se desmembrará- dijo emocionado.

Una vez más, los militares se sintieron inspirados por aquellas palabras que los retrataban como los guardianes de la libertad y la democracia.

-¡Viva España! -exclamó Albarracín.

-¡Viva! -tronaron todos.

Cuando amaneció, retomaron las marchas y los ejercicios. Al día siguiente, los recogió otro helicóptero. La nave los transportó de nuevo al Acuartelamiento General Álvarez de Castro, desde donde regresaron al cuartel del Bruch.

Las maniobras solían durar quince días. Éstas, aunque más cortas, habían sido mucho más intensas de lo normal, así que Albarracín concedió un día libre a sus tropas para que descansaran.

Cuando el comandante fue informado de que el grupo ya estaba en el cuartel, hizo llamar al capitán para que se personase en las oficinas del regimiento.

-Por lo que entiendo, las maniobras han ido bien- lo recibió de una forma un tanto distante.

-Todo según lo planeado, mi comandante.

El comandante se lo quedó mirando, pero no dijo nada.

-¿Algún incidente que resaltar? - habló al fin.

-Ninguno. Todo tranquilo.

-Ya…

Después cogió un periódico local de Figueres que tenía sobre su despacho y se lo entregó. En él había una foto de la galería de arte y un artículo en el que los dueños explicaban indignados el incidente. Ninguno de los adjetivos utilizados en la crónica adulaba a las Fuerzas Armadas.

El capitán lo leyó con rapidez y lo dejó sobre la mesa.

-Asumo que usted no estaba al corriente del incidente que hubo en esa galería unos días antes antes del referéndum del 9 N.

Se refería al nueve de noviembre del 2014, la fecha en la que la *Generalitat* organizó un referéndum consultivo sobre si Cataluña debería ser parte de España o no. Los españolistas, igual que con la consulta del 1 de octubre del 2017, lo boicotearon y Madrid lo declaró ilegal.

El rostro de Albarracín pareció congelarse y no mostró ningún tipo de emoción.

-¿Incidente?

-Sí, incidente- repitió molesto el comandante-. Se trata de una galería notoriamente independentista. Tenía una exposición pro soberanista y fue atacada por un grupo de ultraderecha. Salió en toda la prensa.

-Lo ignoraba- aseveró el capitán robóticamente.

-Pintaron la bandera de España en la puerta y en la fachada. Realizaron varias pintadas en las lunas con el "¡Viva España!".

-Con todo el respeto, ¿es eso ser un ultraderechista? Nosotros decimos "¡Viva España!" cada día en el cuartel- dijo recalcando con fuerza el "¡Viva España!".

Al comandante no le gustaba que lo trataran como a un estúpido y no reaccionó bien ante aquellas palabras.

-No, capitán. El problema no es que digan "¡Viva España!", sino que lo pinten en la fachada de la galería. Se llama vandalismo y es ilegal.

Albarracín optó por no echar más leña al fuego y se cayó.

-Tenemos la orden de pasar lo más desapercibidos posible en Cataluña. No está el horno para bollos. ¿Es que no fuimos lo suficientemente claros con usted cuando le dijimos que mantuviera un perfil bajo?

-Sí, mi comandante. Nos detuvimos allí porque se nos pinchó una rueda.

-Por supuesto… un desafortunado accidente…

-Así es.

El comandante se levantó y se situó frente a Albarracín.

-Mire, capitán. Usted tiene mucho futuro. Es muy buen profesional y un gran patriota. Se puede depender de usted.

-Gracias, mi comandante.

-Sin embargo, si vuelve a repetirse un incidente como éste, va a arruinar su carrera. Así de sencillo.

De nuevo, el incómodo silencio.

-Usted se salvó porque ningún periodista llegó a tiempo. Si después del primer incidente ahora publicaran fotos o vídeo de decenas de militares españoles armados y apelotonados en la galería, ¿cómo cree que lo interpretaría el público?

El capitán miraba hacia la pared y evitaba cualquier contacto visual con su superior en rango.

-Estaríamos perpetuando todos los peores clichés que tienen sobre nosotros. Nos llamarían y acusarían de todo y después nos pedirían su cabeza y ¿sabe qué? - prosiguió el comandante.

Más silencio por parte del capitán.

-¿Sabe qué? -preguntó de nuevo mientras se acercaba más a Albarracín.

A pesar de la proximidad física, el oficial no movió ni una pestaña.

-Pues que se la tendríamos que dar. No se pase de listo conmigo, Albarracín.

El capitán dedujo con sabiduría que lo mejor era seguir callado.

-Si quiere dedicarse a la política, quítese el uniforme y entonces podrá decir lo que quiera, a quien quiera y donde quiera. ¿Entiende?

-Sí, mi comandante.

-Pero mientras lleve puesto ese uniforme, muéstrele el debido respeto y compórtese como se espera de usted. Si vuelve a ocurrir algo similar, las tres estrellas de capitán que tiene sobre sus hombros pasarán a ser dos de teniente. Y si no acaba de entender el mensaje, será degradado a sargento… y a cabo… y así sucesivamente hasta que se pase el día pelando patatas en la cocina del regimiento. No sé si me explico bien.

-Con toda claridad, mi comandante.

-Lo que ha hecho da una muy mala imagen de todos nosotros y no lo vamos a tolerar. Esta es la primera y única advertencia que le voy a dar.

Cuando el capitán se disponía a hablar, el comandante lo interrumpió con brusquedad.

-Eso es todo, Albarracín. Puede retirarse.

-¡A sus órdenes, mi comandante! - se despidió el oficial casi con un grito.

Al irse de la oficina, su rostro recobró su expresividad habitual. La reacción del comandante era de esperar.

Estaba exhausto, sediento, sucio y hambriento. Sin embargo, no se marchó a descansar como el resto de sus soldados.

Siempre funcionaba igual. Cuando estaba agotado, cuando su cuerpo le decía que ya no podía dar otro paso, era el momento preciso para no desfallecer y exigirse todavía más.

El oficial era un competidor nato, pero su contrincante más feroz era él mismo. Nunca estaba satisfecho con lo que hacía y su vida era un esfuerzo permanente para expandir sus límites. No obstante, y a pesar de ese continuo empeño por romper todas sus barreras físicas, pensaba que lo más importante no era el poderío físico, sino el mental.

Albarracín se fue al gimnasio, se puso la ropa de deportes y comenzó a correr hacia la avenida Diagonal.

Sus músculos lo martirizaban de dolor, la sed le obligaba a tragar saliva para hidratarse mínimamente y cada vez le faltaba más aire en los pulmones, pero sus disciplinadas zancadas se sucedieron unas a otras hasta llegar a la plaza *Francesc Macià*, a tres kilómetros y medio del cuartel.

Una vez allí, descansó un par de minutos e inició el camino de regreso, otros tres kilómetros y medio. Tardó el doble de tiempo que a la ida, pero el cansancio nunca pudo con él.

Cincuenta metros antes de llegar al cuartel, aminoró el paso y empezó a caminar.

Entonces vio la bandera de España ondeando sobre el edificio y el lema de "Todo por la Patria" adosado a la pared del cuartel. Justo antes de llegar a la puerta principal se paró y observó la estatua en honor al tamborilero del Bruch, que daba nombre a la base militar.

La figura era del mismo color pastel que el resto del complejo y mostraba un adolescente vestido con la ropa tradicional catalana del siglo XIX. Su rostro desafiante miraba hacia el cielo y mostraba una férrea determinación.

Según la leyenda, el muchacho resultó decisivo en una crítica batalla contra las tropas napoleónicas durante la guerra de la Independencia. Los franceses habían comenzado la invasión de España el dos de mayo de 1808 y el seis de junio se preparaban para enfrentarse a fuerzas españolas en las montañas de Montserrat, a sólo sesenta y cuatro kilómetros de Barcelona.

Las tropas comandadas por el general francés Schwartz eran muy superiores en número a las españolas. Tres mil ochocientos soldados contra apenas mil quinientos.

Cuando ambos ejércitos ya estaban cerca de realizar el primer contacto visual, el joven Isidre Lluçà i Casanoves frenó el avance del poderoso ejército napoleónico con el simple redoble de su tambor.

El eco producido entre las montañas de Montserrat multiplicó el sonido haciendo creer a las fuerzas invasoras que las tropas españolas eran muy superiores a las suyas, lo que provocó su retirada.

El bando español ganó la batalla y la proeza hizo historia porque acabó con el mito de la imbatibilidad del ejército de Napoleón.

Algunos independentistas catalanes estaban indignados ante el hecho de que la figura del tamborilero diera nombre a un cuartel del Ejército español, al que calificaban de invasor. Los españolistas, en cambio, insistían en que demostraba a la perfección que si el país actuaba unido no había meta que no se pudiera alcanzar.

Albarracín observó con admiración el rostro del joven catalán.

-Es cierto. No es cuestión de fuerza, sino de valentía, decisión y astucia- pensó-. Si un muchacho pudo vencer a uno de los mejores ejércitos de la historia con un simple tambor, a nosotros tiene que bastarnos con un puñado de héroes para repetir la hazaña de defender con éxito a la Patria amenazada.

XIII

Xurxo Pereira no encontró billetes para un vuelo directo Bogotá-Madrid, así que tuvo que ir vía Frankfurt. Tras veintidós horas de viaje, aterrizó en el aeropuerto de Barajas a las ocho y media de la noche del día siguiente.

El periodista pasó los controles policiales, recogió la maleta, cambió algo de dólares a euros y camino hacia la parada del metro.

Quince estaciones y cuarenta y seis minutos más tarde, llegó a la estación de Atocha. Verla de nuevo le sobrecogió de inmediato. Como le sucedía a cualquier madrileño que pasara por allí, automáticamente recordó el brutal atentado del 11 de marzo del 2004.

Lo mismo sucedía en Nueva York. Era imposible que un neoyorkino caminara por la Zona Cero sin pensar en las dos mil novecientas noventa y seis víctimas de los ataques terroristas contra las Torres Gemelas.

Xurxo tenía grabado en la mente aquel día. Había estado en el epicentro de los atentados del 11 de septiembre que dieron lugar a la llamada guerra global contra el terrorismo. Después la siguió paso a paso: la invasión de Afganistán, la de Irak, el atentado en Madrid, el de Londres y tantos otros más.

Las imágenes de las personas que se lanzaron al vacío desde las Torres Gemelas para no morir calcinadas aún permanecían frescas en la memoria el periodista, igual que el momento en que los dos rascacielos se desplomaron para crear una nube gigantesca de polvo que pudo ser vista desde la Estación Espacial Internacional.

Cuando uno de los aviones se estrelló contra el Pentágono, él estaba muy cerca de allí. Recordaba perfectamente la enorme nube de humo negro que se desprendió del edificio durante una semana sin que cientos de bomberos fueran capaces de extinguir el incendio.

Las escenas habían sido surrealistas, sobre todo para una ciudad tan ordenada y predecible como Washington: coches que circulaban por la autopista en dirección contraria, ruidosas explosiones del tendido eléctrico, militares armados con ametralladoras que salían corriendo del Pentágono en busca de atacantes potenciales, rumores de coches bomba, decenas de patrullas de la Policía circulando a una velocidad endiablada con sus luces y sirenas puestas, todas las redes de teléfonos móviles desconectadas… Parecía la llegada del Apocalipsis.

Tras el impacto del avión contra el Departamento de Defensa, decenas de miles de trabajadores evacuaron el edificio y se quedaron en el aparcamiento mientras observaban lo impensable. Se sentían furiosos e impotentes.

Sabían que otro avión comercial había sido secuestrado y que también se dirigía hacia Washington. De pronto, se dieron cuenta de que uno de los objetivos de la primera nave podía haber sido situarlos precisamente donde estaban en ese momento para que la segunda los fulminara sobre el pavimento y sin la protección de las paredes fortificadas del Pentágono.

A pesar de la angustia y la confusión, miles de personas no se dejaron intimidar y permanecieron allí para ayudar en las tareas de rescate.

Había comenzado una guerra que no tendría fin y que no sería sólo física, sino, especialmente, psicológica.

Sí, Xurxo Pereira comprendía a la perfección el significado de lugares como Atocha. No se trataba ya de una simple estación de tren, sino de un templo sagrado que recordaría eternamente a los ciento noventa y dos muertos y mil ochocientos cincuenta y dos heridos que produjeron los peores ataques terroristas en la historia de España. Igual que en Estados Unidos, los responsables habían sido fundamentalistas islámicos.

Había visto llorar a muchas personas en Atocha los días posteriores a la tragedia. Algunas se arrodillaban y rezaban, otras acudían a rendir su tributo, pero solían partir enseguida incapaces de procesar la emoción y la angustia que las embargaban.

Recordar durante tan solo unos segundos los miles de ramos de flores y velas rojas que se depositaron entonces en el suelo de la estación hizo que Xurxo volviera a emocionarse. A pesar de los más de diez años transcurridos, las heridas permanecían dolorosamente abiertas.

Al salir a la calle Atocha vio el monumento cilíndrico dedicado a las víctimas del 11-M. Dentro había mensajes de solidaridad procedentes de todo el mundo.

Siguió caminando y en apenas unos minutos llegó al Hotel Paseo del Arte. Se trataba del tipo de hotel que siempre buscaba el periodista: pequeño, acogedor, con personalidad, discreto y bien situado. Eran las diez y media de la noche.

Tras darse una ducha y cenar algo, subió a la terraza para disfrutar durante unos minutos de la majestuosa vista del Madrid nocturno. No había ciudad en el mundo con tanta vida callejera como la capital de España y poder presenciar esa actividad, aunque fuera desde la distancia, siempre era una delicia.

Cualquiera que visitaba Madrid se hacía siempre las mismas preguntas. ¿De dónde sacaban los madrileños semejante energía? ¿Cómo podían salir cada día hasta tan tarde e ir a trabajar la mañana siguiente? Era un auténtico misterio.

El periodista estaba exhausto, regresó a su habitación y se quedó dormido.

A las siete en punto de la mañana ya se encontraba en la calle Londres del barrio de Salamanca. Estrecha y con edificios bajos, estaba ubicada en una zona de clase media, en su mayoría profesionales liberales.

Al llegar al edificio que buscaba, observó con detenimiento la fachada. Era de ladrillo oscuro, con balcones bastante grandes y la puerta tenía una cámara de seguridad para que los vecinos pudieran ver quién llamaba al timbre.

De pronto, el portón de la entrada se abrió y salió un muchacho. Llevaba una bolsa de deporte e iba vestido con chándal. Xurxo se acercó a él.

-Hola, voy al cuarto B. Elena Martorell- explicó mientras sujetaba la puerta.

Al principio, el chico lo miró con desconfianza, pero al ver que sabía el nombre de la vecina, asintió y se fue.

El reportero subió por la escalera para pasar más desapercibido. Al llegar a cuarto B, llamó al timbre. Al cabo de muy pocos segundos escuchó unos pasos que se detuvieron justo detrás de la puerta. El reportero observó la mirilla y detectó un pequeño movimiento.

-¿Xurxo? -escuchó.

-Es que pasaba por el barrio y...

La puerta de madera se abrió y apareció Elena Martorell. Estaba despeinada y llevaba una bata corta de color azul claro.

Al verlo, sonrió.

-¡Pasa, pasa!

Xurxo lo hizo, cerró la puerta y ambos quedaron frente a frente.

-¿Qué haces aquí?

-Quería darte una sorpresa.

-¿Por qué no me avisaste?- le recriminó.

-Porque entonces dejaría de ser una sorpresa.

Ella lo miró mientras fingía estar enfadada.

-Estoy hecha una piltrafa. Me hubiera arreglado un poco.

Xurxo se rio.

-¿Me has escuchado acaso quejarme de lo guapa que estás?

Elena se sonrojó.

-Está bien, confesaré. Era para pillarte in fraganti y ver con quién me engañas.

La espía se rio en voz baja.

-Estás muy guapa despeinada.

Elena se acercó a Xurxo y lo abrazó.

-Me encantan estas sorpresas- afirmó.

Él la estrechó aún más contra su cuerpo, le acarició la nuca con suavidad, acercó sus labios a los de ella y la besó. Primero, con delicadeza. Después la intensidad fue aumentando hasta que sus labios cayeron presos de una pasión casi animal.

La respiración de ambos aumentó de ritmo y comenzaron a palparse mutuamente. Los dos habían deseado mucho ese momento y no pudieron ni quisieron disimular la excitación que sintieron al estar por fin juntos.

De pronto, el periodista hundió su cabeza en el cabello de Elena y lo olió profundamente. Olía a limpio. Después hizo lo mismo con la piel de su cuello. Cerró sus ojos y sintió un gran placer.

Xurxo le desabrochó la bata y la deslizó con delicadeza fuera de su cuerpo. Después le dio la vuelta, observó su espalda desnuda y la abrazó por detrás. Al sentirlo, Elena gimió y estiró los brazos hacia él. Uno hacia la cabeza, otro hacia su cintura.

En aquel momento no existía nada más en el mundo que ellos y la necesidad de unir sus dos cuerpos en uno.

Elena sintió los labios de Xurxo besándole el cuello y pensó que no podría soportar tanto placer. Se giró, lo cogió de la mano y lo llevó hasta su habitación.

La agente era una mujer guapa y atractiva. Tenía un cuerpo joven y en perfecta forma física. Sin embargo, había sido torturada por el Talibán en Afganistán cuando era militar en el Ejército estadounidense y las secuelas físicas todavía eran evidentes. Su brazo derecho y la parte interna de su torso mostraban las cicatrices de abundantes cortes y quemaduras.

Jamás enseñaba en público esa parte de su anatomía. No por vergüenza, pudor o complejo, sino para no dar pistas sobre su pasado. Cualquier persona con una mínima experiencia médica se daría cuenta de inmediato que aquellas marcas no eran producto de un accidente.

Sin embargo, cuando estaba con Xurxo, ni ella misma recordaba que las tenía y mucho menos que era necesario ocultarlas. A pesar de conocerlo poco, se sentía muy a gusto con él. Actuaba con total naturalidad y sin ningún tipo de inhibiciones.

A las ocho de la mañana, Elena miró su reloj, dio un beso a Xurxo y se sentó sobre la cama. El reportero la siguió con la mirada y admiró su cuerpo contra el trasluz de la ventana. Los rayos de sol dibujaban una figura esbelta y elegante. A sus treinta y tres años, estaba en el apogeo de su vida.

La agente se sintió observada, se giró y lo miró. Sonrió y volvió a abrazarse a Xurxo.

-Hace mucho tiempo que no siento esta intimidad con alguien- dijo ella.

Él la miró y disfrutó de la belleza de sus facciones. Eran marcadas, femeninas y con gran personalidad. La cara era algo alargada, tenía una nariz estilizada, ojos grandes y muy intensos, pelo corto negro, piel muy blanca, labios carnosos, mejillas definidas y un mentón prominente.

-Me parece que a ambos nos cuesta bastante abrirnos a alguien. Es raro que nos sintamos tan bien en tan poco tiempo- susurró Xurxo.

Elena asintió con un gesto de emoción y sus ojos se humedecieron ligeramente. Muy pocas personas la habían visto llorar y menos un hombre. Aquella era una faceta que casi nadie conocía. Su imagen era la de una disciplinada profesional cuya única prioridad en la vida era su trabajo.

-Sentir mi piel junto a la tuya es una de las experiencias más íntimas que he tenido en mi vida- añadió el periodista.

Al escucharlo, las lágrimas finalmente brotaron de los ojos de Elena y se deslizaron por sus mejillas. Xurxo limpió una con sus dedos. Después se acercó y besó otra. Estaba caliente y tenía un intenso sabor a sal.

-Toma. Un pequeño regalo de Colombia- dijo Xurxo mientras le depositaba una pulsera en la mano.

La sorpresa la embargó. Sonrió, miró la pulsera, a Xurxo y de nuevo a la pulsera. Era de oro y tenía una larga fila de preciosas esmeraldas de un verde rabioso.

- ¡Qué bonita! -exclamó con la espontaneidad de una niña.

Se la puso con delicadeza y volvió a observarla. Estaba emocionada.

-Muchas gracias. Eres una caja de sorpresas.

Él no dijo nada. Prefirió disfrutar de la expresión de alegría genuina que emanaba del rostro de Elena.

-¿No me dijiste que la vida del periodista independiente es difícil? ¿Que a veces tienes que hacer malabarismos para pagar las cuentas a fin de mes? ¿Qué haces entonces comprándome esto? Estas esmeraldas son divinas. Te habrán costado un dineral.

Xurxo asintió.

-¡No lo sabes tú bien!

La espía sonrió y lo miró de una forma distinta, como si aquel detalle le hubiera llegado a lo más profundo del corazón. Después acarició el pecho desnudo del periodista y posó con delicadeza su cabeza sobre él.

Mientras escuchaba sus latidos, siguió admirando la pulsera. No podía quitarle los ojos de encima. Estaban imantados a aquella belleza artesanal verde y dorada.

Por un lado se sintió feliz, plena, pero, por otro, temió la reacción de Xurxo cuando viera que no había jugado limpio con él.

Hizo un esfuerzo, separó su cuerpo de él y miró de frente al periodista.

-No sabes la ilusión que me ha hecho tu regalo. Muchas gracias- dijo.

-De nada.

El periodista se acercó y la besó. Ambos se quedaron abrazados hasta que la alarma del reloj de pulsera de la agente comenzó a sonar. Tras apagarlo, suspiró.

-Lo siento. Me quedaría encantada contigo aquí, pero, me tengo que ir. Voy a llegar tarde. Perdona- insistió.

Xurxo agarró su cuerpo para impedir que se levantara. Ella lo miró y sonrío con picardía.

-¿Me vas a mantener si me despiden?

-Cruzaremos ese puente cuando llegue- susurró mientras la abrazaba más fuerte.

Ella se rio, le dio otro beso y se despegó con lentitud de los brazos del periodista. Después se duchó deprisa y se vistió.

-Descansa y después hazte el desayuno. Yo regreso a la una, ¿de acuerdo?

-Amenazo con seguir aquí.

Después, él la acompañó hasta la puerta.

-Espera- dijo.

-¿Si?

-Te quiero confesar algo.

Ella lo miró sorprendida.

-¿Qué?

-En realidad no pasaba por el barrio por casualidad. Tenía muchas ganas de verte. Me haces falta.

Elena se acercó y lo besó con suavidad.

-¿Con cuántas mujeres haces esto en Washington? ¿A cuántas les dices lo mismo?

Xurxo aparentó sorpresa, elevó los ojos y fingió contar.

-Sé más específica. ¿Hablas de esta semana?

Elena le propinó un débil puñetazo en el estómago y volvió a besarlo.

-Tú también me haces falta. Vas a ser mi perdición- dijo mirándolo fijamente.

Luego sonrió y se fue hacia las escaleras mientras todavía miraba la pulsera.

-Cuidado no te la roben.

-¡Que lo intenten! - dijo la espía mientras se giraba brevemente y palpaba la empuñadura de su pistola.

Xurxo se quedó observándola mientras se alejaba. Quería disfrutar de su presencia hasta el último segundo.

-¡Ah! -exclamó ella de repente-. Te he dejado el estudio abierto por si quieres usar el teléfono, pero no puedes utilizar el ordenador. Es del trabajo. Lo siento.

-Traje el mío. No te preocupes.

-Si por cualquier cosa sales del piso, cierra la puerta del estudio. Y no la cierres antes por accidente porque ya no podrás volver a entrar-añadió.

Entonces sí, Elena desapareció casi a la carrera.

Xurxo se preparó un desayuno, miró un rato la televisión y encendió su ordenador portátil para revisar sus correos electrónicos. Ya había anticipado que, al trabajar Elena para el Centro Nacional de Inteligencia, su ordenador estaría vetado para cualquiera que no fuese ella.

Tras ponerse al día, recorrió el apartamento. Tenía una habitación, una sala, una pequeña cocina, un estudio, un balcón y un cuarto de baño. El piso contaba con una alarma especial conectada directamente a la comisaría de la Policía Municipal ubicada en la misma calle Londres.

La entrada al estudio estaba protegida por una puerta metálica blindada con una cerradura con clave electrónica. Xurxo empujó un poco la puerta, pero no vio nada. La oscuridad era absoluta. Buscó el interruptor y al encender la luz vio que la habitación no tenía ventanas.

Entró y vio una mesa y varios estantes con libros y documentos. Sobre la mesa había un ordenador fijo y dos portátiles, una cámara de fotos con teleobjetivo y una grabadora. A la derecha distinguió una caja fuerte adosada a la pared. A su lado había una pequeña mesa con un teléfono fijo y dos móviles.

Pensó que era probable que hubiera cámaras en todo el apartamento, así que procuró limitar su curiosidad. Sin embargo, no pudo resistir la tentación de abrir un armario metálico instalado en el extremo del estudio.

Tal y como sospechaba, Elena guardaba allí sus armas. Encontró una pistola alemana negra HK USP, la oficial de la Policía Nacional. Era grande, pero no en exceso, tenía un cargador con dieciocho balas de nueve milímetros parabellum y era famosa por ser predecible, fiable y precisa. Exactamente como la agente del CNI.

Al lado había un fusil de asalto suizo SG 550 modelo Comando un poco más pequeño que el estándar. Era el que usaban los GEOs. Llevaba una mira telescópica y un cargador transparente de veinte balas que permitía ver el número de cartuchos todavía disponibles.

Elena era la responsable de la unidad del CNI para capturar a Aritz Goikoetxea. Normalmente, quienes tenían esas posiciones solían permanecer en los despachos del servicio secreto español. Sin embargo, ella pensaba que muchos generales perdían las guerras por no saber lo que ocurría en sus campos de batalla, de forma que a Elena le gustaba estar en la calle junto a sus agentes. No quería que le contaran qué sucedía, sino verlo con sus propios ojos.

La espía estaba constantemente tras la pista de peligrosos terroristas y su trabajo le había generado muchos enemigos a través de los años, así que cualquier precaución era poca. Siempre llevaba tres armas encima: una pistola a un costado, un revólver en el tobillo y otra pistola en la parte trasera del cinturón. Junto a las armas que tenía en el armario, disponía de un pequeño arsenal.

Xurxo también vio un cuchillo militar del Ejército japonés, un aparato de visión nocturna estadounidense, varios cargadores para las diferentes pistolas y un fusil de asalto.

El periodista salió del estudio y regresó a la sala. Encendió la televisión y se dio cuenta de que había varias fotos en los estantes de la biblioteca.

No había ninguna de la familia de Elena. Tenía que protegerlos y la mejor arma era garantizar su anonimato. No obstante, sí encontró varias de su etapa en el Ejército estadounidense.

La espía se había criado en Estados Unidos porque sus padres fueron a ese país por motivos laborales. Allí decidió convertirse en militar, formó parte de las fuerzas armadas norteamericanas durante varios años y llegó al rango de comandante. Tras pelear en Irak y Afganistán, ingresó en la CIA, pero acabó renunciando para regresar a España, al que consideraba su verdadero país.

En la lucha contra el terrorismo, Elena había hecho cosas de las que estaba orgullosa y otras de las que se avergonzaba. Había arriesgado muchas veces su vida para enfrentarse a algunos de los terroristas más sanguinarios del mundo, pero también había secuestrado, maltratado y asesinado en nombre de la democracia.

Ahora era una mujer distinta. Seguía mostrándose implacable contra los enemigos de su país, pero ya no los juzgaba ella en la calle, sino que los llevaba a los tribunales para que fuera la justicia la que se encargara de ellos.

En una foto aparecía junto a otros militares americanos frente a la emblemática estatua Manos de la Victoria, en Bagdad. Se trataba de dos sables gigantescos cruzados entre sí. Saddam Hussein hacía desfilar a su ejército bajo las espadas en señal de poderío.

Otra había sido tomada en Kabul. También estaba con un grupo de soldados, pero esta vez dentro de un centro de mando. Xurxo asumió que eran los compañeros de la Unidad de Inteligencia Militar a la que Elena había pertenecido.

Por último, vio otra junto a las fuerzas de la EUFOR en Sarajevo, ya finalizada la guerra en Bosnia. El grupo, integrado por treinta y tres países, se encargaba de supervisar el cumplimiento de los acuerdos de paz y de buscar criminales de guerra.

Esa foto había sido tomada en el Estadio Olímpico, la sede de las olimpiadas de invierno en 1984. Nadie hubiera imaginado entonces que tan solo unos años después se convertiría en un icónico cementerio.

La imagen era sobrecogedora. Miles de tumbas blancas sobre el césped de un estadio que, paradójicamente, había sido construido para promover la paz universal a través del deporte.

Xurxo había estado en el mismo lugar, pero durante la guerra. Como siempre, quiso olvidarse de lo que había visto allí, así que pensó en otra cosa y se sentó en el sofá.

En la televisión había una conexión en directo con Barcelona. Estaban entrevistando a un conocido presentador de la televisión autonómica catalana. Hablaban del tema que, junto con la corrupción y la crisis, acaparaba la vida política del país.

-Madrid dice que el desafío independentista catalán el el principal problema del país, pero, en el fondo, menosprecia lo que está pasando en Cataluña y eso le va a salir muy caro. Cree que es una especie de resfriado que se va a morir solo y no es así. Por si fuera poco, el ascenso de las fuerzas españolistas en las últimas elecciones los ha envalentonado todavía más. El Gobierno central no tiene ninguna solución real para lo que está ocurriendo. Hasta ahora todo ha sido pacífico, pero sabemos que esto se va a complicar. La frustración es enorme y no hay válvula de escape. Va a llegar un momento en el que nos veamos las caras de verdad. No les quepa duda. Va a pasar- afirmó.

Xurxo cogió el mando a distancia, apagó la televisión y se recostó en el sofá.

Aunque era difícil concebir que el desafío independentista catalán o vasco pudiera acabar algún día en enfrentamientos violentos graves, el periodista recordó las palabras del bosnio musulmán Zoran Halimović cuando lo entrevistó en Sarajevo durante los peores días de la guerra. Vivía con su mujer Branka. Su hijo Zlatko combatía con el Ejército bosnio. El otro, Jerko, había muerto peleando en Mostar.

El apartamento del matrimonio estaba en un edificio situado justo en la primera línea de fuego. Los bosnios controlaban ese inmueble y el de enfrente estaba en poder de los serbios. El intercambio de fuego era constante y resultaba difícil entender cómo podían seguir allí. La respuesta era que no tenían ningún otro lugar adonde ir.

-Una semana antes de la declaración de independencia por parte de Bosnia, nadie hubiera podido imaginar jamás lo que iba a ocurrir- le dijo Zoran.

Xurxo lo conoció a través de un amigo común. El bosnio hablaba muy bien español. Era un ex diplomático y había vivido en Madrid con su familia una década antes del conflicto.

-En este edificio, como en toda Yugoslavia, había gente de todas las etnias y religiones- continuó-. No teníamos ningún problema. Todos nos llevábamos muy bien. Convivíamos en paz. Sin embargo, cuando los políticos comenzaron a sembrar demagogia y cizaña, comenzó la guerra y todo cambió de la noche a la mañana.

Zoran Halimović había sufrido el peor de los dolores posibles para un padre: que su hijo muriera antes que él. Su voz era la de una persona rota y no albergaba ninguna ilusión para el futuro. Cada mañana al despertarse sólo tenía una esperanza: sobrevivir un día más junto a su mujer y rezar para que Zlatko no corriera la misma suerte que su hermano.

A veces le gustaba imaginar que la guerra se había acabado, que su hijo le había dado varios nietos y que vivía feliz el resto de sus días. Sin embargo, la artillería y los francotiradores serbios se encargaban cada día de recordarle que la realidad era muy distinta.

-Yo iba a jugar al tenis cada semana con un vecino serbio, Bojan. Mi vecino croata Darko daba clases de violín a la hija de Amir, otro vecino. Éste era musulmán. Cuando empezó la guerra fue como si, de pronto, todos dejáramos de ser personas para convertirnos en alimañas despiadadas. Darko violó a la hija de Amir, que tenía sólo once años. Amir mató a toda la familia de Darko y luego murió torturado salvajemente por los amigos croatas de Darko. Tras matar a Darko, volvieron a violar a la niña, pero esta vez la degollaron después de saciarse con ella. Y Bojan, mi gran amigo Bojan, vino a mi apartamento con otros serbios para aniquilarme a mí y a toda mi familia. Por suerte, mis hijos estaban aquí y teníamos armas. Tuvimos que matarlos a todos. ¡Fue terrible! -exclamó angustiado.

Branka, su mujer, se fue al lado opuesto de la habitación. No quería recordar aquellos momentos.

-Nadie hubiera podido imaginar lo que iba a ocurrir. ¡Nadie! - repitió con amargura.

Aunque lo sucedido entre Yugoslavia y Bosnia y Herzegovina no era comparable con las disputas entre Cataluña y el resto de España, A Xurxo le preocupaba el ambiente de profunda división y constantes ataques verbales que veía en su país. Había sido testigo de demasiadas historias parecidas que acabaron en tragedias como para tomarse el tema a la ligera.

Pensó que deberían haber obligado a todos los políticos españoles a vivir el infierno de Bosnia durante la guerra para que comprobaran con sus propios ojos las consecuencias finales de optar por el enfrentamiento en vez de por el entendimiento.

Curiosamente, Sarajevo y Barcelona se habían convertido en ciudades hermanas. El periodista deseó con todas sus fuerzas que esa hermandad no fuera una premonición de que caerían en los mismos errores.

A pesar de que Xurxo siempre hacía todo lo posible para no pensar en lo que vivió en esa guerra, las palabras de Zoran Halimović le transportaron de nuevo a su segundo viaje a Sarajevo.

XIV

Xurxo Pereira había salido desde Split, Croacia, con el cámara Douglas Mejía en dirección a la capital bosnia. Serían los trescientos kilómetros más peligrosos de su vida. Era enero de 1993.

Ningún medio le había proporcionado nunca un vehículo blindado para cubrir una guerra. Sin embargo, a pesar del prohibitivo precio de mil quinientos euros por día, esta vez sí lo hicieron. El reportero imaginó que sus jefes sospechaban que, de lo contrario, no durarían vivos ni un día.

Era un todoterreno Mercedes modelo G 500. Parecía un ladrillo, pesaba como un elefante y consumía enormes cantidades de combustible. Dentro llevaban los pesados equipos de edición de la época y todo lo necesario para sobrevivir durante dos semanas. En total, tres toneladas de peso.

Ciento setenta y dos kilómetros después llegaron a la ciudad de Mostar. Su objetivo era Sarajevo, así que no se detuvieron mucho tiempo. Salieron del Mercedes, hicieron unas tomas y volvieron a entrar.

Justo al encender el todoterreno, un mortero cayó a un par de metros del lugar donde habían estado filmando. A pesar del peso del vehículo, el Mercedes se inclinó hacia un lado pareciendo querer volcarse. Los dos se giraron hacia los cristales traseros del coche y vieron una espesa nube grisácea elevándose hacia el cielo.

-¡Mierda! ¡Acelera! ¡Dale! -gritó Douglas, consciente de que los operadores del mortero estarían ajustando la distancia para el segundo lanzamiento, que no solía fallar. Había visto aquella secuencia innumerables veces en la guerra de su país.

Xurxo apretó el acelerador hasta el fondo y partieron a toda velocidad. No hubo más impactos.

De haber estado fuera treinta segundos antes, ambos habrían muerto; de no estar viajando en un vehículo blindado, la metralla también los habría destrozado.

La agitación de ambos fue disminuyendo poco a poco hasta que se convirtió en un incómodo silencio.

Unos veinte kilómetros más adelante, el disparo de un francotirador alcanzó el cristal lateral del conductor. Aunque el vidrio blindado se agrietó, aguantó el balazo. De no haberlo hecho, la bala hubiese ido directa a la cabeza del reportero. En apenas media hora ya había salvado la vida dos veces.

Aún no habían ni llegado a Sarajevo, pero la guerra no paraba de brindarles su particular bienvenida. Estaban nerviosos y no paraban de mirar hacia todos lados. Habían tenido mucha suerte, pero si el próximo impacto era con un lanzacohetes, sería el punto final de su recién iniciado viaje.

-¡Púchica, Xurxo! ¿Crees que la hemos embarrado viniendo aquí? ¿Qué en este viaje sí nos pelan? - preguntó el salvadoreño con una expresividad poco habitual.

Poner nervioso a un veterano de tantos combates como él no era una labor sencilla. Sentía la muerte acechándolos cada vez más cerca.

-¡Qué va! En unos días estarás abrazando a tu hija de nuevo.

-¿Estás seguro?

-Claro, hombre -mintió Xurxo intentando transmitir una seguridad de la que él carecía.

El sentimiento de protección relativa al viajar en un vehículo blindado desapareció por completo. Las planchas metálicas ya habían demostrado su valía, pero no eran murallas infranqueables.

Todas las ex repúblicas yugoslavas tenían en sus arsenales cantidades ingentes del emblemático RPG soviético. El lanzacohetes era activado desde el hombro de un soldado y lanzaba un proyectil a una velocidad de doscientos noventa y cuatro metros por segundo.

Los cohetes eran capaces de penetrar el blindaje del mejor tanque estadounidense, el M1 Abrams. Una vez dentro, detonaban su gran carga explosiva. Los ocupantes morían por la explosión, la metralla o incinerados por el incendio que se originaba.

Xurxo y Douglas se mantenían vigilantes, pero sabían que si veían la silueta del cohete yendo en su dirección, ya no había nada que hacer. Y menos aún con los dos bidones de combustible que llevaban dentro.

Esa sensación de angustia no los abandonó durante todo el viaje y sólo volvieron a respirar tranquilos cuando regresaron a Split.

Para rebajar la tensión, decidieron cambiar de tema. El salvadoreño habló de su hija, de la vida en su país y de las historias que solía cubrir para Univisión en Centroamérica. Xurxo hizo lo propio sobre Nueva York, donde vivía en aquel momento.

Ciento once kilómetros más tarde llegaron a las faldas del monte Igman, al suroeste de Sarajevo.

La ciudad estaba sitiada por las fuerzas serbias. La única forma que el Ejército bosnio tenía para llevar pertrechos militares, soldados y ayuda humanitaria a la capital era por un pequeño camino de tierra a través de ese monte de mil quinientos dos metros de altura. Tomar esa ruta era casi un suicidio en toda regla. Veintitrés kilómetros de puro terror.

Xurxo detuvo el todoterreno y observaron el monte. Vieron varios caminos de tierra, pero no sabían cuál era el correcto. No había ningún cartel que indicara la ruta hacia Sarajevo.

De todas formas, tampoco podían dejarse guiar por ellos. Sabían que los serbios solían cambiarlos de posición para confundir a los conductores. Consideraban como enemigo a cualquiera que usara esa vía, periodistas incluidos, así que hacían todo lo posible para que se perdieran.

En aquella época no existían los GPS. Todo funcionaba con mapas de papel. Los dos estudiaron el suyo y continuaron por el que pensaron era el camino que los llevaría hasta la cima.

Ya estaban en una carrera contra el tiempo. No tardaría mucho en anochecer y si no alcanzaban la cumbre de día, no había duda de que los serbios los atraparían. Tenían muchas patrullas en la montaña y las luces del coche los delatarían de inmediato.

Otros reporteros les habían dicho que en la cima encontrarían soldados bosnios que les indicarían cómo llegar hasta Sarajevo.

Las fuerzas serbias acusaban a la prensa internacional de haberse posicionado a favor de los bosnios, así que disparaban sin titubear contra cualquier periodista. Caer prisionero tampoco era un panorama agradable. Podrían matarlos sin que nadie se enterase jamás de lo que había pasado con ellos.

A medida que subieron por el monte la nieve se hizo más y más presente hasta que acabó envolviéndolos por completo.

El paisaje era precioso. Filas y filas de abetos de un vivo color verde y con sus ramas salpicadas por el blanco de la nieve. No se escuchaba nada, sólo los sonidos propios del bosque y ráfagas esporádicas de viento que aumentaban aún más el intenso frío balcánico.

Tenían que conducir con mucho cuidado. El fangoso camino de tierra se encontraba parcialmente helado y a su izquierda había un barranco de varios cientos de metros de altura. Entre lo resbaladizo que estaba el suelo y el peso del Mercedes, si el vehículo se deslizaba sería muy difícil controlarlo antes de que se despeñara por el precipicio.

Xurxo miró hacia abajo por la ventanilla y comprobó que muchos coches no habían conseguido llegar a la cumbre del Igman. Al fondo del barranco se veían varios vehículos destrozados y apilados desordenadamente entre sí como si fueran fichas de dominó. Uno de ellos llevaba escrito en grandes letras blancas TV, otro PRESS.

De pronto, distinguieron a lo lejos un camión militar que circulaba hacia ellos a gran velocidad.

-¡Joder! ¡Pero cómo coño puede ir tan rápido! -exclamó el reportero. Él tenía que hacer milagros para poder avanzar metro a metro y, en cambio, aquel camión corría como si le persiguiera el mismo diablo.

Nadie se paraba en aquel camino. La única forma de evadir los disparos era moverse constantemente.

Xurxo ya no tenía tiempo para echarse hacia el lado que daba a la montaña, así que se acercó lo más posible al precipicio en un último intento por evitar que aquel bólido casi poseído se estrellara contra ellos.

-¡Aquí no hay espacio para dos! -exclamó Douglas.

-¡Lo sé! ¡Mierda!

-¡Puuuuuttttaaaaaa madrrreeeeee! -gritó el salvadoreño.

El camión siguió acercándose a gran velocidad. Cada vez parecía más evidente que les lanzaría fuera de la carretera y que el Mercedes acompañaría a los otros coches que yacían al fondo del precipicio.

Cuando llegó el momento, Xurxo acercó el todoterreno todavía un poco más al borde del precipicio. La distancia entre ellos y el abismo era de menos de medio metro. Tan solo un leve roce y saldrían catapultados al vacío.

En cuestión de segundos, el camión ya estaba casi frente a ellos. Los dos aguantaron la respiración y se miraron.

Xurxo había escuchado muchas veces a militares y policías referirse a esa mirada. La conocían mejor que nadie. Era la expresión previa a la muerte.

Fue un momento de intensidad física y emocional sin igual. Todo se detuvo y su atención se enfocó plenamente en ese momento decisivo. En unos segundos estarían muertos o habrían nacido de nuevo.

Entonces el transporte castrense pasó a su lado sin disminuir un ápice la velocidad.

-¡Zzzzzzzzuuuummmmm! -se escuchó cuando los rebasó.

-¡La madre que lo parió! ¡Hijo de la guayaba! -gritó Douglas con todas sus fuerzas mientras pegaba un puñetazo contra el asiento.

A pesar de la proximidad de ambos vehículos, los militares bosnios nunca usaron el claxon para no alertar a los serbios de su presencia.

-¡Cabronazo! ¡Gilipollas! -gritó Xurxo vaciando de aire sus pulmones.

Apenas unos instantes después, ya lo habían perdido de vista.

El camión verde tenía un gran toldo gris que cubría toda su parte trasera. Venía de Sarajevo, así que, con esa prisa, quizás llevaba soldados heridos que precisaban de atención médica urgente.

Xurxo prefirió no pensar en que si alguno de los dos resultaba herido, era más que probable que muriese antes de llegar a algún hospital.

Una vez recuperados del susto, colocaron el Mercedes en el lado más lejano al precipicio y continuaron ascendiendo por el Igman.

El bosque era muy frondoso. Se trataba del lugar ideal para una emboscada. Ambos la esperaban en cualquier momento, pero no se produjo y no volvieron a cruzarse con ningún otro vehículo hasta llegar a la cúspide.

Allí se encontraron con otros diez coches. Nueve eran de periodistas internacionales que, como ellos, intentaban llegar a Sarajevo.

Uno les dijo que los bosnios estaban construyendo un túnel subterráneo para poder acceder a la capital bosnia desde otro lado. Sin embargo, en aquellos momentos, el monte Igman seguía siendo su única opción.

De repente, un militar bosnio llamó a los informadores y todos fueron corriendo hacia él. Una vez allí, se colocaron a su alrededor.

-Escuchen muy bien esto. Su vida depende de ello- les advirtió-. No hay guerra aérea, así que los serbios usan la artillería antiaérea para disparar contra cualquier vehículo que suba o baje por este monte. Quieren estrangular Sarajevo y saben que es imposible si no cierran esta ruta.

No hizo falta que explicara las consecuencias del impacto de un proyectil de artillería antiaérea contra un coche, por blindado que fuera.

-No todos los serbios tienen instrumentos de visión nocturna, así que bajaremos cuando anochezca. Es más seguro. O menos peligroso-rectificó enseguida.

Miró al grupo para ver si alguien tenía alguna pregunta.

-Dispararán contra cualquier coche, no importa si está identificado como prensa- prosiguió-. Es más, si ven que son periodistas, lo harán con más determinación. Ya saben que no los tragan- sonrió.

Nadie compartió su sonrisa.

-Yo iré en el primer coche. Ustedes me seguirán. Bajaremos con las luces apagadas. Quiten los fusibles de las luces de freno. No se les ocurra encender nada durante el camino. Eso revelaría nuestra presencia. Ninguna linterna, ningún encendedor, ningún pitillo, ¿entendido?

Todos asintieron.

-Veo que al menos hay dos personas por vehículo, así que lo mejor es que uno conduzca y que el otro lo vaya dirigiendo. Vayan pegados al coche de delante. Hay niebla, así que se enfrentan al precipicio, a la niebla, al hielo, al fango, a la nieve y a la artillería serbia. Si los serbios nos descubren y comienzan a disparar, no nos podremos parar por nadie o moriremos todos. ¡Buena suerte! -exclamó con ironía.

Los periodistas dedujeron con rapidez que la iban a necesitar.

Al anochecer, el convoy comenzó a descender por el monte Igman. Xurxo conducía y Douglas le iba indicando por dónde ir.

La niebla era tan densa que casi no se veía nada frente al Mercedes. El periodista se concentró en no perder de vista al coche que tenía delante y que su vehículo no se deslizara, especialmente hacia el precipicio. Para el resto, dependía por completo de su compañero.

-¡Frena! Adelante. ¡Un poco a la derecha! Dale- las instrucciones eran constantes y precisas.

De pronto, la niebla se levantó un poco y distinguieron a su izquierda un autobús amarillo completamente destruido por la artillería serbia.

Esta vez el barranco estaba a su derecha, pero, igual que a la subida, vieron multitud de coches apelotonados en la falda de la montaña, incluidos varios de la prensa.

El convoy circulaba muy lento. Era difícil controlar los coches sobre aquel terreno tan resbaladizo. Al cabo de unos minutos, la niebla cayó de nuevo, pero con más intensidad. Entonces la conducción pasó a convertirse más en un acto de fe que de pericia automovilística.

En ocasiones, el vehículo que tenían enfrente desaparecía y aceleraban para alcanzarlo. A pesar del riesgo de deslizarse hacia el abismo y encontrar una muerte segura, el temor a quedarse rezagados era incluso superior.

Todos esperaban que el silencio de la noche fuera interrumpido en cualquier momento por la artillería serbia, pero no se produjo ningún ataque.

Unos veinte minutos más tarde concluyeron el descenso. Habían llegado a los alrededores del aeropuerto controlado por las Naciones Unidas. La prensa siguió al militar bosnio y el paisaje se fue haciendo más y más urbano hasta que llegaron al centro de la ciudad.

El trayecto finalizó en el hotel Holiday Inn, situado en el llamado callejón de los francotiradores. Se trataba de uno de los puntos más peligrosos de la capital. Los disparos de los expertos tiradores serbios eran constantes en esa zona.

El Holiday Inn era el único hotel abierto y las grandes cadenas televisivas tenían siempre todas las habitaciones reservadas. Eran las únicas que podían pagar aquellos precios. Sin embargo, esa noche un equipo de la televisión sueca adelantó su salida un día, así que Xurxo y Douglas ocuparon el cuarto.

Todos los cristales de las ventanas de Sarajevo habían sido destruidos por los combates. Para protegerse del frío y evitar ser detectados por el enemigo, los habitantes de la ciudad colocaban unas gruesas capas de plástico en los marcos de las ventanas. Muchas tenían el logotipo de la ONU.

El hotel hizo lo mismo, pero añadió unas pesadas y anchas cortinas para ocultar aún más cualquier posible destello de luz. De noche, la más mínima luminosidad procedente de las habitaciones casi garantizaba los disparos de los francotiradores.

El frío era insoportable. Xurxo y Douglas decidieron dormir dentro del baño. Primero, para estar más alejados de la ventana en caso de que les dispararan y, segundo, para protegerse aún más de aquellas gélidas temperaturas.

Aunque cerraron la puerta, taparon con toallas todos los huecos del marco y se metieron en el saco de dormir vestidos y con abrigo, seguían congelados. El último recurso fue encender una bombilla y ponerla frente a sus rostros para recibir algo de calor. A pesar de todos los esfuerzos, continuaron tiritando toda la noche.

Cuando se despertaron al amanecer, se asomaron con precaución a la ventana y vieron una ciudad donde todas las casas y edificios estaban agujereados por las balas, sin excepciones.

Xurxo observó el rostro de Douglas y vio la misma expresión de estupefacción que él tuvo cuando llegó por primera vez a la capital bosnia. Por mucha experiencia cubriendo conflictos que tuviera una persona, no había quien no se quedara abrumado ante semejante imagen.

Antes de salir a buscar material para el reportaje del día, tomaron un café en el bar del hotel. El periodista vio como un hombre que había pasado la noche en uno de los sofás de la recepción se acercó al bar, pero, una vez allí, no pidió ninguna consumición. Sólo miraba.

-¿Quiere café? - le preguntó Xurxo al intuir que no tenía dinero.

A ellos les habían puesto una jarra y había de sobra para tres.

-¡Muchas gracias! - le contestó el hombre con una amplia sonrisa.

Era muy delgado, de pelo corto gris y de unos cuarenta años. Se movía con delicadeza y cierta inseguridad. Xurxo le sirvió una taza de café y le acercó unos dulces.

-Xurxo Pereira, mucho gusto.

El individuo volvió a sonreír y le dio la mano.

-Samir Mejmebasic, un placer.

-Douglas Mejía- le saludó también el cámara.

La cafetería estaba llena de periodistas preparándose para salir.

-¿Es periodista? - le preguntó Xurxo.

-¡No, no! - se rio-. Vine a buscar a alguien, pero no lo encontré.

-¿Es usted de aquí?

-Sí. De Sarajevo.

-¿Buscaba a alguien de la prensa? Quizás podamos ayudarle a encontrarlo.

-No, gracias. Escuché que había venido aquí un político bosnio a quien conocí hace tiempo. Anunciaron una entrevista con él por la radio y quería saludarlo, pero llegué tarde.

- ¡Uf! ¡No se preocupe! -exclamó Xurxo-. Si es un político, volverá. Aquí está toda la prensa. Regrese y seguro que se topará con él. No hay político que no adore un micrófono.

Samir bebió otro sorbo de café.

-Eso es casi imposible.

-¿Por qué?

-Yo vivo a dos kilómetros de aquí y es la primera vez que me atrevo a salir tan lejos en casi dos años.

Xurxo pareció no comprender.

-Es demasiado peligroso-añadió el bosnio.

Tanto Xurxo como Douglas lo miraron sin poder dar crédito a sus palabras.

-¿Me quiere decir que en casi dos años no ha podido salir más allá de dos kilómetros de su casa? - preguntó con incredulidad el salvadoreño.

-Así es-confirmó.

Luego suspiró y apuró un poco más el café.

-Sé que es difícil de entender. ¡A veces ni yo mismo me lo creo! -dijo perplejo ante sus propias palabras.

La realidad de aquella guerra tan terrible sacudió de nuevo con fuerza a los dos informadores. Jamás habían visto nada semejante.

-Entonces el motivo para venir hasta aquí debe ser muy importante- prosiguió Xurxo con su curiosidad natural.

El hombre volvió a manifestar su timidez. No se atrevía a hablar. Parecía avergonzado y bajaba la mirada.

-Ya no tenemos casi nada que comer. Se nos ha acabado todo el dinero. Tengo una mujer y dos hijos. Quería ver si el político me podía ayudar a conseguir un trabajo en alguna organización internacional. Ya no sé qué hacer- afirmó con frustración.

Luego suspiró y hundió su rostro en la taza de café.

-Estoy desesperado- agregó.

Samir sonrió, pero lloraba por dentro.

-Ahora parezco una piltrafa, pero, aquí donde me ve, soy abogado. Antes de la guerra era un profesional y me iba muy bien. Me pasaba el día en comidas con clientes y ahora miren... - estiró la ropa frente al estómago-. ¡He adelgazado treinta kilos!

La valentía de Samir les conmovió. Estaba arriesgando su vida aquel día para encontrar la forma de alimentar a su familia.

Xurxo se lo quedó mirando mientras sopesaba si hacer la propuesta o no. Necesitaban a un productor que los ayudara a moverse por la ciudad, pero Samir no tenía ningún tipo de experiencia en periodismo y mucho menos en televisión. Sin embargo, era de Sarajevo y conocía muy bien la ciudad. No era una decisión fácil, pero la situación desesperada del bosnio le conmovió y decidió arriesgarse.

-¿Quiere trabajar para nosotros? -preguntó el reportero-. Acabamos de llegar. No conocemos la ciudad ni tenemos ningún contacto aquí. Estamos buscando un ayudante. Vamos en un coche blindado. Podemos ir a buscarlo cada día a su casa y después volver a dejarlo.

El rostro de Samir expresó una profunda emoción. Sus labios temblaron ligeramente, se tocó la nariz y sus ojos casi se cerraron por completo. Estaba a punto de llorar. El periodista le dio un par de palmaditas en el hombro para rescatarlo de aquel momento difícil.

-No se haga rogar- bromeó-. ¿Le interesa?

-¡Sí! ¡Claro! ¡Muchas gracias! - exclamó sin ni siquiera saber cuánto cobraría.

Los ciento cincuenta dólares diarios que le darían supondrían más de dos mil dólares por dos semanas de trabajo. Con eso, él y su familia podrían sobrevivir durante al menos un año. Xurxo trató de imaginar las sensaciones que Samir estaría viviendo en aquel momento, pero supo que era imposible.

Muy poco tiempo después, el bosnio estaría muerto.

La puerta del apartamento se abrió, Xurxo regresó mentalmente al presente, se levantó y fue hacia la entrada. Al encontrar a Elena, se acercó a ella y la besó. La agente observó al reportero y sintió que aquel beso era especial.

-¿Estás bien?

-Sí- la abrazó más fuerte.

Elena sabía cuándo preguntar y cuándo no. Aquél era un momento en el que sólo hacía falta estar ahí.

Se sentaron en el sofá y algunos minutos después, cuando ya lo notó más tranquilo, le cogió la mano.

-Quiero que me acompañes a un sitio- dijo ella.

-¿Adónde?

-Pronto lo verás.

XV

Elena y Xurxo fueron al garaje, subieron al coche de la espía y comenzaron a circular por las calles de Madrid.

Veinte kilómetros después llegaron al Polígono Industrial de San Fernando de Henares, situado en la carretera de Barcelona y que llevaba al aeropuerto.

Pasaron por el Mercadona y por la sede de la Audiencia Nacional destinada a macro procesos. Tras recorrer varias calles con inmensas naves industriales, llegaron a un almacén.

El edificio era gris, de dos plantas y con algunas ventanas en el segundo piso. Su perímetro había sido vallado y estaba apartado de cualquier otra nave.

-Buenas tardes. Elena Martorell- dijo la agente enseñando su identificación a un guardia que vigilaba la entrada por la valla.

El hombre no llamaba la atención. Llevaba un uniforme marrón claro, una porra y parecía pertenecer a una compañía privada de seguridad como cualquier otra. Tras ver el carnet, subió la barrera y el coche siguió hasta la puerta principal de la nave. En su parte superior había un cartel que decía Exportaciones e Importaciones Fernández.

La puerta metálica morada se deslizó hacia un lado, Elena metió el coche y apagó el motor. El portón se cerró y aparecieron dos hombres con ropa militar negra y máscaras del mismo color que ocultaban sus rostros. Cada uno llevaba una ametralladora y una pistola.

Elena volvió a identificarse y el agente le indicó dónde aparcar. Luego la espía salió del coche junto a Xurxo y se dirigieron hacia una puerta de metal reforzado.

La funcionaria del CNI se colocó delante de una lente óptica para escanear la retina de su ojo derecho. Después puso su dedo pulgar sobre una pequeña plancha de cristal y, al ver una luz verde, se acercó a un micrófono.

Antes de hablar, sacó un pequeño aparato de su bolsillo que cambiaba las claves de entrada cada diez segundos y lo miró.

-Elena Martorell. Visita protocolaria. Clave número 3455 65 2312.

La puerta se abrió. Al otro lado se encontraba otro guardia de seguridad, también vestido de negro y fuertemente armado.

La funcionaria era una estrella ascendiente dentro del CNI. Gozaba de la máxima confianza tanto del Director del servicio de inteligencia español como del propio presidente del Gobierno y tenía la autoridad para hacer lo que considerara oportuno con tal de atrapar al terra prófugo Aritz Goikoetxea. De otro modo, jamás hubiera podido llevar a un periodista a una instalación secreta como aquélla.

Xurxo había jugado un papel muy importante en la desarticulación de la célula rebelde liderada por el vasco y llegó a un acuerdo con Elena Martorell y Allan Pierce.

El periodista disponía de información muy importante que podría alertar al etarra. Su compromiso era no revelar nada a cambio de tener acceso al operativo y, una vez concluido, poder hacer un reportaje explicando todos los pormenores del caso.

La agente del CNI se movía por la nave industrial con total familiaridad. Había varios pasillos con distintas habitaciones, todas cerradas. Caminaron hasta una escalera por la que ascendieron hasta llegar a unas oficinas que, en ese momento, estaban vacías.

-Siéntate, por favor.

Xurxo lo hizo. Sabía que la respuesta a por qué estaban allí llegaría pronto.

La espía cogió una chaqueta de un armario y se la entregó. Era azul, con un diseño moderno y varios bolsillos. Xurxo la revisó sin entender qué pasaba.

-¿Notas algo? -preguntó ella.

El reportero volvió a inspeccionar la prenda, pero no observó nada raro.

Luego le dio una camiseta.

-¿Y ahora?

Xurxo miró extrañado a Elena. Después cogió la camiseta y también la examinó. Era más pesada de lo normal y con una textura más dura. Entonces entendió.

-En efecto -confirmó ella.

Elena cogió de nuevo la camiseta y le pidió que la acompañara. Caminaron unos metros, abrieron una puerta y entraron en un polígono de tiro.

La funcionaria del CNI colgó la camiseta en un gancho, apretó un botón en la pared y la prenda se alejó unos diez metros. La agente dio unas gafas de protección al reportero, se puso otras, sacó su pistola y realizó un disparo. Después activó el sistema para que trajera de nuevo la camiseta y se la enseñó a Xurxo. La bala no la había penetrado.

-Es una empresa colombiana. Son los mejores del mercado. Han personalizado prendas para cuarenta y dos presidentes de todo el mundo. El chaleco antibalas medio de un policía pesa entre tres kilos y medio y cinco. Esta camiseta pesa menos de uno y tiene una capa de protección tres veces superior. Si un hombre se la pone bajo un traje, nadie se da cuenta de que lleva un chaleco antibalas.

Xurxo la miró esperando la obligada explicación.

-Estas prendas están hechas con finísimas capas superpuestas de tejido sintético, fibras laminadas, cerámica y plantas metálicas. ¿Y sabes cuál es la estrategia de ventas del dueño? - preguntó Elena intentando postergar lo inevitable.

¿Qué hacemos aquí y por qué me estás contando todo esto? Ésas eran las preguntas que seguía haciéndose el periodista. Elena lo sabía, pero siguió con la explicación. Temía estar a punto de perder a Xurxo y le costaba enfrentar la situación.

-Se las pone y hace que alguien le dispare. ¿Qué te parece? Eso sí que es creer en su producto.

- ¿Vas a cambiar de profesión? ¿Te vas a dedicar a la venta de ropa blindada y quieres un reportajito para subir las ventas? - ironizó él.

Elena negó con la cabeza.

-Ven, por favor- accedió por fin.

Los dos recorrieron un pasillo, giraron a la derecha y caminaron unos quince metros más. Allí había otros dos guardias armados que les dejaron pasar. Dentro encontraron un pequeño hospital.

Xurxo vio dos quirófanos, una sala con medicinas, todo tipo de equipos médicos y varias habitaciones para los pacientes que el CNI quisiera curar y mantener en el más absoluto anonimato.

Después siguieron caminando. Elena se detuvo en la tercera habitación e hizo un gesto a Xurxo para que pasara. Al entrar, el periodista vio a una señora mayor sentada al lado de otra mujer en una silla de ruedas. Cuando la minusválida les escuchó llegar, se giró y quedó frente a los dos visitantes.

El periodista se quedó petrificado cuando vio su rostro. Luego enfocó sus ojos de nuevo hacia ella, intentando confirmar lo que parecía imposible.

-¿Begoña? ¿Begoña Goyeneche?

Elena fue hasta ella y se puso a su lado.

-Sí -dijo Begoña.

Xurxo miró a la agente y empezó a sentir como una rabia incontenible se apoderaba de todo su cuerpo. Elena lo había traicionado.

Pocas cosas podían haberlo herido más. El periodista sabía perfectamente que ella era una espía, para quién trabajaba y cómo funcionaban los servicios de inteligencia. Se trataba de un mundo oscuro, traicionero, lleno de mentiras y en el que triunfaban los que menos escrúpulos tenían. El engaño era un eterno compañero de viaje para cualquier agente secreto.

Por otro lado, él era un hombre inteligente, fuerte y protegido con una fuerte coraza de cinismo producto de su trabajo como periodista durante tres décadas. Era muy difícil sorprenderlo y más aún decepcionarlo.

Había presenciado actos tan horripilantes que a veces le hicieron perder su fe en el ser humano y en la propia vida. Vio de todo y, como consecuencia, creía ya en muy poco.

Su único interés era sentirse en paz consigo mismo, intentar ser coherente con sus principios, que su trabajo marcara algún tipo de diferencia en la sociedad y que el pequeño mundo que le rodeaba fuera auténtico y sincero. Disfrutar de la compañía de amigos de verdad y, de llegar la persona adecuada, abrirse a una mujer con la que pudiera vivir una relación genuina y lejos de las falsedades que tanto había visto en el mundo.

Ya le habían roto el corazón una vez y no daba oportunidades para que eso volviera a ocurrir. Sin embargo, y a pesar de todas sus precauciones, había creído en Elena y comenzaba a sentir por ella algo que sólo había experimentado una vez en su vida. Entendió que sus sentimientos le harían vulnerable, pero corrió el riesgo.

Xurxo y Elena habían compartido hasta el más ínfimo detalle de aquella investigación. Ocultarle algo tan importante iba mucho más allá de falta de lealtad profesional. El periodista bajó la guardia, confió en alguien que pensaba era diferente y ahora estaba pagando el precio.

Sintió como si la espía le hubiera dado una cruel e inesperada puñalada en la espalda y la miró fijamente.

-¿Quién de las dos me va a explicar qué demonios está pasando aquí?-preguntó con unos ojos llenos de cólera.

Xurxo se sorprendió a sí mismo ante aquella reacción tan emocional, así como por la acritud de sus propias palabras. Podría parecer hasta infantil, pero aquella furia representaba la impotencia y el dolor que sólo pueden ser generados por un amor traicionado.

La agente se había separado un poco de él porque supuso, acertadamente, que lo peor en aquel momento sería quedarse a su lado.

Sabía que la situación era muy delicada, pero, tras algunos segundos de tensión, no tuvo más remedio que hablar.

-A los testigos tan importantes como Begoña les ponemos chalecos antibalas como el que te acabo de enseñar. Aritz nunca se dio cuenta de que Begoña llevaba uno.

El periodista sintió un volcán interior a punto de estallar. Todavía no podía creer que Elena le hubiera engañado de semejante manera. Mantuvo en secreto algo que debería haber compartido con él.

-Begoña, como recordarás, había recibido un par de impactos en el estómago cuando Aritz roció con balas a todo el grupo de etarras en el ascensor de la comisaría de Vía Layetana. El chaleco no protege esa zona baja de la barriga. Después caminó hasta ella y le descerrajó dos disparos más en la espalda para rematarla. Ahí el chaleco sí resultó vital. La primera bala fue contenida, pero la segunda impactó casi en el mismo lugar. Al no estar ya en chaleco en perfectas condiciones, el proyectil llegó hasta su columna vertebral.

-Me dejó paralítica- sentenció Begoña.

La señora que estaba a su lado era su madre.

-¿Por qué no me dijiste nada? -preguntó a Elena.

Ella lo miró durante unos instantes y después respondió, aunque sabía que nada de lo que le dijera lograría calmarlo.

-Cumplí órdenes. Yo tengo jefes. No soy un lobo solitario como tú, que hace lo que quiere. No tengo esa libertad.

Xurxo ya la miraba con otros ojos. Elena había cruzado una línea sagrada y sintió que ya no había vuelta atrás.

-¿Y por qué me lo dices ahora? ¿Porque sabes que tarde o temprano lo descubriría y ya no podrías contar con mi ayuda?

El tono era ya de abierto enfrentamiento.

-No. Lo hice porque sé que cometimos un error y estoy intentando rectificarlo. Yo siempre he confiado en ti- afirmó procurando mantener la calma.

-Claro. Y ahora esperas que te crea.

-Sí, me gustaría que me creyeras y confiaras en mí.

El periodista dejó de mirar a la agente, se acercó más a Begoña y la observó mejor.

La vasca había sido la compañera sentimental de Aritz Goikoetxea. El etarra pensaba que la había matado junto a varios miembros de la Unidad 120050, una célula rebelde de ETA.

Algunos de los etarras de aquella célula estaban infiltrados en la Policía. El vasco los eliminó en una comisaría para que el país pensara que habían sido asesinados por las mismas fuerzas de seguridad del Estado para evitar que confesaran que se habían hecho pasar por etarras para cometer el atentado en Barcelona.

-¿Por qué esta criminal no está en la cárcel? -preguntó Xurxo mientras señalaba inquisitoramente y con desprecio a Begoña-. Fue cómplice del asesinato de decenas de personas.

Begoña movió la silla con sus manos y se acercó a él.

-Ese desgraciado de Aritz me manipuló. Hizo que me enamorara de él sólo para utilizarme en su gran plan independentista y cuando pensó que había logrado su objetivo, no sólo se olvidó de mí, sino que incluso quiso matarme.

Aritz y Begoña se habían conocido como estudiantes en Washington. Ella fue a esa ciudad a cursar Empresariales. Él, a aprender inglés, aunque su verdadero objetivo había sido poder planear la operación de la Unidad 120050 lejos del radar de la Policía española.

Las palabras de Begoña no despertaron ninguna simpatía en el periodista.

-Yo en realidad nunca fui independentista. Vengo de una familia conservadora, muy católica y españolista. Caí en esa locura por el amor que sentía por Aritz- dijo la vasca.

-Que excusa tan barata.

Begoña asintió.

-No espero que me creas, pero no importa. Estoy aquí para ayudaros.

-¿Ayudarnos?

-Sí. Quiero que atrapéis a ese cabrón y que pase el resto de sus días tras las rejas. Que pague por todo lo que ha hecho.

-Ya. Qué generosa. ¿Y eso lo harás a cambió de qué? ¿De inmunidad? ¿De que no revelen que estás viva para que puedas pasar el resto de tu vida en libertad? ¿O para que te protejan de Aritz una vez que sepa que aún estás viva?

-No. No quiero nada- afirmó casi con un susurro-. Antes de conocer a Aritz yo siempre había sido muy religiosa y ahora me he reencontrado con la fe. Sé que he cometido un error muy grave y quiero pagar por ello. Ésa será mi parte de mi penitencia. La otra la vivo cada día- dijo mientras tocaba la silla de ruedas.

Elena escuchaba la conversación sin intervenir.

-No quiero librarme de la cárcel. Es más, aunque me dieran inmunidad o me ofrecieran un indulto, no aceptaría nada de eso. Tengo que asumir la responsabilidad por todo lo que hice a través de los años. Estaba hechizada. No era yo, pero eso no importa. El daño se hizo igual.

Begoña veía la furia en Xurxo. Sin embargo, movió sus manos y acercó la silla aún más a él.

-Pero ese hijo de puta de Aritz también tiene que pagar- sentenció.

Media hora después, Elena y Xurxo iban ya de regreso en coche hacia Madrid. Casi no hablaron en todo el trayecto.

-Imagino que aún me necesitas. Sé cómo conseguir información. Además, quieres asegurarte de que me quede callado. De lo contrario, quizás ya estaría bajo tierra- dijo Xurxo.

Elena se giró y lo miró casi con desprecio.

-¿Cómo puedes decir algo así? Sabes que eso no es cierto.

-Me has traicionado. No has confiado en mí. Hace unas horas le hacía el amor a una mujer por la que empezaba a sentir algo muy profundo. Ahora me doy cuenta de que esa persona no existe, de que eras un espejismo.

Xurxo expresó su rabia a la perfección a través del tono de sus palabras. La vida acababa de pegarle un fuerte puñetazo en plena cara. De pronto, miró la pulsera que había regalado a Elena y su furia aumentó todavía más.

El periodista había confiado plenamente en ella. Le abrió su corazón y ahora se sentía ridiculo, estúpido y manipulado.

Elena lo sabía muy bien y se sintió como una basura. Daría la vida por él y, sin embargo, traicionó la confianza que Xurxo había depositado en ella.

-Y déjame preguntarte algo. ¿Te acuestas con todas tus fuentes? ¿Es así como te entrenaron en la CIA y en el CNI? No sé por qué odias tanto a Aritz. Te pareces mucho a él. Él engañó a Begoña y tú a mí- afirmó despechado.

La espía frenó en seco. Sin embargo, antes de que pudiera decir nada, Xurxo abrió la puerta, la cerró de un portazo y se perdió por las calles de Madrid.

XVI

Yesenia Portillo estaba sentada en una silla del apartamento. Observaba con atención los ojos de Víctor Rivas Castro, apodado el Piojo debido a su escaso tamaño. Quería anticipar si tendría la determinación necesaria para entrar en la Mara Salvatrucha, o MS-13.

Mara significaba pandilla, salva era un diminutivo de salvadoreño y trucha era sinónimo de listo.

-¡Pendejo! ¿A qué esperas? -gritó ella.

La novia del Piojo, Sofía, tenía una soga alrededor de la garganta y dos pandilleros la sujetaban por los brazos. Todos estaban de pie. La muchacha de veinte años se movía frenéticamente e intentaba gritar, pero la mordaza y el trozo de tela que le habían puesto dentro de la boca se lo impedían.

Víctor se acercó y pegó un fuerte puñetazo a Sofía en la cara.

-¡Cállate, babosa!

La joven cayó al suelo, pero no perdió el conocimiento.

-Me le hacen el trencito-ordenó Yesenia mientras se reía.

En la sala había otros ocho pandilleros. Todos saltaron sobre ella como animales salvajes, le quitaron la ropa y la violaron. Dos incluso repitieron.

Cuando se sintieron saciados, Yesenia se aproximó a Víctor y le dio un cuchillo.

-Dale pues, bato. Acaba ya con esta maje, que no tengo todo el día- afirmó con impaciencia.

El Piojo lo cogió y comenzó a apuñalar a Sofía. Los quejidos de la joven eran intensos e indicaban con claridad el dolor que sentía con cada puyazo. A pesar de eso, el salvatrucha hincó trece veces el puñal, la tarjeta de presentación de la MS-13.

Sofía se fue moviendo cada vez menos y los lamentos pasaron a convertirse en simples gemidos hasta que enmudecieron por completo. Una vez comprobaron que había muerto, Yesenia pasó a Víctor un cuchillo de cocina. Era largo, grueso y había sido afilado para la ocasión.

-Córtale la cabeza a la jáina- ordenó.

Las decapitaciones, los desmembramientos de cuerpos y los asesinatos a machetazos eran la especialidad de la MS-13. El objetivo era infundir pánico entre sus enemigos. Aterrorizarlos.

El Piojo siguió la orden, consciente de que cualquier signo de duda podría hacer que la suya también rodara aquel día.

Tras varios y precisos cortes, la cabeza se separó del cuerpo de la joven. La decapitación había dejado un suelo repleto de sangre y los pandilleros tuvieron que caminar con cuidado para no resbalar en aquel líquido pastoso e intensamente rojo.

Yesenia volvió a acercarse a Víctor. Sacó una tarjeta de su bolsillo y se la enseñó. El Piojo vio en ella el nombre de un policía de la Unidad Antipandillas de Los Ángeles.

La salvadoreña le ordenó que ejecutara a su novia alegando que otro marero la había encontrado en un cajón de la casa de Sofía. Le dijo que era una prueba contundente de que se había convertido en una informante de la Policía y la ley de la mara era clara: si nos traicionas, mueres.

-¿Ves esta tarjeta, pendejo? Es la que te dije antes.

Víctor se asustó. Pensó que quizás había llegado su turno por no haber detectado la traición de su novia.

La salvadoreña se aproximó a él y se la aplastó contra su frente.

-¡Hey, loco! Tu jáina nunca habló con la chota- volvió a reír, pero esta vez con aún más ganas-. Era una prueba para ver si sos de los que siguen órdenes o de los que se hacen los mareados.

Yesenia parecía una psicópata. El hombre hirvió por dentro, pero disimuló su rabia.

-Bayunco, ¡va! ¿Tenés algún problema conmigo, homie? -preguntó ella, desafiante.

El joven estaba aterrorizado.

-Nel -susurró sin ser capaz de articular nada más allá de un monosílabo.

La pandillera volvió a observarlo de cerca y taladró sus ojos contra los del Piojo.

-Está bien, baboso. Aquí la única familia que vale es la de la mara, ¿estamos de acuerdo, loco?

-Simón, no hay pedo.

-Más te vale, perrito. Además, búscate una noviecita que no esté tan correteada como la Sofía. Esa loca ya estaba bien churuteada.

El hombre tragó aire para no explotar.

-¡Era bien puta la bata! -lo humilló más todavía.

La marera denigraba al máximo a todos los aspirantes a entrar en la pandilla. Exigía una obediencia absoluta y siempre cortaba de cuajo el menor signo de insumisión. No quería ninguna duda sobre quién era la que mandaba allí.

-Ahora el brincado -indicó.

Al escucharla, los nueve mareros se fueron hacia la puerta.

-¿Qué hacemos con éste? -preguntó uno mientras señalaba a un vecino que Yesenia había obligado a sentarse para presenciar la ejecución.

-Vos sí que sos bruto. ¿Para qué crees que lo traje? Pos para que lo vea bien y le diga a todo el barrio lo que les pasará si se les ocurre abrir el hocico. ¡Les toca luz verde!

-¿Y el cadáver?

-Igual, pendejo. ¿Qué vergas te pasa? -preguntó molesta-. Parece que andas pedo. Déjalo ahí. ¡Que lo vean bien todos en el edificio!

-¿Y la chota? -dijo en referencia a la Policía-. Pueden recoger ADN. No hemos limpiado nada.

Yesenia se rio.

-Uta... ¡Vos sí que sos pasmado! -exclamó más molesta todavía-. Deja ya de hacer tanta pregunta pendeja. ¿Crees que a la chota le importa un carajo que nos hayamos quebrado a una pandillera? Esto no lo van a investigar ni un segundo. ¡Vámonos ya, bola de ineptos!

Físicamente, la salvadoreña era muy poca cosa. Baja, delgada, con pelo castaño y ojos color miel, casi parecía una niña. Sin embargo, estaba en la treintena y llevaba con mano de hierro a todos los miembros de su clica, o capítulo local en Los Ángeles de la MS-13.

Las mujeres no solían alcanzar posiciones de liderazgo en la mara Salvatrucha, pero si llegaban arriba significaba que eran despiadadas y los pandilleros las temían más que a cualquier hombre.

La salvadoreña actuaba sin contemplaciones. Si tenía que usar la violencia, siempre lo hacía de la forma más cruel, sangrienta y espectacular posible. Era la única forma de que nadie cuestionara su liderazgo. Estaba rodeada de curtidos criminales que la despedazarían ante el menor signo de debilidad o vacilación.

La MS-13 era una de las pandillas más violentas y peligrosas del mundo. Con más de cien mil miembros, tenía presencia en Centroamérica, México y casi todos los Estados Unidos.

La mara se había iniciado en Los Ángeles a principios de 1980 con la ola de inmigrantes salvadoreños que huyeron de la cruenta guerra civil en su país. Muchos tenían formación militar y, para hacerse respetar en un territorio dominado por las bandas mexicanas, empezaron a matar con una crueldad extrema. Desde entonces habían seguido ese patrón.

Ahora la comunidad de salvadoreños en Estados Unidos era ya de dos millones de personas. La concentración más grande estaba en Los Ángeles, con aproximadamente quinientos mil. También se trataba de una de las bases más importantes de la MS-13.

Yesenia era la jefa de dos clicas. Una en San Salvador, con trescientos integrantes, y la otra en Los Ángeles, con doscientos. Ésta operaba alrededor del parque MacArthur, en el barrio de Westlake.

Cuando llegaron al garaje cubierto del edificio, Yesenia ordenó que Víctor se colocara en medio de cuatro curtidos pandilleros para iniciar la brincada. Todos tenían gran cantidad de tatuajes, iban sin camisa, con bandanas y toda su ropa era azul o blanca, los colores que indicaban su pertenencia a la Salvatrucha.

Aquel rito de iniciación era obligatorio si se quería entrar a formar parte de la pandilla.

- ¡Ya! -gritó Yesenia.

En ese momento, los cuatro hombres comenzaron a golpear a Víctor con auténtica saña mientras la salvadoreña contaba en alto.

-Uno… dos… tres…

Los puñetazos volaban por todas partes y buscaban en especial la cabeza. Si no golpeaban con todas sus fuerzas, tendrían que vérselas con ella, así que no hubo ningún tipo de consideración.

-¡Culero! ¡Toma, pendejo! -gritó uno de los pandilleros que presenciaba la paliza mientras se reía a carcajadas.

-¡Dale, loco! ¡Puto pendejo! -exclamó otro.

Uno de los puñetazos logró impactar a Víctor en pleno rostro y cayó al suelo. Entonces dejaron de pegarle con las manos y usaron los pies. Las patadas en la cabeza eran contundentes y la sangre comenzó a esparcirse por toda su cara.

-Siete… ocho… nueve…

Dos mareros machacaban la espalda del salvadoreño, otro el estómago y el último no paraba de darle patadas en la cabeza.

-¡Denle duro, homies! ¡Huevones! ¡Puro vergazo! ¡Con saña! -exclamó otro pandillero que presenciaba el brincado. Iba a añadir que parecían niñitas, pero miró a Yesenia y optó por escoger otra frase-. ¡Parecen maricas! - grito- ¡Péguenle más fuerte, hijos de puta! ¡Como si fueran hombres! ¿Se olvidaron los güevos en casa o qué?

La comparación a un homosexual les ofendió y el perjudicado fue Víctor, que recibió otra oleada de golpes por todo su ser.

-Once… doce… ¡Trece! ¡Paren! -ordenó Yesenia.

Los mareros propinaron un par de patadas más al iniciado y detuvieron la paliza. Después le ayudaron a levantarse. Víctor apenas podía tenerse en pie.

Yesenia se acercó y miró al Piojo. Le dolían todos los huesos del cuerpo y casi no podía abrir un ojo. Su rostro estaba cubierto por una gran cantidad de sangre que brotaba de su ceja derecha.

-¡Ja, ja! ¡Casi te dejan fuera del mundial! ¡Puta! ¡Qué verguiada te han dado! -se mofó la marera.

Sus amigos abrazaron al recién iniciado y lo felicitaron efusivamente. Quienes hacía tan solo unos segundos castigaban a Víctor con una lluvia inmisericorde de golpes, ahora mostraban una actitud fraternal y cariñosa hacia él.

-Ya, paren ya esta vaina. Déjense de hablar tanta paja-intervino Yesenia-. Luego se aproximó más a Víctor y le enseño su mano. Tenía tres puntos azules tatuados entre los dedos pulgar e índice-. ¿Los ves, loco? Significan hospital, muerte o cárcel. Esos son los únicos lugares a donde irás a partir de ahora. ¿Agarraste la onda? Mientras tanto, te espera la vida loca, homie. ¡Drogas, sexo y rock and roll, brother! ¡A disfrutar!

El hombre se tragó el dolor y asintió con una sonrisa.

-Nosotros somos ahora tu verdadera familia. Jamás te abandonaremos. Siempre vas a estar con gente que lo dará todo por vos. Y mientras estés en este mundo, nunca te faltarán mujeres, dinero o droga. ¡Viva la Mara Salvatrucha! -exclamó la pandillera, que sabía muy bien cómo mantener satisfecha a su guardia pretoriana.

- ¡Viva! -gritaron todos.

Después miraron a Yesenia a la espera de más instrucciones. La salvadoreña estaba allí aquel día para decidir quiénes entrarían a la mara y quiénes no.

-¿Quiénes más hay? -preguntó.

La pandillera tenía varios hombres y mujeres de confianza a quienes llamaba tenientes. Eran los encargados de que la clica ejecutara sus órdenes.

Carlos Solórzano era su brazo derecho. Salvadoreño de veintiocho años, asustaba nada más verlo. Alto, musculoso, pelado al cero y con fundas de oro entre sus dientes, tenía su cuerpo totalmente tatuado, incluida la cabeza y el cuello.

En la tez se había tatuado un MS-13 con letras y números de gran tamaño. En la espalda, un diablo con cuernos enormes y la palabra Salvatrucha escrita en letras mayúsculas. El resto del cuerpo alternaba rostros de familiares, fechas simbólicas, símbolos del demonio y figuras religiosas. Su apodo era el Silencioso porque cuando sus enemigos lo veían venir ya era demasiado tarde.

-Tenemos cinco más- dijo Solórzano.

-¡Válgame Dios! ¿Cuántas veces he de decir que no tengo todo el día? ¡Muévanse, hijos de la chingada! -les recriminó de nuevo su jefa.

-¡Qué ondas, bayucos! ¡Vengan para aquí! -ordenó su teniente.

Tras la orden, aparecieron los cinco. Yesenia los observó mientras el Silencioso los presentaba usando sus apodos.

-Caníbal... la Momia... el Psicópata... Míster Sangre... y el Bicho.

La marera se acercó al que Solórzano llamó el Bicho, que en El Salvador significaba niño.

-Vos apenas sos un cipote. ¿Cuántos años tenés, bato?

-Once -dijo convencido.

La salvadoreña se rio.

-¡Qué baboso! Híjole, lo más que tenés son ocho.

El niño no se arrugó. Yesenia no supo si permitir que el Bicho se quedara. Sin embago, tras observarlo con más calma, tomó su decisión.

-¿Quién va a sospechar de este cipote? Puede ser el sicario perfecto- pensó.

Acto seguido, hizo un gesto afirmativo.

-¡Vámonos! -exclamó después.

Todos se subieron en dos coches. Yesenia y el Silencioso iban en uno junto al Bicho, a la Momia y al Psicópata. Míster Sangre y Caníbal les seguían en otro con dos pandilleros más.

Se encontraban frente a la plaza Monseñor Oscar Arnulfo Romero, en la esquina de las calles Séptima y Alvarado. La comunidad salvadoreña tenía una fuerte presencia en esa zona.

Monseñor Romero había sido el obispo de El Salvador y fue asesinado el veinticuatro de marzo de 1980. Un francotirador ligado a los escuadrones de la muerte le destrozó el corazón de un disparo. La extrema derecha lo mató mientras oficiaba misa en la capilla del hospital de la Divina Providencia, cerca de la colonia Miramonte de San Salvador.

El magnicidio conmocionó al país y el religioso pasó a la historia del Salvador como un héroe nacional. Posteriormente fue canonizado por el Papa Francisco.

Una gran cantidad de mareros le rendían tributo en Los Ángeles. Se arrodillaban frente a su figura, rezaban y se encomendaban al santo para después, paradójicamente, seguir con su rutina diaria de asesinatos y todo tipo de actos delictivos.

El coche circuló durante media hora y se detuvo en la frontera con un barrio controlado por la M-18, los archienemigos de la MS-13. Las maras escogieron esos números porque ambas se habían iniciado en esas calles de Los Ángeles.

El Bicho salió del coche de Yesenia, se dirigió a la entrada de un callejón cercano donde había dos jóvenes charlando y esperó. El objetivo era uno que llevaba el torso descubierto, pantalones tejanos muy holgados y una bandana roja. En el pecho tenía un enorme tatuaje que decía Dieciocho.

Solórzano salió del coche, cogió su camiseta con ambas manos por la parte de los hombros y la estiró ligeramente dos veces hacia arriba. Era la señal para que atacara.

El Bicho se preparó, pero aguardó unos segundos más para recibir la orden de cómo debía realizar la agresión. Llevaba un revolver y un cuchillo.

El teniente de Yesenia se tocó entonces el estómago y realizó varios círculos concéntricos con su mano derecha. Sería con arma de fuego.

Sin ningún tipo de vacilación, el niño comenzó a caminar por el callejón hacia a su víctima. Los dos pandilleros lo vieron, pero no le hicieron mucho caso. En El Salvador había sicarios de esa edad, pero no en Los Ángeles, así que siguieron conversando con tranquilidad.

Cuando el niño llegó a tres metros del marero, sacó la pistola, disparó todas las balas de su revólver y salió corriendo. La víctima cayó en redondo y el otro pandillero huyó en dirección contraria al sospechar que el pequeño asesino no estaba solo.

-¡Qué vergón! ¡Se lo ha cueteado! A estos cipotes les encanta fregar a los mayores- rio Yesenia desde el coche-. Aceptado-añadió.

La siguiente parada fue un comercio que no había pagado la llamada renta, o cantidad con la que se le extorsionaba cada mes. Unos días antes, el dueño les insistió en que apenas había recaudado dinero, pero para la mara no había excusas que valieran.

-Ese es tu problema. No hay excepciones-le advirtieron entonces mientras le daban el ultimátum.

El Psicópata entró con uno de los pandilleros que iban en el otro vehículo. Uno sujetó la mano del tendero y el Psicópata le sesgó tres dedos de un certero machetazo.

-La próxima vez será la mano completa, la siguiente el brazo y la otra la cabeza-amenazaron antes de irse.

Yesenia también había visto toda la escena.

-Aceptado. Puta, qué vergón. El homeboy no se lo pensó dos veces- fue su comentario.

El Momia estaba listo para matar a quien fuera, pero jamás hubiera anticipado lo que tenían reservado para él.

Yesenia lo acompañó hasta un descampado donde había varios coches quemados. El Momia enseguida vio que al lado de uno había dos pandilleros sujetando a una joven. Le habían puesto una mordaza y una venda.

-Es tu sobrina, la Teresa-dijo Yesenia.

El Momia quedó petrificado al verla. De apenas diecisiete años, era la hija de su único hermano, Saúl.

-Te vas allí y la violás, loco. No te va a ver.

La salvadoreña siempre caminaba al filo de la navaja, pero era la única forma de sobrevivir en su mundo.

El Momia cerró los ojos y suspiró. Yesenia vio su malestar y se enfureció.

-¡Andá ya! -le empujó con fuerza-. ¡Qué ganas tenés de joder! ¡Serás huevón!

El golpe hizo que el joven despertara de su trance. Al ver de cerca el rostro de la líder de la clica, se intimidó.

-Seguí jodiendo y la vas a cagar. Deja de pajarear o vas a ser tú el que se lleve el vergazo entre las nalgas- le advirtió.

El aspirante a pandillero tosió con nerviosismo un par de veces y comenzó a caminar hacia el grupo. Yesenia pegó un silbido y fue tras él. Los dos mareros que sujetaban a Teresa le dieron la vuelta, la pusieron frente al capó de un coche, le subieron a falta, le bajaron la ropa interior y la doblaron hacia delante.

La joven lloraba, pero sabía que, si se resistía, no saldría viva de allí.

El Momia se colocó detrás, se bajó los pantalones y pegó su miembro a los glúteos de Teresa. Sin embargo, su pene no le respondió.

-Dele, dele. Váyase rectesito que ahí llega-dijo Yesenia.

El muchacho continuó golpeando su cuerpo contra el de su sobrina en un intento desesperado por enderezar su pene.

-¡Dele hijo de la chingada! ¡Con más ganas! ¡Como si le fuéramos a machetear la verga si no cumple! - siguió increpando Yesenia, cada vez más impaciente. Quería ver cómo reaccionaba el Momia bajo presión.

Por fin, su órgano sexual comenzó a responderle y penetró a Teresa. Al verlo, Yesenia se rio.

-Como sos de perro vos… ya se te paró y te está gustando, ¿verdad? -le dijo cerca de su cara.

Luego se giró hacia los otros dos pandilleros.

-Es maleante ese bicho. ¡Qué degenerado! -se rio con más fuerza.

Poco después, el Momia alcanzó el orgasmo, pero, temeroso de que Teresa pudiera reconocerlo, apenas gimió. Luego se subió los pantalones y regresó hasta el coche con Yesenia.

-Aceptado-sentenció la marera.

La última parada fue de nuevo en el emblemático parque MacArthur.

Allí siempre había salvadoreños en busca de empleo y numerosos puestos callejeros que vendían comida típica de El Salvador, como elotes locos, pupusas y manzanitas rojas en miel.

El parque tenía en medio un gran lago rodeado de árboles y palmeras. Yesenia se bajó del coche, fue hasta el otro vehículo y dijo a Míster Sangre y al Caníbal que caminaran con ella.

-¿Quién te parece más buena gente de todos los que ves en el parque? -preguntó al Caníbal.

El muchacho se tomó varios segundos para observar el McArthur.

-Aquél-señaló a un abuelito sentado en un banco.

La salvadoreña le dio una bolsa. Dentro había una pistola y un machete.

-Andá y bajátelo. Cuando estés ahí te diremos cómo.

-Pero es un abuelito-protestó Caníbal.

Yesenia le escuchó y decidió inmediatamente que Caníbal no tenía lo que tenía que tener.

-Regresa al ranfla-ordenó refiriéndose al auto.

-Pero…

-No fregués y dale. No la regués más-le indicó la puerta del vehículo.

Caníbal caminó hasta el coche y entró. Al hacerlo, Yesenia se acercó al vehículo, metió su cabeza por la ventana y vio cómo uno de los pandilleros agarraba por detrás a Caníbal y le aplicaba una fuerte tenaza con los brazos alrededor del cuello. En apenas un minuto murió asfixiado.

A la pandillera le gustaba actuar así, de forma arriesgada y audaz. Asesinar a alguien en plena vía pública enviaba un claro mensaje a los suyos de que no sería intimidada por nada ni por nadie.

Tras observar con macabro interés el último suspiro de Caníbal, la salvadoreña se dirigió a Míster Sangre, que también había presenciado la ejecución.

-¡Újole! ¡Ese pendejo me puso fúrica! ¿Se puede saber para qué viene? ¡Válgame Dios! ¿Qué esperaba? ¿Qué fuéramos a Disneylandia? No sé por qué lo llamaban Caníbal. ¡Vaya deshonra para los caníbales! - se burló.

Míster Sangre cogió la bolsa sin que Yesenia le dijera nada y se fue caminando hacia el abuelito hispano. Cuando llegó cerca de él, dejó la bolsa en el suelo y miró hacia la marera. Ésta hizo como si se estuviera sacudiendo polvo de un hombro. Era la señal para usar armas blancas.

Cerca de ellos había un equipo de televisión de un canal latino que grababa la crónica de un reportero. Míster Sangre los vio, pero siguió adelante con su misión consciente de que se trataba del anciano o de él. Sacó un cuchillo, se aproximó al abuelito, se plantó delante y, sin mediar palabra, le hundió la afilada hoja de metal en el corazón. Luego la sacó y se fue corriendo.

En su huida, pasó al lado de los periodistas, que vieron lo sucedido y se aterrorizaron pensando que ellos podrían ser los próximos. Aunque no habían filmado el asesinato, el pandillero podría pensar que sí. Sin embargo, Míster Sangre fue directo al coche, subió y ambos vehículos partieron quemando el caucho sobre el asfalto.

Después, todos los mareros regresaron al mismo aparcamiento de antes y sometieron al Bicho, a Psicópata, a Momia y a Míster Sangre a su última prueba, la brincada. Los cuatro la pasaron con éxito.

Si la aspirante a entrar en la MS-13 fuera una mujer, se le daría a escoger entre ser golpeada o acostarse con todos los que estaban allí.

Tras beberse unos tragos con los nuevos pandilleros para celebrar su ingreso a la mara, Yesenia se subió a otro coche y se fue.

De pronto, sonó su móvil. Era Begoña Goyeneche. Estaba con su madre en el hospital clandestino del CNI a las afueras de Madrid.

Begoña había esperado esta oportunidad durante meses. Los agentes tenían la orden de vigilarla de cerca, pero, al saber que estaba cooperando con Elena Martorell, dejaron de verla como una enemiga declarada y bajaron un poco la guardia.

Cuando la ex compañera sentimental de Aritz percibió que podía arriesgarse, pidió a su madre que le llevara un teléfono del tamaño de un pen drive que tenía en su apartamento.

El móvil estaba fabricado con materiales plásticos especialmente diseñados para burlar las máquinas de rayos X y la única forma de detectarlo era interceptar la señal en el momento de la llamada, así que tenía que ser muy rápida.

El precio del aparato era astronómico, pero Begoña había gastado mucho dinero durante su época de empresaria para reforzar su seguridad personal. Algunas compañías privadas disponían de tecnología más avanzada que incluso muchos servicios de inteligencia del mundo.

Uno de los agentes acababa de pasar por la puerta. Tenía como máximo un minuto para hacer la llamada antes de que el guardia volviera a aparecer.

-¡Yesenia, amiga! ¿Cómo estás?

-¿Begoña? -reconoció de inmediato su voz.

-Sí.

-¡Verga! ¡Pensaba que estabas muerta!

-No soy tan fácil de matar.

-¡Qué alegría!

Yesenia Portillo y Begoña Goyeneche se habían conocido en el Instituto Sybil Brand, la antigua penitenciaría para mujeres del condado de Los Ángeles.

En su época universitaria, Begoña había estudiado el primer año de Empresariales en la Universidad de Georgetown, en Washington, D.C. Durante el segundo fue a visitar a unos amigos a Los Ángeles y allí se enfrascó accidentalmente en una pelea de bar por la que fue condenada a un año de prisión.

En un mundo completamente ajeno para ella como el carcelario y rodeada de peligrosas criminales, le costó mucho sobrevivir. Cayó en una profunda depresión y estuvo a punto de suicidarse. En el peor momento de su crisis, conoció a Yesenia.

Curiosamente, la primera conversación entre Begoña y Yesenia se inició por el equipo de fútbol preferido de ambas, el FC Barcelona. Las dos eran grandes aficionadas a ese deporte y la salvadoreña incluso tenía tatuado el escudo del Barça en uno de sus brazos.

Las charlas sobre fútbol derivaron en muchas otras sobre la vida en general y ambas acabaron convirtiéndose en amigas inseparables.

La salvadoreña, que estaba en prisión por delitos cometidos con la MS-13, representó un apoyo fundamental para que Begoña pudiera salir viva de aquellos muros. Desde entonces, se habían jurado amistad eterna.

-¡Te he extrañado mucho! -exclamó Begoña.

-¡Yo también! -dijo la salvadoreña con sinceridad. Igual que destrozaba a sus enemigos, a sus amigos los protegía hasta la muerte-. ¿Dónde estás?

-En la cárcel.

-¡Púchica!

-Perdona tengo menos de un minuto, sino me descubrirán. Necesito tu ayuda.

-Ya sabes que podés contar conmigo para lo que sea.

-Estoy en el hospital de la prisión. Tan pronto salga de esta clínica será más fácil llamarte. Entonces te daré todos los detalles.

-¿Qué necesitas?

-¿Recuerdas a Aritz?

-¡Ahuevo! ¡Ese cabrón! Vi todo en las noticias.

-Quiero que te lo bajes.

-Contá con eso- se comprometió la peligrosa marera sin pestañear. Sabiendo lo que le había hecho a Begoña, le tenía ganas desde hacía tiempo.

Cualquiera que conociera a Yesenia sabía que esas palabras no se las llevaría el viento. Sólo un milagro podría ahora salvar al etarra.

-Pero necesito algo más.

-Dime.

-Recuerdo que me un día me contaste que quemaste vivos a tu novio y al padre de tu novio.

-Sí. Esos dos ñandos se fregaron cuando pensaron que se iban a reír de mí- recordó con satisfacción.

Yesenia había tenido un hijo a los catorce años con un pandillero. Estaba enamorada de él, pero el marero se fue distanciando de ella hasta ignorarla por completo. Cuando un día permitió que su padre la intentara violar, la salvadoreña decidió asesinarlos.

-Me impresionó tanto que aún me acuerdo literalmente de lo que me dijiste. "Los güevones murieron como puercos en una sartén"- afirmó la vasca.

-Así fue. Los até, les eché gasolina y después la prendí. Les salió barato. Esos pendejos merecían mucho más. Me los bajé en dos patadas.

-¿Recuerdas los gritos que dieron?

-Como si fuera hoy.

-Quiero escuchar lo mismo de Aritz. Necesito que sufra como nunca ha sufrido.

-Órale. Ese hijo de la chingada no sabe la que le espera. Así será- le prometió.

XVII

Akira Fumuro viajó por el metro durante una hora para burlar cualquier posible seguimiento. Para ello utilizó todos los trucos que le habían enseñado en el Ejército Rojo Japonés.

Después subió al Tren Bala en dirección a Kyoto. El recorrido era de quinientos trece kilómetros y llegó a su destino en dos horas y dieciocho minutos. Eran las ocho y cinco de la mañana.

Ésta era su ciudad preferida. Había sido la capital imperial de Japón durante más de mil años. De un millón y medio de habitantes, se trataba de una de las urbes que mejor había conservado la herencia cultural del país. Como buen nacionalista, la consideraba el verdadero corazón de su patria.

Antes de ir a la cárcel la había visitado decenas de veces. Adoraba pasear por sus calles y zambullirse en todos los valores que representaba. La tradición, el arte y la cultura japoneses estaban presentes casi en cada esquina y, tras más de dos décadas en prisión, por fin podía disfrutarla de nuevo. Aquél era un momento muy especial para él.

Con tiempo limitado para visitar una ciudad de las características de Kyoto, era muy difícil escoger adónde ir. Tenía mil seiscientos templos budistas, cuatrocientos de la religión autóctona Shinto y numerosos palacios y jardines de la época imperial.

Una parte de Kyoto era moderna. La otra, una sucesión interminable de pintorescas imágenes del Japón más tradicional: calles estrechas, viviendas de madera, monjes budistas que caminaban con sus coloridas túnicas, sonidos de gongs en la distancia y templos de un gran misticismo arropados en el verde de las montañas que abrazaban la urbe.

Fumuro había ido con tiempo suficiente para visitar algunos templos antes de su encuentro. Era la oportunidad perfecta para reencontrarse con su tan venerada Kyoto.

Primero acudió al Fushimi Inari-Taisha, dedicado a Inari, el dios Shinto del arroz. El templo era famoso porque tenía un camino con miles de arcos de madera naranjas y negros estilo Torii colocados uno tras otro. El impacto visual del sendero perdiéndose en el horizonte era tan espectacular como único.

Las puertas Torii estaban colocadas a la entrada de los templos para anunciar su presencia.

El japonés caminó un buen rato bajo los arcos y se detuvo en un lugar donde la gente dejaba mensajes con algún deseo. Escribió uno en un papel, lo dobló y lo ató a una cuerda de la que colgaban varias decenas más de mensajes. Al lado había incontables tablitas de madera también atadas entre sí y con los deseos al descubierto sobre su superficie.

Después se sentó, meditó durante unos minutos, se levantó, tocó una campana y se marchó. Al fondo se escuchaba a un grupo de monjes realizando cantos religiosos.

Aún disponía de tiempo, así que visitó el complejo religioso de Nishi Honganji. Tenía cinco edificios principales y varios más pequeños. Se trataba de uno de los inmuebles de madera más grandes del mundo. A pesar de haberse construido en 1591, se mantenía en perfecto estado.

El japonés pensó que era difícil entender cómo a un coche último modelo se le daba una garantía de apenas cinco años y ese templo todavía se mantenía como nuevo tras cuatrocientos veintisiete años recibiendo a miles de personas cada día. Por si fuera poco, la zona sufría constantes terremotos.

Fumuro disfrutó primero de la majestuosidad del complejo desde fuera y luego se acercó a un pozo para realizar el ritual de purificación. Sacó agua con un cuenco, se lavó la mano derecha, después la izquierda, se quitó los zapatos y entró a la sala principal.

A pesar del gran número de budistas que oraban dentro, había un silencio casi absoluto. La sala era enorme y la madera oscura del suelo relucía con intensidad cuando los rayos de sol encontraban un espacio entre las nubes para reflejarse sobre el ciprés. El altar del Nishi Honganji era dorado y ocupaba toda la parte frontal del templo. Como todos allí, Fumuro se arrodilló y rezó frente a la estatua de Buda.

La sensación de paz era total. Los visitantes la disfrutaban sin importar qué religión profesasen. Incluso los ateos caían rendidos ante la armonía interior que emanaba del templo y de la figura de Buda.

Al mediodía, se levantó y se marchó en dirección al barrio de Teremachi. Quince minutos después ya estaba caminando por sus calles.

Primero pasó por una zona comercial con tiendas, supermercados y pequeños casinos. Después entró en una más familiar y bohemia donde había cafés, tiendas de artesanía, galerías de arte y librerías.

A las doce en punto se situó en la entrada de una tienda de chocolates y postres japoneses. Dos minutos después pasó a su lado una joven en bicicleta. Vestía pantalones blancos, una chaqueta negra y un gorro de lana azul. Era la señal de Rentai de que ellos tampoco habían detectado ningún seguimiento.

Caminó unos cincuenta metros más hasta llegar a una tienda de ilustraciones antiguas llamada Takumi, o artesano.

Se había abierto en 1920 y aún conservaba el sabor tradicional de los negocios previos a la Segunda Guerra Mundial. Era pequeño y estaba repleto de tesoros gráficos muy difíciles de encontrar en otras partes del país. Todas eran piezas originales.

Takumi tenía colecciones de juegos de cartas tradicionales de Japón, o Karuta, y etiquetas antiguas de cajas de cerillas, conocidos como Shin Hanga. Sin embargo, su especialidad eran las ilustraciones realizadas con moldes de madera llamadas Ukiyo-e.

Toda la tienda estaba construida con madera. Fumuro se acercó a una de las estanterías de pino, cogió una ilustración y la miró detenidamente. Era de 1882, en pleno período Meiji. Los colores eran vivos, intensos y desprendían una frescura espacial. A pesar de los ciento treinta y seis años transcurridos, cualquiera pensaría que acababan de aterrizar sobre aquella fina y delicada hoja de papel.

La ilustración era algo más grande que un folio y mostraba una escena de seis geishas conversando plácidamente bajo un almendro en un jardín de Kyoto.

Los ojos del japonés examinaron la perfección del diseño de aquel grabado hecho a mano: la sofisticación de las prendas, el derroche de símbolos en los ropajes, la majestuosa Kyoto en el horizonte, el pequeño río con aguas cristalinas, la fuerza de los colores naturales, la expresividad de los rostros, las montañas nevadas en el horizonte... El dibujo era la materialización de la cultura y arte japoneseses más genuinos.

El grabado estaba tan bien hecho, era tan realista, tan detallado, que incitaba a palpar sus formas para disfrutar aún más íntimamente de aquella asombrosa obra de arte. Fumuro acarició los dibujos de las montañas y sintió una conexión especial con todo lo que se reflejaba en la ilustración. Se emocionó y lo depositó de nuevo en la estantería.

El dueño del negocio, un anciano de unos noventa años, se dio cuenta y se le acercó. A pesar de su edad, estaba lúcido y en buena forma.

- ¡Menos mal que aún hay japoneses de verdad! -exclamó-. Ya estoy harto de nuestra juventud. Vaya pandilla de confundidos. Tienen la oportunidad de disfrutar de arte japonés de valor inigualable como éste, pero ¿qué hacen? Se pasan el día enganchados a esos estúpidos video juegos, enviando mensajes de texto por sus móviles o viendo dibujos animados hechos con ordenadores. ¡Y tienen la osadía de decir que son japoneses! - espetó.

Akira sonrió y se inclinó para saludarlo.

-Tiene una tienda maravillosa.

El viejito agradeció las palabras con otra reverencia.

-¿Lo que más le gusta son ese tipo de ilustraciones en papel? - preguntó.

-Sí. Me fascinan. Me provocan muchos sentimientos.

El anciano asintió.

-Venga. Voy a enseñarle algo que le va a interesar- le indicó.

Los dos caminaron hasta un extremo de la tienda. Allí había una imprenta de madera construida hacía ya tres siglos.

-A muchas personas les gustan estas ilustraciones, pero si entendieran bien cómo se hacen, la admiración sería incluso mucho mayor. ¿Usted conoce la técnica?

-Por encima. Sé que están hechas a mano y con bloques de madera.

-Mire -le enseñó uno de esos bloques-. El artista esculpe la escena en la madera. Como verá por la calidad del grabado, tiene que ser un artesano muy bueno, con años y años de experiencia. Cada ilustración tiene un promedio de ocho colores y cada uno de estos moldes de madera es sólo para un color, sino se corren- dijo mostrándole de nuevo la tabla.

-Un molde por cada color. No lo sabía -afirmó Fumuro sorprendido.

-Eso significa que el mismo artista ha de esculpir ocho bloques de madera exactamente iguales para hacer tan solo una ilustración. Uno para cada color- recalcó-. Imagínese la complejidad. Si se equivoca en lo más mínimo, hay que tirarlo todo y volver a empezar.

No había duda. La técnica estaba reservada sólo para maestros.

-Y luego viene la impresión en sí. Imagínese el grado de técnica necesario para imprimir ocho veces la misma ilustración con ocho moldes distintos de madera sin que la pintura se corra fuera de su lugar. Un molde por cada color- insistió.

Fumuro observó el grabado casi con veneración. El dibujo contenía cientos de finos y delicados trazos de tinta negra y algunos estaban separados por apenas milímetros. A pesar de eso, los colores nunca rebasaban el espacio que se les había asignado en el retablo. Era un ejemplo inigualable del carácter japonés de pasión por el detalle, la discplina y la perfección.

-Por eso logra emocionarme. Plasma lo más profundo de la identidad de nuestra gran nación.

El dueño del negocio sonrió.

-Esta ilustración es una auténtica obra de arte. Recoge el trabajo, el esfuerzo y el talento de nuestros mejores artistas. Expresan como nadie nuestra alma colectiva- coincidió.

Luego ambos se dedicaron a admirar en silencio el grabado.

Al cabo de un rato, el anciano realizó un profundo suspiro.

-Yo peleé en la Segunda Guerra Mundial. En aquella época, nuestro país aún conocía el significado de la palabra honor -afirmó.

Después aspiró algo de aire.

-Ahora ya soy un viejo, pero haré lo que esté en mis manos para que Japón vuelva a sentirse orgulloso de sí mismo. Somos una gran cultura. No podemos ser el títere de nadie- se quejó.

Fumuro tocó su hombro en señal de solidaridad.

-Le están esperando en el restaurante Soba. Está al final de la calle, justo antes de llegar a avenida principal. Ya sabe qué hacer- le estrechó la mano.

-Gracias.

Akira Fumuro llegó al restaurante en apenas diez minutos. Era familiar, pequeño y con clientes de clase trabajadora. Pidió una sopa, fideos con marisco y sake.

Justo al finalizar la comida, vio a un hombre caminando hacia el lavabo con una bolsa de deporte. Cuando salió estaba vestido exactamente como él. Una gabardina gris hasta la rodilla, sombrero marrón, tejanos y zapatos negros. También tenía su misma complexión física, así que cuando el individuo abandonó el restaurante pareció que se trataba del mismo Fumuro.

En el improbable caso de que alguien lo siguiera y todavía no hubiese sido detectado por los amigos de Fumuro, ese doble le daría unos minutos extra para desaparecer discretamente de la zona.

Ya había pagado, así que salió por la puerta de atrás, donde le esperaba un hombre con una moto en marcha. Se subió y ambos partieron sin tan siquiera dirigirse la palabra. El motorista circuló por diversas calles e incluso en dirección contraria. Al no observar nada sospechoso, enfilaron hacia su destino final.

Unos minutos después, entraron en una calle de dos vías. Frente a ellos tenían una furgoneta que se había detenido porque el coche de delante no acababa de arrancar. La moto maniobró por la derecha de la furgoneta y al cabo de unos instantes apareció frente a ella.

Al ver que el coche seguía sin poder encender el motor, lo sorteó y siguió por la calle con su pasajero. Cuando dobló en la siguiente esquina, el coche finalmente arrancó y partió. La furgoneta hizo lo mismo y se fue en dirección opuesta a la moto.

En los pocos segundos que la moto estuvo al lado de la furgoneta, los miembros de Rentai abrieron la puerta lateral, Fumuro subió a la misma y otro doble se subió a la moto. Igual que el anterior, iba vestido como el japonés y tenía su misma complexión física. El grupo preparaba los encuentros hasta la saciedad y siempre asumía que la Policía podía estar tras sus pasos. Ya los habían desarticulado una vez y no querían cometer los mismos errores del pasado.

-¡Hola! -exclamó Makoto Kobayashi.

-¡Hola! -respondió Fumuro dando un abrazo al jefe de Rentai.

-¡Qué alegría volver a verte! -añadió Makoto con entusiasmo. Luego se sentó.

Mientras los dos se saludaban, la furgoneta fue hasta un túnel de lavado cercano. El conductor pagó y la metió dentro.

El interior del vehículo había sido habilitado para la reunión. Estaba insonorizado y sólo tenía dos filas laterales que servían como asientos.

-Camaradas, os presento a uno de nuestros héroes, Akira Fumuro- dijo Makoto con orgullo a las cuatro personas que les acompañaban.

Todos asintieron con admiración y respeto.

-Podríamos hablar durante horas, pero he de ir al grano -prosiguió Makoto-. Aquí, en esta furgoneta, está todo el liderazgo de Rentai. Si la Policía nos detectara, sería un golpe demoledor. Esto es muy arriesgado, pero necesario. El motivo es que quiero que conozcáis a este gran amigo, que a partir de ahora también será parte de nuestra cúpula.

El grupo le dio la bienvenida.

-Akira, te presento a todos. Fujio Shin, jefe del aparato político; Abe Okagazi, responsable de la parte militar; Yuko Akimura, jefa de propaganda y Eriko Hayashi, jefa de relaciones internacionales.

Fumuro se levantó, estrechó la mano de todos y volvió al mismo lugar.

-Compañeros, Akira va a ayudarnos a conseguir las armas que necesitamos. ¿Qué hay de nuevo al respecto? -le preguntó.

-Ya he contactado con Aritz Goikoetxea -explicó. Luego concentró su mirada en los otros miembros de Rentai-. Se trata de un antiguo miembro de ETA a quien conozco muy bien. Es de fiar. Hemos fijado una reunión en Brasil. Estoy seguro de que él nos proveerá de todo lo que pidáis.

El silencio del grupo pareció dar el visto bueno a la acción. Todos conocían a Fumuro de nombre y nadie osó cuestionar a alguien de su reputación.

-¿Cuándo podríamos contar con las armas? -preguntó Eriko Hayashi. A sus 25 años, era la persona más joven del grupo.

190

-Viajaré a Brasil en los próximos días. Lo sabré tan pronto tenga el primer encuentro cara a cara con él.

Eriko asintió.

-Akira, queremos que nuestro primer golpe sea espectacular y se escuche hasta en el en último rincón del planeta- intervino Makoto.

Su amigo hizo un gesto con la cabeza de que estaba listo para conocer los detalles de la operación.

Durante la conversación, todos escuchaban cómo las escobillas del túnel de lavado golpeaban insistentemente contra el vehículo. El cristal delantero estaba cubierto de jabón y no se veía nada delante.

-Las tropas americanas se sienten seguras en Japón. Llevan décadas aquí y nunca ha habido ningún incidente serio contra ellos. No ven nuestro país como un lugar peligroso. Tenemos que aprovechar esa debilidad. Queremos secuestrar al jefe de la Séptima Flota de los Estados Unidos con base en la ciudad de Yokosuka.

Fumuro expresó su satisfacción ante el calibre del operativo. Era arriesgado y ambicioso, pero indicaba determinación y valentía. De tener éxito, pondría a Rentai inmediatamente en el mapa.

-El objetivo es intercambiarlo por todos los presos del Ejército Rojo Japonés que aún están en las cárceles japonesas. Hay más de los que el gobierno ha admitido públicamente. Después tendrían que transportarlos hasta un área remota de Yemen. Ya tenemos un campo de entrenamiento allí.

Fumuro se sorprendió de que ya hubieran llegado a un acuerdo con el grupo terrorista Estado Islámico para poder entrenarse en territorio bajo su control. Eriko Hayashi observó su rostro de sorpresa y se acercó un poco a él.

-El enemigo de mi enemigo… -susurró la jefa de relaciones internacionales de Rentai.

-¿Y si Estados Unidos se niega? Ya sabéis que su política es no negociar con grupos terroristas y nos calificarán como tal.

Abe Okagazi, el responsable de la parte militar, se rio.

-Eso sí que es hipocresía. Si en Afganistán cambiaron un simple sargento por cinco líderes talibanes encerrados en Guantánamo, imagínate qué no harán por un almirante.

Se refería a Bowe Robert Bergdahl, un soldado estadounidense liberado por los talibanes el 31 de mayo del 2014 tras cinco años de cautiverio en Afganistán.

-Hay, como mínimo, ocho compañeros acusados de terrorismo que aún están presos en módulos de aislamiento de distintas cárceles de Japón. Muy pronto todos estarán en libertad- afirmó con seguridad el jefe del aparato político, Fujio Shin.

Sin embargo, todos sabían que secuestrar al almirante responsable de la poderosa Séptima Flota Estadounidense provocaría la furia de Washington. Si cometían el más mínimo error, Estados Unidos los aplastaría.

Con setenta naves, esa flota podría ganar una guerra contra casi todos los países del mundo. Los barcos incluían un portaviones, destructores, fragatas, buques anfibios de asalto y submarinos nucleares.

-Akira, esperamos tus noticias. Usa los canales habituales. Tan pronto tengas las armas, realizaremos la operación y después nos marcharemos al campo de entrenamiento. Desde allí seguiremos planeando y ejecutando más ataques contra objetivos estadounidenses.

-Las imágenes de nuestros compañeros descendiendo del avión en libertad van a dejar en shock a la opinión pública internacional. Escribiremos una nueva página en la historia. Cada día se odia más a Estados Unidos en el mundo. Tienen un presidente que no para de generar enemigos y perder amigos. Una cosa es criticar a los yanquis y otra es atreverse a pararles los pies. Millones de personas admirarán nuestra valentía. Muchos nos apoyarán y se unirán a nuestra lucha- dijo con satisfacción la jefa de propaganda, Yuko Akimura.

Algunos minutos después, Makoto abrió la puerta lateral de la furgoneta y Fumuro descendió con rapidez. Ahora llevaba gafas oscuras, una chaqueta de piel negra, pantalones grises y una gorra verde.

Estaba frente a la estación de tren de Kyoto, un gigantesco complejo de quince pisos con tejados y paredes de cristal. Se trataba de la segunda estación más grande del país e incluía un centro comercial, un hotel, cines, tiendas y varias oficinas del ayuntamiento. En apenas segundos, fue engullido por la multitud.

La actividad no cesaba en la estación. Había decenas de restaurantes y los empleados animaban a los viandantes a entrar mientras diversos trabajadores con mascarillas y guantes blancos daban instrucciones a los pasajeros con sus manos.

Los altavoces realizaban sus anuncios con una agradable voz femenina. Algunas personas hablaban, otras corrían para no perder su tren. Una mujer cantaba acompañada por un piano mientras un grupo de estudiantes se reía.

Akira Fumuro caminaba rodeado por miles de personas. Sin embargo, nada logro desconcentrarlo. Ya había comenzado la cuenta atrás y su mente analizaba con frialdad cuáles serían sus próximos pasos. Había esperado más de veinte años esta oportunidad y no podía fallar.

XVIII

Xurxo Pereira entró en el despacho de Elena Martorell en el centro de Madrid. Se trataba de una oficina encubierta que el CNI usaba para celebrar reuniones fuera de su complejo principal.

A la sede del CNI, situada en la carretera de La Coruña, sólo podían acceder los funcionarios que trabajaban en el servicio de espionaje español. Con sólo caminar por sus pasillos una persona podría memorizar los rostros de los agentes, localizarlos y someterlos después a algún tipo de chantaje para obtener información secreta.

Ese día, Elena y Xurxo iban a mantener una reunión con el agente de la CIA Allan Pierce. La Agencia quería cerrar el caso de Aritz Goikoetxea lo antes posible.

La espía pidió al periodista que se adelantara unos minutos para hablar a solas. No había contactado con él desde su enfrentamiento por la reaparición de Begoña. Había preferido darle algo de tiempo para que se tranquilizara.

-Hola- le recibió la agente de pie al lado de la puerta.

Ya había avisado a los guardias encubiertos del CNI que Xurxo la visitaría, así que no le pusieron escolta y le dejaron ir solo hasta la oficina.

-Hola -respondió él casi como un autómata.

Elena había sido entrenada a conciencia para interpretar el lenguaje corporal de las personas, algo que resultaba de vital importancia en su profesión.

Sabía que el 90% por ciento de la opinión que una persona se hacía de otra se basaba en la información que procesaba a través de su lenguaje corporal y tono de voz. Enseguida vio que la situación con Xurxo no había mejorado, sino más bien al contrario. Su actitud irradiaba resentimiento, desaire y acritud.

-Disponemos de unos minutos. ¿Podemos hablar? -preguntó la funcionaria.

-Como quieras -respondió él con sequedad.

Elena cerró la puerta, se sentó en un sillón y pidió al reportero que hiciera lo mismo en otro frente a ella. Había un sofá, pero pensó que sería mejor guardar cierta distancia. No quería incomodarlo.

-Sé que te sientes herido. No te culpo -prefirió ir sin rodeos.

Xurxo no quería ir de víctima ni dar a entender a Elena que tenía el poder para hacerle daño.

-No exageremos. Tampoco se ha muerto nadie- afirmó en un vano esfuerzo por aparentar normalidad.

Las palabras no sorprendieron a la espía, pero sabía que eran un mero escudo.

-Yo también lo estoy pasando mal-añadió ella.

Xurxo rio en voz baja.

-Siempre me ha hecho gracia la gente que se disculpa por haber hecho algo malo, pero continúa haciéndolo. Me recuerda a las personas que entran a empujones al metro. Piden perdón, pero lo hacen mientras te siguen estampando el codo en la cara.

La funcionaria del CNI vio que no había nada que hacer. A pesar de eso, no se rindió.

-Siempre he confiado en ti. Debes creerme.

-Ciertamente tienes una forma muy peculiar de demostrarlo-ironizó.

El comportamiento y lenguaje del reportero se sentían como los cortes de un afilado cuchillo.

-Hay una cosa que no quieres entender: el CNI es como el ejército. Cuando te dan una orden, la tienes que obedecer y punto. No es una democracia. No fue mi decisión. Querían mantener en secreto que Begoña había sobrevivido al ataque-intentó excusarse Elena.

-Hay una expresión mexicana que me encanta y que además encaja a la perfección para este momento. ¡Me vale madre! - exclamó Xurxo.

-Necesitaban tiempo para analizar cómo podrían convencerla para que nos ayudara a capturar a Aritz. Cuando se recuperó, ya vimos que no hizo falta mucho esfuerzo.

-Felicidades. Qué hábiles sois- aplaudió.

-Por favor, tienes que entenderlo. Me dolió mucho no decírtelo, pero no tuve otra opción.

Xurxo se inclinó hacia delante.

-Perdona. Sí tuviste otra opción: ignorar tus órdenes y decírmelo, como yo he hecho contigo desde el principio. No me he guardado nada. He compartido todo contigo y ¿cómo me pagas? Me traicionas a la primera oportunidad que se presenta- afirmó con rabia.

Las palabras del periodista la hirieron profundamente, pero no tenía nada que reprocharle. Era cierto.

-Podías haber confiado en mí. No se lo iba a decir a nadie-agregó él.

-Tienes razón. Cometí un error. Por favor, perdóname.

-A saber qué más mentiras me has contado. Seguramente, muchas-dijo Xurxo con sarcasmo.

-Ninguna más- afirmó ella con convicción.

-Por supuesto. Faltaría más- volvió a ironizar el reportero.

No importaba qué dijera, Xurxo siempre encontraba un argumento para atacarla.

-Te repito que tienes razón. Tenía que haber sido sincera contigo. Lo siento.

-¿Piensas que esto se va a arreglar dándome la razón, como a los locos?

-Es que no sé qué más decirte.

Xurxo seguía furioso por lo que había sucedido. Sin embargo, sintió una gran pena por estar tratando a Elena de aquella manera. Por un lado, iría hasta ella, la abrazaría y le diría que todo estaba olvidado, pero, por otro, algo dentro de él había cambiado y le impedía hacerlo. Se sentía atornillado al sillón e incapaz de pasar página.

-No hay nada más que decir. Los hechos hablan por sí solos. Has demostrado cuáles son tus verdaderas prioridades y tu trabajo está antes que yo- sentenció con despecho.

Sus palabras le sorprendían incluso a él. Si no se estuviese escuchando a sí mismo, jamás hubiera creído que algún día estaría hablando a Elena de semejante manera.

Ella lo observó y su rostro se endureció. El comentario le molestó.

-No tienes derecho a decirme eso. Esto es un tema de seguridad nacional. Estamos tratando de evitar otro ataque terrorista. Aritz ya ha provocado bastantes muertos, ¿no te parece? Yo no estoy aquí buscando la gloria, sino para servir a mi país. Ya te he dicho que lo siento, que cometí un error. Te he pedido perdón.

-Puedes justificarlo como quieras. El caso es que jugaste con mis sentimientos. Permitiste que me fuera acercando más y más a ti y luego los pisoteaste. Sabías muy bien qué pasaría cuando me enterara de la verdad. Me hubieses podido ahorrar este mal trago y decirme desde el principio que lo nuestro era simplemente trabajo y sexo. Lo habría entendido.

-Lo nuestro no tiene nada que ver con sexo.

- ¿Lo nuestro?

Al escucharlo, Elena casi lloró. Aunque no se le notó, él también. Después dejaron pasar unos segundos sin decir nada. Xurxo se odiaba por estar tratándola así, pero ya le habían hecho daño en el pasado y no dejaría que eso volviera a ocurrir. Aún estaba a tiempo de poner freno a la relación.

La agente sacó fuerzas de flaqueza y lo miró con desafío.

-¿Y si la situación fuese al revés? ¿Qué hubieras hecho tú si trabajaras en un periódico y el director te hubiese prohibido revelármelo?

El reportero quiso decir de inmediato que se lo hubiera dicho, pero se calló porque sabía que el comentario no sería justo. Era fácil alardear de algo sin haberlo hecho.

-No sé lo que hubiera hecho. Lo que sí sé es lo que has hecho tú- volvió a golpear.

Elena sabía que esa agresividad no era propia de Xurxo y que sólo reflejaba la intensidad de sus sentimientos hacia ella. Escucharle la hería, pero, al mismo tiempo, le hacía ver lo importante que era para él y le provocaba ternura.

La reacción de Xurxo dejó clara su vulnerabilidad ante Elena. No obstante, y por mucho que sufriera, tenía la fuerza interior para apartarse de ella.

Si alguien le traicionaba, la relación nunca volvía a ser la misma. Podía perdonar a esa persona, pero ya no era capaz de confiar plenamente en ella. En ese tema, para él no había grises. Todo era blanco y negro.

Lo comparaba a un marido que engañaba a su mujer o viceversa. Si el otro se enteraba y aún estaba enamorado, incluso podría perdonar la infidelidad, pero la relación entre ambos nunca volvería a ser la misma. La fe ciega desaparecía.

-Xurxo, sé que te decepcioné. Cometí un grave error y te pido perdón- insistió Elena.

A pesar de que se sentía traicionado, verla sufrir le hacía aún más daño.

-Soy un simple ser humano. No soy perfecta -agregó la espía.

Xurxo la miró fijamente. Una vez más, sintió la necesidad de pegarse a ella. Querría ir a su lado, abrazarla y extirpar esa pena de su corazón. No quería hacerle daño, verla sufrir.

-No quiero perderte- añadió Elena.

La mera mención a separarse de ella asustó a Xurxo, pero su mecanismo de defensa actuaba en piloto automático y no bajó la guardia.

-No eches esa pelota en mi cancha. Tú provocaste esto, no yo- siguió reprochándole.

-Tienes razón, pero en tus manos está ahora poder arreglarlo. Hacer que sea como antes.

El periodista suspiró y negó con la cabeza.

-¿Qué más quieres que haga? Dímelo y lo haré-casi rogó Elena-. Perdóname- repitió por tercera vez.

Xurxo miró hacia el suelo y volvió a levantar la mirada. No podía soportar la imagen de verla suplicar ni la de él atacándola.

-Elena, yo no soy quién para perdonarte nada-dijo usando la palabra Elena por primera vez en la conversación-. Yo no voy por la vida sentando cátedra ni diciendo a la gente lo que tiene que hacer. Yo cometo más errores que nadie. Soy un ser muy imperfecto.

-¿Entonces?

-Ya me ha traicionado demasiada gente. He recibido muchos palos y no estoy como para que me den más. Hay reglas que no se rompen. Cuando alguien me traiciona, algo cambia en mi ADN. Se cierra una puerta que difícilmente se vuelve a abrir. Aunque quisiera actuar de otra manera, no podría. Está fuera de mi control.

Elena se mordió los labios. Estaba nerviosa, pero aquellas palabras no fueron ninguna sorpresa. Conocía a Xurxo y cuando observó su reacción al ver viva a Begoña supo de inmediato que lo había perdido.

-Perdona por haberte comparado con Aritz- se excusó el periodista mientras cambiaba de tono-. Eso fue una estupidez.

La agente asintió.

-Tampoco quiero que te sientas mal. No estoy aquí para juzgarte. Como tú dijiste, quién sabe qué habría hecho yo en tu situación. Quizás traicionaría mis propios principios y haría lo mismo.

Luego se produjo un incómodo silencio.

-Sé que eres una buena persona y que entre nosotros hubo algo verdadero-dijo Xurxo.

-¿Hubo? -saltó enseguida ella.

-¿Sabes? El periodismo y el espionaje son en realidad muy parecidos. Tanto tú como yo nos pasamos el día buscando información confidencial. La diferencia es que cuando tú la encuentras la haces desaparecer o la usas en privado para favorecer o perjudicar a alguien. Yo, en cambio, la coloco en la portada de un periódico para que se entere todo el mundo. Los dos pensamos que estamos haciendo un servicio público a la sociedad, pero de una forma diametralmente opuesta.

Elena sabía cómo acabaría su razonamiento, pero prefirió guardar silencio.

-Esto podría ocurrir de nuevo mañana. Me ocultarás información porque es tu trabajo y yo quizás haga lo mismo porque es el mío. En el fondo es mejor que todo esto haya ocurrido ahora, antes de que estemos realmente enamorados.

-¿Quién te dice que no lo estoy ya? -preguntó Elena.

-Apenas me conoces.

-Eso qué importa. El amor no sabe de esas cosas.

-Si estuvieras enamorada de mí, habrías actuado de otra manera. Hubieses confiado en mí. Yo sería lo más importante para ti, no las órdenes de tus jefes.

El periodista echó su cuerpo hacia atrás.

-Y si yo estuviera enamorado, tendría una fe ciega en ti y no estaríamos teniendo esta conversación- añadió.

Los dos callaron de nuevo durante unos instantes. El dolor torturaba sus entrañas.

-¿Nos atraemos mucho? Sí. ¿Hubiéramos podido llegar a más? Sí. ¿Te tengo un cariño enorme? Sí. ¿Creo que eres una persona muy especial? Sí, pero ninguno de los dos se está comportando ahora como una persona verdaderamente enamorada- afirmó el reportero presumiendo de una seguridad de la que carecía.

Elena dejó que sacara todo lo que tenía dentro.

-Nuestro trabajo nos separa. No puedes tener una relación con una persona a quien le ocultas todo lo que haces, en especial si es un periodista. Uno no puede vivir pendiente de qué puede decir y qué no. Nos volveríamos locos.

-Esa es la vida del espía. Lo hacen constantemente y tienen familias e hijos. Algunas de sus propias familias ni saben a qué se dedican.

-No con una pareja que sea periodista. Es como si una policía saliera con un ladrón o un agente de la CIA con otro de los servicios e inteligencia rusos. No funciona. Es la realidad.

-Te has bajado muy pronto de este autobús. Al primer bache- le recriminó.

-No me he bajado. Me han bajado a patadas, que es muy distinto.

Entonces fue Elena la que bajó la mirada.

-Tú tienes una gran vocación de servicio público- siguió Xurxo-. Yo también, pero enfocada al periodismo. No son meros trabajos para nosotros. No podemos renunciar a ser quienes somos. Ninguno de los dos va a cambiar.

La espía permaneció en silencio.

-Lo he pensado mucho. Sí, es cierto, me hirió lo que hiciste, pero yo sé perdonar como tantas veces me han perdonado a mí. Sin embargo, una cosa es perdonar y otra seguir juntos. Se ha roto la confianza. Nunca voy a poder olvidar que me has traicionado. Si no cortamos ahora, con el tiempo será mucho más difícil y doloroso- insistió en la misma idea, quizás para intentar convencerse a sí mismo.

-Ya, prefieres no arriesgarte. Eso me suena a cobardía.

-Llámalo como quieras. Ya me arriesgué y mira la hostia que me he pegado. No seguí mi instinto y me salté la regla número uno: no te involucres con tus fuentes o con las personas con las que trabajas. Podría perjudicar esta operación, como así ha sido.

-Y tu reportaje.

-En efecto.

Elena sabía que Xurxo era un romántico y un idealista y que la exclusiva no era ni mucho menos lo más importante para él. Sin embargo, ella también sabía devolver los golpes.

-Me parece que para algunas cosas eres muy valiente y, en cambio, para otras muy cobarde. A veces hay que tirarse a la piscina y tener un poco de fe en las personas. Todos merecemos una segunda oportunidad. Dices que sabes perdonar. Demuéstralo.

-Lucho mucho por lo que creo, pero si dejo de creer ya no lucho nada. Tenemos que ser realistas.

-No quiero ser realista.

-Quieras o no ser realista, es lo que hay. El resto es vivir en un mundo de fantasía.

-Mis sentimientos hacia ti no son ninguna fantasía.

Era la primera vez que le decía con palabras lo que resultaba obvio desde hacía algún tiempo.

-No le demos más vueltas. Ya hemos visto lo que ha pasado. No te culpo de nada. No quiero sufrir ni que tú sufras. Sigamos adelante con el caso. Enfoquémonos en eso- dijo Xurxo.

-Y quedemos como amigos.

-Exacto.

- ¿De verdad crees en lo que me estás diciendo?

-Sí -mintió el periodista.

Xurxo no estaba seguro de lo que sentía. Se sentía traicionado, pero los sentimientos eran tozudos y seguían ahi.

Quizás se estaba empezando a enamorar de ella, quizás se trataba más de un deseo que de una realidad; quizás quería ver si Elena luchaba desesperadamente por él hasta el final y no se rendía; quizás era cierto que ambos habían cruzado un punto de no retorno y su relación ya no era posible; quizás era un cobarde incapaz de perdonar como excusa para no volver a caminar por las arenas movedizas del amor; quizás sólo se trataba de cariño y no de amor y, a pesar de lo que le dolía, estaba dando un paso valiente al poner punto y final a algo que no llevaría a ninguna parte. Quizás, quizás, quizás.

Elena reflexionó durante unos segundos. Luego se levantó.

-Haremos lo que tú quieras-sentenció marcando distancia y consciente de las nuevas reglas de juego-. Vamos, Allan nos espera- afirmó mientras se enfocaba en lo único que parecía unirlos ya: Aritz Goikoetxea.

Después fue hacia la puerta, la abrió y ambos caminaron por el pasillo hasta llegar a una pequeña sala de conferencias.

Al abrirla, vieron al agente de la CIA sentado frente a un ordenador portátil. Cuando los vio, hizo ademán de levantarse.

-No hace falta que te levantes. Esto va a ser rápido- dijo Xurxo sin estrechar la mano que había empezado a tenderle el agente. Luego se sentó.

Igual que en el caso de Elena, la actitud del reportero no fue ninguna sorpresa para el espía estadounidense.

La agente también tomó asiento, pero guardó silencio.

-Allan, eres un verdadero hijo de la gran puta- continuó el periodista-. Si no me falla la memoria, en Washington los tres nos comprometimos a compartir toda la información hasta la captura de Aritz.

El funcionario de la CIA suspiró. Iba a decir algo, pero el reportero volvió a anticiparse.

-La verdad es que no sé por qué me sorprendo. Esto es exactamente lo que hacéis los agentes secretos, ¿no? Mentís, robáis información y se la vendéis a quien sea con tal de lograr vuestros objetivos. Y si el tema se complica, dais billete para el otro mundo a quien sea y luego os vais a almorzar como si no hubiera pasado nada.

Al acabar la frase miró hacia Elena para observar su reacción, pero el rostro de la agente parecía una piedra.

-Has visto muchas películas- respondió Allan.

-Si volvéis a ocultarme algo, todo lo que sé de este caso saldrá publicado el día siguiente en la prensa de España y Estados Unidos. Si Aritz se entera de la trampa que le estáis tendiendo, jamás lo atraparéis. Desaparecerá del mapa y golpeará de nuevo cuándo y dónde menos lo esperéis. En ese caso, vete preparando a la CIA no sólo para el ridículo público de haberlo dejado escapar tras tantos años de seguimiento, sino también para las demandas multimillonarias que presentarán las víctimas y familiares de las víctimas del atentado contra la comisaría de la Policía Nacional en Barcelona.

La CIA había penetrado con éxito el círculo más íntimo de Aritz en la Unidad 120050 para descubrir sus planes y desarticular esa célula rebelde de ETA, pero el atentado se produjo antes de que pudieran evitarlo.

La política de Estados Unidos era cooperar con Madrid para asegurar la unidad de España. Las autoridades americanas temían que una España dividida haría mucho más difícil el trabajo contra organizaciones fundamentalistas islámicas. Pensaban que sólo la Policía Nacional, la Guardia Civil y el CNI tenían la capacidad para luchar contra grupos terroristas como ISIS o Al Qaeda.

-Eso sin contar con la montaña de leyes españolas y estadounidenses que habéis violado- sentenció el reportero.

Allan le observó con atención.

-No volverá a ocurrir- afirmó.

Xurxo se rio.

-Eso no se lo cree ni tu padre, pero más os vale.

El espía enrojeció de ira, pero a Xurxo no le importó en absoluto. El informador dio por terminada la reunión y se levantó.

-¿Cuándo comenzará la operación?

-En unos días. Te avisaré con tiempo-dijo Elena de inmediato para evitar que Allan soltara alguna barbaridad.

Tras escucharla, el periodista se dio la vuelta y se fue.

El americano se levantó, cerró la puerta y volvió a sentarse. Luego suspiró.

-Esto se está complicando. Xurxo se comprometió a no publicar ciertas cosas, como los métodos que utilizamos y nuestras fuentes, pero después de esto ya nadie nos asegura que cumpla su promesa. Quién sabe qué va a hacer con toda esa rabia que lleva dentro.

Las palabras métodos y fuentes eran sagradas en el mundo de los servicios secretos. Se protegían a toda costa porque, si se hacían públicos, comprometerían tanto sus operaciones de espionaje como la identidad de sus agentes e informantes.

-Él y Begoña podrían hacernos mucho daño.

Elena sabía muy bien el significado de las palabras de Pierce.

-Ahora nos interesa que siga involucrado en el caso. No sólo para asegurarnos de que mantenga la boca cerrada, sino porque hay que reconocer que ese cabrón tiene un talento natural para averiguar cosas.

La espía, una vez más, supo perfectamente lo que vendría a continuación.

-Pero, una vez que esto finalice, hay que acabar con los dos. Son un riesgo demasiado alto.

XIX

¡Ring! ¡Ring! ¡Ring! - sonó el móvil de Ximena Toledo.

La reportera mexicana miró la pantalla de su iPhone y vio el nombre de Guillermo Cancio.

- ¿Bueno?

-Hola, sabrosura.

-Hola, Guille, ¿Qué onda?

-Tengo una exclusiva para la mejor reportera de Miami-dijo el teniente de la Policía.

-Así me gusta, que me cuides bien, güerito.

-Es que eres mi reina.

-Gracias. ¿Y la exclusiva es buena?

-Vas a acabar con la competencia.

El rostro de Ximena se alegró.

-¡Eres un chingón! -exclamó con la familiaridad propia de quien conoce íntimamente a otra persona.

-Mañana va a pasar algo que te va a interesar mucho.

-Pues dímelo ahorita que no tengo todo el día. No sé si recuerdas, pero trabajo en un noticiero de televisión y cada segundo es oro.

-Es un día tranquilo. La oficina está casi vacía. Ven, te lo cuento y así podré ver a la mamacita más bella de la ciudad.

-Órale. Voy para allá. Al tantito te veo.

El equipo de televisión iba camino al canal para editar su reportaje, pero la periodista pidió al cámara dar media vuelta e ir a la sede de la Policía de Miami.

Al cabo de quince minutos, la furgoneta aparcó frente al enorme edificio color tierra. Estaban en el centro de la ciudad y apenas a cinco calles del mar.

-Espérame aquí. Regreso en un rato. Voy a buscar información sobre un caso-explicó al camarógrafo.

Ximena trabajaba para el informativo del canal y estaba especializada en historias de delincuencia. Ese día hacía un reportaje sobre el asesinato de un santero cubano. Dos individuos lo habían asaltado en una gasolinera y, al intentar huir, fue abatido a tiros. Paradójicamente, sólo llevaba dos dólares encima.

La periodista iba vestida con una camisa blanca, chaqueta y falda gris y zapatos de tacón alto negros. También llevaba gafas oscuras y un bolso marrón. Todo era de marcas de lujo.

Siempre iba muy elegante y raramente repetía modelo. En el canal nadie se explicaba cómo podía permitirse ese ritmo de vida con un sueldo de reportera.

Mientras caminaba hasta la puerta recordó su primer encuentro con Guillermo Cancio, uno de los portavoces de la Policía. Fue a entrevistarle y en la mesa de la sala de conferencias vio unos bombones italianos Ferrero Rocher. Le preguntó si podía comerse alguno y él dijo que lo sentía, pero que no eran suyos.

Tras la entrevista, recibió una llamada del teniente en el móvil. Ya lejos de las miradas de sus jefes, el cubanoamericano dejó fluir su habitual coquetería. Le pidió que le perdonara y se ofreció a comprarle todos los bombones que quisiera para disfrutarlos juntos frente a una buena botella de vino.

La mexicana le había impresionado. De estatura media, piel canela, pelo largo muy negro y penetrantes ojos verdes, era muy guapa y tenía un cuerpo escultural.

El agente, de treinta y cinco años, tampoco se quedaba atrás. Parecía un artista de cine. Era delgado, de pelo rubio, ojos azules y con un rostro de rasgos muy varoniles. Aunque estaba casado, era un consumado mujeriego.

Enseguida se hicieron amantes. Él estaba medio enamorado de la periodista. Ximena, en cambio, sólo lo manipulaba para conseguir las mejores exclusivas de la ciudad.

Tras pasar por el arco metálico de seguridad, la informadora giró a la derecha y entró en la oficina de relaciones con los medios de comunicación. La sala tenía varios cubículos, un par de oficinas y un espacio para las conferencias de prensa.

No vio a nadie. La reportera caminó hacia el despacho del policía y al llegar le vio hablando por teléfono. Cuando Guillermo se dio cuenta de su presencia, le hizo una señal para que por favor lo esperara.

Ella asintió, caminó unos pasos por la sala y dejó su block de notas en una mesa para liberarse las manos. Luego sacó un pequeño estuche de maquillaje, se miró en el espejo y se retocó el pelo.

Al cabo de unos instantes, Guillermo salió por la puerta de su despacho, se acercó a ella, le dio un beso en la mejilla y le pidió que le acompañara.

-¡Caaabaaalleeerooo! ¡Llegó el cuerpazo del delito! -exclamó lleno de admiración ya dentro de la oficina-. Si no fuera policía, mataría por ti- afirmó sonriendo.

Ella también sonrió mientras fingía que le había agradado el piropo, pero pensó que era un vulgar.

-Gracias por venir, preciosura. ¡No sabes las ganas que tenía de verte!

-Yo también-mintió. Él no le importaba lo más mínimo.

El agente, como siempre, la miró embobado.

Después del cariñoso recibimiento, Guillermo Cancio se sentó tras su mesa de trabajo y Ximena frente a él. Tenían que mantener las apariencias por si aparecía alguien.

-Perdóname güero, pero tengo prisa. Ya íbamos de camino al canal.

El policía la miró con su lascivia habitual.

-Mamacita, dime una cosa: ¿cómo puedes estar tan rica?

Ella se rio.

-Guille…Guille… que estamos en tu oficina. Contrólate.

Él también se rio. Iba con su uniforme azul oscuro muy apretado al cuerpo.

-¡Es que me vuelves loco, mi amor! ¿Qué quieres que haga? ¡Me tienes alborotado! - exclamó.

-No tienes remedio, vato.

-Es que sólo con verte me prendo todo, como si fuera un fósforo- afirmó cada vez más embelesado.

Ximena Toledo era una persona educada. Se había graduado con honores en Ciencias de la Comunicación por la Universidad del Valle de México y había cursado un máster en Relaciones Internacionales.

En su entorno profesional solía expresarse con total pulcritud. Sin embargo, Guillermo Cancio tenía el fetiche sexual de escuchar a las mujeres profiriendo expresiones vulgares e incluso barriobajeras, así que, cuando estaba con él a solas le, satisfacía ése y otros de sus deseos más íntimos.

La mexicana se acercó a la mesa y golpeó con sus nudillos varias veces la madera como si estuviera llamando a una puerta.

-¡Guille! ¡Despierta! -exclamó-. ¿Podrías regresar al planeta Tierra? ¡No me emputes!

Al escucharla, el policía pareció ubicarse.

-¿Qué exclusiva me ibas a dar?

-Hum… -pareció meditar el agente.

-Canijo, hoy estás muy pendejo. Te hace falta una ducha bien fría.

-Yo sé muy bien lo que me hace falta -le guiñó un ojo.

-Está bien, me voy -amenazó Ximena mientras hacía ademán de levantarse.

- ¡No! ¡No! - reaccionó él de inmediato.

Al escucharlo, la reportera volvió a acomodarse con reticencia en la silla.

-Viene un cargamento de droga. Va a haber un decomiso.

- ¿Estamos hablando de una pendejadita o de algo importante?

-Cooosaaaa graaaande, mi hija- arrastró las palabras para darles énfasis.

-¿De Colombia?

-No, de México.

Cuando escuchó el nombre de su país, el interés de Ximena aumentó considerablemente.

-Explica.

El policía volvió a admirar con morbo la belleza de la mexicana. Ella lo observó y llegó a la conclusión que ese día su nivel hormonal de testosterona requeriría algo especial.

-Guille, hoy estás de madre. ¡De la chingada!

-Tú tienes la culpa, mamita. Debería ser ilegal dejarte salir a la calle con esa falda tan cortita. ¡Qué barbaridad!

La periodista no tenía tiempo ni paciencia para estar aguantando los flirteos del agente. Le urgía esa información, así que se levantó, cerró la puerta con seguro y fue hasta Guillermo.

El cubanoamericano se quedó patidifuso al ver los movimientos decididos de Ximena. Se preguntó qué estaría tramando y sospechó lo impensable, pero enseguida descartó esa posibilidad. Jamás se habían atrevido a ir más allá del coqueteo en su oficina.

-Hablas mucho, papacito. Ahora vamos a ver si tienes los huevos tan grandes como la boca- lo desafió.

El agente se quedó pegado a la silla, sin saber qué hacer. Aún no podía creer lo que estaba ocurriendo.

La reportera llegó a su lado, le cogió la mano y caminó con él hasta la parte delantera del escritorio.

-Pero… escucha… mi reina… ¿qué haces? -balbuceó trabándose con las palabras.

-Ni mi reina ni nada, condenado. ¡Déjate de pendejadas! Me gustan los hombres bien machos y tú lo eres, ¿no? - cuestionó su hombría.

-Claro, claro- repitió Guillermo por acto reflejo mientras miraba a través del cristal de la puerta para asegurarse de que nadie los estaba viendo.

-Ya estuvo bueno, güey. ¿Te me vas a apendejar ahora después de tanto hablar?

Ante el segundo cuestionamiento respecto a su virilidad, el macho latino sacó pecho.

-Oye, p´atrás ni pa´coger impulso- sentenció con falsa seguridad mientras exhibía cada vez más muestras de nerviosismo.

Ximena le desabrochó el cinturón y le bajó los pantalones.

-Pero preciosura… qué haces… nos pueden ver… -se asustó él.

-¡Me vale madre! Te voy a coger aquí mismo.

Luego le bajó los calzoncillos.

-Pero mamita mía… -susurró Guillermo contrariado. Por un lado, hervía en ganas de estar con ella, pero, por otro, sabía que se estaba jugando el empleo.

-¡Ahora me cumples, cabrón! ¡Me haces el favor y me cuachiplanchas aquí mismo! - ordenó Ximena.

La mexicana se subió la falda, se quitó la ropa interior y se sentó en la mesa. Después cogió al policía por la cintura, lo acercó hasta ella y le colocó entre sus piernas. El agente seguía casi en estado de shock. Su respiración era profunda, su cuerpo temblaba ligeramente y en su tez ya se distinguían algunas incipientes gotas de sudor.

-¡Ximena! ¡Mis jefes!-dijo contrariado.

-¡No mames! ¡Chinga tu madre! ¡Métemela, cabrón! - siguió expresándose con vulgaridades para poner más cachondo al policía.

La reportera se abrió más de piernas. Luego le agarró de la camisa, le dio un estirón hacia ella y se pegó a su cuerpo.

-¡Venga mi güerito precioso! ¡Mi policía preferido! ¡Dámelo todo!

Guillermo, visiblemente confuso, no supo qué hacer. Ella le tocó el miembro hasta ver que cobraba vida y luego le colocó un preservativo.

-Nunca puede faltar el gorrito azteca-afirmó para después elevar sus piernas y colocarlas sobre los hombros del uniformado.

El cubanoamericano estaba disfrutando de una experiencia sexual única. En su dilatado catálogo de fantasías sexuales, nunca había imaginado que podría realizar una como ésta. Sin embargo, sabía muy bien el riesgo que estaba asumiendo.

Finalmente, la libido triunfó y comenzó a penetrarla. Los dos gemían y la mesa parecía estar sufriendo los efectos de un pequeño terremoto.

-¡Muy bien, mi güerito lindo! Así, mi papuchito… más fuerte… dale… sí… tú puedes…

-¡Soy todo tuyo preciosura! -dijo Guillermo al fin con cierta seguridad.

De pronto, los bruscos movimientos sobre la mesa provocaron que un jarrón cayera al suelo.

-¡Crash! -se escuchó mientras la vasija se rompía en pedazos.

Ambos se quedaron petrificados y guardaron silencio.

Entonces se escucharon unos pasos que se acercaban desde la lejanía. Era Martica, una de las mujeres cubanas de la limpieza. Al darse cuenta de que estaba allí, Guillermo comenzó a sudar como no lo había hecho en toda su vida. Ximena, en cambio, se rio en voz baja.

-¡Esto se va a poner canijo! -susurró al policía en el oído.

-¡Shsssss! -respondió él mientras ponía su dedo índice sobre los labios de la reportera, que seguía riéndose.

A Ximena Toledo le gustaba vivir al límite. Le encantaba la idea de poner a temblar a cualquier hombre. Jefes, políticos, empresarios, amantes… pero, sobre todo, a aquellos que se jactaban de sus habilidades en la cama.

-Te va a llevar la fregada si esa pinche vieja nos descubre- afirmó excitada.

-¡Shss! ¡Shss! -insistió el teniente, que ya se veía degradado a recluta y patrullando las calles más peligrosas de la ciudad.

La mujer de la limpieza se acercó hasta la puerta de la oficina. Tenía un cristal, pero era borroso, de formas irregulares y no permitía ver bien el interior del despacho. Desde dentro, el agente y la periodista distinguieron un cuerpo difuminado que se movía con lentitud frente a ellos.

De repente, la cubana intentó abrir la cerradura. Al no poder girar el pomo, probó de nuevo con más fuerza.

Guillermo sintió cada sacudida contra el pomo como un feroz y seco latigazo sobre su cuerpo. Ximena, en cambio, disfrutaba cada vez más con la desesperación del policía.

-Mr. Cancio? Are you there? -preguntó Martica en un inglés con fuerte acento hispano.

La única respuesta fue el silencio.

-Mr. Cancio! Mr. Cancio! -insistió, pero esta vez gritando con pasión caribeña.

El policía la maldijo pensando que los gritos atraerían a otros hasta allí.

-¿Qué pasa, mi´ja? -llegó otra mujer de la limpieza.

-Carmencita, he escuchado como algo se caía en el despacho de míster Cancio, pero está cerrado.

-Ah…Guille-dijo con familiaridad.

Ximena la escuchó y casi se le escapó una carcajada.

-¿Guille? ¡No me digas que también te has cogido a esta vieja? ¡Pero si ya debe estar jubilada! ¡Qué bárbaro! ¡No tienes llenadero!- volvió a decir la mexicana al oído del agente.

El policía la miró furioso y le puso ya toda la mano en la boca.

-Qué raro, siempre deja la puerta abierta. ¿Seguro que no hay nadie dentro?

-Parece que no.

Carmencita se acercó a la puerta e intentó abrirla, pero, igual que su compañera de trabajo, tampoco lo logró. Luego las dos se arrimaron aún más y escucharon con atención.

-Oye, mi hermana, ¿seguro que oíste algo?

-Sí, vieja. ¡Ni que estuviera loca!

Carmencita pegó su oreja al vidrio en un último intento por detectar algo fuera de lo normal. Al no escuchar nada, acercó sus ojos al cristal y lo limpió con un trapo para observar mejor si se producía algún movimiento dentro.

Las dos actuaban con un gran celo. Parecían dos detectives investigando un caso criminal.

-No hay nadie, mi´ja. Loca no estarás, pero, lo que es el oído, no te funciona muy bien. Vámonos que aún hay mucho que limpiar- sentenció.

En ese momento, entró en la sala casi a la carrera el cámara de Ximena con el móvil de la reportera en la mano.

-Perdonen, ¿han visto a Ximena Toledo? Nos han cambiado la historia y no la localizan. Se dejó el celular en la furgoneta.

-No-dijo la compañera de Carmencita.

-¡De pinga! -maldijo el policía en voz baja.

-¡Chingada madre! ¡Toma chango tu mecate! -se volvió a reír la azteca.

-Ha habido un choque múltiple en la autopista. Un muerto y cinco heridos. ¡Nos tenemos que ir volando para allá! - continuó el camarógrafo-. Voy a ver si está arriba. Si se la encuentran, díganle por favor que la estoy buscando. ¡Es urgente! - enfatizó antes de marcharse.

Al verlo, Carmencita también se dispuso a partir. Se giró para recoger su escoba y, en ese momento, se dio cuenta de que había un block de notas encima de una mesa. Se acercó y vio el logotipo del canal con el nombre de la reportera.

-¡Alabao! ¡Qué cosa más grande! - exclamó mientras miraba con ojos acusadores hacia la oficina.

Luego se echó las manos a la cabeza, se santiguó y miró hacia arriba.

-¿Qué pasó? -preguntó Martica confundida.

-Nada, nada. No seas metiche. ¡Vámonos, vámonos! ¡Este Guille! ¡Caballleeerrrooo! - dijo en voz alta para que la oyera.

-¿Pero ¿qué te pasa, muchacha? ¿Qué es lo que te ha dado? - volvió a preguntar su amiga con aún más curiosidad.

-¡Dale! ¡Camina!

El policía y la periodista escucharon los pasos de ambas yendo hacia la puerta de salida mientras arrastraban sus cubos y mochos de fregar. Carmencita no paraba de reírse.

-¡Qué bárbaro! ¡Y en su despacho! ¡Qué bárbaro! -repetía.

Al cabo de unos segundos, sus voces desaparecieron en la lejanía.

Cuando dejó de oírlas, Guillermo hizo ademán de separarse de Ximena, pero ella lo atenazó entre sus piernas.

-No seas pendejo. Acaba lo que empezaste-le dijo.

Guillermo sopesó qué hacer y finalmente la testosterona ganó de nuevo el pulso con su cerebro. Volvió hacia ella e intentó concentrarse mientras se prometía a sí mismo que ésa sería la última infidelidad a su mujer.

Unos instantes después, y a pesar de esforzarse en no hacer ningún ruido, el teniente no pudo evitar un gemido más fuerte que los anteriores. Tras la explosión de placer, se separó de Ximena y se subió los pantalones.

- ¡Eres tremenda! Nunca había hecho nada igual. ¿Es que no tienes miedo a nada? -la miró sorprendido.

La mexicana se levantó de la mesa, se situó frente al agente y le ayudó a cerrarse el cinturón.

-Te tiemblan las manos. ¿No que eras tan macho? -se burló.

-¡Ximena! ¡Por favor! ¡Si me pillan, me despiden!

-Pues ahí está la gracia. Güero, no te quejes que estuvo padrísimo. ¿O qué?

-Ha sido fantástico, pero casi me matas de un ataque al corazón.

-Ya tienes lo que querías. Ahora dame lo que yo quiero. Suelta la sopa- afirmó la reportera.

Al agente le costaba creer que Ximena pudiera tener semejante audacia y sangre fría. No sólo no se había asustado en ningún momento, sino que disfrutó hasta el último segundo del incidente.

-Se trata de un barco del cartel de Sinaloa. Trae quinientos kilos de cocaína y mil de marihuana.

-¿Qué más?

-Por lo visto, la pandilla M-18 lo recogerá y se encargará de su distribución.

-¿Cómo lo sabes?

-Los federales tienen un informante.

-¿Dónde y a qué hora mañana?

-Eso no te lo puedo decir. Tan pronto hagamos las detenciones, te llamo y serás la primera en llegar.

-Más te vale, canijo. Después de semejante planchada es lo mínimo que puedes hacer.

Guillermo la miró extrañado. A veces le costaba entender los mexicanismos que utilizaba. Ella se dio cuenta y volvió a reírse.

-¿Qué? ¿No me entiendes, papito? La planchada, la cogida, la chutada, la clavada, la follada que me has dado.

El policía también se rio.

-Claro que sí, mi vida… mi mamacita querida…-susurró mientras volvía a acercarse a ella con renovada energía.

-¡No mames! -lo apartó ella con un empujón.

-Mami, no te pongas brava. ¡Es que sólo verte me sube la bilirrubina!

-Escúchame bien. Si mañana llega algún periodista antes que yo, no vuelves a disfrutar en tu vida de esta bomba sexual- señaló orgullosamente su cuerpo con ambas manos.

El agente admiró una vez más el agraciado cuerpo de Ximena y entendió que las promesas de fidelidad conyugal recién hechas quizás habían sido un tanto prematuras.

-Me tengo que ir, pero antes te voy a dejar un recuerdo- dijo ella.

-¿Qué? -preguntó con curiosidad Guillermo.

La mexicana se agachó, recogió su ropa interior negra y se la colocó al agente en la cabeza como si fuera un casco. El policía se quedó perplejo y no supo qué hacer.

-¡Buenas tardes, güerito! - se despidió riéndose del cubanoamericano mientras se marchaba del despacho más ligera de ropa.

Al llegar a la furgoneta, vio que el cámara aún no había regresado. Sacó su iPad, se puso los cascos y fue directa a un programa que le había instalado un experto en informática. Se trataba de un ucraniano ex espía de la KGB que el cartel de Sinaloa había contratado para temas de seguridad cibernética.

El programa se descargaba en un móvil y permitía acceder remotamente a toda la actividad de ese teléfono. Ximena lo había instalado en el móvil de Guillermo hacía ya varios meses durante una de sus múltiples escapadas a un motel de la zona.

La aplicación no sólo le permitía escuchar todas sus conversaciones y leer sus mensajes, sino también conectar con los archivos confidenciales de la Policía de Miami.

De pronto, llegó el cámara y Ximena se quitó los auriculares.

-Ya me enteré. Vamos para allá- se anticipó. Luego volvió a ponerse los audífonos.

En el camino buscó todos los emails, mensajes de texto y llamadas telefónicas de Guillermo durante los últimos días. En apenas quince minutos ya tenía el nombre de la operación, el lugar y la hora de llegada del barco con la droga.

En una de las conversaciones que el teniente mantuvo con el agente del FBI que participaba en el operativo, éste se refirió al informante en el cartel de Sinaloa como "el güero", que en México significaba rubio.

Ximena seguía concentrada en los mensajes de Guillermo cuando el cámara detuvo el vehículo.

-Hemos llegado-afirmó.

La reportera miró hacia delante y vio la escena del accidente múltiple en la autopista. Había cinco coches destrozados, varias ambulancias y ocho patrullas de la Policía.

-Ahora te alcanzo-dijo la mexicana a su compañero.

Cuando el cámara salió a la carrera de la furgoneta, la periodista marcó un número en su móvil.

-¡Ring! ¡Ring! –sonó el móvil del destinatario de la llamada.

Salvador Lozano pidió disculpas a Aritz Goikoetxea y se alejó de él un par de metros.

-¿Bueno? -respondió.

Más conocido como el Chava, Lozano era el máximo responsable de pasar clandestinamente la droga del cartel de Sinaloa a Estados Unidos.

Tras el arresto y extradición del Chapo a Nueva York, el cartel de Sinaloa ya no era el más importante de México. La organización criminal Jalisco Nueva Generación había logrado desbancarlos. Sin embargo, los de Sinaloa aún tenían un poder enorme y seguían enviando ingentes cantidades de droga a Estados Unidos y a muchos otros países.

-Soy Olivia-respondió Ximena.

-¿Qué onda? ¿Algo nuevo?

Ambos teléfonos tenían un sistema de protección electrónica muy sofisticado que encriptaba los mensajes de texto y distorsionaba las voces hasta convertirlas en ininteligibles. El cartel se había gastado una fortuna para comunicarse sin que nadie pudiera espiar sus conversaciones.

El sistema también anulaba cualquier mecanismo que revelase la ubicación física de quienes conversaban.

-La Policía de Miami y el FBI saben del cargamento de perico y mota que llega aquí mañana.

-¡Hijos de su rechingada y puta madre!

-Escuché una conversación entre ellos. Tienes un soplón.

-¡No mames! - exclamó furioso el Chava.

-Se refirieron a él como el Güero.

-¿El Güero? - repitió el narcotraficante mientras repasaba mentalmente los apodos de todos sus hombres.

-Pos sí.

-Órale. Cualquier cosa más que escuches, me das un telefonazo.

-¡Qué empute! Hay que quemarle el hocico a ese desgraciado- afirmó con seguridad la periodista.

Con los miembros del cartel, Ximena Toledo también utilizaba el español típico del bajo mundo mexicano. Ése era un ambiente de machos y ella tenía que demostrar ser más valiente y echada para delante que ninguno, o la más chingona como decían en el país azteca.

-Clarín corneta -coincidió el Chava-. Después lo picamos a trocitos y se lo enviamos a su chingada madre. Pa' que aprenda a educar mejor a sus chamacos.

-Dele pues. De comida pa los gusanos.

-Atenta.

-Sí, patrón.

-Adiós.

Aunque había repasado los apodos de todos sus hombres, Salvador Lozano sabía que un agente federal jamás compartiría el apodo de un informante con el miembro de otro cuerpo policial y menos aún en una llamada telefónica. El Güero tenía que ser un término para referirse a esa persona, pero no se trataba de su alias.

El narcotraficante se giró hacia Alberto Torres, apodado Ojitos Lindos. Era su mano derecha.

-Alguien de los nuestros dio el pitazo a la Policía de Miami. Cancela el cargamento de mañana.

Ojitos Lindos tuvo la misma reacción que su jefe.

- ¡Híjole! ¡Hay que quebrarse a ese maldito!

-No sé quién es. Le llaman el Güero.

-Puta madre…

- ¿Cuánta gente sabía de esa operación?

-Cinco o seis.

- ¿Hay algún güero entre ellos?

-Sí. Dos. El Dormilón y el Bromas.

Salvador Lozano reflexionó durante unos segundos.

-Los interrogas y si no confiesan te los bajas.

- ¿Y si alguno confiesa?

-Te los quiebras igual a los dos. No sea que alguno confiese sólo por el pinche dolor que va a sufrir cuando le cortes los huevos.

-A la orden

El informante del FBI quizás no era rubio, pero en la vida de los carteles no había lugar para matizaciones ni sutilezas. Por el momento, matarían a los dos rubios. En caso de que no fuera ninguno de ellos, seguirían investigando hasta encontrar al infiltrado para darle un castigo ejemplar.

-Perdone -volvió a disculparse Lozano-. Ya sabe, la chamba es la chamba.

-No se preocupe -afirmó Aritz.

Ambos estaban en una nave industrial de Tijuana muy cerca de la valla de metal que separaba México de Estados Unidos.

El cartel había contratado a mineros, arquitectos e ingenieros para cavar un túnel de medio kilómetro que comenzaba ahí y acababa en Otay Mesa, al otro lado de la frontera.

Aritz vio la entrada y quedó impresionado por la calidad de la construcción. Era de unos dos metros de alto por dos de ancho y tenía una vía férrea para los vagones que transportaban masivamente la droga desde México a Estados

Unidos.

Las paredes eran de cemento, estaba muy bien iluminado y contaba con un sistema de ventilación que permitía la entrada continua de aire fresco. Parecía un túnel de cualquier mina del mundo, pero más pequeño.

Las autoridades estadounidenses los llamaban súper túneles y los carteles podían pasar tanta droga por ellos que Washington se había visto obligado a crear una Unidad Anti Túnel para detectarlos y destruirlos. Estaba compuesta por diversas agencias federales y varios departamentos de Policía del área de San Diego.

Tarde o temprano los túneles eran descubiertos, pero la droga nunca cesaba de cruzar la frontera. Los carteles pasaban la mayor cantidad posible de estupefacientes por los que estaban funcionando y, mientras tanto, construían otros para sustituir a los que desmantelaban las autoridades. El ciclo se repetía una y otra vez.

Sin embargo, ese día el túnel tendría una función adicional: infiltrar a Aritz en Estados Unidos lejos del radar de las autoridades.

-El comandante Pastor Jiménez nos ha dicho lo que necesita y le hemos preparado un plan- prosiguió Lozano.

El etarra asintió.

-No le hemos dado detalles antes por motivos de seguridad.

-Nuestro amigo común me ha dicho que puedo confiar en ustedes, así que me pongo en sus manos.

Lozano sonrió.

-A amigos, los mejores. A enemigos, los peores- afirmó.

Aritz también sonrió. Se identificaba muy bien con esa filosofía.

-Lo primero es pasar desapercibido, así que al otro lado del túnel le espera un auto que lo llevará a un aeropuerto local a las afueras de San Diego- prosiguió el narcotraficante-. Allí aguarda por usted un jet. El destino será Miami.

-¿Miami? -preguntó extrañado. No quería perder tiempo y le pareció un rodeo innecesario.

-Sí, allí uno de los nuestros le dejará en la casa de la persona que se encarga de manejarnos toda Florida. Se llama Ximena Toledo. Puede confiar plenamente en ella. Está a su disposición para lo que necesite.

-¿Por qué no vamos directo a Washington?

-Es la capital del país. Hay demasiada seguridad en los aeropuertos, por pequeños que sean. Es mejor llegar manejando desde otro lugar. Además, Ximena tiene la experiencia y los contactos que usted va a necesitar para lograr su objetivo allí. Irá con usted.

El terrorista se rascó la barbilla.

-Esta Ximena... ¿tiene el estómago para lo que necesito? No puedo perder el tiempo con novatos.

Lozano se rio.

-Su apodo es Olivia. ¿Sabe por qué?

Aritz negó con la cabeza.

-¿Le suena el nombre de John Jairo Velásquez Vásquez, alias Popeye?

-No -respondió.

-Fue el jefe de sicarios de Pablo Escobar, el ex capo del cartel de Medellín. La Policía colombiana asegura que coordinó el asesinato de tres mil personas y que él mismo mató a trescientas.

El etarra le escuchó con atención.

-Es el héroe de Ximena Toledo. Lo admira. Su objetivo es superar su marca. Ya lleva más de ciento cincuenta y apenas tiene treinta y tres años.

-Ya veo. Popeye y Olivia.

-Así es. Es una de las mejores de todo el cartel. Le arranca la cabeza a quien sea.

El vasco se dio por satisfecho. No estaba acostumbrado a esos niveles de violencia, pero, igual que Olivia, haría cualquier cosa para alcanzar sus objetivos.

-Parece la persona adecuada-aceptó.

El narcotraficante se acercó un poco más a él.

-Ximena es importante para nosotros, pero está ahí para servirte en lo que sea. Si no cumple en algo, te la quiebras -afirmó sin inmutarse-. Nuestra relación con Colombia y las FARC es mucho más importante que ella.

Ésta era la dura realidad de los carteles. Un día podías ser la persona de más confianza del capo y al siguiente morir cruelmente en sus manos.

-Buena suerte -se despidió el mexicano mientras estrechaba la mano del vasco.

-Gracias- respondió el etarra. Luego se fue caminando con otro miembro del cartel de Sinaloa.

Los dos cruzaron el túnel y llegaron al aeropuerto sin contratiempos. Tras un vuelo de cinco horas, el jet aterrizó en las afueras de Miami. A las ocho de la noche el conductor del cartel le dejó frente al edificio de Ximena Toledo.

XX

Ximena Toledo vivía en un lujoso rascacielos de la avenida Brickell, una de las zonas más caras de la llamada capital del sol. Esa calle también era conocida como el Wall Street de Miami, ya que ahí se concentraban los principales bancos e instituciones financieras de la ciudad.

El edificio de veintiún pisos era moderno y con balcones muy espaciosos. La fachada tenía vistosas palmeras y estaba muy bien iluminada.

Tras identificarse con el portero, Aritz subió hasta el último piso. Una vez allí, llamó a la elegante puerta y Ximena la abrió enseguida.

-Encantada, pase por favor- le recibió con amabilidad.

La mexicana iba completamente vestida de negro. Llevaba unos pantalones ejecutivos, una camisa de manga corta y unos estilizados zapatos de tacón alto. Como resultaba habitual en ella, toda la ropa era de marca. Tenía un aspecto muy elegante, pero sin ostentaciones.

-Buenas noches- respondió Aritz.

El vasco pasó y dejó su bolsa de viaje en el suelo del amplio recibidor. Iba con unos pantalones marrón claro y una camisa blanca. Aritz quedó impresionado de inmediato por la belleza de la mexicana y su gran atractivo físico, algo que no pasó desapercibido para Ximena.

-Gracias por tu hospitalidad -añadió.

Al ver que la tuteaba, ella hizo lo mismo.

-Te acompaño a tu recámara -afirmó ella indicándole el camino.

Aritz recogió la bolsa y la siguió.

-Ha sido un día largo para ti. No sé qué tienes en mente. Si estás cansado, te dejo descansar. Si quieres cenar, he preparado algo. Lo que prefieras.

El lenguaje y comportamiento de Ximena habían cambiado notablemente. Se movía con clase y elegancia reflejando el refinamiento que tanto se había esmerado en cultivar.

Su español era pulido y carente de las tantas palabras malsonantes que solía utilizar en el mundo criminal. Se trataba de una dualidad presente en muchas facetas de su vida.

-Me encantará cenar contigo. Si te parece, me refresco y me uno a ti en unos minutos.

Ximena sonrió, asintió, se fue de la habitación y cerró la puerta tras de sí.

Aritz se dio una ducha y al cabo de quince minutos apareció en el comedor. Ahora llevaba un pantalón gris, camisa azul y zapatos de piel negros.

-Adelante -dijo Ximena desde la cocina-. La cena estará lista en cinco minutos.

-Perfecto. Si no te importa, echo un vistazo al apartamento.

-Estás en tu casa. ¿Quieres un tequila?

-Buena idea.

Ximena caminó hasta la sala, sacó una botella de tequila Don Julio añejado y sirvió dos vasitos, que en México llamaban caballitos.

-Salud -dijo ella levantando el vaso.

-Salud -la imitó él.

Ambos se bebieron el tequila de un solo trago y después emitieron un sonido que indicó la gran concentración alcohólica que contenía cada vasito.

-¿No le pones sal y limón? - preguntó Aritz.

-Un buen tequila no se echa a perder con sal y limón, pero si te gusta se lo pongo. Sería como comerse un filet mignon con una Coca-Cola en vez de con un buen vino tinto.

La respuesta de la mexicana fue cortés, pero, al mismo tiempo, segura y hasta desafiante. Aritz comprobó enseguida que Ximena no se callaba sus opiniones y esa rebeldía le gustó.

-Tú eres la experta- se dejó llevar.

A la azteca también le gustó que Aritz siguiera su consejo y no impusiera su voluntad. A muchos de los hombres con quienes trataba les encantaba demostrar que los que mandaban en ellos.

-Estoy preparando algo de comida mexicana para que tengas una experiencia gastronómica de mi país.

-Excelente.

Ximena regresó a la cocina y Aritz siguió explorando el apartamento.

Ya había visto que tenía tres habitaciones. La de Ximena, la de los invitados y otra que usaba como biblioteca y oficina.

Los muebles eran una mezcla de modernidad y clasicismo. Había mesas de madera antigua que se combinaban con sofás, sillones y lámparas de estilo muy vanguardista. También tenía cuadros de arte moderno junto a lienzos originales de pintura clásica latinoamericana y europea.

El etarra se acercó a la cristalera de la sala. Iba de pared a pared y ofrecía una vista espectacular de la ciudad. Luego salió al balcón del ático y disfrutó del aire fresco de la noche.

Allí vio una panorámica de los rascacielos del centro de Miami. Varios estaban decorados con enormes chorros de luz de distintos colores. El contraste de aquellos colores tan vivos con la oscuridad de la noche daba a los edificios un aire majestuoso.

- ¡Qué pasada! -pensó el etarra.

Después regresó a la sala y se dio cuenta de que el apartamento tenía una terraza con piscina. La azotea era grande y estaba aislada de los otros tres pisos del nivel veintiuno por un sólido tabique. La piscina parecía ideal para tres o cuatro personas y gozaba una privacidad absoluta. El lujo del apartamento era ostensible.

Aritz se acercó hasta la barandilla de la terraza y se reclinó sobre la barra de metal.

De pronto, su mano palpó una pequeña cerradura en la barandilla. La observó mejor y vio que a su lado había otra. Ambas estaban precintadas con una fina cinta de plástico que decía Departamento de Bomberos de la Ciudad de Miami. Al otro lado de la barandilla había dos cerraduras más. Esa parte de la barandilla podía abrirse para que, en caso de emergencia, los bomberos pudieran bajar por ahí con más facilidad.

-La cena ya está lista-apareció de repente Ximena con otros dos tequilas.

Ambos se los bebieron y pasaron al comedor. La mesa era de cristal y sobre ella había dos finas vajillas con su correspondiente cubertería.

-Por favor, siéntate- le señaló una silla.

-¿Te ayudo?

A Ximena también le gustó eso. Tampoco estaba acostumbrada a que los hombres que conocía a través del cartel se ofrecieran para ayudarla. Cuando los narcotraficantes la visitaban, no sólo la veían como una empleada del cartel que debía asistirlos en todo, sino también como su sirvienta personal.

-No, gracias. Eres mi huésped y no quiero que te quejes de mí, no vaya a ser que me despidan- sonrió con picardía mientras ponía una botella de lambrusco en la mesa, donde ya había una botella de agua mineral con gas y otra sin gas. El lambrusco era un tipo de vino italiano.

Aritz también sonrió y se sentó.

Ximena se había esmerado para dar una buena impresión. Aunque no lo hacía muy a menudo, le encantaba cocinar. Había aprendido de la mejor cocinera que conoció jamás: su abuela.

El aperitivo consistió en queso derretido con chorizo y totopitos. Como buen vasco, Aritz era un amante de la buena comida y le encantó.

Mientras cenaban, el alcohol fue animando la conversación.

-¿Qué haces en Miami? ¿Cuál es tu cobertura aquí?

-Soy reportera de un canal de televisión.

La respuesta extrañó al etarra.

-¿Y cómo justifica una reportera vivir con este lujo? ¿Tan bien pagan a los periodistas en Miami?

Salvador Lozano le había dicho que podía confiar en él, así que lo hizo.

-El dueño de mi canal fue a México hace tres años para buscar fondos. La estación se encontraba al borde de la bancarrota. Estaba desesperado. El cartel le prestó el dinero que necesitaba y una de las condiciones fue traerme aquí a trabajar. Tengo un sueldo mucho más alto que el resto del plantel.

-¿Y eso no despierta sospechas innecesarias?

-Si alguien de la gerencia pregunta, el dueño lo justifica diciendo que trajo de México a una periodista importante y que eso no es gratis.

-No dejas cabos sueltos.

-Ninguno. Nunca- recalcó mientas sonreía-. En realidad, el cartel ya es el propietario del canal. El así llamado dueño hace lo que digamos. Es un pequeño títere- añadió con desprecio.

-¿Y para qué te quiere el cartel aquí?

-Metemos mucha droga por Florida. Yo cubro historias de delincuencia y tengo muy buenos contactos en la Policía. Me entero de todo. Esa información no tiene precio.

-Entiendo. ¿Y eres periodista de verdad?

-Sí. Resulta una combinación perfecta.

Aritz observó con atención a Ximena. Nadie pensaría que tras aquella refinada mujer se encontraba Olivia, una feroz asesina con más de ciento cincuenta víctimas a sus espaldas.

El plato principal fue pollo al cilantro con arroz a la mexicana y de postre chongos zamoranos y una gelatina de rompope.

-Todo estaba exquisito. Te felicito- dijo Aritz al finalizar.

-Ha sido un placer.

-Te habrá tomado un buen rato en la cocina.

-Una hora y media, pero si estás contento ha valido la pena.

-Gracias.

Ximena le sirvió otra copa de lambrusco y puso música de mariachi.

-¿Me esperas en la sala? Recojo todo y estoy allí en unos minutos.

-¿Seguro que no quieres que te ayude? - insistió él.

-No, gracias. Lo hago todo mucho más rápido sola.

Aritz asintió y se fue hasta el sofá. Aunque estaba acostumbrado al alcohol, los tequilas y el lambrusco ya estaban surtiendo su efecto.

Al cabo de unos minutos, Ximena apareció con otra copa de lambrusco en su mano y se sentó en un sillón frente a él. Se dio cuenta de cómo la miraba y se preparó para lo inevitable, pero no sería ningún sacrificio.

Aquel hombre le gustaba. Era guapo, con un gran físico y muy viril. Sabía que era un terrorista y eso la excitaba aún más. Le atraían los hombres malos y peligrosos que imponían su ley.

-¡Qué machazo! Me tiene babeando. Esta repor-perra debería cogérselo bien cogido- pensó. Cuando reflexionaba, lo hacía en español callejero.

Ella misma se había puesto el calificativo de repor-perra. En México, a las mujeres con carácter fuerte muchos les decían perras. Eso le hizo gracia y pidió a sus camarógrafos mexicanos que la llamaran así.

Aritz cerró sus ojos y pretendió estar concentrado en la música.

-¡Uf! ¡Qué buena está esta tía! ¡Me la tengo que follar! - se prometió a sí mismo.

-A este pendejo nunca le han dado una buena cogida a la mexicana, pero hoy lo bautizo- decidió ella.

Luego se reclinó en el sofá para estar más cómoda.

-Pero ¡cuidado, Ximena! - frenó sus instintos mientras continuaba reflexionando-. ¡Uta! No hagas ahora alguna pendejada de la que después te puedas arrepentir. ¡No la riegues! A ver si este güey se lo toma a mal y se queja al Chava. Ése no tiene madre y se arma la de Troya. ¡Esto es trabajo! -intentó controlarse.

Mientras, el etarra se imaginó a Ximena desnuda y su excitación aumentó más y más.

-No me puedo ir de aquí sin habérmela tirado, pero ¡cuidado! - pensó Aritz-. Puedes joder la operación. Se podría quejar al Chava y éste es capaz de cancelar todo-temió él también.

Luego tomó otro sorbo de lambrusco.

-Me dijo que podía utilizarla para lo que quisiera, pero ¿será que lo interpreté mal? ¿Seguro que me dio permiso hasta para acostarme con ella o son imaginaciones mías? ¿Me voy a imponer a una tía que ha matado a más de ciento cincuenta personas? ¿Pero tú estás loco, Aritz? - se preguntó- ¡La vas a cagar!

La mexicana le observó en silencio.

-¿Sabes qué? ¡Que el Chava me arme el desmadre que quiera! ¡Me vale madres! ¡A este gachupín me lo cojo y ya! - concluyó Ximena.

-¡Al carajo con todo! ¡Está demasiado buena! ¡Me la follo y se acabó! ¡Y que sea lo que Dios quiera! - también se rindió Aritz a su calentura.

Después la miró fijamente.

-Salvador Lozano me dijo que estabas aquí para servirme en lo que fuera necesario- dijo sin rodeos.

La azteca saboreó sin prisas otro sorbo de lambrusco.

-Así es. Hay que darte gusto. Lo que quiera el señor.

Aritz dejó su copa sobre una mesita que había a su lado.

-Quiero que hagas dos cosas. La primera es que me demuestres tu lealtad. Necesito saber que puedo confiar en ti.

Ximena asintió. Aritz se levantó, sacó de su bolsillo un pañuelo negro, cogió de la mano a la mexicana y la llevó hasta la barandilla de la azotea. Ya había cortado las cintas de plástico del Departamento de Bomberos, así que abrió hacia dentro esa parte de la barandilla y ambos quedaron frente al vacío.

La mexicana estaba ansiosa. Sentía el peligro, pero lo disfrutaba. La actitud decidida y desafiante de Aritz la excitaba sexualmente.

El vasco la situó en el borde de la azotea, le colocó la venda y comenzó a darle vueltas para confundirla. Primero en una dirección y después en otra.

-Cuando pares de girar, te voy a indicar hacia dónde tienes que caminar- le dijo. Luego vino una nueva ronda de vueltas hasta que por fin se detuvo.

Ximena estaba mareada y su cuerpo se tambaleó. No veía nada y había perdido la noción de en qué parte de la terraza se encontraba. Si daba un paso hacia delante, caería al vació.

El etarra estaba justo a su lado. De pronto le soltó la mano y se alejó para que cuando ella lo escuchara en la distancia supiese que, aunque quisiera, no llegaría a tiempo para salvarla si daba el paso en la dirección equivocada.

-Da un paso hacia atrás- le ordenó a unos cinco metros de distancia.

La mexicana sabía que si no obedecía era mujer muerta y le daba lo mismo morir cayendo desde el piso veintiuno de su edificio que de otra forma, así que siguió la orden.

Levantó la rodilla, estiró la pierna hacia atrás y fue bajándola poco a poco mientras rezaba para que al final su pie encontrara algo en qué apoyarse. Por si acaso, se santiguó y se despidió en voz baja de su madre.

Su corazón martilleaba contra su pecho. Sintió que no había nada y que ya estaba despeñándose, pero de pronto notó cómo su pie aterrizaba sobre la azotea. Suspiró profundamente y sonrió. Se había salvado.

Cada vez estaba más excitada. Aquel hombre la estaba volviendo loca.

Aritz se acercó, la cogió del brazo y la arrastró de nuevo hacia el borde de la terraza. Ella se resistió e hizo ademán de quitarse la venda.

- ¡Ni la toques! ¡Obedece! ¡Aquí mando yo! - ordenó él.

En vez de molestarle, aquella situación de vida o muerte la excitó todavía más. También le encantó que él tomara por completo el control y le obligara a arriesgar su vida en un mero juego.

De todas formas, le gustara o no, sabía que no tenía alternativa, así que no volvió a resistirse.

-Ahora arrastra el pie hacia delante.

Ximena lo hizo y comprobó que el suelo de la azotea se acababa apenas un par de palmos delante de ella. Frente a sí tenía el vació y una muerte segura.

-Cuando te diga, das un paso hacia delante. Yo te agarraré antes de que tu cuerpo caiga fuera de la terraza.

Ximena vio la muerte frente a ella, pero cuanto más peligroso era el juego de Aritz, más caliente la ponía.

La lealtad de la mexicana era más importante para el etarra que cualquier servicio sexual que pudiera brindarle. Estaba en territorio enemigo y si la Policía lo arrestaba tras realizar sus planes en Washington, sería condenado a muerte y ejecutado. Tenía que asegurarse de que podía confiar en ella.

-Cuenta despacio hasta diez y luego das el paso- ordenó el vasco, pero esta vez a diez metros de distancia de ella.

Al escucharlo tan lejos, Ximena se asustó. Cuando se dio cuenta de que Aritz jamás podría llegar a tiempo para evitar que se desplomara al vacío sintió el final aún más cerca que antes.

Aritz se quitó los zapatos, caminó en silencio hasta ella, se colocó a su espalda y esperó.

Un par de segundos después, la mexicana dio el paso hacia el vacío. Cuando las leyes de la física hicieron ya imposible que pudiera regresar por sí sola al punto de partida, Aritz la cogió con fuerza de un brazo y la estiró con decisión hacia él.

-¡Puta madre! ¡Hijo de la chingada! - exclamó Ximena al ver que casi se había despeñado.

Él, sin mediar palabra, la estrechó contra su cuerpo y comenzó a besarla apasionadamente. El vasco experimentó un placer enorme al sentir aquellos labios carnosos, llenos de vida y que recibían a los suyos con más pasión todavía.

Luego le besó el cuello, la apretó con más fuerza contra él y ambos comenzaron a gemir de placer. El deseo sexual mutuo estaba fuera de control. En ese momento Ximena intentó quitarse la venda, pero el etarra se lo impidió.

-No. Todavía no- afirmó con energía.

A la mexicana, que siempre estaba en control de todo, le encantó la sensación de verse dominada por un hombre con carácter.

Dirigió su rostro hacia el de Aritz para encontrar de nuevo sus labios, pero ya no los halló. El etarra volvió a cogerla de la mano y la llevó al comedor. La puso en un extremo del cuarto y se fue a sentar al sillón.

-Desvístete poco a poco- ordenó.

Ximena se humedeció los labios. Cada vez le gustaba más Aritz. Le excitaba su atrevimiento, su descaro, cómo jugaba con ella y el hecho de que lo hiciera en situaciones de peligro real.

-¡Me tienes caliente papito! ¡Pide por es boca, que soy toda tuya! ¡Pa lo que quieras, mi rey, pa lo que quieras! Ya me encendiste el boiler, cielito lindo, y ahora ya no lo apaga nadie -pensó.

-Es para hoy -afirmó Aritz con impaciencia.

La mexicana se sacó los zapatos. Luego se desabrochó la camisa y se la quitó lentamente hasta quedarse en sujetador. Dejó caer al suelo la blusa, se desabrochó el cinturón y se quitó el pantalón con lentitud. Verla en ropa interior le excitó todavía más.

Toda la ropa interior era de un elaborado encaje blanco y de un gran gusto. Una vez más, la dualidad de la mexicana: ropa negra y ropa interior blanca.

Tal y como Aritz había imaginado, Ximena poseía un cuerpo con formas perfectas. Sin embargo, su cabello largo y sensual impedía disfrutar por completo de su fisonomía.

-Echa para atrás el cabello.

Cuando lo hizo, Aritz pudo apreciar mejor la impactante belleza de la mexicana.

-Desnúdate del todo-siguió hablando en tono autoritario. Por las reacciones de Ximena, intuyó que eso le gustaba.

Al quitarse el sostén, el etarra vio unos senos jóvenes, fuertes y atractivos. Después, ya desnuda, observó con deleite sus caderas firmes y bien definidas.

Cuanto más la miraba, antes la quería poseer. No obstante, controló aquel intenso deseo consciente de que, si esperaba, la satisfacción posterior sería incluso mayor.

-Agáchate y camina como la tigresa que eres.

Ximena suspiró, se mordió los labios y se agachó. Luego fue gateando hacia él como si fuera una auténtica felina. Se movía de forma rítmica y segura, pero sin prisas. Disfrutaba de todos y cada uno de sus movimientos. Incluso sin poder verle, era plenamente consciente del efecto que causaba en Aritz.

La voz del vasco le indicó el camino a seguir.

-A tu derecha -dijo Aritz.

Ximena siguió sus indicaciones hasta que se topó con las piernas de su huésped. Entonces se detuvo y esperó una nueva orden. Al no escucharla, permaneció sumisa e inmóvil.

-Ya me has demostrado tu lealtad. La segunda cosa que quiero es que te asegures de que jamás olvide esta noche- afirmó el etarra.

Al escucharlo, la mexicana no perdió tiempo y comenzó a acariciarle las piernas. Cada uno de sus movimientos provocaba un gemido casi instantáneo por parte del vasco.

Luego comenzó a mordisquearle, como si en realidad fuera una gata. Tenía unas manos expertas en el arte del sexo y las usó con sabiduría para llevar a Aritz a un nivel de excitación que no había experimentado jamás.

Después, todavía de rodillas, se acercó más a él y comenzó a acariciarle el pecho. Le abrió ligeramente la camisa, deslizó la mano y palpó su piel.

Ximena se detuvo durante unos segundos para escuchar los sonidos de placer que provocaba en Aritz. Le divertía el poder que tenía sobre aquel hombre. Aunque era él quien verbalizaba las órdenes, no había ninguna duda de que quien mandaba allí era ella.

Ese control casi absoluto sobre el terrorista la excitó todavía más y sus gemidos cobraron la misma intensidad que los de él. Disfrutaba alternando la sensación de someterlo con la de ser sometida.

Después subió su cuerpo desnudo sobre las piernas del etarra y se sentó sobre su pelvis. Notó de inmediato el miembro excitado del etarra y se movió para estimularlo todavía más.

Luego se aproximó más a él, extendió toda la mano sobre su pecho, acercó los labios y besó su corazón a través de su musculoso tórax.

Le encantaba sentir los latidos del corazón de un hombre en su boca. Poner sus labios sobre su pecho le provocó una sensación de seguridad que casi nunca alcanzaba con ningún amante.

Las caricias de aquel día estaban reservadas para los hombres que ella sabía que permanecerían imborrables en su mente y Aritz le recordaba al único que había amado en toda su vida.

Él la rodeó con sus brazos y puso una mano tras su cuello. La atrajo con suavidad hacia él y comenzó a besar de nuevo aquellos labios hambrientos de lujuria.

La mexicana le cogió la otra mano y la puso sobre sus senos. Ahora parecía ser ella quien comenzaba a dar las órdenes. Aritz acarició sus pechos y el gusto fue tan intenso que tuvo que separarse un poco de Ximena para no explotar de placer prematuramente. Ella, consciente de su creciente poder, sonrió victoriosa.

El etarra se levantó mientras ella continuaba pegada a él, la bajó al suelo y ambos quedaron frente a frente.

-Desvísteme -le ordenó.

La mexicana sonrió de nuevo. Deslizó una de sus manos hasta la entrepierna de Aritz y la acarició. El guipuzcoano volvió a gemir. A pesar de ser ella quien seguía con los ojos vendados, ya estaba en completo control de la situación.

Le desabrochó la camisa y se la quitó. Luego, los pantalones y la ropa interior. Ya desnudos, los dos se abrazaron y comenzaron a besarse. Aritz la elevó con sus brazos y la llevó hasta una mesa. Allí se colocó sobre ella y comenzó a poseerla. Había ansiado ese momento desde el instante en que la vio por primera vez.

-Dale mi amor…-le decía ella al oído.

-Sí, cariño…

Ximena adoró tener a Aritz sobre su cuerpo y sentirlo dentro de ella. Su cercanía la excitaba. El vasco la penetró alternando suavidad y fuerza. Esa mezcla entre ternura y salvajismo hizo que la mexicana se prendara aún más de él.

En ese momento el etarra le quitó la venda de los ojos y sus rostros sudorosos se vieron por primera vez desde que comenzaran a hacer el amor. Los dos sonrieron y se apretaron todavía más.

-Ximena… Ximena… -susurró Aritz al oído de la mexicana.

Eso la volvió loca y exigió más de él.

-¡Dámelo todo, cielo! ¡Papuchito mío!

Él besaba sus labios, su rostro, su cabello, su cuello y sus senos. Mientras, seguía poseyéndola hechizado por la azteca.

De pronto, Ximena le puso la mano en el pecho y lo empujó suavemente. Aritz se detuvo y se echó para atrás, cumpliendo el deseo de la mexicana. Al separarse sus cuerpos, ella le cogió de la mano y le llevó hasta el sofá. Allí se colocó frente a él y le dio un empujón que le hizo caer sentado sobre el sofá.

Después se montó sobre el vasco, le dio la espalda y comenzó a moverse hacia arriba y hacia abajo sobre el miembro del terrorista. Ésa era su posición sexual favorita.

Aritz distinguió algo en la espalda de Ximena, pero su largo cabello le impidió apreciar bien de qué se trataba. Además, el placer era cada vez mayor y le costaba enfocarse en algo que no fuera la satisfacción puramente animal que sentía en aquel momento.

Sin embargo, la curiosidad fue demasiado grande y acabó imponiéndose. Con su mano derecha, deslizó el pelo de Ximena hacia un lado y fue entonces cuando vio por primera vez que toda su espalda estaba tatuada con una figura gigantesca de la virgen de Guadalupe.

La imagen le impresionó. Iba desde los hombros hasta los glúteos y ocupaba toda su espalda. La figura estaba rodeada por un resplandor amarillo que protegía a la virgen. Llevaba un vestido rojo, una capa azul y estaba rezando. Bajo ella había un ángel sosteniéndole el manto.

Aritz quedó embobado con la imagen y experimentó una extraña sensación al hacer el amor mientras observaba la figura de la virgen. Se sintió como un hereje. Por si fuera poco, la estampa religiosa se movía al ritmo de la agitada respiración de Ximena. Parecía tener vida propia y taladrarlo con la mirada.

La reportera notó algo raro en Aritz y se giró. Al ver lo que ocurría, echó su mano hacia el rostro del vasco y lo acarició para distraerlo mientras aceleraba el ritmo de sus movimientos.

El guipuzcoano vio entonces el nombre de Teresa también tatuado bajo la figura. Esta vez, con letras verdes.

-¿Quién es Teresa? -preguntó.

-Mi madre-susurró ella.

Aritz pensó que ese detalle convertía la escena en aún más surrealista. Intentó concentrarse en Ximena, pero no pudo separar sus ojos de la imagen de la virgen de Guadalupe.

-¡Pinche gachupín! ¡Dale! ¡Apúrale mi rey, que casi estamos! -exclamó Ximena cada vez más alto.

Sus palabras parecieron despertarle y volvió a empujar su cuerpo rítmicamente contra el de Ximena. Después la cogió del pelo y la atrajo con fuerza hacia sí. Ella gritó.

-¡Más, mi gordo! ¡Más! ¡Ándale, baby! ¡Me voy a venir!

Aritz le estiró aún más de la cabellera hasta casi arquearla por completo. Unos segundos después, ambos alcanzaron la cima del placer.

-¡Ah…! - gritó él.

-¡Toma chango tu mecate! -exclamó ella.

Era la primera vez que se permitía una expresión callejera con él. Le parecía gracioso decir algo que sabía que él no entendería.

-Otros no me han servido ni pal arranque, pero éste es un salvaje. Que Dios me ampare, va a acabar conmigo- pensó Ximena.

El vasco tuvo que esperar unos segundos antes de poder decir nada. El placer era demasiado intenso.

-¿Qué? -preguntó por fin refiriéndose al dicho mexicano que acababa de escuchar.

-¿Qué si ya rugiste mi león?

Aritz se rio. Ella también lo hizo.

Ximena se dejó caer hacia atrás y ambos se quedaron enroscados durante unos minutos más hasta que ella notó que el vasco ya había recuperado su impulso sexual.

-Mi amor, eres una fiera y me vuelve loca todo lo que me haces. Me siento como una yegua siendo domada por un semental. Ahora quiero que me ates a la cama y que me beses desde la boca hasta la punta del pie- dijo mirándole fijamente a los ojos-. Dedos, pies, piernas, vientre, brazos, rostro, labios. Todita, de arriba abajo. Quiero que me poseas hasta que me dejes desbaratada. Yo te cumplí y ahora te toca a ti cumplirme.

El etarra sonrió y su expresión indicó que no tenía ninguna objeción a la propuesta.

-¡Ah! Y nunca olvides esto, viejo: no fuiste tú quien me cogió a mí, sino yo a ti. Te acabo de dar la cogida de tu vida, cabrón- puntualizó con orgullo.

Tras más de una hora de sexo, ambos cayeron desfallecidos.

A las siete en punto de la mañana, Aritz la despertó.

-Ximena, es hora de ir a Washington.

XXI

Tras una rápida ducha juntos, partieron de Miami. La mexicana conducía su Mercedes Benz S gris último modelo por la autopista I-95 en dirección norte. Era sábado, así que no tenía que llamar al canal para pedir un día libre. Disponía de todo el fin de semana.

La apodada Olivia intrigaba sobremanera a Aritz. Quería saber más de ella y, en especial, cómo había llegado a ser la persona que era.

-Ximena, nunca he tenido la oportunidad de hablar de tú a tú con alguien de un cartel y no me gustaría desaprovechar esta ocasión. ¿Te puedo preguntar por qué entraste en el mundo del narcotráfico? -dijo.

Ella se giró y le observó con suspicacia. Nunca hablaba de esos temas. Reflexionó durante unos instantes y recordó las palabras de Lozano ordenándole que hiciera todo lo que pidiera el etarra. Desobedecer a uno de los hombres fuertes del cartel de Sinaloa no traería buenas consecuencias, así que no pudo negarse.

-Es una larga historia -intentó desanimarlo.

Aritz se acomodó en el asiento del copiloto.

-Según el GPS, el trayecto hasta Washington será de quince horas, así que tenemos todo el tiempo del mundo. Si no me puedes contar una historia en quince horas, no eres muy buena periodista- bromeó.

La azteca lo volvió a mirar, pero esta vez ya resignada a hurgar en partes de su pasado que casi nunca quería recordar. Luego pensó en el dicho mexicano de "al mal paso, darle prisa" e inició el relato.

-Soy de un pueblito llamado Santiago Nilpetec, en honor a Santiago Apóstol. Está en el estado de Oaxaca, fronterizo con Chiapas y al sur de México- especificó al asumir que el vasco no conocía la geografía de su país-. Es un lugar muy remoto. Tiene menos de cinco mil habitantes y muchos sólo hablan zapoteco.

Él la escuchaba con atención. Estaba realmente interesado en la historia de su vida.

-Mi padre era telegrafista. Yo pasaba mucho tiempo viéndole trabajar. El pueblo era tan pequeño que sólo había uno y ni siquiera tenía oficina propia. Trabajaba en casa y usaba un instrumento llamado vibro para enviar los mensajes.

Aritz observaba su rostro con atención, pero de vez en cuando miraba el paisaje para no incomodarla.

-¡Ti ti ti! ¡Ti ti ti! ¡Ti ti ti ti ti! –simuló Ximena cómicamente los sonidos del vibro-. ¡Así era el ruidito!

El guipuzcoano se rio.

-Mi madre estudió secretariado, pero no comenzó a trabajar hasta que el zángano de mi padre nos abandonó. El muy pendejo acabó regresando a casa y mi madre lo aceptó de vuelta, pero, tras cierto tiempo, volvió a irse con otra mujer. Con ésa se casó. Sin embargo, después también se divorció de ella. Es un alcohólico y un descarado.

-Os dejó con lo puesto.

-Imagínate una señora que había sido ama de casa durante toda su vida y que, de repente, se encuentra sin ningún tipo de ingresos y con dos hijas que educar y mantener. Fue una etapa muy dura. ¡No sabes lo difícil que es ser pobre! - exclamó.

Aquella época le traía recuerdos muy amargos, algo que se reflejaba perfectamente en el tono de sus palabras.

Cuando hablaba, no mantenía el mismo tono de voz. Lo subía y lo bajaba adaptándolo a las emociones que le provocaban aquellos recuerdos. Aritz entendió enseguida que el paso del tiempo no la había distanciado emocionalmente de lo vivido durante su infancia y juventud. Sentía todo como si hubiese ocurrido ayer.

-Mis abuelos ayudaron a mi madre para que se pusiera al día en sus estudios de secretariado y, no te lo vas a creer, acabó convirtiéndose en la telegrafista de Santiago Nilpetec. Al irse mi padre, ella se quedó con la posición.

-Menos mal que los teníais a ellos.

-¡Ellos sí eran bien padres! Uno era médico y el otro un revolucionario. Era hijo de un combatiente del ejército de Emiliano Zapata. Los zapatistas iban por allí y todos en el pueblo les daban albergue y comida. Los adoraban.

-He escuchado mucho del Ejército Zapatista del subcomandante Marcos.

-¡Nada que ver! - les menospreció-. De esos ya no se escucha nada. Se han vendido. Los verdaderos zapatistas, los de antes, sí eran tremendos. Si estuvieran vivos, ya estarían de nuevo alzados en armas contra el Gobierno. Mi país está muy mal. Si vas por los pueblos, hay paredes pintadas por todas partes llamando a la revolución y alabando a Marx y a Lenin. La gente ya no puede más. Están hartos de la delincuencia y de la corrupción.

Al etarra le llamó la atención que alguien que trabajaba para un cartel criticara con tanta pasión al mundo de la delincuencia.

-Mi hermana vive ahora en una ciudad llamada Coatzacoalcos, en el estado de Veracruz. Está a unas cinco horas en auto de nuestro pueblo. Hace un año, mientras trabajaba, unos rateros fueron a su casa con un camión y se llevaron todo. Cuando regresó, lo único que se encontró fue una nota que decía "calladita te ves más bonita".

- ¿Nadie del barrio llamó a la Policía?

-Tal y como está la cosa, nadie se fía de nadie y menos aún de la Policía. Los vecinos le dijeron que pensaban que se estaba mudando, pero quizás hasta ellos mismos estaban compinchados con los ladrones. Se llevaron hasta el aire acondicionado y las tuberías. Todo-insistió.

Aritz hizo un gesto con la mano dando a entender lo sorprendente del caso. Ximena lo vio y se rio.

-Por desgracia, eso se ha convertido en cosa de todos los días en México. Uno de mis primos tiene una pequeña empresa de reparto de alimentos. Son apenas tres camiones. Un día, mientras comía en un restaurante con su mujer y sus dos hijos, se presentaron dos hombres y lo secuestraron a él y a uno de sus niños.

¡Ahí mismo! ¡Delante de todos! -exclamó como si aún no pudiera creerlo-. Luego exigieron a su esposa que les transfiriera la propiedad de la empresa. Sin embargo, algunos ya ni se molestan en secuestrarte. Te envían una nota diciéndote que si no les das el negocio te matan a ti y a toda tu familia.

-¿Y qué hicieron?

-Me llamaron y resolví los dos problemas.

-¿Cómo?

-Averigüé quiénes eran y maté tanto a los que robaron a mi hermana como a los que secuestraron a mi primo y a su hijo. Desde aquella, no han tenido más problemas. Es la única forma de tratar con estos maleantes. Sólo entienden el lenguaje de la fuerza bruta- sentenció.

A Aritz volvió a llamarle la atención que Ximena siempre hablara de los delincuentes como si fueran una clase aparte y ajena a su propio mundo.

El etarra tenía muchas preguntas y las hacía a medida que le venían a la mente.

- ¿Por qué te hiciste periodista?

Esta pregunta emocionó a la mexicana. Suspiró y su rostro se enterneció.

-Fue un momento muy padre y lo recuerdo con total claridad. Teníamos una televisión en blanco y negro y un día, cuando estaba viéndola con mi madre en la sala, pusieron un reportaje de un periodista llamado Ricardo Rocha. Había ido a la selva chiapaneca a hacer una historia sobre las desgracias que había provocado la erupción de un volcán.

Se notaba que Ximena no había hablado de esto en mucho tiempo. Quizás pensar en esa época le recordó la mujer que pudo haber sido y nunca fue.

-Al descender de la cordillera, vieron a decenas de personas que salían de una montaña, la mayoría niños. Eran indígenas y ni siquiera hablaban español, sino maya, chamula o tzotzil. Vivían en cuevas de lugares selváticos muy remotos y en la más absoluta pobreza. Parecían salvajes. Recuerdo que lloraban mucho. Era muy triste. La forma en la que el periodista explicó la miseria en la que vivían me impactó mucho y en ese mismo momento, con apenas 10 años, dije a mi madre que quería dedicarme a lo mismo que Ricardo Rocha. Quería contar las historias de otras personas. Fue como una iluminación- sonrió.

De pronto, el móvil de Ximena comenzó a sonar. Lo descolgó, habló brevemente y se lo pasó al vasco.

-Es el Chavo- dijo ya con un semblante serio y concentrado.

Aritz lo cogió, le confirmó que todo marchaba bien, colgó y se lo devolvió.

-¿Sigo? - preguntó la mexicana casi en un intento porque su compañero de viaje la liberara de hacerlo.

-Por favor.

Tras una mueca de resignación, prosiguió.

-Pero el camino hasta convertirme en periodista fue largo- suspiró-. En mi pueblo no había trabajos, así que la gente se dedicaba al cultivo de la amapola. Los narcotraficantes del área se la compraban para producir opio y heroína.

Ese momento volvió a sacudirle el corazón, pero con más intensidad que antes. El motivo se haría claro muy pronto. Aritz estaba consiguiendo llegar a lo más profundo de su alma.

-El jefe de los narcotraficantes se llamaba Juan Fernández. Era un indeseable de cuarenta y cinco años que no creía ni en su madre. En el pueblo le tenían pavor. Un día apareció con un par de camionetas llenas de guardaespaldas para supervisar los sembradíos de amapola en las rancherías. Ese mismo día yo estaba celebrando la fiesta de mis quince cumpleaños. Llevaba un vestido blanco largo y estaba preciosa. Parecía una novia.

Los ojos de Olivia se humedecieron y por primera vez sintió cierto pudor frente al terrorista.

-Ese salvaje me vio salir de la iglesia hacia la fiesta en casa de mis abuelos y le gusté. Yo iba con Alejandro Valdés, un chamaco con quien salía. Él tenía veintidós años y un gran corazón. Trabajaba en el rancho de sus padres, que eran ganaderos. Los matones del capo nos metieron en una de las camionetas y nos secuestraron durante tres días. Yo era virgen. Me violó cuantas veces quiso y siempre delante de mi novio, para dejar claro que él era el patrón y que siempre hacía lo que le daba la real gana.

De repente, detuvo la narración y suspiró.

-Cuando ya se cansó de ultrajarme, mató a mi novio frente a mí y me aventó en la puerta de mi casa como si fuera una bolsa de basura. Hizo lo mismo con muchas niñas del pueblo, algunas incluso de diez y once años. Si alguien se quejaba, acababa en el hoyo.

Ximena no se dio cuenta que estaba llorando hasta que las lágrimas llegaron a su boca y las palpó con su lengua. Hacía mucho que no lo hacía frente a nadie. Le parecía una muestra de debilidad. Además, mostraba una intimidad que no quería compartir con nadie.

Pudo haberle mentido, pero hablar con él le hizo sentir un alivio que le impulsó a ser sincera. Esa especie de confesión parecía estar sosegando su alma, tan atormentada por aquellos recuerdos. Además, pensó que, si quería desahogarse, lo mejor era hacerlo con una persona como Aritz, que pasaría como un cometa por su vida.

Él le dio algo de tiempo para que se tranquilizara y guardó silencio durante unos instantes.

Poco a poco, la mexicana recuperó la entereza y le brindó una sonrisa. No obstante, de pronto cambió radicalmente de actitud. La sonrisa persistía, pero bajo piel volvió a aparecer la Olivia suspicaz y a la defensiva de siempre.

-¡Pinche pendeja! ¿Cómo se te ocurre ponerte a llorar frente a este gachupín? ¡Aguanta como buena macha mexicana! - se recriminó en silencio.

Olivia pensó que, en realidad, abrirse tanto había sido un error. No podía confiar en un hombre a quien apenas conocía. Le gustaba el español, pero, al fin y al cabo, era un terrorista que sólo estaba con ella para que le ayudara a asesinar a alguien. Su trato con él tenía una fecha de caducidad muy cercana y se sintió como una estúpida.

-¿Cómo voy a compartir estas partes tan íntimas de mi vida con alguien con quien nunca podré tener una relación emocional? - volvió a culparse mientras intentaba disimular su malestar.

Sin embargo, ya era demasiado tarde para callarse. Ximena no tenía más remedio que seguir hablando, pero levantó un escudo interior para no derramar ni una sola lágrima más.

El etarra era consciente de que esos recuerdos aún dolían profundamente a Ximena. No obstante, sabía que nunca volvería a tener la oportunidad de hablar de forma tan abierta con alguien como ella, así que continuó preguntando.

-Por lo que me dices de la Policía, asumo que no lo denunciaste.

Ella lo miró como si hubiera dicho un disparate.

-Yo ya estaba harta de ver las penurias por las que pasaba mi madre. Tampoco podía aguantar más a todos aquellos desgraciados que abusaban constantemente de todo el pueblo, así que ese día decidí ser más fuerte que todos esos animales. Aún no sabía cómo, pero juré vengarme de todos y al final lo hice.

-¿Cómo?

-Paradojas de la vida. Ocho años más tarde, y ya estando yo en el cartel, me hicieron la jefa de Juan Fernández. Yo tenía veintitrés años. Ya te puedes imaginar la cara que puso cuando me vio- dijo con enorme satisfacción.

A pesar de la brutalidad de los métodos utilizados por la mexicana, dejó claro que había disfrutado al máximo de aquel momento.

-Me tomé mi tiempo. Nada de prisas. Primero le arranqué todas las uñas de las manos y luego le quemé varias partes del cuerpo con un soplete. Después le eché ácido sobre su pene y se lo acuchillé. Aún así, el muy maldito todavía seguía vivo, así que fuimos al desierto, untamos todo su cuerpo con miel y lo atamos a un palo al lado de un nido de hormigas guerreras. Enseguida salieron miles y miles de ellas y se lo comieron vivo, incluido el pene.

Luego detuvo su narración durante unos instantes.

-¡Cómo disfrute verlo sufrir y después morir! - añadió mientras sonreía.

La mexicana vio entonces una estación de servicio y salió de la autopista. Ambos aprovecharon para estirar las piernas y tomarse un café.

Tras algunos minutos en el bar, Ximena miró su reloj.

-Órale. A lo que te traje, Chencha- le dijo riendo.

-¿Qué? - preguntó él extrañado.

A Aritz le impresionaba la cantidad de palabras y dichos que había en México y que no podía entender, aunque fueran en español.

-Que te apures. Aún falta mucho para Washington- afirmó ella.

Ambos finalizaron sus cafés y prosiguieron el camino.

Ximena sabía que Aritz quería saber más, así que prosiguió.

-Al acabar la prepa, conseguí una beca para ir a estudiar periodismo en la Ciudad de México. Al segundo año entré a un diario a hacer prácticas. Me asignaron ayudar a un reportero que cubría historias de delincuencia. Allí me di cuenta de la gran cantidad de información confidencial de la Policía que llegaba a nuestras manos, así que llamé a la puerta del cartel de Sinaloa y ofrecí vendérsela.

Aritz quedó impactado ante su determinación e iniciativa. En especial porque en ese entonces todavía era una adolescente.

- ¡Joder! ¡Esta tía se las trae! - pensó.

Después la observó y continuó preguntando.

- ¿No tuviste ninguna duda a la hora de entrar en el mundo de la delincuencia?

Al escuchar la palabra delincuencia, la mexicana hizo un gesto de desacuerdo.

-Nosotros no somos delincuentes- dijo indignada-. Vendemos lo que la gente quiere comprar. El alcohol también estuvo prohibido en Estados Unidos a principios del siglo pasado y ahora es legal. La marihuana ya se ha legalizado en muchas partes, incluso en Estados Unidos. Somos comerciantes. No obligamos a nadie a comprar droga. La gente tiene derecho a consumir lo que quiera sin que el gobierno meta sus narices en lo que hacen. No hacemos nada malo- se justificó.

Los razonamientos de Ximena sorprendieron a Aritz. Contrastaban enormemente con lo que siempre se escuchaba por parte de las autoridades respecto a los carteles.

-¿Y la violencia?

-Nos tenemos que defender -afirmó-. Además, mira quién va a hablar- ironizó.

-Es distinto. Lo mío no es un negocio, sino una lucha política.

-Llámalo como quieras. Matar es matar.

Ximena no buscaba ningún tipo de excusas para justificar lo que hacía y seguía mostrando esa falta de miedo que tanto atraía al etarra.

-¿Por qué elegiste el cartel de Sinaloa?

No hubo dudas en su respuesta.

-En aquella época era el más poderoso del mundo y yo no quería perder el tiempo con segundones. A pesar de la captura del Chapo, todavía sigue entre los primeros. Mi objetivo era llegar a lo más alto, salir de la pobreza y vengarme. Sabía que el cartel daba mucha lana a su gente, pero también que protegían a muerte a los suyos y que eran muy difíciles de pescar. Tienen comprado a medio México.

De pronto, vieron una patrulla de la Policía estatal acercándose por su costado izquierdo. Ambos se pusieron en estado de alerta, pero continuaron conversando con aparente normalidad. El patrullero disminuyó la velocidad, les echó un rápido vistazo y continuó su camino.

-¿Habrá sospechado algo? - preguntó el guipuzcoano.

-No. Este auto deportivo cuesta ciento veinte mil dólares. Sólo quería ver si detectaba algo raro. Ya me ha pasado otras veces.

Aritz asintió.

-Me contabas del periódico… - dijo él.

Esa parte ya no le traía recuerdos desagradables, así que hubo menos resistencia a seguir compartiendo su pasado.

-Les pasé información muy valiosa y me recompensaron muy bien, pero les dije que yo no quería ser una simple informante, sino formar parte del cartel.

-Si fueras un hombre, te diría que los tienes bien puestos.

-Aún no he encontrado a ningún hombre que los tenga más grandes que yo.

El etarra rio y siguió escuchándola.

-Me dijeron que para entrar al cartel tenía que demostrarles que estaba dispuesta a apretar el gatillo. Me dejaron escoger y elegí a un periodista del diario que no paraba de acosarme para que me fuera a la cama con él. Ése fue el primer hombre que maté. Yo apenas tenía diecinueve años.

Sus palabras hicieron recordar al etarra su primera víctima.

-¿Te costó matarlo? -indagó el vasco.

-No. ¡Pam! ¡Pam! Dos tiros a la cabeza y adiós muy buenas- simuló la acción con sus dedos-. De hecho, fue una sensación muy padre. Ahí me di cuenta de que la violencia es la mejor forma de tratar con tus enemigos. ¿Tienes un enemigo? Lo matas y se acabó el problema- afirmó con absoluta tranquilidad.

-¿Y tú? -preguntó ella por primera vez-. ¿Te costó matar al primero?

-Sí. Tenía miedo.

-Pero lo hiciste.

-Sí.

-De eso se trata. Hay dos tipos de personas: los que están dispuestos a todo por conseguir lo que quieren y los que ven la vida pasar delante de ellos sin atreverse nunca a hacer nada. Tú y yo somos de los primeros.

Aritz veía muchas diferencias entre ambos. La más importante era la motivación de cada uno para asesinar a alguien, pero prefirió no ponerse a debatir sobre eso. No le interesaba escucharse a sí mismo, sino a ella.

-Por el tatuaje que llevas en la espalda, asumo que eres muy religiosa.

-Por supuesto. Católica a ultranza. Fiel devota de Nuestra Señora de Guadalupe-afirmó con orgullo.

Aritz pensó con cuidado en cómo hacer la siguiente pregunta.

-Sé que el tema de la religión es muy delicado y despierta muchas pasiones. ¿Puedo serte franco respecto a eso?

- ¡Ni que no lo hubieras sido hasta ahora! - se burló-. Dale.

-Lozano me dijo que ya llevabas más de ciento cincuenta asesinatos.

-Así es- confirmó con satisfacción.

- ¿Cómo puedes ser católica, devota de la Virgen de Guadalupe y, al mismo tiempo, asesinar a gente?

La mexicana volvió a mirarlo sorprendida por sus palabras.

-Yo sólo mato a personas que interfieren en mi negocio. Las reglas del juego son muy claras. Mis enemigos las conocen muy bien y saben que si hacen algo contra nosotros los mataremos. No hay nada malo en lo que hago.

Así, de esa forma tan rápida y sencilla, justificó toda la sangre que había derramado.

-Pero, según la religión católica, matar es pecado.

-Yo mato en defensa propia. Protejo mis intereses. Únicamente me quiebro a quien me quiere robar o pretende matarme a mí. Dios no me puede condenar por defenderme.

-El primer mandamiento es no matarás, no importa lo que te hayan hecho.

Ximena rio.

-¿No es Estados Unidos uno de los países con más cristianos del mundo? ¿Y no meten acaso en la silla eléctrica a sus criminales? ¿Hay algo más cruel que matar a alguien electrocutado?

-Es cierto. Es una contradicción.

-Mira, en mi pueblo, el que más quiere al santo es el que más dinero le da, así que tengo un lugar asegurado en el cielo.

De nuevo la dualidad de Ximena. Católica y asesina.

-¿Y tú? -preguntó ella.

-Yo soy ateo.

-Ah, entiendo- afirmó mientras pensaba "¡Pinche gachupín! ¿Cómo no vas a creer en Dios? ¡Vas a arder en las llamas del infierno, pendejo!".

Poco a poco, el guipuzcoano entendió mejor a Ximena y sus motivaciones más profundas. Todas aquellas experiencias la habían convertido en la guerrera inmisericorde que era.

-Hasta he matado a curas- añadió la azteca.

Él la miró de nuevo sorprendido.

-En mi pueblo había uno que no paraba de hablar mal del narcotráfico. Quería echar a la gente contra nosotros. Me lo tuve que quebrar.

-¿Y eso no te enfrentó con las personas de tu pueblo?

-¿Enfrentarse a mí? - rio otra vez-. ¡Me adoran! - exclamó.

Aritz no supo si creerla.

-Santiago Nilpetec está en el culo del mundo y ha sido abandonado a su propia suerte por el Gobierno mexicano- afirmó Ximena-. Ningún político se ha ocupado jamás de sus habitantes. Yo, en cambio, les he construido carreteras pavimentadas, dos escuelas, una clínica, he arreglado el mercadito municipal, subvenciono las fiestas patronales del 24 y 25 de julio para honrar al santo y encima he puesto suelos de mármol y aire acondicionado en la iglesia.

Al finalizar su lista de contribuciones, observó durante un par de segundos la reacción de Aritz. Sin embargo, el guipuzcoano no dijo nada. No estaba interesado en juzgarla, sino en entenderla.

-Es un lugar muy pobre. Muchas mujeres aún van con naguas y huipiles. Es puro desierto. Hace cincuenta grados de temperatura. Tener aire acondicionado en la iglesia, el hospital o la escuela es algo muy importante.

El vasco asintió.

-En España no saben lo que es vivir así. En el pueblo no hay ni policías. De vez en cuando pasan algunos de Juchitán, pero sólo para tomarse unos tequilitas lejos de sus jefes. Su comisaría está a una hora de Santiago Nilpetec, así que imagínate. Aunque quisieran protegerlos, no podrían.

La mexicana se divertía viendo las expresiones faciales de Aritz ante lo que escuchaba.

-En esa zona lo que se usa son las leyes de usos y costumbres. Si, por ejemplo, mi hermano mata al tuyo, tú vienes, lo matas a él y todo resuelto. Y si la cosa se pone color de hormiga brava, me llaman a mí- sonrió-. ¿Cómo no me van a querer? Les traigo dinero y seguridad. ¡Me adoran! -repitió convencida.

La historia de la mexicana le recordó a la del capo Pablo Escobar. Cuando estaba vivo, muchos en Colombia lo odiaban. No obstante, en su barrio de Envigado, en Medellín, era adorado por los regalos y donaciones que les había dado.

-Quizás piensas que te miento o exagero, pero te digo la verdad-afirmó Ximena.

-Te creo- dijo Aritz enseguida-. Es que, como tú misma has dicho, venimos de dos mundos muy distintos. A veces es difícil entender realidades tan diferentes a las nuestras.

Ximena asintió y prosiguió su relato.

-Si vas a Santiago Nilpetec, pensarás que te tragó un agujero negro y que te transportó cien años atrás en el tiempo. Para que te hagas una idea, las cosas importantes se anuncian mediante dos autos parlantes instalados en dos casetas. Las llaman la caseta de arriba y la de abajo y están en los dos extremos del pueblito. Allí la gente no tiene móviles. No los pueden pagar. Tampoco hay señal. Cada vez que hay algo digno de ser mencionado, un señor se dirige a toda la comunidad a través de los altoparlantes. La voz se escucha en todas partes, como si hablara Dios -se rio-. Cuando yo voy, lo anuncian como si llegara una estrella de Hollywood y me viene a recibir el presidente municipal junto a medio pueblo. Parezco el presidente de la República- rio de nuevo.

Aritz vio aquellos relatos como ejemplos perfectos del realismo mágico que tan bien habían descrito autores como Gabriel García Márquez. Entonces entendió mejor que nunca al escritor colombiano y se dio cuenta que muchos de sus relatos no eran producto de su fantasía, sino un acertado retrato de la realidad que se vivía a diario en tantas partes de Latinoamérica.

-Además de darles mucha lana, mi amor, los protejo. Nadie se atreve a ponerles las manos encima. Yo lo soy todo para ellos- insistió.

La conversación duró horas y tras pasar por Georgia, Carolina del Sur, Carolina del Norte y Virginia, finalmente llegaron a la capital del país ya entrada la noche.

Se quedaron en un hotel del condado de Arlington, en Virginia. Justo frente a Washington. La única separación entre ambos era el rio Potomac.

Tan pronto subieron a la habitación y se refrescaron, Ximena llamó al contacto en la mara M-18 que le ayudaría en la operación. Esa pandilla salvadoreña era tan o más violenta que la Salvatrucha y se caracterizaba por la estricta lealtad que exigía en sus filas. Cualquier transgresión se penalizaba con la muerte.

Tenía cuarenta mil miembros en Estados Unidos, operaba en decenas de ciudades de veinte estados del país y mantenía una estrecha relación con la llamada Mafia Mexicana. También conocida como la M, se trataba de otra poderosa pandilla que dominaba muchas de las cárceles de la nación.

Además de secuestros, extorsión, control de burdeles, asesinatos por encargo y venta de drogas, la M-18 también tenía vínculos con el cartel de Sinaloa. Los mexicanos los subcontrataban para transportar y distribuir su droga, así como para eliminar a sus enemigos.

Tras organizar el encuentro del día siguiente, Ximena se acercó a Aritz.

-¿Seguro que ese señor está en Washington?

-El viejito tiene un trasero muy inquieto y no me extrañaría que quisiera viajar, pero estoy seguro de que sus jefes se lo han prohibido. Han de asumir que lo estoy buscando para vengarme y pensarán que aquí estará más protegido que en ninguna otra parte. Ésa será nuestra ventaja.

La mexicana asintió y caminó hacia el balcón. La vista era preciosa. Delante tenían el Memorial a Iwo Jima, que conmemoraba la victoria estadounidense sobre las fuerzas japonesas en esa batalla de la Segunda Guerra Mundial.

La iluminación hacía ver al monumento aún más esplendoroso. La estatua recogía la icónica imagen de varios soldados americanos levantando la bandera de su país sobre el monte Suribachi tras uno de los choques más sangrientos de la guerra en el Pacífico.

De fondo, se distinguían otros memoriales de la ciudad de Washington. La oscuridad de la noche combinada con las luces de los monumentos creaba un horizonte mágico y emotivo.

Ximena sólo llevaba puesta una bata. El etarra llegó al balcón y se situó detrás de ella. La mexicana notó su excitación, cerró los ojos y poco después sintió a Aritz entrando en su cuerpo.

Tras un leve suspiro, abrió de nuevo los ojos. Sintió un placer inmenso. Disfrutar de la belleza del paisaje mientras era poseída la excitaba todavía más. La respiración de ambos cobró ritmo y los dos comenzaron a gemir.

Los movimientos del vasco eran rápidos y decididos. Ella se dejó llevar. De pronto, escucharon unas voces en el balcón de al lado, pero continuaron entregándose el uno al otro ajenos a lo que sucedía a su alrededor.

En la habitación contigua había una pareja. Cuando escucharon los gemidos, se asomaron al balcón con curiosidad y los vieron haciendo el amor. Los otros huéspedes estallaron en una carcajada y se retiraron al cuarto.

Al desaparecer las voces del otro balcón, el silencio volvió a reinar en la noche. Ximena y Aritz observaban el horizonte y la armonía de aquella tranquila ciudad mientras seguían poseyéndose cada vez con más pasión.

Unos instantes después, Aritz llegó al orgasmo y gritó. Ella echó su mano para atrás y le acarició el cabello. Cuando el etarra iba a separarse de ella, la mexicana bajó la mano hasta su cadera y lo detuvo.

-No. Quédate ahí -le dijo suavemente.

Le encantaba sentir su miembro dentro de ella ya después del orgasmo. Era una forma de sentirlo suyo. Tenerlo tan cerca le daba la esperanza de que, algún día, un hombre podría amarla y formar con ella una familia.

Sin embargo, en el fondo sabía que eso era una quimera. Ése y cualquier otro hombre le estaban prohibidos porque había decidido no arriesgar más su corazón. Los criminales eran especialmente vengativos con las parejas que les traicionaban y ella ya había asesinado a dos ex amantes por ese motivo.

Los dos se quedaron abrazados durante unos minutos más hasta que decidieron regresar a la habitación.

Una vez allí, siguieron disfrutándose como si fuera la última vez que estarían juntos porque sabían que ése sería precisamente el caso. A las dos de la madrugada y con sus cuerpos ya exhaustos y sudorosos, se abrazaron y se desearon buenas noches.

-¡Pinche gachupín! ¡Eres un toro! -pensó ella.

-¡Vaya polvos! ¡Los mejores de mi vida! -hizo lo mismo él.

XXII

Alas siete de la mañana, Ximena y Aritz ya estaban aparcados a dos calles de distancia de la casa de Lajos Kovács a las afueras de Chevy Chase, en el estado de Maryland.

El vasco observaba con unos prismáticos la puerta de la vivienda. Recordaba haber escuchado decir al húngaro que, cuando no estaba de viaje, siempre iba a desayunar los domingos fuera con su mujer.

A las siete y cuarenta vio a la pareja saliendo por la puerta.

-Qué madrugadores-pensó.

Se acordaba muy bien de la colombiana, a quien había conocido en la casa del magiar cuando lo vio por primera vez. Era alta, distinguida y con pelo canoso. Su semblante aristocrático contrastaba con la personalidad dicharachera y campechana de su marido.

Ambos se subieron al coche y condujeron durante quince minutos hasta llegar a un restaurante especializado en panqueques. A pesar de la hora, el aparcamiento ya estaba casi lleno.

Cuando entraron en el establecimiento, un miembro de la M-18 se acercó con disimulo hasta su coche y se agachó como si se le hubiera caído algo al suelo. Una vez de rodillas, colocó un clavo largo y punzante entre el pavimento y la parte delantera de la rueda. Luego repitió la operación, pero en el otro extremo del caucho sintético. No importaba si el coche iba para delante o para atrás, uno de los clavos pincharía el neumático.

A las ocho y cincuenta y cinco la pareja salió del restaurante. El coche fue hacia delante y el clavo cumplió su cometido. Aproximadamente un kilómetro después, Kovács notó algo raro, detuvo el automóvil y salió a ver de qué se trataba. Cuando se dio cuenta de que tenía una rueda pinchada, llamó al servicio de grúas al que estaba suscrito y esperó en el vehículo.

Cinco minutos después, apareció una grúa con dos operarios. Al verla, Kovács salió a recibirles.

-¡Qué rapidez! -exclamó con alegría-. Suelen tardar quince o treinta minutos.

-Estábamos en el área-respondió uno de ellos mientras se agachaba para inspeccionar la rueda.

El húngaro, con su curiosidad natural, también se reclinó para observar lo que hacía el operario. El otro, aprovechando la distracción de Kovács, fue al lado opuesto del coche, abrió la puerta e hizo una señal a la mujer para que saliera.

En principio, la colombiana no entendió, pero cuando el individuo sacó discretamente del bolsillo de su chaqueta una pistola y la encañonó, siguió sus instrucciones sin más demora.

Kovács escuchó el sonido de la puerta al cerrarse, pero no le dio más importancia. Pensó que su mujer había salido para evitar que su peso dificultara el cambio de rueda. Sin embargo, cuando la vio frente a él con el hombre detrás y casi pegado a ella, entendió de inmediato que algo estaba mal.

-Te metés en la grúa o la quiebro aquí mismo- amenazó el sujeto ya en español mientras enseñaba de nuevo el arma.

Entre lo poco que se veía la pistola y que el individuo estaba de espaldas al tráfico, ningún conductor se dio cuenta de lo que sucedía en la cuneta frente a ellos.

Kovács y su mujer fueron hacia el camión. Uno de los hombres, parapetado tras el vehículo, cacheó al agente, que llevaba una pistola. Se la quitó y les ordenó que se colocaran en el asiento de atrás. Él centroamericano se sentó delante, los apuntó, les pidió los móviles y aguardó a su compañero.

El húngaro supo enseguida que aquello no era un simple robo. Sabían quién era y habían ido a por él.

-¿Quiénes son? ¿Qué quieren? -preguntó.

-Te me cierras el hocico-fue la única respuesta.

Una vez el otro hombre subió el coche a la parte trasera de la grúa, partieron de inmediato hacia la autopista. El agente de la CIA había estado en situaciones mucho más peligrosas que ésa, pero, de alguna forma, presintió que finalmente había llegado su día. Por si fuera poco, nadie lo extrañaría en la CIA ya que se había tomado unos días libres.

Kovács cogió una de las manos de su esposa para intentar tranquilarza. Con la otra sacó del bolsillo de la camisa uno de los clips que siempre llevaba para liberar la tensión. Le gustaba jugar con ellos y tener algo de metal entre las manos.

Al verle meter la mano en el bolsillo, el secuestrador se puso en guardia. Sabía que Kovács era una persona peligrosa y no tomaría ningún riesgo con él. Sin embargo, al constatar que sólo había cogido un simple clip, le dejó entretenerse con él.

-Verga, así no me jodés-pensó.

El camión circuló durante una hora hasta llegar a un área remota de Maryland. Había muy pocas casas y todas estaban muy distanciadas entre sí. De pronto, la grúa giró a la derecha en una carretera rural y después se metió en un camino de tierra. Kovács pudo ver un cartel que ponía "Granja toro de bronce".

Los dos secuestradores no hicieron ningún intento por impedir que el agente y su mujer supieran dónde estaban y eso inquietó aún más al húngaro.

Al llegar al final del camino, apareció frente a ellos una casa de campo con un granero al lado. Toda la zona estaba rodeada de bosque y no se distinguía ninguna otra vivienda. La más próxima estaba a varios kilómetros de distancia.

Los sujetos ordenaron a Kovács y a su mujer salir de la grúa y los llevaron al granero. Rectangular, construido con madera pintada de rojo y con un tejado gris de metal, era mucho más grande que la casa.

Esposaron a la colombiana y le dijeron que se sentara en el suelo. A Kovács lo colocaron en una silla que había sido atornillada a una base de madera. Era sólida y de metal gris. Después le ataron las manos a unas cintas de cuero adosadas al brazo de la silla y los pies a otras pegadas al suelo. Quedó totalmente inmovilizado.

-¿Qué coño quieren? -gritó consciente de la gravedad de la situación.

Tampoco hubo respuesta. Unos segundos después, al escuchar que un coche estacionaba cerca de la puerta, supo que había llegado el momento decisivo.

Cuando vio entrar a Aritz, se sorprendió. Sin embargo, apenas unos segundos después, sintió una profunda paz interior. La presencia del etarra le confirmó que aquél era el final de su camino y entendió que cualquier resistencia sería inútil. No había nada que hacer. Lo mejor era aceptar su destino y esperar que su muerte se produjera de la forma más rápida y menos dolorosa posible.

No obstante, los planes del vasco eran muy distintos.

-Hola, cabrón. ¡Así mismo te quería ver! Cagado en los pantalones- afirmó satisfecho el etarra.

Ximena iba a su lado, pero no dijo nada.

-Aritz Goikoetxea en persona- sonrió el húngaro.

-Sí. Vaya sorpresita, ¿no? ¿A que no esperabas verme por aquí, en la misma capital del Imperio?

Kovács recordó el perfil psicológico que las autoridades españolas habían elaborado sobre el terrorista. Una de las conclusiones era que se trataba de una persona impredecible, pero que en muchas ocasiones hacía exactamente lo último que se esperaría de él.

-Debería habérmelo imaginado- afirmó.

Aritz rio.

-Y yo jamás debería haber confiado en ti, ¡hijo de la gran puta! - le abofeteó. Por el momento, su intención no era hacerle daño, sino sólo humillarlo.

Kovács lo miró con odio y su esposa comenzó a llorar, consciente también de cómo concluiría aquel encuentro.

-Si no nos hubieras traicionado, gilipollas, la Unidad 120050 habría conseguido su objetivo y Euskal Herria sería ya una nación independiente. Has destruido el sueño de todo un pueblo, cabrón. Cualquier cosa que te ocurra hoy no será nada comparado a lo que te mereces. Eres peor que una nauseabunda rata de alcantarilla.

El húngaro había conocido a Aritz hacía ya muchos años. Con mucha astucia y paciencia, logró que confiara en él y que lo incluyera en la operación de la Unidad 120050 en Barcelona. El etarra jamás sospechó que, en realidad, se trataba de un agente infiltrado de la CIA y que sabotearía sus planes en el momento más importante. Su traición fue especialmente dolorosa para el vasco porque lo había considerado un amigo.

-¡Que te den por culo! -se dio el gusto de decir Kovács ante la certeza de su muerte.

El etarra volvió a reír.

-¡Desafiante como siempre!-exclamó-. No podía ser de otra forma. Imagino que estarás pensando que, si vas a morir, al menos que no sea de rodillas, ¿verdad?

Kovács lo ignoró.

- ¡El gran Lajos Kovács! ¡El luchador invencible! Y míralo ahora, a punto de recibir la extremaunción- ironizó el etarra.

Al escucharlo, la colombiana lloró con más intensidad.

-Eres un sucio traidor- volvió a la carga. No sabes cómo he esperado este momento. El que me la hace, me la paga. Así somos los vascos: amamos y odiamos profundamente.

Tras darse el gusto de observarlo durante unos segundos más atado a la silla y sumido en la impotencia, prosiguió.

-Ahora mismo debes estar pensado dos cosas. La primera es cómo vas a morir. ¿Será rápido? ¿Será lento? ¿Sufriré mucho?

Luego caminó hasta la esposa del húngaro, la cogió por los pelos y la estiró con fuerza hacia sí.

-¡Ah! -se quejó ella.

-¡Suéltala! ¡Cobarde! -gritó Kovács lleno de rabia.

Cuanto más se enfurecía Kovács, más disfrutaba Aritz. Era la prueba de que la venganza estaba teniendo el efecto deseado: causarle el máximo dolor psicológico y anímico antes de acabar con él de la forma más cruenta posible.

-Y la segunda cosa en la que estarás pensando es qué le va a pasar a tu querida mujercita- la miró.

El comentario enfureció aún más al agente, que intentó zafarse de las ataduras. Tras un par de bruscos, pero fútiles intentos, cejó en su empeño.

-¡Estás loco! ¿Crees que puedes matar a un agente de la CIA, así como así? ¡No vas a poder esconderte en ningún lugar del planeta!

Cuando Ximena escuchó que era un agente de la CIA, se acercó a Aritz y le pidió que la acompañara fuera. Él salió primero y cuando se dio la vuelta la vio apuntándole con una pistola.

-¿Qué? ¿Un pinche agente de la CIA? -gritó también enfurecida-. Nos aseguraste que la víctima no trabajaba para el Gobierno americano. Esto cambia todo. ¿Sabes qué chingas pasará cuando sepan que fue asesinado? ¿Eh? ¿Lo sabes? ¡Aritz, qué pendejo eres! -exclamó. La tensión hizo que comenzara a usar la versión más callejera de su español.

En México, Ximena estaba acostumbrada a matar narcotraficantes, delincuentes, policías e incluso políticos, pero, asesinar a un agente de la CIA eran palabras mayores. Por primera vez en mucho tiempo, sintió que estaba haciendo algo mal. No por el hecho de matar, sino por las consecuencias que podría tener ese asesinato.

Al escucharla, el etarra negó con la cabeza y miró hacia el suelo.

-Tranquilízate. No va a pasar nada. Jamás sabrán que vosotros estuvisteis involucrados en esto.

-Cuando el comandante de las FARC se entere, te va a despedazar. ¡Cómo le has tomado el pelo! ¡Y del Chava ni hablar! ¡Chinga tu madre! ¡Te van a quebrar! ¡Te van a cortar a trocitos!- dijo enfurecida.

-Pastor Jiménez no tiene por qué saber nada y tu jefe tampoco- respondió Aritz con tranquilidad-. Este hombre es un agente encubierto. Le odia medio mundo. Hay un ejército de personas que querrían matarlo. La lista de sospechosos es infinita y las autoridades no tendrán ninguna evidencia que nos ligue a esto.

Ximena se movía nerviosamente, pero sin dejar de apuntar al etarra.

-La CIA jamás reconocerá que era un agente suyo. Si lo hiciera, pondría en peligro toda la red de espías que Kovács ha creado pacientemente durante décadas. Los enemigos de este país asumirían que cualquiera que contactó con él fue después reclutado para espiar para Washington. Los matarían a todos.

-¿Y piensas que porque no admitan que es un espía no van tomar represalias? Esto es una muy mala idea. ¡Muy mala idea! -repitió ella.

-No moverán un dedo. No les interesa. Kovács es un simple peón. Carne de cañón. Es más, muchos en la propia CIA se alegrarán de que lo matemos. Ahí también hay mucha gente que no lo traga. Ha pisado demasiados callos-sonrió.

-Eres un mentiroso. ¿Nos has visto la cara de pendejos a todos o qué? Conozco a mi gente y de ésta puedo salir muerta. ¡Con el Chava no se juega! ¡Me la estás clavando muy cabrón! - exclamó la mexicana.

El etarra mantuvo la calma y trató de apaciguarla.

-Ximena, todo está bajo control. La CIA asumirá su pérdida, se callará la boca y se limitará a homenajearlo en privado dedicándole una estrellita en su edificio de Langley. Nadie te va a preguntar nada y, en último caso, siempre puedes decir a Lozano que nunca supiste que Kovács era un agente de la CIA.

Aritz sabía que todo eso era mentira. Era consciente que la CIA movería cielo y tierra para averiguar qué había ocurrido con Kovács. El siguiente paso sería vengar su muerte de forma inmisericorde para enviar un claro mensaje de que nadie podía matar a un agente de la Agencia Central de Inteligencia. Sin embargo, eso no le importaba. Estaba quemando su último cartucho.

Ver a Ximena llena de rabia le produjo una extraña excitación. Su furia la hacía aún más atractiva y, a pesar de las circunstancias del momento, pensó que le encantaría poseerla en ese mismo instante. La osadía de la mexicana le provocaba una excitación sexual jamás experimentada con ninguna otra mujer.

- ¿Y para que voy a complicarme la vida de esa manera? Es mucho más fácil matarte aquí mismo y liberarlo- afirmó desafiante la azteca.

- ¿Y piensas que si lo sueltas la cosa se quedará ahí? Te ha visto. Te buscará y no parará hasta encontrarte. La única forma de protegernos es matarlos a los dos y después cerrar el pico para siempre.

-¡Hijo de la chingada! -exclamó con aún más rabia.

Ximena se vio en un callejón sin salida y eso le hizo revivir el sentimiento de impotencia que experimentó cuando el narcotraficante Juan Fernández la secuestró y violó durante tres días con apenas quince años.

-Éste será nuestro secreto. Además, sabré recompensarte.

Ximena se acercó a Aritz.

-¿Sí? ¿Cómo?

-Dos millones de dólares para ti y cien mil dólares para cada uno de los mareros que están en el granero.

La mexicana guardó silencio.

-Es mucho dinero-afirmó el etarra.

Al verla titubear, buscó más argumentos.

-Podrás honrar más al santo en Santiago Niltepec- añadió consciente de lo devota que decía ser.

El silencio se prolongó durante unos instantes. Ximena no sabía si apretar el gatillo o aceptar.

-Tres millones para mí- sentenció.

-De acuerdo- no dudó él.

- ¿Seguro que tienes esa lana?

-Llevo preparando esta operación durante mucho tiempo. No hay problema. Déjame hacer una llamada telefónica, dame un número de cuenta y te lo transfiero de inmediato.

La temida Olivia se lo dio. Aritz hizo la llamada y transfirió los tres millones doscientos mil dólares. Cuando la mexicana verificó la transferencia con otra llamada, bajó el arma.

-Tú te encargas de dar el dinero a los mareros- instruyó él-. Asegúrate de que tengan la boca bien cerrada.

Ximena asintió. Había decidido arriesgarse, así que recuperó la compostura y siguió adelante con la operación.

- ¿Podemos fiarnos de ellos?- preguntó el etarra.

-Por supuesto. Los escogí personalmente. Y con cien mil dólares cada uno en el bolsillo, más todavía. Los he usado muchas veces y nunca he tenido ningún problema. Han visto con sus propios ojos lo que les pasa a quienes me traicionan. No hay peor enemigo que el cartel-dijo con saña. Quería que Aritz tuviese claro que, si los capos de Sinaloa se enteraban de que los había engañado, él también sería hombre muerto.

-Muy bien- afirmó el vasco-. Luego se acercó a ella, sacó una pistola de su chaqueta y le pegó el cañón en la frente.

Ximena se asustó. Sabía que era un hombre peligroso y capaz de cualquier cosa.

-Una cosa más. No me vuelvas a apuntar con un arma en tu puta vida. ¡En tu puta vida! - exclamó.

A la mexicana le enfureció que la amenazara y pensó en lo caprichosa e impredecible que era la vida. La noche anterior se había acostado con Aritz hasta agotar sus fuerzas y, tan solo unas horas después, ambos habían estado a punto de matarse mutuamente.

Nadie había salido con vida de semejante afrenta contra la mexicana, pero los tres millones de dólares ayudaron a que se olvidara temporalmente del incidente.

De nuevo en el granero, Aritz fue hasta Kovács.

-Lajos, aún no te he presentado a Ximena. Trabaja para el cartel de Sinaloa.

-Siempre rodeándote de la crema y nata de la sociedad- se burló el agente.

Ximena le miró ofendida y pensó que era un arrogante y un hipócrita.

-Te escudarás tras palabras muy bonitas y otros principios morales, pero, al final, eres igual que yo: un pinche asesino a sueldo- pensó la mexicana.

El etarra hizo caso omiso a las ironías del húngaro y prosiguió. Kovács podía decir lo que quisiera, pero quien tenía la sartén por el mango era él.

-Los mexicanos traen aquí a sus peores enemigos para enseñarles qué ocurre cuando se desafía o traiciona al cartel. Filman todo y después se lo enseñan a los suyos para que sepan cómo acabarán si algún día cometen el mismo error- continuó Aritz la explicación.

El húngaro sabía muy bien que los métodos de ese cartel eran extremadamente violentos y no quiso imaginar qué harían para infligir un castigo aún más ejemplar a alguien. Sin embargo, no tuvo que hacerlo. La respuesta estaba a punto de materializarse frente a él.

-¿Sabes quién fue Falaris?

Kovács lo ignoró.

-Era un tirano de la antigua Grecia. Regía con mano de hierro lo que hoy es Sicilia y le gustaba mucho la música. Un día, uno de sus hombres le construyó una máquina que, decía, combinaba a la perfección sus dos mayores placeres: la música y la tortura. ¿Sabes qué hizo Falaris? Metió al hombre dentro para ver si funcionaba bien.

El agente estaba nervioso, pero lo disimulaba bien.

-Tranquilo -le excusó teatralmente-. Antes yo tampoco sabía nada de Falaris o de esta máquina, pero Ximena me lo explicó en el trayecto. En Sinaloa tienen una igual a que la que vas a ver ahora y están tan contentos con ella que mandaron otra aquí- dijo mientras intuía el pavor que estaban provocando sus palabras.

Luego se acercó al agente para examinar mejor su rostro. Kovács aprovechó y le escupió en la cara.

-¡Gilipollas! -exclamó el vasco mientras se limpiaba.

-¡Que te den por culo! ¡A ti y a tu puta madre! -replicó el espía.

Aritz hizo una señal a Ximena y ella a los mareros. Los pandilleros fueron hasta una esquina del granero y comenzaron a arrastrar algo cubierto con una lona. Era voluminoso, pesado y hacía bastante ruido al moverse.

El granero no ejercía como tal, así que el suelo era metálico. Al llegar al centro de la estructura, los dos hombres quitaron la lona y apreció la figura de un toro de bronce en tamaño natural.

Uno de ellos fue hasta la colombiana, la cogió de un brazo y la llevó hasta el animal.

- ¡No la toques, cabrón! -exclamó su marido.

El otro marero abrió una pequeña compuerta en la espalda del toro, cortó las esposas plásticas a la colombiana y le ordenó que entrara. Ella se resistió y el pandillero la abofeteó con fuerza.

-¡Hijo de puta! ¡Estás completamente loco! -volvió a gritar Kovács mientras miraba a Aritz-. Si la propia ETA pudiera encontrarte, serían los primeros en acabar contigo.

Aritz lo miró y, lejos de enfadarse, le dio la razón.

-Es cierto. Pensarían que estos métodos son medievales. Lo que no entienden es que, si en verdad queremos una Euskal Herria independiente, no nos puede temblar la mano. Sólo estoy siguiendo el ejemplo de muchos países que en su día eran colonias y hoy son naciones independientes. La misma España fue parte de un imperio musulmán durante casi ocho siglos y, si no recuerdo mal, no los expulsaron de la península ibérica precisamente con buenas palabras. ¿O me equivoco? -ironizó.

Ximena comenzó a impacientarse. Quería irse cuanto antes.

-Si tenemos escrúpulos, jamás alcanzaremos lo que queremos- continuó el terrorista-. Ya habrá tiempo para ser civilizados. Ahora no toca. Si quieres separarte de España, tienes que declarar la guerra a Madrid. No hay vuelta de hoja. Pero una guerra de verdad, no la chapuza que ha hecho ETA durante tanto tiempo. Y del plan de paz, mejor ni hablar. ¡Qué vergüenza! Y esos desgraciados se hacen llamar patriotas vascos… -dijo despectivamente.

-¡Eres un psicópata disfrazado de independentista! ¡Estás enfermo! ¡De manicomio! -gritó Kovács de nuevo.

Harta de escucharlo, Ximena amordazó al húngaro. Después miró al etarra para ver si ponía alguna objeción, pero no lo hizo. Lo importante no era que hablara, sino que viese lo que iba a suceder.

Aterrorizada, la colombiana siguió las instrucciones, entró por la escotilla y se ubicó a trompicones dentro de la figura. El marero cerró la plancha de metal y corrió el pestillo de una cerradura. Después activó una hoguera de gas construida bajo el toro y se apartó.

El húngaro volvió a moverse de un lado a otro con violencia, pero sus ataduras siguieron sujetándolo férreamente.

-Por favor, Ximena, adelante -le pidió Aritz.

La mexicana había realizado ese rito decenas de veces. A algunos narcotraficantes les gustaba tanto que incluso lo llevaban a cabo mientras realizaban banquetes en grupo.

Traían al toro, metían dentro al condenado a muerte, ponían la figura de bronce delante de las mesas y observaban el desenlace mientras comían plácidamente. Cuando la reunión era para hablar de negocios, la tétrica estampa siempre favorecía su posición negociadora.

-Como eres español, este ritual con un toro va perfecto para la ocasión -dijo Ximena a Aritz.

-Vasco -puntualizó de inmediato.

La mexicana se rio consciente de la reacción que tendría el etarra ante sus palabras. Kovács no pudo creer que estuvieran bromeando en un momento como aquél y confirmó para sí que tenía frente a él a dos desquiciados.

-Los griegos adoraban los toros -prosiguió Ximena mientras miraba a Kovács-. Lo consideraban el animal más fuerte del mundo y el símbolo del poder absoluto.

La ansiedad del húngaro aumentó drásticamente al pensar en el sufrimiento que estaría padeciendo su mujer en la barriga del animal.

-Esta figura que ves aquí es el ejemplo perfecto de un objeto inanimado que, de pronto, cobra vida -señaló.

El toro comenzó a moverse debido a los golpes de la colombiana, pero no se escuchaba nada.

-Como podrás imaginar, en este momento tu mujer tiene un ataque terrible de pánico- prosiguió indiferente a la cólera del espía-. No la puedes ver, así que te voy a describir paso a paso qué está ocurriendo dentro del toro de bronce para que te hagas una idea.

Aritz la escuchaba con atención mientras caminaba alrededor del animal.

-Ella está sumida en la oscuridad más absoluta. No ve ni sus manos. Da golpes a la puerta para intentar abrirla y, al ver que no lo consigue, se pone aún más nerviosa. Su respiración aumenta de ritmo y comienza sufrir de una taquicardia aguda. Las planchas de bronce ya se están calentando. Ella lo nota y su pavor se incrementa todavía más. Ahora mismo está gritando como una condenada, pero no la escuchamos porque el metal enmudece cualquier sonido.

Los golpes y los movimientos del animal hacia los lados se hicieron más patentes. Sin embargo, la imponente figura taurina permaneció en su lugar. Estaba pegada a un rectángulo metálico con ruedas en su base para poder desplazarla de un lado a otro. Dentro del rectángulo estaba el tanque de gas que alimentaba las llamas.

-En efecto, estamos frente a un horno para cocinar a personas -concluyó Ximena.

Kovács comenzó a llorar. Daría lo que fuera por cambiarse por su esposa.

De pronto, el toro comenzó a mugir.

-El toro tiene en la cabeza un sistema de tubos que transforman en mugidos los gritos de la persona que está dentro. Parece un instrumento musical, ¿verdad? Casi como un trombón tocando bajito- prosiguió la mexicana.

Al escucharla, el húngaro gritó, pero la mordaza acallaba su rabia.

-Tu mujer está comenzando a asfixiarse dentro del bronce y pronto veremos qué hace.

Todos observaron con atención al toro. Medio minuto después, comenzó a salir humo por los orificios de su nariz.

-Está desesperada. Se ha dado cuenta de que hay unos tubos dentro y ha pegado su boca a uno para intentar respirar algo de aire. Sólo lo podrá hacer durante un minuto o dos. La temperatura del metal impedirá que pueda volver a tocarlo.

Los movimientos continuaban, pero cada vez con menos intensidad.

-El cuerpo de su señora se está cocinando a gran velocidad. No puede aguantar el calor. Está deshidratada. Las fuerzas le abandonan. Se ahoga. La alta temperatura del metal la quema por todas partes. Cada vez tiene más llagas y quemaduras. No sabe dónde ponerse. El dolor es terrible. Llora y grita con desesperación.

La narcotraficante dejó pasar unos segundos para que Kovács pudiera visualizar plenamente lo que le estaba ocurriendo a su mujer dentro de aquella máquina maldita.

-No sé si su señora es religiosa o no, pero le aseguro que ahora mismo está encomendando su alma a Dios -ironizó-. A veces abrimos un poquito la compuerta para escuchar a los pobres desgraciados que metemos dentro y no hay quien no esté llamando desesperadamente a su madre y pidiendo perdón a Dios. Igual que no hay ateos en la trinchera de un campo de batalla, el toro convierte a todos en creyentes con una efectividad pasmosa- ironizó la narcotraficante.

Después observó a Aritz.

-¿Así que no crees en Dios, pendejo? ¡Me gustaría ver qué estarías diciendo si estuvieras dentro! -pensó.

Ya apenas se escuchaban algunos mugidos procedentes de la boca del animal.

-Ahora ya se está rindiendo. Casi ni grita. Las personas suelen morir al cabo de diez minutos. Llevamos ocho. Despídase de ella antes de que sea demasiado tarde.

Kovács le pidió disculpas mentalmente y le dijo que la quería.

-¡Pronto estaremos juntos, mi amor! -pensó.

A los nueve minutos, el toro dejó de moverse y de mugir.

Aritz se situó frente a Kovács y sonrió.

-¿Cómo te sientes al haber provocado una muerte tan dolorosa a tu mujer, cerdo asqueroso? Esto es lo que les pasa a quienes me traicionan.

El agente hizo un último intento por abalanzarse sobre el etarra, pero, una vez más, las ataduras lo aferraron a la silla. Luego Ximena llamó a uno de los pandilleros.

-Órale. Dale machete -le indicó.

Al escucharla, el marero se colocó detrás del húngaro, sacó un machete y se lo pegó al cuello. Luego ajustó la posición del metal entre la garganta y la barbilla y esperó la orden definitiva.

El enorme cuchillo resplandecía de limpio y tenía un asa de madera. La decapitación era una de las formas preferidas de las maras para ejecutar a sus enemigos y este pandillero era uno de sus verdugos con más experiencia.

Aritz pensó que aquella macabra imagen se parecía a la de un músico tocando el violonchelo. La víctima delante y el asesino detrás usando el machete como si fuera el arco del concertista.

Kovács había asesinado a muchas personas a lo largo de su vida. A veces porque sus jefes le dijeron que esas muertes eran necesarias para garantizar la seguridad del país, otras simplemente por dinero.

Recordaba a menudo a sus víctimas y convivía junto a ellas sabedor que todas esperaban pacientemente el momento del reencuentro inevitable. Las veía, las sentía y en ocasiones su presencia era tan intensa que incluso hablaba con ellas.

-Quien a hierro mata, a hierro muere- pensó. Siempre supo que su final sería así: violento e inmisericorde.

De pronto, todas esas víctimas aparecieron frente a él.

-Venís a disfrutar de mi muerte. No os puedo culpar -dijo para sí resignado el magiar.

Sin embargo, sus fantasmas del pasado no le recriminaron nada ni mostraron ninguna señal de emoción ante su inminente asesinato. Permanecían inmóviles y en silencio frente a él mientras se limitaban a mirarlo fijamente. Su único interés era verlo morir y ser los primeros en recibirlo en el más allá para saldar las cuentas pendientes.

Los ojos de sus víctimas eran inexpresivos, fríos, de un intenso color negro y nunca parpadeaban. La sensación fue tan angustiante que Kovács cerró los suyos para no verlos más.

-Sácale la mordaza- ordenó Ximena-. ¡Quiébratelo! -gritó después mientras el agente se encomendaba a Dios.

Al escucharla, el húngaro volvió a abrir los ojos y sonrió. Cualquier persona estaría tan abrumada con todo lo sucedido que su mente simplemente habría dejado de funcionar, pero Kovács era un espía profesional y, a pesar del dolor y el caos del momento, supo pensar con frialdad.

-Haces bien en matarme, pero mi brazo es largo y me vengaré incluso muerto. ¡Hijo de puta! -espetó con un gesto enigmático mientras clavaba su mirada en la de Aritz.

El vasco resopló con indiferencia y descartó esa posibilidad.

El pandillero actuó de inmediato, pero no usó su machete para dar golpes secos y contundentes contra el cuello. Lo movió de un lado a otro como si fuera un experimentado carnicero cortando un filete. Tras muy pocos cortes diestros y precisos, la cabeza de Lajos Kovács se desmembró y cayó al suelo.

El otro miembro de la M-18 se había dedicado a filmarlo todo.

Aritz se quedó sorprendido con la velocidad con la que el verdugo decapitó a Kovács. La escena había sido impactante y el vasco casi vomitó.

-Ya saben qué hacer- dijo después la mexicana a los pandilleros.

Luego salió del granero junto a Aritz, subieron al coche y se marcharon de la granja.

En el camino casi no hablaron. El etarra tenía una larga lista de muertos a sus espaldas y había pedido al cartel un castigo especialmente cruel para Kovács, pero aquel nivel de violencia le impresionó incluso a él. Nunca había visto nada semejante.

Tres horas después, llegaron a un pequeño aeropuerto en el vecino estado de Virginia Occidental. A pesar de lo mucho que habían vivido juntos en los dos últimos días, la despedida fue rápida e impersonal. Todo acabó como había comenzado, con un saludo afable y poco más.

Los dos habían cumplido sus objetivos. El resto era irrelevante.

-Gracias por todo -se despidió de Ximena-. Ella asintió, pero no dijo nada.

Nunca más volvieron a verse.

El avión privado llevó a Aritz hasta San Diego. Allí le estaban esperando para trasladarlo al túnel. Una vez en México, partiría hacia Brasil.

XXIII

¡A sus órdenes, mi capitán! -saludó marcialmente el cabo Apolinar Garrido Palacio. Tanto sus botas reglamentarias negras como su uniforme de campaña caqui estaban impolutos.

Eduardo Albarracín le hizo una señal para que sentara y éste obedeció. Estaban en el despacho del oficial en el cuartel del Bruch.

-Veo que pronto vendrá su oportunidad para ascender a cabo primero -dijo al hojear su historial.

-Así es mi capitán. Ojalá lo consiga.

Al oficial le gustó el entusiasmo que reflejaba Apolinar.

-Ya sabe que una parte importante de su evaluación es su carácter y comportamiento personal. Los mandos nos piden que elaboremos un informe de todos ustedes para determinar si son las personas adecuadas para continuar en esta institución.

-Entiendo.

-Voy a hacerle una serie de preguntas en ese sentido.

-A la orden.

Albarracín asintió y se dispuso a comenzar la entrevista.

-¿Le gusta el Ejército? ¿Era lo que esperaba?

-Me encanta. Es lo mejor que me podía haber pasado- respondió con seguridad.

-¿Sus planes son continuar en el Ejército? ¿O salir cuando haya cumplido su contrato si encuentra una mejor oportunidad profesional?

-Mi intención es continuar la carrera militar. Quiero llegar a oficial y de ahí que sea lo que Dios quiera.

Albarracín sabía que muchos jóvenes españoles se habían apuntado a las fuerzas armadas por la crisis económica y lo veían como un trabajo temporal. El sueldo de mil euros al mes les había motivado a solicitar plaza.

Algunos podrían pensar que el intenso debate independentista en Cataluña habría desalentado a muchos catalanes a entrar en el Ejército español, pero el caso era justo al revés. Uno de los lugares con más solicitudes para ingresar era, precisamente, Cataluña.

El capitán estudió con atención la ficha personal del cabo. Apolinar Garrido Palacio tenía veinticuatro años, era de Valladolid y había cursado Derecho.

-Veo que estudió para abogado.

-En efecto, mi capitán- respondió de forma sucinta. Sabía que eso gustaba en el Ejército.

-¿Y estudió Derecho cuatro años para ahora no querer ser abogado?

Al cabo le incomodó la suspicacia, pero, por supuesto, se tragó el malestar.

-Si le soy sincero, nunca tuve una vocación clara. Me apunté a Derecho porque me parecía una carrera comodín. He de confesar que entrar al Ejército jamás había pasado por mi mente y que comencé a plantearme esa posibilidad porque no encontraba trabajo, pero, una vez aquí, me he dado cuenta de que esto es lo mío.

Albarracín pensó que sus palabras eran sinceras.

-¿Y cayó en esta unidad de operaciones especiales porque era lo único disponible? Su perfil se ajusta más a un destino administrativo. Sabe muy bien que el Regimiento de Cazadores de Montaña Arapiles es una unidad de combate.

-No, mi capitán. Tras mi experiencia en Afganistán, tengo claro que soy un hombre de acción. Por eso estoy siguiendo los cursos de combate e inteligencia militar.

El oficial depositó el historial del cabo sobre su mesa y siguió estudiando cualquier detalle que indicara que le estaba mintiendo.

-¿Tiene familia militar?

-Un primo guardia civil.

Eso pareció gustar a Albarracín.

-¿Tiene familia aquí, en Barcelona?

-No, mi capitán.

¿En el País Vasco?

La pregunta extrañó al vallisoletano. El oficial tenía todos esos datos en la ficha de Apolinar, pero quiso confirmar todo.

-No.

-¿Dónde vive su familia?

-Casi todos en Valladolid. Algunos en Madrid y otros en Salamanca.

-¿Dónde está destinado su primo?

-En La Coruña.

La respuesta sorprendió a Albarracín.

-Vaya, ¿todavía hay gente que dice La Coruña?

El cabo le miró sin saber qué responder. Se preguntó si habría cometido un error.

-Ahora todos la llaman A Coruña, ¿no?

El castellano detectó la ironía y decidió a dar su opinión. Era un riesgo calculado dado que estaba hablando con un oficial del Ejército español.

-En español es La Coruña, no A Coruña. Si estoy hablando en español, no digo voy a New York, sino voy a Nueva York.

-Veo que usted no es una persona políticamente correcta, Apolinar.

El soldado calló, pero intuyó que su respuesta había sido bien recibida. Por lo general, si un oficial no estaba contento con algo, no dejaba ninguna duda al respecto.

-Y entre nosotros, ¿qué piensa de todo este tema del independentismo?

Esta pregunta también le extrañó.

-Estoy totalmente en contra. España es indivisible. La independencia de Cataluña o del País Vasco no sólo serían una traición a la Patria, sino también un acto ilegal y anticonstitucional.

Albarracín le observó en silencio.

-De algo me ha servido estudiar Derecho- apuntó en tono de broma.

El capitán no estaba ahí para ser su amigo, sino su oficial, así que no se rio.

-¿Y cómo le va a nivel personal en Barcelona? ¿Ya se ha echado novia catalana?

-Tengo novia, pero es de mi ciudad, Valladolid.

-Felicidades.

-Gracias.

-¿Y amigos catalanes, ya tiene muchos?

-Mi capitán, me paso el día en el cuartel. Mis mejores amigos son mis compañeros del regimiento.

-¿Cuál es su equipo de fútbol?

-El Real Madrid.

El capitán sonrió satisfecho.

-El catalán, ¿es un idioma o un dialecto?

-Un idioma, mi capitán.

-¿Lo aprendería?

-Sí.

-¿Cree que es justo que un estudiante no pueda estudiar en español en Cataluña?

-Con todo el respeto, y perdóneme el lenguaje, me parece una soberana gilipollez.

-¿Qué haría con una persona que quemara una bandera española?

-Meterla en la cárcel. Es ilegal.

-¿Porque es ilegal o porque es incorrecto?

-Por ambos motivos.

-Si estuviera presente durante un atentado de ETA, ¿qué haría con su arma?

-Usarla.

-¿Cómo?

-Contra los terroristas.

-¿Estaría dispuesto a matar a uno si la situación lo requiriese?

-Sí.

-¿Ha matado alguna vez a una persona?

-En Afganistán disparé contra varios talibanes que se escondían en una montaña, pero no estoy seguro de qué les pasó.

-¿Y si tuviera al terrorista de ETA delante suya durante ese atentado? ¿Sería fácil matar a esa persona?

-No creo.

-¿Pero lo haría?

-Sí.

-¿Qué opina del Rey? - siguió lanzando preguntas sin casi dejarle tiempo a respirar.

-Es el jefe de las Fuerzas Armadas. Le debemos lealtad.

-¿Y si su novia fuera republicana?

-Ella tendría su opinión y yo la mía, pero dudo que me echara una novia republicana.

-¿No afectaría eso su trabajo como militar?

-Para nada.

-¿Podría tener amigos independentistas?

-También lo dudo.

-¿Lo duda? ¿No está seguro?

-No podría- rectificó.

-¿Por qué?

-Es un tema que nos separaría demasiado.

-¿Qué tal se lleva con su padre?

-Muy bien.

-¿Ha sido un buen padre?

-Excelente.

-¿Cree que las fuerzas armadas están legitimadas para usar la fuerza si hubiera un intento de golpe de estado?

-Por supuesto, sino ¿de qué serviría tener una constitución y unas fuerzas armadas?

-¿Y si Cataluña se declarara independiente de nuevo, pero sin echarse para atrás como el año pasado?

-Habría que seguir las órdenes del Gobierno.

Aunque inusuales, las preguntas no incomodaron en exceso al cabo. Si se trataba de una entrevista personal, lógicamente, tenían que ser de esa índole.

Además, se sentía tranquilo porque había sido sincero en todas sus respuestas.

-Usted entiende que la naturaleza de nuestro trabajo es defender a la Patria y obedecer las órdenes que nos imparten, ¿correcto?

-A la perfección.

-¿Tiene algún problema con la figura de la autoridad competente?

-Ninguno. Es más, la considero muy necesaria. Si no hay una estructura institucional muy clara en la sociedad, viene la anarquía. Debemos respetar a las autoridades. Vivimos en una democracia. Nosotros las hemos elegido. Nadie nos ha impuesto nada.

-Entonces no tiene problema a la hora de obedecer órdenes, ¿cierto?

-Al contrario. Además, es la naturaleza del soldado- afirmó con seguridad.

-Me parece muy bien que lo tenga tan claro. No estamos aquí para discutir las órdenes, sino para obedecerlas. La democracia se ejerce fuera de las paredes del cuartel, no dentro.

-Por supuesto, mi capitán.

El oficial recogió el historial del cabo y lo metió en un fichero.

-Muy bien. He observado de cerca su desempeño en el último año y voy a dar una muy buena recomendación de usted.

El rostro del cabo se iluminó.

-Muchas gracias, mi capitán.

-Pero no se le ocurra fallarme- advirtió.

-No le voy a decepcionar- respondió con seguridad.

-Ya sabe que estas entrevistas son confidenciales, así que no comente con nadie el contenido de las mismas. Son temas privados que sólo atañen a cada uno de los soldados. Esto queda entre usted y yo.

-A la orden

-Puede retirarse.

-A sus órdenes, mi capitán.

Cuando el cabo salió del despacho, Albarracín recogió el fichero, lo llevó a un armario metálico gris y lo cerró con llave.

Ya había completado su grupo de confianza. Ochenta militares de su regimiento sin ninguna familia o lazo emocional con Cataluña o el País Vasco. Hombres y mujeres que se sentían españoles por encima de todo y que obedecerían sus órdenes sin rechistar.

Correría sangre y necesitaba a su lado a gente que no dudara a la hora de apretar el gatillo.

XXIV

El policía israelí cogió el pasaporte de Manel Bartra y repasó todas sus hojas para ver los sellos que tenía estampados.

Aunque pasó desapercibido para el catalán, un miembro de la Unidad de Guerra Psicológica de las Fuerzas de Defensa de Israel le señaló como persona de interés, así que fue sometido a una inspección más detallada.

Esta unidad solía dedicarse a cuestiones de propaganda, pero también contaba con psicólogos destinados en el Aeropuerto Internacional Ben Gurión de Tel Aviv. Eran expertos en lenguaje corporal y su misión consistía en detectar individuos que actuaran de forma sospechosa.

Los estrictos controles policiales en ese aeropuerto ya eran desesperantes de por sí, pero el dolor de cabeza se convertiría ahora en una migraña para Bartra.

-¿Habla inglés? -preguntó el agente en inglés.

-Sí- respondió el periodista ya a en ese idioma.

- ¿Pedro González?

-No -respondió extrañado, ya que el policía estaba leyendo el pasaporte.

-¿Manel Bartra?

-Correcto.

Luego llegó otro agente y se colocó al lado del catalán. Le observó con atención por si a su compañero se le escapaba algún detalle. A unos metros de ellos había varios militares con ametralladoras.

-Abra su maleta, por favor- ordenó el primer funcionario mientras le indicaba una mesa.

El reportero obedeció y el israelí comenzó a hurgar en todo el contenido.

-En Barcelona ya me revisaron todo. Instrumentos electrónicos, zapatos, reloj, bolígrafos... Incluso la ropa interior y la pasta de dientes.

El agente ignoró el comentario y repasó el formulario de entrada al país, donde se pedía al visitante que dijera su profesión.

-¿Periodista?

-Sí.

-Si es periodista necesita un permiso especial para trabajar aquí. ¿Lo tiene?

-No vengo a trabajar.

-¿Motivo del viaje?

-Turismo.

-Turismo... -repitió el uniformado con cierto escepticismo.

Bartra calló.

- ¿Qué lugares va a visitar en Israel?

-Primero Tel Aviv y después Jerusalén.

- ¿Es judío?

-No.

-Lo siento, nadie es perfecto- afirmó con toda naturalidad.

El catalán lo miró como si no creyera lo que le acababa de escuchar.

-Ya, es musulmán- añadió el policía.

-No, soy cristiano.

- ¿Y a qué iglesia va en Madrid?

Bartra volvió a sorprenderse.

-Soy de Barcelona.

-Pues eso, ¿a qué iglesia va en Barcelona?

-No voy. No practico.

- ¿No será que no es cristiano?

El catalán estaba fuera de juego. Ya le habían advertido que las fuerzas de seguridad de Israel eran muy metódicas y persistentes a la hora de permitir entrar o salir a alguien del país, pero consideró excesivo semejante trato. Más que preguntas, aquello comenzaba a parecer un interrogatorio en toda regla.

-Oiga, ¿siempre tratan así a los turistas? -se quejó.

-Sin excepción. Nunca se sabe -respondió impertérrito el funcionario. Estaba acostumbrado a ese tipo de reacciones.

El reportero suspiró y se armó de paciencia.

-A menos que sea judío, claro -rectificó el agente-. Un judío no vendría aquí a hacernos daño. Usted, quién sabe.

-Está bromeando, ¿no? -se indignó.

-Aquí nunca bromeamos cuando hablamos de terrorismo. A usted puede parecerle gracioso, pero a quienes lo sufrimos nos parece cualquier cosa menos un chiste. No debería hacer bromas sobre ese asunto en un lugar como Israel.

Bartra se quedó boquiabierto y dedujo que el policía quería provocarle.

-Yo no he bromeado. Eso lo ha dicho usted. Era una pregunta. ¿Por qué tergiversa todo lo que digo?

-Si no le importa, aquí el que pregunta soy yo.

La conversación se interrumpió durante unos segundos mientras el agente observaba atentamente la pantalla de un ordenador.

Una cámara oculta escaneaba al periodista y la imagen salía proyectada en la pantalla. El programa informático, desarrollado por la Unidad 8200 del Cuerpo de Inteligencia de las Fuerzas de Defensa de Israel, aplicaba colores a las reacciones físicas y psicológicas del reportero.

Los colores reflejaban la presión arterial, pulso, ritmo cardíaco y temperatura corporal. El número e intensidad de esos colores aumentaban si se ponía más nervioso.

Las reacciones de Bartra no permitieron hacer una evaluación definitiva. Estaba nervioso, pero podía ser porque ocultaba algo o simplemente porque le estaban sometiendo a una incómoda inspección policial. Era necesario continuar con la prueba para descartar cualquier duda.

-¿Sus padres son católicos?

-Sí.

-¿Entonces por qué y cuándo se convirtió al islam?

-Oiga, ¿está escuchando lo que le digo? Ya le dije que soy cristiano- reiteró casi fuera de sus casillas.

El agente parecía disfrutar ametrallando a Bartra con preguntas inconexas y sin sentido aparente. Bastaba un solo desliz para que lo que hasta el momento miraba con lupa pasara a ser examinado con microscopio.

-Quiero hablar con su supervisor.

-Yo soy el supervisor.

-Todos tenemos un supervisor.

-Todos menos yo.

El catalán tragó aire e intentó contener su enfado.

-¿No será que su objetivo es hacer reportajes en los territorios palestinos? Muchos periodistas dicen que vienen a Israel para visitar el Mar Muerto y luego los vemos sacando fotos en las intifadas.

-No. Vengo a descansar- afirmó abandonado ya cualquier posibilidad de poder quejarse ante algún superior en rango.

-¿A descansar? ¿Y para eso viene a Israel? La Costa Brava está más cerca y es más barato.

Bartra rio. En vez de molestarle, la conversación empezó a divertirle.

-¿Algún lugar en especial de la Costa Brava que me recomiende? -preguntó con sarcasmo.

-Hum… -reflexionó el agente-. ¿Conoce Palamós?

-Sí.

-Ya sabe, la ciudad que hay entre Llafranc y Tamariu, en Gerona.

La sorpresa del periodista fue más que evidente.

-No. Está al sur de Llafranc. Entre Calella de Palafrugell y Platja d'Aro- puntualizó Bartra.

El policía hizo caso omiso y siguió registrando la maleta.

Ben Gurión recibía cada año unos diez millones de visitantes y era el aeropuerto más seguro del mundo. Además de la seguridad visible, contaba con infinidad de medidas encubiertas.

-¿Y dónde se hospedará?

-En el Hotel de La Mer.

-¿Cómo se llama la mujer que viene a ver aquí?

-No vengo a ver a ninguna mujer.

-¿Es su amante?

-Creo que no entendió bien mi última respuesta.

-¿La conoció en España?

-Me remito a la respuesta anterior-afirmó mientras se armaba de paciencia.

-¿Es palestina?

-No conozco a ninguna palestina.

- ¿Y a quién conoce entonces en Israel?

-A usted.

-¿Y nadie más?

-Por el momento, no-afirmó mientras comenzaba a insultarlo por lo bajinis.

-¿Le han pedido que traiga algún mensaje para alguien?

-Sería difícil, ya que, como le he explicado, no conozco a nadie aquí.

-¿Sabe que mentir a un agente de la Policía del Estado de Israel es un delito?

-Gracias por informarme.

-¿Está nervioso?

-Más bien cansado. Me gustaría tumbarme en la playa. Para eso vine. Sólo tengo cuatro días.

-¿Cuatro días? ¿Y viene hasta aquí para estar sólo cuatro días?

-Es lo que hay.

-Para ver tan solo Jerusalén necesita un mes.

-Pues no hay tiempo que perder- ironizó mientras le miraba.

-¿Va a ir a los territorios palestinos? - insistió.

-No tengo ninguna intención.

-¿No tiene ninguna intención o no va a ir?

-No voy a ir.

El funcionario sacó un bloc de notas de la maleta, lo abrió y comenzó a ojearlo. Al verlo, Bartra se indignó.

-Perdone. Eso es personal. No tiene ningún derecho a fisgonear en mis notas.

-Tengo todo el derecho del mundo. ¿No leyó acaso el formulario que rellenó y firmó cuando entró en territorio israelí?

El catalán respiró profundamente.

-¿Tiene miedo? ¿Está ocultando algo?

-No estoy acostumbrado a que la Policía viole mi privacidad de esta forma.

-¿Quién es Fátima?

-Una amiga.

-¿Es éste su teléfono?

-Sí.

-Es musulmana, ¿no?

-No tengo la menor idea, pero no creo.

-Tiene nombre musulmán.

-Hay muchas Fátimas en España y no creo que la mayoría sean musulmanas.

-¿Tiene muchos amigos musulmanes?

-La verdad es que no lo sé. No suelo preguntarles si profesan una religión ni cuál.

-¿El mensaje que trae, se lo dio Fátima?

-Ya le dije que nadie me dio ningún mensaje.

- ¿Para quién es?

-Si me dice cuántas veces tengo que repetir lo mismo para que me comprenda, lo hago y así iremos más rápido. ¿Qué le parece?

-Ah… es que no le entendí bien. Habla muy bajito- le culpó, algo que irritó aún más a Bartra.

El agente siguió leyendo.

-Éste es un número de Israel- señaló con su mano.

El periodista se acercó y lo miró.

-Es el del hotel.

El policía sacó su móvil, marcó el número y colgó al escuchar a la operadora del Hotel de La Mer.

-¿Es hincha del Barça?

Las preguntas no tenían conexión aparente más allá de pretender desquiciar a Bartra. El catalán, con tal de acabar cuanto antes, decidió responder ya a cualquier cosa sin objetar nada.

-Sí.

-¿Es Messi el mejor jugador del mundo?

-Sin duda-rio mientras pensaba que lo último que habría imaginado en un control policial israelí era que le harían preguntas de fútbol.

-¿Le gusta el Real Madrid?

-Parece que sabe mucho de fútbol español, así que, si soy del Barça, imagínese la respuesta.

-¿Es el Madrid un buen equipo?

-Sí, excelente. Campeón de la Champions- admitió a regañadientes-. Sin embargo, tras la marcha de Ronaldo a la Juventus, este año les irá fatal. Se acabó su ciclo.

¿Le gusta el ex entrenador del Madrid, Mourinho?

-Lo detesto con una pasión malsana.

Al catalán le llamó mucho la atención el nivel de conocimiento de España por parte del policía y asumió que las autoridades tenían agentes especializados en diferentes países.

-¿Es la primera vez que viene a nuestro país?

-Sí.

-¿Ha visitado Argelia, Yemen, Mali, Afganistán, Irak, Somalia o Siria?

-No.

-¿Esta seguro?

-Creo que lo recordaría.

-¿Ha hecho reportajes sobre Israel?

-Soy periodista.

-Tengo un amigo que también lo es y nunca ha hecho un reportaje sobre los parques nacionales americanos.

Bartra asintió.

-Sí, he hecho varios reporjates sobre Israel.

-Imagino que nos habrá puesto a parir. De asesinos de niños para arriba. Seguro que es pro palestino.

El reportero pensó que nunca volvería a quejarse del trato a veces malhumorado de los miembros de la Policía Nacional en los controles de pasaportes de los aeropuertos españoles. Al lado de éste, parecían esmerados mayordomos personales.

-No soy pro nada ni anti nada. Soy un periodista al que simplemente le gustaría tumbarse en la playa para poder descansar.

-¿Conoce a algún terrorista?

-No que yo sepa.

-Apuesto a que admira a éste- dijo mientras sacaba de un cajón una foto de Yasser Arafat y se la enseñaba.

-Admiro a muy poca gente y él no está en la lista.

-¿Y a éste? - le mostró entonces una foto de Adolfo Hitler.

-¡Cómo se pasa! - exclamó.

El ejercicio no era gratuito. Cada pregunta tenía una función y habían sido diseñadas específicamente para él por un programa informático.

Estaban basadas en los datos que Bartra había escrito en el formulario de entrada, en los datos de su pasaporte y en cualquier otra información sobre él disponible en Internet.

El programa tenía un sofisticado algoritmo que detectaba la más mínima contradicción entre el contenido de las respuestas de Bartra y las reacciones emocionales que proyectaba. Si sospechaban que mentía, lo retendrían temporalmente para investigarle más a fondo.

El policía observó de nuevo la pantalla del ordenador para evaluar las reacciones del periodista y le enseñó otra fotografía.

-Pero, ¿qué es esto? -volvió a indignarse el barcelonés.

-Es su madre-afirmó el agente sin inmutarse y como si Bartra no lo supiese.

-¿De dónde ha sacado esta foto?

-De su perfil de Facebook. La subió usted. Es pública. Si no quiere que la gente la vea, ¿para qué la publica?

Cuando el catalán estaba a punto de quejarse de nuevo, el policía volvió a estamparle una pregunta.

-¿Es usted antisemita?

-¡Dios mío! ¿Pero qué clase de pregunta es ésa?

-Entonces no lo niega. Eso es sinónimo de que lo admite.

-¡Claro que no soy antisemita! Tengo muy buenos amigos judíos.

-¿No decía que no preguntaba a sus amigos qué religión tienen? ¿Cómo sabe entonces que son judíos?

-Resulta bastante evidente porque llevan puesta una kipá en la cabeza. Además, me lo dijeron.

-¿Por qué?

-No sé. La próxima vez se lo preguntaré.

-¿Está casado?

-No.

-¿Tiene novia?

Bartra ya estaba harto de aquel trato, así que se atrevió a emular la irreverencia del policía.

-Tampoco. ¿Alguna sugerencia? -preguntó.

El funcionario comprobó que había realizado todas las preguntas de su lista y pulsó una tecla para solicitar los resultados. Al cabo de unos segundos, el programa concluyó que el periodista parecía sincero. El agente coincidió, bajó la pantalla del ordenador y le devolvió el pasaporte.

-¿Si tengo alguna sugerencia? -repitió la pregunta el agente-. Sí, que se concentre en disfrutar de su estancia en nuestro bello país. Hay muchos terroristas que se aprovechan de incautos como usted para que hagan cosas por ellos. Pueden meterle en un lío tremendo sin que usted ni se entere.

-¿Quién le ha dicho que soy un incauto? - se molestó.

-Sólo un incauto firmaría formularios de inmigración y aduanas sin haberlos leído bien o pasaría un control de la Policía israelí con un nombre como Fátima apuntado en su libreta-afirmó

El otro policía ayudó a Bartra a cerrar su maleta. Mientras, el que le había interrogado se acercó a él.

-Señor Bartra. Hay mucha gente que nos quiere hacer daño. Esto también lo hacemos por su propia seguridad. Aquí hay muchas personas que parecen inofensivas, pero que no lo son. Al contrario, son muy peligrosas. Ustedes no están acostumbrados a esto. Hagan caso a las autoridades.

A Bartra no le gustó el comentario.

-Perdone, pero no vengo de Disneylandia, sino del Estado español- rehusó decir la palabra España-. Algo de experiencia tenemos en temas de terrorismo. Además, soy periodista. He cubierto estos temas. No soy ningún ingenuo.

El agente lo desafió con la mirada. Sabiendo que tenía las de perder si el policía cambiaba de opinión y decidía investigarlo más a fondo, bajó la cabeza en señal de aparente arrepentimiento.

-Pero lo siento- rectificó su actitud-. Sé que sólo está haciendo su trabajo. Es que nunca me han hecho este tipo de preguntas en un aeropuerto.

-Hemos sufrido muchos ataques terroristas. No hacemos esto por capricho. Todo tiene un motivo y una explicación- añadió en perfecto español.

El periodista volvió a quedarse con la boca abierta.

-Alguien puede regalarle un frasco de colonia- continuó en español-. Usted agradece el gesto y lo pone en su equipaje antes de facturarlo, pero resulta que es un explosivo líquido de última generación que detona cuando el avión llega a una altura determinada. Tenemos detectores de explosivos muy sofisticados, pero los terroristas se esfuerzan mucho cada día para inventar algo que burle esa detección. ¿Me entiende?

-A la perfección- afirmó mientras pensaba que lo último que haría sería poner algo en su maleta que le hubiera dado un desconocido. Sin embargo, optó por callarse. Ya había llamado suficiente la atención.

-Que tenga una buena estancia en Israel- se despidió.

El agente había comenzado a caminar junto a su compañero cuando de repente se giró.

-¡Ah! -exclamó el agente antes de irse.

-¿Sí?

-Saludos de parte de Fátima. Mientras yo hablaba con usted, otro policía la telefoneó y confirmó su historia. Tampoco se olvide su ordenador personal- señaló hacia una bolsa encima de otra mesa-. Ya lo hemos revisado. Por cierto, muy buenas las fotos de su comida en el restaurante *d'Escaldes-Engordany* de

Andorra. No sabía que el dueño era un hincha del Barça. ¡Tiene el local lleno de fotos de jugadores culés! - exclamó.

-Oiga, ¡esto no puede ser legal! - volvió a quejarse.

Al escucharlo, el policía levantó con sarcasmo el formulario de aduanas.

-Lo que no es legal es el virus que tiene instalado en su ordenador- afirmó el israelí.

- ¿Qué virus?

-Está en su bandeja de mensajes bajo el título "Marc, un saludo desde París".

-No lo recuerdo.

-Le ha llegado hoy.

Si era cierto, representaba un verdadero problema. Tenía mucha información confidencial en el disco duro.

- ¿Ha comprado recientemente un pen drive?

- ¿Cómo lo sabe?

-Conocemos bien al grupo mafioso que está detrás de este virus. Son delincuentes de Albania. Interceptan los envíos por correo de las fábricas e instalan el virus directamente en los pen drives nuevos. Cuando usted lo activa, identifica al dueño del ordenador y le envía este mensaje. Al abrirlo, su ordenador queda bloqueado y tiene que pagarles una suma muy grande de dinero para que lo desbloqueen. Generalmente le dan apenas unas horas y si no paga destruyen todo el contenido.

El policía no paraba de sorprenderle, pero, en esta ocasión, con un gran favor.

-Le aconsejo que no sólo tire el pen drive y borre el mensaje, sino que se comunique por teléfono hasta que regrese a su país y un experto le limpie el ordenador de otros posibles virus que le haya podido instalar el pen drive.

Bartra se le acercó y le estrechó la mano.

-Gracias. No me gustaría tenerle como enemigo- bromeó.

-Entonces nunca haga nada que pueda afectar la seguridad de Israel.

El reportero quedó un poco confundido con el comentario.

-Por supuesto- afirmó.

El agente asintió y se fue.

Al verlo partir, el periodista se quedó reflexionando durante unos segundos.

-Si unos simples mafiosos albaneses tienen estos dispositivos de vigilancia, ¿qué podría estar usando la Policía Nacional contra nosotros sin que nos demos cuenta? -se preguntó.

Tras salir del aeropuerto, cogió un taxi. No quería ni pensar en el control policial de salida de Israel. Ya habían advertido que era mucho más estricto que el de entrada.

En el recorrido le llamó la atención ver a tantos militares y civiles armados. Había gente con ametralladores y pistolas por todas partes. Menos de una hora después ya estaba en la habitación del Hotel de La Mer.

Tel Aviv era una ciudad pequeña, limpia, moderna y eficiente. Ubicada en la costa mediterránea, se trataba de un gran destino turístico. La primera línea de playa contaba con numerosos hoteles, restaurantes y centros de ocio.

A media tarde, Bartra bajó a la calle y caminó hasta una terraza bastante tranquila. Al no estar situada frente al mar, los turistas pasaban de largo para sentarse en otras desde las que podían contemplar el Mediterráneo.

A la hora indicada, vio como una moto todoterreno aparcaba frente al bar. Al descender y quitarse el casco, distinguió enseguida el rostro de Andreu Barberá. Adrià Belloch, el jefe de los guardaespaldas del *president* de la *Generalitat*, le había mostrado varias fotos suyas.

Barberá, de cincuenta años, era delgado, rubio, con barba y ojos azules. El motociclista echó un rápido vistazo a la terraza y cuando distinguió al periodista caminó hasta él. Bartra se levantó para saludarle.

-Eres Manel, ¿verdad? - preguntó en catalán.

-Sí, encantado.

-Igualmente.

Ambos se sentaron y el recién llegado dejó el casco en otra silla.

-Bienvenido a Israel- añadió.

-Gracias.

- ¿Cómo te estamos tratando hasta ahora?

-Si dejamos de lado el control policial del aeropuerto, todo muy bien.

Andreu se rio.

-Todos los turistas se quejan de lo mismo, pero es mejor prevenir que curar.

El judío tenía una mirada viva e inteligente. Se mostraba afable y seguro de sí mismo.

- ¿Vives en Tel Aviv?

-No. En Ashkelon, a cincuenta y ocho kilómetros al sur. Muy cerca de Gaza.

-Te agradezco que hayas venido hasta aquí.

-No hay problema.

- ¿Te parece bien hablar en esta terraza? - preguntó Bartra.

Andreu asintió mientras realizaba un segundo examen visual a su alrededor. No había nadie en las mesas contiguas.

-Te felicito por tu trabajo como periodista. He visto muchos de tus reportajes.

-Gracias.

-También me gusta que tengas las agallas para defender la independencia de

Cataluña. Sé que eres muy militante en ese tema.

-No sabría actuar de otra forma.

Un camarero se acercó hasta la mesa. Pidieron dos cervezas y se retiró.

-Adrià te manda recuerdos. Te aprecia mucho- afirmó Bartra.

Andreu rio de nuevo.

-Somos amigos desde los catorce años. Éramos vecinos y trabamos muy buena amistad. Ambos teníamos perros y los paseábamos juntos cada noche. Íbamos a un parque y hablábamos largo y tendido sobre todo. Hemos conservado la amistad durante casi cuarenta años, que no es poco.

-Está muy orgulloso de vuestra amistad. Te admira.

-Y yo a él. Es un luchador.

-¿Lo ves mucho?

-Al menos un par de veces al año. Siempre que voy a Barcelona.

-¿Todavía tienes familia allí?

-Mi madre y mi hermano. El resto vive en Lérida.

El periodista no quería atosigarle a preguntas, pero su curiosidad natural le impulsaba a saber más de él.

-Me alegro de que no te hayas desconectado de Cataluña.

-Al contrario, sigo muy de cerca todo lo que pasa allí. En especial todo lo que atañe al proceso soberanista.

El día era claro y apacible. La temperatura de veintitrés grados animaba a pasear y las calles se llenaban cada vez de más gente.

-Adrià y yo nos enganchamos a la política muy jóvenes. Nos encantaba, pero también fue por todo lo que nos tocó vivir. Somos hijos de la Transición y eso nos marcó mucho.

-En aquella época el catalán aún estaba prohibido. Cuesta pensar que eso fuera posible hace tan poco tiempo.

-No se reconoció como lengua co-oficial hasta la Constitución, en 1978. Adrià y yo siempre fuimos independentistas y pudimos ver con nuestros propios ojos hechos históricos, como el restablecimiento del Gobierno de la *Generalitat* tras la dictadura franquista.

Bartra observaba su rostro y no le quedó ninguna duda de que ambos compartían la misma pasión.

-También el regreso del *president* Josep Tarradellas. Aunque los soberanistas no simpatizábamos mucho con él, su llegada fue un hecho histórico, así que fuimos a recibirlo. Adrià y yo estábamos frente al palacio de la *Generalitat* aquel 23 de octubre de 1977 cuando salió al balcón y dijo el famoso "*Ja sóc aquí*!".

El camarero apareció con las dos cervezas, las dejó encima de la mesa y se marchó.

-Estudiaste informática, ¿no?

-Así es. Ahora todo gira alrededor de la alta tecnología, pero en aquella época casi nadie se interesaba por el mundo de los ordenadores. Eran los años ochenta. La mayoría de la gente se enteró de que existía algo llamado Internet a mediados de los noventa.

-¿Te dedicas ahora a eso?

-Sí, Israel es un país de tecnología punta. Es uno de los que más invierte en investigación científica y tecnológica por habitante de todo el mundo. Yo trabajo en una empresa que desarrolla tecnología militar.

-¿Serviste en las Fuerzas de Defensa aquí?

-Es obligatorio.

-Adrià me dijo que, de repente, un día decidiste venir a Israel, hiciste tus maletas y simplemente te marchaste.

Andreu suspiró.

-En efecto. Soy catalán, pero cuando tenía veintidós años, empecé a interesarme por Israel. Planeé un viaje, ahorré dinero, vine y me enamoré del país. Sentí una conexión especial con esta tierra. Eso me motivó a investigar los orígenes de mi familia y descubrí que mis antepasaos eran judío. Entonces todas las piezas me encajaron.

Manel Bartra sabía parte de la historia, pero desconocía los detalles.

-Acabé la universidad en Barcelona y me mudé a Israel para comenzar una nueva vida. Me casé y tengo dos hijos. Soy feliz aquí. Me considero israelí, pero también catalán.

Después bebió un sorbo de su cerveza y volvió a mirar a su alrededor.

-Por eso quiero ayudaros. Cataluña es muy importante para mí y quiero contribuir a su liberación-dijo en voz baja.

Bartra asintió.

-He hablado mucho con Adrià sobre del proceso soberanista y él sabe que puede contar conmigo.

El periodista se alegró de escuchar esas palabras. Su apoyo podría ser vital. Después suspiró y se dispuso a explicarle el motivo de su viaje.

-Me gustaría comentarte algo.

Andreu sabía que sería un tema importante, así que se concentró en lo que iba a decirle.

-La Policía Nacional podría estar espiando las comunicaciones de Adrià debido al puesto que tiene. Por eso me pidió que me encargara en persona de este tema contigo. Necesitamos hacer todo en el más absoluto secreto y, por supuesto, protegeremos tu identidad para no perjudicarte en nada.

Andreu asintió, pero no estaba preocupado. Sabía cómo asegurarse de que nada de lo que hiciera pudiera incriminarle. Era un profesional y no dejaba huellas.

-Sé que eres un patriota y hay algo muy importante en lo que podrías contribuir a la causa del soberanismo.

El israelí se acercó un poco más a él.

-¿Qué puedo hacer por vosotros?

-Hace tiempo que estamos preparando un grupo de catalanes dispuestos a todo.

La revelación no pareció sorprenderle.

-¿Objetivo?

El reportero reflexionó durante unos segundos. Era la primera vez que iba a compartir esa información con alguien externo al grupo.

-Si se nos niega el derecho a ser independientes, alzarnos en armas.

Andreu comprendió enseguida.

-¿Una ETA catalana?

-Exacto.

-¿Tenéis nombre?

-*Catalunya Lliure.*

-Continúa.

-Estamos pagando a mercenarios para que nos entrenen. Disponemos de algunas armas, pero necesitamos más. No tenemos experiencia en el mercado clandestino de compra de armamento y cualquier fallo podría provocar que la Policía nos descubra.

-¿Sospechan algo?

-Saben que realizamos algunos entrenamientos, pero no tienen ni idea de lo que estamos preparando. Creen que somos simples soldados de fin de semana. Nos subestiman.

-Esos mercenarios, ¿conocen vuestros planes?

-No.

-¿Les habéis pedido ayuda en el tema de las armas?

-Para nada. No confiamos en ellos. Sólo los usamos para que nos entrenen. Como buenos mercenarios, nos venderían al mejor postor. Ni saben ni quieren saber nada.

Andreu no se andaba con florituras. Sus preguntas eran concisas e iban al grano.

-¿Cuántos sois?

-Hay dos grupos y sus miembros no se conocen entre sí. La idea es que, si la Policía desmantela uno, el otro pueda continuar con la lucha. En total somos cincuenta personas.

-¿Qué necesitáis exactamente?

-Cien ametralladoras, cien pistolas, diez lanzacohetes, al menos doscientas granadas, cincuenta chalecos antibalas, mucha munición y un gran número de cargadores para las armas.

Andreu sopesó lo que había escuchado y asintió.

-¿Queréis algún modelo específico de armas?

-Lo dejamos en tus manos. Adrià dice que tienes mucha experiencia en esto.

El israelí asintió de nuevo.

-Si vives en Israel, no tienes otra opción. Estamos en un estado de guerra permanente.

-¿Puedes darme algún detalle de lo que has hecho?

A Andreu no pareció importarle compartir esa parte de su pasado.

-Tras un año en el servicio militar, entré en las Fuerzas Especiales del Ejército. Concretamente, en lo que se conoce como La Unidad. Es nuestro grupo antiterrorista de élite. Se interesaron en mí por mis conocimientos de programación y porque soy políglota. Hablo español, catalán, hebreo, alemán, italiano, francés, árabe e inglés. Podía operar en muchos lugares y pasar desapercibido.

-¿Qué grado alcanzaste?

-Capitán.

Bartra analizaba con rapidez todo lo que le decía para evaluar si habían tomado la decisión adecuada al elegir a Andreu.

-La Unidad es el equivalente a lo que en Estados Unidos son los Navy Seals de la Armada o el Equipo Delta del Ejército.

-Nunca había escuchado nada de esa unidad de las Fuerzas de Defensa de Israel.

-Casi cada día hacen el mismo tipo de operaciones que llevó a cabo el Equipo 6 de los Navy Seals para matar a Osama Bin Laden, pero como sus objetivos son de menor perfil nadie se entera. También quieren que sea así. Les gusta la discreción.

-¿Cuánto tiempo estuviste con ellos?

-Seis años. Son unidades de combate. Todos sus integrantes pelean, pero cada uno tiene su especialidad. Yo estaba a cargo de las comunicaciones.

-¿Dónde combatiste?

-El mandato de las Fuerzas de Defensa de Israel no es sólo defender a los israelíes, sino a todos los judíos, no importa dónde estén. Tuve misiones en muchas partes del mundo. Si la operación era fuera de Israel, casi siempre la hacíamos junto con el Mossad, nuestro servicio de inteligencia exterior.

Al periodista no le hizo falta escuchar más. Andreu Barberá era su hombre.

-Veo que nuestro amigo común no exageró respecto a tu experiencia y habilidades.

El ex militar hizo un gesto de humildad relativizando el peso de su historial.

-Este país está lleno de personas como yo y mucho mejores- añadió.

A Bartra le llamó la atención su modestia.

-Andreu, necesitamos a alguien de máxima confianza que nos ayude a conseguir esas armas sin que se enteren las autoridades españolas. Tenemos claro que tú eres la persona ideal- afirmó Bartra-. ¿Podemos contar contigo?

Andreu lo miró, juntó sus manos y después las llevó hasta su boca.

-Sí -afirmó con decisión-. Cataluña es mi asignatura pendiente.

El israelí había intuido el motivo del encuentro y la decisión ya estaba tomada.

Bartra sonrió y le estrechó la mano.

-Gracias.

-De hecho, creo que ya sé cómo vamos a hacerlo. En una de nuestras operaciones contacté con una persona que podría ayudarnos en esto.

-¿Qué persona? ¿Dónde?

-Será mejor que por ahora no sepas más. Te lo diré cuando llegue el momento.

-De acuerdo.

-¿Para cuándo las necesitáis?

-Lo antes posible.

Al escucharlo, Andreu entendió que la primera acción de ese grupo era inminente.

-¿Quieres participar directamente en la operación?- preguntó el periodista.

-No. Os ayudaré en lo que pueda, pero he jurado lealtad a este país. Las armas sólo las cojo por Israel.

Bartra asintió.

-Iré pronto a Barcelona-añadió Andreu-. Antes de viajar me pondré en contacto contigo para decirte lo que costará el armamento y tú y yo iremos a recogerlo.

-Perfecto.

Luego Andreu sacó un pequeño papel en blanco del tamaño de una tarjeta de presentación y escribió algo sobre el mismo.

-Ésta es la forma en la que nos pondremos en contacto- se lo pasó al periodista-. Lee las instrucciones y memorízalas.

Bartra cogió el papel y lo leyó. Cerró los ojos y dejó transcurrir unos segundos. Después volvió a leerlo y se lo devolvió. Andreu se lo metió en la boca y se lo tragó. Estaba hecho con un papel que se desintegraba al entrar en contacto con cualquier líquido.

El israelí le estrechó la mano, pagó la cuenta y ambos se levantaron.

-Hasta pronto.

-Gracias.

Luego subió a su moto y desapareció con rapidez entre el tráfico en su camino hacia Ashkelon.

XXV

Buenas tardes, comandante Jaramillo- le estrechó la mano Xurxo.

-A la orden.

El miembro de la Policía Nacional de Colombia iba con su uniforme verde de campaña. A una distancia prudente se encontraban otros dos agentes con armas largas.

-¿Le parece si vamos caminando? -preguntó el oficial.

-Cómo no.

El grupo salió del recibidor del hotel donde se hospedaba el periodista y enfiló hacia la Clínica Araujo.

Jaramillo y Xurxo iban delante conversando y la escolta del comandante los seguía a varios metros.

La distancia a recorrer era de apenas dos calles, pero el trayecto se sentía el doble de largo debido al sofocante calor.

-Perdone que le haya pedido que venga de nuevo a Cartagena, pero prefiero decirle esto en persona. Es importante.

-No hay problema, comandante. Estoy seguro de que lo es.

-También hay cierta información que prefiero darle en mano.

Xurxo observó el rostro de Jaramillo. Su expresión de gravedad indicaba claramente que se había producido alguna novedad relevante en la investigación.

Al cabo de unos minutos llegaron al centro de cirugía estética, todavía custodiado por varios agentes. El edificio seguía rodeado por una cinta plástica policial.

El colombiano levantó la cinta y Xurxo pasó. Los dos guardaespaldas se quedaron fuera y permanecieron atentos a cualquier posible amenaza. Si los autores de la masacre sospecharan por un instante que Jaramillo estaba cerca de descubrir quiénes eran, podrían intentar asesinarlo.

El comandante se situó delante del edificio y señaló hacia la puerta.

-Entraron por la puerta principal. Era un grupo pequeño. Máximo media docena de personas- afirmó.

-¿Cómo lo sabe? ¿Hay algún vídeo de ellos?

-No. Estudiaron muy bien la zona y sabían dónde estaban las cámaras de seguridad más cercanas. Hay dos que captan de lejos la entrada a la clínica. Una es de un banco y la otra de una tienda de productos electrónicos. Unos minutos antes de entrar, rociaron ambas con un spray negro y las inutilizaron.

- ¿Y las de la clínica?

-Los asaltantes destrozaron las cámaras, los ordenadores con los vídeos y se llevaron los discos duros. Además, encontramos asesinado al técnico de la empresa de seguridad que las instaló.

Cada nuevo detalle confirmaba la profesionalidad de los sicarios.

-Asumimos que les dijo dónde estaban ubicadas todas las cámaras y el lugar en el que se almacenaban las grabaciones, un pequeño cuarto en el mismo edificio.

Xurxo asintió.

-Creemos que iban con máscaras para no ser reconocidos. Sin embargo, ese afán por destruir las grabaciones nos indica que tampoco querían dar ninguna pista sobre su altura, complexión física o la forma en la que se movían o caminaban. Sabían que cualquier detalle podría revelar algo que nos llevase hasta ellos. No son ningunos novatos.

-Es decir, no sabemos nada de su aspecto físico.

-En efecto. Lo que sí podemos decir es que no es fácil matar a tantas personas en tan poco tiempo y escapar con éxito. Son profesionales muy curtidos en estas lides- insistió.

-¿Cómo sabe entonces que eran máximo seis?

-Unos minutos después de la masacre, una cámara de la autoridad de tráfico grabó una camioneta cuando salió de la isla de Bocagrande por la Carrera Tres, camino a la Ciudad Amurallada de Cartagena. Sería el tipo de vehículo que yo elegiría para hacer algo así: discreto, que no llame la atención.

-Debe haber muchas camionetas así.

-Las placas de ésta eran falsas y, a pesar de que hemos movido cielo, mar y tierra, no hemos podido dar con ella. Sospecho que ya está convertida en chatarra.

-Entiendo.

-Ahí no caben más de seis personas.

La escolta del agente no les perdía de vista. Después el periodista se dio cuenta de que, al otro lado de la calle, había otro coche de la Policía Nacional que brindaba protección adicional a la clínica.

Jaramillo abrió la puerta e hizo un gesto para que Xurxo pasara.

-Al entrar, pasaron por la recepción y preguntaron dónde se celebraba la reunión de todo el personal programada para ese día- prosiguió Jaramillo.

-¿Cómo piensa que obtuvieron esa información?

-Dado que todo el personal de la clínica fue asesinado, asumimos que no tenían un informante dentro, aunque también podrían haberlo matado. Lo más probable es que chuzaran los teléfonos. Es muy fácil.

Xurxo asintió. Sabía que el término significaba pinchar las comunicaciones.

-Luego mataron a la recepcionista y se dirigieron al lugar de la reunión-continuó Jaramillo.

Los dos caminaron hasta la sala.

-Una vez aquí, comenzaron a disparar a quemarropa. No hicieron caso de ninguna petición de clemencia. No cabe ninguna duda de que la orden era eliminar a todos.

Xurxo iba memorizando todo lo que escuchaba. No quería ponerse a tomar notas para no interrumpir el flujo de lo que le contaba.

-Varios intentaron escapar por la puerta trasera, pero estaba cerrada desde fuera.

Jaramillo caminó hasta la puerta y la empujó. Ya le habían quitado la cerradura.

-Es muy probable que aquí hubiera otro sicario en caso de que alguien lograra escapar-señaló hacia el callejón que llevaba a la calle.

El periodista observó toda la zona. Al final del callejón se encontraban dos patrullas motorizadas de la Policía. Cada moto llevaba dos agentes y los de atrás portaban una ametralladora.

-¿Cómo sabe que la secuencia de eventos fue así?

El colombiano lo miró fijamente y suspiró.

-Porque lo tenemos todo grabado.

El reportero hizo una mueca de sorpresa y el policía le pidió que le acompañara de nuevo a la recepción.

-Cuando los sicarios entraron, la recepcionista estaba hablando por su teléfono celular. Al verlos, lo colocó sobre sus rodillas, pero nunca interrumpió la conexión. Ellos no se dieron cuenta.

-¿Y cómo se grabó?

-La muchacha llamaba a una amiga que no se encontraba en casa en ese momento, así que le estaba dejando un mensaje.

Xurxo enseguida se dio cuenta de la importancia de lo que Jaramillo le decía y por qué le había pedido que fuera hasta allí.

-Toda la masacre está grabada, incluida la voz del hombre que habló con la recepcionista.

-¿Cuándo supo esto?

-Hace dos días. La amiga de la recepcionista tenía miedo y no dijo nada. Sin embargo, acabó decidiendo que los responsables de la masacre tenían que pagar por sus crímenes y nos llamó.

-No la culpo. Visto lo ocurrido, cualquiera estaría aterrorizado.

-Hemos pedido a la amiga que no comente nada de esto a nadie. Si los asesinos se enteran de que es una testigo potencial en su contra, intentarán matarla a toda costa. Ya está bajo protección fuera de Cartagena.

-¿Puedo escuchar la grabación?

Jaramillo sacó una pequeña grabadora digital del bolsillo de su pantalón y la activó.

-"Sabemos que se está produciendo una reunión. ¿Dónde es?"- se escuchó.

Al cabo de unos segundos, comenzaron a oírse gritos de pánico. Los chillidos se fueron apagando poco a poco a medida que los sicarios asesinaban a los empleados y finalmente reinó el silencio.

-No se escuchan disparos porque sus armas llevaban silenciadores. Una prueba más de que se trata de profesionales.

-¿Puedo escuchar la voz de nuevo?

Jaramillo sonrió y activó otra vez su grabadora.

-"Sabemos que se está produciendo una reunión. ¿Dónde es?"- volvió a escuchar.

El colombiano lo miró intrigado.

-En efecto, no se trata de un colombiano, de un mexicano o ni siquiera de un latinoamericano. Es un español.

Aunque el sonido distaba mucho de ser perfecto, el acento era claramente de alguien de España. En especial, en la palabra "produciendo". En Latinoamérica, cualquier "c" o "z" se pronunciaba como una "s" y el hombre lo hacía con el habitual y fuerte acento de España.

Xurxo se rascó la barbilla y sintió una premonición.

-¿Puedo llevarme una copia? -preguntó.

El comandante le entregó la grabadora.

-He pensado esto detenidamente. Se la voy a dar por tres motivos. El primero, porque el director de la Policía Nacional me dijo que le mantuviera al tanto de todo en la investigación. Es la primera vez que me pide algo semejante para un periodista.

El reportero asintió.

-El segundo, porque resulta obvio que usted tiene contactos al más alto nivel no sólo en Colombia, sino también en Estados Unidos y asumo que en la propia España. Tengo la sospecha de que me puede ayudar a identificar a este individuo sin hacer mucho ruido. ¿Cierto?

-Si tiene historial criminal, sabremos quién es- aseveró sin ninguna duda.

-No sé quién es ese sujeto ni por qué cometió esta matanza, pero tengo la certeza de que se trata de un asunto interno español. La masacre fue aquí como pudo haber sido en México o en cualquier otro país del mundo con una clínica de estas características. Y si es un tema de España, quiénes mejores que los españoles para decirme, con perdón, qué mierdas está pasando aquí- afirmó mientras soltaba el primer improperio producto de la frustración.

Es posible- dijo un circunspecto Xurxo. No quería hablar demasiado.

-Y tercero, porque si muevo este tema por los canales oficiales de Colombia, es posible que se filtre. Aquí hay gente con la lengua muy alegre y también quienes se dejan sobornar con demasiada facilidad. Si existe alguna posibilidad de atrapar a ese español, tiene que pensar que no tenemos ni idea de quién es.

-Estoy de acuerdo.

-¿Me va a cumplir?

-Sí, comandante.

-Perfecto. Ya sabe dónde encontrarme. Espero sus noticias- se despidió.

XXVI

Xurxo regresó de inmediato a la habitación de su hotel. Una vez allí, descargó la grabación en su ordenador y llamó a Elena. Eran las ocho de la noche en Cartagena, las dos de la madrugada en Madrid.

Tras varios timbrazos, la agente del CNI respondió.

-¿Dígame?

-Hola, soy Xurxo. ¿Estabas dormida?

-Sí.

-Lo siento.

Elena dejó que fuera él quien hablara.

-Ha surgido algo importante.

El periodista vio enseguida que ella no iba a preguntarle nada, así que prosiguió.

-¿Recuerdas la masacre en Cartagena?

-Sí, estabas trabajando una historia sobre eso-mostró al fin cierto interés.

-Estoy aquí, en Cartagena. La Policía consiguió grabar la voz del líder del grupo que asesinó a todos en la clínica. Te la voy a enviar. Necesito que la pases por tus archivos de voz para ver si la identificas.

-Vaya, no sabía que el CNI trabajara ahora para Univisión- ironizó.

-Es importante.

Elena Martorell sabía que hacer favores y recibirlos iban de la mano, así que se levantó y encendió su ordenador.

-¿Esto es urgente?

-Sí.

-¿Tan urgente como para despertar a mi gente para que haga esto ahora? ¿En la mitad de la noche?

-Sí. No hay tiempo que perder.

Xurxo escuchó el suspiro de resignación de Elena.

-Envíamelo a mi dirección electrónica privada-le pidió.

-Enviado-dijo el reportero tras pulsar la tecla.

La agente observó su buzón y al cabo de unos segundos comprobó que el mensaje había llegado.

-Tardaré unas horas. ¿Va a pagar Univisión las horas extras al personal que tengo que poner a trabajar ahora?

-No tengas muchas esperanzas.

-Te llamo tan pronto sepa algo.

-Gracias.

-Adiós.

Tras colgar, Elena comenzó a hacer llamadas. Sabía que si Xurxo le pedía algo de este calibre no era por capricho.

Se trataba de la primera conversación desde su enfrentamiento en las oficinas del CNI y la frialdad mutua hizo que ambos sintieran como si hubiesen hablado con un desconocido.

Xurxo estaba impaciente, así que bajó a la calle para caminar algo y cenar. El hotel se encontraba en la primera línea de mar, en la llamada Carrera Primera. El periodista giró a la izquierda y anduvo cuatro calles hasta que vio un restaurante italiano en una de las intersecciones. Caminó hasta allí, echó un vistazo a la carta y entró.

Al sentarse se dio cuenta de que se había dejado su móvil en la habitación, pero restó importancia al descuido. Elena le dijo que tardaría varias horas en responder y él regresaría pronto al hotel.

Pidió una ensalada y unos linguine frutti di mare. Después, mientras se bebía una cerveza, reflexionó sobre todo lo que le había dicho Jaramillo.

Cuando le sirvieron los linguine, los probó y pensó que rayaban la perfección. Cartagena recibía muchos turistas con alto poder adquisitivo y la ciudad contaba con varios restaurantes de gran calidad como aquél.

El periodista cenó sin ninguna prisa mientras veía los informativos colombianos en una gran pantalla extra plana instalada tras la barra.

Tras acabar su café, miró el reloj. Eran casi las nueve y media, así que decidió regresar al hotel.

Mientras caminaba, observó la enorme playa de Bocagrande. De pronto, pensó que debería aprovechar la oportunidad y verla un poco más de cerca, aunque fuera de noche.

Cruzó la calle, se quitó los zapatos y los calcetines y comenzó a andar por la superficie volcánica gris. El suelo era sólido y sus pies no se hundían en la arena.

A su derecha vio una caseta de madera. La custodiaba un hombre sentado en una silla. Xurxo le saludó y siguió caminando hasta llegar a la orilla. La noche era muy apacible y casi no había olas.

El periodista se subió un poco los pantalones, entró al mar y sintió el agua caliente en sus pies. Luego regresó a tierra firme y caminó por la orilla. A pesar de que la noche era muy clara, no vio a nadie más. La tranquilidad era absoluta.

Tras unos minutos disfrutando de la playa, regresó hasta la calle. Al llegar, se limpió la arena de los pies y se volvió a poner los calcetines y los zapatos.

Enseguida vio a varias mujeres a media manzana de distancia. Cuando pasó por su lado en dirección al hotel, una se le acercó. Tenía unos veinticinco años, pelo castaño largo, un vestido corto blanco muy apretado y zapatos de tacón.

-Hola, mi amor. ¿Un masajito? - le susurró cogiéndole cariñosamente un brazo.

-No, gracias.

La negativa no desalentó a la mujer.

-Tranquilo, corazón, que no te voy a cobrar. Sólo es para que sepas cómo se hace- sonrió.

-Muy amable, pero no- insistió el periodista mientras trataba de seguir su camino.

Entonces la mujer le puso la mano en el cuello y comenzó a acariciarlo.

-Son sólo ochenta mil pesitos. Apenas treinta dólares.

-¿Pero no me acabas de decir que era gratis? - se rio.

-Es que te voy a dejar como nuevo, papi. Soy puro fuego. La mejor inversión de tu vida.

Xurxo volvió a reírse y continuó caminando, pero en ese instante salió de la nada una moto de la Policía y se detuvo justo frente a él. El agente la aparcó, bajó y fue hasta el reportero.

- ¿El señor es colombiano?

-No.

-Pasaporte -dijo estirando la mano.

 El periodista le miró con sospecha.

- ¿Hay algún problema? - preguntó.

-Pasaporte -se limitó a repetir el policía.

Xurxo lo sacó y se lo dio.

-Guapa, la cédula- ordenó a la mujer.

-¿Cómo así? ¿Qué he hecho? - se quejó ella.

-Su cédula de ciudadanía, si es tan amable- insistió el agente.

La mujer suspiró, abrió su bolso y se la dio a regañadientes.

-Pero patroncito, ¿usted no tiene nada mejor que hacer? ¿No hay delincuentes por ahí que perseguir? - preguntó molesta la colombiana.

-No falte el respeto a la autoridad.

Al escuchar el tono autoritario, la muchacha puso cara de sorpresa.

-Ay, no se me ponga así.

-Qué hermosa se ve calladita.

-Como el señor ordene- se resignó la joven.

El policía, tras hojear los documentos, se los metió en el bolsillo izquierdo de la camisa. Al verlo, Xurxo reaccionó de inmediato.

-Perdone, ¿se puede saber por qué me ha parado y por qué se ha guardado mi pasaporte?

-Usted acaba de salir de la playa, ¿correcto?

-Sí.

El agente levantó su mano y señaló un cartel blanco pegado a un poste de la luz apenas iluminado. Xurxo lo leyó y decía "Prohibido entrar a la playa después de las 9 de la noche". Su reacción fue reírse.

-¿Esto es una broma? Es la primera vez que voy a un centro turístico donde no se permite entrar a la playa de noche. Además, este cartel apenas se ve.

-El señor y la señorita me acompañan.

- ¿Cómo? -le rebeló Xurxo.

La mujer se sumó a su protesta.

-¿Y yo qué he hecho?

-Indecencia pública. Se estaba ofreciendo al señor en plena calle.

-Pero, ¿por qué está así? Cartagena no es precisamente el Vaticano, ¿si me entiende? Qué mamera- se quejó ella.

-Este es un barrio familiar. Hay que dar ejemplo a los niños.

Al escucharlo, la colombiana se rio.

-¿Ve usted algún niño? - preguntó mientras señalaba a una calle en la que no se veía a nadie, niño o no niño.

-Camine, pues- insistió el agente.

-¿Quiubo? Páreme bolas. No se ponga bravo. Patroncito, no sea así.

-De patroncito nada. Dele chancleta-le indicó que fuera más rápido mientras señalaba la dirección a seguir.

El periodista no tuvo más remedio que obedecer y empezó a caminar. Mientras, el policía cogió la moto por el manillar y comenzó a arrastrarla con sus dos manos.

La mujer se colocó al lado de Xurxo y se burló del agente haciendo caras extrañas.

-¿Cómo le parece? ¿Qué forma es ésta de tratar al turista? Así no regresa nadie. Tú tranquilo que esto lo arreglamos sin problema- dijo al reportero en voz baja.

Sin embargo, el periodista se inquietó. Tras su experiencia en el aeropuerto de esa misma ciudad, esperaba cualquier cosa.

Unos diez minutos después, llegaron a una mini estación de Policía. El agente aparcó la moto e indicó al periodista y a la colombiana que subieran las escaleras.

Dentro había dos agentes más. Uno detrás de un escritorio y otro de pie.

-Sargento, el señor estuvo en la playa pasadas las nueve de la noche y estaba negociando en la vía pública el servicio sexual de esta joven.

-Eso no es verdad- intervino Xurxo de inmediato y obviamente molesto.

-Me hace el favor y le baja al tonito- le advirtió el sargento.

-Para él, los cargos son violar la prohibición de entrar a la playa de noche y de proposición pública para cometer actos lascivos. Para ella, sólo el último.

El sargento se aproximó a Xurxo.

-¿Lleva drogas encima?

-Por supuesto que no. No uso drogas.

El recuerdo del incidente en el aeropuerto golpeó de nuevo su mente con la fuerza de un tsunami.

El policía lo cacheó y le metió la mano en los bolsillos. Al llegar al dinero, lo palpó con especial interés, quizás en un intento por determinar cuánto llevaba.

-¿Y tú? ¿Llevas droga? ¿Coca? ¿Yerba? -preguntó después a la mujer mientas le abría el bolso.

-¡Nanay cucas! -exclamó.

Luego el agente que los trajo se marchó. El sargento ordenó a la mujer que se sentara y a Xurxo que lo acompañara con el otro policía a un cuarto contiguo.

El periodista obedeció. Era una sala más grande y al fondo había tres hombres sentados en un banco.

-Siéntese-ordenó el sargento, que se colocó tras una mesa.

El otro agente se quedó de pie y a un lado.

-Ustedes los turistas no tienen ningún respeto a las leyes locales.

Semejante generalización hizo presentir a Xurxo que aquello no acabaría bien.

-¿Se refiere a entrar a la playa de noche? Lo dice como si fuera un delito grave. Además, quizás deberían colocar carteles más grandes e iluminarlos mejor- respondió desafiante.

La actitud de confrontación molestó al sargento. Estaba acostumbrado a que los retenidos se asustaran y se plegaran a sus órdenes.

-Y, claro, vienen a Colombia con billete para que nuestras mujeres les hagan todas las porquerías sexuales que en sus países jamás se atreverían a pedir-agregó.

-¿De qué está hablando?

-Pagan a menores de edad para que se los coman. Están pervirtiendo a nuestras hembritas. ¡Degenerados!

La sangre de Xurxo comenzó a hervir.

-En primer lugar, yo no he pagado nada a nadie. En segundo lugar, cuando habla de menores de edad, ¿se refiere a la joven que vino conmigo? -se rio.

-Vaya, qué verraco nos salió el señor turista.

El otro agente permanecía callado. Xurxo enseguida dedujo que uno haría el papel de policía malo y el otro de policía bueno.

-Cálmate. Cálmate-dijo por fin el otro uniformado al sargento confirmado la teoría del periodista.

-¡No jooodas! Estos maricones vienen aquí a abusar de nuestras mujeres y de nuestras leyes y no lo voy a permitir- continuó el sargento con su descarga.

Xurxo sabía que en teoría no podría hacerle nada, pero, al ver su enfado, no descartó que fabricara alguna prueba para poder acusarle de algo.

-Voy a llamar a la DAS y vamos a investigar todo lo que el señor ha hecho aquí. Estoy seguro de que encontraremos muchas cosas muy interesantes- le amenazó-. La DAS es nuestra policía secreta- añadió.

El reportero sabía que la DAS ya no existía, pero se calló. Por un momento pensó en telefonear a su amigo Carlos Alberto Ospina en Bogotá o al propio comandante Jaramillo. Sin embargo, decidió esperar unos minutos. Sólo pediría hacer una llamada y usaría sus nombres si de verdad resultaba necesario.

En el incidente del aeropuerto se había librado milagrosamente de que le plantaran alguna evidencia falsa, pero estos dos policías no parecían tener ningún supervisor cerca y, si quisieran hacerlo, el peligro era mayor.

-No se me empute -susurró el otro policía al oído del sargento- ¿Me permite un momentico con el señor Xurxo?

El otro agente se levantó y se marchó desairado. Tan pronto salió por la puerta, su compañero tomó su lugar tras la mesa.

-Mire, hay dos posibilidades. Llamamos a un supervisor y comenzamos el proceso judicial contra usted por los cargos que le mencionamos o paga una multica y todo solucionado. ¿Entonces? ¿Qué va a ser?

Xurxo pensó que había una tercera: llamar a Jaramillo y que él y su amigo se pudrieran la cárcel, pero prefirió no arriesgarse.

-Si quieren pago una multa por el tema de la playa. Por lo otro, no. No es cierto.

El policía lo miró con cara de que todo era negociable.

-Bacán. Sólo lo de la playa, pues. ¿Bien o qué?

Xurxo asintió.

-Cien mil pesitos -dijo cobrándole la cantidad que ya tenía en mente sin importar si los cargos fueran uno o dos.

El periodista los sacó de su bolsillo y se los dio. Xurxo llevaba además varios cientos de dólares en efectivo. Al ver tanto dinero, el agente se sorprendió. De pronto se preguntó si se habrían metido con la persona equivocada.

-Espere ahí y regreso en un momentico- señaló el banco donde estaban los otros tres hombres.

Xurxo se levantó, caminó hasta allí y se sentó. A su lado estaba un señor de unos sesenta y cinco años.

-William Pinzón-dijo estirando la mano para estrechársela.

-Xurxo Pereira-aceptó el saludo el reportero.

-Tranquilo, fiera, tranquilo. No vale la pena ponerse bravo. Esos dos son uña y mugre y se la pasan robando el billete a quien pueden.

-Ya me he dado cuenta.

El colombiano era bajito y delgado. Llevaba gafas y su ropa era humilde.

-Por lo visto los conoce bien- añadió Xurxo.

-¡Cómo no papá! ¡Más de lo que quisiera! ¡Son unos huevones! – exclamó con rabia.

Aquel insulto contra el enemigo común creó un rápido sentimiento de hermandad entre el periodista y el colombiano.

- ¿Y usted por qué está aquí? No me diga que también le están extorsionando-dijo Xurxo.

Pinzón le observó y se animó a hablar.

-Mire, yo reproduzco objetos de culturas indígenas y se los vendo a turistas.

-Ya, es un falsificador -dedujo enseguida.

El rostro de Pinzón reflejó disconformidad ante lo dicho.

-Prefiero definirme como un artista experto en recrear obras del pasado para que puedan ser disfrutadas por las generaciones del presente. Las auténticas están en los museos.

Xurxo se rio.

-¡Qué verbo! Si García Márquez le hubiera conocido, seguro que le convierte en personaje de alguna de sus novelas-afirmó.

El hombre sintió que ni la carcajada ni las palabras del periodista habían sido hechas con malicia y rio también.

- ¿Y dice a los turistas que son reproducciones?

-No digo nada. Me hago el mudo para no tener que dar explicaciones.

Entonces fueron los dos quienes estallaron en una estruendosa carcajada. La química fue inmediata entre ambos.

-Los turistas saben que está prohibido sacar piezas auténticas del país, así que, si las compran, pues... ¿Cómo es el dicho? Ah, sí... El que roba al ladrón, cien años de perdón- dijo el señor. ¿A que nos entendemos?

El hombre había quitado de inmediato el mal humor a Xurxo. Su gracia natural y picaresca animaban el ánimo a cualquiera.

-¿Y por qué está detenido, Pinzón? ¿Está prohibido vender reproducciones?

-Bueno, viejo, es que también me dedico a otras cosas. Confecciono objetos de joyería en un llamativo color dorado y con unas vistosas piedras de color verde traslúcido.

Xurxo volvió a reír.

-Para entendernos: vende piezas de joyería con oro y esmeraldas falsificados.

-¡Un momentico, cuadro! Dicho de esa forma, suena muy mal, pero uno tiene que alimentar a la familia, ¿sí o no?

-Sin duda.

-Además, uno no es monedita de oro para caerle bien a todo el mundo.

-Sobre todo a los que le compran las joyas falsificadas. Ya me imagino su sorpresita cuando se enteran de la verdad- sonrió.

-¡Tan chistoso! ¿Fue que tomó caldo de payasito? - sonrió también.

De pronto, otro de los que estaban en el banco comenzó a roncar y Pinzón le dio un par de golpecitos para que se callara.

- ¿Y usted qué hace en Cartagena? ¿Es turista?

-Periodista. Estoy investigando la matanza en la clínica Araujo.

-¡Uich! ¡Qué boleta fue eso! - exclamó con pesadumbre-. Hay que ser muy mal parío pa matar a toda aquella gente.

Xurxo guardó silencio.

El banco de madera estaba a varios metros del escritorio de los policías, de forma que Pinzón no había escuchado la conversación entre Xurxo y los agentes.

-¿Y por qué lo han traído aquí esos dos maricas?

-Por entrar en la playa de noche.

-Eh, Ave María, pues. Esos dos gonorreas sacan billetico de donde sea. ¡Aquí hay que estar siempre mosca, papá!

El periodista asintió.

-Conmigo es igual. Me detienen para que les de su plática y luego me sueltan. ¡Pá la calle! ¡A seguir trabajando para ellos! - exclamó-. Les respetaría si me metieran en la cárcel por falsificador, pero no. Lo suyo es robarse el billetico de uno. Cara é chimbas, no valen ni pá una patada en las güevas.

-¿Y por qué no los denuncia? Usted conoce a mucha gente aquí y daría con la persona adecuada en la Policía.

-Ahora sí que me la puso de pa´rriba.

-¿Qué?

-Eso está jodido.

-¿Por qué?

-¿Para qué? ¿Para que venga uno peor? ¿Y qué tal si ese policía también recibe parte del pastel? ¡Entonces sí que me dan boleta! No, amigo. Aquí hay mucha corrupción. Hay que callarse y pagar, mi hermano. No hay más remedio.

El periodista le entendió a la perfección. Si él, que tenía excelentes contactos con la Policía, había sentido miedo, cómo no iba a tenerlo Pinzón.

-¿Sabe cuánto tiempo nos van a tener aquí?

-Lo que le diga es mentira. Depende del humor en que estén.

El periodista los maldijo en voz baja.

-Mire, patrón, usted me cayó bien. A veces yo, en el bajo mundo, averiguo cosas de las que los tombos ni se enteran-dijo refiriéndose a la Policía-. ¿Tiene una tarjetica?

Xurxo la sacó y se la dio.

-Me encantaría que usted averiguara lo que pasó en la clínica antes que estos caras de verga. ¡Pa que aprendan! Ellos aquí, robando la platica a los turistas, mientras un periodista descubre a los asesinos de semejante masacre. ¡Esos manes sí iban a quedar en ridículo! -se entusiasmó.

-Ya es la segunda persona en Bocagrande que se ofrece para ayudarme.

-Pues cuidadito que no es oro todo lo que reluce. ¡Mosca, mosca! - le advirtió.

Sus palabras hicieron reflexionar al periodista. En su primer viaje a Cartagena, otro hombre le había ofrecido ayuda y después tuvo el problema en el aeropuerto con la Policía.

-Pero conmigo esté tranquilo. Yo lo único que quiero es joder a esos dos malparíos. Hagámosle, hermanito. Tengo un filin que algo le voy a averiguar.

En ese momento entró en la sala el policía que había recibido el dinero de Xurxo. Llevaba un libro de forma rectangular y grandes dimensiones.

-Señor Pereira-le llamó.

El periodista se despidió de Pinzón, se levantó y caminó hasta el agente, que estaba de nuevo tras la mesa.

-Tome asiento.

Xurxo se sentó y aguardó con impaciencia. El agente dio la vuelta al libro y se lo colocó delante. Estaba escrito a mano y era una especie de registro de actividades de la estación de Policía.

-La última casilla. Firme ahí. Es la constancia de que todo esto es oficial- afirmó.

Sus palabras sonaron a querer justificar burocráticamente el chantaje al que estaba siendo sometido en caso de que Xurxo tuviera algún contacto con las autoridades locales. Luego le dio un bolígrafo.

El periodista vio un espacio en blanco y una serie de anotaciones incomprensibles a su lado.

-No entiendo nada de lo que está escrito al lado. ¿Qué dice? -preguntó ante la posibilidad de auto incriminarse al firmar algo que ni comprendía.

-Pille la nota: firme y déjese de tanta pendejada, no sea que de cien mil pesitos pasemos a doscientos mil. ¿Sí me entiende?- le amenazó.

El reportero quería salir de allí cuanto antes, así que cogió el libro y firmó con el nombre de Elvis Presley. Mientras estampaba la firma se aseguró de que las letras fueran tan incomprensibles como las que había escrito el policía anteriormente.

El agente miró el libro satisfecho y se levantó.

-Que disfrute su estancia en Cartagena- se despidió mientras le indicaba la salida.

Xurxo se giró y, tras saludar a Pinzón, también se levantó. Luego caminó hasta la entrada de la estación de Policía y se marchó.

En el camino de regreso volvió a encontrarse con la colombiana. Se acercó y le preguntó si estaba bien. Ella respondió que sí y le comentó que sentía lo que había ocurrido. Xurxo respondió que no era su culpa y continuó hacia el hotel. Unos metros más adelante, recapacitó y se preguntó si el policía y la mujer habrían urdido juntos la emboscada.

Al llegar al hotel, el recepcionista le pasó varias notas. Todas eran mensajes de Elena diciéndole que la llamara de inmediato.

Ya en su habitación, marcó su número.

-¿Sí? - respondió ella.

-Hola, soy Xurxo.

-¿Dónde estabas? Llevo dos horas buscándote- le recriminó-. Primero me dices que te averigüe algo urgentemente y luego te desapareces.

-Si te cuento lo que me ha pasado no me creerías, así que mejor no perdamos tiempo. Asumo que ya tienes el resultado.

-La voz es de Aritz Goikoetxea- afirmó sin rodeos.

-¿Seguro?

-Cien por cien.

A pesar de que ya lo sospechaba, la confirmación le impactó.

- ¿Cómo lo interpretas? - preguntó a Elena, que estaba al corriente de todo lo ocurrido en la clínica.

-Lo lógico sería pensar que Aritz cambió su apariencia física y después decidió que no quería testigos.

- ¿Eliminando a todo el personal de la clínica?- se extrañó él.

-Estaría confiado en que nadie averiguaría que él fue el autor de la masacre.

Xurxo calló durante unos segundos.

-Es una salvajada- susurró.

La reacción de Elena fue rápida.

-No sé si recuerdas la salvajada que hizo en la comisaría de Vía Layetana, donde mató a decenas de personas, tanto policías como civiles. Hombres, mujeres, ancianos, jóvenes, niños.

-Sí, lo sé.

-¿Y recuerdas que también asesinó a sangre fría a todos los miembros de su propio comando en Barcelona, la Unidad 120050, para que no pudieran revelar que eran independentistas que operaban de forma encubierta?

-Sí, sí- titubeó.

- ¿Entonces?

-No sé. Simplemente cuesta creer que haga algo así.

-No sabemos por qué lo hizo- prosiguió Elena-. Quizás alguien en la clínica descubrió quién era e iba a denunciarlo a la Policía. No hacerlo sería cooperación con un grupo terrorista. Por lo que he leído, los clientes de ese centro de cirugía plástica no eran delincuentes. No se dedicaban a cambiar la cara a criminales.

-Cierto, pero si ése fuera el caso, ¿por qué matarlos a todos? - insistió.

-Mira, Aritz está a punto de ejecutar un nuevo ataque y sabes perfectamente cómo actúa. Elimina sin pestañear cualquier riesgo que ponga en peligro sus planes. Es así de fácil y no creo que haya que darle más vueltas. La voz de la grabación es la suya y eso es lo único que importa.

-¿Cómo sabes que va a cometer otro ataque? ¿Cómo puedes estar tan segura? Quizás lo único que quería era cambiar su aspecto físico y simplemente desaparecer para siempre.

-¿Es que no recuerdas lo que nos dijo mientras nos apuntaba con su pistola en Barcelona? ¿Y la cara de rabia que tenía?

-Por supuesto que sí. Cómo voy a olvidarlo.

-"Hoy os perdono la vida únicamente para darme el gusto de ver vuestros caretos cuando os haga el jaque mate final, que será pronto. Muy pronto"- parafraseó ella de todas formas-. Yo no he olvidado ni una palabra.

-Sí, sí- repitió Xurxo.

-Él mismo nos lo dijo y creo que, conociendo al personaje, hay que tomarse en serio su amenaza, ¿no crees?

-Imagino que tienes razón.

-Me parece que sería buena idea que regresaras a Madrid. En unos días comenzaremos el operativo para averiguar dónde está y arrestarlo. Sólo falta la autorización al más alto nivel. Operacionalmente, todo está ya listo.

-Muy bien. He de pasar por Washington para renovar el alquiler del estudio, pero eso es sólo un día.

-De acuerdo.

-Gracias por todo y buenas noches.

- ¿Xurxo?

- ¿Sí?

-Buen trabajo- dijo ella.

Ante todo, era una profesional y supo dejar sus sentimientos de lado en un momento decisivo como aquél.

-Gracias.

Tras colgar, el reportero se estiró en la cama y siguió reflexionando. A pesar de que todo lo que le dijo Elena tenía una lógica aplastante, no pudo borrar de su mente que algo en esta historia sencillamente no le encajaba.

XXVII

El capitán Eduardo Albarracín se situó frente a la catedral de Barcelona y admiró su imponente fachada neogótica gris. Estaba flanqueada por dos torres con altos pináculos y había sido decorada con multitud de imágenes de ángeles y santos.

En las escaleras de la entrada había un grupo de turistas asiáticos. Todos se quedaron fascinados cuando su guía les comentó que se había empezado a construir en 1298 y que, por lo tanto, tenía setecientos veinte años de antigüedad.

Albarracín entró al edificio, formado por tres naves de la misma altura. Los espacios interiores sobrecogían por su belleza y amplitud. La catedral medía noventa metros de largo por cuarenta de ancho. La parte más alta, la cúpula, alcanzaba los setenta metros.

El militar se sintió diminuto frente a aquella obra de arte tan hermosa como imponente y masiva. Quizás el mensaje de la catedral era precisamente ése: recordar a los que entraban que existe algo superior a todos los seres humanos y que hay que mostrar humildad ante su presencia.

Había muchas personas rezando en los bancos de madera oscura y en las diecisiete capillas laterales. Entre ellos, Juan Gálvez.

Albarración lo distinguió enseguida y se dirigió hacia él. Se oficiaba misa y Gálvez estaba de rodillas. Cuando notó unos golpecitos en su hombro, alzó la vista y asintió. Luego se santiguó, se levantó y partió junto al militar.

Ya fuera, se estrecharon la mano.

-Hola y gracias por venir- dijo Albarracín.

-Todo por la causa- respondió el cabeza rapada.

- ¿La misa era en español?

-Para disimular. Vi los horarios y la inmensa mayoría son en catalán. Como si ya fueran independientes. -¡Manda huevos!- afirmó con desprecio.

Normalmente, Gálvez llevaba ropa de estilo militar, pero la situación requería que pasara desapercibido, así que vestía unos vaqueros, botas negras, camisa azul clara y una chaqueta marrón.

Era alto, musculoso y se movía con una seguridad que rayaba la soberbia. Su cuerpo estaba lleno de tatuajes, pero su vestimenta los ocultaba.

-Te quiero mostrar un lugar- dijo Albarracín-. Un amigo me lo mencionó el otro día. Ya había pasado por allí alguna vez, pero no conocía su significado.

-Muy bien.

Los dos caminaron hacia la calle del Obispo, lateral a la catedral.

-Es curioso. No creo que mucha gente en Barcelona sepa lo que pasó allí. Está enterrado en la memoria de los más mayores- agregó el capitán.

Al llegar a la calle Obispo, giraron a la izquierda y enseguida llegaron a la pequeña plaza de Garriga y Bachs. Cinco figuras de bronce honraban a los barceloneses muertos durante el alzamiento de 1809 contra las tropas napoleónicas.

El neonazi se acercó a la placa conmemorativa.

-El párroco Juan Gallifa, el doctor Joaquín Pov, don Juan Massana, don Salvador Avlet, don José Navarro, don Julián Portet, don Pedro Lastortras y don Ramón Más sacrificaron su vida por Dios, por la Patria y por el Rey. La ciudad agradecida enaltece eternamente su memoria- leyó.

-¿Por Dios y por el Rey? Los de Esquerra Republicana no deben conocer esta plaza, sino la mandan quitar-ironizó Albarracín.

Después caminaron apenas unos metros más, pasaron bajo un pórtico de piedra adoquinada y llegaron a la plaza dedicada a San Felipe Neri, el apóstol de Roma.

Reinaba una paz casi absoluta. Era difícil pensar que estaban a tan solo unos metros de la calle del Obispo, una de las más transitadas por los millones de turistas que cada año visitaban Barcelona.

Parecía la placita de un pueblo y había sido bautizada con ese nombre porque ahí estaba la iglesia barroca de San Felipe Neri, construida sobre el cementerio medieval de Montjuïc del Bisbe y que había sido destrozado por los bombardeos durante la Guerra Civil. La iglesia no era muy grande y estaba rodeada por casas de estilo renacentista.

Varios niños jugaban en la plaza rebosantes de alegría y sus risas contagiosas eran lo único que alteraba el silencio de aquél céntrico y, paradójicamente, recóndito lugar de la Ciudad Condal.

Los pequeños corrían alrededor de dos árboles y una fuente situados en la mitad de la plaza. El rítmico y casi musical sonido del agua al deslizarse con suavidad por los azulejos verduzcos de la fuente relajaba aún más a quienes se encontraban allí.

El silencio era un bien cada vez más preciado y escaso en Barcelona, así que había gente que, tras llegar a la plaza, se sentaba y pasaba largos ratos simplemente disfrutando de aquella inusual paz y tranquilidad en plena urbe.

Pequeña y parapetada del sol por los árboles y los edificios que la rodeaban, la plaza de Felipe Neri solía vivir entre las sombras.

-¡Qué paz! - afirmó Gálvez.

-Así es, pero no te he traído por eso. Ven- señaló hacia la iglesia.

Al llegar a la fachada, Gálvez vio que toda su parte inferior estaba agujereada. Parecía que alguien hubiera empezado a destrozarla a golpes de pico, pero sin disponer del tiempo suficiente para concluir la tarea. Gálvez era católico ortodoxo y ver una iglesia en ese estado le sobrecogió.

-¿Qué coño pasó aquí? - preguntó molesto.

Albarracín le pidió que le acompañara y le llevó hasta una placa de metal adosada a la piedra.

-En memoria de las víctimas del bombardeo de san Felipe Neri. Aquí murieron cuarenta y dos personas, en su mayoría niños, por la acción de la aviación franquista el 30 de enero de 1938- leyó.

El cabeza rapada miró extrañado al capitán.

-¿Nosotros hicimos eso?

El militar suspiró.

-Se trató de un accidente, pero fue culpa de los rojos. Si no hubieran querido instaurar una revolución comunista en España, no habría habido Guerra Civil y, por lo tanto, esos niños no habrían muerto ese día. La responsabilidad recae enteramente en los comunistas y en los nacionalistas catalanes.

Gálvez asintió convencido.

-Unos por querer convertir nuestro país en una dictadura soviética y otros por ponerse a proclamar un Estado catalán antes de la guerra civil y pretender independizarse de España- añadió.

El fascista se acercó impresionado a la pared y la palpó con delicadeza. Los agujeros aún transmitían una intensa carga emocional que conmovía a quienes los tocaban.

-¿Qué ocurrió exactamente? – preguntó con curiosidad

Albarracín también palpó la pared.

-Dos cosas: el bombardeo y los fusilamientos.

Tras un breve silencio, prosiguió.

-El 30 de enero de 1938, la aviación italiana bombardea el puerto, la Barceloneta, el Eixample y el Casco Antiguo- indicó con su mano hacia el cielo como si los aviones aún estuvieran allí. Su uso del presente aumentaba la sensación de proximidad temporal con algo que había sucedido hacía ya ochenta años-. El primero es a las nueve de la mañana con trimotores que vuelan a cinco mil trescientos metros de altura- prosiguió-. Realizan una sola pasada sobre los alrededores de la catedral y la plaza Nova, destruyendo varias casas. Las bombas caen sobre el barrio judío del Call y la calle de la Palla. La segunda pasada es a las once y veinte de la mañana. En esta plaza había una guardería- señaló el lugar-. Al darse cuenta de la amenaza, los maestros llevan rápidamente a los niños a refugiarse al sótano de la iglesia. La parroquia es bombardeada por accidente y el suelo se desploma, aplastando a los pequeños. En total hubo ciento veinticinco muertos y ochenta y siete edificios destruidos.

El relato irritó a Gálvez.

-¡Esos hijos de puta comunistas! - exclamó.

El capitán comenzó a caminar de nuevo.

-Sentémonos allí- indicó una terraza. Pertenecía a un pequeño hotel tipo boutique ubicado en la plaza.

Tras tomar asiento, el oficial continuó.

-Pero muchos de los agujeros que ves ahí no fueron producto de las bombas y la metralla, sino de los fusilamientos cometidos por los anarquistas al comenzar la guerra. La inmensa mayoría de los fusilados eran sacerdotes. Siervos de Dios.

-¡Qué cabrones! - se irritó aún más el neonazi.

-Se trataba de asesinos sin escrúpulos, la mayoría analfabetos. Gente muy cruel. Antes de fusilarles les decían con sorna "nuestro trabajo es mataros y el vuestro morir".

-¡Qué valientes! Asesinar a sacerdotes indefensos. ¡Qué desgraciados! ¡Ojalá que se pudran en el infierno!

-Pertenecían a la Federación Anarquista Ibérica, la FAI. Eran los anarquistas más radicales. Traían aquí a los religiosos en camiones como si fueran ganado y se burlaban constantemente de ellos. Les llamaban cuervos negros por sus sotanas y les decían que su pecado era sembrar el opio de la religión entre el pueblo. Se jactaban de cazarlos como si fueran conejos y antes de fusilarlos les decían que si más tarde les entraba hambre comerían filete o salchichón de cura. Luego les ataban las manos, los ponían contra la pared y los asesinaban. Todo eso ocurrió ahí, en esas mismas paredes- las señaló-. Muchos de esos agujeros son de esas balas. Después quemaban y profanaban sus cuerpos como si fuera basura.

Gálvez apretó sus puños con rabia.

-Y luego dicen que Franco era un dictador. Demasiado blando es lo que fue. Tenía que haber acabado con todos ellos y repoblar Cataluña. Ahora no tendríamos este problema- afirmó con ira.

-Pues en los pueblos eran aún más sádicos. Sacaban a los civiles de la localidad para que no hubiera testigos y sometían a los sacerdotes a torturas terribles. Les quitaban los ojos, los castraban y después les ponían los testículos en la boca.

Entonces callaron unos instantes mientras pedían un par de cafés.

-La FAI se hizo con el control del orden público en Barcelona. Tenían la autoridad para hacer lo que quisieran y también aprovecharon para saquear iglesias y todas las casas donde se metían. Muchos se hicieron millonarios robando arte y antigüedades que después vendieron en el extranjero.

-¡Qué hipócritas! Todos los comunistas son iguales. Unos envidiosos de mierda. Se pasan el día hablando de los derechos del proletariado, pero si consiguen hacerse ricos son peores que el más déspota de los capitalistas. Unos chorizos es lo que son. ¡Pura escoria! - exclamó con furia.

Albarracín lo observó con satisfacción.

-Te he traído aquí porque el día de la operación quiero ver esa misma rabia en tus ojos.

Al cabeza rapada le incomodó que tuviera que recordarle algo que debería dar por hecho.

- ¿Qué quiero? Furia, lealtad y compromiso. ¿Qué no quiero? Ningún fallo, ni el más mínimo- pareció recriminar el militar.

-Perdona-reaccionó de inmediato Gálvez-. ¿De qué cojones hablas?

En vez de moderar sus palabras, Albarracín las endureció.

- ¿Que de qué cojones hablo? Hablo de la cagada que hicisteis al confiar en Begoña Goyeneche sin investigarla bien. ¿Te parece poco? - preguntó furioso.

Gálvez contuvo su genio. Su grupo neonazi de Alcalá de Henares había recibido mucho apoyo económico de Begoña antes del atentado de la Unidad 120050 en Barcelona. La vasca había respaldado financieramente a los neonazis para reforzar su posición y prestigio dentro de los círculos de la extrema derecha en España.

En aquel entonces, la misión de Begoña había sido hacer pasar a la Unidad 120050 como un grupo fascista cuando, en realidad, se trataba de una célula rebelde de ETA. Gálvez mordió el anzuelo y la etarra le engañó como si fuera un novato.

-¡No me jodas! - exclamó el cabeza rapada-. No me engañó sólo a mí, sino a todo el mundo. A la Policía, a los empresarios, a los políticos… ¡A todos! -se defendió.

-Los otros me importan un comino. Estoy hablando de ti. ¡No quiero fallos! -repitió Albarracín con energía.

En ese momento llegaron los cafés y ambos volvieron a guardar silencio mientras el camarero los depositaba sobre la mesa. Esos instantes sin poder discutir permitieron que los ánimos de ambos se tranquilizaran un poco.

-Hay muchos hoteles pequeños como éste en esta zona- dijo Albarracín mientras señalaba la entrada del establecimiento-. Envía a cuatro o cinco personas por hotel. Luego pon más de los nuestros en la zona de las Ramblas y la plaza de Cataluña.

-¿Cuántos en total?

-Doscientos. Los mejores. Verdaderos patriotas. Gente de acción.

Gálvez asintió.

- ¿Los tienes?

-Mira, no me toques más los cojones. ¡Claro que los tengo! ¿O qué te piensas que hemos hecho todos estos años? ¡Prepararnos para esto!

-¡Responde a mis preguntas y déjate ya de joder! –ordenó el militar.

El grito intimidó a Gálvez. Albarracín se remangó y le enseñó un tatuaje en la parte superior del brazo. Era una calavera igual a la que usaba la SS alemana: un cráneo sonriente con dos huesos cruzados debajo. Unos centímetros más abajo de la calavera había dos cuchillos en direcciones opuestas, otro símbolo de la SS. A su lado, las palabras "Patria, Dios, honor y sangre".

-¿Sabes qué coño es esto? - preguntó el militar.

El ultra se calló. Los partidos nazis más radicales de Alemania, Italia, Rusia, República Checa y España se habían unido para maximizar su capacidad operativa y ese tatuaje era la medalla que otorgaban a sus miembros más destacados.

-¿Tú tienes una como ésta? ¿Eh? ¿La tienes? - insistió.

No hubo respuesta.

-Cuando la tengas, hablamos. Mientras, sigue las órdenes y te callas de una puta vez, joder.

Gálvez siguió en silencio.

-Pon a todos en estado de máxima alerta. Que estén listos para movilizarse de inmediato. Me pondré en contacto contigo para explicarte los últimos detalles del plan.

-¿Sabemos cuántos días antes del operativo vendremos a Barcelona?

-Prepararos como si fuera mañana.

-¿Pero tú en verdad crees que estos catalanets tienen los *collons* para hacer algo así contra Madrit? -se burló. ¿Que realmente van a intentar separarse de España de nuevo después de todo lo que ocurrió el año pasado? ¡Si el *president* se escapó corriendo como buen cobarde que es! ¡Y eso que nosotros no salimos a la calle!

-dijo después en tono despectivo.

-Los tengan o no, vamos a quitarles las ganas de por vida de volver a desafiar a nuestra patria. España existe desde tiempos inmemoriales y no van a ser estos payeses los que acaben con ella. Ya basta de medias tintas. Es hora de dar un paso adelante. Dejar de jugar a la defensiva y pasar al ataque.

El otro neonazi asintió.

-Va a ser un gran día. -Dijo pletórico-. El único lenguaje que entienden es el de la violencia, así que ahora lo que hace falta son menos palabras y más hostias -añadió Albarracín.

-En eso sí que no vamos a discutir -afirmó el ultra mientras golpeaba con el puño de su mano derecha la palma de la izquierda.

-Ya tienes todos los planos y las fotos que necesitas. Los hemos estudiado juntos hasta la saciedad, pero aprovecha el día para visitar esos lugares. Familiarízate bien con todo. No es bueno que te vean por aquí, pero por un día no pasa nada.

Gálvez mostraba cada vez más ansiedad por recibir la orden final.

-Ten cuidado con posibles infiltrados de la Policía- advirtió el militar.

-Tenemos un par, pero sabemos quiénes son. Les despistaremos dándoles información falsa.

-Es la hora de la verdad. No podemos defraudar a España.

-No lo haremos.

De pronto, Albarracín olvidó su enfrentamiento con Gálvez y apretó cariñosamente con su mano uno de los brazos del neonazi. El cabeza rapada observó la acción y luego estudió el rostro del militar. Albarracín estaba emocionado. Ya no hablaba como un superior en rango, sino como su camarada de armas.

-Gálvez, mira de nuevo esa pared- dijo señalando a la iglesia de Felipe Neri.

El madrileño lo hizo.

-¿A que sentiste emoción cuando la palpaste?

-Mucha- respondió de inmediato.

-Esos agujeros aún están impregnados de la sangre de los mártires que murieron por España. Fueron asesinados porque no tenían a nadie que les protegiera, pero eso se acabó. Estamos hasta los cojones de los independentistas que quieren desintegrar nuestro país y vamos a asegurarnos de que entiendan de una vez por todas que la Patria es indivisible. ¡Una, grande y libre!- enfatizó.

-¡Así es!

-Yo también me emociono cuando palpo esa pared, Juan -usó su nombre para lograr una mejor conexión emocional con él-. En su momento, patriotas como nosotros no llegaron a tiempo para salvar a esos mártires y mira el precio que tuvimos que pagar. Una masacre tras otra de siervos de Dios en la Tierra. Les fallamos, pero ahora será distinto. Nosotros sí llegaremos a tiempo para rescatar a España de este eterno caos en el que nos han metido los catalanes y los vascos. Haremos lo que los políticos no se atreven a hacer, pero que todo el pueblo español clama en voz baja.

Luego reflexionó durante unos instantes.

-Esa pared me da energía, fuerza, valor- dijo al fin-. Si esos sacerdotes estuvieron dispuestos a dar sus vidas por sus ideales, ¿podemos nosotros acaso traicionar ahora ese sacrificio sagrado? ¿Qué clase de cobardes y traidores seríamos?

-No, por supuesto que no.

-Estamos en el cuarenta y tres aniversario de la muerte del Generalísimo. Qué mejor forma de celebrarlo que volviendo a aplastar a sus enemigos. ¡Viva España! - exclamó Albarracín en voz baja mientras estrechaba la mano de Juan Gálvez.

-¡Viva!

Después pagaron los cafés, se levantaron y se fueron en direcciones distintas.

XXVIII

El coche patrulla de John Moore estaba listo para arrancar a toda velocidad. El policía tenía el pie en el acelerador y observaba a la agente encubierta que se hacía pasar por prostituta en la intersección de la calle doce con la K, a apenas cuatro manzanas de la Casa Blanca. El vehículo estaba escondido en un callejón y a unos cincuenta metros de la policía.

La figura de la mujer podía distinguirse con claridad. Para protegerla, la Policía había situado otro agente encubierto a apenas diez metros de ella. Disfrazado de vagabundo, fingía que dormía en el suelo. Nunca se sabía cómo podía reaccionar un hombre al ser arrestado por solicitar los servicios de una prostituta.

La mujer iba con botas altas, minifalda y una blusa apretada sin sujetador.

El periodista salvadoreño Milton Pérez estudió la cara de Moore. Los ojos del policía escaneaban continuamente los coches que pasaban al lado de la agente. Su rostro le recordó la faz de un león observando los movimientos de una presa antes de abalanzarse inmisericordemente sobre ella.

En esta ocasión, las presas eran los conductores que pululaban alegremente por la zona ajenos al peligro que les acechaba. La mayoría acababan de salir de las discotecas del área sin haber podido ligar y estaban dispuestos a pagar para que una de las prostitutas les librara de su calentura insatisfecha.

Los coches daban varias vueltas inspeccionando a las distintas mujeres antes de decidirse por una. Todas eran policías. Las verdaderas prostitutas, al ver la redada, se habían marchado un par de calles más lejos.

De pronto, un vehículo se detuvo al lado de la supuesta meretriz. La mujer se acercó y el hombre bajó la ventanilla.

-Hola cariño, ¿cómo estás? - preguntó ella.

Tenía un micrófono en la blusa que grababa toda la conversación.

-Bien. Oye, estás muy buena.

-Pues estoy aquí para complacerte en lo que quieras.

- ¿Cuánto cobras?

- ¿Qué quieres que te haga?

-Depende de lo que cueste.

-Una mamada, sesenta. Follar, ochenta- respondió con un lenguaje gráfico para evitar cualquier sospecha.

En otra redada, una policía encubierta novata había usado los términos "sexo oral" y "hacer el amor" y el cliente se fue de inmediato al intuir que era una trampa. Nunca había conocido a ninguna prostituta callejera que hablara así.

-De acuerdo, entra- afirmó el hombre.

-Para el coche allí- le indicó un lugar unos metros más adelante.

El hombre la obedeció sin sospechar nada. Pensó que sería más cómodo para ella subirse en ese lugar. La mujer, mientras caminaba hacia el vehículo, se tocó la cabeza. Era la señal de que el cliente había ofrecido dinero por sexo.

-¡Ahora! ¡Ahora! - gritó el supuesto vagabundo por radio mientras se levantaba, corría hasta el coche, sacaba una pistola y apuntaba al conductor.

Moore hundió el pie en el acelerador y su coche patrulla salió disparado junto a cuatro más. En tan solo unos segundos ya tenían rodeado al conductor por sus cuatro costados.

-¡Manos en el volante! ¡Quiero ver tus manos! - gritó otro policía mientras también le apuntaba.

El conductor obedeció. Parecía completamente aturdido. Sabía que su vida acababa de dar giro radical. Sería arrestado, tendría antecedentes y su esposa, que estaba de viaje, se enteraría de todo. Dependiendo del juez, además de pagar una multa de quinientos dólares, incluso podría ir ciento ochenta días a la cárcel.

Varios agentes lo sacaron del vehículo. Una vez se aseguraron de que no llevaba armas ni drogas, lo esposaron y lo metieron en una patrulla que partió fugaz. Otro uniformado se subió al coche del detenido y siguió a la patrulla. En menos de dos minutos la calle recuperó la normalidad y la policía encubierta volvió a caminar por la acera en busca de su próxima víctima.

El reportero de *El Tiempo Latino* fue con Moore hasta un aparcamiento subterráneo a tan solo tres calles de distancia. Allí se había estacionado una caravana del Departamento de la Policía de Washington donde se procesaba a los detenidos. Tras leerles sus derechos, sacarles fotos, coger sus huellas y darles una citación para presentarse ante el juez, los ponían en libertad.

-¿Alguien famoso? -preguntó Milton mientras observaba a los últimos diez detenidos.

-No- dijo Moore decepcionado.

Para la Policía, detener a alguien de alto perfil público significaba más publicidad para la redada. El principal objetivo no era arrestar al mayor número posible de personas, sino que los hombres que leyeran esa historia el día siguiente en la prensa entendiesen que solicitar los servicios de una prostituta podría arruinarles la vida.

Hacía poco tiempo habían arrestado a un conocido periodista deportivo y toda la prensa del país publicó la noticia en primera plana. Ésa era la definición de éxito para el departamento de Policía de la ciudad. Impacto mediático masivo.

-John, me voy. Ya tengo todo lo que necesito. Gracias por dejarme estar contigo en la patrulla. La historia saldrá el fin de semana- dijo.

Milton había entrevistado a tres hombres en el viaje anterior. Al haber sido arrestados, sus nombres ya eran públicos y la Policía los identificaría en su nota de prensa con el balance final de las detenciones.

Dos habían accedido a la entrevista para insistir en que todo era un error y que la mujer no los entendió bien. Desgraciadamente para ellos, la conversación estaba grabada y era una prueba contundente en su contra. El tercero lloraba y pedía perdón, quizás en un vano intento por ablandar el corazón de los agentes y que le dejaran ir sin cargos.

-De nada- respondió Moore-. ¿Quieres que te lleve a tu coche?

-No hace falta, voy a caminar hasta donde están las verdaderas prostitutas.

-Espero que no sea para estar con ellas. Somos amigos, pero te arresto igual. Otro periodista no nos iría mal- bromeó.

El salvadoreño rio.

-Hay que preguntarles qué opinan de estas redadas. Ya sabes que toda historia tiene al menos dos lados.

Tras estrecharse las manos, el reportero fue hasta la calle once, cruzó la K y enseguida vio a varias prostitutas a unos cincuenta metros de distancia. Siguió por la calle once para intentar hablar con ellas, pero sólo llegó a la mitad del camino.

-¡Milton! ¿Qué pedo? - escuchó que le llamaban.

El periodista se giró y vio una cabeza asomándose por la puerta de un bar llamado La Esquinita. La entrada era de cristal oscuro y no se veía nada en el interior. Parecía un verdadero antro.

Se trataba del pandillero de la M-13 Élmer Tiberio, alias Tun Tun por su afición a la música. Milton se acercó y le dio la mano.

-Hola, bato. Pasá, pasá- dijo Élmer.

-Hola, jomi.

Tras devolverle el saludo, el periodista entró. Nunca había estado en ese bar.

La música estaba muy alta, había bastante gente y apenas se distinguía nada. Ambos se acercaron a la barra. Tras el mostrador había varios machetes, bates de béisbol, cuchillos y barras de metal. Semejante arsenal llamó la atención del reportero.

-Pos se los hemos quitado a los bayucos que han venido hoy al bar a gozar. ¡Serán pendejos! Aquí las armas sólo las tenemos nosotros- afirmó el pandillero.

Milton asintió y miró hacia el fondo del local. Apenas distinguió unas siluetas, pero asumió que, amparados en la oscuridad, allí estaba ocurriendo de todo.

Élmer era uno de los contactos del reportero en la MS-13. El pandillero le pasaba información cuando le interesaba que la prensa lo publicara.

-Mirá, vos- dijo al reportero acercándose a su oído-. Hace ya tiempo que buscábamos un lugar donde los de la M-18 han torturado y matado a varios de los nuestros. Pos finalmente lo encontramos. A nosotros quien nos la debe, nos la paga y punto, ¿m´entendés?

Milton Pérez ya se imaginó el baño de sangre.

-Enviamos a unos bien vergones pa fregarnos a esos culeros. ¡Nosotros le entramos a quien sea!

El reportero asintió una vez más.

-¿Cuántos?- preguntó.

-Pos sólo había dos y se los bajaron, papá.

- ¿Cuándo? ¿Dónde?

- ¡Púchica! ¡Ya salió el reportero con sus preguntas! Vos sí que no sos bruto. ¡Te vas a llevar la gran exclusiva!

-Dale, Élmer. Tengo que hacer unas entrevistas ahí afuera. Si quieres que salga en el diario para que la gente se entere de que con ustedes no se juega, necesito la información.

El marero se rio y se la dio.

-Andate de prisa, que la chota aún no sabe nada. Es una granja y por ahí no pasa nadie. ¡Y sacá buenas fotos! Que vean que nos fregamos a quien sea. ¡Que tenemos los huevos bien puestos!

-¿Es seguro ir?

-Pos ahora ya sí. Los matamos como si fueran cucarachas.

-¿Cuándo?- insistió.

-Andate… andate y no preguntés más, bato. No te vas a arrepentir. Ahí vas a ver algo bien chingón. ¡No te olvidés la cámara! ¡Puta madre, qué maldad!

Cuando Milton iba a preguntarle a qué se refería, el marero agarró a una muchacha por la cintura y se fue a bailar con ella.

-¡Te me cuidás! Hijo de la chingada, ¡te vas a llevar la gran exclusiva! -se despidió.

El reportero salió del bar y buscó de nuevo a las prostitutas. No las vio, así que regresó hasta la esquina de la once con la K. Al llegar, vio a dos que caminaban juntas. Se acercó, se identificó y les hizo un par de preguntas.

Las dos las respondieron, pero sin darle sus nombres verdaderos. Una era de Carolina del Norte y la otra del mismo Washington. Le comentaron que la Policía podía hacer todas las redadas que quisiera, pero que los clientes siempre aparecían de nuevo el día siguiente.

-El sexo es la fuerza más poderosa del universo. Los hombres sólo piensan en follar. Es su naturaleza. Saben que pueden ser arrestados y que eso arruinará sus vidas, pero, cuando están calientes, piensan con la cabeza de abajo, no con la de arriba- sentenció una.

-Sí y además hay algunos que incluso les gusta correr ese riesgo. Se excitan más si follan con nosotras frente a las narices de la misma Policía. Los agentes saben que estamos en los callejones de estas calles y nos buscan para pillarnos con las manos en la masa, pero eso no importa. Los hombres vienen una y otra vez y, si consiguen burlar a la Policía, es como si se corrieran dos veces- añadió la otra.

Luego le dejaron sacar un par de fotos, pero de espaldas para evitar ser reconocidas.

Ya con todos los elementos para su reportaje, Milton fue hasta su coche y se dirigió hacia la granja de Maryland. Llegó al amanecer. Cuando entró en el granero vio un gran charco de sangre.

Los cuerpos de Lajos Kovács y de su esposa ya no estaban allí, pero los dos pandilleros de la M-18 encargados de custodiar el lugar yacían muertos en el suelo. Cerca de los cadáveres estaba el toro de bronce cubierto por la lona. Al apartarla, la figura metálica del animal sorprendió a Milton. No sabía para qué servía, pero intuyó que no era para nada bueno.

El informador se acercó a la silla atornillada al piso y la inspeccionó en detalle. Luego revisó el suelo y vio un clip. No toco nada, salió del granero y llamó a Xurxo Pereira.

-¿Dígame? - respondió éste todavía medio dormido.

-Soy Milton. ¿Estás en Washington?

-Hola. Sí, acabo de llegar. ¿Por qué?

-Una pregunta. ¿Cómo se llamaba el etarra que realizó el atentado en Barcelona? Ya sabes, el de la Unidad 120050.

La pregunta le extrañó, en especial a esa hora de la mañana.

-Aritz, ¿por qué?

-¿Y el apellido?

-Goikoetxea.

- ¡Puta madre! - exclamó.

-Joder, ¿me vas a decir qué está pasando?

-Un marero de la MS-13 me dio la dirección de un lugar que su pandilla rival, la M-18, usaba para matar gente. Es una especie de grotesca cámara de torturas escondida en una granja de Maryland, cerca de Washington.

- ¿Y?

-Hay una silla metálica donde ataban a gente para torturarla. Hay mucha sangre y no creo que sea toda de los dos pandilleros que mataron aquí.

-Sigo sin entender.

-En uno de los brazos de la silla está escrito en letras pequeñas el nombre de Aritz Goikoetxea. Debió escribirlo una de las víctimas que ataron a esa silla, posiblemente con un clip que tenía escondido en su mano.

Xurxo encendió la luz y se levantó de la cama.

-Me parece que delató a su asesino- sentenció Milton.

XXIX

A pesar de que apenas había salido el sol, la jefa de la Policía del condado de Montgomery, en Maryland, ya estaba corriendo por su barrio. Montgomery colindaba con la ciudad de Washington.

-¡Ring! ¡Ring! - sonó su móvil.

Su trabajo no tenía horario, pero no era normal que la llamaran tan temprano durante el fin de semana. Tenía que tratarse de una emergencia, así que se detuvo y respondió.

-Dígame.

-Perdone que la moleste, aquí el detective Anthony Jordan.

-No se preocupe.

-Ha pasado algo horrible.

- ¿De qué se trata?

- ¿Le puedo enviar un vídeo?

- ¿Por qué?

-Cuando lo vea lo entenderá.

-Envíemelo a mi cuenta de correo. Lo veo ahora mismo en el móvil.

El detective ya estaba listo, así que sólo tuvo que apretar la tecla.

-Enviado.

-Espere.

La policía pinchó el mensaje y accionó el vídeo de la decapitación de Kovács.

-¡Qué salvajada! -exclamó mientras casi apartaba la vista de la pantalla.

-Por eso la he llamado de inmediato. Nos llegó por correo.

-¿Vino con algún mensaje?

-Sólo el vídeo.

-¡Mierda!

-Sé por qué nos lo enviaron.

-¿Y se lo tengo que preguntar, Jordan?

-¿Me permite explicarle la secuencia de todo lo que pasó desde que llegó el vídeo? Es sólo un minuto, lo entenderá todo mejor y ahorraremos tiempo.

-Adelante- afirmó a regañadientes. Le gustaba ir al grano.

-Lo primero que me vino a la mente fue terrorismo islámico.

-A mí también, pero eso suele ocurrir en Irak o Siria. ¿Qué tiene que ver eso con el Departamento de Policía del condado de Montgomery?

-A eso voy. Luego pensé que también podría tratarse de un ajuste de cuentas entre pandillas. Las centroamericanas y las mexicanas decapitan a muchos de sus enemigos y, como sabe, ambas tienen presencia en nuestro condado.

La incertidumbre hizo que la policía se arrepintiera de haberle dado ese minuto.

-¡Joder, Jordan! ¡Que es para hoy!

-Pero, de alguna forma, hemos tenido suerte.

-Déjese de rodeos. ¡Me tiene en ascuas! -insistió.

-Si observa bien el vídeo, se dará cuenta de que, al final, la cámara se mueve un poco. Parece que están en una estructura de madera. Pues bien, una de las tomas, aunque muy corta, enseña la puerta abierta de ese lugar. Es de día.

-Siga.

-Hace años leí en el periódico que un estudiante prodigio de Virginia había inventado una aplicación para que una persona pudiera determinar su posición exacta en cualquier lugar del planeta sin necesidad de un GPS. El Pentágono se la compró. Lo único que tenía que hacer era sacar una foto del horizonte y un complicado algoritmo matemático se lo decía en segundos. La clave es la posición de las estrellas.

- ¿Y qué? ¿Conoce al estudiante?

-No, pero soy veterano y tengo buenos contactos en el Pentágono. Les llamé, les conté de qué se trataba y me echaron una mano con la condición de que su participación no se hiciera pública.

-Y el resultado es…

-Decapitaron a ese hombre en una granja de Barnesville, en nuestro condado. Un pueblo muy apartado y de apenas ciento setenta y siete habitantes.

- ¡Dios santo! - exclamó la jefa de Policía-. ¿Por qué demonios no empezó por ahí? - le recriminó.

-Para que tenga toda la información en sus manos. Esto será posiblemente un caso federal y lo primero que el FBI le va a preguntar cuando la vea esta mañana es cómo averiguó donde se había cometido el crimen. No quería que la cogieran desprevenida.

Su jefa pensó entonces que quizás sí había valido la pena esperar ese minuto adicional. Había muchas personas interesadas en su puesto y aprovecharían cualquier oportunidad para dañar su reputación o ponerle la zancadilla.

-La granja se llama Toro de Bronce- prosiguió Jordan.

-Envíeme la dirección y nos vemos allí, pero no hay tiempo que perder. Contacte con los departamentos de Policía locales para que establezcan de inmediato un perímetro alrededor de la granja. Envíe nuestras patrullas y el equipo SWAT.

-¿Y el FBI?

La policía dudó. Preferiría iniciar la investigación sin que las agencias federales estuvieran metiendo sus narices.

-Está bien- accedió con reticencia-. Póngase en contacto con ellos, quizás se trate de terroristas. Nada de sirenas ni luces llamativas y no hagan nada hasta que yo llegue, ¿entendido?

-Sí, jefa.

-Cero prensa- recalcó-. No quiero filtraciones. Tenemos que coger a esos cabrones por sorpresa.

-Por supuesto.

-Sigo sin entender por qué nos han enviado el video.

-Nos están mandando un mensaje. La pregunta es cuál.

-Si se tratara de un grupo terrorista islámico y su objetivo fuera causar pánico aquí, ya lo habrían colgado en Internet.

Ninguno de los dos encontró una explicación lógica.

-Estaré en Barnesville en cuarenta y cinco minutos. Vamos a dar su merecido a esos salvajes- finalizó la policía antes de colgar.

XXX

Xurxo telefoneó tanto al móvil de Kovács como a su casa, pero no respondió nadie.

Se vistió con rapidez, cogió su Jeep y fue hasta la casa del espía en Chevy Chase, Maryland. Fuera sólo estaba el coche de la mujer del húngaro.

El periodista llamó a la puerta, pero tampoco obtuvo respuesta. Luego dio una vuelta a la casa para ver si había alguna señal de vida.

Al no ver nada, regresó al Jeep y telefoneó a Elena.

-¿Xurxo? - respondió.

-Sí.

-¿Ya estás en Madrid? Pensaba que ibas a pasar antes por Washington.

-Sí, estoy en Washington. Te llamo porque ha pasado algo importante- dijo sin rodeos.

-Te escucho.

-Creo que Aritz ha venido aquí y ha asesinado a Kovács. Quizás también a su mujer.

-¿Qué? ¿De qué estás hablando? – sorprendida, respondió con preguntas.

Xurxo le explicó la situación.

-Llama de inmediato a Pierce para que intente localizarlo. Ojalá me equivoque, pero no veo qué otra persona podría haber escrito Aritz Goikoetxea en la silla- afirmó el periodista.

-Si es cierto, ir a Washington ha sido un riesgo enorme para Aritz. Asesinar a una persona como Kovács, más todavía. Cada vez lo tengo más claro. Sabe que ésta es su última oportunidad y va a poner toda la carne en el asador. Ahora es más peligroso que nunca y está dispuesto a cualquier cosa. A cualquier cosa- repitió con énfasis-. Temo que su primer plan no fue nada comparado con lo que tiene preparado esta vez contra España.

XXXI

Éste era el día más importante para Josep Agramunt desde que había llegado a los Estados Unidos. El responsable de autorizar los nuevos proveedores para el Departamento de Veteranos por fin había accedido a estudiar su propuesta.

Si conseguía que ese gigantesco ministerio del gobierno comenzara a comprar productos de Biotech, podría significar miles de millones de dólares de ingresos para la empresa que representaba.

Tras pasar los controles de seguridad, Agramunt fue hasta la Oficina de Adquisiciones y Logística. Allí le esperaba David Hastings, jefe de ese departamento. Se trataba de la persona que tomaba la decisión final.

Hastings lo saludó y le pidió que se sentara. Su oficina tenía una vista perfecta de la Casa Blanca, situada justo frente al edificio.

-Señor Agramunt, hemos estudiado con detenimiento su propuesta.

-Se lo agradecemos. Nos hemos esforzado mucho para ofrecerles productos innovadores a precios muy competitivos.

El estadounidense lo escuchó con deferencia, pero sin exteriorizar un excesivo interés. Recibía ese tipo de adulaciones a diario. Sabía muy bien el poder que tenía en sus manos.

-De todo lo que nos ha ofrecido, lo que más nos interesa son los biomarcadores relacionados con la genómica. Nuestros expertos han concluido que Biotech aporta valor añadido en el diseño de nuevas proteínas que cambien los procesos biológicos. Como usted sabe, cada vez vamos más hacia ese tipo de medicina personalizada. Tratamientos diseñados específicamente para el perfil genético del paciente.

El catalán se alegró por partida doble, ya que esos fármacos eran los más rentables.

-Los biomarcadores de su empresa han demostrado ser muy efectivos para indicar al oncólogo qué pacientes deben utilizar quimioterapia y cuáles no. Nuestras pruebas también indican que predicen con un alto grado de fiabilidad qué personas son más proclives a determinadas patologías. Eso hará que la medicina preventiva pueda salvar muchas vidas y también ahorrar mucho dinero al contribuyente.

Agramunt permaneció atento a las palabras de Hastings.

-La conclusión es que hemos decidido comprar esos biomarcadores- afirmó.

El ejecutivo tuvo que repetirse mentalmente la frase para acabar de creérsela.

Al ver la falta de respuesta, el funcionario se extrañó.

-Perdone, ¿se encuentra bien?

-Lo siento- reaccionó por fin-. Me ha cogido de sorpresa. Es que hoy no esperaba una decisión. Pensaba que sería una sesión de preguntas y respuestas para aclarar cualquier posible duda.

- ¿Acaso no se alegra?

- ¡Por supuesto! Es una gran noticia. Muchas gracias por confiar en nosotros.

Al cabo de unos segundos, el funcionario prosiguió.

-Debido al volumen del contrato, el proceso legal tardará en completarse unos meses, pero la decisión ya está tomada. Salió en el Federal Register digital cinco minutos antes de que usted entrara por esa puerta- dijo refiriéndose a la publicación que hacía oficiales las decisiones del Gobierno. El Boletín Oficial del Estado de Estados Unidos.

- ¿No pueden apelar la decisión los otros aspirantes al contrato?

-Sí, pero nuestros expertos ya han determinado que sus biomarcadores son los más avanzados, así que no preveo que esta decisión cambie. Por supuesto, esperaremos el resultado de esa apelación, pero, mientras tanto, avanzaremos todo el proceso. No podemos perder tiempo. Queremos que esta Administración funcione con la efectividad de un negocio privado. Hay muchas vidas en juego.

Agramunt tragó algo de saliva. Estaba viviendo el momento más importante y exitoso de su carrera profesional.

-¿Tiene alguna pregunta? -preguntó el funcionario.

-No.

Al escucharlo, el catalán pensó que había llegado el final de la reunión y se preparó para irse.

-Sólo tengo un comentario que considero necesario realizar.

Agramunt se quedó pegado a la silla.

-El diablo está en los detalles. A ver si he cantado victoria demasiado pronto-recapacitó con preocupación.

Hastings sacó una hoja de la carpeta destinada a Biotech.

-Uno de los requerimientos legales para cualquier acuerdo con empresas europeas es que tienen que ser parte de un país miembro de la OTAN. Los formularios del Departamento de Veteranos lo indican con claridad- indicó con su mano una de las cláusulas del documento.

La señal de alarma saltó de inmediato en el cerebro del catalán. Sus abogados americanos no le habían mencionado nada, quizás por la obviedad de que se trataba de una empresa de un país ya dentro de la Alianza Atlántica.

-Estos contratos pueden extenderse al Departamento de Defensa y las compañías proveedoras acceden a información reservada sólo para países oficialmente aliados de Estados Unidos.

El comentario de que el contrato podría ampliarse a otros con el Pentágono convirtió la operación en aún más suculenta. El presupuesto anual del Departamento de Defensa era unas sesenta veces el de las fuerzas armadas españolas y eso podría convertir a Biotech en una de las empresas más importantes en su sector a nivel mundial.

Agramunt apenas podía creer las buenas noticias, pero cuando escuchó la palabra OTAN intuyó lo que vendría después.

-España es un país aliado de la OTAN y, por lo tanto, no hay ningún problema. Sin embargo, estamos al corriente del tema del desafío independentista de Cataluña.

El ejecutivo confirmó por dónde iban los tiros y comenzó a destemplarse. Sabía que en sólo segundos tendría que tomar una decisión trascendental que marcaría el resto de su vida.

-Si Cataluña se separa de España, todos los contratos con Biotech se cancelarán automáticamente porque ese nuevo país no formará parte de la OTAN. Se trata de un tema estrictamente legal. Nosotros no tomamos partido en su disputa interna.

El mazazo no pudo ser más duro.

Al no escuchar respuesta alguna, Hastings volvió a extrañarse.

-¿Me entiende, señor Agramunt?

-A la perfección.

El americano guardó de nuevo el documento en la carpeta.

-Mire, señor Agramunt. Usted sabe muy bien que esta apuesta del Departamento de Veteranos por Biotech hará que la empresa se revalorice de forma extraordinaria en la bolsa. Convertirá a muchos de sus accionistas en multimillonarios de la noche a la mañana.

El catalán sabía que así sería, empezando por él mismo.

-Si no fuera ilegal, yo mismo estaría comprando ahora mismo acciones de su compañía- bromeó.

Luego ajustó la posición de sus gafas y prosiguió.

-Para descartar cualquier problema de última hora, me parece que sería muy prudente que Biotech declare públicamente que está en contra de la independencia de Cataluña. No queremos iniciar un proceso con ustedes que después tengamos que cancelar. El tiempo es oro. No queremos que ustedes pierdan su tiempo ni nosotros el nuestro.

Agramunt sintió las palabras de Hastings como si el campeón mundial de boxeo de los pesos pesados le hubiera pegado un puñetazo con toda su fuerza en pleno rostro. La alternativa frente a él era escoger entre ser fiel a sus ideas y principios políticos de toda la vida o convertirse en multimillonario de forma instantánea.

-Creí que me dijo que la decisión ya estaba tomada.

-Así es, pero recuerde que, al fin y al cabo, aquí los que mandan son los políticos. Si perciben que Cataluña va a independizarse y quedarse fuera de la OTAN, tienen mil formas de impedir que Biotech se convierta en proveedor del gobierno americano. Por eso una declaración pública despejaría cualquier duda. A pesar de que nuestro propio presidente ha criticado a la OTAN diciendo que es obsoleta, la realidad es que sólo podemos dar contratos a países que pertenecen a la Alianza. Es la ley -insistió.

El ejecutivo sabía que era cierto y que Hastings, aunque muy importante, sólo era un funcionario. Por encima de él estaba el Secretario del Departamento de Veteranos, que era un puesto político.

-Nosotros podemos decir que estamos en contra de la independencia y que ésta se dé de todas formas- afirmó el catalán.

-Lo importante ahora es mostrar compromiso. Dejar claro que estamos en el mismo equipo. No nos gustan las sorpresas.

-Entiendo.

-¿Contamos con usted?

-Sí-respondió de inmediato. No quería que Hastings detectara el menor atisbo de duda que pudiera torpedear la decisión que ya había tomado.

-Fantástico. Si le parece, iniciamos todos los pasos legales tan pronto como emitan el comunicado a la prensa.

-De acuerdo.

-Recuerde que, por el momento, esta información no puede salir de su Consejo de Administración. Eso violaría las regulaciones del mercado de valores. Es ilegal.

-Por supuesto.

-Ha sido un placer- se levantó y le estrechó la mano.

-Gracias, igualmente- se esforzó en decir Agramunt. Le costaba hablar. Aún estaba muy tocado.

En sólo minutos, la tentación del dinero consiguió que traicionara la causa que había defendido apasionadamente desde su juventud. La cartera se había impuesto al corazón.

Al llegar a su oficina, no tuvo ninguna duda de que en apenas unos meses sería el nuevo presidente de Biotech y tendría más poder y dinero del que jamás hubiera podido soñar. Sin embargo, no pudo sacudirse de encima la sensación agridulce de lo que acababa de hacer.

-Esto es una retirada estratégica. La mejor forma para que Cataluña consiga su independencia es que tenga empresas potentes a nivel mundial. Sin fuerza económica, nuestra meta será imposible. La independencia es una meta. No tiene por qué ser necesariamente ahora- se auto justificó en un intento por sentirse mejor.

Luego entró a su portafolio personal de inversiones en bolsa y calculó que en dos meses sería al menos cincuenta millones de euros más rico.

XXXII

El centro comercial Westfield estaba a rebosar. Se encontraba en el condado de Montgomery y tenía una clientela de alto poder adquisitivo.

Sus cuatro pisos contaban con numerosas tiendas de las mejores marcas internacionales y una claraboya permitía que la luz natural iluminara una buena parte del recinto.

El área metropolitana de Washington era la más rica de Estados Unidos y las cajas registradoras del centro comercial trabajaban sin descanso. Los clientes gastaban grandes cantidades de dinero, pero no siempre era fácil distinguir a los más potentados.

Muchos vestían de manera informal y, en ocasiones, quien menos parecía tener resultaba ser el más rico. Los guardias de seguridad eran conscientes de eso y se cuidaban mucho de mirar mal a alguien por su aspecto.

Al mediodía, un todoterreno negro aparcó en el tercer nivel del centro comercial. De él salieron dos mujeres jóvenes. Ambas iban con tejanos, zapatillas deportivas y sudaderas con capuchas. Una llevaba una bolsa de papel con el logotipo de una prestigiosa marca de moda. La cargaba entre sus brazos como si se tratara de un bebé. Sus rostros eran difíciles de distinguir porque llevaban puestos los caperuzones.

Tras entrar al centro comercial, bajaron por las escaleras mecánicas a la segunda planta, donde estaban los restaurantes.

Al llegar, observaron el comedor.

-Allí- señaló una.

Las dos caminaron unos metros, se sentaron en una mesa y la que llevaba la bolsa se la puso entre sus rodillas A su lado había dos hombres que se fijaron de inmediato en ellas.

Eran guapas y con un buen tipo. Lo hombres, en cambio, no se distinguían por su atractivo y, además, tenían bastantes más años que ellas. Podrían ser sus padres. Sin embargo, al ver que las muchachas les sonreían con picardía, se animaron a mirarlas sin disimulos.

Aún quedaban bastantes mesas libres, así que ambos pensaron que si flirteaban con ellos y se habían sentado a su lado era porque querían conocerlos.

-¡Esos huevos quieren sal! ¡Es nuestro día de suerte! - susurró uno al oído del otro.

El comedor era muy amplio y contaba con varias palmeras naturales que le daban un toque exótico. Sobre el techo pendía una gigantesca bandera estadounidense que sorprendía a los turistas extranjeros. La mayoría no estaban acostumbrados a ver semejante despliegue de patriotismo en sus países.

El movimiento de personas era constante y desde el comedor se apreciaba con especial claridad. Era el epicentro del mall.

-Hola, ¿cómo estáis? - preguntó una.

-Muy bien, gracias- respondió sonriente uno de ellos-. ¿Sois de aquí?

-No, somos turistas. Venimos a pasar unos días de vacaciones.

-Pues bienvenidas. Mi nombre es John y mi amigo se llama Peter.

-Encantada- dijo sin revelar los suyos-. Creo que hemos venido al lugar adecuado para comprar ropa de calidad, ¿verdad?

-Por supuesto. Aquí encontraréis de todo.

-Oye, ¿y qué lugares hay en esta zona para divertirse? - preguntó la otra joven.

Aquella pregunta tan directa sorprendió a los dos hombres y pensaron que las muchachas, lejos de su hogar, posiblemente querían tener una aventura con hombres maduros.

-Muchos. Si queréis os podemos acompañar.

- ¡Fantástico! - exclamó la que hizo la pregunta.

- ¿De dónde venís? - dijo uno.

- ¿Cómo os llamáis? - añadió el otro casi atropellando verbalmente al primero.

Las dos se rieron.

-Vamos a buscar un caffè latte y ahora regresamos. ¿Podéis esperar?

-Sí, claro- respondieron casi al unísono.

Las chicas se levantaron y una colocó la bolsa sobre la mesa.

-¿Nos vigiláis esto?

-Faltaría más.

La muchacha sonrió.

-Guardadme esto también, así no lo tengo que ir cargando nada-señaló hacia el bolso, que estaba a un lado de la bolsa-. Parecéis de fiar.

Los hombres asintieron y cuando las jóvenes se alejaron los dos se felicitaron con efusividad. Parecían estudiantes de secundaria.

-¡Hoy follamos! - exclamó uno.

-¡Y con esos bomboncitos!

Cerca de ellos había un circunspecto guardia de seguridad, pero, al ver que la bolsa se había quedado a cargo de los dos hombres, se despreocupó de ella. Siempre estaban atentos a cualquier objeto desatendido. Sabían que los centros comerciales eran blancos potenciales de los grupos terroristas islámicos.

Al cabo de veinte minutos, las jóvenes todavía no habían regresado y los dos hombres ya no se sentían tan afortunados.

-Te lo dije. Cuando algo parece ser demasiado bueno para ser verdad, es que no lo es- afirmó Peter con pesar.

-¿Pero, y la bolsa? ¿Y el bolso? - preguntó extrañado John.

Ninguno supo responder, pero cuando concluyeron que les habían dejado plantados, uno se acercó a la bolsa para ver su interior.

Había varios papeles de envolver protegiendo el contenido y no distinguió nada. Entonces miró a su alrededor para buscar un guardia de seguridad. Tras algunos segundos, vio uno y lo llamó.

Al llegar el vigilante, el hombre agarró la bolsa por las asas y la levantó para dársela.

-Unas muchachas se han dejado esto aquí- afirmó Peter.

Sin embargo, cuando se dio cuenta, lo único que había levantado eran las asas y la bolsa en sí, quedando el contenido sobre la mesa: una cabeza decapitada bañada en sangre.

-¡Cojones! ¡Me cago en la leche! - exclamó mientras se apartaba de inmediato.

-¡La puta que las parió! - exclamó su amigo.

Cuando las personas que los rodeaban vieron la cabeza, comenzaron a gritar y a correr despavoridas en todas direcciones. Las que estaban más lejos y en otros pisos, al escuchar los gritos, también se escaparon presas del pánico. No sabían exactamente qué había ocurrido, pero todos huían hacia las puertas sospechando que se trataba de un ataque terrorista.

Las dos mareras de la MS-13 habían seguido a la perfección las instrucciones de Aritz.

En apenas unos minutos, el centro comercial Westfield se vació por completo. Muy poco tiempo después llegaron varias dotaciones de la Policía fuertemente armadas. A la una y media de la tarde, todos los cuerpos de seguridad de la zona ya estaban congregados allí.

La jefa de la Policía del condado de Montgomery observó detalladamente la cabeza en un vano intento por identificar al muerto. A su lado, los técnicos forenses recogían y catalogaban la evidencia.

-¿Sabemos quién es? - preguntó al detective Anthony Jordan.

-Aún no.

-No será fácil identificarlo sólo con la cabeza.

Jordan asintió.

-¿Ya tomaron las impresiones dentales?

-Sí.

-¿Y ustedes, saben algo? - preguntó la policía al representante del FBI.

-Ya le hemos hecho la prueba del ADN. Tan pronto tengamos los resultados, nuestros expertos verificarán si está registrado en alguno de nuestros bancos de datos.

De pronto, la agente vio un rostro que no le era familiar.

-¿Quién es ése? - lo señaló.

Jordan lo vio y se acercó a ella.

-Se ha presentado como Allan Pierce. Es de la CIA- susurró como si fuera un secreto de estado.

La información sorprendió a la jefa de la Policía, que caminó hacia él.

-¿Allan Pierce?

-Sí.

-Soy Andrea Rams, jefa de la Policía del condado.

-Encantado.

-Perdone que sea tan directa, pero ¿sabe usted algo de esto? - señaló a la cabeza de Kovács.

-No, nada.

-¿Sabe quién es ese pobre desgraciado? - insistió.

-Como le dije, no sé nada. Lo siento.

-¿Y entonces qué hace aquí?

-Estaba en el área y, cuando me enteré, pasé a ver si podía ayudar en algo. Lamentablemente, creo que no.

Al escucharlo, las sospechas de la policía aumentaron.

-¿Acaso piensa que la Policía del condado no está capacitada para manejar este asunto?

-No, no es eso. Escuché que se trataba de una decapitación y me llamó la atención. Sólo quería asegurarme de que no está relacionado con terrorismo.

-Aclárese. ¿Venía para ayudarnos o para ver si este asesinato tiene alguna relación con terrorismo? ¿Cuál de las dos?

Pierce comprobó de inmediato la cortante agudeza de Rams.

-Ambas -se limitó a decir. Luego pensó que cuanto menos hablara, mejor.

-¿Es usted un experto en terrorismo?

-Conozco el tema.

-¿Y esto ha sido un acto de terrorismo?

-No creo. Su rostro no me suena de nada. Debe tratarse de un crimen común.

-¿Decapitado?

-A saber en qué estaría metido este señor. Quizás, en narcotráfico. Ya sabe que esa gente es muy violenta.

De pronto, Jordan se acercó con un móvil en la mano.

-Jefa, se trata de un tal Lajos Kovács, residente en Chevy Chase. Se había presentado una denuncia por su desaparición y por la de su mujer. Hemos enviado las impresiones a su dentista y ha confirmado que es él.

-¿A qué se dedicaba?

-Era un académico.

-¿Qué enseñaba?

-Era un experto en terrorismo y delincuencia organizada. Trabajaba para una institución académica de Washington. Por lo visto, era una autoridad en esas materias.

Rams se giró hacia Pierce.

-¿Una autoridad en terrorismo en el área de Washington y la CIA no lo conocía?

El espía no respondió. Enseguida se dio cuenta de que había cometido un error al ir hasta allí.

-En la CIA trabaja mucha gente. No puedo hablar por todos. Yo no lo conocía.

La agente pensó que la estaba tratando como una tonta y eso la enfureció.

-Asesinan salvajemente a una persona en mi condado y luego su cabeza aparece en la mesa de un centro comercial, también en mi condado. La dejan dos muchachas que llevan capuchas puestas para que no las podamos reconocer por los vídeos de seguridad y sólo hablan con dos tarados calenturientos que estaban tan embobados con ellas que ni les vieron bien las caras- afirmó.

Luego estudió el rostro de Pierce.

-¿Le parece que es la forma de actuar de unos criminales comunes? Los que yo conozco, asesinan y luego intentan escaparse. No suelen ir después a pasear a un centro comercial para dejar la prueba de su crimen en la mesa de un restaurante.

-Hay gente muy rara. Quizás son extranjeros y hacen las cosas de otra manera. ¿Tenían acento?

-No están seguros.

-¿Y sólo dejaron la bolsa?

-También un bolso, pero vacío. Lo abandonaron sobre la mesa únicamente para que esos dos tontorrones pensaran que regresarían. Los necesitaban para poder dejar la bolsa en un lugar muy visible y después irse del centro comercial sin despertar las sospechas de los guardias.

-¿Huellas digitales?

-Lo dudo. Seguro que esos dos mequetrefes ni se dieron cuenta de que colocaron todo sobre las mesas mientras protegían sus manos con algo- siguió con su lista de calificativos para Peter y John-. Un pañuelo, guantes, las mangas de sus chaquetas, lo que sea. Estaban demasiado ocupados soñando con tirárselas.

Pierce hizo un gesto de resignación.

-Lástima. Está claro que son profesionales.

-No cabe duda, pero ¿sabe lo que más me extraña de todo lo que he visto hasta ahora?

-Dígame.

-Que usted nos honre hoy con su presencia aquí, señor Pierce. Es de verdad un hecho insólito. De todos los asesinatos que he investigado en este condado, ésta es la primera vez que la CIA envía a alguien para asistirnos en un caso. Sinceramente, pensaba que estaban muy ocupados con todo lo que pasa por el mundo.

El agente se sintió cada vez más incómodo con la situación y se percató que aquella policía no le dejaría irse hasta que le explicara el motivo de su presencia allí.

-¡Ah! ¡Perdone! Es cierto. Ahora recuerdo. Me dijo que estaba en la zona por casualidad. Se me había olvidado- ironizó-. ¿O era para ayudarnos? Ya me confundo.

-Cortesía profesional.

La mujer se ajustó la chaqueta negra de su uniforme y dio un paso al frente.

-Como comprenderá, tengo que tomar sus afirmaciones con cierto grado de escepticismo- prosiguió con su sarcasmo.

El agente de la CIA guardó silencio.

-Señor Pierce, ¿piensa usted que soy estúpida? -le preguntó desafiantemente.

Pierce pensó que ahí el único estúpido era él.

-Mire, todavía no sé qué demonios ha ocurrido, pero no tengo ninguna duda de que ustedes están involucrados de alguna forma en esto. Su presencia aquí los delata. Me importa un comino lo que hagan en otras partes del mundo, pero, si es en mi condado, la cosa cambia. Dígame ahora mismo qué está sucediendo o comienzo a llamar a periodistas para contarles que sospecho que la CIA está metida en este asunto. Soy una excelente fuente anónima. Decapitaciones a las afueras de Washington relacionadas con la Agencia Central de Inteligencia. Le aseguro que nadie querrá perderse esta historia- le amenazó ahorrándose cualquier sutileza.

Pierce observó los ojos llenos de rabia de Rams y no dudó que la amenaza era real. Había cometido un error y ahora le tocaba pagar el precio. Estaba forzado a decirle algo, aunque fuera una mentira.

-Jefa Rams, por favor acepte mis disculpas. Espero que comprenda que la naturaleza de mi trabajo no suele ser hablar, sino más bien observar y callar.

Rams lo escuchó con cortesía, pero no quería disculpas, sino respuestas.

-El señor Kovacs era un residente de su condado y, por lo visto, fue secuestrado y asesinado aquí. Sin embargo, si tiene que ver con narcotráfico, sospecho que éste será un caso federal- afirmó Pierce.

-Por ahora la responsable de esta investigación soy yo, así que le escucho.

El espía vaciló.

-No tengo todo el día y, como comprenderá, hoy no estoy de muy buen humor, así que le rogaría que deje de insultar mi inteligencia- le presionó la policía.

Pierce esquivó su mirada y enfocó la suya hacia el suelo.

-No sé exactamente qué ocurrió, pero, en efecto, sé quién era el señor Kovács- admitió por fin.

-¿Dónde está su mujer?

-Tampoco lo sé, pero asumo que muerta.

-¿Kovács trabajaba para usted?

-No, pero no estoy autorizado a darle más detalles. Sólo puedo decirle que hacía trabajos para otro departamento del gobierno que trata con temas de narcotráfico- mintió una vez más.

La policía enseguida dedujo que se trataba de la Administración Federal Antidrogas, la DEA.

-Esto que ha ocurrido- volvió a señalar la cabeza decapitada-, ¿es algo puntual o podría haber más muertos?

-Sospecho que ha sido una venganza personal.

-¿Conoce la identidad del que lo mató?

Pierce sacó una foto del bolsillo de su chaqueta y se la enseñó.

-Podría ser él. Es un terrorista español llamado Aritz Goikoetxea. Los carteles lo contratan a veces como sicario- continuó mintiendo-. Éste no es su territorio, pero quizás asumió el riesgo de venir aquí para asesinar a Kovács. El dinero mueve montañas.

-¿De qué carteles habla?

-Mexicanos.

-¿Kovács estaba metido en eso?

-No, era un investigador independiente. Un contratista. Como le digo, podría tratarse de una venganza por el daño que les hizo.

-Pensaba que el señor Kovács era un académico.

-También lo era. Se trataba de una persona polifacética.

-¿Cree que este Aritz aún podría estar en la zona?

-Lo dudo, pero deberíamos circular discretamente esta foto entre los departamentos de Policía del área para ver si alguien lo detecta. Alertar a la prensa sería un gran error. Cuanto menos sepan, mejor. Nos permitirá trabajar con más libertad. Lo último que necesitamos es a la prensa poniendo su foto en todas partes. Si se trata de Aritz y sabe que lo estamos buscando, jamás lo encontraremos.

Rams cogió la foto y se la guardó.

-¿Ve cómo es mucho más fácil hablar claramente desde el principio?

-Las autoridades federales declararán que se trata de un tema relacionado con el narcotráfico. La palabra terrorismo ni se mencionará.

-¿Apenas hemos comenzado la investigación y usted ya sabe qué va a decir el FBI? ¡Menuda clarividencia! - pinchó la policía.

-Le agradecería que no contradiga la versión oficial.

-¿Por qué? ¿Tiene esto acaso que ver con terrorismo? - insistió.

-No- volvió a mentir con total naturalidad-. Se trata de delincuencia organizada. Esto ha sido algo excepcional.

-¿Y por qué nos han enviado el vídeo de la decapitación?

-No es un mensaje para ustedes, sino para el Gobierno. Enviarlo directamente a la CIA o al FBI habría sido más arriesgado.

-¿Y el mensaje es…?

-Esto es lo que estamos dispuestos a hacer si nos siguen golpeando- afirmó.

Sin embargo, sabía que el mensaje era sólo para él y que el remitente se llamaba Aritz Goikoetxea.

La jefa de la Policía no creyó ni una palabra de lo que había escuchado.

-Ha sido un placer- se despidió con frialdad de Pierce.

Después, el agente de la CIA le estrechó la mano y se marchó.

-Aritz está fuera de control. Si no acabo con él inmediatamente, la próxima cabeza decapitada podría ser la mía- pensó.

XXXIII

El banquero Jordi Casademunt era, ante todo, una persona pragmática. Se trataba de un gran negociador y pensaba que, sin importar de qué disputa se tratara, siempre podía llegarse a un acuerdo en el que todas las partes quedaran razonablemente satisfechas. No le motivaban las cuestiones ideológicas, sino encontrar soluciones prácticas y eficaces a cualquier problema.

El presidente del Banco Condal se sentía catalanista, pero pensaba que la secesión de Cataluña provocaría un caos político, social y económico sin precedentes en la historia de la España moderna, así que no la apoyaba. Además, era consciente de que, si Cataluña se independizaba, su banco sufriría un golpe devastador.

Algunos nacionalistas lo calificaban de traidor, pero él no se sentía así. Nunca traicionó la causa independentista porque jamás la había respaldado abiertamente. Veía la lucha soberanista como una inmensa distracción que limitaba de forma muy seria el desarrollo del país.

Casademunt estaba de visita en Madrid para reunirse con varios políticos. Siempre supo cómo entenderse con ellos, ya fuera en Madrid, Cataluña o cualquier otro lugar. Sin embargo, no soportaba el derroche que muchos de ellos hacían con el dinero del contribuyente.

En la capital de España había un edificio que, para él, representaba el ejemplo perfecto de ese despilfarro de recursos públicos. Cuando salió del coche y se situó frente al inmueble, sintió la misma indignación de siempre.

La construcción era imponente. Se trataba de uno de los edificios más representativos de la ciudad y de la arquitectura española del siglo XIX. Ocupaba toda la manzana y estaba situado en la esquina del Paseo del Prado con la calle Alcalá, en el centro de la urbe.

-¿Por qué emplear esta zona tan buena de Madrid para albergar al Banco de España, Dios santo? - pensó-. ¿Para eso pagamos nuestros impuestos? ¿Por qué no usarla para algo más productivo como, por ejemplo, una universidad o un centro de negocios? ¿Por qué no trasladan a este nido de funcionarios a otra parte de la capital más modesta? ¡Qué vergüenza! Es que aquí hay gente que aún vive con privilegios propios de la época medieval. ¡No quieren irse de su palacio!- los maldijo mentalmente.

Sus críticas iban dirigidas contra todas las administraciones públicas de España, incluida la catalana. También estaba cansado de ver a políticos con sueldos modestos que después acababan sus carreras convertidos en millonarios.

En Cataluña se atacaba duramente la corrupción en Madrid y él compartía muchas de esas opiniones. Sin embargo, había presenciado ese mal de cerca demasiadas veces en la propia Cataluña. Aún recordaba la visita a la casa de un político independentista que residía en un espléndido ático de Barcelona que costaba cinco millones de euros cuando su sueldo jamás había sobrepasado los cien mil euros anuales.

Una vez dentro del Banco de España, la rabia de Casademunt aumentó. El interior del edificio era de un lujo manifiesto y con muebles y obras de arte propias de un museo.

La lista de exquisiteces arquitectónicas y artísticas no tenía fin. Entre ellas, una escalera de mármol de carrara, elaboradas vidrieras, una biblioteca con estructura y ornamentación a base de hierro fundido, un patio Arte Déco de veintisiete metros de altura con una superficie de novecientos metros cuadrados y una vistosa rotonda que servía de enlace entre los dos edificios del complejo.

-Esto debería estar disfrutándolo todo el pueblo español. No puede ser la oficina particular de cuatro burócratas. ¡Así nos va! - prosiguió su ataque para sí.

Al barcelonés no le gustaba la mentalidad de la mayoría de los funcionarios de alto rango y, además, creía que había demasiados. Estaba acostumbrado a tratar con abogados y economistas del Estado y pensaba que vivían en un mundo de privilegios que no se correspondía para nada con su aportación profesional.

-Viven como reyes. Lo único que hacen es pavonearse por todo el mundo sin aportar casi nada mientras cobran sueldos escandalosos. Deberían echar a casi todos a la puta calle para que aprendan lo que es trabajar de verdad- siguió reflexionando.

El banquero había acudido allí para reunirse con el Secretario de Estado del Tesoro y de Política Financiera. El funcionario formaba parte del Consejo de Gobierno del Banco de España y ese día habían celebrado una junta.

Dado que el banquero también estaba en Madrid, decidieron verse para hablar de las necesidades de endeudamiento del país. Luego iría a la Dirección General de Supervisión para solucionar una disputa administrativa y evitar así una multa contra el Banco Condal.

-La Reserva Federal de Estados Unidos maneja una economía doce veces el tamaño de la nuestra y tiene un edificio mucho más pequeño y humilde que el Banco de España. ¡Es increíble! Con esta actitud, nunca llegaremos a nada- continuó con su diatriba.

Casademunt veía a España como una burocracia gigantesca e ineficiente y a los políticos como la principal causa de los problemas del país.

En ese momento pasaron a su lado varios funcionarios del banco. Todos iban impecablemente vestidos.

-¿Y se puede saber qué van a hacer todos estos cuando el Banco Central Europeo acabe de convertirse en el principal regulador de los bancos en toda

Europa? El propio Banco de España ya no servirá para nada. ¿Y entonces qué? ¿Adónde van a ir todos estos pijitos engominados? - los miró con cierto desprecio.

Al perderlos de vista, se giró y vio cómo se metían en una de las oficinas.

-¡Míralos! Tan tranquilos y sonrientes porque saben que los políticos de Madrid les pondrán a chupar en otro sitio. ¡No hay problema! ¡Paga el contribuyente!

Entonces llegó al salón donde había quedado con el Secretario de Estado del Tesoro y Política Financiera. Entró y lo vio de lejos sentado en un sofá de fina tapicería verde. Cuando comenzó a dirigirse hacia él, distinguió al Gobernador del Banco de España, que se disponía a abandonar la sala con varios visitantes. Enseguida recordó que ese día estaba programada una visita de una delegación del Fondo Monetario Internacional.

Al verlo, el Gobernador se excusó con sus invitados y caminó hasta Casademunt.

-¡Hola, Jordi! ¡Qué alegría verte! - le abrazó como si fueran amigos de toda la vida.

-Hola, ya veo que estás ocupado. No te quería interrumpir- sonrió.

-No, no hay problema. Quería saludarte y felicitarte por la expansión de tu banco.

-Gracias.

El Gobernador lo cogió por el brazo y le habló casi al oído.

-Ojalá que en Cataluña todos tuvieran tu visión. Por lo que veo, la mayor parte de tu negocio ya está fuera de Cataluña.

-Así es. Ya somos más fuertes en el resto de España que en la propia Cataluña.

-¿Ves? Es que así ganamos todos.

-De eso se trata- contestó el catalán sin meterse en más honduras.

Era un experto en hablar sobre ese tipo de temas sin decir realmente qué pensaba. Tenía tantas tablas que muchos políticos parecían meros aprendices a su lado.

-Fíjate lo bien que te ha ido con la reestructuración bancaria. Has pasado de ser un banco regional a convertirte en uno de los más pujantes a nivel nacional. No te puedes quejar de cómo te hemos tratado.

Casademunt asintió.

-Si sigues así, llegarás al tope. ¡Al tope! - repitió con entusiasmo-. Y cuando te expandas a nivel internacional, ni hablemos. ¡Eres un crack!

-Sí, sin duda estamos mejor juntos que separados.

-Así es, Jordi, así es. Ojalá que muchos en Cataluña escuchen tus sabias palabras. Es muy importante que, en estos momentos tan delicados, líderes como tú expresen lo que piensan.

El barcelonés volvió a asentir.

-Te dejo, que me están esperando. Ya hablaremos con más tranquilidad- se despidió el Gobernador. Luego lo abrazó y se marchó con la delegación.

Casademunt caminó hasta donde estaba el Secretario de Estado del Tesoro y conversó con él durante media hora.

Al finalizar, y mientras caminaba hacia el coche que le esperaba, miró hacia arriba y se fijó en la claraboya del inmueble. Cada vez que la veía le recordaba a la vidriera del Banco de España en Alicante.

Aún conservaba una gran figura del águila de la bandera franquista con el lema "Una, grande y libre". El Gobierno se había negado a retirarla alegando que tenía un gran valor artístico y que podría dañarse debido a su fragilidad.

-¡*Quins collons*! - pensó el banquero.

Le enfurecía que en España aún hubiera símbolos del franquismo.

La Ley de la Memoria Histórica establecía que había que retirarlos, pero existía una excepción por razones artísticas, arquitectónicas o artístico-religiosas. Para él, eso era una simple excusa por parte de la derecha más recalcitrante para no dar su brazo a torcer, mantenerlas ahí y restregárselas en la cara no sólo a la izquierda, sino especialmente a los independentistas.

-¡Es que son los hijos del franquismo! ¡Y luego se extrañan del auge del soberanismo! ¡Cada vez que abren la boca crean mil secesionistas! En el poder o fuera de él se las ingenia para que los símbolos del franquismo sigan vivos. ¡Fascistas! -prosiguió con su rabia interna.

Casademunt era una persona muy tradicionalista y estaba de acuerdo con casi todo lo que hacía un Gobierno conservador en materia económica. Sin embargo, pensaba que esas afrentas eran muy poco inteligentes y que sólo servían para echar aún más leña al fuego al debate independentista.

Estaba convencido de que, en un tema tan sensible como ése, las formas y el tacto eran muy importantes y mantener los símbolos franquistas representaba una muestra de arrogancia innecesaria, divisiva y muy peligrosa.

-Es que se lo ponen en bandeja a los soberanistas- continuó lamentándose.

Aunque se habían retirado muchos de esos símbolos en todo el país, todavía quedaban bastantes, en especial en delegaciones oficiales. Aún recordaba su sorpresa cuando también los vio en la Academia de Infantería de Toledo o en la Real Academia de Extremadura de las Letras y las Artes.

También había estado en ciudades y pueblos donde aún existían plazas y calles dedicadas al Generalísimo y a los Caídos por España y por la División Azul.

-¡Es que es la hostia! ¡Es como si los alemanes pusieran una cruz gamada en el Banco Federal de Alemania, joder! ¡A quién se le ocurre semejante gilipollez! - exclamó para sí.

XXXIV

La finca El Doctor parecía una más de las tantas que había en la localidad de Manzanares, provincia de Ciudad Real. Sin embargo, distaba mucho de serlo. Era el lugar donde el Centro Nacional de Inteligencia hacía las pruebas a los aspirantes a convertirse en espías.

Elena Martorell la vio a lo lejos de la carretera y siguió con el coche hasta un monolito de piedra que estaba al lado de la entrada principal. Una vez allí, sacó su acreditación digital, la pasó al lado del monolito y se abrió la valla.

No vio a nadie al otro lado, pero sabía que era sólo para no llamar la atención.

Se trataba de un complejo de grandes dimensiones y la agente siguió conduciendo hasta llegar al aparcamiento, situado frente a dos edificios de un nivel. Uno contenía aulas y el otro una residencia para los alumnos. Al lado había varios búnkeres grisáceos a los que sólo podía accederse con un pase especial.

Toda la finca estaba rodeada de dos filas paralelas de alambres de púas. Asimismo, disponía de cámaras y sistemas de vigilancia electrónica para evitar cualquier acceso no autorizado.

Elena salió del vehículo y vio a dos guardias vestidos de negro armados con ametralladoras. Ambos llevaban gorras y gafas de sol. La observaron durante unos segundos y después volvieron a enfocar su mirada hacia el perímetro de seguridad.

La espía sabía que varias cámaras seguían todos sus movimientos. También que el recinto disponía de un cuerpo de seguridad de al menos diez personas, sin incluir los dos equipos de francotiradores apostados en distintas partes de la finca y que, asimismo, la vigilaban en todo momento a través de sus mirillas telescópicas.

La seguridad era extrema. Además de proteger los métodos de formación del CNI, el servicio de espionaje español tenía que asegurarse de que nadie pudiera ver los rostros de sus posibles futuros agentes secretos.

Eran las dos de la tarde y todos los aspirantes estaban realizando distintas pruebas fuera de la finca.

La agente había elegido ese lugar porque garantizaba la confidencialidad del encuentro. Además de estar a ciento setenta y seis kilómetros de la capital, la finca El Doctor era una de las instalaciones más seguras del Centro Nacional de Inteligencia y sólo contadas personas tenían acceso a la misma.

El personal de seguridad era sometido a constantes exámenes poligráficos para garantizar su silencio sobre todo lo que veían o escuchaban allí. La más mínima indiscreción supondría no sólo un despido inmediato, sino la violación del juramento que habían tomado al entrar al CNI. Se trataba de un delito de traición y la condena, tipificada en el artículo 584 del código penal, era de doce años de prisión.

El complejo principal contaba con varias casas y una piscina. A su alrededor había largas hileras de árboles para dificultar la identificación de cualquier persona mediante fotos de satélite.

Elena caminó hasta uno de los búnkeres, deslizó su pase electrónico y entró. Era una estructura simple. Una mesa de juntas, diez sillas y un sofisticado equipo de comunicación para poder realizar llamadas y video conferencias a cualquier parte del mundo. La instalación estaba protegida contra cualquier tipo de espionaje electrónico exterior.

A las dos y quince minutos, un coche oficial negro aparcó en la parte trasera del búnker, donde había una entrada para vehículos. Ese acceso permitía a los ocupantes entrar directamente a la instalación sin ser vistos por nadie en el recinto.

Al abrirse la puerta interior, la espía se levantó y fue a saludar al presidente del Gobierno, que pasó solo. Éste la recibió con una sonrisa y le pidió que se sentara.

-Gracias por venir hasta aquí, señor presidente. Necesito total privacidad.

-Por supuesto. Ya asumo que es importante- restó importancia al viaje.

-Le he pedido que venga por tres motivos-fue al grano-. El primero es para decirle en persona que ya tenemos todo listo para realizar la operación. Lo único que nos falta es su luz verde.

El presidente miró extrañado a su alrededor.

-¿Por qué no está aquí el director del CNI? - preguntó.

-Porque no me fío ni de mi sombra- afirmó ella sin titubeos.

Él la observó con curiosidad.

-No creo que eso le haga mucha gracia. Es su jefe.

-Nada que no pueda resolverse con una llamada suya. Ése es el segundo motivo por el que quería verlo.

-¿Una llamada mía? -se sorprendió.

-Lo mejor sería que usted le diga que, en esta fase de la operación, mi equipo debería trabajar en un compartimento estanco. Necesitamos movernos en el más estricto secreto para evitar cualquier filtración.

El presidente estaba perplejo ante el descaro de Elena.

- ¿Le voy a decir yo eso al director del CNI? ¿Voy a insinuarle a la cara que él podría filtrar algo?

-Señor presidente, tanto usted como yo sabemos que usted heredó a este director del anterior Gobierno y que pronto lo sustituirá por una persona de su confianza. Es un puesto demasiado importante y necesita alguien de probada lealtad personal. No creo que le quite el sueño lo que él pueda pensar.

Era cierto. Los cinco años de mandato legal del director del CNI estaban a punto de expirar.

-Si no sabe lo que estoy haciendo, no se lo podrá contar a nadie. No es nada personal contra él- prosiguió Elena.

-No sé si él opinaría lo mismo.

-No se trata de no proporcionar información al director del CNI, sino a nadie. He trabajado muchos meses en esta operación con un equipo muy pequeño de personas de la máxima confianza. Si me ha dado resultado hasta ahora, sería una temeridad modificar la estrategia. No quiero sorpresas de última hora.

El presidente sonrió. Todavía le costaba creer la osadía que desplegaba la espía.

-¿No ha estado acaso informándole de todo lo que averigua?

-Sí, pero ha llegado el momento de dejar de hacerlo.

La espía se estaba saltando a la torera todos los protocolos establecidos en la cadena de mando del CNI. Si su jefe se enterara, entraría en una lista negra de la que nunca saldría. Incluso los siguientes directores del servicio de inteligencia español la verían como un lobo solitario en el que no se podía confiar.

-¿Recuerda que en nuestro primer encuentro ambos sospechábamos que Aritz Goikoetxea tenía infiltrados en el aparato del Estado y tuvimos razón? -preguntó ella.

Ese encuentro le había facilitado la posibilidad de contactar directamente con el presidente en caso de urgencia.

-Perfectamente. La Unidad 120050.

-A eso me refiero. Con todo el respeto del mundo, ignoro si mi jefe comenta temas confidenciales con su mujer en conversaciones de almohada o si tiene amantes y qué les dice para impresionarlas. Tampoco sé si habla mientras duerme. En estos momentos, un solo fallo sería suficiente para que Goikoetxea se dé cuenta que estamos cerca. Eso podría provocar que desaparezca para siempre y que no lo atrapemos jamás.

-Ya veo-reflexionó.

-Otra cosa.

El político volvió a mirarla estupefacto.

-Ah, ¿todavía hay más? - preguntó con ironía.

-Sí, el tercer motivo. Necesito control operacional completo de esta misión y que se respeten todas las decisiones que tome.

El hombre ya no sabía qué cara poner ante todo lo que escuchaba por parte de Elena.

-Si usted fuera una política, dirían que es una dictadora. Control absoluto es un concepto un poco radical, ¿no le parece?

-Si lo estima oportuno, nombre a otra persona para dirigir la fase final de esta operación. Tenga la certeza de que le pasaré toda la información que tengo en mis manos y de que la ayudaré en todo lo que pueda…

-Ya…

-…Pero si la persona a cargo soy yo, aquí mando yo- afirmó con seguridad.

El presidente se rio. La temeridad de la espía le divertía.

-Señor presidente, aquí ya ha corrido sangre y me temo que podríamos ver bastante más. Cuando llegue el momento, tendré que tomar decisiones muy rápidas y necesito su apoyo total. No habrá tiempo para debates ni discusiones, sólo para actuar con rapidez y decisión.

- ¿Sabe algo de la operación que tiene preparada el terrorista?

-No, pero no tengo ninguna duda de que será algo espectacular.

El político se levantó y caminó unos pasos mientras reflexionaba.

-¿Tiene identificados a todos los infiltrados de esta célula rebelde de ETA?

-Creemos que sí.

-¿Dónde están?

-En la Policía Nacional.

-¿Piensa que podría haber más que no hayan detectado?

-Es posible, pero no probable.

-¿Qué posibilidades hay de que logre arrestarlo antes de que desencadene su operación?

-Si tenemos suerte, dispondremos de una oportunidad. Si fallamos, estoy segura de que Goikoetxea acelerará su operación y la ejecutará de inmediato.

El presidente volvió a sentarse frente a ella.

-¿Cómo va la cooperación con Allan Pierce?

-Razonablemente bien.

-¿Algún problema?

-Todavía no.

-¿Los anticipa?

-Nuestra meta inmediata es la misma: neutralizar a Goikoetxea. Sin embargo, nuestras lealtades son distintas. No nos podemos fiar completamente de él.

-Ya sé que mataron a un agente de la CIA.

-Lajos Kovács. Lo asesinó Aritz Goikoetxea de una forma muy salvaje, igual que a su mujer.

-Leí el informe. Es difícil de creer.

-Es sólo el comienzo. Lo peor está por llegar.

El Jefe del Ejecutivo suspiró.

-Señorita Martorell, está bien- cedió a las peticiones-. No me hace gracia que todo dependa de su criterio, pero entiendo que la situación es única y lo requiere. Ya confié en usted en el pasado y no me defraudó, así que dejo todo en sus manos. A partir de ahora me responde únicamente a mí.

-Gracias.

-Luz verde -afirmó-. Neutralice a ese hijo de puta- añadió. Luego se levantó, dio la mano a la espía y se marchó.

Su coche partió raudamente y al llegar a la carretera principal se le unieron dos más.

Elena caminó hasta el suyo, subió y también enfiló hacia Madrid.

Mientras conducía, tuvo una sensación horrible. Temió que nada de lo que hiciera podría evitar el baño de sangre que Aritz tenía preparado. La impresión fue tan fuerte que se vio obligada a parar el coche en la cuneta y salir a respirar algo de aire fresco. Se estaba ahogando.

Ya afuera, observó el horizonte. El paisaje era árido y amarillento. Al fondo divisó unos molinos de viento. Apenas había algunas nubes y el cielo era de un color azul intenso y profundo. Estaba en todas partes. Parecía que podía estirar la mano y tocarlo.

Elena se sentó en la parte delantera del coche y se dedicó sólo a disfrutar de aquella vista sin igual.

Frente a ella tenía a la tierra que había jurado defender hasta la muerte y, por primera vez en mucho tiempo, sintió que ésa podría ser la última vez que presenciaba la preciosa meseta castellana. Respiró hondo, cerró los ojos y dejó que el viento acariciara su rostro.

El duelo entre ella y Aritz estaba a punto de comenzar y sabía perfectamente que sólo uno de los dos saldría con vida.

XXXV

Xurxo Pereira entró a su estudio en Washington para hacer la maleta. Se iría por la noche a España.

Tardó poco tiempo y cuando acabó se puso a ordenar un poco el apartamento. El taxi lo recogería en media hora.

Cuando llegó a su escritorio, vio la tarjeta con los datos personales de Samir Mejmebasic. La había sacado del archivo unos días atrás para telefonear a su familia, pero, como siempre, no encontró la fortaleza necesaria para realizar la llamada.

La cogió, se sentó en el sofá y, al leer de nuevo el nombre del bosnio, los recuerdos de aquel día volvieron a asaltar su mente.

La primera mañana que Samir trabajó para ellos en Sarajevo comprobaron con rapidez por qué prácticamente no había salido de su casa en casi dos años.

Apenas unos minutos después de dejar el hotel, se detuvieron en el centro de la ciudad para hacer unas tomas. Fue entonces cuando escucharon el letal silbido del cohete serbio pasando sobre sus cabezas. El proyectil se estrelló contra el tejado de un edificio que estaba a unos treinta metros de distancia y lo derrumbó casi por completo.

El caos fue inmediato. Algunos se tiraron al suelo para esquivar la metralla, otros se agacharon y corrieron para parapetarse tras alguna pared.

Douglas, milagrosamente, había podido filmar el impacto del cohete. Luego, con gran sangre fría, captó toda la confusión posterior. A pesar de que podía producirse otro impacto en cualquier momento, el salvadoreño ignoró el peligro y continuó grabando las dramáticas escenas que se sucedieron frente a él.

Poco después, varias personas ensangrentadas salieron del edificio. Un hombre cubierto de polvo blanco corría mientras llevaba a un niño en brazos. Al verlo, un coche se detuvo, el bosnio se subió a trompicones y partieron a toda velocidad en dirección al hospital.

El equipo siguió el coche hasta el centro médico, un edificio alto, gris y tan castigado por la guerra como cualquier otro en la ciudad.

Un doctor se acercó de inmediato para intentar salvar al pequeño. La expresión del médico comenzó siendo de urgencia y preocupación, pero enseguida se tornó en otra ya tristemente familiar en aquella sala de urgencias. El niño estaba muerto. Tenía un orificio en la tez, otro en el pecho y había fallecido con los ojos abiertos.

A pesar de que el doctor le dio el pésame, el padre abrazaba a su hijo y le hablaba como si aún pudiera escucharle. De repente, pareció darse cuenta de que la tragedia se había consumado y comenzó a gritar con una desesperación que le brotó de lo más profundo del alma. Luego rompió a llorar. Algunos desconocidos intentaron reconfortarlo, pero conscientes de que se trataba de una labor imposible.

Esas escenas se repetían constantemente en el hospital, que había sido bombardeado varias veces durante el conflicto. El exterior del edificio estaba lleno de agujeros y una capa de color negro cubría una gran parte de la fachada. Eran los restos de los incendios provocados por los proyectiles incendiarios serbios.

Xurxo vio en el pasillo una habitación destrozada por el impacto de un obús. Dentro había cuatro camillas caquis con sendos cadáveres. Dos hombres, una mujer y una niña. A su lado yacía un anciano muerto. No había camilla disponible para él, así que su cuerpo reposaba sobre un suelo de losa blanca que hacía resaltar aún más el rojo de la sangre derramada.

Después fueron a la morgue del hospital, donde los muertos se apiñaban entre sí en una imagen chocante y grotesca. Había varios cuartos repletos de cadáveres que aguardaban apilados a que familiares o amigos fueran a recogerlos para enterrarlos.

Algunos estaban en ropa interior, otros vestidos o semi desnudos. Los más desfigurados yacían cubiertos con sábanas blancas salpicadas por manchas de sangre. La mayoría eran civiles que habían caído fulminados por disparos de francotiradores.

El reportero pasó a otra habitación donde había dos cadáveres sobre una mesa gris de acero inoxidable. El primero era el de un hombre calcinado. Estaba boca abajo y presentaba varios cortes en la cabeza. El segundo era el de un niño de unos diez años. No tenía cuerpo de cintura para abajo y le faltaba un brazo. Parecía que le hubieran arrancado de cuajo esas partes de su pequeño cuerpo. Su expresión reflejaba a la perfección el terror que debió sentir en el momento de su muerte. El contraste de aquel rostro infantil con su cuerpecito devastado indignó a Xurxo.

-¡Hijos de puta! - pensó.

Los muertos tenían que ser enterrados con rapidez no sólo para cumplir con los rituales de su fe musulmana, sino porque no había electricidad para mantenerlos en los refrigeradores.

De nuevo en el hospital, entrevistaron a un médico en la puerta del quirófano que les dijo que ya operaban a los heridos sin anestesia debido al bloqueo serbio. El reportero vio a algunas personas con heridas terribles que aguardaban su turno para ser intervenidas y se estremeció al pensar lo que les esperaba. Una vez más, sintió vergüenza de ser europeo.

Media hora más tarde, ya estaban otra vez en el centro de la ciudad filmando las calles, la población y haciendo entrevistas. De repente, escucharon varias detonaciones en la lejanía, volvieron a subir al coche blindado y fueron en aquella dirección.

Quince minutos después, encontraron la calle. Había recibido varios impactos de mortero y el saldo era de tres muertos y dos heridos. Dos de los cadáveres aún estaban sobre la acera ensangrentada y el tercero pendía grotescamente de un pasamanos de metal. Le faltaba media espalda.

El caos inicial ya había pasado y los heridos iban camino al hospital, pero la desolación seguía siendo inmensa. Los habitantes de Sarajevo estaban acostumbrados a la muerte súbita, pero cada nuevo ataque lograba estremecer sus rostros como si fuera el primero. Nadie estaba a salvo en ningún lugar.

Un amigo de uno de los muertos estaba sentado de espaldas contra la pared. Inclinado con la cabeza entre sus rodillas y con las manos abiertas cubriendo su cara, era el símbolo perfecto de la desesperación sin rostro.

A apenas unos metros de él, un militar bosnio abrazaba un árbol mientras apoyaba su frente contra el tronco. Un par de minutos antes del impacto había estado en el mismo lugar donde murió el joven que ahora colgaba del pasamanos. Mientras lloraba, el hombre sacó una foto de su mujer y sus hijos, la besó y la volvió a guardar en su bolsillo.

Xurxo leyó una pintada en la pared que decía en inglés: "¡Bienvenido a

Sarajevo! ¡Bienvenido al infierno!". Al lado, otra en bosnio alertaba: "¡Cuidado! ¡Francotiradores!".

Ésa era la tétrica rutina en aquella ciudad que parecía haber sido olvidada por el mundo y que cada día recibía un promedio de trescientos impactos de morteros y artillería.

Más tarde, los vecinos se dieron cuenta de que había un cuarto muerto. Era un hombre sentado en un banco que parecía estar dormido, pero cuyo corazón había sido perforado por la metralla.

Ya por la tarde se fueron a montar el reportaje del día al edificio de la televisión bosnia, desde donde lo retransmitirían por satélite hasta Estados Unidos.

Era una masa de cemento sin ningún atractivo o personalidad. Aséptico y frío, parecía un búnker gigante. Sin embargo, se trataba del lugar perfecto para protegerse.

Los serbios habían disparado contra él numerosas veces, pero sus gruesas paredes mantenían a raya los proyectiles. Además, era el único sitio disponible, así que se quedaron a dormir allí las dos semanas que pasaron en la capital bosnia.

A lo lejos se veía el hotel Holiday Inn. El icónico edificio amarillo había sido impactado por algún tipo de proyectil y salía humo de su tejado.

Ya era demasiado tarde para llevar a Samir hasta su apartamento, así que se quedó a dormir con ellos. Por la noche, otro periodista les comentó que conocía una casa particular que hacía de restaurante clandestino y, al no quedar demasiado lejos, fueron hasta allí.

No habían comido nada desde el desayuno y estaban hambrientos. No existía carta, sino que se servía el mismo menú para todos los clientes. Ese día tocaba bistec de ternera con patatas fritas, ensalada, un trozo de tarta y un vaso de vino.

Aunque en Sarajevo la carne era muy difícil de conseguir, el dinero en metálico siempre obraba milagros, en especial durante una guerra. El precio de aquella sencilla cena era muy caro incluso para la prensa, pero para un bosnio resultaba absolutamente prohibitivo: cincuenta dólares por persona.

Cuando sirvieron la carne, Douglas y Xurxo comenzaron a comérsela sin ningún tipo de preámbulo. No obstante, Samir contempló su plato en silencio y luego los miró extrañado.

-La carne no se puede comer así. Ustedes se la tragan. No la saborean- les recriminó.

Los dos ignoraron el comentario. Estaban exhaustos, tenían el estómago vacío y no estaban para florituras protocolarias.

Sin embargo, Xurxo observó después con más atención el rostro de Samir, que seguía sin tocar el bistec.

-¿No te gusta la carne? Es de ternera- afirmó Xurxo para tranquilizarlo. Pensó que, si era musulmán, quizás no podía comer carne de cerdo.

Samir lo miró.

-No, no es eso- susurró mientras miraba al bistec como si se tratara de una aparición divina.

Luego cogió su tenedor y su cuchillo, cortó un trozo y se lo llevó a la boca con lentitud. Su expresión era la de alguien que degustaba el manjar más exquisito del universo. Apenas lo mordía, sino que lo desplazaba de un lado a otro de su boca mientras disfrutaba plenamente de su sabor. Después sus ojos se humedecieron.

-Samir, ¿qué te pasa? -preguntó el reportero preocupado.

El bosnio intentó recomponerse.

-Es que es la primera vez en un año y medio que como carne- dijo mientras seguía sollozando.

Xurxo y Douglas pararon de inmediato de comer.

-Había olvidado su sabor- sonrió.

Los dos sonrieron también y no dijeron nada para que no se sintiera incómodo.

-Me siento mal comiendo esta carne sin que mi familia pueda acompañarme- añadió-. Es como si estuviera haciendo algo malo, como si los estuviese traicionando. No saben el hambre que pasamos cada día.

Samir no sólo se enfrentaba a la realidad diaria de que él o los suyos podían morir en cualquier momento o quedar lisiados de por vida debido a los disparos y bombardeos del enemigo. Tampoco podía educar a sus hijos, alimentar a su familia o llevarlos al médico cuando estaban enfermos y eso lo había destrozado psicológicamente.

Aunque no haber comido carne en tanto tiempo no se podía comparar con el sufrimiento que habían presenciado durante la jornada, ese detalle impactó a Xurxo y a Douglas. Reflejaba a la perfección lo cerca que estaba Sarajevo de ciudades como París o Londres y, al mismo tiempo, la distancia infinita que separaba la vida de sus habitantes. No vivían en ciudades distintas, sino en planetas diferentes.

Tras unos instantes, Xurxo intentó distraerlo.

-Samir, hoy mismo te pago el primer día. Mañana podrás comprar toda la comida que necesites para tu familia.

El bosnio asintió.

-Nos gustaría conocerlos y, antes de irnos, hacer una comida con ellos.

-De acuerdo-accedió.

-Sólo hay una condición. ¡Que sea un banquete! Comeremos hasta hartarnos y todo lo pagaremos nosotros. ¿De acuerdo? -intentó animarlo.

Samir se rio en voz baja.

-Gracias-susurró para luego seguir degustando el bistec antes de que se enfriara-. Un banquete…no se lo van a creer… no se lo van a creer- repitió para sí casi en estado de trance.

El día siguiente conocieron a la mujer de Samir y a sus dos hijos. Su esposa Amina también era abogada y los niños apenas tenían diez y doce años de edad.

Hafiz era el mayor. Extrovertido y simpático, le gustaban mucho los deportes. Su hermano Hakim parecía su polo opuesto. Era tímido, introvertido y se pasaba el día leyendo todo lo que podía. Quería ser científico.

Antes de la guerra, la familia pertenecía a la clase media y vivía en un edificio de apartamentos sencillo, pero elegante. Sin embargo, ahora estaba casi en ruinas porque se hallaba muy cerca de las posiciones serbias.

Todas las calles de aquella zona tenían contenedores en las esquinas para protegerse de los disparos de los francotiradores. Cuando los vecinos o el ejército bosnio no conseguían uno, apilaban multitud de coches para lograr el mismo efecto. En algunos lugares había barricadas de automóviles que iban de lado a lado de la calle con filas de hasta cinco vehículos de altura.

Trabajar para Xurxo y Douglas cambió por completo la vida de Samir durante unos días. De estar casi siempre encerrado en su casa, pasó a moverse por todos los rincones de Sarajevo junto a ellos. Excepto en una ocasión que los periodistas cruzaron a territorio serbio, el bosnio se convirtió en su compañero inseparable.

Cada instante que permanecía al aire libre estaba expuesto a las mirillas telescópicas de los francotiradores serbios en su infatigable búsqueda de nuevas víctimas, pero la necesidad de dinero para cuidar de su familia fue más intensa que el miedo a morir.

Samir se convirtió en un excelente productor. Se enteraba de todo lo que sucedía en la ciudad y proponía constantemente posibles reportajes.

-Esta historia tiene que ser contada. ¡El mundo se tiene que enterar! -decía con seguridad.

Más adelante se dio cuenta de que podría hacer el mismo tipo de labor para otros periodistas y que eso supondría el fin de muchas de sus penurias, así que decidió aprender lo más rápido posible todo lo relativo a su nuevo trabajo.

El equipo realizó quince reportajes sobre las traumáticas consecuencias del conflicto en la vida diaria de los habitantes de Sarajevo. Sin embargo, tres quedaron especialmente grabados en el corazón del reportero.

Uno fue sobre un cuarteto de cuerda que cada semana se reunía para dar un concierto, incluso durante los peores momentos de la guerra. Todos los músicos corrían un enorme riesgo, pero eso jamás les intimidó. Iban a distintos lugares de la ciudad y desafiaban a balas y morteros únicamente con la música que emanaba de sus instrumentos.

Las notas musicales eran intangibles, pero su fuerza resultaba más poderosa que la de cualquier máquina de guerra. Cada una enviaba un mensaje que desquiciaba a quienes no conseguían aniquilar el espíritu de lucha de Sarajevo: resistiremos.

Escuchar las melodías de los dos violines, la viola y el violonchelo surgiendo desde edificios destruidos incluso durante los combates más intensos era una escena de desafío sin igual. Los sonidos de las explosiones y de las balas contrastaban con las rítmicas melodías de los instrumentos de cuerda y los artistas estaban empeñados en demostrar que la belleza de su arte derrotaría a la la monstruosidad de aquella guerra.

Otro fue el reportaje sobre un orfanato que estaba a menos de cien metros del frente. Allí fueron testigos de una de las peores consecuencias de la guerra: niños completamente traumatizados por las tragedias que les había tocado presenciar y sin ninguna ilusión por seguir viviendo.

Sus caras tenían facciones de niños, pero sus almas ya eran de ancianos. A tan corta edad habían sufrido más que muchas personas en todas sus vidas. No se reían, no jugaban, casi no hablaban y sus ojos reflejaban una tristeza que parecía no tener fondo.

Todos sabían que las posibilidades de que alguna familia los adoptara eran casi nulas y que sus días transcurrían en un limbo sin principio ni fin. No tenían a nadie en este mundo, su pasado había sido destruido, el presente fuera de aquellas paredes era horrible y sentían que no había ningún futuro para ellos. Algunos estaban tan traumatizados que eran atados a las camas para evitar que se suicidaran.

Hasta ese momento, el orfanato se había salvado de los bombardeos de la artillería, pero la casa era pequeña y débil y vivían bajo la continua amenaza de que un solo impacto acabara con todos ellos.

Cuando Xurxo pasó a la parte serbia, un oficial le dijo que habían ordenado no bombardear el orfanato. También le dio una larga lista de lo que, insistía, habían sido terribles atrocidades cometidas por el ejército bosnio contra civiles serbios. Culpaba especialmente a los muyahidines procedentes de lugares como Chechenia, Afganistán o Yemen.

-¿Quiere que le enseñe las cabezas decapitadas de mis compañeros? ¿Los cuerpos violados y quemados vivos de niñas serbias que esos salvajes han dejado atrás? - le espetó con rabia.

Luego les acompañó a Pale, la capital de las fuerzas serbias de Bosnia. Allí les dejó que fueran donde quisieran y hablaran con quien consideraran oportuno.

-Aquí no hay ningún genocidio bosnio. Eso es un cuento que les han vendido a ustedes, los periodistas. Ésta una guerra como cualquier otra. Hay miles de muertos en los dos bandos. Lo único que queremos es recuperar nuestro país. Nada más- afirmó el serbio al despedirse.

Los serbios estaban considerados claramente como los agresores, pero muchas de sus acusaciones eran ciertas. Sin embargo, como en todas las guerras, cada bando culpaba al otro y, mientras eso ocurría, los civiles seguían muriendo en el fuego cruzado.

La otra historia que más impactó a Xurxo fue la destrucción de la Biblioteca Nacional al inicio de la guerra. La noche del 25 de agosto de 1992, y a pesar de que no tenía ninguna importancia estratégica o militar, el edificio fue atacado por la artillería serbia.

El incendio fue inmediato y muchas personas intentaron sofocarlo, pero eran sistemáticamente tiroteadas por francotiradores. El fuego destruyó la biblioteca y, como resultado, tres millones de libros y objetos artísticos resultaron calcinados.

A pesar de que se trataba de objetos inanimados y no de seres humanos, ver aquellos libros incinerados impresionó a Xurxo. El objetivo de Belgrado era eliminar la identidad cultural de la Bosnia musulmana. Destruir todos los legados de su pasado. Provocar un genocidio cultural.

El día antes de partir de nuevo hacia Croacia, el reportero cumplió su promesa. Fue con Samir al mercado y compraron todo lo necesario para una comida inolvidable. Quería llevar un momento de felicidad a la casa del bosnio y un banquete les haría olvidar, aunque fuera durante sólo unas horas, el caos y el drama a los que se enfrentaban cada día. También serviría para sellar en familia su nueva amistad.

Amina se ofreció a cocinar platos típicos de Bosnia y les dio una lista de lo que tenían que traer. A pesar de estar en una ciudad sitiada, con dinero en efectivo pudieron comprar todo.

Xurxo había estado varias veces en el apartamento de Samir y sabía que casi nunca podían calentar la comida, así que le regaló un hornillo de gas con varios contenedores de repuesto.

En la misma tienda, el bosnio se quedó mirando con admiración una lámpara de gas capaz de iluminar toda una habitación, así que también se la compró. La guerra había interrumpido todos los suministros de luz y gas y sólo los privilegiados con generadores y combustible tenían acceso a electricidad y calefacción.

La cena fue inolvidable. Los niños nunca habían visto tanta comida junta y se atiborraron. Ver la alegría en sus rostros emocionó al reportero, pero también le entristeció. Ese júbilo recalcaba las dificultades de sus vidas. Nunca había visto a niños tan felices por simplemente poder comerse unos platos calientes.

Xurxo no pudo evitar sentirse culpable. Si todo iba bien, en pocas horas estaría durmiendo en un cómodo hotel en la ciudad croata de Split mientras Samir y su familia continuarían sufriendo aquel infierno.

Cuando llegó el momento de la despedida, las emociones se desbordaron. Xurxo y Douglas apenas habían pasado allí dos semanas, pero las experiencias vividas junto a Samir los había unido para siempre. Sólo una guerra podía crear una hermandad semejante.

El periodista abrazó con fuerza a Samir y se fijó en su rostro feliz y agradecido. Sus ojos se miraron durante algunos segundos y expresaron mucho más de lo que pudiera decir cualquier frase o palabra. En ese momento no lo entendió, pero le estaba diciendo adiós.

Ya era de noche, así que caminaron deprisa hasta el todoterreno. Aunque el edificio de la televisión estaba cerca e iban con un vehículo blindado, conducir de noche siempre era más peligroso.

Justo antes de entrar en el Mercedes, Xurxo se giró hacia el apartamento para verlo por última vez. Todas las ventanas de la fachada tenían pegados gruesos trozos de plástico para protegerlos del frío. En la parte interior de los marcos, los vecinos colocaban trozos de madera o cartón para evitar que los serbios pudieran ver nada de lo que ocurría dentro.

La noche era muy fría y hacía mucho viento. De pronto, una de las gélidas ráfagas golpeó con fuerza la fachada de la casa de Samir y despegó el plástico de la ventana de su sala. Al quedar desprotegida, también cayó al exterior la plancha de madera que tenía detrás.

El periodista vio con estupor que la sala estaba iluminada. Reconoció de inmediato el tipo de luz. Se trataba de la lámpara que había comprado a Samir ese mismo día. En toda una manzana sólo había ese punto iluminado, así que, de pronto, la sala se convirtió en un blanco perfecto para las fuerzas serbias.

Xurxo corrió torpe y desesperadamente por la nieve hacia el edificio mientras gritaba con todas sus fuerzas para alertar a los Mejmebasic. Si estaban en otra parte del piso, quizás aún no se habían percatado de lo que acababa de suceder.

El periodista siguió gritando con todas sus fuerzas, pero no escuchó nada. De repente tropezó, se cayó, se levantó con rapidez y continuó corriendo. Sin embargo, justo antes de llegar a la puerta del edificio, el cohete serbio impactó contra la sala del apartamento.

La escena quedaría grabada para siempre en su memoria. Una enorme explosión, sus oídos ensordecidos, una onda expansiva que lo lanzaba al suelo e infinidad de escombros cayendo sobre él y a su alrededor.

Cuando se recuperó, subió a trompicones hasta el piso. Ya había muchos vecinos en los pasillos. Al llegar, vio que la puerta estaba casi rota, la empujó y entró. Enseguida se encontró con Amina, Hafiz y Hakim tumbados en el suelo de la cocina.

-¿Estáis bien? - preguntó Xurxo.

-Creo que sí- susurró ella.

Todos estaban todavía conmocionados por el estallido, pero ilesos. Xurxo los ayudó a levantarse y revisó sus cuerpos para asegurarse de que no tenían sangre y que podían moverse bien.

-¿Dónde está Samir? - preguntó al no verlo con ellos.

Amina se levantó y, todavía aturdida, señaló hacia la sala.

La cena había sido en la cocina y en el momento del impacto la esposa de

Samir y sus dos hijos estaban guardando la comida que había sobrado. El bosnio se ofreció para ayudarles, pero su esposa le dijo que se fuera a la sala a descansar.

Él lo hizo. Se sentó en el sofá, estrenó la luz de gas y abrió una cajetilla de cigarrillos también recién comprada. No pudo recordar la última vez que se sentía tan feliz.

Todo ocurrió en apenas unos segundos. No le dio tiempo a reaccionar y su cuerpo resultó pulverizado por el cohete de alto poder explosivo.

Cuando Xurxo llegó a la sala, vio que estaba destrozada.

-¡Me cago en la puta! - exclamó.

Luego pasó al interior, pero el cuarto estaba lleno de escombros y era difícil caminar. No había luz y sólo podía guiarse con la que llegaba desde el pasillo. De pronto, aparecieron algunos vecinos y todos fueron directos a la ventana para cubrirla de inmediato con plástico y otra tabla de madera.

Al ver que la ventana volvía a estar cubierta, el periodista sacó una linterna del bolsillo y comenzó a iluminar diversas partes de la sala. Tras dar algunos pasos, encontró una parte del cuerpo de su amigo.

-¡Mierda! ¡Hijos de la gran puta! ¡Cabrones! - gritó enfurecido mientras caía de rodillas al suelo. Luego apartó su vista de aquella imagen tan terrible y lloró.

Al girarse hacia la puerta vio a Amina. Cuando se dio cuenta de la expresión del periodista, también se echó a llorar desesperada. Douglas estaba a su lado y la abrazó. Ella quiso ir hasta Samir, pero Xurxo hizo una señal al salvadoreño para que se lo impidiera.

Las escenas de dolor se prolongaron durante toda la noche. Los llantos de Amina eran profundos y desgarradores. Reflejaban la pena más pura que Xurxo hubiera escuchado jamás. Los niños también lloraban, pero sufrían más en silencio.

Amina y sus hijos se quedaron en el apartamento de un amigo que vivía en el mismo edificio hasta que llegó el resto de la familia de Samir. La de ella vivía en la ciudad de Mostar.

A la mañana siguiente recogieron los pocos restos que aún quedaban de Samir y partieron al cementerio para enterrarlo siguiendo los rituales religiosos musulmanes.

La guerra estaba generando tantos muertos que el camposanto se había visto obligado a expandirse. Ahora ocupaba parte de un campo de fútbol y fue ahí donde el bosnio encontró su última morada.

Amina dijo a los presentes en la ceremonia que Samir ya había dejado atrás la trivialidad de la vida y que estaba esperándolos en el paraíso. Luego se acercó hasta el cadáver envuelto en varias telas blancas y depositó tres puñados de tierra al lado de la cabeza de su marido. El cuerpo yacía recostado sobre su lado derecho y su cara estaba en dirección a La Meca.

La viuda sintió el aire fresco y puro del amanecer sobre su rostro y vio cómo las lápidas se sucedían unas a otras formando un tétrico horizonte de color blanco que se fundía con la niebla de la mañana.

Al fondo distinguió varias personas caminando. La bruma hacia que las figuras de quienes visitaban a sus muertos parecieran fantasmas vagando en la nada.

La neblina ayudó a ocultar a quienes fueron a dar un último adiós a Samir, pero, de vez en cuando, la capa blanca se despejaba ligeramente y los bosnios podían distinguir las posiciones serbias en la lejanía. Eso significaba que también los veían a ellos y que estaban al alcance de sus balas.

Los soldados serbios que estrangulaban Sarajevo observaban atentamente con sus binoculares cualquier movimiento en el cementerio y si detectaban a alguien le disparaban. Para ellos, civil o no civil, todo bosnio era un enemigo.

En la entrada del cementerio había dos vehículos blindados franceses de la ONU para proteger a quienes iban a enterrar a sus muertos, pero los serbios ignoraban su presencia.

-Yo solía jugar de joven en este campo de fútbol- dijo a Xurxo uno de los asistentes al funeral-. ¡Quién lo hubiera pensado! - exclamó.

Antes del servicio religioso, Xurxo entregó a Amina todo el dinero que le quedaba, varios miles de dólares. También le prometió que hablaría con el canal de televisión para ver si podrían enviarle más, tal y como sucedió. Aunque no tenían ningún compromiso legal, la estación les mandó veinticinco mil dólares. Con eso repararon por completo el apartamento y pudieron sobrevivir con holgura incluso pasada la guerra.

La ceremonia fue rápida y emotiva. El clérigo tuvo la última palabra y dijo que Samir había sido un excelente padre y esposo, pero también un mártir y un héroe que defendió con valentía a su gente, a su país y a su cultura.

-Tu alma vivirá siempre entre nosotros- finalizó.

Al concluir el entierro, Xurxo se acercó a Amina y a los niños y los abrazó.

-Lo siento- afirmó sin ser capaz de agregar nada más.

Después, la viuda lo miró y pidió a Hafiz y Hakim que la esperaran a la salida del cementerio.

-Samir te tenía en gran aprecio y yo también. No te culpo de nada. Es la guerra- le dijo.

Xurxo asintió.

-Pero, por favor, no te pongas en contacto conmigo. Sólo me haría recordar esta tragedia. Gracias- se despidió.

Sus palabras demolieron a Xurxo, pero no dijo nada. Tenía que respetar sus deseos. Desde aquel día, nunca la había vuelto a ver e ignoraba qué había sido de su vida y de la de sus hijos.

Los remordimientos de conciencia no pararon de acecharle desde entonces.

Había contratado a muchos productores como Samir en zonas de conflicto. Todos habían corrido riesgos, pero ninguno había muerto.

Los corresponsales de guerra ponían en peligro sus vidas mientras cubrían un conflicto, pero, llegaba un momento en el que regresaban a sus casas. Sin embargo, esos ayudantes locales a veces corrían más riesgos que ellos porque se quedaban allí y podían ser señalados como simpatizantes de medios críticos con los regímenes de esos países. Dependiendo del lugar, las consecuencias para ellos y sus familias podían ser severas e incluso letales.

Si no me hubiera conocido, Samir aún podría estar vivo; nos aprovechamos de su necesidad; él no estaba preparado para un trabajo así; no debería haberle comprado la lámpara; cómo se nos ocurrió hacer la comida al anochecer; por qué no los llevé a comer al restaurante clandestino; por qué no corrí más rápido cuando vi que el plástico se cayó; por qué no grité más alto para advertirle del peligro. Por qué, por qué, por qué.

Las preguntas siempre eran las mismas, así como el dolor y la angustia por no haber hecho algo más para salvar la vida de su amigo.

Sabía que Samir era una persona adulta y que había tomado sus propias decisiones; sabía que había disfrutado inmensamente con su labor porque sintió haber contribuido a explicar al mundo la tragedia por la que atravesaba su país; sabía que había dado una buena oportunidad a una persona sin ninguna experiencia en televisión y que lo hizo porque Samir necesitaba el dinero desesperadamente; sabía que su muerte fue una combinación macabra entre un descuido del propio Samir y un accidente provocado por el destino; sabía que la guerra era caprichosa y que el muerto podía haber sido él; sabía que no era culpable de su muerte. Sí, sabía todo eso. Sin embargo, se sentía igual de culpable.

La única realidad era que si Samir y él no hubieran cruzado sus caminos, el bosnio quizás aún estaría vivo, Amina tendría a su marido junto a ella y Hafiz y Hakim crecerían con un padre.

-Le fallé. Él nos protegió todos esos días. Siempre se aseguró de que no nos pasara nada. Arriesgó su vida por nosotros. Sin embargo, yo no hice lo suficiente por él. Me descuidé. También soy responsable de su muerte- se culpaba.

A pesar de que Amina le había dicho que nunca la contactara, intentó llamarla muchas veces para saber de ella y de sus hijos, pero jamás había sido capaz de marcar el número y esperar a que una voz respondiera desde el otro lado de la línea.

Algunos pensaban que era un valiente por cubrir guerras como la de Bosnia. Sin embargo, la realidad era que se sentía como un cobarde. Sabía que jamás podría librarse de ese tormento hasta que Amina, Hafiz y Hakim lo perdonaran, pero no tenía la entereza para telefonearlos y mucho menos para verlos en persona.

La muerte de Samir había sido un evento traumático para todos ellos, pero tristemente era un caso más entre los cientos de miles de familias balcánicas que habían pasado por lo mismo.

Xurxo sabía que nunca podría borrar de su mente los recuerdos de las atrocidades que había presenciado en Sarajevo y que ese horror impregnaría su alma de por vida. Era imposible despojarse de algo que había calado tan hondo en él.

Todas las guerras eran terribles, pero Bosnia merecía un capítulo aparte. El salvajismo y la falta de escrúpulos habían sido brutales.

Xurxo era un experimentado reportero de guerra, pero cuando regresó de Bosnia entendió mejor que nunca el estrés postraumático que sufrían los militares que volvían a casa tras un conflicto armado.

Él había vivido, palpado, olido y sufrido en su propia piel los horrores de Sarajevo. No obstante, los soldados no sólo presenciaban esas tragedias, sino que formaban parte integral de ellas, ya fuera como salvadores, víctimas o verdugos.

Únicamente un psicópata podría matar a alguien y no sufrir un impacto emocional, incluso si defendía una buena causa. El militar era una persona como cualquier otra y los horrores de la guerra siempre le pasaban su factura, aunque fuera años después.

De pronto, el taxista llamó por teléfono para avisar que ya estaba esperándolo abajo. Al ver el móvil, el periodista pensó una vez más en llamar a Amina, pero, como siempre, desistió. Guardó la tarjeta en el fichero, recogió su bolsa de viaje y se marchó del apartamento.

Xurxo necesitaba ver cara a cara a la familia de Samir y saber que ese resentimiento había desaparecido. Hasta que eso ocurriera, era consciente de que nunca podría vivir en paz.

XXXVI

El edificio se encontraba en el cruce de la Gran Vía de Las Cortes Catalanas con la Rambla de Cataluña, en pleno centro de la Ciudad Condal. Su ubicación privilegiada reflejaba el poder de la Asociación de Agentes de la Propiedad Inmobiliaria de Barcelona.

Xavier Bartra tomaba un café en la terraza que había justo frente al inmueble mientras hablaba por el móvil con un cliente. Al ver que su reloj marcaba las diez y media de la mañana, se despidió y enfiló a las oficinas de API.

Un cartel con el nombre de la organización pendía frente a un gran ventanal. Barcelona era una de las ciudades con la propiedad inmobiliaria más cara del mundo y API controlaba todo ese mercado.

-Adelante, adelante- dijo Mario Planas, el responsable de la organización, cuando Bartra entró a la sala de juntas.

El catalán era parte del comité de dirección y ese día se había convocado una reunión extraordinaria.

Al pasar vio a un hombre que no reconoció. Éste se levantó y se acercó hasta él para saludarlo.

-Te presento a John McNamara. Es el responsable de una alianza que representa a varias ONGs americanas- afirmó un sonriente Planas.

-Encantado- le estrechó la mano Xavier sin entender la conexión con su negocio, que no era precisamente una organización sin ánimo de lucro.

Una vez que los seis miembros del comité de dirección se sentaron en la mesa de juntas, Planas inició la sesión.

-Muchas gracias por estar aquí y os pido disculpas por haberos avisado con tan poca antelación. Os he pedido que vengáis porque ayer conocí al señor McNamara en una ceremonia en el Palacio de la *Generalitat* y, al hablar con él, me di cuenta de que podemos estar ante una gran oportunidad de negocio. No hay tiempo que perder.

McNamara estaba igual de sonriente que él.

-Pero voy a dejar que sea él mismo quien explique el tema- le cedió el turno.

El americano hizo un gesto de agradecimiento.

-Buenos días y también gracias por venir- habló después en un correcto español-. Trabajo para la organización Alianza Global, que representa a las principales ONGs norteamericanas que operan en el exterior. Hablo español porque estuve varios años con una ONG en México.

- ¿Y catalán? - bromeó Xavier.

Todos se rieron.

-Aún no, pero eso podría cambiar pronto- añadió con humor el estadounidense.

-Cuénteles, cuénteles -le animó Planas con impaciencia.

-Antes que nada, cualquier pregunta que tengan, por favor no duden en interrumpirme.

Los presentes asintieron.

-El sector de las ONGs es muy grande en Estados Unidos. Para que se hagan una idea, cada año genera más ingresos que todo el Producto Interno Bruto de España.

-¡Caramba! - exclamó sorprendido uno de los directivos de API.

-Las hay desde muy pequeñas hasta muy grandes. Por ejemplo, Solidaridad Cristiana Internacional tiene cuarenta mil empleados, trabaja en cien países y maneja un presupuesto anual de más de cuatro mil millones de dólares.

Los rostros de los asistentes a la reunión expresaron su sorpresa ante semejante cifra.

-¿Cuatro mil millones de dólares al año? ¿Una ONG? - preguntó Bartra.

-Sí. Es la segunda distribuidora de ayuda humanitaria en todo el mundo, sólo por detrás de la ONU. Son verdaderas multinacionales.

-No creo que en Europa haya ninguna tan grande- añadió el catalán.

-El motivo es que en Europa los gobiernos proveen más apoyo social a la población. En Estados Unidos no existen tantos programas de ayuda a los más desfavorecidos, así que las ONGs cubren ese hueco.

-Entiendo.

-Solidaridad Cristiana Internacional es mucho más activa fuera de Estados Unidos, especialmente en África. Ése es el motivo de mi visita a España.

Los agentes inmobiliarios aguardaban con expectativa a que les explicaran el motivo de su presencia allí. Todos eran empresarios muy ocupados.

-Nosotros representamos a casi todas las grandes ONGs americanas que operan en África. La propia Solidaridad Internacional tiene muchos programas en ese continente: educación, asistencia médica, construcción de viviendas, ayuda tras desastres naturales, lucha contra el hambre y un sinfín más de iniciativas.

-¿Y cuál es la relación con nosotros? - cuestionó de nuevo Bartra.

-Estas ONGs están buscando una base de operaciones cerca de África para sus proyectos en ese continente. Quieren un lugar seguro y con buenas escuelas donde las familias de sus empleados no africanos puedan vivir con tranquilidad.

-¿Pero esas personas no están trabajando en África? ¿No viven entonces ahí? - intervino otro miembro del comité de dirección.

-La mayoría sus trabajadores viajan a diversos países africanos dependiendo de los proyectos que tengan, pero no residen allí. Las ONGs que represento han decidido que esa base permanente sea fuera de África. Uno de los principales motivos es la inseguridad. Y no hablo sólo de la delincuencia común, sino de los grupos terroristas islámicos. La situación está peor cada día en algunas partes del África. El riesgo es cada vez más alto. Lo vemos cada día en los medios de comunicación.

-Comprendo.

-Esa base también se convertirá en el centro logístico para todo el continente. Necesitan una ciudad dotada con excelentes comunicaciones aéreas y portuarias. Una vez decidan el lugar, establecerán una red de naves industiales para almecenar todo el material que envían a África. Les saldrá mucho más barato y rápido comprarlo en Europa y mandarlo desde aquí que no enviar todo desde Estados Unidos. Ahí es precisamente donde podrían entrar ustedes.

Todos entendieron de inmediato la gran oportunidad que se presentaba frente a ellos.

-Por eso el señor McNamara estaba ayer reunido con la *Generalitat* –afirmó Planas-. Están analizando la posibilidad de que esa base de operaciones sea

Barcelona. Si eso se materializa, necesitarían cantidades enormes de espacio industrial y muchas residencias privadas. Estamos hablando de miles de personas.

-Así es -ratificó el americano.

Las buenas noticias originaron un murmullo inmediato de satisfacción entre los asistentes.

-Pero, señores, aún no cantemos victoria. Hay que escuchar toda la historia- afirmó Planas y cedió de nuevo el turno a McNamara.

-Inicialmente, nos centramos en las Islas Canarias por motivos obvios. Están más cerca de África y, además, también son parte de la Unión Europea. Esa garantía de respeto a la ley es muy importante para nuestros miembros. Quieren que todo sea predecible y que las reglas no cambien cada día.

-¡Los catalanes somos europeos hasta la médula! - exclamó Planas con alegría-. Tanto de pasaporte como de corazón-agregó.

McNamara sonrió.

-Sin embargo, ahora estamos contemplando seriamente la posibilidad de Barcelona. Está más lejos, pero su aeropuerto es más grande, moderno y efectivo, así como su puerto. También nos gusta mucho el espíritu empresarial catalán y la Ciudad Condal sería sin lugar a dudas una ciudad perfecta para vivir. Estamos aquí para investigar mejor esta posibilidad.

-Ya he asegurado al señor McNamara que nuestra ciudad está más que capacitada para afrontar ese desafío logístico y que disponemos de terreno industrial de sobra para atender cualquiera de sus necesidades- aseveró con optimismo Planas.

Un proyecto así supondría una inversión gigantesca y los presentes en la sala se beneficiarían enormemente, ya que todos eran dueños de empresas inmobiliarias.

-No obstante, y ya que estamos entre amigos, hay algo que necesito comprender mejor- sonrió McNamara.

-Por supuesto, usted dirá- afirmó el presidente de API.

-Antes que nada, he de reconocer mi ignorancia respecto a ciertos aspectos de la política española. Había leído algo sobre el tema del independentismo, pero, tras mi estancia aquí, ahora casi tengo más preguntas que respuestas. He de elaborar un informe en el que tendré que recomendar Barcelona o Canarias y hay cosas que todavía no tengo claras.

El murmullo pasó a ser de preocupación.

-¿Ven algún problema en el futuro con respecto al debate soberanista?

-¿A qué se refiere? - preguntó Xavier Bartra. Igual que su hermano Manel, era un independentista radical.

McNamara reflexionó durante unos segundos, consciente del peso que tenían las palabras en asuntos tan controvertidos como aquél.

-Sé que éste es un tema delicado y que genera muchas pasiones. Espero expresar correctamente lo que quiero decir- advirtió-. Nosotros respetamos la decisión de cualquier pueblo a decidir su futuro. Éste es un asunto interno suyo y que ustedes deben resolver.

A pesar del tono conciliatorio de sus palabras, la tensión en la sala aumentó.

-Dicho esto, tras mi conversación con los representantes de la *Generalitat*, no sé qué va a pasar en Cataluña en los próximos meses o años.

-¡Bienvenido al club! - exclamó Planas en un intento por distender el ambiente, pero nadie se rio.

-¿Y eso qué tiene que ver con su proyecto? - preguntó otro directivo.

-Si Cataluña se independiza, dejará de ser miembro de la Unión Europea y, por lo tanto, perderíamos esa seguridad jurídica tan importante para nosotros.

Xavier tiró su bolígrafo sobre la mesa.

- ¡Vaya! Ya salimos de nuevo con la misma cantaleta- dijo molesto.

McNamara se quedó sorprendido ante su reacción.

-Tranquilo, Xavier, tranquilo- intercedió Planas.

-En mi vuelo a Barcelona coincidí con el directivo de una gran universidad estadounidense- prosiguió el americano-. Me perdonarán si no les doy el nombre de la institución, pero es muy importante. Tiene casi cincuenta mil estudiantes. Pues bien, me comentó que habían planificado celebrar la reunión anual de su junta directiva en Barcelona y que la cancelaron.

-¿Por qué? - intervino Planas.

-Tienen miedo de que no haya seguridad debido al tema del independentismo. Ya saben: disturbios, violencia. Leen artículos en la prensa sobre la confrontación con Madrid y se ponen nerviosos. Han visto las imágenes de violencia durante el referéndum del 1 de octubre. Salieron en las portadas de todos los diarios americanos.

-Perdone, señor McNamara, pero me temo que en esa universidad leen demasiada prensa de Madrid- le interrumpió Xavier-. ¿Ha presenciado acaso algún disturbio en las calles de Barcelona?

Luego se levantó y fue hasta el ventanal desde el que se podía verse la Gran Vía.

-¿Ve?- señaló la calle-. Hace un día magnífico y la gente se dedica a trabajar y disfrutar de la vida. El resto son paranoias de Madrid para asustar a personas como usted. Pura propaganda anticatalana. Por favor, no sea incauto. La violencia del 1 de octubre fue algo puntual y además vino por parte de la Policía española, no por nosotros.

-He venido aquí a investigar la opción de Barcelona como centro logístico. Mi obligación es hacer las preguntas que luego me harán a mí en Estados Unidos, por incómodas que sean- se defendió el americano.

-Yo también leo la prensa de su país. El otro día salió un artículo en el Washington Post en el que un ex senador federal de Texas decía que su estado debería independizarse de Estados Unidos- afirmó el catalán mientras lo miraba con desafío-. Y, por cierto, el reportaje también menciona que el último gobernador de Texas ya coqueteó con esa idea en el pasado. ¿Lo leyó?- preguntó.

-No.

-¿Y sabía usted que hay partidos independentistas en muchos más estados de su país, como por ejemplo en Vermont o en Hawai? ¿Y que la ex candidata a vicepresidenta por el partido republicano, Sarah Palin, simpatizó con el Partido por la Independencia de Alaska? ¿Lo sabía?- insistió.

El ataque comenzó a incomodar a McNamara.

-Señor Bartra, yo no estoy aquí para hablar de Alaska o de Texas, sino de Barcelona.

-¿Qué le parecería si una empresa europea quisiera abrir una fábrica en Texas y se reuniera con los empresarios locales para decirles que si su estado se independiza no invertirían su dinero allí? ¿Cómo cree que se tomarían esa amenaza? ¿Piensa que quizás dirían a los europeos que metan sus narices en sus propios asuntos y les dejen en paz?

-¡Xavier! - exclamó Planas.

-Hay que mostrar un poquito más de tacto y respeto cuando se visita otro país. Usted dice que no quiere interferir en nuestros asuntos internos, pero eso es exactamente lo que está haciendo.

McNamara permaneció en silencio.

-Mire, aquí va a encontrar tres tipos de empresarios catalanes. El primero es el independentista de toda la vida que traiciona la causa por dinero; el segundo es el que simpatiza con el nacionalismo, pero que en realidad el tema no le quita el sueño. Es una persona práctica y optará por lo que más le conviene. Y el tercero es el independentista que jamás se venderá por treinta monedas de plata. ¿Adivina a qué categoría pertenezco yo? - le retó.

-¡Xavier! ¡Parece mentira que te estés dirigiendo así a nuestro invitado! - le recriminó el responsable de API, que parecía pertenecer a la segunda categoría.

-Me interesa mucho la oferta que nos ha venido a hacer, pero si el precio es asegurarle que no vamos a apoyar la independencia de Cataluña, ¿sabe qué? ¡Métase la oferta por donde le quepa! - exclamó.

-¡Por Dios! ¡Contrólate! ¡Muestra un poco de respeto! - volvió a exclamar Planas.

-Si él no nos muestra respeto a nosotros, nosotros no tenemos por qué mostrárselo a él. A mí no me va a comprar nadie. El dinero va y viene, pero los principios no se venden. ¡Que le vaya bien en Canarias! - agregó. Luego se levantó y se marchó de la sala.

XXXVII

El Hotel Casa Fuster estaba considerado como uno de los más bonitos y originales de Barcelona.

Construido en 1908, era de estilo modernista y tenía una de esas fachadas mágicas que hipnotizaban de inmediato la mirada. Según su arquitecto, Lluis Domènech i Montoner, pretendía reflejar los diferentes estados de ánimo del ser humano.

El edificio contaba con numerosas columnas tanto en las puertas como en las ventanas y su mármol blanco estaba tallado con diversos y creativos ornamentos florales.

Casa Fuster era un establecimiento de lujo. Situado en el Paseo de Gracia, se encontraba a sólo una calle de la Avenida Diagonal, que cruzaba Barcelona de lado a lado.

El sargento Adolfo Gutiérrez pasó por los Jardines de Salvador Espriu y se dirigió hacia la entrada del hotel. Se sentía pleno y feliz.

Los jardines, situados justo frente al inmueble, llevaban el nombre del laureado poeta catalán porque había escrito una gran parte de su obra en una de las torres cilíndricas de Casa Fuster.

Antes de entrar, observó la fachada. Una parte había sido construida con balcones circulares superpuestos en forma de torre y la otra era plana. Siempre que visitaba el hotel, dedicaba unos instantes a disfrutar de aquella belleza arquitectónica.

Luego siguió caminando, entró al edificio y subió a la terraza. Allí le esperaba Alejandra, su novia. Estaba sentada en una de las sillas de mimbre marrón.

-Hola, cariño- dijo al llegar.

-Hola- respondió ella con una sonrisa.

El militar se inclinó, la besó, le acarició cariñosamente la mejilla y se sentó a su lado. Luego la cogió de la mano con delicadeza y ambos se limitaron a observar el horizonte.

Faltaban unos minutos para las nueve y la vista era espectacular. Aquella noche el cielo no estaba muy oscuro y las miles de luces de la ciudad se sucedían como pequeñas explosiones visuales hasta alcanzar la orilla del Mediterráneo.

Había bastante gente en la terraza. Algunos conversaban al lado de la piscina y otros pululaban por la azotea con sus bebidas en la mano.

Los focos verdes colocados en el fondo de la piscina provocaban que el agua pareciera un trocito del Caribe trasplantado a Barcelona. Al lado había unas lámparas amarillas que daban aún más fuerza al exótico colorido de las aguas.

Todo en aquel hotel era diseño, gusto y armonía. Su derroche de belleza relajaba el alma.

-¿Vamos? Ya son las nueve- afirmó Adolfo.

Alejandra se levantó con otra sonrisa y se fueron al Café Vienés, ubicado en el mismo hotel. Cada jueves a esa hora se celebraba una sesión de jazz y procuraban no perdérselas. Les encantaba la música.

El café era uno de los más bonitos que la pareja había visto jamás. Contaba con varias columnas circulares y el techo estaba dividido en numerosas zonas cóncavas independientes que le daban una textura atractiva e irregular. Había sillones grises, marrones y amarillos, pero la mayoría eran rojos y lilas.

Todos tenían formas y tamaños dispares de estilo surrealistas. A Alejandra le recordaban los que había visto en el Museo Dalí de la ciudad de Figueres.

-¿Está bien aquí? - preguntó el camarero.

-Sí, gracias- respondió Adolfo.

La pareja se sentó y pidieron dos cervezas. El sillón estaba en una esquina del local. Era grande y el respaldo se elevaba de forma exagerada, de modo que no veían nada de lo que ocurría al otro lado.

La banda era muy buena. Los dos novios hablaron poco y se dedicaron a disfrutar de su música preferida. Estaban felices, ya que se casarían en apenas tres meses.

De pronto, los músicos dejaron de tocar y anunciaron un corto receso. Fue entonces cuando el militar escuchó que al otro lado del sillón alguien hablaba en euskera. Ambos estaban a muy poca distancia, pero el elevado respaldo los separaba. Podían escucharse, pero no había ningún tipo de contacto visual.

No era muy común escuchar a gente en Barcelona hablar en euskera, así que afinó el oído de forma instintiva. No entendía ese idioma, pero había hecho muchas marchas rurales con su regimiento en el País Vasco y estaba acostumbrado a escucharlo allí cuando iba de paisano.

Luego siguió conversando con su novia sobre las piezas que estaba tocando la banda y, al cabo de unos minutos, los músicos retomaron la sesión.

Casi al mismo tiempo, el sargento sintió cómo las personas que estaban sentadas detrás se levantaban para irse. Cuando pasaron por su lado distinguió perfectamente al capitán Eduardo Albarracín. Al otro no lo había visto nunca.

La reacción inmediata fue fijarse mejor y el segundo vistazo le confirmó que era él. Después el sargento se levantó y miró al otro lado del sillón. No había nadie y estaba colocado en una posición en la que ninguna persona podría entrar o salir sin que él lo viera.

-¿Qué pasa? - le preguntó su novia.

El militar reflexionó durante unos segundos.

-No lo entiendo-dijo confundido.

-¿Qué? -preguntó extrañada Alejandra.

Cuando iba a responder, Alejandra sonrió y miró hacia arriba.

-Hola, ¿cómo estáis? -les saludó alguien.

El militar se giró de inmediato y vio que se trataba de Albarracín.

-Muy bien. ¿Ha venido a escuchar el concierto? - preguntó ella.

Adolfo no supo cómo reaccionar y comenzó a levantarse para saludarlo, pero Albarracín le detuvo tocándole amablemente el hombro.

-No se preocupe, Gutiérrez. No estamos en el cuartel.

-Gracias. ¿También es un amante del jazz? - preguntó el sargento mientras intentaba disimular su sorpresa.

-Estaba aquí charlando con un amigo y ya me había ido, pero se me olvidó algo y regresé a buscarlo- dijo enseñándoles una revista-. ¿No me visteis?

-No- dijo de inmediato Gutiérrez-. ¿Dónde estaba?

-Detrás de vosotros- indicó el lugar con su mano.

Adolfo Gutiérrez no sabía qué estaba ocurriendo, pero no tuvo ninguna duda de que era algo importante. Había conversado muchas veces con Albarracín y sabía que odiaba a los independentistas. Por otra parte, el oficial no era vasco y sabía que tampoco había vivido en el País Vasco, así que no tenía ningún sentido que hablara euskera.

-¿Si? Pues no nos dimos cuenta- respondió el sargento-. Ya sabe, con la música apenas puedo escuchar incluso a Alejandra- sonrió.

Albarracín también sonrió. Después los observó durante algunos segundos y se despidió.

-Alejandra, un placer verte. Gutiérrez, lo veo mañana. Que disfrutéis del concierto- estrechó la mano del sargento.

Tan pronto desapareció de su vista, Adolfo explicó todo a su novia.

-¿Qué piensas? - preguntó ella.

-No sé, pero voy a comentarlo con el coronel del regimiento. Esto no tiene ningún sentido. Albarracín siempre ha sido un españolista a ultranza. Aún recuerdo la arenga patriótica que nos dio en nuestra última marcha en los Pirineos. Me puso los pelos de punta. ¿Y ahora resulta que habla euskera? -preguntó confundido.

Después, el sargento aparentó quitar hierro al asunto para que su novia pudiera disfrutar de la actuación y no volvió a mencionar el tema.

A las once acabó el concierto y se marcharon del Café Vienés. El plan inicial era salir a tomar algo con unos amigos de Alejandra, pero ella se dio cuenta del nerviosismo de su novio y le preguntó si prefería irse para casa.

-Sí, por favor. Perdona, pero estoy intranquilo. Quiero llegar lo antes posible y llamar esta misma noche a otros compañeros en el cuartel para comentarles esto y ver qué me recomiendan hacer.

Al salir del hotel comenzaron a caminar hacia la Diagonal, donde Gutiérrez tenía el coche estacionado en un aparcamiento. Había poca gente en la calle, pero el militar caminaba inquieto y miraba de vez en cuando hacia atrás para ver si alguien los seguía.

Albarracín los vio de lejos y apretó a fondo el acelerador. Al acercarse a ellos, giró con brusquedad a la derecha, se metió por la acera y los embistió de frente. El golpe fue brutal y el impacto y la posterior caída los mató instantáneamente. Un hombre que estaba paseando su perro también resultó golpeado.

El caos fue inmediato. Varios viandantes comenzaron a gritar y otros corrieron hacia las víctimas para asistirlas.

-¿Qué cojones hace ese tío? ¿Será un puto yihadista?- gritó uno.

En su huida, Albarracín chocó el coche a propósito contra varios automóviles aparcados en la misma acera. Las alarmas saltaron al unísono y añadieron aún más tensión al momento.

De nuevo sobre el asfalto, el capitán siguió por la misma calle. Algunos minutos después, alcanzó la Ronda del General Mitre, la cruzó y empezó a serpentear por otras calles más pequeñas. Cuando llegó a la calle Manacor, volvió a acelerar el coche robado y lo estrelló con fuerza contra varias motos y un poste de la luz.

Tras el sonoro impacto, se quitó el cinturón de seguridad y derramó una buena parte de una botella de whiskey alrededor del asiento del conductor. Luego abrió la puerta y salió del coche.

El estruendo provocó que varios vecinos comenzaran a asomarse por las ventanas y los balcones para ver qué había ocurrido.

-¡Huevón! ¿Por qué chucha metieron ese poste ahí? - espetó Albarracín a uno de los hombres mientras ocultaba su rostro en la oscuridad. Su tono de voz daba claramente a entender que estaba bebido.

-¡La hostia! ¡Encima te vas a quejar, borracho de mierda! - le respondió.

-¡No me jodas, cojudo! ¡Dejen de hablar huevadas! ¡Yo chupo lo que me da la gana, maricón! - exclamó mientras imitaba el acento y la forma de hablar de un latinoamericano.

-¡Como me hayas tocado la moto te parto la cara, gilipollas! - exclamó otro.

-¡No me encabronen o regreso con la mara para encularme a todas sus mujeres! ¡Pendejos!

-¡Hijo de puta! ¡Sigue hablando que ya llega la Policía!

-¡Chuta! ¡Ni cagando!

-¡Sudaca! ¡Vete a estrellar coches a tu puto país!

-¡Ni verga! ¡Viva el Ecuador! ¡Mamones! ¡Puta madre! ¡Colón asesino!

Después se marchó andando erráticamente con la botella en la mano hacia las escalinatas que lo llevarían hasta la calle del Putget, donde le esperaba su amigo. Mientras caminaba, Albarracín se aseguraba de ir siempre pegado a la esquina de una pared donde casi no había iluminación.

Luego se dio la vuelta y lanzó con rabia la botella hacia el coche. Al estrellarse contra el cristal delantero, se produjo otro estruendo y el vidrio se resquebrajó.

-¡Racistas! ¡Putos conquistadores! ¡Devuélvannos el oro! ¡Colón genocida! -gritó mientras se sacaba los guantes y se los guardaba en un bolsillo.

Al escuchar una sirena en la lejanía, echó a correr escaleras abajo y entró en el coche que aguardaba por él. El conductor aceleró con premura y demostró tanto su pericia al volante como su conocimiento de la zona. En tan solo cinco minutos ya estaban frente a la puerta principal del cuartel el Bruch.

Tras una breve conversación con el conductor, Albarracín descendió del vehículo, saludó marcialmente al centinela y se dirigió hacia su dormitorio mientras silbaba con tranquilidad el himno nacional español.

XXXVIII

Tras pasar los estrictos controles de seguridad para entrar a la Embajada de Estados Unidos en Madrid, Elena Martorell y Allan Pierce subieron al quinto piso y entraron en una de las oficinas.

La sede de la CIA en la capital de España se encontraba dos pisos más arriba, en la séptima planta. Allí trabajaban treinta personas, la mayoría bajo la cobertura de consejeros políticos o miembros de la Fuerza Aérea.

El jefe de estación, que estaba bajo las órdenes de Pierce, tenía su oficina en el despacho número 705. Se encontraba justo al lado de la llamada cámara Faraday, una sala totalmente aislada y protegida contra cualquier método de espionaje electrónico externo. La instalación estaba construida con paneles blindados y a prueba de gases, inundaciones y radiación.

El Departamento de Estado cedía parte de la embajada a la Agencia Central de Inteligencia para que sus espías tuvieran un lugar seguro donde trabajar. El recinto diplomático era territorio norteamericano y, por lo tanto, las autoridades españolas no tenían jurisdicción en el complejo. Los agentes podían realizar todo tipo de operaciones de espionaje electrónico desde allí sin ninguna restricción física o legal.

-Por favor, toma asiento- dijo Pierce.

Elena lo hizo. Pierce la había llamado hacía una hora para que fuera a verlo tan pronto como pudiera.

Después el agente de la CIA inició una videoconferencia con Estados Unidos.

Aquella también era una sala segura. A la del séptimo piso sólo podían acceder los miembros de los servicios secretos norteamericanos.

Al cabo de algunos segundos, apareció un hombre en la pantalla. De unos treinta y cinco años, con pelo castaño largo y rizado, gafas un poco grandes y camisa amarilla, parecía un tanto excéntrico.

-Hola, Roger- afirmó Pierce.

-Hola.

-Te presento a Elena Martorell, del CNI. Ya te hablé de ella.

-Encantado- afirmó el americano.

-Igualmente- respondió ella.

-Elena, Roger trabaja en el llamado Edificio 5300 del Laboratorio Nacional Oak Ridge, en el estado de Tennessee. Es una instalación secreta que la Agencia Nacional de Seguridad utiliza para diseñar la nueva generación de súper ordenadores. La NSA está trabajando en un modelo que será el más veloz que se haya construido jamás. Alcanzará lo que se llama un Petaflop, que es un cuatrillón de operaciones por segundo.

Elena se confundió con la cifra. Cuatrillón no era un término que usara a menudo.

-Un cuatrillón de operaciones por segundo- repitió ella-. Vamos, que no descansa ni para tomarse un café.

Los dos hombres rieron.

-Es un millón de trillones. En total, veinticuatro ceros- explicó Roger.

-Les felicito.

-La NSA está usando este ordenador de forma experimental- continuó Pierce-. Tiene la misma función que el que operamos en Utah y llamamos Cascada. Registra todo tipo de comunicación electrónica que se realice en el mundo. Si se trata de una voz, la compara con la base de datos de personas clasificadas como objetivo prioritario para su búsqueda y captura. La diferencia es que ésta hace todo infinitamente más rápido.

A Elena le interesaban los temas técnicos, pero sólo si tenían un impacto directo en sus investigaciones.

-¿Y cómo nos es de utilidad hoy? - preguntó con cierta impaciencia.

-Hace unos días, el FBI nos pidió que Cascada se concentrara en la lista que el gobierno estadounidense ha elaborado de personas con posibles lazos terroristas. En total son un millón doscientos mil sospechosos. Quieren saber todo sobre ellos y sus conexiones internacionales. Que no se escape ningún detalle. Ya sabes que combatir el terrorismo es una prioridad para nuestra nueva Administración.

-Un millón doscientas mil personas es mucha gente- afirmó Elena.

-En efecto. En Estados Unidos hay ochocientos mil policías, así que tenemos más potenciales terroristas que agentes del orden.

-No puedes vigilar a todos. Hay que escoger los que representan una amenaza más seria -dijo ella.

Pierce asintió.

-El FBI tiene al menos mil expedientes abiertos contra posibles miembros del Estado Islámico en Estados Unidos y, para colmo, se necesitan al menos diez policías para vigilar de cerca a un sospechoso durante las veinticuatro horas al día. Están abrumados de trabajo- prosiguió el americano.

-Y esos son los que tenéis detectados. El problema son los que todavía están fuera del radar.

Pierce volvió a asentir.

-Por eso la ayuda de Cascada es tan importante -continuó el espía-. Si se concentra en las personas de esa lista, es muy difícil que se nos escape alguna de sus comunicaciones electrónicas. Llamadas telefónicas, redes sociales, mensajes de texto, correos electrónicos, etc. Todo, absolutamente todo lo que hagan electrónicamente es vigilado en tiempo real. Incluso los documentos que estén escribiendo en ordenadores y que aún no hayan subido a la Internet.

Elena siguió atenta a la explicación, pero con una creciente impaciencia.

-Al no poder contar con los servicios de Cascada, la NSA nos prestó temporalmente el ordenador experimental que están desarrollando en el Edificio 5300.

-Si es más rápido, no hay mal que por bien no venga- afirmó la española.

-Correcto, porque, de lo contrario, esto hubiera podido pasar desapercibido.

-¿Qué?- saltó de inmediato.

-Adelante, Roger- indicó Pierce.

-A las ocho y cuatro minutos de ayer nuestro sistema detectó un mensaje de voz que disparó la señal de alarma- comenzó Roger.

-¿Aritz Goikoetxea? - intuyó Elena.

-En efecto.

-¿Por teléfono? -se extrañó.

-No, eso no sería creíble- sonrió Roger-. Es un mensaje de voz vía internet. Usaron un servidor en Malasia. El mensaje fue encriptado tres veces para que no pudiera ser descifrado por nadie excepto por el destinatario. También utilizaron un distorsionador de voz. El documento fue depositado en una cuenta en la nube, el destinatario lo recibió a una hora establecida, lo escuchó y lo borró inmediatamente después. Apenas dura treinta segundos. A menos que alguien disponga de ordenadores como los nuestros, hubiera sido imposible detectarlo y mucho menos descifrarlo.

-¿De dónde lo enviaron y dónde fue recibido?

-Tardaremos algo de tiempo en averiguar esa información. En teoría salió de Uzbekistán y se escuchó en el sur de Francia, pero emplearon varios servidores antes de llegar al de Malasia. Son profesionales y saben muy bien lo que hacen. El emisor del mensaje y el destinatario podrían estar en cualquier parte del mundo.

-¿Tiene el mensaje?

Roger apretó su teclado, la pantalla de la videoconferencia se dividió en dos y en la de la derecha apareció una línea horizontal que se movía en función del tono de voz usado por la persona que había sido grabada.

-Nuestro objetivo es asesinar al Rey, el máximo representante del Estado que nos oprime y que tanto odiamos- se escuchó en la grabación-. El magnicidio causará un caos político y las fuerzas de seguridad llevarán a cabo una gran ofensiva contra el independentismo vasco. Esa represión policial enfurecerá a los que siempre se han mostrado escépticos con el plan de paz y muchos se unirán de nuevo a la lucha armada, que es la única vía realista para alcanzar una Euskal Herria soberana. Vete de inmediato al punto de encuentro establecido en Madrid y envía a nuestros compañeros al otro piso franco. Ejecutaremos el plan en los próximos días o semanas- finalizó.

A pesar de la gravedad del mensaje, Elena ni se inmutó.

-¿Algo más? -preguntó.

-Sí, la respuesta de la mujer que recibió el documento. Aquí va- añadió Roger.

-De acuerdo. Te veo en Madrid. ¡Viva Euskal Herria! -exclamó. Su voz también había sido distorsionada.

Elena suspiró.

-¿Seguro que es Aritz? - cuestionó.

-Cien por cien. Tenemos registrada su voz en nuestros archivos y ambas muestras coinciden plenamente- respondió Roger con seguridad.

-¿Por qué? ¿Te sorprende que hayan hablado en español? - intervino Pierce.

-No. Hay muchos etarras que no hablan euskera o que se expresan mejor en español. Era sólo para despejar dudas.

-¿Y qué piensas de lo que dicen?

La agente de CNI no tuvo que reflexionar demasiado. Su respuesta fue rápida e intuitiva.

-Aritz está intentando engañarnos. Quiere que nos enfoquemos en el lugar equivocado y en la persona equivocada para dejarle el camino libre donde realmente piensa atacar. Es una clara maniobra de distracción. De hecho, me insulta un poco que piense que vamos a caer en una trampa tan burda.

-¿No tomas en serio esa amenaza?

La espía se rio.

-En estos momentos, el Rey Felipe VI es la persona más segura en España. Es el último a quien Aritz intentaría asesinar.

-¿Por qué?

-Por muchos motivos. Primero, porque si ése fuera en realidad su objetivo, jamás lo mencionaría a través de un medio electrónico. Aunque no conoce con exactitud vuestras capacidades, es consciente de que son de alcance casi ilimitado. Él ha enviado ese mensaje asumiendo que íbamos a detectarlo e identificar su voz. Si de verdad quisiera mantener eso en secreto, transmitiría sus órdenes a través de medios mucho más rudimentarios. Reuniones personales, notas en papel, mensajes a través de terceros, etc. Nada que deje una huella digital.

-Tiene sentido- intervino Roger.

-Segundo, porque si asesinara al Rey, la reacción de la Policía no sería indiscriminada, sino quirúrgica. Jamás cometerían el error de cebarse con todo el independentismo vasco. Ya no estamos en la época de Franco. Irían sólo a por Aritz y quienes le hayan ayudado. Incluso la propia ETA ayudaría a la Policía a capturarlo. No les conviene que lo asocien con ellos. Se han comprometido con el plan de paz y ya no hay vuelta atrás. Aritz es ahora una dolorosa piedra en el zapato para todos. Un lobo solitario herido y peligroso al que hay que eliminar cuanto antes.

-Estoy de acuerdo-afirmó Pierce.

-Y tercero, el asesinato del Rey no acercaría más al País Vasco a la independencia, sino todo lo contrario. La condena sería unánime, tanto a nivel nacional como internacional. Aritz es muy inteligente y entiende todo eso a la perfección. Está tratando de engañarnos para que no usemos a plena capacidad nuestros recursos humanos y materiales -insistió.

Roger quitó de la pantalla el reproductor de sonido y puso la foto de una mujer.

-Edurne Sagasti- afirmó Elena al verla.

Conocía de sobra su pasado independentista y también sabía que era una de las lugartenientes de más confianza de Aritz.

-¿Tiene el CNI o la Policía un perfil psicológico de Edurne? - preguntó Pierce.

-Sí, pero es muy elemental y con información de segunda y tercera mano. Nunca ha sido arrestada.

-Roger, adelante- indicó de nuevo Pierce.

-Como indicó antes el señor Pierce, nuestros ordenadores registran todas las señales electrónicas producidas alrededor de todo el mundo. Eso no significa que estemos escuchando o leyendo activamente esas comunicaciones. Las almacenamos en un centro de Utah. El objetivo es que cuando alguien nos interesa, accedemos a esa cantidad masiva de datos y buscamos todo su pasado digital. Historial médico, laboral, académico, antecedentes, comunicaciones, vida sentimental, búsquedas en Internet, cuentas bancarias, etc. Es decir, todo-sentenció Roger.

-De Aritz ya sabemos mucho- agregó Pierce-. Ahora estamos investigando a fondo ese pasado digital de Edurne para ver si nos da alguna pista de cómo llegar hasta él o averiguar qué están tramando.

-No hay peor gestión que la que no se hace, pero dudo mucho que encontréis algo que no sepamos ya. Son muy cuidadosos. Se les puede acusar de muchas cosas, pero no de estúpidos o chapuceros.

Pierce estaba de acuerdo, pero, igual que ella, nunca asumía nada. Decía que era la madre de todos los errores.

-Roger, explícale el tema del análisis de personalidad, por favor.

-Señorita Martorell, nuestro súper ordenador Titán…

De pronto se calló y puso cara de circunstancias. Acababa de revelar el nombre en código del nuevo ordenador. Se trataba de un secreto.

El silencio se apoderó de la sala durante unos segundos.

-Continúa… - ordenó molesto Pierce.

Roger tragó algo de saliva y prosiguió.

-Como decía, nuestro súper ordenador también tiene un programa de análisis de personalidad. Al disponer de todas las comunicaciones electrónicas de estas personas durante tanto tiempo, nos resulta bastante fácil realizar un perfil psicológico de los sospechosos. Y no sólo eso, sino que podemos predecir con un alto grado de acierto qué tipo de decisiones tomarán ante determinadas circunstancias.

Elena se rio.

-Es decir, que saben lo que Edurne va a decidir ante una situación determinada incluso antes que la propia Edurne. Eso asusta. Parece de ciencia ficción.

-Así es- confirmó Roger-. Nuestros algoritmos son muy sofisticados y analizan con precisión qué decisiones ha tomado esa persona durante toda su vida y por qué. Eso nos permite predecir con un alto grado de fiabilidad sus procesos mentales, tanto los racionales como los emocionales. Siempre hay un patrón de comportamiento que se repite y la mejor forma de saber qué va a hacer una persona en el futuro es ver lo que ha hecho en el pasado. El ordenador raramente se equivoca en sus predicciones.

-En el caso de Edurne, siento decir que el resultado del análisis es que se trata de una calca de Aritz- intervino Pierce-. Es una independentista radical dispuesta a todo con tal de conseguir que el País Vasco se separe de España. Sólo estaría junto a Aritz en esta operación si de verdad piensa que podrá conseguir esa meta. De lo contrario, no perdería el tiempo con él.

-Gracias por tranquilizarme-ironizó Elena.

-Aritz se está rodeando de los terroristas más sanguinarios que ha conocido a lo largo de su vida. Edurne es un ejemplo perfecto.

-Si el asesinato del Rey no es suficiente para él, imagínate la magnitud de lo que está preparando- concluyó procupada la agente española.

XXXIX

La Cala del Moral, en la provincia de Málaga, era una apacible localidad de pescadores.

La mayoría de los turistas eran españoles y la cala tenía una gran playa de arena oscura que casi nunca se llenaba. Las palmeras y las altas casetas de madera de los salvavidas daban un aire tropical a esa parte de la costa andaluza.

No había edificios altos y se respiraba un ambiente de pueblo. Aquel día el mar parecía cansado y apenas generaba olas. El cielo estaba despejado y el sol calentaba agradablemente la piel.

Marc Bartra y Andreu Barberá aparcaron el coche cerca del Paseo de Blas Infante, una avenida marítima de aproximadamente un kilómetro de longitud con forma de bumerán. Al otro lado de la bahía podía distinguirse Torremolinos.

Cerca de ellos se encontraba la ermita del pueblo. Cada día los feligreses depositaban en su puerta flores frescas en honor a la virgen de Nuestra Señora del Rosario.

Los dos hombres caminaron hasta un restaurante de la playa llamado Las Gaviotas. Allí comieron una ensalada malagueña y una paella de marisco.

A las tres en punto de la tarde, Andreu se fijó en un hombre que entraba al local. Tras ojear el comedor, el individuo caminó hasta la barra, pidió un cortado y comenzó a beberlo con tranquilidad.

-Es él-dijo Andreu a Marc en voz baja-. Es un zorro viejo y seguro que quería confirmar en persona que soy yo quien le había llamado.

El individuo de la barra se giró levemente, miró de pasada hacia Andreu y apuró el resto del cortado. Antes de pagar, se quitó el sombrero y lo depositó sobre la barra. Era la señal para confirmar el encuentro a las cuatro.

A esa hora, Marc aparcó el coche frente a la finca, situada a las afueras de la ciudad y al otro lado de la Autovía del Mediterráneo.

Llamaron al timbre situado en la verja y vieron cómo una cámara de seguridad los vigilaba. Unos segundos después, la verja se abrió y pasaron. La casa se encontraba a unos a unos doscientos metros de allí.

Paco Baena los esperaba en la puerta. Al ver a Andreu, se acercó y le estrechó la mano.

-Un gusto verte de nuevo- afirmó con una sonrisa.

-Igualmente-se la devolvió Andreu-. Te presento a Marc.

El andaluz lo examinó de arriba abajo con desconfianza. No le gustaban los rostros nuevos. El periodista estaba nervioso y guardó silencio. Su único movimiento consistió en apretar con más fuerza la correa de la pequeña mochila que llevaba en la espalda.

-Tranquilo, Paco. Ya sabes que nunca traería a nadie aquí que no sea de confianza- dijo Andreu.

El andaluz asintió y les indicó que pasaran. Supuestamente era un coleccionista de armas, pero en realidad se trataba de un experimentado traficante.

Cuando aún operaba en el Mossad, Andreu había utilizado sus servicios varias veces para sus misiones en Europa. Era más seguro conseguir armas en España que traerlas desde Israel.

Paco Baena poseía un auténtico arsenal. Aquel hombre bajito, delgado y eléctrico acudía a menudo a las subastas de armas decomisadas por la Policía y la Guardia Civil y solía comprar muchas. También adquiría armamento que las Fuerzas Armadas desechaban por considerar que habían sufrido daños irreparables. Todas habían sido inutilizadas para evitar que fueran usadas de nuevo.

Las fuerzas de seguridad no sospechaban de él, ya que era un comerciante establecido y contaba con una amplia cartera de clientes, principalmente coleccionistas privados y museos.

El resto de su inventario procedía de la antigua Yugoslavia. La desintegración del país había inundado el mercado de todo tipo de armas de la ex Unión Soviética. Muchos militares balcánicos se habían hecho millonarios vendiendo en el mercado negro una buena parte de los arsenales de esas naciones.

-¿Todo listo? - preguntó Andreu.

-Sí. Vamos al garaje- respondió Paco.

El garaje era tan grande como la casa. No sólo lo utilizaba para almacenar armamento, sino también como taller clandestino. Disponía de gran cantidad de herramientas y toda la maquinaria necesaria para fabricar y modificar armas: un torno, una fresadora, una cortadora y una pulidora. También confeccionaba silenciadores, algo prohibido por la ley.

Paco era un ex militar especializado en reparar armas y no había una que se le resistiera.

Andreu Barberá ya había estado ahí varias veces y ni se inmutó al ver aquella mini fábrica clandestina. Marc, en cambio, quedó impresionado ante semejante operación ilegal a tan sólo doce kilómetros de Málaga. Se preguntó de inmediato a cuántos policías estaría sobornando para que hicieran la vista gorda.

La lista de sus clientes era heterogénea: servicios de inteligencia extranjeros, grupos mafiosos y ciudadanos particulares que se armaban para protegerse de la delincuencia. Las únicas características comunes eras su discreción y que pagaban bien y en efectivo.

El andaluz caminó hasta varias cajas apiladas en una esquina del garaje. Abrió una y les enseñó el contenido. Había varias pistolas y revólveres protegidos con viruta de madera.

-Hay tres modelos-indicó mientras los señalaba-. Pistolas Star y Llama de 9 milímetros y revólveres Astra de calibre 38 especial.

Luego señaló el resto de las cajas y entregó un inventario a Andreu.

-Cien ametralladoras, cien pistolas, diez lanzacohetes, doscientas granadas, cincuenta chalecos antibalas, munición y cargadores extra, tal y como pediste. Todo está aquí.

-¿El resto son los modelos que te indiqué?

-Así es.

Andreu Barberá realizó un gesto de aprobación y no revisó el resto de las cajas de madera.

-Tengo algo más, por si te interesa.

-¿Qué?

-Ocho subfusiles, cinco minas anticarro y un mortero de 120 milímetros.

Andreu miró a Marc en busca de una respuesta.

-No, así estamos bien- afirmó el periodista. Ya tenía lo que le habían pedido y tampoco llevaba dinero extra.

Andreu hizo un gesto a Marc para que pagara. Éste se desprendió de la mochila y se la entregó a Paco. El traficante de armas la abrió y agarró varios fajos de doscientos euros.

-¿Tengo que contarlo? - preguntó a Andreu.

-¿Y yo tengo que disparar todas estas armas para comprobar si funcionan?- respondió el israelí.

El contrabandista se rio en voz baja, cerró la mochila y estrechó la mano de Andreu. Después se acercó a Marc y también le dio la mano.

-Como digas a alguien quién soy y qué hago, de corto los cojones -le amenazó mientras las manos de ambos aún permanecían juntas.

El reportero retiró la suya con rapidez.

-¿Estás asustado? - le preguntó Paco.

-¿Debería estarlo?- dijo Marc.

-Sí eres de fiar, no. Si no, no te salva ni tu padre.

A Andreu no le gustó el tono que estaba adquiriendo la conversación, así que se interpuso entre los dos.

-Vamos, dejémonos de tonterías. Ya te dije que es de fiar, joder- dijo a Paco.

Éste sonrió y se distanció de Marc.

-¿A qué hora lo recogéis? - preguntó el traficante.

-Ahora mismo- respondió Andreu.

Luego sacó su móvil y llamó a un camión que habían alquilado y que aguardaba a medio kilómetro de la finca. Dentro había dos miembros de *Catalunya Lliure*.

Tras recoger el cargamento, enfilaron de inmediato hacia Barcelona y llegaron ocho horas después.

Salieron de la autopista por el Puerto y fueron al centro de la ciudad. Una vez allí, condujeron hasta Vía Layetana y subieron hasta la calle Princesa. Al llegar al cruce entre ambas, Marc bajó del coche que acompañaba al camión. Su hermano Xavier le esperaba en un portal cercano y, al verlo, caminó hasta él.

-Hola y gracias por ayudarme con esto- dijo Marc.

El agente de la propiedad inmobiliaria estaba nervioso.

-¿Me vas a decir de qué se coño se trata esto? - preguntó molesto.

-No.

Xavier lo observó y supo de inmediato que era algo no sólo peligroso, sino ilegal.

-¿Dónde está? - preguntó impaciente Marc.

-O me dices qué cojones está pasando aquí o ya te puedes ir olvidando de mi ayuda.

El periodista dio un paso al frente, cogió a su hermano con suavidad por detrás de la nuca y lo acercó hacia él.

-No me hagas más preguntas. Esto es por Cataluña. Es lo único que tienes que saber- afirmó en voz baja.

Xavier estudió el rostro de Marc durante unos segundos. La palabra Cataluña era poderosa para ambos y cedió. Se metió la mano en el bolsillo, sacó unas llaves, una pequeña hoja de papel y se las entregó.

-Ahí está el número y el nombre del local. Hay un cartel fuera. Era un taller de mecánica. Está vacío. Lo tenemos a la venta.

-¿Es tuyo?

-De la empresa.

-O sea, que nadie puede entrar o aparecer por casualidad.

-No, hemos cambiado todas las cerraduras. Los anteriores dueños se jubilaron y viven ahora en Zamora.

- ¿Es del tamaño que te pedí?

-Más grande.

Marc se acercó de nuevo a su hermano y lo abrazó.

-Gracias.

-No me jodas y dime qué…

-Lo siento. Me tengo que ir- se despidió.

Luego subió al coche y ambos vehículos continuaron hasta el local. Al llegar, Marc bajó del coche, abrió la persiana metálica, esperó a que el camión y el coche entraran y la cerró.

Estaban en pleno centro de Barcelona y apenas a diez minutos caminando del Palacio de la *Generalitat*.

Media hora después Marc Bartra y Andreu Barberá salieron del garaje.

-Me he jugado el trasero por esto. Más vale que no me decepcionéis- dijo Andreu.

-La próxima vez que escuches mi nombre será en un titular al lado de las palabras Cataluña independiente- respondió confiado Marc.

El israelí sonrió y le estrechó la mano con energía.

-Buena suerte- se despidió antes de desaparecer entre la multitud.

XL

Xurxo Pereira leía el periódico mientras se tomaba un café con leche en la cafetería Perfiles de la calle Francisco Silvera de Madrid.

-¡Esta palmera de chocolate está de vicio! - exclamó una mujer a dos mesas de distancia.

Iba con un amigo que se rio cuando vio la expresión casi de éxtasis en su rostro. Él estaba entretenido con unos suculentos churros.

El mostrador exhibía todo tipo de pastas y el olor a pan recién hecho invitaba a comprar una barra, se necesitara o no.

Perfiles estaba ubicada en el barrio de Salamanca, aunque esa zona también se conocía popularmente como La Guindalera.

La cafetería era pequeña y coqueta. Un lugar ideal para encontrarse con alguien y charlar con tranquilidad.

El periodista apenas podía concentrarse en la lectura. Estaba ansioso y miraba constantemente por el ventanal que daba a la calle.

Afuera, las siluetas de los viandantes se difuminaban bajo la intensa lluvia. A veces era difícil distinguir si aquellas figuras en movimiento correspondían únicamente a una persona o bien se trataba de dos apretujadas bajo un mismo paraguas.

Xurxo hacía un esfuerzo continuo por reconocer entre los rostros de los transeúntes al de la persona que estaba esperando, pero los sombreros y los paraguas impedían distinguir a la mayoría de ellos. Todos corrían para protegerse de aquel intenso chaparrón.

De pronto, distinguió a una mujer que cruzó la calle con rapidez y entró en la cafetería. Al verla, su corazón comenzó a latir más deprisa. Conocía muy bien aquel cuerpo y la forma en la que se movía. Cuando Elena bajó el paraguas y Xurxo pudo finalmente contemplar su rostro, el corazón del periodista pareció detenerse.

-¡Elena! -la llamó mientras levantaba la mano.

La operación contra Aritz Goikoetxea lo había hundido en un fango de muerte y maldad, pero la mera presencia de Elena le hizo sentirse en el paraíso.

Ella lo vio enseguida, sonrió y caminó hacia él. Cuando estuvieron frente a frente se abrazaron y sintieron de inmediato la electricidad que siempre recorría sus cuerpos cada vez que se tocaban.

-¡Menuda tormenta! Vaya bienvenida te ha hado Madrid- bromeó la espía, que vivía a dos calles de allí.

-Soy de origen gallego. Llevamos la lluvia en las venas. Esto no es nada. Os quejáis por cualquier cosa- respondió él también con humor.

A pesar de llevar paraguas, la cara de Elena estaba empapada, así que cogió un pañuelo de su bolso y se la secó.

Xurxo la observó y pensó que estaba preciosa. No dijo nada, pero ella lo escuchó como si lo hubiera dicho de viva voz.

-Gracias por venir tan rápido desde América. Todo está ya listo para empezar la última parte de la operación- afirmó la agente.

Ambos experimentaron una sensación muy extraña. La última vez que se vieron habían mantenido una amarga pelea que puso fin a su relación. Fue un momento doloroso para los dos. Sin embargo, y a pesar del poco tiempo que había transcurrido, volvieron a sentirse muy a gusto juntos.

Elena y Xurxo notaron de inmediato que la intensa atracción mutua que siempre había existido entre ellos no había desaparecido, pero evitaron hablar de lo que sentían o de lo que había ocurrido entre ambos.

-Quiero acabar cuanto antes con todo esto. Ya estoy cansado de perseguir a Aritz. Siempre deja una estela de muerte por donde pasa -afirmó el periodista.

-Y yo. Aademás, el tiempo corre en nuestra contra.

La lluvia seguía cayendo con fuerza y de vez en cuando la calle también era sacudida por fuertes ráfagas de viento. La última se llevó un paraguas, que salió volando y desapareció tras un autobús.

El ventanal se había convertido en un sinfín de pequeños e irregulares surcos de agua que descendían por el vidrio hasta perderse por la parte inferior del marco.

El periodista observó el rostro de Elena reflejado en el cristal y cómo aquellos afortunados y minúsculos torrentes de lluvia acariciaban su rostro. Luego la miró de frente y sintió la necesidad de levantar su mano y acariciarla él también.

-¿Cómo estás? - le preguntó Elena.

-Bien- respondió él como un autómata.

-¿Y tú?

-Bien, bien-dijo con tan poco convencimiento como él.

De repente, Elena acercó sus manos a las de él, pero sin tocarlas. Sin embargo, y como si fueran hierro e imán, las de Xurxo fueron hasta las de ella y las tocó con delicadeza.

-Lamento mucho todo lo que ha pasado y el daño que te he hecho- se volvió a excusar Elena.

La agente fue al grano. No pudo evitar hablar de lo que los unía.

-Lo sé-afirmó el periodista-. Yo también siento cómo te he tratado- añadió tras un breve silencio.

-Eres la persona más importante de mi vida. Quiero que lo sepas.

Xurxo se emocionó. Ella también lo estaba.

-¿Me has perdonado?

-Por supuesto. No quiero que te sientas mal. Hiciste lo que pensaste que tenías que hacer. Sé que no debió ser fácil para ti.

No fueron necesarias más palabras. Elena y Xurxo se miraron y los dos acompañaron a los surcos de la ventana con los suyos propios.

Cuando Xurxo vio las lágrimas de Elena deslizándose por sus mejillas, separó una mano y le acarició el rostro. Después se levantó, se sentó a su lado y la besó en los labios.

El beso fue breve, intenso, puro y sincero. Luego ambos permanecieron abrazados y en silencio durante varios minutos.

-No sabes cómo he extrañado tus besos- dijo ella emocionada.

-No más que yo.

Xurxo volvió a coger las manos de Elena, las acercó a sus labios y las besó. Ella sonrió y lloró con más intensidad.

-Esto es un error, ¿verdad? - preguntó Xurxo.

Ella lo observó fijamente y suspiró.

-Sí.

Él también la miró y dejó que su vista se perdiera en aquellos preciosos ojos marrón claro.

Unos instantes después, hizo ademán de separar sus manos de las de ella.

-No- reaccionó enseguida Elena.

Él volvió a observarla. Estaban felices de poder verse, olerse y tocarse. Se deseaban. Sin embargo, sentían que si volvían a estar juntos, tarde o temprano volverían a romper y, en esta ocasión, el golpe sería aún más fuerte y profundo. Cada vez se sentían más cerca y separarse otra vez les resultaría devastador.

-Nos hemos dejado llevar por la emoción- dijo él.

-Sí.

-Sería una equivocación.

-Absoluta.

-Aun así, no podemos evitarlo.

-No.

-Ambos sabemos que esto no es posible. Ya tuvimos esta conversación.

-Es cierto.

-A pesar de eso, te quiero besar.

-Bésame.

Xurxo lo hizo.

-Cuando esta operación se acabe, nos tendremos que decir adiós- prosiguió él.

-Lo sé.

-Pero no me importa lo que pueda pasar mañana. Quiero estar contigo hoy. Ahora.

Elena se acercó aún más a él.

-Yo también. Me haces sentir viva, alegre, feliz. Si el destino nos separa, al menos sabré que esto fue real, auténtico. Antes dudaba de que estos sentimientos tan profundos realmente existieran, pero contigo he aprendido que sí. Me has hecho creer. No me importa el después, sólo quiero disfrutar del ahora junto a ti.

Ambos eran valientes. Siempre preferían arriesgarse y perder que no haberlo intentado. Se necesitaban mucho, pero sabían que la vida conspiraba para separarlos.

Se enfrentaban a un dilema muy difícil y posiblemente tendrían que renunciar a ese sentimiento que les movía el piso. Todo se resolvería de una manera u otra, pero no ese día.

Unos minutos más tarde, estaban haciendo el amor en el apartamento de Elena. Los dos habían ansiado profundamente juntar de nuevo sus pieles desnudas. Sin embargo, lo que volvió a unirlos con incluso mayor intensidad que antes no fue el placer de satisfacer la enorme necesidad física que tenían el uno del otro, sino la plenitud espiritual que sintieron al estar juntos de nuevo.

Sus cuerpos se abrazaron y ambos se sintieron sólo uno.

-Me encanta sentir tu piel caliente pegada a la mía- le dijo Xurxo.

Ella sonrió, lo miró y lo abrazó aún más estrechamente al intuir que sus días junto a él estaban contados. Sus pieles también se fundieron y no pararon de acariciarse hasta quedarse dormidos con sus cuerpos entrelazados.

Se sentían plenos, pero caminando hacia el abismo.

XLI

Miguel López se reía mientras llevaba a su mujer y a sus dos hijos hacia las taquillas del emblemático teleférico de Barcelona.

-¡Que no! ¡Que no subo! - exclamaba.

-¡Si, papá! ¡Venga! - le rogó uno de los niños, de diez años.

-Cariño, no seas malo. ¡Acompáñanos! Los niños quieren disfrutar esto contigo- intercedió su esposa.

Él se detuvo y continuó riéndose.

-¡Que no! - insistió con humor y vehemencia-. Ya os he dicho que tengo vértigo y ni de broma me subo al teleférico. ¡Ni loco! -agregó.

La mujer y sus dos hijos hicieron un último intento por convencerlo, pero resultó inútil. Miguel les compró los billetes, los acompañó hasta el ascensor y se despidió de ellos.

-Son diez minutos de ida y otros diez de vuelta. Nos vemos como en media hora. ¡Pasadlo bien! -afirmó mientras les decía adiós con la mano.

Los tres irradiaban felicidad mientras subían por el ascensor. Hacía tiempo que los niños querían ir al teleférico y aquel sábado su sueño se estaba haciendo realidad.

En apenas algunos segundos, Miguel los perdió de vista. Se encontraba en la Barceloneta, así que caminó unos minutos y se sentó en una terraza frente a la playa.

Había bastante gente disfrutando del plácido día. Tomaban el sol, se bañaban, leían o hacían deporte. Al fondo vio como unos niños construían un elaborado castillo de arena.

Cuando Miguel se estaba tomando una cerveza bien fría, un hombre se aproximó y se sentó frente a él en su misma mesa.

- ¿Perdón? ¿Nos conocemos? - preguntó sorprendido.

-Mi nombre es Adrià Belloch y soy miembro de los *Mossos d´Esquadra*- se presentó mientras le mostraba su credencial.

Miguel depositó la cerveza sobre la mesa y lo miró con una expresión de gravedad.

-¿En qué puedo ayudarle?

El policía se quitó las gafas de sol y también las puso sobre la mesa. Llevaba un maletín que colocó entre sus piernas. Sabía que la zona estaba llena de raterillos que aprovechaban el más mínimo descuido para robar las pertenencias ajenas e irse corriendo sin que nadie pudiera atraparlos.

-Tenemos unos quince minutos antes de que regrese su familia, así que iré al grano.

El comentario puso en guardia a Miguel. Aquello no era una simple casualidad. Lo había seguido.

-Miguel López, natural de Ponferrada, provincia de León. Cuarenta y cinco años, casado y padre de dos niños. Esposa, María Vargas. Hijos: Carlos, de diez años, y Luis, de ocho. Residente de Bellmunt del Priorat, en Tarragona. Empleado de una mina de plomo. Especialidad, demoliciones- dijo de corrido el catalán.

Miguel se quedó congelado.

-¿Qué quiere?

Adrià cogió el maletín, lo abrió, sacó una carpeta y la puso sobre la mesa gris de metal.

-Adelante, ábrela- indicó a Miguel.

Éste dudó durante unos segundos, pero lo hizo. Dentro observó varias fotos policiales suyas de la Procuraduría General de la República de México, la PGR. Se las habían sacado tras su primer arresto. Frente a un fondo blanco, su rostro salía retratado de frente y por ambos lados.

-He de felicitarte. Eres un actor nato- dijo con admiración-. Te has integrado en la vida del país como si de verdad fueras de aquí. Tu físico pasa por el de un español y ni siquiera tienes acento extranjero. ¡Admirable! - aplaudió después el agente.

Miguel miró a su alrededor temiendo un arresto inminente. Sus manos se aferraron nerviosamente a las agarraderas de la silla y sus piernas se prepararon para correr.

-El verdadero Miguel López murió hace doce años en un accidente durante sus vacaciones en México. El parte policial dice que se ahogó en una playa de Cancún, aunque su cuerpo nunca fue recuperado. Estoy seguro de que no tuviste nada que ver con eso- ironizó-. Era soltero y sus padres ya estaban muertos. La persona ideal para que alguien le robara la identidad y lo suplantase, ¿no te parece? - prosiguió el agente.

Luego observó a Miguel y le impresionó su sangre fría. Imaginó su conmoción ante lo que estaba sucediendo, pero no exteriorizó asombro alguno.

-Tranquilo, no estoy aquí para arrestarte, sino para proponerte algo.

Sus palabras le resultaron sospechosas, pero pensó que si fuera a detenerle, ya lo habría hecho.

-¿Proponerme qué?

-Tu libertad a cambio de que me asistas en algo.

- ¿Mi libertad?

-Si me ayudas, podrás mantener esta doble vida que llevas. Nadie sabrá en México dónde estás ni aquí quién eres en realidad. Podrás seguir disfrutando de tu familia y de tu vida en Cataluña con total tranquilidad.

-¿Cómo supo de mí?

-Llevo buscando mucho tiempo a una persona como tú. Un especialista en explosivos, extranjero que no esté fichado por la Policía Nacional. Cuando te detecté, te seguí y verifiqué tu verdadera identidad a través de tus huellas- afirmó mientras sacaba una bolsa de plástico transparente con una lata de cerveza dentro.

-¿Cómo dio conmigo? - insistió confundido.

-La Policía de México se puso en contacto con nosotros. Un preso en tu país les dijo que estabas viviendo en el área de Barcelona bajo un nombre falso. Quería una reducción en su condena y te traicionó. Por lo visto, trabajaste con él.

Miguel tenía la garganta seca, así que cogió la cerveza y se la bebió de un trago. Después siguió observando al *mosso* mientras intentaba anticipar sus intenciones.

-Es un preso de una cárcel en Tijuana llamada El Pueblito. Creo que pasaste por ahí. Tiene capacidad para mil ochocientos reos, pero hay siete mil quinientos. Por lo visto, ya está harto del hacinamiento, la insalubridad y la anarquía, pero, sobre todo, de que cada día se la metan por detrás- afirmó mientras sonreía con malicia-. Dice que ya es tiempo que le raspen el trasero a otro. Por ejemplo, a ti-agregó.

En efecto, Miguel conocía muy bien esa prisión. Sólo la idea de regresar a ella le revolvió el estómago.

El catalán se calló y se produjo un tenso silencio.

-Ya dije a tus compatriotas de la PGR que la información no era correcta, pero eso podría cambiar- amenazó sin demasiada sutileza.

-¿Quién era el preso?

-Servando Andrade Barahona, alias el Tío. Un miembro de poca monta del cartel de Tijuana- afirmó consciente de que acababa de firmar la sentencia de muerte para el reo.

Miguel asintió.

-¡Pinche *mosso* pendejo! ¡Me ha fregado! - pensó con rabia el mexicano, pero sin mover un solo músculo de su rostro.

Sin embargo, también entendió que tenía frente a él un hombre de negocios con el que seguramente se podría entender.

Adrià recogió el informe de la Fiscalía mexicana de encima de la mesa y comenzó a leerlo en voz alta.

-José Francisco Rodríguez, mexicano natural de San Julián, municipio de Villa de Cos, estado de Zacatecas. Empezó a trabajar muy joven en las minas de cinc y cobre de su estado. Después se mudó a San Luis Potosí, donde también trabajó como minero en instalaciones de plomo y estaño. Allí se especializó en demoliciones. Además de en minas, trabajó en empresas de demoliciones controladas de edificios.

El agente levantó la mirada para observar al azteca, que le escuchaba con aplomo. No parecía tener intención de escapar. Sabía que, si lo hacía, jamás volvería a ver a su familia.

-Cuando los carteles de la droga se dieron cuenta de la experiencia que tenía con explosivos, lo contrataron.

-Me obligaron- puntualizó él de inmediato.

Adrià lo miró y después siguió leyendo.

-Entra al cartel de Tijuana, donde atenta con explosivos contra un periódico, un canal de televisión, una comisaría de la Policía, la oficina de un político y un cuartel del Ejército. También es el responsable de al menos diez coches bomba. Es arrestado por la Policía, va a prisión y logra escapar. En la actualidad es prófugo de la justicia mexicana- finalizó.

Luego volvió a meter el informe en el maletín.

-Por último, hemos de señalar que José Francisco Rodríguez es un criminal extremadamente creativo. Ideó mantas y salchichas explosivas para asesinar a los enemigos del cartel de Tijuana en diversas cárceles. Sus invenciones tuvieron éxito y muchos murieron mientras dormían o comían el rancho del día- añadió el *mosso* ya de memoria.

-¿En qué le puedo ayudar, señor Belloch? - insistió el mexicano.

El agente lo observó y pensó que su oferta era sincera. Tenía demasiado que perder. Luego sacó del maletín el plano de la planta baja de un edificio y se lo entregó.

Miguel lo desplegó encima de la mesa y lo estudió con rapidez.

-Es un edificio antiguo.

-¿Cómo lo sabe?

La pregunta provocó la risa del minero.

-Ya veo que usted no sabe mucho de arquitectura ni de ingeniería. La estructura está construida con técnicas muy antiguas- afirmó mientras señalaba diversas partes del plano-. Ha habido remodelaciones, pero este edificio puede tener fácilmente cien o doscientos años.

Por ahora, el policía no quería decirle de qué inmueble se trataba. Ya llegaría el momento, aunque el mexicano tendría que morir con el secreto.

Seguiría el mismo ejemplo de los arquitectos egipcios que construían las pirámides. Una vez finalizadas, eran enterrados vivos dentro para que no pudieran revelar a nadie los secretos que contenían ni cómo poder entrar o salir de esas enigmáticas tumbas faraónicas.

-Parece que está muy interesado en mi experiencia con explosivos, así que asumo que quiere usarlos en esta planta baja.

-Así es.

- ¿Dar un buen susto a alguien?

-Frío.

Al minero le extrañó que frivolizara con un tema como ése, pero continuó preguntando.

-¿Poner explosivos en alguna oficina?

-Frío.

-¿Dañar la estructura del edificio?

-Caliente.

-¿Dañarla de forma irreparable?

-Hirviendo.

Entonces el hombre se dio cuenta de la magnitud de lo que le estaba pidiendo.

-Demoler el edificio.

-Exacto- afirmó el agente sin mostrar el más mínimo reparo.

-¿Habrá gente dentro?

-Sí -reconoció-. Si cooperaba, tarde o temprano se lo tendría que decir. Si, por el contrario, el mexicano no se convertía en su cómplice, estaría sellando su fin de forma prematura.

El mexicano pensó que estaba frente a un psicópata. Él había cometido muchos asesinatos, pero al menos siempre pedía perdón a la virgencita de Guadalupe por sus pecados y jamás se olvidaba de santiguarse antes y después de cada atentado. Cada vez que mataba sabía que estaba haciendo algo mal, pero aquel agente no parecía tener el más mínimo remordimiento de conciencia. Se había fijado una meta y estaba dispuesto a hacer cualquier cosa para alcanzarla.

-No te preocupes. Quienes mueran lo tendrán bien merecido por cobardes- afirmó el policía.

El minero guardó silencio y el agente percibió sus dudas.

-Me estoy arriesgando tanto como tú. Ya sabes quién soy y ése es tu seguro de vida. Podrías denunciarme. No me interesa perjudicarte. Una vez que hagas tu trabajo, jamás volverás a saber de mí-mintió el *mosso*.

El hombre lo observó con una expresión de incredulidad.

-Es la primera vez que le veo en mi vida. De repente, se sienta a mi lado y me pide, nada más y nada menos, que destruya todo un edificio con gente dentro. Y, para colmo, quiere que le responda de inmediato- afirmó con una sonrisa.

Al escucharlo, el agente adoptó un semblante más serio.

-En efecto, poque aquí el que tiene la sartén por el mango soy yo. La alternativa para ti es muy sencilla: o aceptas ahora mismo o vas esposado a comisaría y te meto en el primer avión para México- sentenció.

El mexicano observó el rostro del policía y sospechó que, de negarse, las consecuencias podrían ser incluso peores. Seguramente nunca se levantaría de aquella silla. Estaba seguro de que alguien dispararía contra él y lo mataría allí mismo. El *mosso* no podía arriesgarse a que compartiera con otros lo que acababa de escuchar.

Luego dirigió su mirada hacia el teleférico. A pesar de la tensión del momento, dedicó unos instantes para imaginar a su mujer y a sus dos hijos mientras disfrutaban de aquel día tan especial para ellos.

Varios vagones rojos pendían del cable metálico de casi mil trescientos metros y se movían con lentitud. Unos hacia Miramar, en la ladera de la montaña de Montjuïc; otros de regreso al puerto y a la Barceloneta. Siempre había escuchado que la vista de la ciudad desde aquella altura de setenta metros era inigualable.

-¡Qué bien lo deben estar pasando! - pensó.

El teleférico tenía tres torres, pero sólo dos estaban abiertas al público. La primera tenía setenta y ocho metros de altura y la segunda ciento siete. Construidas con enormes vigas de metal, su aspecto era imponente.

-Me escapé de México porque ya estaba harto del mundo de la delincuencia. Quería una vida familiar y tranquila y ahora la tengo- continuó reflexionando.

El policía pareció leerle la mente.

-Piensa en María y en Carlos y Luis. Te necesitan- afirmó.

No le gustaban los chantajes, pero el minero pensó que no tenía más remedio que arriesgarse y cooperar. Amaba a su familia y haría lo que fuera necesario para conservarla.

-¿Estás de acuerdo? - preguntó Adrià.

El mexicano asintió y le estrechó la mano. Ya estaba cansado de huir.

Después se inclinó sobre los planos y los estudió con más detalle. El papel azulado incluía numerosas cifras que indicaban distancias, peso y tipo de materiales utilizados.

-¿Tiene sótano?

-No. Como usted dice, es muy antiguo y está cerca del mar.

Luego le pasó otro plano, donde se veían varios túneles debajo de la primera planta. El mexicano los observó con detalle.

-Esto lo hará más fácil. Los túneles están debajo de las columnas y las paredes maestras del edificio. Podemos poner los explosivos sin entrar al inmueble- señaló.

-¿Qué necesitas para demolerlo? - preguntó Adrià.

-Es muy sencillo. Bastan diez kilos de dinamita.

-¿Sólo? - se sorprendió el mosso.

-Sí. La clave no es la cantidad de explosivos, sino dónde los colocas. ¿Ve estos pilares? - los señaló en el plano.

-Sí.

-Son los que sostienen toda la estructura. Si destruimos esas columnas, el edificio se desplomará.

-¿Seguro?

-¿Y me lo pregunta después de haber leído mi historial? - dijo con cierta prepotencia-. Además, como sabe muy bien, aún me paso el día reventando montañas en Tarragona para extraer plomo. Uso dinamita cada día.

El policía asintió.

-Te conseguiré la dinamita- afirmó.

Uno de los miembros de *Catalunya Lliure* trabajaba en Plaxion, una empresa catalana especializada en la fabricación de explosivos para uso civil.

A pesar de ser poco conocida para el público en general, operaba en cincuenta y siete países y tenía diez fábricas en España. Sus clientes eran minas, canteras y empresas constructoras de grandes proyectos de infraestructuras, como túneles, embalses, autopistas, puentes y puertos.

El empleado tenía acceso a la dinamita y podía robarla. La empresa se daría cuenta y sabría que fue él, pero eso no importaba a Adrià porque, para entonces, su plan ya se habría consumado.

-Prefiero usar mi propia dinamita- afirmó el mexicano-. La que tengo seguro que no falla. Está en perfectas condiciones. Nunca uses el arma de otro sin haberla probado- añadió.

El *mosso* reflexionó durante unos instantes. Eso cambiaba sus planes.

-¿Estás seguro de que puedes conseguir esa dinamita? - preguntó extrañado.

El hombre lo miró molesto.

-Cómo se nota que es policía- dijo con sorna.

-¿Por qué?

-No para de hacer preguntas y de tocar los cojones.

El agente contuvo su ira para evitar problemas.

-¿Estás seguro de que puedes conseguir esa dinamita? -preguntó de nuevo, pero con más énfasis.

-Claro-respondió el minero sin dudar-. Es muy fácil.

Su respuesta sorprendió al catalán. Sabía que, tras los atentados del 11-M, las minas habían intensificado mucho su seguridad para prevenir el robo de explosivos.

El motivo era que una gran parte de los doscientos kilos de dinamita que los islamistas habían usado para los ataques en Madrid procedían de la mina Conchita, en Asturias. Un ex minero se la había facilitado a un narcotraficante que, a su vez, se la proporcionó a los terroristas.

-No entiendo cómo puede ser tan sencillo conseguir la dinamita- replicó con escepticismo Adrià Belloch-. Las leyes son ahora muy rigurosas. Debe estar custodiada por vigilantes y los inventarios soy muy estrictos.

El mexicano se rio.

-Una cosa es la teoría y otra la realidad. Tan solo en mi mina hay dinamita almacenada en más de cien depósitos de seguridad. Nosotros entramos constantemente a buscarla para realizar explosiones controladas. Es muy fácil hacer desaparecer diez kilos. Un poquito de aquí, un poquito de allí y problema solucionado. Es muy sencillo- insistió.

-¿Seguro?

La insistencia molestó al azteca.

-Como te dije, me paso el día metido en esos túneles- insistió-. Sé lo que pasa allí. No me chingue más- le salió lo mexicano.

Luego pensó ¡Pinche pendejo gacuchupín! en referencia a los españoles.

El *mosso* no insistió más. Él no era un experto en ese tema, así que dedujo que lo mejor sería seguir el consejo de quien sí lo era.

El agente cogió el plano, volvió a meterlo en su maletín y se dispuso a partir.

-Me pondré en contacto muy pronto. No viajes y permanece atento a tu móvil- se despidió.

Los dos se miraron una última vez y Adrià Belloch se marchó del lugar.

A pesar de que su vida acababa de dar un giro peligroso e inesperado, el mexicano no sintió rabia.

-Como dicen los chinos, toda crisis trae una oportunidad. En realidad, es un verdadero milagro que la Policía no me haya descubierto antes. Quizás ésta es mi oportunidad para desaparecer para siempre del radar de las autoridades- pensó como si el acuerdo se tratara de una aséptica transacción comercial.

Después se quedó un rato sentado mientras comenzaba a planear cómo conseguiría la dinamita sin que los guardias de seguridad de la mina se dieran cuenta.

Diez minutos más tarde, el hombre oficialmente conocido como Miguel López, abrazaba de nuevo a su mujer y a sus dos hijos a la salida del ascensor del teleférico.

-¡Jolín! ¡Qué chulo! - dijo uno de los niños. Rebosaba felicidad.

-¡Lo que te has perdido, papá! - añadió el otro.

Su esposa se rio.

-¡Tienen razón! - se unió al reproche general.

Él los miró y suspiró.

-Es verdad. Bien pensado, ojalá me hubiera ido con vosotros- afirmó mientras comenzaban a caminar hacia al restaurante donde comerían.

XLII

Aritz Goikoetxea miró por la ventanilla del avión y quedó impresionado con la vista de São Paulo. El horizonte parecía una selva de gigantescos árboles de cemento que se prolongaba hasta el infinito. Conocía ciudades como Nueva York, pero nunca había visto nada igual.

Comenzaba a atardecer y las siluetas oscuras de los rascacielos se levantaban sobre el fondo de un cielo amarillo y un sol radiante de color naranja. La combinación entre el esplendor pictórico desplegado por la naturaleza y aquellas estructuras que pretendían acariciar el cielo cautivaron la mirada del vasco.

São Paulo era la capital económica de Brasil y la ciudad con más riqueza de Sudamérica. También se trataba de la más poblada, con doce millones de habitantes.

Al aterrizar en el Aeropuerto Internacional de Guarulhos, Aritz pasó sin problemas los controles policiales con su pasaporte español falsificado, se subió al taxi privado que le esperaba y partió hacia el hotel para refrescarse. El viaje desde Ciudad de México había durado catorce horas, incluida una parada de casi tres en Bogotá.

Su amigo le eligió el hotel Rua Augusta, situado en el centro de la ciudad. Había sido uno de los más modernos del mundo en la década de los cincuenta, pero ahora parecía un museo obsoleto, rancio y apolillado.

Sin embargo, se trataba de un lugar discreto, que era lo más importante. Los empleados se habían impregnado de un carácter de caballerosidad y buenas formas más propios de otra época y su silencio estaba garantizado.

Tras una rápida ducha, aprovechó para ver algo del centro de São Paulo antes de acudir a su cita.

Allí vio los rascacielos más altos del país, la Bolsa y la Avenida Paulista, el Wall Street brasileño. No obstante, lo que más le llamó la atención fue la gran variedad étnica y cultural de Brasil. Excepto en Estados Unidos, nunca había visto un país con una población tan heterogénea.

Igual que en España, la gente vivía en las calles y les encantaba salir por la noche. Los restaurantes y las salas de fiesta estaban llenos, había multitud de actividades culturales y en algunas zonas los embotellamientos eran perpetuos.

Aritz había escuchado que los brasileños eran muy patriotas y hospitalarios. Amaban a su país y sólo hacía falta conversar con ellos durante unos minutos para confirmar que se trataba de un pueblo simpático, amable, cariñoso y muy alegre.

A las nueve de la noche llegó al barrio de *Libertade*. Al verlo, pensó que acababa de ser engullido por un agujero negro que lo había transportado mágicamente hasta Tokio.

Libertade era un trocito de Japón en São Paulo. Brasil contaba con la comunidad japonesa más numerosa del mundo fuera del propio Japón, un millón y medio de personas. La mitad de ellos residían en São Paulo y Libertade era su epicentro.

Se trataba de una población muy tradicionalista y aferrada a sus costumbres más ancestrales.

Estudiantes de secundaria con los uniformes típicos del sistema educativo de Japón, multitud de restaurantes de comida asiática, bares con los licores favoritos del llamado Imperio del Sol Naciente, supermercados con productos orientales, tiendas de souvenirs con recuerdos más propios de Asia que de Brasil, periódicos en japonés, negocios enfocados en las necesidades y gustos de la comunidad oriental, carteles en japonés por las calles… Todo en aquel barrio tenía una marcada personalidad nipona y era un reflejo del país que los antepasados de aquellos inmigrantes habían dejado atrás.

-El restaurante está en esa avenida- le señaló el taxista con la mano-. No puedo ir hasta allí porque es una zona peatonal. Si quiere, aparco y le acompaño.

Aritz vio que estaba a apenas cien metros del local.

-No hace falta, gracias. Le llamo cuando acabe- afirmó.

Luego salió del coche y se dirigió hacia el restaurante.

Igual que en Tokio, había una actividad constante en las calles de *Libertade*. A pesar de eso, no sintió ninguna sensación de agobio. Los viandantes transitaban con calma, no había un ruido excesivo y la zona parecía segura.

El vasco distinguió en la distancia a un grupo de mujeres que caminaban hacia él y se detuvo para apreciarlas mejor. Las brasileñas de origen asiático iban vestidas con trajes tradicionales de Japón porque venían de representar un acto para honrar su cultura ancestral. El barrio estaba celebrando sus fiestas patronales.

Todas vestían igual: falda roja, un elegante pañuelo azul alrededor de la cintura, camisa blanca, un sombrero de paja en forma de uve invertida, sandalias de madera con tacones muy altos y un abanico oriental. Sus rostros iban maquillados de blanco y tenían el pelo largo y oscuro.

Aritz quedó impresionado por aquella marcada presencia asiática en plena Latinoamérica. Al pasar frente a él, las mujeres vieron su cara de fascinación y se rieron.

Apenas unos metros después, llegó al restaurante japonés Lika.

-*O meu nome é Yuri* -dijo a la muchacha que sentaba a los clientes.

Al fondo, el guipuzcoano vislumbró un comedor con unas veinte mesas y una barra. Era uno de los mejores de Libertade y estaba casi lleno.

La joven abrió una puerta lateral y le pidió cortésmente que entrara. Aritz pasó y luego dejó que la empleada se adelantara para indicarle el camino.

Esa zona contaba con tres salones privados, pero todos estaban vacíos. Al final del pasillo había unas escaleras. Las subieron y al llegar al primer piso fueron hasta la única sala que había en esa planta.

La mujer le pidió que se quitara los zapatos y los dejara en el pasillo. Después deslizó hacia un lado la fina puerta de madera, le indicó que pasara y se fue. Aritz lo hizo y no vio a nadie.

La sala era sencilla y elegante. Construida con madera y decorada con motivos japoneses, tenía una barra y una mesa para cuatro personas. El vasco caminó unos metros y se detuvo.

-De repente, la puerta se abrió de nuevo y vio a Akira Fumuro. A pesar de los años transcurridos, lo reconoció enseguida.

Tras cerrar la pantalla de madera, el japonés fue hacia él y ambos se abrazaron con fuerza.

-¡Akira! - exclamó un Aritz genuinamente emocionado.

Tras unos segundos fundidos en aquel ansiado abrazo, el japonés se separó del vasco y observó su rostro con cariño y admiración.

-Sigues siendo el Aritz Goikoetxea de siempre. El mismo rostro, los mismos ojos de determinación, la misma pasión en tus venas- afirmó en inglés mientras sonreía.

Akira, igual que Aritz, hablaba bien ese idioma. Lo había aprendido en la universidad.

Luego el japonés volvió a abrazar con más fuerza aún a su amigo.

-¡Aritz! ¡Qué alegría verte! - añadió conmovido.

El vasco observó el rostro del japonés con detenimiento. Los ojos de ambos rememoraron en tan solo algunos segundos las intensas experiencias que habían vivido juntos.

Akira Fumuro había sido el instructor de Aritz en un campo de entrenamiento clandestino en el Líbano a principios de 1980. En aquel entonces, ambos pertenecían a una red clandestina de organizaciones terroristas de extrema izquierda que ofrecían entrenamiento militar a sus miembros.

-Has pasado más de dos décadas años en la cárcel y, a pesar de eso, no has traicionado a nadie. Cada día te admiro más. Eres el guerrero perfecto- afirmó Aritz.

El japonés sonrió y la expresión de su rostro pareció restar importancia a sus acciones.

-Ah... -musitó-. Soy uno más. Ni más ni menos- afirmó con su habitual humildad.

Después se fueron hasta la barra, se sirvieron una copa de sake y se la bebieron de golpe.

-¿Te gustó el hotel? - preguntó Akira.

-Es horroroso. Parece una tienda de antigüedades.

Al escucharlo, el japonés soltó una estruendosa carcajada y Aritz lo acompañó.

-Lo van a demoler muy pronto y nadie va ya mucho por ahí. Necesitamos esa discreción. Mañana te visitaré para hablar con más tranquilidad de todo. ¿Te parece?

Aritz asintió y sirvió dos vasos más.

-Perfecto, porque hoy lo que toca es disfrutar de este reencuentro. ¡Cuánto tiempo he esperado poder hablar contigo de nuevo! ¡Tú sí eres un verdadero camarada! ¡De los que ya no quedan! -exclamó el etarra.

El ex miembro del Ejército Rojo Japonés estaba igual de emocionado que Aritz.

-¿Dónde está mi sable? - preguntó con una sonrisa.

Se refería a un sable que su padre había usado durante la Segunda Guerra Mundial y que había dejado a Aritz antes de partir a Japón en el viaje en el que sería arrestado. Le pidió que, en su ausencia, le custodiara aquella preciada posesión personal.

En la cultura nipona, el sable era de una importancia extrema. Se trataba del símbolo familiar que el soldado llevaba al campo de batalla para que sintiera que no luchaba solo, sino junto a toda su familia y sus ancestros.

-Se lo dejé a Begoña Goyeneche, pero asumo que ya sabes que está muerta- afirmó Aritz.

Recordar a su ex novia le trastocó durante unos segundos. A pesar de lo mucho que ella lo había amado, la traicionó y asesinó en nombre de la causa.

Durante su operación el año anterior en Barcelona, creyó que la masacre de todos sus compañeros de la Unidad 120050 garantizaría el éxito de la misión, pero no fue así. Todo culminó en un estrepitoso fracaso.

-Cuando regrese a Barcelona lo recupero- le aseguró Aritz-. Las autoridades subastaron todas las propiedades de Begoña para compensar a las víctimas del atentado en Vía Layetana, pero sé dónde está.

Fumuro asintió. El sable tipo samurái era muy importante para él.

Su padre, un coronel del Ejército Imperial de Japón, se había suicidado con el ritual haraquiri en el Pacífico ante el peligro inminente de caer prisionero de las tropas estadounidenses.

Rendirse o ser hecho prisionero estaba considerado como un acto de traición imperdonable entre los militares nipones. Tras su muerte en las Islas Salomón, otro oficial japonés hizo llegar el sable a su familia.

Después de conversar durante unos minutos, se sentaron y pidieron la cena. Eligieron sushi y algo de pescado a la plancha.

La comida estaba exquisita, igual que el sake. Era de la marca Juyondai, muy difícil de conseguir y considerado como uno de los mejores. De un sabor delicado y ligero gusto a fruta, resultaba venerado entre los aficionados a ese licor alrededor del mundo. Akira quería agasajar a su amigo y eso requería ofrecerle sólo lo mejor.

-¿Es seguro hablar aquí? - preguntó Aritz pasada ya una hora desde su llegada.

-Sí, el restaurante es nuestro- afirmó Akira.

-¿Nuestro?

-Es uno de los negocios que el Ejército Rojo Japonés estableció en el extranjero para recaudar dinero. Por eso he podido vaciar todos los salones privados. Así hablamos con absoluta libertad.

Aritz confiaba plenamente en Akira y dio por buenas sus palabras. Además, conocía muy bien esos métodos. Él había creado varias empresas en Latinoamérica con el mismo fin.

En principio, la idea de ambos era dedicar esa noche sólo para celebrar su reencuentro, pero los temas pendientes eran demasiado importantes y, además, los dos llevaban la política en las venas.

-Aritz, necesito tu ayuda- dijo el japonés, algo que el guipuzcoano ya había anticipado.

Estaba encantado de verlo, pero sospechaba que el motivo del encuentro iba más allá de la amistad.

-Lo que quieras- no dudó el etarra.

-El Ejército Rojo Japonés se está transformando en una nueva organización llamada Rentai.

-Sabía que nunca te rendirías- afirmó orgulloso de Akira.

-Necesitamos armas. Intentar conseguirlas en Asia es peligroso. Nos pueden detectar.

El vasco bebió otro sorbo de sake.

-No hay problema- afirmó con seguridad.

-¿Seguro? Ya no estás con ETA.

-Tranquilo. ETA, a efectos prácticos, ya no existe. Sin embargo, tenemos muchos arsenales ocultos en España y Francia. Si hay algo que nos sobra son armas. Además, también te las puedo conseguir aquí, en Latinoamérica. Tengo muchos contactos. Pásame la lista de lo que necesitas y lo organizamos rápidamente- afirmó.

Akira rellenó los dos vasos, brindó con Aritz y se bebieron el licor.

-¿Para cuándo las necesitas?

-Lo antes posible.

-¿Cómo quieres que te las enviemos?

-Por contenedor al propio Japón.

Los traficantes de armas estaban muy acostumbrados a enviarlas a cualquier parte del mundo sin que las autoridades las detectaran. En especial si, como en el caso de Rentai, eran sólo armas cortas, largas, lanzacohetes y explosivos. Todas podían ser camufladas con facilidad entre los más de treinta mil contenedores marítimos que cada día entraban y salían de los puertos de Japón.

Una vez que empezaron a hablar de la lucha armada, Akira se animó a preguntar a Aritz sobre sus planes. Estaba seguro de que se traía algo entre manos.

-Siento que la Unidad 120050 no tuviera éxito. Lo leí en prisión.

-Gracias- se limitó a decir el terrorista.

Al no escuchar nada más, el japonés no supo si seguir preguntando.

-Pero ese revés no me desanimó, sino que fortaleció aún más mi determinación. Tengo un destino que cumplir y nada ni nadie va a detenerme- añadió de pronto Aritz-. ¿Estás al tanto de todo lo que pasa en Cataluña?

-Sí, también leí varios artículos en la cárcel sobre el proceso soberanista, pero al salir me he informado mejor. Parece ser que el tema está al rojo vivo.

-¡Qué va! -se lamentó Aritz-. El sueño independentista catalán se está marchitando a pasos agigantados. Mucho ruido y pocas nueces. Madrid se está saliendo con la suya.

Las palabras extrañaron sobremanera al japonés.

-¿De qué hablas? Los independentistas consiguieron la mayoría absoluta de escaños las últimas elecciones catalanas- afirmó.

-Cierto, pero un partido españolista ganó las elecciones. Eso hubiera sido impensable hace tan solo un año. Hay que analizar el tema con la cabeza, no con el corazón. La balanza se está desnivelando claramente en nuestra contra.

Al escucharlo, Fumuro reflexionó en silencio.

-Y, tras las elecciones autonómicas, cada día está más claro que los políticos nacionalistas nos han vuelto a traicionar- prosiguió el vasco-. Insisten en que la lucha continúa, en que esta vez sí van a por todas y que el proceso de desconexión con España es inevitable, pero en realidad nada cambia. Todo sigue igual o incluso peor. Al final, siempre acaban arrodilládose ante España. ¡Cobardes!- exclamó.

Aritz suspiró y volvió a beber un poco de sake. .

-Así es, querido amigo- continuó-. Los soberanistas se pasan el día hablando de independencia, pero nunca dan el paso definitivo. Sus acciones no llevan a nada. La única verdad es que, no importa lo que digan, ya han aceptado la derrota. El artículo 155 los ha desbaratado. El resto es puro teatro para contentar y entretener a las masas. Simples fuegos artificiales. Hablan y hablan, prometen cielo y tierra y al final todo queda en palabras. ¡No los aguanto!- expresó con rabia-. Puedes perdonar que una persona luche una batalla y la pierda, pero nunca a alguien que se rinda antes de pelearla.

Aquél era un principio muy ligado a la cultura japonesa y Akira lo compartía plenamente. No soportaba a los traidores, no importaba de dónde fueran. Para él, la lealtad y la valentía eran las principales virtudes de cualquier ser humano.

-Las agujas del reloj juegan en nuestra contra- siguió el etarra-. La corrupción, la división entre los independentistas, la indecisión, la presión de Madrid, la crisis económica y la falta de liderazgo están haciendo que el soberanismo se esté quedando sin gasolina. El *president* dice que es independentista de corazón, pero la triste verdad es que ya ha sido domesticado por Madrid. Los soberanistas catalanes declararon la independencia, pero no tuvieron los huevos para defenderla- afirmó con resentimiento.

Akira permaneció callado. Dejó que Aritz se desahogara.

-Si yo fuera un catalán soberanista, ahora odiaría más a mis líderes que a los propios españolistas. Los de Madrid al menos son consecuentes. No estaré de acuerdo con ellos, pero los respeto. Los dirigentes nacionalistas, en cambio son unos impresentables. ¿Tanto hablar, tanta amenaza, para ahora agachar la cabeza y rendirse? ¿Dónde está su espíritu de lucha, coño? ¿Dos días en la cárcel y ya se acojonan? ¿Y otros se van corriendo a Bélgica cagados en los pantalones? ¿Dónde está la independencia que tanto han prometido? ¡Todo se queda en palabras y postureos mediáticos! ¡Qué canallas!- exclamó mientras pegaba un golpe con rabia a la mesa.

La sacudida tumbó los vasos de sake. El japonés los puso en vertical y los volvió a llenar.

-Lo siento, pero no te entiendo- dijo Fumuro-. El mismo Gobierno dice que el independentismo catalán es el principal desafío al que se ha enfrentado España en toda su democracia, las batallas políticas en el *Parlament* y las jurídicas en los tribunales son continuas. Ése es el tema de conversación en todo el país. Los medios de comunicación no paran de informar sobre la posible secesión. Hasta en Japón se habla de eso. La tensión es tremenda. ¿Cómo es posible que hables de derrota? Se perdió una batalla, pero la guerra sigue-insistió.

El vasco lo miró con frustración.

-Querido amigo, ya he visto esta película varias veces y te adelanto lo que va a pasar- afirmó Aritz con resignación-. La sangre no llegará al río, ambas partes alcanzarán a un acuerdo y todas las promesas soberanistas se evaporarán. Todos ganarán menos los que soñaron con una Cataluña independiente- concluyó

Luevo volvió a suspirar.

-¿Por qué te centras en Cataluña y no en Euskal Herria? -cuestionó intrigado Fumuro-. ¿Por qué no activaste la Unidad 120050 en el País Vasco, que es tu tierra? ¿No hubiera sido todo más fácil?

La pregunta era lógica y la respuesta vino de forma inmediata.

-Porque la masa crítica del movimiento independentista en España está ahora en Cataluña. Se dan todos los elementos necesarios para que el sueño se pueda cumplir: movilizaciones masivas, entusiasmo popular, enfrentamiento con Madrid y el supuesto compromiso irrenunciable de los líderes independentistas con la causa soberanista. Sin embargo, el artículo 155 acojonó a los independentistas catalanes y partió las piernas al soberanismo. Es la puta verdad- se lamentó.

Akira asintió.

-Si Cataluña se independiza, no te quepa la menor duda de que Euskal Herria será la siguiente- dijo el etarra-. En cambio, si renuncia a su aspiración histórica, esto afectará muy negativamente a la lucha de los patriotas vascos- añadió con pesar.

-¿Pero por qué dices que los nacionalistas catalanes han renunciado a esa lucha?- insistió el japonés-. ¡Sólo hace falta ver la que están montando cada día en el *Parlament*! Igual con el tema del referéndum, tanto en España como en Europa. ¿Qué importa si dicen que aceptan la ley española? Eso es mentira. Todos lo saben. Es sólo para ganar tiempo-siguió sin entender.

-Porque no importa los millones de personas que les apoyen en las urnas, los políticos llamados independentistas siempre encuentran una excusa para no dar el paso definitivo. ¿De qué sirve declarar la independencia si despues te acojonas y no te atreves a ejererla? Es como el novio perpetuo que siempre promete casarse pero que nunca pide la mano de la novia. Son unos cantamañanas y uno se cansa de esperar. Lo único que quieren es movilizar a las masas para mantenerse en el poder, que Madrid les dé más dinero y asegurarse de que nadie los envía a la cárcel por corrupción. Nada más. Es la triste realidad- enfatizó.

Fumuro reflexionó durante unos segundos sobre lo que había escuchado.

-¿Y cómo va a acabar el tema de Cataluña?- preguntó después.

-Como máximo, con una reforma constitucional en la que se apruebe un Estado federal. Que España sea una nación de naciones. Una traición.

-Un premio de consolación.

-¡Exacto! – volvió a exclamar con rabia el vasco-. Querían la medalla de oro y ahora se van a contentar con la de bronce.

-¿Y entonces?

Aritz reajustó sus piernas bajo la mesa. Resultaba un poco baja y estrecha para una persona de su tamaño y estatura.

-El problema no es que haya menos independentistas en Cataluña, sino que los españolistas se han despertado y ahora votan- afirmó-. Ya no se toman a broma el tema de la secesión. Tenemos un margen de maniobra muy estrecho si queremos revertir esta situación. El voto españolista ya representa una parte muy importante de la población en Cataluña. Si continúa subiendo, los líderes catalanes jamás se atreverán a declarar una independencia definitiva. Pensarán que el mundo se reiría de ellos y que nadie los reconocería como país. Hay que actuar rápida y contundentemente y, si hace falta, mandar a la mierda a Europa y al mundo. Toca dar una descarga eléctrica al independentismo para que se despierte de su letargo- concluyó.

-¿Cómo?

El vasco dudó durante unos instantes, pero optó por adelantarle algo de lo que hablarían con más detalle al día siguiente. Su amigo le había hecho una pregunta y sintió que no podía menospreciar su interés.

-Estoy preparando una operación y yo también necesito tu ayuda, querido amigo.

Aquellas palabras provocaron aún más interés por parte del japonés.

-¿Qué plan tienes?

-Provocar que el proceso independentista se convierta en irreversible.

-¿De qué manera?

-Haciendo lo que los líderes soberanistas no tienen los cojones de hacer: volver a declarar la independencia de forma unilateral, pero esta vez sin vuelta atrás. Y que arda Troya. Pero no hacerlo con miedo y en voz baja, sino gritándolo con valentía a los cuatro vientos para que todo el mundo nos escuche. Ya es hora de romper la baraja- dijo Aritz sin inmutarse.

Akira se lo quedó mirando y luego se rio.

-Aritz… ¿Declarar la independencia irrevesible? ¿Pero cuánto sake te has tomado, tío? Eso ya lo hicieron y no pasó nada– siguió riendo.

Reírse del etarra podría costar muy caro a cualquiera, pero Akira era su amigo del alma, así que Aritz no se ofendió.

-Tal y como lo oyes- insistió convencido.

La risa del japonés se fue disipando poco a poco cuando que se dio cuenta de que el etarra hablaba completamente en serio. Entonces las preguntas comenzaron a amontonarse en su cerebro y no supo ni por dónde empezar.

-¿Cómo? -fue lo único que pudo articular en aquel momento.

Aritz sonrió.

-En nuestra reunión de mañana te cuento todo.

Las evasivas no hicieron sino aumentar la expectación por parte de Akira.

-Perdona, pero no sé cómo vas a hacer eso. No tiene sentido. Me acabas de decir que la independencia ya no es la principal prioridad para los políticos soberanistas. Que se han asustado con el 155- aseveró el miembro de Rentai.

El tema no pareció preocupar al vasco.

-Mañana… -susurró mientras se tomaba otro sorbo de sake.

Akira Fumuro tenía una personalidad inquisidora. Quería saber más y no pararía de preguntar, especialmente si se trataba de un asunto de semejante magnitud.

-Me acabas de decir que vas a necesitar mi ayuda.

-En efecto.

-¡Cojones! ¡Entonces dime algo más! -exclamó enfadado-. Así empiezo a reflexionar esta noche sobre la mejor manera de ayudarte y mañana estaré más preparado para la reunión. ¡No me jodas!

A pesar de que Akira le había asegurado que el restaurante era un lugar seguro para hablar, Aritz no se encontraba a gusto tocando temas tan delicados en un establecimiento público. Sin embargo, cedió un poco. Necesitaba a su amigo y no quería que se molestara.

-Se acabaron las desconexiones, los procesos paulatinos, los referéndums, la verborrea, la cobardía y las declaraciones de independencia simbólicas. Cataluña declarará la independencia definitiva y anunciará que ya no acatará ninguna orden más por parte de España. No importa qué diga o cómo reaccione Madrid, la *Generalitat* anunciará que ya no está ligada ni a las leyes ni a la Constitución de España. En esta ocasión, no habrá capitulación. Pueden activar el artículo 155 o enviar a cien mil policías. No les servirá de nada. Habrá nacido un nuevo país.

Akira no pudo evitar volver a reírse.

-Por favor, Aritz. ¿Qué vas a hacer? ¿Hipnotizar al president de la *Generalitat* para que haga eso?- se mofó.

La pregunta divirtió a Aritz y le arrancó otra sonrisa.

-Akira, paciencia. Ya llevo demasiados sakes y esos detalles mejor te los cuento sobrio mañana- insistió.

La nueva evasiva no desanimó al japonés.

-Sigo sin ver cómo vas a lograr eso, pero, incluso si fuera posible, sería irrelevante. Cataluña puede declarar lo que quiera, pero el día siguiente no habría cambiado absolutamente nada en la vida diaria de los catalanes. ¿Es que no lo ves? Los tribunales españoles seguirían impartiendo justicia en Cataluña y la Policía Nacional, la Guardia Civil y el Ejército continuarían en territorio catalán.

Como era lógico, nada de lo que escuchó fue una sorpresa para Aritz. Había planeado aquella operación durante muchos años en caso de que fallara la de la Unidad 120050 y no había dejado al azar ni un solo detalle.

-Querido amigo, veo que no has olvidado nada de todo lo que te conté de España. Es increíble el dominio que tienes de la realidad política española- le felicitó.

-Por supuesto que estoy al tanto de todo lo que ocurre en España. No sólo por nuestra amistad y por todo lo que me contaste cuando estuvimos juntos en el Líbano, sino porque uno de los pilares de nuestro grupo es apoyar el derecho de autodeterminación de todos los pueblos. Acabar con el colonialismo, ya sea americano o de cualquier otro país. Defender la verdadera democracia.

Aritz asintió.

-Pero no me has respondido a la pregunta. ¡Pareces un jodido político! -insistió el japonés.

El vasco se inclinó en la mesa y acercó su rostro al de Akira.

-Vamos a declarar la independencia definitiva y después ocurrirá algo que hará imposible dar marcha atrás- susurró.

Luego se calló durante unos segundos.

-Y tú serás una parte vital del plan. Necesito una persona como tú para asegurarme de que todo se ejecute con éxito. Vas a tener que ir a España y allí comportarte como el samurái que eres.

El japonés expresó orgullo en su rostro al escuchar que su amigo contaría con él para algo tan importante. Al fin y al cabo, los dos eran combatientes de extrema izquierda y su revolución era una lucha sin fronteras.

-Será para mí un honor estar junto a ti en ese momento tan trascendental- brindó para después tomarse otro sake de un solo trago.

Los dos resistían mucho el alcohol y, a pesar de que cada uno ya llevaba varios sakes encima, seguían perfectamente lúcidos.

-Y ahora por fin dime: ¿qué demonios va a pasar? ¡Joder! ¡No me tengas en vilo! - dijo Akira con énfasis.

El vasco depositó el pequeño vaso sobre la mesa y agarró con fuerza la mano del japonés.

-Mañana, amigo. Mañana. Ahora sigamos celebrando el reencuentro de dos viejos amigos que van a dar mucho que hablar al mundo.

XLIII

Allan Pierce comía algo rápido en la cafetería de la Embajada de Estados Unidos en Madrid. A pesar de que los restaurantes de ese barrio eran apreciablemente mejores, el agente de la CIA se quedaba a menudo en el edificio de la calle Serrano 75 para ahorrar tiempo.

De repente, su móvil le alertó de un mensaje urgente. Cuando comprobó de qué se trataba, dejó el plato caliente sobre la mesa y regresó con premura a su despacho en el séptimo piso.

-¡Ahora sí te vas a enterar! ¡Hijo de la gran puta! - exclamó después de cerrar la puerta tras de sí.

Dejó el teléfono sobre su escritorio y caminó unos pasos hasta llegar a una mesa con dos ordenadores instalados por la Agencia Nacional de Seguridad, la NSA. Eran parte del esfuerzo del nuevo Directorio Cibernético de la CIA por modernizar todas sus capacidades de espionaje.

El de la izquierda estaba programado con el sistema Prisma. Su función era espiar el tráfico cibernético que fluía por todos los servidores del mundo y recabar información de interés enviada a través de correos electrónicos, fotos, audios y vídeos.

Como era lógico, en Madrid Prisma se centraba en todo lo relacionado con España. La prioridad era obtener información privilegiada sobre política, economía, espionaje industrial, organizaciones criminales y grupos fundamentalistas islámicos que operaban en la península ibérica.

Aliados o no, Estados Unidos espiaba a todos los países del mundo, incluso a los que pertenecían a la organización denominada Cinco Ojos. Además de los propios estadounidenses, estaba compuesta por Gran Bretaña, Australia, Nueva Zelanda y Canadá. Estos cinco países angloparlantes tenían el acuerdo de no espiarse entre sí, pero ninguno lo respetaba.

El Centro Criptológico Nacional español se encargaba de proteger las comunicaciones del Gobierno y la Administración, pero sospechaban acertadamente que la CIA y la NSA burlaban a menudo sus defensas cibernéticas.

Para lograrlo, solían utilizar súper ordenadores capaces de penetrar cualquier sistema criptográfico existente. Las diecisiete agencias de espionaje norteamericanas tenían más presupuesto que las de todos los países industrializados juntos y resultaba muy difícil defenderse de la constante voracidad de información secreta por parte de Washington.

Sin embargo, sus métodos no siempre eran tan sofisticados. La CIA también contaba con decenas de infiltrados dentro del aparato del Estado español y a veces simplemente les ordenaba que instalaran ciertos virus en los ordenadores y sistemas informáticos de su interés. Al activarlos, tenían acceso a toda la información.

La mayoría de esos infiltrados habían sido reclutados mientras hacían algún tipo de cursillo profesional en Estados Unidos o durante sus rotaciones en la Embajada de España en Washington, el consulado en Nueva York o la Misión Permanente de España ante la ONU.

Cuando los líderes sociales, políticos, económicos y empresariales españoles usaban sus medios de comunicación privados, espiarlos resultaba aún más sencillo.

Nadie se salvaba. Allan Pierce sabía casi todo de las personas más importantes de España y almacenaba cuidadosamente la información más comprometedora para usarla en el momento adecuado en beneficio de su país.

El ordenador de la derecha tenía una única finalidad: activar un nuevo programa denominado Memex. Pierce fue directo al mismo y se sentó frente a la pantalla táctil horizontal de última generación. Parecía una pequeña mesa para dos personas.

-¡Al fin voy a poder dar contigo! ¡Prepárate, cabrón! - exclamó de nuevo y cada vez más ansioso.

Memex era uno de los programas más innovadores del Pentágono y estaba revolucionando el mundo del espionaje electrónico. Lo había desarrollado una unidad del Departamento de Defensa denominada DARPA, encargada de crear su tecnología más puntera.

El espía encendió la pantalla y apareció un mapa del mundo con varias rayas amarillas que cruzaban los distintos continentes. Eran las líneas maestras que indicaban dónde estaban ubicados los ordenadores y sistemas cibernéticos más importantes del aparato de espionaje y de defensa de Estados Unidos.

Pierce pulsó la pantalla táctil interactiva y de pronto todas las rayas se volvieron azules. Era la señal de que Memex estaba revisando la red para detectar cualquier posible acceso no autorizado.

Enseguida salió un círculo rojo en el Laboratorio Nacional de Los Álamos, en Nuevo México. Se trataba de un centro del gobierno norteamericano de acceso extremadamente restringido, ya que una de sus funciones más importantes era el diseño de armas nucleares más modernas y efectivas.

-¡Hoy sí que te jodiste! - añadió Pierce cada vez más seguro de que aquel día, finalmente, atraparía a uno de los hackers más buscados por la CIA en todo el planeta.

Un mensaje de Memex indicó que el hacker estaba intentando acceder a información secreta sobre el diseño de la bomba nuclear B61-12. Este nuevo modelo llevaba incorporado una pantalla digital que permitiría a los pilotos de los cazabombarderos programar in situ el poder explosivo de la bomba.

La detonación podía ser desde el equivalente a quinientas toneladas de TNT hasta treinta mil. El objetivo del Pentágono era disponer de armas atómicas que pudieran destruir desde un búnker subterráneo reforzado hasta toda una ciudad.

La NSA sospechaba desde hacía tiempo que ese hacker operaba desde algún lugar de España, pero era muy hábil y siempre había logrado borrar su rastro. La CIA asumía que trabajaba para un gobierno extranjero hostil a Washington. Los principales sospechosos eran China, Rusia, Irán y Corea del Norte.

El programa Memex acababa de estrenarse y ésa era la primera vez que la oficina de la CIA en España lo activaba.

Cuando Memex detectaba un intento por penetrar el sistema, no sólo era capaz de determinar el origen exacto del ataque cibernético, sino también toda la huella digital del hacker. En apenas unos segundos, Memex revelaba todo sobre él: dónde estaba, qué había hecho y con quién.

Allan Pierce tocó de nuevo la pantalla y cientos de rayas rojas comenzaron a cruzar el mapamundi en todas direcciones. Luego el mapa desapareció y surgió una bolita azul.

De ella comenzaron a salir multitud de líneas por los trescientos sesenta grados de su circunferencia que iban a parar a otras bolitas y así sucesivamente hasta que la pantalla se convirtió en un conjunto de numerosas figuras geométricas de distintas formas y colores unidas por líneas, flechas, símbolos matemáticos y números. Le recordó a las complicadas fórmulas químicas que había estudiado en la escuela secundaria.

Más tarde, volvió a verse un mapa, esta vez de España. Luego uno de Madrid, después otro del barrio de Chamartín y, finalmente, uno de la calle desde donde procedía la señal. Al lado apareció la dirección exacta y todo el historial asociado con ese hacker.

En apenas treinta segundos, Memex ya había obtenido miles de datos sobre el pirata cibernético: ubicación física, dirección IP, datos del usuario, su historial en ese ordenador, servidores utilizados, dominios, direcciones electrónicas, contactos, mensajes, archivos y personas y organizaciones con las que había interactuado a través de los años.

Toda esa información procedía de tan solo de una de las bolitas de la pantalla. Cada uno de los contactos del hacker estaba representado por otra bolita y de ella volvían a obtenerse el mismo tipo masivo de datos. Cualquiera que hubiera interactuado directa o indirectamente con el pirata informático o con alguno de sus contactos salía en el mapa digital. En total había miles de páginas con información técnica y personal.

Ese prodigio tecnológico sólo era posible gracias a la sofisticación de los ordenadores del gobierno estadounidense y a que la NSA almacenaba en Utah todas las comunicaciones electrónicas que se producían en el mundo.

Pierce se fijó especialmente en los contactos del hacker. Frente a él pasaron infinidad de nombres, direcciones, teléfonos, cuentas bancarias, historial de viajes, números de tarjetas de crédito, facturas... La lista de datos era infinita.

Internet era mucho más grande de lo que muchos pensaban. Empresas como Google, Yahoo! o Microsoft sólo permitían el acceso a un cinco por ciento del contenido que había en la red. Una gran parte del resto, conocida como la Red Negra, eran páginas no públicas dedicadas a actividades criminales.

Sin embargo, Memex era implacable. Su virtud no sólo consistía en obtener esa vasta cantidad de información, sino también en asociar casi de forma instantánea a personas y organizaciones que las autoridades nunca hubieran podido ligar antes entre sí. Los expertos de la NSA decían que Memex era para el mundo de la cibernética lo que el descubrimiento del mapa del genoma humano había sido para el de la investigación médica y biológica.

Memex activó la cámara en el ordenador del hacker sin que él se diera cuenta y le sacó una foto mientras escribía en el teclado. Tras contrastarla con su banco de datos, colocó el retrato en la pantalla y abajo su información personal.

-Nombre: Xu Feng-comenzó a leer Pierce-. Nacionalidad: China. Lugar de residencia: desconocido. Profesión: hacker. Estudios: graduado en Computación por el Instituto de Tecnología de Massachusetts. Máster en Defensa contra Ataques Cibernéticos por la Universidad de California Berkeley.

Entonces su sangre hirvió tanto que paró de leer.

-¡Es que somos la hostia! ¡Les dejamos estudiar en nuestras mejores universidades para que luego usen contra nosotros todo lo que aprendieron!

¡Más tontos no podemos ser! - exclamó con frustración.

Luego dejó pasar unos segundos para tranquilizarse y prosiguió.

-Afiliación profesional: asociado con el Ejército Popular de Liberación de China, específicamente con la Unidad 61398. Con base en Pudong, Shanghái, es el departamento del complejo militar chino dedicado a guerra electrónica. Xu Feng es un contratista independiente y vende información a la sección APT1, conocida por sus ataques cibernéticos a gobiernos aliados y empresas de todo el mundo.

Pierce conocía muy bien ese departamento del Ejército chino. Tan solo el Pentágono recibía cada día diez millones de ataques cibernéticos y muchos procedían de la Unidad 61398.

Ya no necesitó leer más. Luego esperó a que Memex confirmara que había accedido al móvil del chino, bloqueó el ordenador de su oficina en la Embajada, cogió de un cajón un aparato similar a una tableta y se marchó de su despacho.

Xu Feng contaba con sofisticados sistemas de protección cibernética para su teléfono, pero nada que Memex no pudiese burlar. El sistema dio a Pierce acceso al canal de sonido del móvil del hacker y el agente de la CIA comenzó a escuchar todo lo que decía el chino, que en ese momento hablaba en inglés con un cliente. Por otro lado, el GPS del teléfono de Feng revelaba al agente de la CIA la ubicación exacta del pirata informático en todo momento.

El interés de Allan Pierce no era sólo evitar que el hacker robara los planos secretos de la bomba nuclear B61-12, sino eliminarlo de inmediato. Había recibido autorización al más alto nivel.

Elena Martorell estaba a punto de usar el sistema informático de la Policía Nacional para tratar de engañar a Aritz y temía que ese hacker también lo hubiera penetrado. Si el mercenario cibernético descubría la trampa inminente de la agente española, podría avisar al etarra a cambio de una sustanciosa recompensa.

Cuarenta minutos después, Pierce ya estaba frente al edificio de la calle Santa Engracia, en el barrio de Chamartín. Él y otro agente de la CIA aparcaron delante del inmueble y esperaron a que Feng saliera. Sabían que aún estaba dentro porque seguía hablando por el móvil y el GPS indicaba que no se había movido de lugar.

Chamartín era un barrio de clase media muy activo donde había muchos restaurantes, cines y negocios. Algunas de las empresas más importantes de España también se habían trasladado ahí. Igualmente, albergaba el estadio del Real Madrid, la estación de tren de Chamartín y las torres Puerta Europa, más conocidas como KIO. Se trataba de las torres gemelas más altas del país.

El barrio colindaba con los Nuevos Ministerios, que acogían a varios ministerios del gobierno, así como con el Estado Mayor Central de las Fuerzas Armadas.

-Empresas, gobierno e instalaciones militares. El lugar ideal para un espía-pensó el americano.

Feng también vivía al lado de una importante comisaría que se encargaba de renovar los DNI y los pasaportes. Cualquiera pensaría que una zona tan vigilada como ésa sería la última que un hacker escogería para actuar, pero era precisamente lo contrario. A veces el mejor lugar para esconderse era en la misma boca del lobo, ya que nadie esperaría encontrarlo allí.

Una hora y veinte minutos después lo vieron salir por el portal. Caminó unos veinte metros, entró en un aparcamiento y salió en coche.

La calle tenía cuatro carriles y era de una sola dirección. Los dos agentes de la CIA se situaron varios coches por detrás y lo siguieron. Pierce iba en el asiento del copiloto con el aparato que se había traído del despacho.

El hacker condujo hasta la carretera de La Coruña y siguió por la A-6 más de una hora hasta llegar al pintoresco municipio de Arévalo, en la provincia de Ávila. Rodeada de grandes llanuras, era una población bucólica de apenas ocho mil habitantes.

Pierce se preguntó qué podía estar haciendo un hacker en un sitio tan tranquilo como aquél y enseguida entendió el por qué. Lejos del bullicio de Madrid, aquella localidad de estilo medieval era el lugar ideal para un encuentro clandestino.

Al llegar al centro del municipio, Feng aparcó y fue a un restaurante que presumía de servir el mejor cochinillo de España, incluso por encima de la aclamada Segovia.

El local estaba en la plaza de la villa. Típicamente castellana, era amplia y con multitud de soportales que sostenían casas y edificios. Pierce salió del coche, dejó el aparato sobre el asiento y siguió al chino.

El hacker caminó hasta una mesa donde le esperaba un hombre. El espía estadounidense se sentó lo más lejos posible de ellos y telefoneó a la estación de la CIA en la Embajada.

-Ha puesto su móvil sobre la mesa y lo está revisando todo el rato. Cuando tengas un buen ángulo, saca una foto de la otra persona desde el mismo teléfono y averigua quién es. Mientras, conéctame con el altavoz del móvil para escuchar lo que dicen- ordenó.

Cuando se inició la conversación, Pierce se dio cuenta de que hablaban en un idioma asiático, posiblemente mandarín. Entonces conectó de inmediato con su base en Estados Unidos, donde disponían de traductores durante las veinticuatro horas del día.

El hacker decía a la otra persona que aún no había podido conseguir los planos de la bomba porque la seguridad era muy estricta, pero que confiara en él porque lo lograría. El otro hombre le preguntó si pensaba que había algún riesgo de que lo detectaran y respondió categóricamente que no.

-Llevo muchos años haciendo esto y jamás me han pillado. Lo sabes muy bien. Por eso me pagáis lo que me pagáis- afirmó con una seguridad que demostraría ser excesiva.

Por el contenido posterior de la conversación, Pierce dedujo que Feng estaba en Madrid haciéndose pasar por estudiante de español.

Mientras ellos hablaban, en la pantalla del móvil de Pierce apareció una foto oficial del hombre con el que se estaba reuniendo el hacker, así como su historial personal.

La CIA había confirmado su identidad a través de avanzados sistemas de reconocimiento facial y de voz. En los faciales, no sólo usaba los métodos biométricos habituales como escaneo de la retina, sino que también empleaba tecnología basada en el análisis de imágenes en tres dimensiones. Éstas permitían examinar no sólo las facciones más importantes del rostro de una persona, sino incluso detalles como la textura de la piel, el tamaño del contorno de los ojos o las orejas y la dimensión y grosor de las pestañas.

El hombre se llamaba Ma Biao y trabajaba en la Embajada de Pekín en Madrid. Era el responsable de los programas para estudiantes chinos en España. Es decir, un espía con cobertura diplomática.

Pierce pensó que el servicio de inteligencia chino le había buscado una posición inmejorable. Su puesto le proporcionaba la excusa perfecta para poder reunirse con Feng sin despertar sospechas. Se trataba de uno de los mejores hackers del mundo y Pekín decidió que lo manejara uno de sus funcionarios con más experiencia.

Ya caída la noche se despidieron, Feng regresó a su coche y partió en dirección a Madrid.

Los principales atractivos arquitectónicos de Arévalo estaban iluminados y el hacker los observó con admiración mientras conducía. El municipio, que había nacido en plena Reconquista, tenía un castillo con una de las torres más grandes de Castilla y varios palacios, iglesias y ermitas.

Pierce lo seguía a unos cincuenta metros de distancia. Ya en la Carretera de La Coruña, el agente de la CIA cogió de nuevo el aparato que parecía una tableta y lo activó.

Hacía ya tiempo que sus jefes querían mandar un mensaje a los hackers que cada día atacaban los sistemas del gobierno americano. Ésta sería la quinta vez que asesinaría a alguien con el mismo método.

Los coches eran una de las principales fuentes de información para la CIA. Las personas solían proteger sus comunicaciones con sistemas cortafuegos tanto en el trabajo como en casa, pero cuando conducían sus vehículos accedían a sus ordenadores, móviles y tabletas sin que los coches tuvieran ninguna defensa cibernética adicional para resguardar la confidencialidad de sus conversaciones o mensajes.

Sin embargo, el peligro más importante era la amenaza contra la seguridad física de los pasajeros. Un coche moderno era básicamente un ordenador gigante con ruedas. Todo estaba controlado por un sistema informático central llamado Canbus. Ninguna parte del vehículo daba una orden directa a otra, sino que todo llegaba primero a Canbus y el sistema transmitía después el mensaje.

La CIA había diseñado un sistema llamado Unidad de Control Electrónico que penetraba Canbus y podía alterar remotamente todas esas órdenes.

Pierce pinchó el programa y tomó el control del coche del hacker. Cuando llegaron a una zona con poco tráfico, cerró las puertas con seguro, apagó las luces, inutilizó el cinturón de seguridad y el airbag, aumentó la velocidad hasta doscientos veinte kilómetros por hora y giró bruscamente el volante. El vehículo comenzó a dar vueltas de campana y no se detuvo hasta estrellarse contra la barrera de cemento de una de las salidas de la autopista.

El impacto fue brutal y Xu Feng murió en el acto. Cuando la Policía llegó a su apartamento en la calle Santa Engracia se encontró con una nota de suicidio en la que decía que estaba deprimido por la ruptura con su novia y que no podía vivir sin ella.

Al no disponer prácticamente de información sobre él y tampoco detectar nada sospechoso en el coche, las autoridades españolas notificaron a la Embajada china, les entregaron el cuerpo para su repatriación y cerraron el caso.

Allan Pierce ya había sorteado el último escollo para iniciar la cacería de Aritz Goikoetxea.

El asesinato fue una decisión fácil. El americano no corrió ningún tipo de riesgo y podría suponer un importante ascenso para él.

La muerte de Feng calaría hondo entre otros piratas informáticos que intentaban penetrar a diario los sistemas cibernéticos del gobierno estadounidense. Hoy se trataba de Feng, pero mañana podrían ser ellos. Con pruebas o sin ellas, los hackers sabrían perfectamente que no se había tratado de ningún accidente.

XLIV

El capitán Eduardo Albarracín caminó durante veinte minutos desde el cuartel del Bruch hasta el centro comercial L'illa, en la avenida Diagonal de Barcelona.

Al día siguiente daría una clase de Estrategia Militar a los cuatro sargentos bajo su mando y se dirigía a la librería Fnac para recoger los libros que había encargado.

A cada uno le entregaría un ejemplar de El Arte de la Guerra, un tratado de táctica militar escrito por el general chino Sun Tzu en el siglo IV antes de Cristo. Estaba considerado como uno de los mejores manuales castrenses de la historia.

También había pedido una nueva edición comentada de El Príncipe, de Nicolás Maquiavelo. Publicado en 1531, era un ensayo de teoría política en el que el autor defendía la idea de que el fin siempre justifica los medios. Se trataba de uno de sus libros preferidos, pero éste era sólo para él.

La filosofía militar de Albarracín era una combinación de las enseñanzas de ambos autores: si se declaraba una guerra, había que ganarla de manera rápida y contundente y todo estaba permitido para alcanzar ese fin.

Tras pagar en efectivo, recogió su bolsa y se dispuso a regresar al cuartel. Sin embargo, de pronto escuchó a una pareja hablar español con acento chileno y se detuvo. La entonación le emocionó y dirigió su mirada hacia los ordenadores que la Fnac tenía expuestos sobre una mesa para que los clientes pudieran probarlos.

Durante unos instantes vaciló si ir hasta ellos o no. Miró hacia ambos lados y, a pesar de no distinguir ningún rostro familiar, la duda persistió.

-Venga, tío. ¡Date el gusto! - decidió.

Luego el militar caminó hasta uno de los ordenadores portátiles y accedió a Internet.

En la mesa larga y rectangular había ocho ordenadores, cuatro a cada lado. En ese momento sólo había otra persona utilizando uno y se encontraba frente a él, así que nadie podía observar lo que aparecía en su pantalla.

Jamás usaba su ordenador personal o el de la oficina para hacer ese tipo de búsquedas. Su máxima era dejar siempre el mínimo rastro electrónico posible de todo lo que hacía.

Sin embargo, allí nadie sabía quién era ni se estaba fijando en lo que hacía, así que se dejó llevar por sus emociones. Al llegar al buscador, escribió Plaza Vasca en Santiago de Chile y enseguida aparecieron varias fotos.

La plaza estaba frente a una pequeña y preciosa ermita de piedra cubierta por hiedra verde. No obstante, lo que la convertía en el lugar más emblemático de la comunidad abertzale de Chile era que tenía un retoño del Árbol de Guernica, el símbolo más sagrado del nacionalismo vasco.

Según la leyenda, en 1931 el archivero de la Casa de Juntas del pueblo de Guernica envió doce bellotas del icónico árbol a varios inmigrantes vascos que vivían en ese país sudamericano. Uno de ellos plantó una en el cerro de San Cristóbal en la capital y de ella nació el árbol que ahora ocupaba la plaza.

Eduardo Albarracín había ido muchas veces allí, pero siempre solo y procurando no llamar la atención. Paradójicamente, lo que más le gustaba no era el árbol o la ermita, sino los siete bancos de piedra construidos alrededor del retoño. Para los independentistas, eran el símbolo de lo que llamaban las siete provincias vascas y que, según ellos, algún día estarían unidas en una sola Euskal Herria.

Cuatro estaban en España y eran Álava, Vizcaya, Guipúzcoa y Navarra. Las otras tres, en Francia: Baja Navarra, Labort y Sola.

Junto a la capilla también se había instalado un banco tallado en piedra. Estaba decorado con el escudo de armas de Euskadi y con la ikurriña, la bandera del País Vasco.

La comunidad nacionalista se reunía allí para celebrar las principales fiestas patronales de su tierra. Cuando lo hacían, la plaza se llenaba de personas vestidas con trajes tradicionales vascos que danzaban al son de las canciones más tradicionales de Euskadi.

Muchas veces también se oficiaban misas al aire libre y el altar era cubierto con la bandera tricolor blanca, verde y roja del País Vasco.

Hacía tiempo que el militar no veía la plaza y se conmovió con las fotos. Al sentirse vulnerable, su instinto le hizo ponerse en guardia y volvió a mirar a su alrededor para comprobar si alguien lo observaba. No detectó nada inusual, así que continuó disfrutando de más imágenes.

Oficialmente, Eduardo Albarracín había nacido en Chile hijo de inmigrantes burgaleses. Sin embargo, en realidad su familia era vasca y se había escapado de España en la década de los años cincuenta.

Sus abuelos, Abitza y Xabat, habían sido militantes del Partido Nacionalista Vasco durante la Guerra Civil. Eran independentistas radicales y pelearon en el bando republicano. Tras perder el conflicto, ambos fueron enviados a la cárcel.

No obstante, la persecución política no finalizó tras cumplir su condena. Ambos continuaron siendo sometidos a una estricta vigilancia por parte de las autoridades franquistas. Con paz o sin ella, todavían eran el enemigo.

Hartos de la represión y la miseria de la posguerra, los vizcaínos decidieron irse de su ciudad, Portugalete, y partieron hacia América junto a tantos otros miles de españoles que huían de la pobreza.

En privado siempre continuaron defendiendo con orgullo la causa independentista, pero lo primero que hicieron al llegar a Santiago de Chile fue cambiarse el nombre a María y José Albarracín. Para ello ya llevaban de España dos partidas de nacimiento falsificadas.

Deseaban comenzar una nueva vida y no querían que nadie los asociara con grupos de izquierda. Venían traumatizados por lo que habían visto en la Guerra Civil y creían que, si los chilenos se enteraban de su pasado, los verían como personas problemáticas.

Ambos temían ser deportados a España, así que la solución fue españolizarse de inmediato y ocultar cualquier vestigio de su vida anterior. El abuelo, José, se hizo cocinero en uno de los restaurantes españoles más populares de la capital chilena y la abuela comenzó a trabajar como costurera.

Al cabo de un año de llegar a Santiago tuvieron un hijo, el padre de Eduardo. En aquella época, muchos hijos heredaban los empleos de sus padres cuando estos se jubilaban, así que José adiestró al suyo como cocinero y acabó sustituyéndolo en el mismo restaurante.

El padre de Eduardo se casó con una inmigrante de Bilbao a la que también se le cambió la identidad. Era la época de la dictadura derechista del general Augusto Pinochet y no podían despertar ningún tipo de sospechas, en especial porque mantenían contactos clandestinos con miembros de ETA en el exilio.

La dictadura chilena estaba aniquilando a los grupos de izquierda en su país y si el régimen militar los descubría, significaría su fin.

Por si fuera poco, además de ferviente anticomunista, Pinochet estaba considerado como un admirador de Franco. El militar apenas había viajado fuera de Chile, pero una de las pocas veces que lo hizo fue para asistir en Madrid al funeral del dictador español en 1975.

La madre de Eduardo fue adiestrada por María para que, igual que ella, se ganara la vida como costurera. María ya tenía muchos clientes y eso suponía una entrada fija de dinero cada mes.

Durante aquellos años, la vocación era algo irrelevante para la mayoría de inmigrantes españoles. Lo importante era hacerse con un trabajo y comenzar a ganar dinero lo antes posible, así que lo habitual era que muchos miembros de una familia acabaran dedicándose a la misma profesión. Tener a alguien que se la enseñara y, además, le traspasase sus clientes era un privilegio que nadie osaba desaprovechar.

Aquellos inmigrantes eran luchadores natos. Venían de un país donde habían pasado mucha hambre y necesidades y eso había creado en ellos un tesón y una fortaleza inquebrantables. Estaban hechos de acero.

Toda la familia Albarracín vivía en la misma casa. Entre aquellas paredes se hablaba en euskera y se veneraba lo vasco, pero fuera de ellas nadie tenía la menor idea de quiénes eran en realidad, ni siquiera la propia comunidad vasca de Santiago. Cualquier precaución era poca.

Eduardo visitó varias veces España cuando era adolescente y enseguida se relacionó con los sectores más radicales del independentismo pro etarra. En uno de esos viajes conoció a Aritz Goikoetxea, que lo reclutó para su causa.

Cuando regresó a Chile tras conocer al terrorista, comunicó a su familia que quería ingresar en la Academia General Militar de Zaragoza para convertirse en un oficial del Ejército español.

En principio, la noticia no pudo sorprenderles y ofenderles más, pero cuando les explicó el verdadero objetivo de su acción, lo apoyaron de inmediato. A ellos no les podía mentir.

Igual que Oriol Bartra, los abuelos de Eduardo se sentían unos fracasados. Habían peleado en el bando perdedor de la Guerra Civil y ahora se veían obligados a vivir a miles de kilómetros tanto de sus familias como de la tierra que adoraban. Ninguno se atrevió nunca más a poner un pie en España ante la duda de que las fuerzas de seguridad supieran algo de su apoyo a ETA y estuviesen esperando pacientemente a que regresaran para arrestarlos.

Ambos habían trasmitido esa herencia ideológica independentista y anti españolista al padre de Eduardo, a la madre y a su propio nieto. El ansia de venganza contra Madrid era un sentimiento muy profundo entre todos ellos. Los cinco pensaban que Euskadi tenía una cuenta pendiente con España que, tarde o temprano, debía ser saldada.

Cuando Eduardo les reveló el plan, pensaron que quizás el destino lo había elegido para vengarse de todas sus penurias y ayudar a Euskal Herria a dar un mazazo a España que jamás olvidaría.

Ningún abuelo quería ver en peligro a su nieto y cualquier padre haría lo indecible para evitar el más mínimo daño contra su hijo. Sin embargo, Euskal Herria era una causa superior y si Eduardo había decidido convertirse en un gudari para la patria vasca, lo respaldarían hasta el final.

Todos en su familia habían tenido que pagar un precio muy alto por defender sus ideas, pero lo habían hecho con orgullo y satisfacción. Ahora era el turno de Eduardo Albarracín.

-Tu sacrificio y valentía nos honra tanto a nosotros como a todos los que se han quedado en el camino durante esta lucha- le dijeron entonces emocionados y conscientes de lo peligrosa que sería su misión.

Además de Aritz, los padres y los abuelos de Eduardo eran los únicos que conocían la verdadera historia que se escondía tras aquel patriótico capitán del Ejército español y el secreto jamás fue revelado o descubierto.

Una vez que el joven tomó la decisión, su familia analizó la mejor forma de lograr que lo aceptasen en la academia militar y la vía más efectiva vino de forma inesperada.

En el barrio de los Albarracín vivían varios oficiales del Ejército chileno. Algunos eran clientes de la madre de Eduardo, que les arreglaba los uniformes y los trajes de campaña.

A lo largo del tiempo, los militares habían ido comentando en sus cuarteles su gran habilidad como costurera y cada año conseguía más clientes dentro de las fuerzas armadas, incluidos varios coroneles y un general.

Esa relación fue tornándose en amistad y un gran nivel de confianza por parte de los oficiales. Cuando llegó el momento, la madre de Albarracín les pidió si podían interceder por su hijo para que lo aceptaran en Academia General Militar de Zaragoza. Sabía que los militares chilenos tenían excelentes contactos con los españoles. Muchos de ellos, incluso habían estudiado en esa misma institución.

Primero les extrañó, ya que, al fin y al cabo, Eduardo era chileno. Sin embargo, comprendieron su supuesta vinculación emocional con España y decidieron ayudarlo. Al ser hijo de españoles, tenía doble nacionalidad.

Eduardo Albarracín fue un alumno modelo en Zaragoza y se graduó con excelentes notas. Después cumplió a la perfección el papel que le había encomendado Aritz y se convirtió en el militar más españolista que nadie pudiera imaginar. Incluso había tenido el atrevimiento de acudir a diversos encuentros con víctimas del terrorismo etarra para mostrarles su apoyo.

Para él, en el tema del País Vasco no había matices. Apoyaba la lucha armada para independizarse de España y no mostraba ningún tipo de consideración ante el dolor sufrido por las familias que habían padecido los atentados de ETA, ni siquiera los más brutales. Los veía como invasores. Eran los flecos de una fuerza de ocupación que debía ser desterrada de Euskadi.

Igual que Aritz, calificaba de traidores a los etarras que habían abandonado las armas y despreciaba a cualquier vasco que no se uniera a la lucha contra Madrid.

El día siguiente, Eduardo explicaría a sus sargentos que, si algún día España entraba en guerra, tendrían que pelear a muerte como los guerreros que eran, pero siempre respetando los derechos humanos y las leyes internacionales. En especial, la Convención de Ginebra, que establecía el comportamiento humanitario a seguir en tiempos de guerra. Es decir, les diría justo lo contrario de lo que realmente pensaba y pretendía hacer.

-Una guerra es una guerra y hay que ganarla como sea. Todo está permitido- repitió para sí mientras contemplaba las fotos de la Plaza Vasca.

Para Eduardo Albarracín, ésa era la única verdad política absoluta y él le sería fiel hasta sus últimas consecuencias.

-Perdone, ¿le puedo ayudar en algo? ¿Tiene alguna pregunta? - le preguntó un empleado de la Fnac al verlo usando el ordenador.

El militar pinchó de inmediato el icono para hacer desaparecer la página, se giró y sonrió con amabilidad.

-No, gracias. Hoy sólo son libros- afirmó mientras levantaba un poco la bolsa de plástico con los ejemplares dentro para enseñársela.

Luego salió del centro comercial y comenzó a caminar en dirección al cuartel del Bruch.

Albarracín ya estaba muy comprometido con la misión que le habían asignado y no necesitaba ninguna motivación adicional. Sin embargo, aquellas fotos fortalecieron aún más su determinación. La Plaza Vasca recordó de una forma muy especial a su corazón el motivo por el que estaba en Barcelona y, una vez más, sintió que no podía fallar a Euskal Herria.

Era sábado por la mañana y la Diagonal se mostraba silenciosa y apacible. Los barceloneses paseaban a sus perros, hacían deporte, caminaban sin prisas y leían el periódico con tranquilidad en los bancos de la amplia avenida.

No se escuchaban estridencias. Sólo conversaciones, niños jugando en las aceras, el piar de los pájaros, algún que otro ladrido, el sonido fugaz de los coches y las risas y el buen humor propios de un día de descanso y familia.

Eduardo Albarracín se detuvo durante unos segundos para disfrutar de aquel momento de paz que sabía sería efímero. Miró hacia el cielo, luego cerró los ojos, respiró hondo y exhaló el aire poco a poco.

Después observó las caras anónimas de quienes tenía alrededor. Sabía que en apenas unos días habría muchos muertos y se preguntó si alguna de aquellas personas estaría entre las víctimas.

Era una pregunta para la que no tenía respuesta, pero de lo que sí estaba seguro era que aquella estampa de felicidad que tenía frente a él desaparecería muy pronto y tardaría mucho tiempo en regresar a Barcelona.

XLV

Gina Montaner vestía el uniforme azul oscuro de la Policía Nacional y estaba sentada frente a su ordenador cuando detectó un mensaje que le llamó inmediatamente la atención.

Procedía de Elena Martorell e iba dirigido al representante del Ministerio del Interior de la Embajada de España en Brasilia.

La catalana de treinta años pertenecía a la Unidad de Delitos Informáticos, ubicada en el Complejo Policial de Canillas, en Madrid. El centro era inmenso y también albergaba a la Policía Judicial, la Comisaría General de Información y la Comisaría General de Protección Ciudadana.

La seguridad era muy estricta e incluso se veía incrementada por su cercanía a la Comisaría de Policía de Hortaleza-Barajas, encargada de tramitar los pasaportes y los DNI.

La agente era delgada, rubia y llevaba una coleta. Se ajustó sus gafas, abrió el mensaje y lo leyó con especial interés. Disponía de las herramientas informáticas para hacerlo sin que el emisor o el destinatario se dieran cuenta de la intromisión.

Su departamento se encargaba de combatir delitos cibernéticos como pornografía infantil, extorsiones, acosos, fraudes, estafas, suplantación de personalidad, hackeo y piratería.

Ella era la responsable del área de hackeo, por lo que estaba autorizada a leer las comunicaciones de todas las instituciones del gobierno, excepto las del CNI.

El mensaje procedía del Centro Nacional de Inteligencia, pero, al haberlo enviado a una dirección electrónica del Ministerio del Interior, pudo acceder al mismo. El texto estaba fuertemente encriptado, pero con sistemas que también usaba la Policía, así que pudo descifrar el contenido.

Una vez lo leyó, lo copió, lo trasladó a una cuenta privada y se fue al baño. Allí esperó a que no hubiera nadie más, envió un mensaje por WhatsApp y regresó a su escritorio.

La persona que lo recibió, lo reenvió a otra y ésa y a otra más. Tras una cadena de seguridad de cinco personas, llegó al destinatario final en Río De Janeiro, Brasil. Una vez lo leyó, el hombre fue de inmediato hasta el hotel donde se hospedaba Edurne y se lo transmitió en persona.

Tanto las Fuerzas de Seguridad del Estado como las Fuerzas Armadas llevaban a cabo un examen personal exhaustivo de todos los vascos y catalanes que tenían en sus filas antes de situarlos en posiciones consideradas como estratégicas.

El puesto de Gina Montaner sin duda lo era, pero la barcelonesa había sido muy hábil a la hora de desterrar cualquier sospecha sobre posibles simpatías independentistas.

Era una militante muy activa del conservador Partido Popular y siempre se aseguraba de que sus compañeros de trabajo estuvieran al tanto de sus supuestas posiciones anti soberanistas. Representaba tan bien su papel que sus jefes incluso la veían casi como una reaccionaria.

La catalana esperó con impaciencia a que finalizara su turno laboral y después se fue a la Biblioteca Nacional, situada en el centro de la capital.

Tras salir en la estación de metro de Colón, cruzó el Paseo de Recoletos hasta que frente a ella apareció el majestuoso edificio de estilo neoclásico fundado por Felipe V en 1711.

Encargada del depósito del patrimonio bibliográfico y documental de España, la Biblioteca Nacional era muy visitada por turistas, investigadores y estudiantes de postgrado de todo el mundo. La catalana estudiaba un máster en criptología cibernética y acudía allí al menos una vez por semana para buscar documentación.

La agente subió por la amplia escalinata de la entrada y pasó al lado de la estatua grisácea de San Isidoro de Sevilla, un eclesiástico y erudito católico del siglo VII. La figura de mármol mostraba al santo sentado mientras leía con interés un voluminoso libro. Al lado había otra estatua, ésta del rey de Castilla Alfonso X el Sabio. Todo en la biblioteca rendía homenaje al conocimiento.

La policía pasó los diversos controles de seguridad y caminó hasta el salón principal. De corte clásico, tenía muebles de madera oscura y pequeñas lámparas sobre las mesas para facilitar la lectura.

Una vez allí, fue hasta los ordenadores de uso público y accedió a la cuenta privada donde había depositado el mensaje de Elena, lo copió y lo colocó en otra.

"Señor Molina, me dirijo a usted como Consejero del Ministerio del Interior en la Embajada de España en Brasil.

Me llamo Elena Martorell y trabajo en el Centro Nacional de Inteligencia. El motivo de este mensaje es solicitar su colaboración en un asunto que exige de la máxima discreción.

Este próximo miércoles, es decir en tres días, llegaré a la ciudad de Salvador de Bahía en compañía de Allan Pierce. El señor Pierce es un compañero de la Agencia Central de Inteligencia que trabaja en coordinación con el CNI en el operativo de captura del etarra Aritz Goikoetxea.

Sospechamos que la vida del señor Pierce corre peligro y hemos tomado la decisión conjunta de que lo mejor es que se marche de España durante unas semanas para minimizar cualquier riesgo. Recientemente, Goikoetxea asesinó a otro agente de la CIA y tememos que haya obtenido información personal del señor Pierce con la intención de matarlo.

Le agradecería que envíe un representante de la Policía Nacional a Salvador de Bahía para asistirnos. Por motivos de seguridad, le mandaré un mensaje el mismo miércoles a las once de la mañana para indicarle el lugar exacto del encuentro, que sería al mediodía.

No precisaremos de escolta adicional. Sólo viajaremos a Brasil el señor Pierce y yo. No queremos llamar la atención. Una vez lo haya dejado en un lugar seguro en Salvador de Bahía, regresaré a España y su agente podrá volver a Brasilia. Estimo que estaré en la ciudad un máximo de dos días.

Sé que la oficina del Ministerio del Interior en Brasil ha sido vital para albergar en secreto a otras personas en ese país y voy a pedir su cooperación una vez más.

Cualquier duda o pregunta, hágamelo saber y por favor confírmeme la recepción este mensaje".

Tras enviarlo, Gina Montaner se marchó de la Biblioteca Nacional y se fue en dirección a su casa.

Siempre variaba los métodos para enviar sus mensajes a Aritz. Era una experta en informática y sabía que ésa era una de las claves para evitar ser detectada. Sin embargo, lo que no sospechaba era que el CNI ya seguía todos sus pasos.

La catalana formaba parte de lo que aún quedaba de la célula rebelde etarra Unidad 120050. Elena Martorell tenía identificados a todos sus miembros, pero los había dejado en libertad para que, en el momento adecuado, la ayudaran a localizar al terrorista.

El vasco había situado a personas como Gina en el aparato de seguridad del Estado para obtener información confidencial sobre la lucha antiterrorista. A pesar de que la Unidad 120050 ya no existía, mantuvo activos a todos sus infiltrados para que le ayudaran en su segundo y último intento por abrir las puertas a un País Vasco independiente. Sabía que ésa sería su última oportunidad y, como si estuviera jugando en un casino, había llegado la hora de apostar a todo o nada.

La principal orden que había dado a Gina en los últimos meses era prestar especial atención a cualquier mensaje donde se mencionaran los nombres de Elena Martorell, Allan Pierce, Lajos Kovács o Xurxo Pereira.

Tras el atentado en la comisaría de la Policía Nacional en Barcelona, Elena,

Pierce y Xurxo habían acordado que la mejor forma para atrapar al etarra era que el agente estadounidense de la CIA sirviera de cebo.

Sabían que Aritz estaría sediento de venganza y que haría todo lo posible para acabar con las cuatro personas a las que responsabilizaba del fracaso de la operación de la Unidad 120050. Ya había asesinado a Lajos Kovács y era sólo cuestión de tiempo que intentara matar a los tres restantes. Xurxo se había salvado milagrosamente en Cartagena, Colombia.

La agente del CNI sospechaba que el terrorista se escondía en algún lugar de Latinoamérica. Sabía que los etarras tenían establecida una red de apoyo en la región y, además, allí pasaban más desapercibidos.

La idea era enviar a Pierce a Salvador de Bahía, asegurarse de que Aritz se enterara y arrestarlo cuando intentase asesinar al espía norteamericano. Ésa sería la mejor, y posiblemente la única, oportunidad de neutralizarlo antes de que desencadenara su nuevo plan.

A lo largo de los años, Gina Montaner había alertado a Aritz de varias acciones contra ETA por parte de la Policía y el vasco confiaba en ella.

Aquel día la agente se sintió especialmente satisfecha. Pensó que interceptar el mensaje de Elena Martorell había sido uno de los mayores logros en todos sus años como infiltrada en la Policía Nacional. Sin embargo, lo cierto era que acababa de iniciar una cadena de eventos que podrían acabar no sólo con Aritz Goikoetxea, sino con todo lo que aún quedaba de su célula terrorista.

Elena Martorell nunca pudo olvidar un reportaje que vio en televisión sobre las anacondas en la selva del Amazonas y su plan era actuar como una de ellas.

Esas peligrosas serpientes de hasta diez metros de largo y con el peso de tres hombres infundían verdadero pánico entre los otros animales de la jungla.

La espía quedó impresionada cuando vio la facilidad con la que una de esas superdepredadoras mató y se comió a un caimán negro de ciento cincuenta kilos que nadaba por las aguas de esa selva ajeno a su aciago destino.

Primero, mordían a su presa con sus poderosas mandíbulas y la sujetaban para impedir su huida. Después se enroscaban a ella formando varios anillos alrededor de su cuerpo. El siguiente paso era estrechar paulatinamente sus fuertes músculos hasta inmovilizarla por completo. El ataque era muy rápido y en apenas diez segundos ya solían tener sometido al otro animal.

Posteriormente, apretaban aún más a la presa hasta triturar sus huesos, pero, por lo general, ésta no moría aplastada, sino por asfixia. La serpiente le presionaba el tórax con tal fuerza que no podía respirar y el animal sucumbía ahogado y en medio de terribles dolores.

La única forma de escapar al ataque de una anaconda era ser más rápido que ella y huir antes de que la serpiente hundiera sus cuatro filas de dientes en la piel del otro animal. Una vez en su poder, resultaba casi imposible sobrevivir al ataque.

El primer paso del plan de Elena había sido un éxito. Había tendido la trampa con habilidad y astucia y ahora, igual que la anaconda, esperaría con paciencia a que su presa apareciera para abalanzarse sobre ella y aniquilarla.

XLVI

Adrià Belloch recogió a Miguel López en la estación de tren de la localidad de San Cugat del Vallés, a las afueras de Barcelona.

Cuando el mexicano entró en el todoterreno, el *mosso* le indicó que se pusiera unas gafas. Eran una copia de los modelos que usaban los esquiadores a principios del siglo pasado.

Una funda de cuero cubría la zona entre las varillas metálicas y las sienes para evitar que los rayos de sol entraran por los lados, algo que también anulaba la vista periférica del minero. Por otro lado, Belloch había colocado cartulina negra en los cristales, de forma que Miguel López no veía nada.

Después le ordenó que se pusiera unos auriculares para que tampoco pudiera escuchar ningún sonido que le diera pistas sobre el camino que seguirían para llegar a su destino.

El agente fue hasta la autopista A-7 y de ahí hasta la Ciudad Condal. Al llegar a la Diagonal, condujo por calles más pequeñas para confundir a su pasajero. Tras media hora cambiando de calles y dirección, llegaron a la Vía Layetana. Una vez allí, bajaron hasta alcanzar la avenida de la Catedral, donde giraron a la derecha y se metieron en un aparcamiento subterráneo privado.

Belloch bajó hasta el segundo nivel y estacionó su vehículo en la parte más remota del mismo. Era una zona oscura, estrecha y con una sola plaza disponible. Sobre la misma colgaba un letrero que decía "Reservado. Cualquier coche estacionado sin autorización será remolcado de inmediato".

El *mosso* descendió del todoterreno y se aseguró de que no hubiera nadie más en esa parte del estacionamiento. Después sacó a Miguel López y lo guió hasta una puerta de metal situada a unos metros de donde habían aparcado. Sacó una llave, la abrió y ambos entraron.

Tras cerrarla, los dos caminaron unos diez metros por un pasillo hasta llegar a otra puerta. Ésta era blindada y tenía a la derecha un teclado electrónico. Belloch apretó una clave, la puerta se abrió, ambos pasaron y continuaron su recorrido.

El mexicano extendía sus manos para tratar de detectar cualquier posible objeto contra el que pudiera golpearse, pero el *mosso* lo dirigía con seguridad.

Los pasos de los dos hombres producían un ligero eco, lo que indicó al azteca que los espacios se habían reducido ostensiblemente. De vez en cuando pisaban pequeños charcos y el sonido aumentaba aún más en intensidad. También sintió algo de frío y la piel se le puso de gallina, tanto por la tensión como por el descenso de la temperatura.

Tras unos minutos caminando, pasaron por una puerta metálica gris que decía, "salida calle del Obispo", después por otra que indicaba "salida calle Sant Server" y, finalmente, por una que señalaba "salida calle Sant Honorat". Miguel López calculó que, una vez pasadas las puertas del garaje, habían recorrido unos doscientos metros.

De pronto, Belloch se detuvo, quitó los auriculares al minero y le dijo que se sacara las gafas. El mexicano lo hizo y se cegó momentáneamente debido a la intensidad de las luces. Cuando sus pupilas se adaptaron al ambiente, se dio cuenta de que estaba en un túnel.

-Vamos- dijo el policía mientras le indicaba el camino a seguir.

El mexicano obedeció y lo siguió. El túnel era moderno y de unos tres metros de ancho por dos y medio de alto. Su experta mirada dedujo que las pareces de cemento no podían tener más de un año.

Tras unos veinte metros, llegaron a una puerta blindada de color verde. Belloch sacó unos planos y se los entregó al experto en explosivos.

-Ahora mismo estamos aquí. Justo debajo del edificio- señaló sobre el papel y sin decirle que se trataba del Palacio de la *Generalitat*.

Los planos no sólo incluían los túneles y la base del edificio, sino el diseño de todo el inmueble.

Miguel López colocó el plano en el suelo para verlo mejor, sacó de su mochila una cinta métrica y comenzó a tomar varias medidas en el túnel. Luego observó en la hoja de papel azulada los pesos y tamaños de las estructuras, usó una calculadora para confirmar la cantidad de dinamita que necesitaría y marcó varias equis con una tiza blanca en distintas partes de las paredes y del techo.

-Ya estamos- concluyó.

-¿Seguro que podrás conseguir toda la dinamita que necesitas?- mostró una vez más su escepticismo el *mosso*.

-Sin problema.

-¿Cuándo la tendrás?

-Mañana mismo.

Belloch asintió satisfecho.

-Tenla lista. Esto es cuestión de días. Te llamaré, la colocas, te olvidas de que me conoces y nunca más nos volveremos a ver- insistió.

-De acuerdo- afirmó el mexicano sin hacer más preguntas. No se fiaba en absoluto de lo que le decía, pero sentía que no tenía más remedio que cooperar.

Después devolvió el mapa a Belloch, recogió sus pertenencias y las metió de nuevo en la mochila.

El *mosso* se acercó entonces a la puerta blindada verde e intentó abrirla, pero estaba cerrada con llave. Al comprobarlo, el catalán hizo un gesto de satisfacción y miró hacia ambos lados del túnel para ver si todo estaba en orden.

Muy pocos sabían que el *Generalitat* había ordenado construir esos túneles para poder evacuar a la president en caso de emergencia. Contaban con varios pasadizos y cada uno llevaba a una parte distinta del centro de Barcelona. Sin embargo, había uno incluso más secreto que los otros.

En esa parte de la capital catalana, los edificios de la época del Palacio de la *Generalitat* no tenían sótanos debido a su proximidad al Mediterráneo. El nivel del mar era demasiado bajo y los sótanos se inundarían.

No obstante, los ingenieros catalanes hicieron una excepción hacía ya más de cuatrocientos años para proteger a su máximo líder. El Palacio fue inaugurado en 1619, pero en 1615 ya habían construido una pequeña galería subterránea que llevaba a un túnel secreto. El pasadizo se mantuvo lacrado hasta que finalizó el resto de la obra y después se destruyeron todos los planos que revelaban su existencia.

Ese tipo de pasadizos eran habituales en todos los castillos y ciudades de su época, la Edad Media. Se construían bajo el máximo secreto y muchas veces se convertían en las únicas vías de escape para burlar los asedios a los que eran sometidos.

El túnel del Palacio de la *Generalitat* medía medio kilómetro y finalizaba en el puerto. En caso de emergencia, el *president* podía evacuar clandestinamente del edificio y ser trasladado a un muelle donde le esperaría un barco para sacarlo de Barcelona.

A pesar de sus cuatro siglos, el conducto permanecía en perfectas condiciones. Hecho con piedras y de forma rectangular, se construyó con la anchura suficiente para que por él pudiera transitar incluso un carruaje con dos caballos. En su día se hizo así para que el *president* pudiera llegar con la mayor rapidez posible a la embarcación.

Excepto el *president* y Belloch, nadie en la actual *Generalitat* sabía de la existencia de ese túnel. El secreto únicamente era conocido por los tres otros *presidents* aún vivos y por los anteriores jefes de las escoltas personales de los máximos mandatarios catalanes. Se trataba de un secreto de estado.

Los *mossos* que custodiaban el Palacio habían escuchado muchos rumores sobre ese pasadizo de origen medieval. Incluso que el carruaje todavía se encontraba guardado en algún lugar del edificio, pero jamás habían visto nada.

El último *president* que lo había usado fue Lluís Companys durante la Guerra Civil.

Sucedió la noche del 17 de marzo de 1938, el día de los bombardeos más intensos contra el casco viejo de Barcelona durante toda la guerra. La orden de Benito Mussolini había sido machacar la ciudad y sus aviones la cumplieron a la perfección.

Ésa era la parte más poblada de la capital catalana. Las bombas comenzaron a caer a las diez de la noche del día dieciséis y el ataque no cesó hasta las tres de la tarde del dieciocho.

La mayoría de las casi cincuenta toneladas de bombas impactaron en las Ramblas, la Plaza de Cataluña y la Diagonal.

Muchos de los más de mil muertos y casi dos mil heridos fueron víctimas de bombas experimentales de cien kilos con gran poder expansivo. Los aviones soltaban muchas de ellas en plena calle y los civiles no encontraban lugar donde protegerse de semejantes detonaciones.

Los escoltas de Companys, temerosos de que uno de los ataques tuviera como objetivo el Palacio de la *Generalitat*, evacuaron al *president* hasta el puerto y el mandatario permaneció escondido en un búnker hasta que finalizó la ofensiva aérea. A pesar de los años transcurridos, la existencia de ese refugio antiaéreo tampoco se había sido hecha pública.

Lo mismo ocurría con decenas más de búnkeres situados en distintos barrios de Barcelona. Muchos de ellos eran secretos y, al finalizar la guerra, los republicanos destruyeron todos los planos para evitar que fueran descubiertos por las tropas franquistas. Cientos de combatientes se habían ocultado allí durante meses mientras esperaban su oportunidad para escapar del país.

Belloch ordenó a Miguel López que volviera a ponerse los auriculares y las gafas y regresó con él hasta su todoterreno. Después bajó por las Ramblas hasta el puerto, donde se detuvo durante unos segundos. A lo lejos observó la ubicación de la salida del túnel de escape medieval de la *Generalitat* y sonrió satisfecho.

En apenas unos días saldría victorioso por ahí después de que Cataluña se hubiera proclamado un estado soberano, pero detrás dejaría un verdadero baño de sangre.

Luego reemprendió su camino, cogió el Cinturón del Litoral y dejó al mexicano en la estación de tren de Castelldefels, a las afueras de la Ciudad Condal.

Miguel López jugaría un papel vital en su plan. Una vez que cumpliera su cometido, y a pesar de todas las promesas realizadas por el *mosso*, su esposa María y sus hijos Carlos y Luis nunca lo volverían a ver. Se habría convertido en un molesto testigo que resultaría necesario eliminar. Simple daño colateral.

XLVII

Elena Martorell y Allan Pierce preparaban los últimos detalles del operativo en una habitación del hotel Villa Bahía, en la ciudad brasileña de Salvador de Bahía.

Junto a ellos se encontraba un representante de la División de Inteligencia de la Policía Federal de Brasil. El Ministro del Interior español había llamado personalmente al Jefe de la Policía Federal brasileña para que le asistiera en esta operación y las autoridades del país sudamericano le habían ofrecido su máxima cooperación.

Los servicios de inteligencia brasileños temían un atentado yihadista contra intereses estadounidensese en Brasil y no querían a nadie en su territorio relacionado con organizaciones terroristas extranjeras.

La misión del inspector era ayudar al CNI a localizar a Aritz, arrestarlo y ponerlo a disposición judicial. Ya había un acuerdo al más alto nivel entre ambos gobiernos para después repatriarlo a España lo antes posible.

Brasilia era consciente de la peligrosidad de la célula etarra y por ello también había puesto a disposición del inspector brasileño a un grupo de operaciones de élite de la Policía Militar llamado GATE, o Grupo de Acciones Tácticas Especiales.

A las once en punto de la mañana, Elena miró fijamente a Pierce.

-Ya es la hora-afirmó la espía.

El americano tensionó su rostro, cerró los ojos y se acabó de preparar mentalmente para lo que se avecinaba. Al verlo, Elena le dio unos instantes de privacidad y caminó hacia el balcón para disfrutar, aunque fuera durante unos segundos, de la magia única de aquella ciudad.

El hotel de estilo colonial se encontraba en el centro de Salvador de Bahía. La fachada de color marrón claro con vistosos balcones blancos de metal, las mosquiteras de las camas, los cuadros clásicos, los tapices colgados en las paredes, los candelabros, las amplias ventanas rectangulares con sus exquisitas cortinas y los muebles artesanales de fina madera transportaban instantáneamente a sus clientes a la época en la que Portugal era dueño y señor de ese vasto país sudamericano.

Era miércoles y los dos espías habían llegado el día anterior, adelantándose así una jornada a lo que Elena había comunicado inicialmente por correo electrónico al Consejero del Ministerio del Interior en la Embajada de España en Brasil. Tras enviar el mensaje que sabía sería interceptado, le llamó para revelarle sus verdaderas intenciones.

Ese día extra les permitió prepararse con tiempo para ejecutar el plan.

La funcionaria regresó al interior de la habitación, se echó el pelo para atrás y se sentó frente a su ordenador.

-¿Listo? -preguntó a Pierce.

El estadounidense suspiró y, tras unos instantes, asintió.

-Adelante-afirmó, consciente de que ése día iba a jugarse la vida.

La agente puso sus dedos sobre el teclado y envió el mensaje a la Embajada de España en Brasilia. En Madrid, Gina Montaner, la infiltrada de Aritz en la Unidad de Delitos informáticos de la Policía Nacional, esperaba con ansiedad la comunicación. Sabía que la agente del CNI lo mandaría ese día y a esa hora y necesitaba averiguar su contenido lo antes posible.

Al detectarlo en el sistema de comunicación interna del Ministerio del Interior, entró con rapidez al mismo y lo leyó.

"Señor Molina, tal y como habíamos quedado, le escribo desde Salvador de Bahía.

Acabamos de llegar a la ciudad. Sin embargo, me ha surgido un imprevisto y tengo que atender un asunto urgente que no está relacionado con el viaje a Brasil, así que por favor envíe al miembro de la Policía Nacional a la Plaza Sé para que se encuentre directamente con el señor Pierce.

Como no sé lo familiarizado que está su agente con esta ciudad, doy detalles concretos de los lugares para evitar cualquier malentendido.

La plaza se encuentra en el casco antiguo. El señor Pierce estará a las once y media frente al Centro Cultural Fusión, situado en la Rúa do Bispo número nueve. Vestirá pantalones azules, zapatos negros, camisa blanca y un sombrero de ala ancha blanco con una cinta marrón. En su mano derecha llevará una guía turística de Salvador de Bahía. Indique al policía que lo siga.

El señor Pierce cruzará la calle y entrará en la Plaza Sé. Después caminará hasta el monumento de la Cruz Caída. Se trata de un memorial con dos cruces de doce metros de altura semi caídas y que se apoyan entre sí.

Es uno de los lugares más emblemáticos de Salvador de Bahía y no tiene pérdida. Conmemora los cuatrocientos sesenta y nueve años de su nacimiento.

Una vez se haya producido el encuentro, el señor Pierce acompañará al agente hasta donde me hallo y comenzaremos el proceso para buscar un piso franco donde nuestro compañero estadounidense pueda alojarse con discreción durante unas semanas.

Gracias y, por favor, confírmeme la recepción de este mensaje. Un saludo cordial".

Gina Montaner copió de inmediato el mensaje y siguió el proceso habitual de trasladarlo a una cuenta privada. Después se fue a la cafetería del complejo de la Policía Nacional con su iPad y lo reenvió a la cuenta acordada con Aritz. Estaba rompiendo el protocolo de seguridad establecido por la célula terrorista, pero ese día el tiempo era un factor vital. Tenía que arriesgarse.

La persona encargada de recibir el mensaje en Brasil también lo aguardaba con impaciencia. Se trataba de Edurne Sagasti, el brazo derecho de Aritz. Al abrirlo, el CNI estableció automáticamente la ubicación física de la terrorista.

-Está en un cibercafé aquí mismo, en Salvador de Bahía- afirmó un joven de unos treinta años con gafas. Formaba parte del equipo que el Centro Nacional de Inteligencia había enviado junto a Elena, Pierce y Xurxo Pereira. El periodista ya se encontraba en la plaza Sé y su misión era alertar sobre cualquier movimiento sospechoso.

-¿A qué distancia se encuentra? - preguntó Elena.

El hombre observó un mapa en la pantalla de su ordenador y señaló un punto con el dedo índice de su mano derecha.

-Está aquí. A unos quince minutos del hotel.

Elena Martorell apuntó los datos de la calle, cogió una radio y se comunicó con otros dos espías españoles que esperaban en un coche cerca del hotel. Les acompañaba otro agente de la Policía Federal brasileña que conocía bien la ciudad.

-*Fala sério? Não acredito!* - exclamó el agente brasileño al escuchar la dirección.

Elena lo oyó.

-¿Qué ha dicho? - preguntó extrañada.

Después escuchó a uno de los agentes del CNI hablando en portugués con el policía.

-Dice que el lugar está justo en la frontera con la favela más peligrosa de Salvador- explicó el miembro del equipo de Elena.

La espía dedujo de inmediato que Edurne había escogido ese lugar porque, dada su peligrosidad, era poco frecuentado por la Policía.

A pesar de eso, las órdenes fueron claras.

-Id a por ella y que la arreste el agente brasileño. Una vez esté en comisaría, las autoridades ya nos han dado permiso para interrogarla de inmediato.

La funcionaria sabía que, igual que a Aritz, le aplicarán la ley antiterrorista y la tendrían incomunicada durante varios días.

Elena estaba preocupada. Aquel día en Salvador de Bahía no sólo estaba en juego la integridad territorial de España, sino la vida de muchas personas.

Éstas eran razones más que suficientes para, de ser necesario, pensar más en las posibles víctimas inocentes que no en los derechos de los terroristas. No obstante, prefirió seguir escrupulosamente esa ley que a veces tanto la encorsetaba, pero que, al fin y al cabo, había jurado defender.

En el pasado, se había tomado la justicia por su mano varias veces, pero esa etapa de su vida ya había quedado atrás. Ahora estaba convencida de que la única forma de convivir en una democracia era respetar las leyes aprobadas por la mayoría de sus ciudadanos y que cualquier atajo solía convertirse en una peligrosa bomba de tiempo.

Ese fue el motivo que la llevó a informar de la operación al Ministerio del Interior y a las autoridades brasileñas. Además, si algo salía mal y se descubría un operativo encubierto del CNI en Brasil, las relaciones diplomáticas entre ambos países quedarían seriamente dañadas.

Los tres agentes salieron de inmediato hacia el cibercafé. Mientras, Elena y Pierce repasaron su plan por última vez y partieron después por separado hacia la Plaza Sé. Había llegado el momento de verse de nuevo cara a cara con Aritz Goikoetxea.

Pierce decidió hacer el recorrido a pie. Estaba maravillado con Salvador de Bahía y, a pesar de la tensión del momento, pensó que disfrutar de las fascinantes escenas callejeras de la primera capital colonial de Brasil le ayudaría a calmar algo sus nervios.

En apenas algunos minutos se estaría enfrentando a uno de los terroristas más peligrosos que había conocido y que había viajado hasta allí sólo para matarlo. El espía había corrido muchos riesgos a lo largo de su carrera, pero ninguno como éste.

El americano disfrutó de cada instante de su caminata. Nunca había estado en Salvador y la alegría de los bahianos y el derroche de arte que inundaba la urbe le impresionaron de una forma especial.

En otro momento, estas escenas cotidianas quizás habrían pasado desapercibidas para él, pero ahora el espía se aferraba a todo lo que le hiciera sentirse vivo.

De tres millones de habitantes, se trataba de la ciudad con el mayor porcentaje de negros fuera de África. El motivo era que durante la conquista portuguesa había sido uno de los puntos más importantes de tráfico de esclavos en el Nuevo Mundo.

Ese legado africano impregnaba el arte, la cultura y las costumbres de Salvador de Bahía y le daba una personalidad sin igual.

El hotel donde se hospedaban estaba situado en Pelourinho, el centro histórico. Allí todos los edificios eran de arquitectura barroca portuguesa y habían sido pintados de distintos colores. Las fachadas eran esplendorosas y se mezclaban con las numerosas iglesias de la zona. En la ciudad había casi cuatrocientas parroquias.

Pierce vio una banda musical en la calle tocando canciones afrobrasileñas junto a un grupo de hombres que practicaban capoeira. A su lado, varios turistas aplaudían entusiasmados. Los saltos y la pericia de los acróbatas cautivaron por completo a aquel grupo de visitantes europeos.

El espía llegó al Centro Cultural Fusión justo al mediodía. Hojeó durante unos instantes su guía turística y siguió hacia la Plaza Sé. Enseguida vio de reojo al policía español que lo seguía, tal y como habían acordado.

El estadounidense cruzó la calle, entró en la plaza y se dirigió hacia el monumento de la Cruz Caída. Justo antes de llegar, giró a su izquierda y su cuerpo desapareció repentinamente. Había entrado en un pequeño jardín y los árboles y la espesa maleza ocultaban esa parte del parque. Al cabo de algunos segundos llegó el policía español y se situó junto a él.

Ambos se saludaron con la mirada, se giraron y dirigieron su vista hacia la esquina donde habían doblado para entrar al jardín. La tensión aumentó y cada instante les pareció eterno.

De pronto, escucharon unos pasos. Alguien se dirigía hacia donde se encontraban. La adrenalina comenzó a circular a una velocidad endiablada y su respiración y ritmo cardíaco aumentaron notablemente.

-¡Mierda! -susurró Pierce mientras se santiguaba.

Ambos elevaron al máximo su nivel de alerta, sujetaron con determinación las empuñaduras de sus pistolas, comenzaron a desenfundarlas y se prepararon para lo peor.

XLVIII

El cibercafé estaba situado en una avenida comercial y justo frente a la entrada de la favela llamada Nordeste de Amaralina.

El barrio tenía gran cantidad de rascacielos que contrastaban con las miles de chabolas que surgían a tan solo unos metros de esa avenida. Un pequeño parque servía de frontera entre aquellos dos mundos que vivían tan juntos como aislados.

Los dos espías españoles comprobaron enseguida que Salvador de Bahía era mucho más que el barrio histórico de Pelourinho. Nada más salir de allí, la pobreza y la drogadicción se hicieron presentes por doquier.

Había muchos adictos en las calles, edificios abandonados, ladronzuelos, suciedad y gran cantidad de gente durmiendo en las aceras.

Cuando llegaron al cibercafé, el policía brasileño frunció el ceño.

-¡Cuidado! ¡Tengan siempre los ojos bien abiertos! - alertó ya en español a sus dos compañeros.

Los agentes del CNI siguieron los consejos del policía local, pero no sintieron ninguna amenaza inminente. La avenida comercial se veía segura.

Uno de los españoles descendió del vehículo, caminó hasta el cibercafé y entró. Sólo había dos personas usando los ordenadores y ninguna de ellas le pareció sospechosa.

Al salir, miró la acera en ambas direcciones y a su derecha distinguió una figura familiar. La mujer caminaba a unos treinta metros de él y se alejaba del cibercafé. El agente sacó un pequeño binocular y la observó. Cuando se dio cuenta de quién era, caminó con premura hasta el coche.

-¡Es Edurne Sagasti! ¡No hay tiempo que perder! - afirmó con determinación a través de la ventanilla.

Los otros dos agentes asintieron.

-Vosotros id en coche hasta que la paséis. Entonces tú te bajas y caminas hacia ella. Yo sigo por aquí y cuando los dos la alcancemos, la arrestamos. Estará rodeada y no podrá escapar. ¿Te parece? - preguntó al policía brasileño, que iba en el asiento del copiloto.

-De acuerdo.

El coche partió y el espía español continúo por la acera sin perder de vista a Edurne en ningún momento. Cuando el miembro de la Policía Federal bajó del vehículo y comenzó a caminar en dirección a la etarra, ambos agentes se encontraban a unos veinte metros de ella.

La vasca sacó su móvil y comenzó a marcar un número. De pronto, sonrió al ver que dos niños se acercaban por la espalda a un hombre. Se trataba de raterillos que palpaban los bolsillos de los viandantes para ver si llevaban cartera. Si la detectaban, usaban una cuchilla de afeitar para rasgar el bolsillo y se llevaban la billetera sin que la persona se diera cuenta.

Habían intentado robar a Edurne en su camino al cibercafé, pero ella adivinó sus intenciones y los espantó con un fuerte grito. Al ver de nuevo la persistencia y osadía de los jovencitos, no pudo evitar reírse.

De repente, uno de los niños empujó al otro, pareció advertirle de algo y señaló al policía encubierto brasileño. Después, asustados, ambos se fueron corriendo.

Edurne se extrañó y observó mejor al individuo. Era delgado, musculoso, llevaba gafas de sol, ropa holgada, zapatillas deportivas y tenía el pelo corto. Se movía con seguridad y observaba constantemente todo lo que sucedía a su alrededor.

El mecanismo de defensa de la etarra se activó de inmediato. Aquel hombre era el prototipo de policía encubierto. La reacción automática de la terrorista fue girarse hacia atrás y mirar si había otro a sus espaldas. Al hacerlo, se fijó de inmediato en el funcionario del CNI. Había visto muchos miembros de las fuerzas de seguridad a lo largo de su vida y ya tenía una habilidad casi instintiva para detectarlos.

El siguiente paso fue dirigir su mirada hacia la calle. Al ver el coche circulando casi en paralelo a ella, confirmó que le habían tendido una emboscada.

Edurne abrió la chaqueta de su chándal, bajó su mano derecha hasta la cintura, desenfundó su pistola y apuntó al hombre que venía hacia ella. El policía brasileño hizo ademán de sacar la suya, pero la vasca no le dio oportunidad.

-¡Pam! ¡Pam! -sonaron dos disparos.

Los viandantes se estremecieron y la mayoría se echó al suelo. El agente recibió un disparo en el hombro y se parapetó tras un coche.

Entonces la etarra se giró y siguió disparando, esta vez contra el miembro del CNI.

-¡Pam! ¡Pam! ¡Pam! - siguieron volando las balas.

El español devolvió el fuego y Edurne se protegió tras una pared. El otro agente del CNI bajó del coche y también comenzó a disparar contra ella. El triángulo de fuego se completó cuando el policía federal brasileño aguantó el dolor y se unió al ataque junto a sus compañeros.

La vasca no pudo mantener esa posición y comenzó a correr hacia el parque. Mientras, sacó el móvil de su bolsillo e intentó llamar a Aritz para advertirle de la trampa que sin duda también se estaría cerniendo sobre él, pero la velocidad de la huida le impidió marcar el número.

-¡Me cago en la hostia! - gritó cuando se dio cuenta de que no podría alertarle. Si para ella habían enviado a tres policías, en el caso del vasco serían al menos diez.

Ante la posibilidad de ser arrestada y que el móvil cayera en manos de la Policía, lo arrojó contra el suelo, lo pisoteó varias veces y arrastró los restos del aparato hasta una alcantarilla. Luego siguió la fuga a toda velocidad.

Los tres agentes habían salido tras ella, pero Edurne era muy veloz y supo camuflarse muy bien entre el gentío que corría horrorizado.

-¡Allí está! - gritó el policía brasileño mientras señalaba una zona ya dentro del parque.

Cuando llegaron, la terrorista ya estaba en la salida y a pocos metros de las favelas. Los agentes aceleraron el paso y llegaron a unos veinte metros de ella, pero entonces la etarra se giró y volvió a disparar a mansalva contra ellos.

-¡Pam! ¡Pam! ¡Pam! ¡Pam!

Los habitantes de las chabolas estaban acostumbrados a la violencia y se asustaron menos que los de avenida comercial, pero también buscaron protección tras paredes o coches.

De pronto, Edurne, ya dentro de la favela, se metió en un bar, cambió su cargador y observó a sus tres perseguidores. Una vez los tuvo a tiro, vació de golpe los diecisiete cartuchos de su Glock y volvió a cambiar el cargador.

La lluvia de balas paralizó a los tres agentes. Al ver que había logrado detenerlos momentáneamente, la vasca comenzó a gritar.

-*Atencão! Polícia!*

La palabra Policía llamó más la atención a los habitantes de Nordeste de Amaralina que los propios disparos.

Allí operaban muchos grupos criminales y la Policía sólo osaba entrar con una gran demostración de fuerza. Era muy arriesgado y muchas veces los delincuentes estaban mejor armados que ellos.

-*Atencão! Polícia!* - volvió a gritar Edurne.

-¡La puta que la parió! ¡Qué bicha!- exclamó uno de los espías del CNI.

El agente brasileño sabía que tenían apenas unos segundos más para arrestar o matar a Edurne. Después, resultaría imposible.

Miró hacia los tejados de las chabolas y comenzó a ver algunos hombres armados con pistolas y machetes. A la salida de otro bar también distinguió a dos niños descalzos, sin camisa y con bermudas. Ambos llevaban unos revólveres negros muy antiguos, pero que sin duda funcionaban. La familiaridad con la que los manejaban asustaba a cualquiera.

El agente de la Policía Federal brasileña era consciente que las bandas criminales inundarían toda el área en tan solo uno o dos minutos y que los matarían.

-¡A por ella! ¡Ahora! - gritó mientras se erguía y comenzaba a disparar contra Edurne.

Los dos españoles lo siguieron y también abrieron fuego.

Una vez los proyectiles comenzaron a volar, cualquiera podía caer víctima de uno de ellos. Sin embargo, en la favela todos eran expertos en cómo protegerse de los titoreos diarios que ocurrían allí y ninguna bala había matado todavía a algún desfortunado viandante.

Edurne sacó una segunda pistola y disparó con ambas manos mientras repetía la llamada a armas.

-*Atencão! Polícia! Atencão! Polícia!*-gritó con todas sus fuerzas.

En ese momento, varios hombres parecieron surgir de la nada y comenzaron a disparar con armas largas contra los tres policías, que no tuvieron más remedio que dar la vuelta y retirarse. El agente brasileño hizo ademán de coger su móvil y llamar a la unidad de fuerzas especiales, pero supo que ya sería demasiado tarde.

A esos disparos comenzaron a unirse otros desde los tejados de las favelas y el policía brasileño entendió que ya no había nada que hacer.

-¡Vámonos! ¡De prisa! - ordenó a los dos españoles.

Los agentes del CNI también comprendieron que ésa era una batalla perdida y le obedecieron.

Los tres corrieron en zig zag en dirección al parque y allí se escondieron entre la maleza hasta que los disparos contra ellos cesaron.

Edurne ya había desaparecido del lugar y corría en dirección a su hostal, una favela reconvertida por sus dueños en un pequeño albergue para turistas.

Algunos extranjeros querían vivir la experiencia de las chabolas brasileñas y se quedaban allí, pero era una aventura sólo reservada para los más osados. Los disparos de los delincuentes que gobernaban con mano de hierro la favela se escuchaban tanto de noche como de día. Intimidación, palizas, secuestros, robos, narcotráfico y ejecuciones sumarias eran escenas habituales en Nordesde de Amaralina.

Muchos de los asesinatos eran llevados a cabo por niños que habían dejado de serlo hacía tiempo. Tras aquellos rostros inocentes ya se escondían curtidos criminales que actuaban sin ningún tipo de compasión.

Edurne Sagasti siguió corriendo por las calles de la favela en dirección al hostal. Su respiración era cada vez más agitada y cada cierto tiempo se giraba para comprobar si alguien la seguía.

De pronto, el albergue apareció al fondo de la calle. Al verlo, recuperó fuerzas de flaqueza y aceleró aún más el ritmo, pero temió que podría ser ya demasiado tarde.

XLIX

Mientras caminaba, Aritz Goikoetxea sacó su móvil del bolsillo y miró si tenía alguna llamada perdida o mensaje de texto. Al no ver nada, lo mantuvo en su mano y siguió andando.

Cuando giró en el mismo lugar del parque donde lo habían hecho Allan Pierce y el miembro de la Policía Nacional, su cuerpo se paralizó. No sólo tenía a ambos frente a él, sino que lo esperaban.

Al darse cuenta de la emboscada, la rabia se adueñó del etarra. Su primera reacción fue sujetar con más fuerza las asas de la mochila y maldecirse por haberse dejado sorprender de esa manera.

Normalmente, esperaba lo mejor para sus operaciones, pero siempre se preparaba para lo peor. Sin embargo, y a pesar de su experiencia, nunca anticipó que las autoridades hubieran podido engañar a la agente de la Policía Nacional Gina Montaner para tenderle aquella trampa.

Por un momento sospechó que su infiltrada lo había traicionado, pero descartó la idea. Jamás le había fallado. Además, no sólo lo admiraba, sino que también lo temía y sabía muy bien cuál sería el precio a pagar por una traición.

Después bajó la mano derecha hacia el cinturón, donde llevaba una pistola oculta bajo la camisa.

-¡Ni se te ocurra, cabrón! ¡O te destrozo la cabeza aquí mismo! - le amenazó con énfasis una voz femenina.

Aritz se giró y vio a Elena Martorell, a Xurxo Pereira y a cuatro hombres más. Tres eran del CNI y uno de la Policía Federal brasileña.

Al ver su expresión de sorpresa, Elena sintió una satisfacción como pocas veces había experimentado en toda su vida. Por fin estaba saboreando la victoria frente a él.

-¿Por qué esa cara, hijo de la grandísima puta? ¿Acaso no te alegras de vernos? - preguntó mientras fingía una sonrisa para disimular su cólera.

El vasco detuvo su mano en seco.

-Oh… ¡Qué lástima! Por un momento pensé que intentarías coger tu pistola y me darías la excusa perfecta para volarte la tapa de los sesos- añadió la funcionaria.

Aritz seguía en estado de shock y analizaba con rapidez qué hacer.

-¿Qué? ¿Te ha comido la lengua el gato, cariño? -prosiguió la agente mientras se acercaba más a él.

-Elena Martorell... -susurró él.

-Claro, se me olvidaba. Es que sólo eres valiente cuando tienes un arma en las manos. Si no es así, te cagas en los pantaloncitos, ¿verdad? Ay… ¡Qué cobardica nos has salido! - continuó provocándolo.

Al llegar hasta él, le hundió el cañón en el estómago y le quitó la pistola mientras los otros policías seguían apuntándolo.

A pesar de tener la sartén por el mango, ambos agentes se mostraban nerviosos. Frente a ellos se encontraba a uno de los terroristas más peligrosos de toda la historia de España. Sabían que, de tener la oportunidad, los fulminaría allí mismo sin piedad. Por otro lado, aún ignoraban si estaba solo o llevaba algún tipo de escolta.

-De verdad que me hubiera gustado agujerearte el cerebro, pero, si no hay más remedio, te repatriaremos a España para que te pudras en la cárcel- añadió ella.

Aritz permaneció callado mientras observaba con atención a todos los que le rodeaban.

-Camina, cerdo- ordenó Elena.

Después le indicó con la pistola que se alejara de un banco cercano donde había una pareja. Los dos novios estaban asustados, pero el policía brasileño les enseñó su placa y eso les tranquilizó. No se trataba de delincuentes.

La española quería cachearlo y quitarle la mochila lejos de cualquier viandante para evitar que cogiera algún rehén.

El etarra se giró en la dirección que se le indicó y cuando lo hizo se dio cuenta de que cerca de él había una mujer en silla de ruedas. En principio no le dio importancia, desvió la mirada y siguió atento a lo que sucedía a su alrededor.

-¿No la reconoces? -preguntó Elena.

Al escucharla, volvió a mirar a la mujer y su cuerpo sintió la segunda sacudida en apenas unos segundos.

-¿Begoña? -alcanzó a balbucear.

Un hombre empujó la silla y la llevó hasta situarla a unos tres metros de Aritz. Cuando la tuvo cerca, él intentó aproximarse más, pero Elena volvió a hundirle el cañón de su pistola. Ésta vez, en un costado.

-Ya la mataste una vez. ¿Qué quieres? ¿Hacerlo de nuevo? -dijo mientras seguía sonriendo.

Begoña lo observaba con atención.

-No sabía qué sentiría este día- dijo al fin.

-Begoña, estás viva...-dijo el etarra en voz baja.

La vasca lo escuchó, pero no le importaba nada lo que tuviera que decirle. Sólo quería que la oyera.

-¡Muy sagaz! ¡Cállate, desgraciado! -le interrumpió.

Luego volvió a mirarle el rostro y disfrutó con el nerviosismo que detectaba en él.

-Te quise mucho, pero ahora mi sentimiento de odio hacia ti es mucho mayor que el amor que te profesé durante tantos años. Sólo quería verte por última vez, decirte que eres un verdadero hijo de puta y, sobre todo, que fallaste. Necesitaba que lo escucharas de mis propios labios.

Aritz aún no podía creer que su ex novia Begoña estuviera viva y frente a él.

-Sí, me has condenado a vivir en una silla de ruedas, pero estoy viva. Tú, en cambio, pasarás el resto de tu patética existencia encerrado como una rata entre las cuatro paredes de una celda. Serás tú el que en verdad no podrá moverse, no yo.

El etarra sintió que sería un milagro si Begoña le dejaba escapar vivo de allí. La conocía bien y la temía mucho más que a Elena Martorell. Sabía que era vengativa y que jamás le perdonaría su traición.

-Eres un inútil. Todo lo has hecho mal. Ni siquiera has aprendido la lección número uno de un terrorista, que es rematar siempre a tus víctimas con un tiro a la cabeza. ¡Qué estúpido eres! – exclamó-. Y ahora estás pagando el precio de ese error- añadió con desprecio.

El vasco volvió a agarrar con fuerza la cinta de la mochila mientras su miedo se mezclaba con la creciente rabia que sentía hasta en la última célula de su cuerpo.

-¡Una Euskal Herria independiente! ¡Aritz, el gran libertador! ¡Ja, ja! -se mofó de él-. No sé cómo me pude enamorar de un tipo tan memo como tú. Mira dónde han acabado tus delirios de grandeza. Arrestado como un puto delincuente de quinta categoría en la otra parte del mundo. Al final, los criminales siempre cometéis algún fallo que os lleva a la cárcel- añadió mientras se reía.

Luego se acercó algo más y lo observó con ira.

-¡Cabrón! ¡Jódete! ¿Me escuchas? ¡Que te den por culo!- espetó con furia.

Aritz pareció comenzar a salir de su estado de shock y por primera vez miró a Begoña con odio en su semblante.

-Eres un inútil- añadió ella mientras lo observaba con prepotencia-. Un narcisista con complejo napoleónico.

Luego suspiró, miró hacia el suelo y volvió a levantar la vista hacia él.

-¿Realmente creías que te ibas a convertir en el Simón Bolívar de Euskadi?- siguió ridiculizándolo-. El único problema es que Napoleón o Bolívar eran hombres de gran inteligencia y tú no eres más que un pobre mentecato con ínfulas de grandeza. Y digo creías porque, vista tu actual situación, asumo que ya has abandonado tus alucinaciones mesiánicas. Si no es así, es que ya estarías loco de remate- continuó cebándose en él.

Después se separó de Aritz y lo miró con una expresión de asco.

-Yo siempre me sentí española. No sé cómo me dejé engatusar por un lunático como tú, pero ahora ya regresé a mis cabales. El País Vasco nunca será independiente. ¡Viva España! - gritó con fuerza.

Cada reacción de indignación por parte de Aritz hacía que se alegrara más de estar ahí y fente a él. Sin duda el viaje había valido la pena.

Tras escucharla, el etarra por fin recuperó el control de sus emociones.

-Eres una zorra. Ahora me doy cuenta de que nunca te conocí de verdad. Sólo me arrepiento de una cosa y es de no haber seguido tu consejo. Te merecías ese tiro en la cabeza- afirmó con ira.

Elena se interpuso entre ambos y ordenó con un gesto al hombre que arrastraba la silla de Begoña que la alejara de allí.

-Se acabó la charla- les dijo-. Registradlo- ordenó a otros dos policías.

Cuando se acercaron a Aritz, el vasco se echó repentinamente para atrás.

-¡Un paso más y aquí se acaba todo! ¡Todos volamos por los aires! - exclamó mientras levantaba su móvil.

Al escucharlo, Elena y todo el grupo se alejaron de él.

-Si aprieto cualquier tecla del móvil, todos quedaremos hechos trizas. La mochila está cargada de explosivos- amenazó.

Elena no supo si creerle o no.

- ¿Piensas que somos imbéciles? Los que se suicidan son los yihadistas, no los etarras. No tienes ningún explosivo en la mochila- dijo ella.

Entonces fue Aritz quien sonrió.

-¿Pero por quién me tomas? ¿Acaso crees que iba a venir aquí sin protegerme? ¿Piensas que soy un puto novato? ¿Qué nací ayer? Además, si no logro mi objetivo, no me importa morir- aseveró.

-Es un farol. ¡Estás fanfarroneando! - insistió ella.

-¡Pandilla de cabrones! Si no me creéis, intentad quitarme la mochila. ¡Venga! ¿A que no hay cojones? ¿Quién quiere morir conmigo? ¡Vamos! ¡Mamones! - les retó.

Aritz había detectado las dudas de Elena y cada vez se mostraba más seguro de sí mismo.

La agente no supo qué hacer, pero decidió que el riesgo era demasiado grande. Aun así, hizo un último intento.

-Suelta la mochila. En la cárcel al menos podrás hablar con tus amigos etarras y continuar fantaseando sobre lo que pudo ser y nunca fue. No te engañes. Si te suicidas, nadie en el País Vasco va a derramar una sola lágrima por ti. Ni siquiera tus padres, que ya saben que no eres más que un patético asesino -le dijo.

-¡Tú puta madre! -espetó él.

El etarra se alejó con lentitud de ellos. Sabía que Elena no se arriesgaría a intentar quitarle la mochila.

Cuando pasó al lado de Begoña, extendió su mano izquierda y le acarició el rostro. Al sentirlo sobre su piel, ella le apartó la mano con un golpe.

-¡No me toques, cabrón!

Aritz se rio.

-¿Será que no soy tan inútil como piensas? -preguntó con sorna.

-¡Estás chalado! ¡Eres un psicópata!-exclamó Begoña furiosa.

Él volvió a reírse.

-Dentro de poco verás mi sueño hecho realidad. Siento mucho que lo hagas desde esta silla de ruedas. Yo alcanzaré mi meta y, en cambio, tú seguirás siendo una penosa y resentida paralítica incapaz de moverte sin que alguien empuje tu sillita- afirmó procurando herirla al máximo.

Begoña nunca pensó que su rabia hacia él pudiera aumentar aún más, pero así fue.

Aritz echó un último vistazo al grupo y cuando su mirada se cruzó con la de Xurxo, le guiñó el ojo.

-Y tú, cuídate bien, que te voy a necesitar vivo- le dijo misteriosamente.

Luego se acercó a Elena, recuperó su pistola y apuntó a la espía y a Allan Pierce.

Los policías pensaron que iba a dispararles, pero los planes de Aritz eran mucho más ambiciosos. Si lo hacía, los agentes responderían, se crearía pavor en el parque y su huida podría dificultarse o incluso volverse imposible.

La venganza del vasco no sería liquidar a un puñado de personas, sino conseguir la indepedencia de Euskadi.

-Nos volveremos a ver muy pronto- afirmó mientras se ponía de nuevo el arma en el cinturón.

Después comenzó a caminar a buen ritmo mientras miraba constantemente hacia atrás para asegurarse de que nadie intentaba abalanzarse sobre él. Tras Aritz salieron de inmediato Elena y otros dos agentes, que lo siguieron a unos diez metros.

Tras pasar algunas calles, llegaron al a plaza Tomé de Souza. Allí estaba ubicado el famoso ascensor Lacerda. La gigantesca columna de estilo arte Déco conectaba la parte alta de la ciudad con la baja, separadas por un escarpado barranco.

El ascensor transportaba cada día a decenas de miles de personas y descendía vertiginosamente por el precipicio de setenta metros en apenas veinte segundos. La sensación era tan intensa que quienes tenían vértigo optaban por bajar caminando.

Cuando llegó a la plaza, Aritz se encontró con un numeroso grupo de estudiantes brasileños de secundaria que la visitaban junto a varios profesores.

El etarra era consciente de que tenía que actuar sin vacilación. Ya cerca del Lacerda, se quitó la mochila y la arrojó con fuerza hacia el grupo de escolares para dirigirse inmediatamente después hacia la puerta del ascensor.

Elena instruyó a uno de los agentes que siguiera a Aritz y ella corrió hasta la mochila con el otro. Llegó justo antes de que un par de estudiantes intentaran levantarla para preguntar de quién era.

El policía brasileño ordenó a gritos los escolares que se alejaran de allí. Todos se asustaron y evacuaron con rapidez esa parte de la plaza.

La española estaba segura de que la mochila no contenía ninguna bomba. De lo contrario, Aritz no la hubiera lanzado de esa forma. Era un experto en explosivos y sabía que hubieran podido estallar accidentalmente. A pesar de ello, no tuvo más remedio que actuar con precaución para evitar víctimas inocentes.

La espía miró de pronto en dirección al ascensor. Aritz le estaba ganando la partida. Estaba a punto de escapar.

-¡Hijo de puta! - exclamó frustrada.

En otras circunstancias, esperaría a la llegada del equipo de explosivos de la Policía Federal, pero decidió actuar. A pesar de que los niños ya estaban a salvo, tenía que asegurarse de que no dejaba una bomba desatendida en el parque.

El vasco sintió toda la conmoción desde el Lacerda, pero el gentío de la plaza le impidió ver exactamente qué sucedía o dónde estaba Elena.

Aritz pagó los quince centavos del billete como cualquier otro viajero y esperó en la cola. No quería llamar la atención. En cada viaje el ascensor llevaba a ciento veinte personas y el pasillo estaba lleno.

A apenas cuarenta metros de allí, Elena palpó la mochila y después la abrió con cuidado. Dentro sólo había un par de periódicos, una libreta y varios bolígrafos.

-¡Mierda! -gritó con cólera y alivio al mismo tiempo.

Luego corrió hacia el ascensor. Sabía que si Aritz conseguía subirse, burlaría el cerco policial. Si ellos esperaban al siguiente ascensor o bajaban la ladera corriendo, nunca llegarían a tiempo para arrestarlo antes de que desapareciera por las calles de la ciudad.

Una vez más, le tocó arriesgarse. Desenfundó su pistola y realizó un par de disparos al aire. Pensó que, al escuchar las detonaciones, los trabajadores del Lacerda interrumpirían su labor y el ascensor dejaría de funcionar, pero no fue así. Operaban tras paredes de metal o cemento y ni los oyeron.

Quienes sí escucharon los tiros fueron las personas que estaban en la plaza. Los visitantes entraron en pánico y huyeron desordenadamente en todas direcciones. Elena los esquivó como pudo, continuó hasta el ascensor y cuando llegó al pasillo fue Aritz quien sacó su arma y comenzó a disparar contra ella.

-¡Pam! ¡Pam! ¡Pam! - retumbaron los tiros en el corredor.

La agente del CNI se echó al suelo y comprobó con impotencia que el etarra no sólo estaba ya dentro del ascensor, sino que éste comenzaba a cerrar sus puertas para iniciar el descenso.

Lo último que vio fue la mano izquierda del terrorista asomándose por un lado de la planca metálica para dedicarle una peineta.

Estaba furiosa y hubiera vaciado el cargador contra Aritz, pero el ascensor estaba lleno de gente y los proyectiles podrían acabar impactando a cualquiera.

Al llegar a la parte baja de la ciudad, los ciento veinte pasajeros corrieron despavoridos y el etarra se mezcló con habilidad entre ellos por si algún policía brasileño estuviera esperándolo abajo.

Cuando Elena y el resto de los agentes llegaron a la salida del ascensor, Aritz ya había huido.

La Policía Federal preguntó a Elena si quería que distribuyeran su foto a las diferentes comisarías y a los medios de comunicación, pero declinó la oferta. Sabía que una persona como Aritz tendría un plan de escape muy bien organizado y que la difusión de su rostro no daría ningún fruto.

Por otro lado, quería mantener bajo el radar cualquier información que tuviera que ver con el etarra. Si la población española descubría que estaba planeando un ataque incluso más letal que el anterior en Barcelona, el pánico sería inmediato.

L

Xurxo llamó a la puerta de la habitación de Elena en el hotel, pero no escuchó nada. Luego movió la empuñadura y comprobó que estaba abierta.

-¿Elena? ¿Estás ahí?-preguntó mientras la abría.

El silencio se mantuvo, pero vio a la agente frente a la ventana. El rostro de Elena indicaba con claridad que no tenía ganas de hablar con nadie.

-¿Puedo pasar?- preguntó el periodista.

Ella lo miró, se resignó, se dio la vuelta, caminó hacia dentro y se sentó en la mesa donde tenía desplegada toda la información del operativo. Xurxo pasó, cerró la puerta y se sentó a su lado.

-Ese cabrón me ha ganado la partida. Ha sido mi culpa. No planeé bien esto- se reprochó la espía.

-Eso no es cierto- replicó enseguida él-. Hay cosas que no se pueden predecir.

Ella lo miró y suspiró.

-Gracias por intentar animarme, pero no es verdad. Utilicé poca gente para no llamar la atención. Fue un error. Tenía que haber traído un ejército para asegurarme de que ese capullo no se me escaparía.

-Si hubieras hecho eso, se habría dado cuenta, no hubiera seguido a Pierce y jamás lo habríamos visto hoy. Estamos hablando de un profesional.

Elena dio un último sorbo a su gin tonic. Luego movió el vaso y observó cómo los cubitos de hielo se deslizaban rítmicamente de un lado a otro.

-¡Mierda! ¡Mierda!- exclamó frustrada.

Xurxo le rellenó el vaso y se puso otro.

-¿Y ahora qué pasa?- preguntó después el reportero.

Ella reflexionó durante unos segundos, lo miró y se tomó el gin tonic de un tirón.

-Dos cosas. La primera es que regresamos a España sin tener la más remota idea de qué tiene planeado Aritz- afirmó.

-¿Qué piensas que hará?

-Si antes nos aborrecía, ahora nos odia con aún más pasión. Todo le ha salido mal aquí. Eso podría motivarle a acelerar el plan que se trae entre manos. Su operación sería entonces inminente. Ya sabe que estamos muy cerca de él y no volverá a cometer ningún error. La otra posibilidad es que se haya asustado y decida desaparecer para siempre. Olvidarse de todo. Sabe que, si lo arrestamos, jamás saldrá de la cárcel.

Xurxo sonrió.

-Esa ya la puedes descartar. Aritz siente que ésta es su misión en la vida y nada lo detendrá.

-Lo sé- afirmó ella con resignación.

Luego cogió con la mano un cubito de hielo, se lo llevó a la boca y refrescó sus labios.

-Dijiste que pasarían dos cosas. ¿Cuál es la segunda? - preguntó Xurxo.

Elena se giró hacia él, le quitó el vaso, lo puso sobre la mesa y lo cogió de la mano. Después lo llevó hasta la cama y lo empujó.

Al caer sobre el colchón, Xurxo se rio. Elena también lo hizo y fue lentamente hasta él. Tras subir a la cama, se sentó encima del reportero. Después se quitó la camisa, el sostén y se soltó el pelo.

-Adivina- susurró.

LI

Begoña descolgó el teléfono de su habitación y pidió que le conectaran con la de Allan Pierce.

-¿Sí? - respondió él.

-Señor Pierce, soy Begoña.

-¿En qué la puedo ayudar?

La llamada le sorprendió y despertó su curiosidad. La vasca nunca había intentado hablar directamente con él.

-Nos podemos ayudar el uno al otro.

-La escucho.

-No me gusta andar con rodeos.

-Es la mejor forma de entenderse.

-Elena Martorell es una excelente profesional, pero tiene un gran defecto: sigue demasiado las reglas del juego.

El espía estadounidense calló.

-¿Está de acuerdo?

-Continúe.

Begoña interpretó esa respuesta como una luz verde.

-Estamos tratando con terroristas. Si queremos ganarles, a veces hay que sacarse los guantes.

-¿Adónde quiere llegar?

-Si Aritz pasa el resto de sus días en la cárcel, sin duda será algo bueno. Sin embargo, sería mucho mejor si lo liquidamos de una vez. Se habría hecho justicia.

-Ya veo.

-Lo que definitivamente no puede ocurrir es que vuelva a escaparse y cometa otra atrocidad.

-Estamos de acuerdo.

-¿Es usted de las personas que hace lo necesario para acabar con los terroristas o de las que habla mucho y después no hace nada? ¿Sabe mancharse las manos cuando la situación lo requiere?

El americano sopesó la respuesta. Intuyó que Begoña sabía algo que podría llevar a la captura del etarra, pero también que esa información tendría un precio.

-Lo importante es que no muera más gente inocente- afirmó el espía.

Ella volvió a interpretarlo como otra invitación a continuar.

-Eso es lo que quería escuchar.

-Siga.

-Tengo una amiga. Se llama Yesenia y pertenece a la pandilla salvadoreña M-13. La mara Salvatrucha. ¿Ha escuchado algo de ellos?

-Por supuesto. Es una de las más peligrosas del mundo. Es la primera pandilla en ser declarada una organización criminal transnacional en Estados Unidos. Hay una gran campaña contra ellos en mi país.

-Es jefa de dos de sus ramas, una en Los Ángeles y la otra en San Salvador.

- ¿Y qué tiene que ver ella con esto?

-La MS-13 tiene lazos con una de las pandillas más importantes y violentas de Brasil, el Primer Comando Capital, o PCC. Yesenia les ayuda a conseguir diversos tipos de drogas. En especial, cocaína en piedra. La Salvatrucha tiene muy buenas conexiones en Colombia.

-¿Y? - siguió sin comprender Pierce.

-La PCC domina la favela de Nordeste de Amaralina, donde desapareció Edurne.

De pronto, el espía entendió a la perfección.

-Pedí a Yesenia que preguntara a sus amigos del PCC si sabían algo de ella y lo hicieron. Como comprenderá, en esa favela no ocurre nada sin que ellos se enteren.

-Y mucho menos un tiroteo con la Policía.

-Exacto.

-La escucho.

-Edurne estaba alojada en un pequeño hostal situado en la favela y se escondió allí.

-¿Sabe dónde se encuentra ahora?

-La Policía tiene muchos chivatos en la favela, así que tarde o temprano la localizarían. Los amigos de Yesenia se adelantaron, fueron al albergue y se la llevaron. Está en una casa de la favela custodiada por el PCC.

-¿Podemos ir a interrogarla?

-¿Por qué cree que le estoy llamando?

-Veo que nos entendemos.

-Sólo tengo una condición.

-La escucho.

-Ambos tienen que morir.

-Comprendo.

-¿Tenemos un trato?

-¿No me estará grabando, ¿verdad? - preguntó el norteamericano.

-No, pero ¿qué más da? También estaría incriminándome a mí misma.

-Cierto.

-Lo único que me interesa es que esos dos animales paguen por lo que han hecho. En especial, él. A veces las leyes son un estorbo innecesario y lo único que hacen es entorpecer la justicia. ¿Me entiende?

-A la perfección.

-¿Tenemos un trato? - repitió la pregunta.

-Sí.

Al escucharlo, Begoña sintió un gran alivio. Aritz aún no le había ganado la partida.

-Le están esperando abajo en un coche. Vaya solo. No avise a nadie.

-De acuerdo- dijo antes de colgar.

Después cogió su pistola, bajó hasta la calle y vio como una mujer le hacía señas desde un pequeño coche.

Al llegar al vehículo, ésta se presentó como Yesenia y le indicó que subiera a la parte de atrás.

La salvadoreña iba en el asiento del copiloto. El coche lo conducía un miembro del PCC que vivía en la misma favela de Nordeste de Amaralina.

Cuando llegaron a una de las entradas de la favela, un hombre armado con un revólver se acercó al coche. Cuando vio al conductor, hizo una señal a otros autorizando el paso.

Tras recorrer algunas calles, bajaron del vehículo y comenzaron a subir caminando por pequeños callejones inaccesibles en coche.

Las casas eran pequeñas, estaban construidas sin permisos, con materiales muy rudimentarios y casi todas tenían barras de metal en puertas y ventanas.

Muchos de los callejones eran de tierra y había una gran cantidad de personas armadas. En especial, jóvenes. Eran quienes más mataban y quienes más morían.

El grupo pasó otros dos controles. La Policía jamás había entrado en aquella zona, que escondía tres centros de distribución de droga donde se almacenaban cientos de kilos de cocaína.

Las casas estaban custodiadas por decenas de hombres con el armamento más moderno del mercado. También pagaban mucho dinero para que las autoridades les dejaran en paz.

Tras quince minutos caminando, llegaron a su destino. Era una casa de ladrillo en la cúspide de una loma desde la que se veía toda la favela. A la entrada había dos hombres con sendas ametralladoras.

Al pasar al interior, Pierce vio a Edurne en la sala. Estaba de pie y tenía los brazos estirados hacia arriba. La habían atado a la parte más alta de una columna de metal.

-Ahí está la puta- afirmó Yesenia.

Edurne estaba asustada. Sabía que difícilmente saldría de allí con vida. Sin embargo, era valiente y mantuvo la compostura.

-Y aquí está todo lo que tenía en la habitación- añadió la salvadoreña mientras señalaba una mochila y varios objetos desplegados sobre la cama.

Pierce fue hacia la cama y revisó sus pertenencias. De entre todo, sólo cogió un mapa de Barcelona. Luego lo abrió y vio que dentro había otro plano más pequeño, éste del sistema de metro de la ciudad.

Entonces se giró y fue hasta Edurne.

-¿Es de nuevo Barcelona el lugar del próximo atentado? - preguntó mientras le ponía los mapas frente al rostro.

La etarra lo miró a los ojos, pero no dijo nada.

-Te voy a dar otra oportunidad para que contestes. No me gusta perder mi tiempo, así que piensa bien lo que vas a hacer. Si no hablas, la próxima vez que te haga la pregunta, ya no podrás responder con todos tus dientes.

Luego el espía guardó silencio durante unos segundos.

-¿Es Barcelona el próximo objetivo de vuestro atentado?

Edurne comenzó a respirar mucho más rápido, pero siguió negándose a hablar.

Al no escuchar respuesta alguna, Pierce le dio un fuerte puñetazo en plena boca. La sangre brotó inmediatamente y Edurne perdió dos dientes frontales.

La etarra lloró y gritó de dolor, pero era inútil. Nadie en la favela movería un dedo por ella.

Pierce se agachó y cogió un trozo de diente del suelo.

-No puedes decir que no te advertí- dijo mientras se lo mostraba a Edurne.

Después lo tiró al suelo, cogió una silla, la colocó delante de la vasca y se sentó.

-Admiro tu valor y lealtad. Ya no queda mucha gente como tú, pero ahora te conviene ser práctica y cooperar conmigo. Es en momentos como éste cuando debes activar tu instinto de supervivencia y contarme todo lo que sabes antes de que sea demasiado tarde.

Ella tenía la cabeza hacia abajo y apenas se le veía el rostro.

-Que te den por culo-le respondió desafiante.

Pierce sonrió y la aplaudió.

-¡Bravo! - exclamó-. Hay que reconocer que tienes más cojones que el propio Aritz.

Edurne escupió sangre y volvió a gemir de dolor.

-Vas a tener el mismo fin que tu amigo Lajos Kovács. Disfruta de tu cabeza mientras aún la tienes pegada al cuello- afirmó Edurne mientras se reía.

El americano se levantó y, sin mediar palabra alguna, le pegó un fuerte puñetazo en el estómago.

La vasca volvió a retorcerse de dolor, pero no dio ninguna señal alguna de que cedería.

-¿Contra quién vais a atentar? ¿Dónde está Aritz? - le preguntó agarrándola con fuerza del cuello.

Al no escuchar nada, apretó más y más hasta casi estrangularla. Después la liberó de sus manos y Edurne respiró profundamente para recuperar el oxígeno que se le había negado.

Pierce caminó por la habitación y volvió a sentarse.

-Tengo mucha práctica interrogando a terroristas. He visto a gente como tú. No importa cuánto te pegue, sé que no vas a hablar. ¿Me equivoco?

La vasca levantó la cabeza y lo miró.

-Cabrón. Pronto te llegará tu hora- se limitó a decir.

-Eres tan valiente como cabezota.

-*Putakume! Zoaz pikutara!*-, espetó ella en euskera. Significaba a tomar por culo, hijo de puta.

El americano se levantó y le pegó un puñetazo en el hígado. Luego rompió las ataduras con un cuchillo, la cogió por pelo y la arrastró hacia el pequeño balcón de la casa.

Al aproximarse, agarró la camisa de la etarra por la espalda, cogió carrerilla y la empujó hacia el vacío. Edurne salió disparada por el balcón y cayó por el barranco de cuarenta metros que había frente a la chabola.

Pierce se asomó para verla caer y estrellarse contra el tejado de otra casita. Después miró tranquilamente hacia el frente, donde vio miles de casas construidas unas encima de otras en una especie de intrincado enjambre habitacional.

-Qué interesante. Nunca había estado en una favela- susurró.

El estruendo contra la uralita asustó a los habitantes de la chabola, que salieron corriendo para ver qué sucedía. Al comprobar de qué se trataba, regresaron de inmediato a la vivienda sin decir una palabra.

El espía se giró y caminó hasta Yesenia.

-Una menos- fue su único comentario.

LII

Adrià Belloch salió de su casa, se dirigió al coche que tenía estacionado en el garaje y entró al vehículo. Al encender el motor, se percató de que en la parte superior izquierda del cristal delantero habían pegado un pequeño adhesivo. Era rojo, circular y del tamaño de una uña.

Cuando lo vio, sintió unos nervios inusuales en él. La cuenta atrás acababa de empezar y ahora sólo le quedaba confirmar personalmente la veracidad de la orden más importante que había recibido en toda su vida.

Sacó su móvil del bolsillo de la chaqueta y llamó a su oficina. Tras avisar que se retrasaría, se dirigió a Sant Esteve Sesrovires, municipio barcelonés donde se encontraba la cárcel de Brians.

Una hora después ya estaba frente a la puerta. El centro penitenciario era administrado por la *Generalitat*, así que no tuvo ningún problema para agilizar una visita con el preso Juan Salvat.

El recluso catalán era un ex agente de la Policía Nacional que trabajó durante años de forma encubierta como detective privado. Su misión había sido infiltrar organizaciones de extrema derecha en Cataluña.

Sin embargo, en realidad, se trataba de otro de los independentistas que la Unidad 120050 tenía camuflados en las fuerzas de seguridad. Conocía a Aritz desde la adolescencia y eran muy buenos amigos, hasta el punto de haber planeado juntos en Estados Unidos el atentado contra la comisaría de Policía de Vía Layetana.

Cuando Elena Martorell desmanteló la célula terrorista, fue arrestado y ahora permanecía recluido en uno de los módulos de máxima seguridad de la cárcel de Brians.

Se trataba de la persona de confianza de Aritz en Cataluña y, aun estando en prisión, era el encargado de ratificar cualquier orden dada por el etarra para operaciones en territorio catalán.

Belloch entró al módulo de visita y vio a Juan Salvat sentado tras una pequeña mesa. El preso, que vestía pantalones tejanos con una camisa blanca y una chaqueta marrón, lo observó con desconfianza.

-Déjenos solos, por favor- afirmó Belloch al guardia que le custodiaba.

El funcionario salió, cerró la puerta y se quedó al otro lado atento a cualquier posible incidente.

Consciente de que podrían estar grabándolos, se ajustaron al protocolo establecido por Aritz.

-Te preguntarás por qué vengo a verte- afirmó el *mosso*.

El reo no respondió y lo miró con desprecio.

-Sé que hay más independentistas encubiertos en las fuerzas de seguridad, incluidas las de la *Generalitat*. Dime quiénes son y qué quieres a cambio de esa información.

El recluso se rio.

-Sospechamos que pronto podría haber otro atentado y tenemos que detenerlos antes de que vuelvan a cometer otra locura.

Salvat entrelazó sus dedos y después se llevó las dos manos a la boca.

-¿A caso quieres volver a ser cómplice de otra matanza? - insistió el *mosso*.

El preso miró hacia su izquierda y después se echó el pelo para atrás con su mano derecha.

-¿Por quién me tomas? Para empezar, no sé nada de ningún atentado, pero, aunque lo supiera, jamás te lo diría. No soy ningún chivato- afirmó molesto.

Belloch asintió. Luego vio como Salvat entrelazaba una vez más los dedos de sus manos.

-¿Estás seguro? Demuestra que aún tienes algo de humanidad- insistió.

El ex policía lo observó consciente de las consecuencias de aquella orden.

-Completamente seguro. Ya te dije todo lo que tenía que decir- agregó con seguridad.

El *mosso* se levantó, golpeó la puerta con sus nudillos y ésta se abrió.

Antes de irse, se giró, miró por última vez a Salvat y se marchó.

Ya en su coche de regreso hacia Barcelona, llamó al periodista Manuel Bartra.

-¿Dígame?

-Soy Adrià.

-¿Qué tal?

-Bien. Te llamo para invitarte a una fiesta de cumpleaños.

-¿De quién?

-Fernando.

-¿Fernando? - le contestó extrañado.

-Sí, me gustaría darle una fiesta sorpresa.

-¿Cuándo será?

-En tres días.

-¿En tres días? – pareció sorprenderse.

-Sí.

-De acuerdo- afirmó Bartra con cierto titubeo.

-¿Algún problema?

-No, ninguno- respondió esta vez con más determinación.

Belloch colgó y colocó el teléfono en el asiento del copiloto. De pronto, tuvo una sensación que no había experimentado nunca.

En tres días, él y los suyos habrían triunfado y Cataluña sería un país soberano o seguramente todos habrían muerto en el intento.

Sólo había una forma de sellar aquel cambio y era con sangre. No sería fácil, así que no podía cometer fallos ni mostrar debilidad alguna.

El policía miró hacia los lados de la carretera y se distrajo durante unos segundos mientras observaba los verdes y ordenados campos de la comarca del Bajo Llobregat.

Después se concentró y se infundió fuerzas para no defraudar a Cataluña.

LIII

Eduardo Albarracín se encontraba en su oficina del cuartel del Bruch cuando sonó el teléfono.

-Aquí el capitán Albarracín.

-Estoy buscando al coronel Marcos Hernández.

-¿Coronel Marcos Hernández?

-Sí.

-¿En qué unidad está destinado?

-En la Jefatura de Inspección General del Ejército. Unidad de Mando de Apoyo Logístico.

-Se equivoca de lugar. Usted está llamando al cuartel del Bruch. La Jefatura de Inspección General del Ejército está en la Capitanía General, en las Ramblas.

-Ah, perdone.

-No hay problema.

-Por fin encuentro a alguien que me dice dónde puedo encontrarlo. Es la tercera persona con la que hablo.

-Lo siento.

-Gracias.

Tras colgar, Albarracín reflexionó durante unos segundos. Después cogió su gorra, se la puso y caminó hasta la armería de su regimiento.

Un sargento custodiaba la entrada junto a dos soldados armados. Pidió que le abrieran la puerta y pasó con el suboficial.

Frente a él se encontró con varias decenas de fusiles de asalto HK G36 de fabricación alemana, el arma larga oficial del Ejército de Tierra español. Las ametralladoras estaban en posición vertical y en filas paralelas.

Se acercó a uno y lo acarició. De color negro y fabricado con un plástico muy resistente llamado polímero, era conocido como el arma de juguete debido a su escaso peso. Apenas tres kilos con cuatrocientos gramos.

Después fue hasta los lanzacohetes, las granadas, los morteros y las cajas de munición.

-¿Está todo el inventario en orden? - preguntó al sargento.

-Sí, mi capitán. Hasta la última bala.

-¿Algún arma que no funcione?

-No, mi capitán. Había dos pistolas que se encallaban y un fusil de asalto con la óptica desajustada, pero los ingenieros de Valladolid ya los repararon y los devolvieron ayer.

Se refería a los ingenieros que trabajaban en el Parque y Centro de Mantenimiento de Armamento y Material de Artillería situado en la localidad de Pinar de Antequera.

Allí era donde, rodeados de grandes medidas de seguridad, se reparaban todas las armas del Ejército de Tierra.

Antes de irse, el capitán abrió una caja de munición y palpó los proyectiles. El acero y el plomo de las balas se sentían fríos, leales e inmisericordes. Seguirían sin rechistar las órdenes que se les dieran.

Albarracín sabía que, en apenas tres días, muchos de esos proyectiles acabarían con las vidas de cientos e incluso miles de personas.

-Gracias, sargento- se despidió Albarracín.

-A sus órdenes.

El capitán salió del edificio y observó la bandera española, que ondeaba en lo más alto del mástil situado en el patio del cuartel.

-En tres días ahí estará la *Senyera* y después le tocará el turno a la ikurriña en Euskal Herria- pensó satisfecho.

LIV

El neonazi Juan Gálvez entró en el hotel boutique de la plaza barcelonesa de San Felipe Neri junto a tres de sus hombres. Cada uno llevaba una voluminosa maleta con ruedas.

-¿Les ayudo? -se ofreció un sonriente portero.

-No, muchas gracias-rehusaron todos con amabilidad. Los cuatro iban con traje para ocultar sus numerosos tatuajes.

Luego fueron hasta la recepción.

-Buenas tardes. Tengo reservadas cuatro habitaciones a nombre de Pedro Martínez.

-Buenas tardes- dijo el recepcionista mientras miraba su ordenador-. En efecto, aquí está. Cuatro días, ¿correcto?

-Así es.

-¿Me permite una tarjeta de crédito?

Gálvez le dio una falsificada.

-¿Los señores vienen de turismo o de trabajo? - preguntó el empleado para hacer tiempo mientras finalizaba el papeleo.

-Trabajo. Ojalá fuera turismo.

-¿Alguna feria?

-No, una reunión de empresa.

-¿Y le podría preguntar en qué ramo trabajan?

Tanta pregunta incomodó a Gálvez, pero disimuló bien su malestar.

-Estamos en el sector del aceite.

-Interesante… -afirmó el recepcionista con vaguedad mientras les daba las tarjetas electrónicas para sus habitaciones-. Gracias y que tengan una feliz estancia.

El cabeza rapada cogió su maleta y todos subieron a sus habitaciones.

Al llegar, colocó en la puerta el letrero de no molestar y depositó la maleta sobre la cama. Cuando la abrió, sacó algo de ropa y enseguida apareció su arsenal: un fusil de asalto con veinte cargadores, dos pistolas, diez granadas y dos cuchillos militares. Se trataba del mismo armamento que llevaban los otros tres neonazis.

A esa misma hora, varias decenas más de ultras del mismo grupo se estaban instalando en otros hoteles del barrio Gótico. Todos se encontraban en un radio máximo de seis calles alrededor del Palacio de la *Generalitat*. Eran los miembros más radicales y violentos de la extrema derecha española.

Gálvez se asomó a la ventana y vio los agujeros en la pared de los fusilamientos durante la Guerra Civil.

-Estoy hasta los huevos de estos separatistas. Ya se acabaron las gilipolleces. ¡Ahora sí van a saber lo que es bueno! Si pensaban que los españoles no tenemos cojones para callarles la boca, se equivocaron- se dijo a sí mismo.

LV

Xurxo Pereira se acercó al ventanal del apartamento y posó su mano sobre el cristal, como si pudiera tocar la playa de la Barceloneta. El vidrio estaba ligeramente abierto y sintió la suave brisa marina acariciando con delicadeza su rostro.

Después dirigió su mirada al Paseo Marítimo y observó a las personas que caminaban frente al mar. De pronto, unas conversaciones desviaron su atención hacia la parte baja del edifico, donde vio un pequeño estanque y un bar con terraza.

Un amigo que estaba de viaje le había prestado el apartamento. Ubicado en el tercer piso de un moderno inmueble, gozaba de una vista inmejorable del Mediterráneo.

Contemplar el mar le producía un efecto terapéutico inmediato. Lograba relajarlo y que se olvidara de todo cuanto sucedía a su alrededor.

Unos segundos más tarde, regresó a su ordenador. Releyó la pregunta, se levantó y se sentó en un sillón.

-¿Ha visto de cerca la muerte alguna vez?

Una revista digital le había enviado unas preguntas. Se trataba de una entrevista que sería publicada en la edición del fin de semana. Era parte de una serie sobre corresponsales de guerra.

Xurxo había encarado la muerte en ocho ocasiones, pero, por alguna misteriosa razón, siempre había salido de todos esos lances sin un solo rasguño.

El reportero cerró sus ojos y revivió la pesadilla que generalmente sufría dormido y de noche.

La secuencia de imágenes apareció con rapidez. Se vio a sí mismo mientras gritaba con todas sus fuerzas para advertir a Samir Mejmebasic y a su familia del inminente peligro que se cernía sobre ellos, pero nadie le escuchaba. Después, corría desesperadamente por la nieve hacia la puerta de su edificio. Sin embargo, antes de llegar, la artillería serbia ya había lanzado un obús contra el piso de sus amigos.

Xurxo se llevó la mano a la tez y sintió aquel sudor frío ya familiar. Siempre hacía lo posible para no pensar en ese día, pero en aquella ocasión los recuerdos se negaron a permanecer encerrados bajo llave en algún remoto lugar de su memoria emocional.

El insoportable complejo de culpa asfixiaba su pecho. Él se había salvado y seguiría adelante con su vida, pero Samir estaba muerto.

-Le fallé. Si no le hubiera metido en esto, estaría vivo- se recriminó una vez más.

Después los recuerdos fueron encadenándose entre sí y revivió el día de su salida de Sarajevo junto a su camarógrafo Douglas Mejía.

Los informadores iban en su Mercedes blindado. El día era frío, inhóspito y con densos bancos de niebla. Un oficial bosnio se acercó a ellos y dibujó sobre un papel el recorrido que debían seguir.

-Hoy no sale ningún periodista más, así que irán solos. Fíjense muy bien en el mapa. Sigan exactamente las instrucciones que les voy a dar. Ya saben que si se equivocan en tan solo una calle, pueden acabar en territorio serbio- les advirtió.

No hacía falta que se extendiera más en el significado de lo que acababa de decir. Perderse podría suponer su sentencia de muerte. No sólo por un más que probable ataque contra un vehículo que incursionaba en territorio serbio sin autorización, sino también por el proverbial odio de quienes sitiaban la ciudad contra los periodistas. Una vez en sus manos y lejos de incómodos testigos, cualquier cosa era posible.

Si habían masacrado de un plumazo a ocho mil personas en Srebrenica, asesinar a dos informadores, enterrarlos donde jamás pudieran ser encontrados y quedarse con todas sus pertenencias y dinero era sin duda *peccata minuta*.

La capital bosnia parecía un desordenado y esquizofrénico *puzle* bélico. Unas áreas estaban ocupadas por los bosnios y otras por los serbios, pero muchas zonas se dividían calle a calle.

La primera línea del frente de guerra se extendía por varios barrios a lo largo del trayecto para abandonar la ciudad y eso significaba una amenaza constante. El peligro más serio era el fuego de artillería o de morteros. Un impacto directo contra el Mercedes penetraría sin dificultad su blindaje y los mataría de inmediato.

Con el mapa en sus manos, comenzaron el recorrido a las nueve de la mañana.

Mientras Douglas conducía, Xurxo se giró hacia atrás, observó por última vez Sarajevo y sintió un vuelco en el corazón. Allí se quedaba una parte de él que ya nunca recuperaría. La sensación fue tan intensa que incluso se volvió física.

-Parece que me hayan amputado una parte del cuerpo y la haya dejado aquí- pensó.

Era un sentimiento similar al que provocaba la muerte de un ser querido. El fallecimiento siempre iba acompañado de un vacío imposible de rellenar.

El todoterreno avanzó con extremo cuidado por las calles destrozadas. La tensión era constante y ambos anticipaban un ataque en cualquier momento.

Tenían miedo. Sin embargo, para muchos periodistas ese temor producía un efecto contrario al que experimentaban la mayoría de seres humanos.

El miedo era un truco de la naturaleza para preservar la vida de las personas. Les hacía ser prudentes y evitar peligros innecesarios. No obstante, en el caso de los periodistas, se trataba del cebo perfecto para seguir adelante con una historia. Si algo les despertaba temor, sin duda valía la pena investigarlo más a fondo.

-¡Qué valiente es usted! ¡Yo jamás me atrevería a cubrir una guerra! ¡Eso es muy peligroso! -decían a Xurxo muchas personas.

Él, en cambio, no se sentía como un valiente. Siempre respondía que, más que osado, era un inconsciente reincidente.

La primera parte del trayecto fue sencilla. Conocían aquellas calles, ya que las habían recorrido numerosas veces para hacer sus reportajes. No obstante, y a medida que se alejaron del centro, el paisaje urbano comenzó a tornarse más y más confuso. Muchos de los carteles con los nombres de las calles habían sido destrozados y Samir ya no estaba con ellos para guiarles por los entresijos de aquella ciudad que conocía tan íntimamente.

El odio en estado más puro se hacía presente en cada centímetro del recorrido. En aquel calvario no había treguas, misericordia o miramientos. El objetivo era aniquilar al enemigo y los contendientes lo cumplían a la perfección.

Una gran cantidad de edificios habían sido destruidos y los escombros yacían esparcidos por doquier. Algunos eran enormes y a veces bloqueaban completamente las calles. Seguir la ruta que les habían trazado en el mapa se convirtió en una tarea casi imposible y tuvieron que dar pequeños rodeos.

-Ya deberíamos haber llegado al Monte Igman- dijo Xurxo preocupado a las nueve y media.

Douglas asintió. Lo único que veían frente a ellos eran edificios quemados, destruidos o repletos de agujeros. Se sentían atrapados en un laberinto enloquecedor al que se entraba, pero del que no se podía salir.

No pasó mucho tiempo para que todas las calles acabaran pareciéndoles iguales y les resultara imposible saber dónde estaban.

Cuando resultó obvio que se habían perdido, el miedo se hizo aún más intenso.

Sus cuerpos se tensaron, sus pechos se hicieron más pequeños y respirar fue más difícil.

No se escuchaba ningún intercambio de disparos y aquella paz engañosa contrastaba dramáticamente con el panorama de desolación que tenían frente a ellos.

De pronto, distinguieron una casa de ladrillos en la cima de una ladera cercana. La vivienda tenía varios sacos terreros protegiendo la entrada. Un hombre con un uniforme militar azul los vio y se detuvo en seco para observarlos mejor desde la distancia.

-¡Mierda! ¡Es un serbio! - exclamó Douglas.

El salvadoreño detuvo el Mercedes y miró a Xurxo.

-¿Qué chinga hacemos? - preguntó nervioso.

-Ya es demasiado tarde. Vamos para allá. Si intentamos huir, sospecho que no llegaremos muy lejos.

El cámara asintió, enfiló hacia el militar y condujo despacio para que no pensara que iban con intenciones hostiles. El todoterreno llevaba pegadas grandes letras negras que decían INTERNATIONAL PRESS, que sólo servían para que no les dispararan los bosnios. En el caso de los serbios, eran sin duda un peligro adicional.

Al alcanzarlo, ambos bajaron del vehículo y fueron hasta él con aparente tranquilidad y confianza. El serbio no iba armado y los miraba con morbosa curiosidad.

-Prensa de España-afirmó Xurxo en español y exhibiendo una falsa seguridad.

Por lo general, la gente alrededor del mundo percibía a España como un país neutral y no generaba grandes pasiones en un sentido u otro. Al escucharlos hablando en un idioma que no era inglés, el soldado se relajó.

Xurxo abrió su mochila, sacó una botella de whiskey y un cartón de tabaco y se los dio para ganárselo. Sabía que el alcohol y los cigarrillos abrían muchas puertas en las guerras y siempre que cubría una llevaba un pequeño cargamento consigo.

Al ver la botella y el cartón, el rostro del serbio se iluminó de felicidad y exclamó algo con satisfacción mientras sonreía. Los periodistas ya parecían importarle poco antes, pero, una vez tuvo en su poder aquellos inesperados regalos, la presencia de los informadores pasó a ser todavía más irrelevante.

Xurxo y Douglas no salían de su asombro. Después de todo lo que habían escuchado de los serbios que peleaban en la primera línea del frente, esperarían haber sido recibidos con mucha agresividad. Al comprobar la indiferencia con la que éste los trataba, cogieron más confianza con él.

-Monte Igman. ¿Dónde está? -gesticuló Douglas.

-Sí, Monte Igman-repitió Xurxo.

El serbio entendió el destino de los periodistas y les indicó con la mano la dirección que debían tomar.

Tras despedirse, Xurxo y Douglas se dirigieron hacia allí con la duda de si los había enviado en la dirección correcta o si se trataba de una trampa. Sin embargo, no tenían otra opción, así que siguieron sus indicaciones.

Condujeron diez minutos más hasta que la niebla invadió toda la zona. Como si se tratara del telón de un teatro, la bruma cayó rápidamente y la visibilidad pasó a ser casi nula.

El todoterreno circuló con lentitud. También tenían que permanecer alerta ante posibles minas en la carretera.

Aunque apenas distinguían nada frente a ellos, unos quince minutos después se dieron cuenta de que ya no había edificios a su alrededor. Pensaron que quizás ya estaban en campo abierto y cerca del Monte Igman.

Continuaron adelante con precavido optimismo mientras buscaban algún cartel que indicara la presencia del camino de tierra que les sacaría de aquel infierno.

-¡Para! ¡Detente! - gritó de pronto Xurxo.

Douglas hundió sus pies en los frenos y el Mercedes se detuvo abruptamente.

-¿Qué pasó, vos? ¡Púchica, hablá!- exclamó el salvadoreño con angustia.

Xurxo señaló con su mano hacia el suelo y Douglas vio varios gruesos cables negros de alta tensión que cruzaban el camino de barro de un lado a otro. De uno todavía salía humo.

-¡La madre que lo parió! - fue el turno de Xurxo para exclamar-. ¡Casi lo pisamos!

El cámara se santiguó y desvió el todoterreno para no pisar los cables. Al dejarlos atrás, vieron a un lado los restos metálicos de una gran torre eléctrica. Parecía haberse desplomado por un ataque de artillería y los hierros retorcidos estaban esparcidos por decenas de metros a la redonda.

De repente, escucharon a lo lejos varias estruendosas detonaciones. Volvieron a detener el coche y observaron con atención la zona donde estaban.

-Parece tranquilo. Sigamos-indicó Xurxo. No había tiempo que perder.

El vehículo prosiguió el recorrido hasta que distinguieron a su derecha una estructura metálica alargada y pintada de color verde. La neblina la cubría casi en su totalidad, pero a medida que se acercaron ésta se fue haciendo más y más visible hasta que pudieron apreciarla por completo.

Al ver de qué se trataba, ambos se dieron cuenta de que estaban en la misma boca del lobo.

-¡Nos fregamos! - exclamó Douglas.

Frente a ellos yacían los restos de un avión MiG de combate del ex Ejército

Yugoslavo. Había sido destruido antes de que pudiera despegar y sus restos reposaban sobre una pista de aterrizaje.

Se encontraban en el aeropuerto, una de las zonas más peligrosas de toda la ciudad y donde se registraban algunos de los combates más violentos. También era otro de los lugares donde se apostaban más francotiradores serbios.

Por un momento dudaron qué hacer.

-¡Mierda! ¡Sigamos! - insistió el reportero.

Aunque jamás hubieran optado por salir de Sarajevo a través del aeropuerto, se reconfortaron al pensar que, al menos, se estaban alejando de la ciudad.

Unos doscientos metros más adelante distinguieron dos Jeeps militares estacionados tras varios montículos de tierra. Cuando los vieron, supieron de inmediato que eran serbios.

-Ahora sí la cagamos- afirmó Douglas con una voz llena de pesar.

Xurxo asintió. Ambos sabían que, alrededor del aeropuerto, sólo podía tratarse de trincheras y nidos de francotiradores serbios, los responsables de la mayoría de las once mil muertes producidas durante el sitio de Sarajevo.

Douglas frenó y giró el volante con suavidad para intentar pasar de largo el puesto militar antes de que los detectaran, pero fue entonces cuando vieron salir de dentro de uno de los montículos a un soldado con un fusil de asalto AK-47.

La figura se mezcló con la neblina y desapareció, pero apenas unos segundos después surgió de nuevo de la nada. Cuando lo vieron mejor se dieron cuenta de que sobre su hombro derecho también cargaba el rifle oficial de los francotiradores del Ejército serbio, el Zastava M91.

Igual que el AK-47, había sido construido con madera, pero su cargador era más pequeño y el cañón parecía más largo. El arma tenía una mira telescópica y era casi infalible a una distancia de hasta un kilómetro.

El hombre levantó la mano y, con un enérgico gesto, les indicó que se acercaran. Una vez más, asumieron que intentar escapar sería imposible, así que detuvieron el Mercedes y se resignaron a lo que les deparara su suerte.

El todoterreno se quedó a unos diez metros del militar y la expresión del soldado les hizo sentir claramente que aquélla sería una experiencia muy distinta a la que habían tenido con el otro serbio hacía tan solo unos minutos. Su rostro irradiaba odio, desconfianza y resentimiento.

El lenguaje corporal del militar era de abierto rechazo, así que Xurxo decidió no ofrecerle whiskey o tabaco. Un regalo del enemigo podría ser interpretado como una afrenta y alterarlo aún más.

El serbio se quedó dónde estaba y esperó a que los dos llegaran hasta él. Quería establecer quién mandaba allí.

Al verlo frente a ellos, Xurxo y Douglas sintieron aún más miedo. A pesar de que ambos eran curtidos periodistas de guerra, jamás habían visto un rostro que reflejara tanto odio como el de aquel francotirador.

Parecía un militar profesional. De unos cincuenta años, era alto, con pelo canoso, corpulento, llevaba barba de varios días y su cara estaba repleta de arrugas. Su uniforme tenía esparcido barro por varios lugares, pero sobre todo en el estómago, en la parte delantera de sus pantalones de camuflaje y en los brazos. Xurxo dedujo que se había manchado mientras disparaba contra sus víctimas tumbado en el suelo.

Además de los dos rifles, llevaba una pistola y un enorme cuchillo en el cinturón, así como dos cintas pegadas al pecho llenas de cargadores.

La mirada del serbio tenía algo que Xurxo ya había visto muchas veces en otros conflictos. Era la expresión de alguien que sabía muy bien lo que era matar y también ver morir a los suyos en el campo de batalla.

Describir esa mirada era una tarea difícil, pero uno la reconocía de inmediato cuando la veía. Matar a una persona no resultaba fácil y cuando alguien lo hacía su mirada cambiaba para siempre.

Cuando se postraron frente al serbio, éste no dijo nada, pero sus ojos examinaron hasta el último detalle de los dos informadores. El incómodo silencio se prolongó durante varios segundos hasta que Xurxo tomó la iniciativa.

-Buenos días, prensa española-afirmó de nuevo en español, pero el serbio no reaccionó-. De España-recalcó para ver si había mejor suerte.

El rostro del soldado se endureció y respiró con más ritmo y profundidad, pero siguió sin abrir la boca. Xurxo se preguntó si le había entendido o no y consideró decir España en inglés, pero descartó de inmediato la idea. Los serbios odiaban a los americanos y a los británicos y lo mejor era no despertar aún más sospechas.

El reportero sacó su pasaporte español y se lo enseñó.

-España-insistió.

El hombre lo miró de reojo, pero ni se inmutó. Su semblante pareció indicar que ya se había hecho una idea sobre ellos y que nada la iba a cambiar, menos aún un simple documento.

Los periodistas sabían que se estaban enfrentando a una persona que ya había matado a mucha gente y dos más en su lista seguramente no llegaría ni a convertirse en tema de conversación con sus compañeros.

-Monte Igman. Nos vamos-dijo Douglas haciendo un gesto de partida con su mano.

-Prensa española. España-repitió Xurxo, cada vez más nervioso por dentro.

El serbio se humedeció los labios con la lengua, los miró fijamente y su expresión de incomodidad aumentó de forma considerable. La mera presencia de los dos periodistas allí le irritaba cada vez más.

-Este hijo de puta nos va a matar-pensó Xurxo.

Ambos informadores entendieron perfectamente que iba a pasar algo malo y se prepararon para lo peor.

Douglas vio en su mente la imagen de su hija y sonrió.

-¡Púchica! Perdóname si no regreso- dijo para sí.

Mientras, Xurxo se preguntó si su racha de buena suerte frente a la muerte había llegado a su fin. La había encarado en varias ocasiones, pero el sueño eterno siempre acababa alejándose caprichosamente de él justo antes de propinarle el zarpazo decisivo.

Xurxo la sintió frente a él. La muerte no tenía rostro o apariencia física que la definiera. Era invisible, inodora y silente. Sin embargo, su presencia resultaba apabullante. El periodista sintió que se estaba asfixiando.

El militar cogió el AK-47 con más fuerza y se movió ligeramente hacia un lado. Después puso el dedo en el gatillo y dirigió el cañón del fusil hacia ellos.

De pronto, ambos se vieron encañonados y a menos de tres metros de distancia del francotirador.

Algunas personas cuentan que, cuando han vivido situaciones en las que su vida ha estado en peligro, ven pasar fugazmente toda su vida frente a ellos.

Xurxo, en cambio, sólo percibió un silencio absoluto. Todos sus sentidos se concentraron en el rostro del serbio y vio en cámara lenta hasta el más ínfimo de sus movimientos. Se fijó especialmente en las pupilas del militar, que se encogían y ensanchaban reflejando los vaivenes su furia interna; después, bajó la mirada y observó el dedo pegado al gatillo. El índice se movía, acariciaba el metal, estaba listo para sesgar otras dos vidas, pero se contenía con disciplina hasta recibir la orden definitiva.

El reportero estaba tan concentrado en el serbio y todo lo que hacía que, de repente, sintió una perfecta sintonía con los pensamientos del militar. Nunca había experimentado nada igual, pero, de alguna extraña manera, creyó escuchar con total claridad lo que el francotirador pensaba en ese mismo instante frente a ellos.

-¿Los mato? ¿Los liquido y me quedo con el coche blindado y el dinero que traen? Seguro que estos cabrones han estado poniéndonos a parir en todos sus reportajes. ¡Hijos de puta!

El militar dio un paso hacia atrás y movió la ametralladora de un lado a otro, como si estuviera ensayando la próxima ráfaga de balas que dispararía sobre ellos.

Su rostro mostró entonces diversas expresiones, todas ellas de asco y desprecio hacia los dos inesperados visitantes.

Xurxo y Douglas sintieron como si les hubieran inyectado adrenalina pura en sus cuerpos. Estaban aterrados y comenzaron a experimentar una mezcla caótica de todo tipo de sensaciones.

Temían que apenas les quedaban algunos segundos de vida y analizaron la posibilidad de lanzarse contra el serbio, pero enseguida entendieron que sería una maniobra inútil. Encañonados, el militar acabaría con ellos de inmediato.

El periodista conocía muy bien el efecto de las balas. El plomo saldría del cañón de la ametralladora a una velocidad endiablada y destruiría todo cuanto se encontrase en su camino. Los impactos destrozarían sus cuerpos y el dolor sería insoportable. Morirían presos de un sufrimiento horrible.

Xurxo siguió observando el rostro del serbio y supo que el momento decisivo era inminente. Luego vio cómo el dedo del militar volvía a acariciar rítmicamente el gatillo y sintió que los leves golpes sobre el metal coincidían con los cada vez más fuertes latidos de su corazón.

-¿Los mato o los dejo vivir? -volvió a escuchar el reportero los pensamientos del serbio, que no acababa de tomar una decisión.

Sus vidas dependían del humor que tuviese el militar en esos momentos o de la simple suerte. Era como si el destino hubiera tirado una moneda al aire y ahora tocaba esperar si el resultado había sido cara o cruz.

El serbio levantó el rifle a la altura del pecho de los informadores, acercó aún más el dedo al gatillo y suspiró. Tras la breve exhalación, el silencio se hizo aún más ensordecedor y Xurxo y Douglas sintieron que habían llegado al final de su camino.

Ambos alcanzaron un nivel de conciencia nunca antes experimentado. Lo vieron todo, lo sintieron todo, lo escucharon todo, lo olieron todo. Entonces se produjo un gran vacío y la noción del tiempo desapareció.

Los músculos de sus cuerpos se tensaron y se prepararon para sentir cómo sus huesos saltaban hechos trizas por la fuerza de los proyectiles.

-¡Ahhhhh! - exclamó de repente y con fuerza el serbio.

El reportero y el cámara lo miraron extrañados y sin poder creer todavía que siguieran vivos.

Después el soldado gritó algo en su idioma, gesticuló furiosamente con las manos, se giró y caminó de nuevo hasta su posición de francotirador.

Xurxo y Douglas tardaron unos instantes en reaccionar. Estaban estupefactos. Habían estado a punto de ser fusilados y su verdugo les acababa de perdonar la vida.

Unos segundos después, se miraron, corrieron hasta el coche y partieron a toda velocidad.

-¿Qué mierdas pasó? ¡Qué mierdas pasó! - preguntó casi histérico Douglas.

-¡No sé, pero aprieta el acelerador y vámonos de aquí antes de que se arrepienta! ¡Dale! ¡Dale! ¡Dale! - exclamó aún más agitado el reportero.

El Mercedes circuló a gran velocidad mientras rebotaba con violencia contra el camino de tierra debido a la gran cantidad de escombros que se iban encontrando. La niebla aún entorpecía peligrosamente la visibilidad, pero ya nada los detuvo. Prefirieron correr el riesgo de chocar contra algo o despeñarse por un abismo antes que volver a caer en manos de otro francotirador.

Los serbios odiaban a la prensa internacional acusándola de haber tomado partido a favor de los bosnios, los dos iban en un Mercedes blindado que podía reciclarse como vehículo militar y llevaban equipo televisivo que valía decenas de miles de dólares. Xurxo y Douglas tenían todo en su contra para que los hubieran matado, pero, inexplicablemente, el serbio los dejó ir.

Quizás el francotirador ya estaba cansado de matar gente ese día; quizás no todos los militares serbios eran unos monstruos, tal y como los describían; quizás él también estaba ya harto de la guerra y no quería provocar más muertes innecesarias; quizás los salvó hablar español o quizás, simplemente, esa mañana se le estaba enfriando el desayuno en la trinchera. Nunca sabrían la respuesta, pero lo único cierto es que les había perdonado la vida.

Media hora después, encontraron la entrada al Igman y esta vez lo cruzaron sin ningún contratiempo.

Una vez dejaron atrás el mítico monte, siguieron el recorrido sin apenas dirigirse la palabra. Tenían que concentrar todos sus sentidos ante cualquier posible nueva amenaza. La tensión fue inmensa, pero la vivieron en silencio.

Esa angustia no desapareció hasta que, unas horas después, llegaron sanos y salvos a Split, en Croacia. Tras aparcar frente a su hotel, ubicado lejos de cualquier zona de combate, salieron del coche y se abrazaron con fuerza.

Douglas acababa de entrar en la hermandad de personas que habían vivido el infierno de Sarajevo. Se trataba de un lazo oscuro y al mismo tiempo brillante que los uniría de por vida. Estaba rebosante de orgullo.

-¡Lo logramos! -exclamó el salvadoreño.

-¡Hemos vuelto a salvar el pellejo! -afirmó Xurxo mientras abrazaba por segunda vez a su amigo.

Después se separaron y miraron a su alrededor. Aún les costaba creer que estuvieran a salvo tras aquellas dos semanas de constante peligro.

-¡Púchica! Aún recuerdo cómo me temblaron las piernas cuando me dijeron si quería hacer este viaje, pero... ¡Lo conseguimos! - repitió Douglas radiante de felicidad.

Xurxo había pasado exactamente por lo mismo y se rio. Él incluso había escrito una carta despidiéndose de sus seres queridos. Pensaba que era muy probable que jamás regresaría vivo.

Las últimas horas habían sido angustiosas. Casi habían muerto fusilados y la sensación de haber palpado la muerte aún los estremecía.

El periodista todavía no se había podido sacar de la mente la imagen del cañón del AK-47 del francotirador serbio. Pánico en su estado más puro. Ésa era la única forma de describir lo que había sentido al verse encañonado por aquella potente arma de fuego a punto de ser disparada.

La presión, el estrés, el nerviosismo, la incertidumbre y la enorme tensión vividos durante todo el viaje habían agotado física y mentalmente a Xurxo y a Douglas. Sin embargo, el alivio de encontrarse a salvo fue tan abrumador que anestesió, al menos de momento, aquella caótica tormenta emocional.

Douglas corrió a su habitación y telefoneó a su familia. Necesitaba escuchar sobre todo la voz de su hija.

Xurxo ya había perdido a cuatro amigos periodistas cubriendo guerras. Recordó que la primera vez que estuvo a punto de morir en una reaccionó perdiendo el control de sus emociones. Al regresar a su hotel, se encerró en su cuarto, lloró, golpeó las paredes hasta que sus puños sangraron, se dio una larga ducha y ahogó su frustración con alcohol. Quería estar solo e intentar procesar todas aquellas emociones tan difíciles de asimilar.

Ahora ya había pasado por lo mismo varias veces y el proceso psicológico ante lo que veía en las guerras era mucho más mental que físico. Las emociones de miedo, sufrimiento, rabia, frustración e impotencia se mezclaban salvaje y caóticamente con las de piedad, ayuda, compasión y dulzura.

Cualquier corresponsal de guerra tenía que ser muy fuerte mentalmente para no acabar desquiciado o hundido en su propia trinchera emocional al revivir, una vez tras otra, aquella montaña rusa de emociones.

El reportero esperó a que Douglas finalizara su llamada y se fueron a cenar. Disfrutar de comida caliente, una cama cómoda y limpia donde dormir y poder caminar por la calle sin temor a caer víctimas del disparo de un francotirador eran aún sensaciones extrañas para ellos.

Resultaba imposible no sentirse culpable al pensar que ambos estaban a salvo y gozando de nuevo de los privilegios de una vida normal cuando en Sarajevo la gente aún vivía en condiciones infrahumanas y bajo una constante amenaza de muerte.

Xurxo y Douglas no conversaron mucho durante la noche. Había muchas cosas de qué hablar, pero muy pocas ganas de hacerlo. Sin embargo, aquella experiencia creó una camaradería entre ellos que ya nunca desaparecería y que sólo podrían entender quienes hubiesen vivido algo tan dramático y trágico como una guerra.

Los dos volvieron a conversar por teléfono varias veces a través de los años, pero cuando o hacían nunca hablaban de lo que habían visto en Sarajevo. Seguía siendo demasiado doloroso.

Ambos querían pensar que habían procesado todo lo ocurrido. No obstante, sabían que no era cierto y que, ante la imposibilidad de asimilar semejante barbarie, lo mejor era intentar olvidar. No pocos habían caído en el alcohol y las drogas con ese mismo objetivo.

Igual que los militares, quienes más habían vivido y sufrido en una guerra, menos querían hablar de esas experiencias y viceversa.

-Bing…-se escuchó de repente.

Era el sonido del ordenador de Xurxo que le avisaba de nuevos mensajes.

El aviso electrónico le regresó mentalmente a Barcelona. Se levantó, caminó hacia el ordenador y, al pasar frente a la televisión, vio unas imágenes del *lehendakari* vasco en el aeropuerto del Prat. Cambió de dirección, fue hacia el monitor y subió el volumen.

-El *lehendakari* ha llegado a la Ciudad Condal para reunirse esta tarde con el *president* de la *Generalitat*. Ambos celebran estas reuniones cada año para fortalecer las relaciones institucionales entre Cataluña y Euskadi- dijo la presentadora.

Xurxo bajó el volumen y se sentó frente al ordenador. Al abrir el buzón de entrada vio un mensaje de William Pinzón. Inicialmente no identificó el nombre, pero enseguida recordó que se trataba del colombiano con el que había compartido arresto en Cartagena.

El periodista abrió el mensaje y lo leyó.

-Patrón, ¿cómo le va? Espero que bacán. Me pongo en contacto porque, tal y como le prometí, me puse a investigar y averigüé algo que creo será de su interés. Señor Pereira, ya fui sincero con usted cuando nos conocimos, así que no me iré con rodeos. Yo tenía un amigo que se llamaba Rafael Reyes. Igual que yo, mi socio era un falsificador, pero él de documentos. Desgraciadamente, lo mataron hace unas semanas. Que en paz descanse, pobrecito. Todos pensamos que lo habían asaltado en su casa delincuentes comunes y que lo asesinaron por resistirse, pero Rafael tenía un taller clandestino que casi nadie conocía y cuando fui allí descubrí las copias de estos nueve pasaportes. Aunque decía a sus clientes que no guardaba copias de los documentos que le pedían, siempre las hacía por motivos de seguridad. Los he escaneado y se los incluyo en un documento. Según las notas de Rafael, los entregó justo antes de la masacre de la Clínica Araujo en Cartagena. Como verá, todos son pasaportes españoles. Tengo la sospecha que esto tiene algo que ver con la matanza. Quizás fueron a asesinarlo para borrar pistas y asegurarse de que no dijera nada a nadie. Aquí en Colombia nadie va a investigar nada, así que, compadre, deposito toda mi confianza en usted para ver si deja en ridículo a estos tombos de mi ciudad, que se pasan la vida acosando a gente semi honrada como yo o Rafael en vez de investigar y arrestar a los responsables de masacres tan terribles como ésta. ¡Jíbaros juemadres! Estos huevones no se atreven a tocar a los capos, pero a nosotros, a los simples ladronzuelos no violentos, no paran de jodernos la vida. ¡Qué pecao! Mire, ya me estoy alterando. Mejor le envío el mensaje antes de que se me caliente aún más la sangre. Patrón, le mando un saludo desde Cartagena y quedo a la orden.

Al acabarlo, Xurxo accedió al documento y observó las fotos.

-¡Qué cojones! ¡Pero qué mierda es esto! - exclamó sorprendido.

El periodista no pudo creer lo que estaba viendo. Entonces dirigió su mirada al televisor, que aún emitía imágenes de la visita del *lehendakari*, y, de repente, todo cobró sentido.

-¡La hostia! ¡Esto es lo que va a hacer Aritz! ¡La madre que lo parió!- exclamó.

Luego cogió su mochila y su móvil, fue corriendo hacia la puerta, salió del piso y lo cerró con llave. Después sacó el teléfono para llamar a Elena y se giró en dirección al ascensor.

Fue entonces cuando sintió el cañón de una pistola contra su frente. No conocía a quien le apuntaba, pero el rostro del hombre que tenía a su lado le era ciertamente familiar.

-¿Adónde vas tan deprisa, capullo? - le preguntó mientras le obligaban a abrir de nuevo la puerta y entrar en el apartamento.

LVI

El mexicano Miguel López caminaba hacia la salida del túnel subterráneo y detrás de él iba Adrià Belloch.

El silencio sólo era interrumpido por el sonido de sus pasos. La humedad era intensa.

En otras circunstancias, el minero pensaría que Belloch le pegaría un tiro por la espalda para ultimarlo allí mismo. Sin embargo, sabía que no sería así. Aún lo necesitaba.

El experto en explosivos ya había colocado los diez kilos de dinamita en los lugares clave del túnel y había entregado al *mosso* el detonador electrónico a distancia.

A pesar de que las paredes del túnel estaban fortificadas y los perros detectores de bombas del palacio de la *Generalitat* no podrían oler nada a través de semejante grosor, habían esparcido una cantidad considerable de café y pimienta alrededor de la dinamita para despistar el sentido del olfato de los canes.

-¿Me va a matar? - preguntó el mexicano.

-No digas tonterías y sigue caminando- mintió el policía.

El minero obedeció y continuó hasta que vio la salida que daba al garaje de la avenida de la Catedral, en el barrio Gótico de Barcelona.

-¿Ves la puerta que hay unos metros antes de la salida? ¿A la izquierda, en la pared?- preguntó Belloch.

-Sí.

-Párate ahí.

Al llegar, el *mosso* sacó una llave, la abrió, encendió la luz e indicó a Miguel que entrara. El mexicano lo hizo y se encontró con una sala bien iluminada.

Era un pequeño almacén donde se guardaba el equipo utilizado para la reparación y mantenimiento del túnel. Había varios muebles metálicos con uniformes, cascos, palas, picos y linternas, así como una mesa con un par de sillas.

-Ahí tienes una nevera-señaló otro mueble pegado a la pared-. Hay agua, refrescos y algunos bocadillos.

El mexicano miró extrañado al agente.

-Hoy es el día- afirmó circunspecto Belloch.

-¿Hoy? - se extrañó el minero.

-Sí, en apenas unas horas. Te tienes que quedar aquí dentro hasta que yo regrese.

-¿Por qué?

Belloch caminó hasta una pequeña caja fuerte, metió dentro el detonador y la cerró. Luego entregó un walkie-talkie a Miguel.

-Cuando te llame por la radio, te daré la clave. La abres, sacas el detonador y lo activas.

-¿Por qué no me deja ir ya y lo activa usted?

El *mosso* no sentía que tuviera que darle explicaciones, pero evitó enfrentamientos de última hora.

-Cuando te ordene detonar la dinamita, yo ya estaré de camino hacia aquí y en una parte del túnel que no será afectada por la explosión o el posterior derrumbe del edificio. Tengo que concentrarme en que nadie me siga o intente escapar del inmueble. Además, no puedo llevar el detonador electrónico conmigo. Es demasiado arriesgado. Hay muchos detectores de metales en el edificio-respondió con franqueza.

El minero volvió a sorprenderse. El policía hablaba con absoluta tranquilidad sobre un atentado que provocaría la muerte a decenas o centenares de personas. A pesar de ser un curtido criminal, Miguel López se quedó impresionado con la sangre fría y la falta de escrúpulos de Belloch.

-Luego te recojo, salimos del túnel y ya podrás irte. No te pasará nada ni tampoco a tu mujer María o a tus hijos Carlos y Luis.

Belloch aprovechaba cualquier oportunidad para mencionar al minero los nombres de los miembros de su familia. Quería recordarle que, si le traicionaba, las represalias no sólo serían contra él.

-¿Por qué he de creerle?

La pregunta era lógica y no sorprendió al agente.

-No tienes más remedio que confiar en mí. Así de fácil- afirmó con prepotencia.

Miguel asintió.

-Ya has visto los planos completos del edificio. ¿Sabes cuál es?

-No ni me importa-mintió también.

Belloch sabía que le mentía, pero eso era irrelevante. El mexicano jamás saldría con vida de aquel túnel.

-Voy a cerrar la puerta con llave para que no hagas ninguna tontería, pero tienes mi palabra de que, cuando detones los explosivos, podrás regresar con tu familia.

Miguel había visto mentir a muchas personas y ciertamente Belloch no era de los más convincentes.

Sabía que el agente lo necesitaba hasta que se produjera el atentado. Si surgía algún problema técnico de último momento, no podría solucionarlo sin su ayuda.

-Esta radio está programada para un solo canal. No hables por ella. Descansa y te llamaré una hora antes de la hora de la explosión para que te prepares.

Luego el agente observó al mexicano para estudiar su expresión.

-No te preocupes. Esta noche ya estarás de nuevo con los tuyos- insistió.

Miguel no respondió.

-¿Está todo claro?

-Sí.

Belloch asintió, se fue y cerró la puerta tras de sí. Después entró al garaje y se fue en dirección al Palacio de la *Generalitat*, donde le esperaba el *president*.

LVII

E duardo Albarracín dio un par de golpes a la puerta de madera con sus nudillos.

-Adelante- escuchó enseguida.

El capitán entró al despacho, cerró la puerta, caminó unos metros y se colocó en posición de firmes frente al jefe de su unidad.

-Con su permiso, mi coronel.

El militar lo observó brevemente y volvió a dirigir su mirada hacia los documentos que repasaba.

-Dígame, Albarracín. Y a discreción- afirmó en referencia a que podía colocarse en posición de descanso.

El oficial obedeció, relajó sus piernas y juntó sus manos tras su espalda. Una de ellas sujetaba un maletín negro de trabajo.

-¿Ha recibido mi mensaje electrónico, mi coronel?

El coronel volvió a mirarlo, esta vez con una expresión de extrañeza.

-¿Qué mensaje?

-Los horarios y nombres para las guardias del próximo mes. Para que las autorice.

-Ah, ya…-respondió.

Luego se metió en su ordenador y entró a su buzón de mensajes.

-Aquí está.

Al abrir el mensaje, su rostro pareció no entender el contenido.

-Albarracín, creo que se ha equivocado. Aquí hay una lista de decenas de personas y ni siquiera están los horarios y días de las guardias. Esto debe ser para otra cosa.

El capitán colocó su maletín delante de él, lo abrió y metió dentro la mano derecha.

-Tiene razón, mi coronel. Se trata de otra lista.

El coronel lo miró mientras intentaba comprender a qué se refería.

-Esa es la lista de quienes van a crear una Euskal Herria independiente- añadió Albarracín.

Al escucharlo, el coronel endureció su rostro e hizo ademán de levantarse, pero Albarracín ya tenía fuera la pistola con silenciador y disparó cuatro veces. Todos los proyectiles impactaron en el pecho del coronel y murió de inmediato. A pesar de ello, el capitán se acercó más y le pegó un tiro adicional en la cabeza.

-¡Gilipollas! ¡Fascista! -exclamó con rabia.

Después regresó hasta la puerta y la cerró con seguro. Luego fue hasta las ventanas, bajó las cortinas, caminó hasta detrás de la mesa, apartó la silla con el cuerpo inerte del militar, escribió un mensaje electrónico desde la cuenta del coronel y lo mandó.

Tras asegurarse de que el correo había salido, el capitán caminó hasta un sillón y se sentó.

-Igual que Cortés, acabo de hundir mis naves. Ya no hay vuelta atrás- susurró.

Esperó unos minutos, cogió el teléfono que tenía al lado en una mesita y marcó un número interno dentro del cuartel del Bruch.

El teniente Álvarez era el responsable esa semana del funcionamiento diario del Regimiento Arapiles. Estaba en su despacho ubicado en los barracones de la tropa cuando sonó el teléfono. Al ver que procedía de la oficina del coronel, descolgó y adoptó un semblante de seriedad.

-Teniente Álvarez.

-Teniente, soy el capitán Albarracín.

-A sus órdenes.

-Estoy con el coronel. El Ministerio de Defensa nos acaba de enviar un mensaje para realizar un simulacro de emergencia. Quieren ver qué tan rápido nos podemos movilizar sin previo aviso.

-Maniobras improvisadas. Entiendo.

-No se trata de nada complicado. El ejercicio apenas durará unas horas. Regresaremos hoy mismo. El coronel le acaba de enviar un mensaje con los nombres de los militares que usaremos para esta maniobra.

-Un momento por favor. Permítame comprobar que lo he recibido- dijo el oficial, que estaba frente a su ordenador. Al abrir su buzón de correos vio el mensaje-. Sí, aquí está- confirmó.

-Son unos sesenta.

-¿Cuándo salimos?

-Tan pronto tenga la tropa lista, teniente. Lo antes posible. De eso se trata.

-¿Y qué haremos?

-La hipótesis es que se acaba de estrellar un avión militar experimental americano en Martorell, a unos cuarenta kilómetros. Nos envían para establecer un perímetro de seguridad. La idea es que nadie pueda acercarse para robar nada de tecnología del aparato. Nosotros formaríamos el primer anillo y la Policía el segundo.

-Entendido.

-Dese prisa. Quiero a la tropa formada y lista para salir en treinta minutos.

-A sus órdenes.

-Y deles las armas necesarias. Si la idea es simular una situación real, iremos con el mejor armamento.

-¿Con munición real?

-Por supuesto. Armas largas y pistolas. Diez cargadores para los fusiles de asalto y tres para las pistolas.

-¡A sus órdenes! - se despidió con énfasis el teniente.

Tras colgar, Albarracín revisó los bolsillos del coronel, sacó sus llaves, arrastró la silla con el cadáver hasta el cuarto de baño privado que había en el despacho y cerró la puerta.

Luego metió de nuevo la pistola en el maletín, salió del despacho, lo cerró con llave y caminó hasta la oficina del secretario del coronel.

Al verlo, el cabo primero se levantó y se puso en posición de firmes.

-A discreción, cabo.

Éste lo hizo y permaneció atento al oficial.

-El coronel tiene migraña. Se ha tomado unas pastillas y se ha echado en el sillón para ver si puede dormir algo. Ha ordenado que nadie le moleste.

-A la orden.

-Nadie- insistió.

LVIII

El *president* visitaba con frecuencia a sus abuelos en su casa de Vilassar de Mar, un municipio de apenas veinte mil habitantes y situado en las afueras de Barcelona.

Tradicionalmente, había sido un pueblo de pescadores y, en su momento, muchos de ellos probaron suerte en América, sobre todo en Cuba. Algunos regresaron con grandes fortunas y construyeron lujosas residencias de estilo colonial que aún adornaban el paseo marítimo.

Se trataba de un lugar familiar y apacible. Casi todo el mundo se conocía y el político se sentía completamente seguro allí.

Cuando el *president* visitaba la localidad, solía ordenar al grueso de su escolta que la esperara en la plaza del ayuntamiento y él se desplazaba por las calles como un vecino más.

Caminaba con apenas dos escoltas y siempre les decía que se mantuvieran alejados porque quería disfrutar del contacto personal con los vecinos sin que ningún policía los intimidara con su presencia.

El resultado era que los habitantes del municipio la paraban a menudo para saludarlo, pero, lejos de incomodarlo, eso le encantaba. Los llamaba por su nombre, charlaba un rato con ellos y luego proseguía feliz su recorrido.

El mandatario catalán conocía muy bien ese pueblo y a muchos de sus vecinos. A pesar de que era de Barcelona y sus padres vivían en Sitges, había pasado mucho tiempo allí durante su juventud.

Al mediodía, el político se despidió de sus abuelos y comenzó a caminar por la ruta habitual hacia donde le esperaba el coche oficial.

Cuando se encontraba a una calle del paseo marítimo, el jefe de su escolta se acercó a él.

-*President*, vi a Carles Colomer, el escritor- dijo en catalán Adrià Belloch.

El *president* reconoció enseguida el nombre. Era un escritor catalán que siempre había apoyado la causa independentista. El mandatario simpatizaba con él y había asistido a las presentaciones de varios de sus libros.

-¡Ah, Carles! ¿Y cómo está? - preguntó mientras seguía andando.

-Muy bien. Estaba paseando cerca de la casa de sus abuelos y lo saludé. Me dijo que ahora vive aquí, en Vilassar de Mar.

-Qué buena noticia. ¿Dónde? Quizá podamos visitarlo la próxima vez.

-En la calle Santa Marta.

-¿Cómo? - dijo sorprendido-. ¡Pero si ésta es la calle de Santa Marta!

-Por eso se lo he comentado, *president*. Acabo de ver el cartel de la calle y me acordé de él. No sé si quiere pasar a saludarlo. Ya sabe que es un gran admirador suyo. Si va, aunque sea un minuto, le hará una ilusión tremenda. Me dijo que vivía justo frente al paseo marítimo, así que debemos estar al lado.

El *president* sonrió. Le gustó la idea.

-¿Tenemos tiempo?

-La reunión con el *lehendakari* empieza en una hora. Hay tiempo de sobra.

-¡Fantástico! Vamos- se animó.

Belloch se acercó a una puerta y miró el número. Era el cuarenta y siente.

-Carles vive en el sesenta y cinco. En ésta misma manzana- indicó el político.

El *mosso* instruyó a Manel Clos, el otro guardaespaldas, para que los siguiera a unos diez metros de distancia y él caminó junto al *president*.

Ese policía autonómico no formaba parte del grupo de independentistas liderados por Belloch y lo había puesto ahí con una finalidad muy importante.

Menos de un minuto después, llegaron a la vivienda del escritor. Se trataba de una casa antigua de dos pisos.

Belloch pidió al político que esperara y entró. Era el protocolo habitual de seguridad. La puerta estaba abierta y desde la calle se veía un largo pasillo que finalizaba en un patio con muchas plantas.

La figura del *mosso* se adentró en la casa y regresó al cabo de algunos segundos.

-Estaba escribiendo en su estudio. Le pide que pase. Se ha puesto un poco nervioso y está arreglando el salón para invitarlo a un café.

El *president* volvió a sonreír.

- ¡Este Carles! – dijo con alegría-. Que no se atabale, que sólo estaremos un momentito-añadió mientras entraba.

Adrià ordenó al otro guardaespaldas que custodiara la puerta y la cerró. Luego caminó tras el mandatario.

Al llegar al salón, el *president* no vio a nadie. El político se extrañó y comenzó a girarse para preguntar a Belloch dónde estaba el escritor, pero fue entonces cuando sintió el brazo del *mosso* alrededor de su cuello.

Intentó resistirse, pero fue inútil. El policía lo inmovilizó y la falta momentánea de oxígeno provocó que el *president* se desmayara al cabo de unos segundos.

Tras depositarlo con suavidad en el suelo, Belloch lo arrastró hasta una de las habitaciones y lo colocó sobre la cama. Unos instantes después, llegó otro hombre.

-¿Todo bien? -preguntó el recién llegado.

-Sí- respondió el *mosso*-. Comienza a desnudarlo, ahora regreso- añadió.

Belloch fue hasta otra habitación. Allí había otro hombre que custodiaba a Carles Colomer. Lo habían anestesiado y estaba atado y amordazado sobre otra cama.

-Perfecto- le dijo. Luego regresó al otro cuarto.

Tras desvestir al *president*, le pusieron un chándal, lo ataron, lo amordazaron, lo anestesiaron con una inyección y también lo colocaron sobre la cama.

Belloch cogió la ropa, los zapatos y los objetos personales del político y caminó hasta el salón de la casa. Allí le esperaba un hombre en ropa interior. Era exactamente igual que el *president*.

-Toma. Vístete rápido. No hay tiempo que perder- ordenó Belloch.

El hombre lo hizo y cuando se puso la ropa se convirtió en una calca del político. Una vez acabó de vestirse, se situó frente al espejo y sonrió orgulloso.

El *mosso* lo observó con admiración.

-¡Increíble! ¡Joder, me engañarías hasta a mí! - exclamó.

El hombre se rio.

-Soy un profesional- afirmó.

Belloch asintió satisfecho.

-Vamos. Ahora toca la prueba definitiva.

Se refería al encuentro con Manel Clos. Llevaba trabajando más de cinco años con el ahora *president* y lo conocía mejor que a algunos miembros de su propia familia. Era su guardaespaldas desde que había entrado en posiciones de responsabilidad en diversas organizaciones independentistas catalanas.

-Si él no se da cuenta, nadie lo hará- apuntilló Belloch.

El jefe de los guardaespaldas se dirigió entonces al hombre que se quedaría custodiando al verdadero *president* y al escritor.

-Con lo que les hemos dado dormirán hasta mañana, pero estate atento- advirtió.

Luego caminó con el impostor del político por el pasillo y abrió la puerta de la casa.

-Adelante, *president* -dijo con deferencia.

Tras cederle el paso, el supuesto *president* salió de la vivienda.

- ¿Todo bien, Manel? -preguntó en catalán el doble del mandatario mientras le miraba con seguridad a los ojos.

-Sí, *president* -respondió el *mosso* sin detectar nada extraño.

-Entonces vamos a por el resto de la escolta, ya es hora de regresar a Barcelona- ordenó.

El impostor era una copia perfecta del jefe del Ejecutivo catalán. No sólo hablaba con su misma voz, sino que la entonación también era idéntica. Además, gesticulaba como él y usaba sus mismas expresiones. Llevaba mucho tiempo preparándose para aprenderlo todo sobre el político e imitarlo a la perfección.

En la plaza del ayuntamiento les esperaban dos coches. El *president* saludó a los tres guardaespaldas del primer vehículo y subió al segundo.

Manel condujo y Belloch se sentó en el asiento de atrás junto al doble mientras éste comenzaba a leer un periódico.

-Manel, ¿qué tal la familia? - preguntó de nuevo el actor.

-Por fortuna, todos bien, *president*. Gracias por preguntar.

-Por favor, da un saludo de mi parte a tu mujer Mariela. Encantadora. Aún recuerdo como si fuera ayer la Primera Comunión de tu hija Laia.

Manel la había invitado al evento hacía cuatro años. El ahora *president* asistió y le cumplió aquel deseo tan especial.

-No sabe la ilusión que nos hizo a toda la familia. No me cansaré de repetírselo y darle las gracias- afirmó Manel.

-Para eso estamos, Manel. Para servir… -afirmó con cierta teatralidad.

Belloch observó de reojo y no detectó nada extraño en Manel. Si hubiera exteriorizado la más mínima sospecha, habría sido el primero en morir aquel día.

LIX

Aritz Goikoetxea encañonaba a Xurxo Pereira mientras sonreía con una satisfacción malévola y prepotente.

-Regresa al piso, cabrón- le ordenó. Junto al vasco había otro hombre que Xurxo asumió de inmediato era otro etarra.

El reportero abrió la puerta y pasaron los tres. Tras cerrarla, el etarra le indicó que se sentara en una silla de la sala y el periodista volvió a acatar la orden.

El otro miembro del comando inspeccionó el apartamento para asegurarse de que no había nadie más y luego se situó frente al periodista. Después sacó de su mochila un grueso rollo de cinta aislante y comenzó a atarlo.

Primero sujetó sus piernas a la silla. Después estiró las manos del informador hacia atrás y las ató fuertemente al respaldo. Había puesto tanta cinta y estaba tan apretada que sería imposible que Xurxo se liberara sin la ayuda de alguien.

Al verlo inmovilizado, Aritz guardó su pistola en la cartuchera que llevava en la parte lateral de su cinturón.

-Xurxo Pereira… Xurxo Pereira…-repitió con ironía-. ¿No te dije acaso que al final sería yo quien ganaría esta partida?

El rostro del periodista no disimulaba su furia. Había luchado toda su vida para desenmascarar la verdad y evitar que otros impusieran la suya. Sin embargo, allí estaba: atado de pies y manos por un terrorista cuyo objetivo era silenciarlo para siempre.

De pronto, el etarra se dio cuenta de que el ordenador estaba encendido y se acercó a la pantalla. Al ver las fotos de los pasaportes, se giró hacia Xurxo.

-¿Cómo cojones has conseguido esto? -preguntó extrañado.

La expresión de rabia de Xurxo se tornó en una de cinismo.

-Siempre vas un paso por detrás. La cagaste con el atentado en Vía Layetana y ahora ya veo que vas por el mismo camino. Eres un chapuza- respondió.

Aritz buscó el nombre de la persona que envió el documento.

-William Pinzón-afirmó pensativo-. ¿Quién coño es? -agregó enfadado.

-El que ha logrado que el tiro te vuelva a salir por la culata. La información ya está en manos de Elena- mintió-. Si yo fuese tú, ya estaría corriendo de nuevo hacia Latinoamérica para esconderme en el agujero más remoto que pudiera encontrar. Considera la Patagonia. Es un excelente lugar para perderse. Harás excelentes amistades con los pingüinos.

El reportero tenía pensado enviar el mensaje a la funcionaria del CNI desde su móvil mientras iba a buscarla para explicarle todo en persona, pero no le había dado tiempo.

El vasco fue a la bandeja de salida y vio que Xurxo había recibido ese documento hacía sólo unos minutos y que no se lo había reenviado a nadie. Luego revisó el móvil del reportero para confirmar que tampoco lo había usado para mandarlo a través de otra dirección de correo electrónico.

-Qué mal mientes, Xurxo. No tienes futuro como político.

Aritz se sentó y giró la pantalla del ordenador hacia el reportero.

-¿Ya sabes entonces qué está pasando aquí? - preguntó el guipuzcoano mientras señalaba las fotos.

-Tu nivel de salvajismo me sorprende cada vez más. ¿Asesinaste a todo el personal de la Clínica Araujo para seguir adelante con tus planes de desmembrar a España?

El etarra se dio cuenta de que Xurxo iba bien encaminado, pero no tenía tiempo para preguntarle cuánto sabía realmente de su plan o para mantener una conversación detallada con él. Miró su reloj y calculó que disponía de unos quince minutos.

-Tras el atentado en Vía Layetana contra la Policía Nacional, te dije que tus coberturas me habían dado muchas ideas. ¿Recuerdas aquel encuentro? -preguntó.

El terrorista había tenido encañonados a Elena y a Xurxo en una calle de Barcelona, pero los dejó escapar mientras les advertía de que sólo lo hacía para darse el gusto de que ambos presenciaran su victoria final.

-En ese momento te di las gracias porque me abriste la mente. ¿Te acuerdas? - insistió el etarra.

-¿Quieres que te dé otra idea? - apuntó el informador-. Pégate el cañón de tu pistola a la cabeza y aprieta el gatillo. No creo en la violencia, pero, en este caso, haré una excepción. Sospecho que tu sacrificio salvará muchas vidas.

Aritz se rio.

-No es que no seas importante Xurxo, pero hoy estoy muy ocupado y me voy a tener que ir. Tengo bastante prisa. Sin embargo, creo que mereces saber qué va a pasar. Y no sólo eso. Te voy a dejar aquí con mi compañero y vamos a encender la televisión para que, como te decía antes, puedas ver en directo y a todo color lo que va a ocurrir esta tarde. Va a ser un día histórico y no quiero que te pierdas nada. Serás testigo del nacimiento de una nación.

El informador optó por dejar que la vanidad de Aritz fluyera con libertad. A pesar de que su precaria situación le impediría alterar cualquier acontecimiento, necesitaba saber.

-De todas las coberturas que has hecho, la que más me impresionó fue la de la guerra en Bosnia. Te vi por televisión muy a menudo. También ponían tus reportajes en España a través de una cadena de televisión socia de Univisión.

Sus palabras cobraron especial interés para el reportero. Sarajevo era una palabra muy poderosa para él. Había marcado su vida.

Acostumbrarse a los ruidos propios de la guerra era sencillo. Lo difícil era convivir con el silencio de la paz mientras se batallaba contra esos recuerdos.

En la guerra no había tiempo para reflexionar, sólo para actuar. Sin embargo, cuando se regresaba a la calma de la vida cotidiana y la adrenalina ya no corría desenfrenadamente por el cuerpo, era mucho más complicado ignorar esos fantasmas. La táctica habitual de bloquearlos y pretender que no existían dejaba de funcionar.

-Ahí estabas, en medio de los combates de la Sarajevo sitiada. Te jugabas la vida para explicar las desgracias que veías a diario. Los abusos, las salvajadas de la guerra- dijo Aritz.

Después se levantó y caminó unos pasos.

-Nos explicaste muy bien lo que viste con tus propios ojos. La violencia y la crueldad fueron tales que el mundo se movilizó contra los serbios. A pesar de los riesgos, los periodistas como tú no dudaron en zambullirse en aquel caos porque estaban indignados ante lo que sucedía. ¡Se lo tenían que contar al mundo!- exclamó-. Fue entonces cuando vi con más claridad que nunca lo que teníamos que hacer.

Xurxo lo escuchaba con atención, pero el tono académico, frío y distante con el que hablaba de esa guerra le molestó profundamente.

Para el etarra, Bosnia era un interesante caso de análisis geopolítico. Para el periodista, en cambio, representaba un ejemplo más de cómo la Humanidad había vuelto a fallarse grotescamente a sí misma.

Él había estado en las mismas entrañas de aquel calvario. Recordaba a la perfección el rostro inanimado de un niño de apenas diez años con un agujero en el cráneo y aún tenía fresco en su mente el olor insoportable de cuerpos en estado de descomposición que se pudrían en las calles.

Para él, la guerra en Bosnia era mucho más que una simple disquisición filosófica. Xurxo la había olido, palpado, odiado y, como cualquier otro periodista que la vivió, regresó traumatizado por todo lo que había presenciado allí.

Tras dos guerras mundiales, el Holocausto y los genocidios en Armenia, Ruanda, Sudán y Camboya, el conflicto en Bosnia volvió a demostrarle lo poco que los seres humanos aprendían de sus errores y la finísima línea de separación que existía entre un ser civilizado y un salvaje.

-Esa indignación mundial provocó que Estados Unidos, finalmente, bombardeara a los serbios y les parara los pies. El resultado fue el nacimiento de un nuevo país: Bosnia Herzegovina- prosiguió el etarra.

Aritz caminó de nuevo hacia el ordenador y se sentó.

-Es decir, Xurxo, Bosnia tuvo que sufrir las desgracias de una guerra, pero hoy en día es una nación independiente. Nadie cuestiona esa realidad- continuó.

- ¿Y qué quieres? ¿Provocar una guerra en España? -le interrumpió el reportero.

El vasco se volvió a reír.

-Xurxo, por favor. No me subestimes. No soy ningún lunático. Eso sería casi imposible…- afirmó con condescendencia.

A pesar de sus palabras, su lenguaje corporal indicó otra cosa.

-Dicho eso, ya veríamos qué haría el Ejército español si de verdad España estuviera a punto de desintegrarse- puntualizó-. Además, si usaran la fuerza, lo harían amparados en la legalidad. ¿O es que no has leído la Constitución? Título preliminar, artículo dos: la Constitución se fundamenta en la indisoluble unidad de la Nación española, patria común e indivisible de todos los españoles- parafraseó burlonamente el documento.

El reportero estiró sus ataduras en un intento por ablandarlas aunque fuese un poco, pero no tuvo éxito.

-Nadie en la anterior Yugoslavia pensaba que algún día Bosnia sería una nación soberana, pero ahora lo es. ¿Por qué no podría dividirse España entonces de la misma manera? La historia está llena de imposibles que se hicieron posibles- prosiguió el etarra.

Aritz esperó la reacción de Xurxo, pero no se produjo.

-La clave del éxito de los bosnios fue combinar la declaración unilateral de independencia con la valentía de aceptar un sacrificio sin duda trágico, pero necesario.

El periodista tenía muchas cosas que decir, pero se esforzó para no interrumpir a Aritz.

-La independencia no se consigue pidiendo permiso a Madrid. Hay que ser transgresores. Si España nos obliga a escoger entre arrodillarnos o plantarle cara, no tendremos más remedio que montar un buen pollo. ¡Con un par!- exclamó el etarra con rabia.

Aritz se emocionaba cada vez más mientras se escuchaba a sí mismo.

-Mira a los escoceses. Con el referéndum vinculante perdieron una ocasión histórica para separarse del Reino Unido. Los pobres no se aclaran y por eso nunca han llegado ni llegarán a nada. Tienen mentalidad de siervos- dijo con desprecio-. Para cambiar las cosas lo que necesitamos son menos palabras y más hechos. Pasar a la acción. Nada de Mic o de CDR. Esos son todos unos niñatos. Los bosnios lo entendieron muy bien y míralos ahora: viven en un país soberano respetado en todo el mundo -añadió.

Se refería al Movimiento Identitario Catalán y a los llamados Comités de Defensa de la República. Ambos eran grupos violentos pro independentistas. Los primeros, de extrema derecha. Los CDR, en cambio, estaban compuestos por militantes izquierdistas y anti sistema.

Luego esperó unos segundos y continuó. Era un maestro en hacer pausas que dieran aún más dramatismo a lo que decía a continuación.

-Cataluña tiene que hacer dos cosas. Primero, volver a declarar la independencia de forma unilateral, asumir las consecuencias y después no arrugarse.

El etarra tragó aire, resopló y después tragó algo de saliva.

-Pero no declarar la independencia con miedo y casi a escondidas como la primera vez. ¡No!- exclamó-. Para colmo, ahora los políticos secesionistas lo niegan cobardemente. ¡No!- volvió a exclamar-. Esos mamones tienen ahora la desfachatez de decir que en realidad nunca declararon nada, que fue un melentendido, que sólo leyeron lo que les pusieron delante, que era una simple declaración de intenciones....- teatralizó-. ¡Pandilla de cobardes y traidores! ¡Sólo saben huir corriendo del país con el rabo entre las piernas en vez de enfrentarse al enemigo cara a cara!- añadió.

Luego Aritz movió el dedo índice de su mano derecha en señal de negación.

-No, hay que anunciar la independencia al mundo con orgullo, valentía y por todo lo alto. ¡Para que se enteren todos, coño! ¡Y después aguantar con que venga!- enfatizó.

El terrorista parecía entusiasmado con su plan.

-Segundo, derramar un río de sangre que haga imposible cualquier vuelta atrás- prosiguió-. Crear un trauma tan brutal que se quede grabado para siempre en la mente colectiva de todos los catalanes. Como en Bosnia- insistió con frialdad.

Xurxo había ido perdiendo poco a poco la paciencia hasta que estalló.

-¿Pero sabes qué clase de estupidez acabas de decir? - explotó enfurecido.

Pretender reproducir la experiencia de Bosnia en España acabó por sacarle de sus casillas.

-¡En Bosnia murieron trescientas mil personas! ¿Es ése el ejemplo que quieres replicar en España? ¿Estás loco?

El etarra quedó sorprendido ante la fuerte reacción de Xurxo.

-No te alteres- afirmó.

-Mira, capullo, yo he visto morir a demasiada gente en las guerras y también he perdido a muchos amigos en ellas. No voy a permitir que ahora un gilipollas como tú insulte su memoria diciendo esas imbecilidades. La violencia tiene un precio muy caro.

Aritz se rio.

-¿Qué no me vas a permitir? - volvió a reír-. A ver… ¿Me recuerdas quién es el que está atado aquí a una silla? ¿Tú o yo?

-¡Hijo de puta! - exclamó Xurxo mientras, una vez más, intentaba inútilmente deshacerse de sus ataduras.

En ese momento recordó a los amigos y compañeros de profesión que había perdido mientras cubrían conflictos armados: Ramón, fusilado en Afganistán; Miguel, asesinado a tiros en Haití; Pedro, muerto en Irak víctima de un misil y John, que también pereció en Irak por una herida que se convirtió en letal al no recibir atención médica a tiempo.

También se acordó de Samir y del ejército de personas que habían arriesgado sus vidas para ayudarles a contar al mundo las tragedias que ocurrían en sus países.

-Este problema sólo lo podemos resolver con el uso de la violencia. Si Madrid no nos deja hacer un referéndum vinculante que nos permita independizarnos, ya es hora de cambiar las reglas del juego. En España hay un incendio y lo que hay que hacer no es extinguirlo, sino quemar todo el edificio. Echar gasolina al fuego. Los patriotas estamos dispuestos a morir por un sueño y ha llegado el momento de demostrarlo. Es ahora o nunca- afirmó con tétrica calma.

Entonces el turno de reír fue para Xurxo.

-Acusas a otros de ser autoritarios, pero tú te has convertido en un dictadorzuelo de quinta categoría. O haces lo que yo digo o provoco un baño de sangre- dijo en tono de mofa.

Aritz lo observó con desdén.

-Si quieres un referéndum vinculante, haz como los escoceses o los canadienses francófonos- continuó el reportero-. Movilízate políticamente hasta que llegues a un acuerdo con el Gobierno que representa a todo el país. No puedes romper las reglas del juego que has aceptado cuando éstas simplemente ahora no te convienen.

El etarra se acercó y lo miró de frente.

-Xurxo, no estoy aquí para pedirte permiso ni para debatir contigo mis planes- ironizó-. Estoy aquí para decirte lo que voy a hacer y punto. A los británicos tampoco les gustó que su colonia norteamericana se les sublevara, pero mira qué pasó. Los colonos se rebelaron y hoy son la primera potencia mundial. Los cobardes nunca llegan a nada. Como dijeron entonces los americanos, es mejor morir de pie que no vivir de rodillas.

Xurxo aborrecía a los dictadores. Concebía la profesión de periodista como un servicio público para mantener a raya al poder y despreciaba a las personas dispuestas a justificar cualquier medio para alcanzar su fin.

- ¿Continúo o prefieres esperar a verlo todo por televisión? - preguntó Aritz desafiante.

El periodista hizo un gesto de frustración y lo insultó en voz baja.

-Perdona si estoy de mal humor. Me pongo así cuando me secuestran y me atan a una silla. Tonterías mías- afirmó después.

Aritz ignoró el comentario y prosiguió.

-Los gobiernos se gastan fortunas para fortalecer la seguridad, pero la verdad es que no hay ninguna seguridad. Sólo existe la percepción de seguridad. Revisan hasta la saciedad a las personas que suben a un avión, pero mira lo que pasó con el aparato ruso en Egipto. Le metieron una bomba en la bodega. Cualquier trabajador de un aeropuerto encargado de transportar los equipajes puede entrar en las bodegas de los aviones sin que nadie inspeccione lo que lleva encima. Un empleado podría meter cada día una ametralladora en casi cualquier aeropuerto y nadie se daría cuenta. En un mes habría acumulado un arsenal.

Xurxo sabía que había mucho de verdad en eso.

-Eso por no hablar de los millones de contenedores que llegan cada día a los puertos de todo el mundo. Prácticamente nada de todo eso se revisa.

Aunque se hacía mucho más que antes, también tenía razón.

-Nosotros mismos tuvimos al Rey Juan Carlos I en la mirilla telescópica en Palma de Mallorca, pero no hubo los cojones para apretar el gatillo.

Aritz detuvo su narración durante unos segundos, organizó sus pensamientos y continuó.

-Las autoridades quieren que pensemos que planear algo importante contra ellos es inútil porque sus medios son infinitamente superiores a los nuestros. Es una guerra más psicológica que física. Sin embargo, la realidad es que si observas con atención lo que hace tu enemigo, identificas sus debilidades, usas la inteligencia, la imaginación y eres valiente y decidido, es casi imposible que logren neutralizar un ataque. Ser pequeño no es un inconveniente, sino una ventaja. Ellos tienen que acertar el cien por cien de las veces para neutralizarnos. Nosotros, en cambio, sólo una para golpearles con éxito- afirmó convencido.

Xurxo suspiró. El primer plan de Aritz había fallado, pero se preguntó si éste, finalmente, conseguiría arrastrar a España hasta el abismo.

-¿No dijiste que tenías prisa? ¿Cuánto tiempo más va a durar esta clase magistral? - preguntó.

El etarra señaló entonces la foto de la *president* en el ordenador.

-El *president* piensa que no tiene enemigos que puedan atentar físicamente contra él en Cataluña y va con una escolta más propia de un famoso del mundo de la farándula que de un político de su nivel. Cuando visita a sus abuelos en el municipio de Vilassar de Mar, camina por las calles casi desprotegido y como un

444

vecino más. Ése es un error que no volverá a cometer.

-¿Qué le has hecho?

-Xurxo, ¿cuáles son las tres instituciones más importantes de Cataluña? -le respondió con otra pregunta.

Antes de escuchar una respuesta, la dio él mismo.

-La *Generalitat*, Banca Condal y el FC Barcelona.

Entonces volvió a señalar las fotos en el ordenador.

-El *president* de la *Generalitat*; Jordi Casademunt, presidente de Banca Condal, y Xavi Hernández, ex jugador emblemático del Barça y a al que muchos consideran un ferviente soberanista. ¿Te imaginas qué pasaría si esas tres personas se unieran a las fuerzas soberanistas y pidiesen públicamente y sin ambages al pueblo catalán que apoye la independencia? ¿Sabes la carga emocional que acarrearía su mensaje? ¿Que esas tres instituciones respalden la ruptura con Madrid? Eso es lo que necesitamos ahora. Acciones que hagan sentir, no pensar. La gente se mueve por sentimientos y eso es lo que tenemos que aprovechar. Masa crítica que provoque un paso que no admita vuelta atrás.

En ese momento, el periodista recordó al niño colombiano en Cartagena que juraba haber visto a Xavi. Era cierto, pero se trataba de su doble.

-Llegas tarde a la fiesta. ¿Es que no sabes que Banca Condal ya patrocina a la selección española de fútbol y baloncesto y también al mismísimo diccionario de la Real Academia de la Lengua Española? Su presidente dijo claramente que es mejor estar juntos que separados.

El etarra se rio del comentario.

-No importa lo que dijo ayer, sino lo que dirá hoy- afirmó.

El etarra colocó después su dedo índice en la pantalla del ordenador y continuó señalando más fotos.

-El *lehendakari* vasco, el *president* de la Asamblea Nacional Catalana, el secretario general de Esquerra Republicana de Catalunya y el representante de Junts per Catalunya. Aquí tienes a todos los poderes fácticos del independentismo catalán dentro del *Parlament* junto a su aliado vasco- dijo satisfecho.

Todas las fotos estaban desplegadas en la pantalla del ordenador. Había dos más de otros dos líderes soberanistas.

-Tras la huida de Puigdemont, no tenía claro quién sería el próximo *president*, así que escogimos tres posibles candidatos. Acertamos- señaló satisfecho una de las fotos.

Xurxo no perdía detalle de todo lo que escuchaba.

-En efecto, el doctor Araujo hizo cirugías plásticas para crear a nueve dobles perfectos de estas personas- continuó-. Pasamos mucho tiempo escogiendo a candidatos que tuvieran un físico muy similar, luego se operaron, se prepararon para cumplir con su cometido y ahora ya están listos para este día decisivo. Nos ha costado una fortuna, pero ha valido la pena. La libertad no es gratis. No se trata sólo de emplear la fuerza, sino la imaginación.

-Por eso liquidaste a todos en la clínica- insistió Xurxo con una expresión de asco.

-No hubo más remedio. Cualquier filtración hubiera echado al traste nuestros planes. Daño colateral.

-Ya la ha habido- dijo en referencia a William Pinzón.

-Demasiado tarde. Hoy es el día. Ya nada ni nadie podrá detenernos. Aunque el Gobierno acuse al *president* de rebeldía y esgrima el artículo 155 de la Constitución para suspender completamente la autonomía, esto ya no hay dios que lo pare.

-Os encantaría que lo metieran en la cárcel para convertirlo en mártir. Si vuelve a declarar la independencia, vuestros deseos se cumplirán y esta vez no se podrá esconder en el maletero de un coche.

Al escucharlo, el etarra sonrió. Abrió su boca para decir algo, pero optó por callarse.

- ¿Qué vas a hacer? Date el placer de contármelo.

Aritz se tomó unos instantes para disfrutar de lo que percibía como una victoria inminente y decisiva.

-Esta tarde el *president* convocará al pueblo de Cataluña a la plaza de *Sant Jaume* para comunicarle una decisión histórica. Tras siglos de espera, declarará formalmente la independencia de Cataluña de manera unilateral y definitiva. No el *Parlament* sino el propio *President*. Anunciará que Cataluña ha nacido como nación y que todos los lazos institucionales con España están rotos. Dejará muy claro que ya no hay vuelta atrás.

Luego pareció imaginarse la escena y su rostro esbozó aún más deleite.

-Podíamos haber hecho todo esto sólo con el doble del *president*, pero si le acompañan estos seis iconos del nacionalismo catalán más el lehendakari, el impacto emocional será mucho más intenso. ¡Vaya imagen! ¿No? ¡Todos a su lado en el balcón del Palacio de la *Generatlitat* mientras hace el anuncio frente a las cámaras de todo el mundo!- exclamó emocionado-. Sólo de pensarlo me entran escalofríos- añadió mientras se tocaba los pelos de punta en uno de sus brazos.

Xurxo se rio.

-¿Y qué pasa con las otras seis figuras públicas reales? ¿Se van a quedar en su casa con la boca cerrada?

-Afortunadamente, cualquier principiante podría burlar sus medidas de protección. En España se protege a los líderes del PP, a los del PSOE, a los de Ciudadanos y a los de Podemos. Los nacionalistas se creen inmunes a intentos de secuestro o asesinato. Ya hemos secuestrado al *president*. Los otros caerán todos juntos. No te preocupes por eso.

-Pueden declarar lo que quieran. Mañana las instituciones españolas volverán a abrir sus puertas aquí como todos los días. Nada cambiará. ¿Te olvidas de lo que pasó el 27 de octubre del año pasado? El *Parlament* declaró la república catalana como un estado independiente y soberano y no pasó nada. Absolutamente nada. Puros fuegos artificiales. Pan y circo, como en el Coliseo romano- enfatizó.

El etarra lo observó con un aire de superioridad, como si él pudiera ver más allá de la capacidad de entendimiento de Xurxo.

-Vuestro problema es que no tenéis imaginación- afirmó el vasco.

-Y el tuyo que estás completamente chalado- respondió éste de inmediato.

A pesar de las provocaciones, Aritz no caía en ellas.

-A los españoles os encanta retratarnos como simples monstruos. Personajes malos, malísimos y casi de telenovela barata. Seres planos, unidireccionales y sin sentimientos o escrúpulos. Simples psicópatas asesinos.

-Te acabas de describir muy bien, pero te olvidaste de la palabra sociópata.

-Para vosotros es más cómodo etiquetarnos como terroristas en vez de comprender lo que pasa realmente en lugares como Cataluña o Euskal Herria, aunque, claro, eso os importa un bledo. Lo único que os interesa es seguir teniendo la sartén por el mango.

-Dile eso a las viudas y a los huérfanos que habéis dejado en el camino.

-Y tú a los nuestros.

-No intentes adornarlo. Eres un jodido terrorista. Un puto criminal. Nada más.

-Los terroristas de hoy son los patriotas del mañana. ¿No has escuchado eso? Nelson Mandela fue un terrorista para el Gobierno de Sudáfrica y pasó veintisiete años en prisión. Sin embargo, luego se convirtió en presidente de su país y en un líder político mundial.

-Eso era lo último que me faltaba por escuchar. ¡Que os comparéis a Mandela!- exclamó irónicamente el reportero.

-Para vosotros sólo hay una verdad y es la vuestra, pero cada día tenéis a más gente en contra. En la última manifestación de la Diada participaron un millón de miles de personas que pedían la independencia. Entre ellos, ancianos, inofensivas madres de familia y niños. Según tú, ellos también son terroristas.

-Terrorista es el que mata. Ellos dieron su opinión. Estamos en una democracia. Cualquiera puede darla.

-Sí, como en el día del refeéndum del 1 de octubre- ironizó.

-No puedes obedecer unas leyes sí y otras no. Por eso se llama Estado de Derecho.

Aritz se rió y miró su reloj. No tenía tiempo para debates.

-Yo tengo claro lo que quiero, haré lo que sea necesario para conseguirlo y un ejército de personas apoya mi causa. Algunas en público, la inmensa mayoría en privado. Tú afirmas que soy un terrorista, pero ellos me animan a seguir peleando.

Xurxo suspiró con desdén.

-Haz como ETA y deja de matar. Entrégate a las autoridades. Vas a fracasar en tus planes y sólo causarás más muertos. Vives en un mundo de fantasía- afirmó.

Aritz observó al periodista con desprecio.

-Igual que muchos antes que tú, no entiendes lo que se avecina- continuó-. ¿Quién se hubiera imaginado que diecinueve yihadistas secuestrarían cuatro aviones en Estados Unidos y realizarían el peor atentado en la historia de la Humanidad? ¿Quién se hubiera imaginado que la Unión Soviética se desintegraría sin pegar un solo tiro para defender su integridad territorial? ¿Quién se hubiera imaginado que habría una Primavera Árabe que derrocaría a dictaduras brutales como la libia de Gadafi o la egipcia de Mubarak?- preguntó mirándolo fijamente-. Si lo puedes imaginar, puede ocurrir. Cataluña y Euskadi serán naciones independientes- agregó convencido.

-Hablas de lo que te gustaría que ocurriese, no de lo que de pasará- insistió el informador.

El etarra hizo caso omiso a lo que decía Xurxo y prosiguió la narración de lo que tenía planeado.

-Hoy el *president* dirá que éste es el día más importante en toda la historia de Cataluña y que llegó el momento de demostrar de una vez por todas que los catalanes son personas valientes. Advertirá que Madrid volverá a mover cielo y tierra para evitar la secesión, que la declarará ilegal y que enviará de nuevo a miles y miles de policías para reprimir a los catalanes, pero prometerá que él no dará ni un paso atrás. Después no sólo pedirá, sino que exigirá a los catalanes que demuestren sus agallas junto a él.

Aritz había soñado durante años con ese día y visualizaba perfectamente la imagen del *president* mientras declaraba la independencia desde el balcón del Palacio de la *Generalitat*.

-¡Si somos independentistas y no nos rebelamos hoy, pasaremos a la historia como unos verdaderos cobardes! ¡Cataluña nunca nos lo perdonaría y nuestros descendientes se avergonzarán eternamente de nosotros! - arengará a la multitud.

Aritz permanecía embelesado con aquella imagen que ya veía imposible de detener.

El etarra hablaba como si el discurso se estuviera produciendo en aquel momento y él mismo se encontrara entre el gentío disfrutando del delirio independentista.

Xurxo sabía que una acción semejante orginaría una crisis política en España de consecuencias imprevisibles.

-Las instituciones que lideran esas siete personas movilizarán inmediatamente hoy a cientos de miles de sus simpatizantes para ir a presenciar la declaración. Quizás a varios millones.

-Después de lo que sucedió el año pasado, no irá nadie. Nadie os cree ya- replicó el reportero.

-Estás muy equivocado- afirmó Aritz con seguridad-. Esta vez será distinto y lo dejaremos claro desde el primer momento. La consigna será :¡Ahora o nunca! -enfatizó sonriente. Luego se dispuso a continuar.

-Los independentistas dejarán lo que están haciendo y se irán a todo correr a la plaza de *Sant Jaume*- afirmó-. Quizás acudan hasta uno o dos millones de personas. La plaza estará a reventar y colapsarán todo el centro de Barcelona. El furor colectivo será incontenible y a nadie le importará ya lo que diga Madrid o los tribunales españoles. Habrá cientos de periodistas de todo el mundo. Las redes sociales echarán humo. Será nuestra Primavera Árabe. El momento del cambio radical. Ahora sí toca -sentenció.

De pronto, Aritz volvió a guardar silencio antes de llegar a una de las partes más importantes del plan.

-Y será entonces cuando se produzca un enfrentamiento que provocará miles de muertos- dijo por fin-. Esta tarde tendremos nuestro Sarajevo particular y las víctimas se convertirán en los mártires necesarios que abrirán la puerta a la independencia. ¿Recuerdas la que se lió por cuatro fotos de unos policías españoles golpeando con sus porras a los participantes del referéndum del 1 de octubre? Pues imagínate cuál será la reacción internacional ahora. Crucificarán a España y no tendrá más remedio que aprobar el referéndum vinculante.

-¿Qué enfrentamiento? ¿Entre quiénes? ¿Contra la Policía? - intentó averiguar Xurxo.

-Déjame esos pequeños detalles a mí. Simplemente te adelanto que si se necesitan muertos para alcanzar la independencia, los tendremos -se limitó a responder el etarra.

A pesar de que tenía secuestrado al periodista, no quiso correr riesgos innecesarios proporcionándole demasiada información.

-Hoy es el turno de Cataluña. Mañana, será el de Euskal Herria- añadió.

Luego llamó al otro etarra. Entre ambos colocaron la silla donde estaba sentado Xurxo a unos tres metros del televisor y lo encendieron.

El etarra se situó frente al periodista y se preparó para la despedida.

-Debería matarte ahora mismo. Sería lo más inteligente. Así me aseguraría de que no vuelvas a darme ninguna sorpresa. Sin embargo, te he perdonado la vida varias veces precisamente para que seas testigo de este momento. Hoy desmembraré a España y nadie podrá evitarlo- afirmó con firmeza y arrogancia-. Nadie -insistió.

Aritz Goikoetxea era como los criminales que regresan a la escena del crimen. Se sitúan entre el público de la calle y observan morbosamente a la Policía mientras los agentes intentan descifrar lo ocurrido y encontrar las primeras pistas que les lleve hasta el delincuente. Se postran frente a los policías para gritarles en silencio que están allí mismo. Les gusta desafiarlos y sentirse superiores. Piensan que son más inteligentes y astutos que ellos y que nadie podrá atraparlos.

Eso fue exactamente lo que hizo uno de los terroristas de ISIS en los atentados de noviembre de 2015 en París. Tras matar a varias personas, y en un acto de osadía extrema, volvió al lugar del ataque para regocijarse de su acción mientras cientos de policías y rescatistas aún asistían a las víctimas.

Era su naturaleza. A veces pasaban desapercibidos y salían victoriosos de ese reto. Otras, ese ego enfermizo se convertía en el detonante de su fin.

-Cuando acabe de verlo todo, pégale un tiro y déjalo aquí-ordenó Aritz después al miembro del comando mientras señalaba a Xurxo.

El vasco habló frente al periodista y sin hacer el menor esfuerzo para evitar que escuchara los aciagos planes sobre su futuro.

Luego el terrorista se acercó luego un poco más al reportero y le dio un par de suaves golpecitos en la mejilla.

-No te puedes quejar. ¡Vaya primicia que te he dado, cabroncete! - afirmó con sorna.

-¡Hijo de puta! - gritó Xurxo para luego escupirle en las manos.

Tras limpiarse, Aritz metió un trozo de tela en la boca de Xurxo y lo amordazó.

-Qué bien se te ve con la boquita cerrada- afirmó.

Luego se despidió del otro hombre y se marchó del piso.

Xurxo miró a su alrededor en un último intento por maquinar una huida, pero supo que era hombre muerto.

Después observó a través del ventanal a su amado Mediterráneo. Pensó en todo lo que daría en aquellos momentos por estar bañándose en sus tranquilas y tibias aguas y que todo aquello fuera una simple pesadilla.

Fue entonces cuando se dio cuenta de que aún tenía una última oportunidad.

LX

Akira Fumuro se detuvo en la puerta del Palacio de la *Generalitat* y enseguida se le acercó uno de los *mossos* que estaban de guardia.

-Tengo una cita con el *conseller* de Empresa y Ocupación- dijo en un español correcto, pero con acento maltratado.

-¿Su nombre, por favor?

-Kenzo Watanabe- respondió mientras le entregaba sus documentos falsificados.

El policía asintió y le indicó con la mano que aguardara un momento.

Mientras esperaba, el japonés observó la plaza de *Sant Jaume*. Había poca gente, pero sabía que en tan solo unas horas estaría abarrotada.

-Adelante- indicó el *mosso* al regresar.

Akira depositó su maletín en el aparato de rayos X y pasó por el detector de metales. Al otro lado le esperaba un asistente del *conseller*. El político catalán le había citado en la misma *Generalitat* porque ese día tenía allí una reunión con el resto de *consellers* del Consejo Ejecutivo.

Cuando subían por la escalera hacia la primera planta, tres coches oficiales entraron al patio. El japonés se giró y vio como el *president* descendía de uno de ellos. Fumuro observó con atención los rostros de quienes rodeaban al mandatario, pero no detectó en ellos ninguna señal de sospecha o nerviosismo.

El funcionario acompañó al visitante hasta la oficina donde estaba el *conseller* y se despidió de él. Al ver a Fumuro, el jefe de la consellería de Empresa y Ocupación se levantó y le estrechó la mano.

-Es un placer conocerlo. Por favor, tome asiento- le dijo en un excelente inglés.

-Gracias por recibirme.

Tras un breve intercambio de cortesías y ofrecerle algo de beber, fueron al grano.

-Señor Watanabe, por lo que nos indicó en sus mensajes, su empresa quiere abrir una sucursal aquí, ¿correcto? - preguntó con interés.

La inversión extranjera había decaído sensiblemente en Cataluña durante el último año y conseguir más capital internacional era una prioridad para el departamento que dirigía el conseller. Más de tres mil empresas se habían ido de Cataluña desde que se celebrara el referéndum del 1 de octubre. Alegaban que era por la incertidumbre creada por el desafío independentista.

-Como sabe, represento una empresa de origen japonés llamada Nagano- explicó Fumuro como si fuera un experimentado ejecutivo-. Nos dedicamos a la exportación e importación de minerales, alimentos, piezas de recambio para automóviles y maquinaria. También ofrecemos servicios de logística. Enviamos los productos de nuestros clientes a cualquier parte del mundo.

-Sí, he visto los informes anuales de su compañía y su página web. ¿Sus oficinas centrales están en Brasil?

La empresa ni siquiera existía. Era una simple invención digital. Al ser los contactos todavía preliminares, nadie en la *Generalitat* la había investigado más a fondo.

-En efecto. En Brasil hay una enorme comunidad de japoneses y descendientes de japoneses que nos genera mucho negocio. Ese nicho nos diferencia de otras compañías.

El *conseller* asintió con interés.

-Cada vez tenemos más volumen de negocio entre Latinoamérica y Europa y queremos establecer una base logística en este continente. Nos ahorrará muchos costos. Hemos pensado en Barcelona.

-Sería una gran opción. Hay muchas organizaciones y empresas extranjeras que cada día se interesan más en Barcelona como base de operaciones para Europa y África. Cataluña es una tierra de emprendedores y muy competitiva a todos los niveles.

-Mi visita es para estudiar dónde podría instalarse, qué costos tendría la operación y qué tipo de ventajas fiscales podríamos obtener con respecto a otras ciudades de España u otros países de Europa.

-Por supuesto, señor Watanabe.

En ese momento, sonó el teléfono. El político se excusó y lo descolgó.

- ¿Dígame? -dijo en catalán.

Al escuchar la voz al otro lado de la línea su cuerpo se tensó y su semblante se tornó más serio.

-De acuerdo-afirmó para después colgar.

Luego se levantó y caminó decidido hasta Fumuro.

-Señor Watanabe, muy buenas noticias- afirmó ya con alegría en su semblante-. Me acaba de llamar el *conseller* de la Presidencia y Asuntos Internacionales. El *president* estaba al tanto de su visita y ha dicho que le gustaría saludarlo.

Fumuro le levantó y sonrió.

-¡Magnífico! ¡Qué detalle! -exclamó con aparente sorpresa.

Ambos caminaron hasta la oficina del *president*. Fumuro seguía al *conseller* como si no supiera hacia dónde iba. Sin embargo, conocía el palacio a la perfección. Lo había estudiado detenidamente a través de toda la información pública disponible y los planos enviados por Belloch.

Cuando llegaron a la galería gótica del patio central, vio las preciosas y delgadas columnas de piedra que tanto le habían llamado la atención en fotografías y vídeos.

El japonés siguió caminando mientras fingía desconocer su destino final, pero al fondo ya divisó el despacho señalado en todos los planos como el número nueve.

Al llegar, llamaron a la puerta de madera y abrió el supuesto mandatario.

-¿Señor Watanabe? -preguntó en inglés con una sonrisa.

El político iba vestido con un traje azul impecable.

-Encantado. Es un placer saludarlo. Muchas gracias por recibirme- contestó Fumuro mientras le estrechaba la mano.

-Pasen, pasen -indicó el *president* con amabilidad.

El despacho era amplio, con suelo de madera, bien iluminado por diversas ventanas y tenía un gran telar colgado de la pared, así como varias obras de arte de renombrados artistas catalanes.

La oficina disponía de un sofá y varios sillones para recibir a las visitas y conectaba directamente con el siguiente salón del Palacio de la *Generalitat*, el de la Virgen de Montserrat.

A un lado del despacho también había una puerta que llevaba a un pequeño estudio privado desconocido para muchos. El mandatario lo usaba para abstraerse por completo y reflexionar con tranquilidad.

Ya dentro, el político regaló al supuesto empresario japonés un libro y una pequeña reproducción de la Sagrada Familia, del arquitecto Antoni Gaudí. El libro era una edición de lujo sobre Cataluña y su historia.

-Muy amable- agradeció Fumuro.

-Apreciamos mucho que esté considerando Cataluña para instalar sus oficinas en Europa- dijo el *president*-. La inversión de países tan avanzados como Japón es muy importante para nosotros y quería verlo para decirle en persona que este tema se está llevando al más alto nivel.

Fumuro asintió con satisfacción.

-Me gustaría estar más tiempo con usted, pero hoy es un día realmente ocupado- se disculpó el político.

Luego el *president* se giró hacia el *conseller*.

-¿Sabe cuánto tiempo falta para que llegue el *lehendakari*? - le preguntó.

La pregunta sorprendió al funcionario.

-No, pero voy a preguntar al *conseller* de la Presidencia. Regreso ahora mismo -se excusó mientras enfilaba hacia la puerta.

-Gracias, así sabremos de cuánto tiempo dispondremos para conversar con el señor Watanabe.

Cuando el *conseller* cerró la puerta tras de sí, el doble del *president* indicó a Fumuro que lo acompañara hasta la mesa de su despacho. Una vez allí, cogió un maletín que estaba al lado de la misma, lo abrió y sacó una ametralladora Uzi con dos cargadores extras de treinta y dos balas cada uno.

-Ya sabes cuáles son las órdenes de Aritz. Quédate en la otra sala y vigila. Estate atento hasta del más mínimo detalle. Nadie sospechará de ti. Si estamos en peligro, ya sabes lo que tienes que hacer- afirmó el doble señalando la Uzi.

Fumuro abrió su maletín, colocó dentro la pequeña pero letal arma y volvió a cerrarlo de inmediato.

Entonces alguien llamó a la puerta.

-Adelante-dijo el supuesto mandatario.

El *conseller* de Empresa y Ocupación pasó a la sala. Estaba un poco nervioso.

-*President*, el *lehendakari* acaba de llegar. Estará en su despacho en un par de minutos-afirmó.

El doble se giró hacia Fumuro.

-Señor Watanabe, tengo una entrevista muy importante ya programada. ¿Le parece si me espera a que finalice y luego usted y yo hablamos con más calma?

El rostro de Fumuro expresó sorpresa.

- ¿Está seguro? No quisiera importunar.

-No, para nada. Me gustaría que ustedes y más empresas japonesas vinieran a instalarse a Cataluña. Ahora es más importante que nunca. Si conseguimos convencerle, quizás otros en su país sigan su ejemplo. Fortalecería mucho la marca Cataluña- sonrió.

-Estaré encantado de esperar.

-Muchas gracias- afirmó con cordialidad-. Por favor, vaya con él hasta el Salón de la Virgen de Montserrat. Cuando acabe la reunión con el *lehendakari,* acompáñelo de nuevo aquí- pidió después al *conseller.*

El funcionario asintió y partió con Fumuro hacia el pasillo. El camino más corto sería pasar directamente a ese salón usando la puerta ubicada en el despacho del *president,* pero ese acceso estaba reservado sólo para el gobernante.

El salón Virgen de Montserrat era grande, de forma rectangular y se usaba para reuniones de alto nivel. Tenía varios sofás, sillones, una larga mesa de madera con sillas a su alrededor y una estatua de piedra de la patrona de Cataluña.

Casi inmediatamente después, el *lehendakari* hizo acto de presencia en el despacho del *president.* Los dos se estrecharon la mano, se sentaron en el sofá y permitieron que la prensa los filmara y tomara fotos durante un par de minutos mientras hablaban.

Cuando los periodistas se fueron, el doble del mandatario catalán pidió que lo dejaran sólo con el *lehendakari* para conversar en privado.

-Que no nos molesten-insistió.

Cuando todos se marcharon, el impostor se levantó.

-A veces es difícil poder concentrarse con tanta gente siempre pendiente de uno, ¿verdad? - preguntó el *president.*

-¡Y que lo digas! Estamos todo el día bajo un microscopio- se quejó su homólogo.

-Yo sólo tengo un lugar donde en verdad puedo olvidarme de todo y de todos. ¿Te he enseñado alguna vez mi estudio privado? - preguntó al vasco.

-No.

-Ven, te lo voy a mostrar. Ahí sí puedo pensar con tranquilidad– le indicó el camino.

Al abrir la puerta, se encontraron de frente con Aritz Goikoetxea y Adrià Belloch. El *lehendakari* mostró un gesto de absoluta sorpresa, pero no le dio tiempo para más. Aritz le descargó los cincuenta mil voltios de su pistola eléctrica y el vasco se desplomó.

El doble del *president* cerró la puerta del estudio y Adrià cubrió con su mano la boca al político para evitar que se escuchara alguno de sus quejidos.

El estudio tenía una estantería con una puerta falsa que conducía a la entrada del túnel en la planta baja. Aritz y Belloch llevaron al *lehendakari* hasta la entrada del pasadizo y accedieron al mismo.

Tras recorrer unos diez metros, llegaron a una sala con equipo para reparaciones similar a la que el *mosso* había usado para encerrar al mexicano Miguel López. Los dos entraron con el gobernante a cuestas y se encontraron allí con el resto de los dobles.

Acto seguido, desnudaron al *lehendakari,* lo amordazaron y lo inmovilizaron con cinta aislante mientras su doble se vestía con su ropa. Ya tenían a dos impostores representando el papel para el que habían sido contratados. Sólo faltaban otros cinco.

Después, el doble del *lehendakari* fue hasta el despacho presidencial y se sentó en el sofá con el otro farsante. Entonces el supuesto *president* cogió el teléfono y marcó un número dentro del Palacio.

-Por favor, que venga el *conseller* de la Presidencia-ordenó.

Éste llegó casi de inmediato. Se trataba de una de las personas con más poder e influencia dentro del gobierno de la *Generalitat.* Cuando entró, la doble del mandatario catalán le pidió que se sentara en uno de los sillones.

-Te voy a decir algo muy importante- le explicó mientras le entregaba una lista-. Estas personas están en Barcelona hoy. Ponte en contacto con todas ellas personalmente y diles que vengan para aquí, que yo y el *lehendakari* queremos comunicarles algo. Es urgente.

El *conseller* entendió de inmediato que se trataba de algo importante y al leer los nombres de las cinco personas adoptó una expresión de gravedad.

Su mirada se dirigió entonces hacia el *lehendakari,* cuyo lenguaje corporal apoyaba con claridad todo lo dicho.

-Muy bien- se limitó a responder el *conseller.*

-Otra cosa- agregó el supuesto *president*-. Hoy será un día histórico. Haré un anuncio que va a cambiar el rumbo de nuestro país. Lo pronunciaré a las siete de la tarde desde el balcón de la *Generalitat.* Convoca a toda la prensa nacional e internacional.

El semblante del *conseller* expresó aún más sorpresa.

-¿Puedo saber de qué se trata? - se atrevió por fin a preguntar.

El impostor sabía muy bien que no podía adelantar que iba a declarar la independencia de forma unilateral y definitiva, ya que eso provocaría que la Policía Nacional o la Guardia Civil lo arrestara de inmediato.

-Sólo puedo decirte que vas a ser protagonista de la página más importante de la historia de la Nación catalana. Esta vez, sí- afirmó con complicidad-. Llama también a todas las organizaciones independentistas, empezando por Òmnium y la Asociación de Municipios por la Independencia. CUP, *Esquerra, República de Cataluna, Junts pel sí, Junts per Catalunya, Catalunya sí que es pot,* PDECAT. Todos. Quiero a todo el mundo aquí. Prensa, blogueros, activistas, políticos, independentistas, estudiantes. Utiliza todas las redes sociales. Facebook, Instagram, Twitter… ¡Todo! - enfatizó.

-Queda poco tiempo.

-Éste no será un discurso más. Es el final de un camino y el principio de otro. Cuando les anticipes que se trata de algo histórico, todos entenderán a qué te refieres y vendrán sin pérdida de tiempo. Esta vez, sí- repitió la consigna-. Necesitamos que el centro de Barcelona se colapse de independentistas con sus esteladas. Las imágenes van a dar la vuelta al mundo.

El doble del *Lendakari* aplaudió sus palabras.

-¡Bravo! - exclamó.

El conseller estaba abrumado.

-Pide todo el apoyo que necesites. Que todo el mundo deje lo que está haciendo para ayudarte a movilizar a los nuestros.

-¡Entendido, *president!*- afirmó eufórico el *conseller*.

Luego caminó casi a trompicones hasta la puerta y se fue. Ya en el pasillo, tragó aire y sonrió.

-¡Por fin! *Visca Catalunya lliure!* - gritó emocionado y sin importarle la reacción de quienes le escucharon.

LXI

Xurxo Pereira repasó mentalmente lo que había visto a través del ventanal del piso antes de que los etarras lo ataran a la silla.

De fondo, el Mediterráneo y abajo un bar con terraza junto a un pequeño estanque.

Luego esperó con paciencia hasta que el terrorista que lo custodiaba se fuera al baño. En ese momento, se irguió para comprobar si podía caminar, aunque fuera atado y con la silla a cuestas.

La posición era muy incómoda y resultaba difícil moverse, pero sus dos piernas fueron capaces de mantener el cuerpo semi erguido. Después caminó un par de metros a trompicones y regresó con rapidez a su posición original.

-¡Perfecto! -pensó.

Cuando el etarra volvió, Xurxo se preparó para apostar por todo o nada.

Aguardó de nuevo para ver si el terrorista se volvía a ausentar de la sala, pero, lejos de hacerlo, se acomodó aún más en el sofá mientras veía la televisión.

El reportero cerró los ojos y suspiró. Luego volvió a abrirlos, cogió fuerza, se levantó de nuevo y comenzó a correr como pudo hacia la ventana.

Al verlo, el etarra se quedó patidifuso y se preguntó qué estaba haciendo. La imagen era ridícula. Atado a la silla, Xurxo no podría escaparse a ninguna parte.

La escena casi hizo reír al terrorista, pero cuando lo vio estrellándose contra el vidrio de la sala se quedó en estado de shock y corrió desesperadamente hasta el ventanal.

Xurxo sintió varios cortes en su cuerpo y cara al romper el cristal y luego cayó en picado los trece metros de altura que separaban al tercer piso del suelo.

El periodista intentó fijar su mirada en el estanque para dirigir su cuerpo hacia allí, pero todo le daba vueltas y sólo le quedó suplicar para que su cálculo hubiera sido acertado.

-¡Hijo de puta! -exclamó el etarra mientras lo veía caer.

Tras unos segundos que le parecieron eternos, el reportero impactó de lleno contra el agua del estanque y provocó un gran estallido.

La terraza del bar estaba llena y los clientes se quedaron boquiabiertos ante la escena, entre ellos dos *mossos* de escuadra que habían pedido dos botellas de agua. Ambos patrullaban el barrio en bicicleta. Tras la sorpresa inicial, todos salieron corriendo para socorrerle.

Xurxo no podía respirar, tanto por la mordaza como por el agua que cubría por completo su cuerpo. Los barceloneses se abalanzaron sobre el estanque y lo sacaron con rapidez. Una vez en la acera, uno de los policías le quitó la mordaza y le liberó de sus ataduras con un cuchillo.

-¡Capullo! ¡No te vas a escapar! - gritó el etarra desde arriba.

Uno de los *mossos* lo escuchó y se confundió todavía más.

- ¿Está bien? -preguntó el agente a Xurxo.

Le dolía todo el cuerpo debido al impacto, pero la misma silla había amortiguado providencialmente el golpe contra el agua. El periodista movió sus extremidades y se tocó el cuerpo para asegurarse de que no tenía nada roto y que sólo se trataba de magulladuras y dolor muscular.

-Sí-balbuceó con dificultad.

-¿Quién es usted? ¿Qué está pasando aquí? - continuó preguntando el agente, aún sorprendido ante aquella inusual situación.

-Me secuestraron.

Al oírlo, el policía desenfundó su pistola.

-Mi nombre es Xurxo Pereira. Soy periodista- dijo ya más recuperado-. ¡Atrapemos a ese cabrón! ¡Aún está en el piso! - exclamó después mientras se levantaba con toda la ropa mojada.

Los policías le siguieron hasta el edificio y luego hasta el apartamento.

Ambos *mossos* entraron primero con sus pistolas desenfundadas y listas para cualquier enfrentamiento, pero el etarra ya se había escapado. Los agentes pidieron a Xurxo la descripción física del secuestrador y solicitaron refuerzos por radio.

-Quédese en el piso y cierre la puerta. Vamos a ver si aún está oculto en algún lugar del edificio. Regresaremos en unos minutos - afirmaron antes de partir.

El reportero ignoraba si Aritz tenía infiltrados en el cuerpo de *mossos* de escuadra que le contaran lo que él pudiera decir a estos dos agentes, así que se cambió de ropa y se marchó sin decir nada a nadie.

Luego, mientras intentaba contactar con Elena Martorell a través de su móvil, se dirigió sin pérdida de tiempo al Palacio de la *Generalitat*.

LXII

El capitán Eduardo Albarracín regresaba de las maniobras en Martorell cuando sacó su móvil del bolsillo y revisó el buzón de entrada de mensajes. Su todoterreno lideraba el convoy de vehículos militares.

-Deténgase- ordenó al conductor.

Estaban en un tramo de campo y con mucho espacio abierto, así que el cabo no tuvo ningún problema para hacerlo. Se echó a un lado del arcén, paró el vehículo y todos los que venían detrás hicieron lo mismo.

Albarracín salió del blindado, marcó un número en su móvil y se alejó unos metros. Después simuló hablar durante un par de minutos y colgó.

Cuando regresó al todoterreno, abrió la puerta trasera y se dirigió al teniente González.

-Saque a todos de los vehículos y que se vayan allí- indicó mientras señalaba una zona con césped y varios árboles.

No era algo habitual, pero el teniente obedeció las instrucciones con premura y en apenas un par de minutos todos los militares ya estaban en el lugar indicado.

Una vez comprobó que estaban listos, Albarracín caminó hacia ellos.

-Acabo de recibir un mensaje del Ministerio de Defensa. El *president* de la Generalitat ha anunciado que esta tarde a las siete hará un anuncio que ha calificado como histórico. Está convocando a todo el pueblo catalán en la plaza *Sant Jaume*.

La noticia sorprendió a los soldados y algunos comenzaron a murmurar entre ellos.

- ¡Silencio! - exclamó el teniente González.

Albarracín esperó que hubiera un silencio total y prosiguió.

-Las autoridades en Madrid temen que se trate de una nueva declaración unilateral de independencia. Sin embargo, piensan que este no sería como la última, sino definitiva.

No hubo más murmullos, pero la indignación entre la tropa resultó evidente.

-Si esto se confirma, no hace falta que les diga la seriedad de la situación. Podría ser el final de España tal y como la conocemos hoy en día.

-¡Traidor! - exclamó un soldado sin importarle desobedecer la orden del oficial.

Lejos de molestarle, Albarracín pareció emocionarse ante aquella espontánea defensa de la Patria.

-Como saben, la presencia de la Policía Nacional y de la Guardia Civil es testimonial en Cataluña. Hace tiempo que las fuerzas enviadas de toda España para controlar la situación del referéndum del 1 de octubre del año pasado regresaron a sus casas. Esto ha sido algo inesperado, así que, en este preciso momento, Madrid está organizando un gran número de dotaciones de esos cuerpos de seguridad para enviarlos de nuevo lo antes posible a Barcelona. Sin embargo, tardarán varias horas o incluso un día en llegar y no hay tiempo que perder. Si el *president* realmente tiene la desfachatez de declarar la independencia, estaría violando una vez más la Constitución y habría que arrestarlo.

-¡Estamos a la orden! ¡Para lo que sea! - gritó con ardor guerrero otro militar.

Albarracín asintió emocionado.

-Vosotros representáis lo mejor de las Fuerzas Armadas. Os hemos escogido con mucho cuidado. Todos habéis demostrado una lealtad inquebrantable a España. Pues bien, acabo de hablar también con nuestro coronel y nos ha ordenado dirigirnos al centro de Barcelona- explicó con un tono de gravedad.

El capitán esperó unos segundos para ver si alguien expresaba alguna discrepancia ante la orden, pero nadie pareció vacilar.

-Esto no es una maniobra. Se trata de una situación real. Estad preparados para cualquier eventualidad y tened los ojos bien abiertos. Espero que no tengamos que intervenir, pero, si es necesario, lo haremos con contundencia. La política es un bisturí. Nosotros somos un martillo. Básicamente, los secesionistas estarían llevando a cabo un golpe de Estado. Están intentando asumir el poder de forma ilegal. Nuestro deber es defender la Constitución que todos los españoles votamos en democracia. En estos momentos, el futuro de la Patria podría estar en nuestras manos. España nos llama para que la defendamos.

Para algunos, ese lenguaje castrense podría sonar vetusto y acartonado. Sin embargo, para los militares al mando de Albarracín, esas palabras llegaron directas a sus corazones. Una vez más, el oficial demostró su gran habilidad natural para emocionar y motivar a sus soldados. Sabía exactamente qué decirles, cuándo y cómo para que siguieran sus órdenes con lealtad y disciplina.

-¡A la orden, capitán! - dijeron todos a coro.

-Seguid las órdenes a rajatabla y no decepcionéis a España- finalizó.

-¡Viva España! -exclamó el teniente González.

-¡Viva! -gritaron todos.

Después subieron de nuevo a sus vehículos y partieron con rapidez hacia Barcelona.

LXIII

Los miembros de la organización independentista *Catalunya Lliure* llegaron en pequeños grupos al garaje de mecánica donde Adrià Belloch había escondido las armas. Allí les esperaba Manel Bartra para entregárselas.

-Ha llegado el momento- les dijo-. Coged cada uno una bolsa- agregó mientras las señalaba.

Los independentistas caminaron hasta las bolsas y las abrieron.

-Cada una contiene una ametralladora, una pistola, varias granadas, bombas lacrimógenas, una máscara antigás y numerosos cargadores de repuesto.

Los militantes de *Catalunya Lliure* comprobaron que no les faltara nada y cogieron las bolsas. Eran blancas y en los laterales llevaban unas letras negras que decían "Campeonato de Cataluña de taekwondo".

-Estamos a apenas diez minutos caminando de la *Generalitat*. Pronto será imposible entrar a la zona, pero ahora aún hay poca gente en las calles. Id por rutas distintas para no despertar sospechas. Nos vemos allí en media hora. Todos sabéis dónde tenéis que estar situados y qué hacer cuando llegue el momento decisivo. ¿Alguna pregunta?

Nadie dijo nada.

-Visca *Catalunya Lliure!* -exclamó Bartra mientas recogía su propia bolsa.

-Visca! - retumbó la sala.

LXIV

El líder fascista Juan Gálvez depositó todas sus armas en su mochila y se santiguó. Después cogió su walkie talkie.

-Patriarca a garbancitos- dijo.

-Garbancito uno-respondió el primero.

-Garbancito dos.

-Garbancito tres.

-Garbancito cuatro.

-Garbancito cinco- dijo el último.

Los apodados garbancitos eran los jefes de cada uno de los grupos que habían ido a Barcelona. Todos estaban alojados en distintos hoteles muy cerca del Palacio de la *Generalitat*.

Los cinco grupos complementaban al de Gálvez, que era el más numeroso.

- ¿Todo listo?

-Sí- respondieron todos uno a uno.

-Perfecto. Nos vemos allí. Corto-finalizó.

Después bajó a la recepción de su hotel en el barrio gótico y salió a la calle, donde le esperaban sus militantes más fanáticos.

Todos iban con sus mochilas y dispuestos a todo para evitar la desintegración de España.

LXV

Las cinco personalidades catalanas que faltaban llegaron al despacho presidencial por separado e, igual que el *Lendakari*, fueron reducidas con rapidez por Aritz y Adrià.

El supuesto *president* insistió en que la reunión fuera sólo al más alto nivel, así que, además de él y el líder vasco, únicamente fueron autorizados a entrar a su oficina los que estaban incluidos en la lista.

A medida que los líderes políticos eran encerrados en la sala del túnel, los impostores fueron subiendo uno a uno al despacho del *president*. Cuando todos los dobles estuvieron presentes en la oficina, se prepararon para el acto final de su representación.

A pesar del intenso movimiento de personas entre el estudio y el túnel, ningún funcionario del Palacio de la *Generalitat* detectó nada inusual. La existencia de los pasadizos secretos permitió que los conspiradores pudieran ejecutar su plan a apenas unos metros de cientos de empleados públicos sin que nadie se percatara de lo que realmente sucedía frente a ellos.

Todo eso sucedía mientras Elena Martorell intentaba conseguir una reunión de emergencia con el *president* catalana para aclarar la situación.

El anuncio había cogido por sorpresa a todos, tanto en Madrid como en la propia Barcelona. Nadie sabía qué estaba ocurriendo realmente, pero algunos sospechaban que el político estaba a punto de desatar una fuerza que después resultaría imposible de contener.

Los independentistas intuían una victoria para su causa. Los españolistas, una catástrofe de consecuencias imprevisibles.

-Ring… ring…-sonó el móvil de la espía.

La agente se encontraba en ese momento en la recepción del Palacio de la *Generalitat* e ignoró la llamada.

- ¿La esperan? -le preguntó el *mosso*.

-No, pero por favor diga al *conseller* de la Presidencia que es Elena Martorell. He tratado de hablar con él, pero no responde.

-Tiene un día muy ocupado.

-Ring… ring…-insistía Xurxo.

Al ver que la llamada era del periodista, Elena hizo caso omiso. Lo primero era entrar a la *Generalitat*. A él podría devolverle la llamada en unos minutos.

-Lo sé, pero es urgente- insistió al *mosso*-. Si no lo encuentra, por favor contacte con Adrià Belloch. Él me conoce y estuvo presente en mi última reunión con el *president*.

El policía le indicó que le esperara y fue hasta un teléfono.

Menos de un minuto después sonó el móvil de Belloch, que estaba en la oficina del *president* con el grupo de los impostores. Tras escuchar al *mosso*, se giró hacia Aritz.

-Elena Martorell está abajo. Pide una reunión de emergencia con el *president*.

-¿Viene sola? -reaccionó enseguida el etarra.

Belloch hizo la pregunta al agente.

-Sí- afirmó después el catalán.

Aritz pensó con rapidez. Si Elena no llegaba con un destacamento de la Policía Nacional, significaba que todavía no había hablado con Xurxo y aún desconocía su plan. El terrorista ya sabía que el periodista se había escapado, pero asumió que aún no había podido comunicarse con ella.

-Diles que la dejen subir.

Cuando la espía llegó al despacho, Aritz la encañonó con una pistola con silenciador mientras otro etarra la desarmaba.

El rostro de la agente se desencajó al comprobar lo que estaba sucediendo, pero se recuperó con rapidez.

-Siéntate ahí, puta española- indicó un sillón-. Si intentas dar alguna señal de alarma, te mato aquí mismo- la amenazó.

Elena sabía que lo haría, de forma que obedeció la orden y tampoco ofreció resistencia cuando le pusieron unas esposas plásticas. Tendría que tener paciencia y esperar su oportunidad.

Al cabo de unos instantes, el móvil de Belloch volvió a sonar.

-¿Señor Belloch? - preguntó otro *mosso*.

-Sí.

-Soy el *mosso* Arnau Cervera. Estoy en un coche patrulla en las Ramblas. Vimos la orden de busca y captura que emitió esta tarde contra Xurxo Pereira y nos hemos topado con él. Iba hacia la *Generalitat*. Lo hemos arrestado. Sé que esto es prioritario, por eso me he permitido la libertad de preguntar por su móvil y llamarlo directamente.

-Ha hecho muy bien- afirmó Belloch.

-¿Cuáles son las órdenes?

-Estoy en la oficina del *president*. Tráiganlo aquí de inmediato.

Unos minutos después, el reportero ya estaba esposado y sentado junto a Elena.

-Xurxo, tienes más vidas que un gato -afirmó Aritz con admiración-. Sin embargo, me temo que ya las agotaste todas- concluyó.

Luego se acercó al grupo de siete impostores para repasar hasta el último detalle lo que ocurriría a continuación.

LXVI

El presidente del Gobierno estaba jugando al pádel en su pista de la Moncloa con uno de sus mejores amigos. Ambos corrían, se esforzaban por ganar al otro y cuando perdían un punto echaban pestes al aire.

De repente, uno de los ayudantes del político corrió hasta él con un teléfono.

-Presidente, es urgente.

El mandatario se excusó con su amigo, cogió el móvil y pidió al funcionario que se alejara un poco.

-Presidente, ya es hora de activar la última fase del plan- dijo el miembro del CNI.

-¿Seguro que el *president* va a hacer otra declaración unilateral de independencia? -preguntó todavía sorprendido.

-Eso parece. Hay una gran movilización popular. Barcelona es ahora mismo una olla a presión.

-¿Y si al final es simplemente otro más de sus soporíferos discursos para acusar a Madrid de ser el origen de todos los males del universo?

-Echamos el freno de emergencia y lo paramos todo.

El presidente reflexionó durante unos instantes y tomó la decisión.

-Está bien, luz verde- afirmó.

Luego finalizó la llamada y regresó a jugar con su amigo al pádel.

-¿Cuánto ibas perdiendo? - bromeó con una sonrisa mientras parecía restar importancia a lo que sucedía a tan solo seiscientos kilómetros de allí.

LXVII

El grupo fascista se apostó en las calles de la Ciudad, Jaime I y del Obispo. Todas daban al Palacio de la *Generalitat*. Los militantes se mezclaron rápidamente entre la multitud e hicieron todo lo posible por pasar desapercibidos.

Por su parte, los independentistas de *Catalunya Lliure* se situaron en las calles Sant Honorat y el Call, en el lado opuesto de la plaza de *Sant Jaume*.

La única zona colindante a la plaza a la que ninguno de los dos grupos pudo acceder fue la calle Fernando. La Guardia Urbana había cerrado el tráfico al público en varias calles a la redonda, pero mantenía abierta esa vía para que los líderes políticos convocados por el doble del *president* pudieran llegar en coche hasta la *Generalitat* e irse después del discurso.

A las siete menos cinco, Aritz corrió ligeramente hacia un lado la cortina de la ventana del despacho del *president*. Miró hacia abajo y vio que la calle Sant Honorat estaba repleta de gente. Los manifestantes apenas podían moverse y, por más que lo intentaban, no conseguían llegar hasta la plaza de *Sant Jaume*, situada a menos de treinta metros de allí.

La plaza también estaba a rebosar. La prensa estimaba que el número de independentistas concentrados en el centro de la ciudad ascendía a varios cientos de miles.

Todos en el despacho del *president* miraban atentamente la pantalla de televisión extraplana que había en una de las paredes. Los canales habían interrumpido su programación y retransmitían en directo los acontecimientos. Cataluña y España entera estaban en vilo.

Frente a la *Generalitat* había cientos de periodistas y varios camiones de satélite de canales de televisión tanto nacionales como internacionales. La expectación era máxima para ver hasta dónde llegaría la osadía del mandatario catalán.

Aritz miró su reloj y, al cabo de unos segundos, alguien llamó a la puerta.

-Adelante-dijo quien se hacía pasar por el *president*.

La puerta se abrió. Era Adrià Belloch.

Tras asegurarse de que todos los líderes catalanes estaban inmovilizados en la sala del túnel, el *mosso* había abandonado el pasadizo por la planta baja de la *Generalitat*. Decidió llegar hasta el despacho del *president* a través del pasillo del palacio para no despertar sospechas.

-*President*, ya son casi las siete- dijo rodeado de varios agentes fieles a su causa.

El jefe de la escolta presidencial dejó la puerta entreabierta para que los que estaban en el pasillo pudieran ver de refilón cómo las personalidades que se encontraban en el despacho actuaban con aparente normalidad. Desde ese ángulo no era posible distinguir a Elena ni a Xurxo, que se hallaban en el extremo opuesto de la oficina.

El pasillo también estaba lleno de personas que no querían perderse la ocasión. Todos se agolpaban entre sí, sacaban fotos y selfies con sus móviles y las subían inmediatamente a sus redes sociales.

El doble del *president* observó al resto del grupo y sonrió.

-¡Ha llegado el momento! -exclamó entusiasmado.

Luego salió del despacho seguido por Belloch y los otros seis impostores. El aplauso de los que se encontraban en el pasillo fue ensordecedor.

-*Visca Catalunya! Independència!* -gritaron varios de los funcionarios de la *Generalitat* mientras saludaban con efusividad al supuesto *president*.

Detrás se habían quedado Elena y Xurxo custodiados por Aritz y un *mosso* armado.

El rugido de las masas se sentía cada vez con más fuerza a través de las paredes del palacio. El bramido de los independentistas parecía advertir que, en esta ocasión, no se contentarían con un simple discurso más ni una declaración de independencia simbólica.

La imagen física y el comportamiento de los impostores replicaban a la perfección a los catalanes que personificaban, pero no querían correr riesgos, así que no se detuvieron a saludar a ninguno de los funcionarios que quisieron estrecharles las manos durante el recorrido. Muchos conocían a los secuestrados y podrían detectar algo anormal.

La expectación creada era enorme y aumentaba por instantes. Entre los soberanistas comenzó a crearse una sensación de inevitabilidad histórica que contrastaba drásticamente con los sentimientos de los españolistas. Lo que para unos sería una victoria, para otros supondría un desgarro social definitivo que no podía llevar a nada bueno.

El presunto *president* lideró el grupo por el pasillo del Patio Central hasta el Salón de *Sant Jordi*. Al entrar a la sala, todos admiraron durante unos segundos las pinturas plasmadas en los murales y la estatua del santo matando al dragón. Después continuaron su marcha con determinación.

El primero en salir al balcón fue el *president*. Al verlo, la multitud se enardeció aún más y la plaza tronó en un estallido de vítores y gritos a favor de la independencia.

-*Visca Cataluya! Independència!* -bramaba la plaza entera.

A pesar de no estar en el balcón para poder presenciar aquella algarabía secesionista, Aritz se emocionó y se le puso la piel de gallina. Estaba a punto de culminar con éxito la lucha de toda su vida.

-Primero Cataluña y luego nosotros- repitió para sí mientras disfrutaba de un genuino sentimiento de plenitud que no se podía comprar ni vender.

El doble del *president* sonrió y alzó ambas manos para saludar a los independentistas. Luego dio un par de pasos y se colocó tras el micrófono que había sido instalado sobre la balaustrada.

El actor observó la escena con atención. Tanto la plaza como las calles aledañas estaban colapsadas por miles de personas que ondeaban sus esteladas con energía. Las ventanas y los balcones del ayuntamiento, las casas particulares, los negocios y los hoteles de la zona también estaban atestadas de soberanistas que esperaban ansiosamente un anuncio histórico.

Los españolistas también aguardaban expectantes, pero no fueron al centro de Barcelona para no echar aún más leña al fuego.

El supuesto *president* tocó el micrófono y lo ajustó. Entre tanto, el resto del grupo se situó tras él.

-*In-de-pen-dèn-cia! In-de-pen-dèn-cia!* -repetían sin cesar los manifestantes.

El impostor escuchó y aplaudió a los secesionistas durante un minuto y después se acercó al micrófono para comenzar a hablar.

-Catalanas y catalanes…- se escuchó en catalán a través de los potentes altavoces instalados en la plaza.

Al oírlo, algunos pidieron silencio, pero la excitación era demasiado intensa y los gritos continuaron.

-Gracias por venir hasta aquí para compartir conmigo y con estos otros cinco líderes de nuestra gran nación este momento tan importante. Se nos suma el *lehendakari* en un gesto de solidaridad a lo que vamos a hacer- continuó en tono solemne mientras se giraba y saludaba al grupo.

Todos eran de sobra conocidos y no hizo falta ninguna presentación.

La supuesta presencia de esas seis figuras públicas fortaleció de inmediato la posición del supuesto *president* ante sus seguidores. Era una clara prueba de que los poderes fácticos de Cataluña y sus personalidades públicas más relevantes respaldaban sin ambages el anuncio que estaba a punto de realizar.

Las peticiones de silencio fueron más insistentes y los independentistas empezaron a bajar el tono de sus consignas.

-Me encanta ver esa pasión en vosotros-sonrió-. ¡Nunca la perdáis! ¡Viva Cataluña! -exclamó el impostor.

La plaza reaccionó al unísono y de nuevo estallaron los vítores independentistas. Tras algunos segundos, continuó.

-Nunca había pronunciado un discurso desde el balcón de la *Generalitat*. Éste es un sitio muy especial y reservado para ocasiones históricas. Sin embargo, hoy no es un día más. Éste es el día más importante en toda la historia de Cataluña. Hoy, por fin, se hará realidad nuestro sueño ancestral-prosiguió.

Sus palabras calaron hondo entre el público y lo que había sido un ruido ensordecedor se convirtió paulatinamente en un silencio casi absoluto.

-No os he pedido que vengáis hasta aquí para daros un largo discurso. De hecho, voy a ser muy breve. Ya hemos hablado demasiado durante siglos sin lograr absolutamente nada.

Después adoptó un gesto de sobriedad.

-Tengo menos experiencia que otros políticos y he de reconocer que estaba equivocado- reconoció afligido-. Pensaba que tras aprobar una constitución catalana que nos declara como Estado soberano, España no tendría más remedio que aceptar nuestra decisión y abriría la puerta a una separación civilizada. Pensaba que una vez proclamada la independencia el año pasado, nuestra nación sería libre. Sin embargo, confundí deseo con realidad. La respuesta de Madrid ha sido muy clara: jamás aceptará una Cataluña independiente.

De repente, su rostro se endureció.

-Así que se acabó el tiempo de hablar y de realizar declaraciones de independencia simbólicas que nos hagan sentir bien, pero que no lleven a nada. Es hora de cambiar la estrategia. Tenemos que ser valientes o callarnos para siempre. Toca pasar a la acción.

Todos los presentes entendieron de inmediato que el *president* estaba a punto de dar un paso que ya no admitiría vuelta atrás.

-Hemos tenido mucha paciencia y lo hemos intentado todo para que nos permitan decidir nuestro futuro democráticamente, pero Madrid siempre acaba sometiéndonos a su voluntad. Presumen de democracia, pero se niegan a permitir que nosotros la ejerzamos. Nunca accederán a que los catalanes votemos en libertad si queremos formar parte de España o no. Eso es lo único que hemos pedido. Cada vez que lo intentemos, volverán a activar el vergonzoso artículo 155 y enviarán de nuevo a sus huestes policiales para reprimirnos a porrazos, como han podido ver todos alrededor del mundo a través de la prensa -afirmó.

Luego dedicó unos segundos a observar las cámaras situadas al otro lado de la plaza.

-Pues bien, hoy nos toca decidir si verdaderamente queremos convertirnos en una nación independiente o si nos conformamos con vender nuestra dignidad y sueños por unos cuantos euros más- prosiguió-. Hoy nos toca decidir si queremos ser los dueños de nuestro destino o seguir para siempre de rodillas y con la cabeza gacha. Hoy nos toca decidir si somos valientes o se nos va la fuerza por la boca.

El actor esperó para ver la reacción del público, pero todos permanecieron callados e imantados a lo que decía. La tensión era enorme

-¿Qué ganamos con pitar al Rey en la final de la Copa o hacer escraches a la Guardia Civil? ¿De qué nos sirve crear un servicio de inteligencia si no somos un país independiente? ¿Para qué abrir oficinas de la *Generalitat* alrededor del mundo y llamarlas embajadas si nadie nos reconoce como una nación soberana? ¿Por qué los nacionalistas perdemos el tiempo haciendo alianzas para hacernos con ésta o aquella alcaldía en vez de atrevernos a pensar a lo grande? ¿Para qué declarar la independencia si después no somos capaces de ejercerla y defenderla? -se preguntó.

Aquellas palabras parecían espontáneas, pero el doble las había ensayado cuidadosamente durante meses.

-Si de verdad queremos ser un país independiente, tenemos que ser valientes y aceptar el riesgo que eso conlleva.

El discurso repetía la palabra valiente de una forma muy estudiada. El mensaje obvio era que, si no daban ese paso con él, todos los que le escuchaban eran unos cobardes.

-*Visca Catalunya!* -se escuchó entre la multitud.

-*Visca!* -secundaron otros.

El actor sonrió y prosiguió con su alocución.

-La historia premia a los valientes y Cataluña es un país de valientes. Ya se acabó pedir, negociar y mendigar a Madrid por algo que es nuestro. ¡Ya no vamos a suplicar más! ¡Ya no vamos a tolerar más que nos sometan por la fuerza, a porrazos! ¡Ha llegado la hora de exigir!

El presidente del Gobierno estaba en su despacho de La Moncloa viendo la retransmisión en directo. A pesar de la tensión del momento, parecía tranquilo.

Sus asistentes esperaban que convocara una reunión de emergencia del Gabinete de Crisis o una sesión extraordinaria del Parlamento, pero el político se limitaba a escuchar con atención y sangre fría al supuesto *president*.

-Pero yo no puedo hacer esto solo- prosiguió el farsante-. Hoy más que nunca os necesito a mi lado. ¿Vais a estar conmigo en ese momento decisivo? -preguntó a la multitud.

- ¡Sí! -respondieron los manifestantes mientras ondeaban al viento con fuerza sus esteladas.

-¿Vamos a afrontar este reto sin titubear?

-¡Sí!

-¿Vamos a ser valientes y aprovechar esta ocasión única en la historia?

-¡Sí!

-¿Vamos a defraudar a Cataluña en un momento histórico como éste?

-¡No! - prosiguieron los coros.

-¿Estáis conmigo? ¿Vamos a actuar juntos y sin vacilaciones, sin importar las consecuencias a las que nos enfrentemos? ¿Vamos a mantenernos firmes ante cualquier represalia por parte de Madrid?

-¡Sí! ¡Sí! ¡Sí! -continuaba el delirio soberanista.

El doble dejó de hablar durante unos segundos mientras las voces y los gritos subían de nuevo en intensidad.

-Hagamos que Cataluña se sienta orgullosa de nosotros- continuó-. Hagamos que nuestras familias y las futuras generaciones de patriotas catalanes estén orgullosos del paso que daremos hoy. Nunca volveremos a tener una oportunidad como ésta- afirmó en un tono más grave-. ¡Agarrémosla con fuerza y no la dejemos escapar! ¡El futuro es nuestro, de los valientes! - exclamó con pasión.

-*Visca Catalunya!* -gritaron muchos entre estruendosos aplausos.

El impostor hizo señales con su mano para que le permitieran continuar. Tras algunos instantes, prosiguió.

-Amigos, todos recordaremos esta tarde hasta el día que nos muramos. Somos los patriotas catalanes más afortunados en la historia porque, tras tanta lucha, nosotros seremos quienes finalmente tengamos el privilegio de liberar a nuestra gran nación- afirmó de forma solemne-. ¿Es que hay acaso algún honor más alto que ése? - se preguntó.

-*Pre-si-den-t! Pre-si-den-t!* -repitió la masa enardecida.

-Pues bien, amado pueblo de Cataluña, éste es el mensaje para quienes dudaban de nosotros y de nuestra valentía y audacia; éste es el mensaje para quienes decían que no tendríamos las agallas necesarias para dar este paso; éste es el mensaje para los que nos dieron por vencidos; éste es el mensaje para los que pensaron que ya nos habíamos olvidado de nuestro compromiso con el pueblo catalán; éste es el mensaje para quienes insistían en que, cuando llegara el momento decisivo, nos temblarían las piernas; éste es el mensaje para los que decían que el soberanismo era una burbuja que acabaría explotando sola; éste es el mensaje para los que afirmaron en Madrid que nos habían descabezado…- dijo en tono de burla-. En este instante declaro formalmente que Cataluña se convierte en un país independiente y que nos separamos de hecho del Estado español de forma definitiva *Adéu, Espanya!* -exclamó.

El rugido colectivo fue incluso mayor que antes y la euforia se apoderó por completo de los independentistas.

-¡Se acabó el sometimiento a España! ¡Que Madrid diga lo que quiera! ¡Ya no pueden darnos más órdenes! ¡No las acataremos! ¡Al diablo con la Constitución española! ¡No es la nuestra! ¡Cataluña es desde ahora un país independiente! ¡Se acabaron las divisiones entre los soberanistas! ¡Con eso sólo gana Madrid! ¡Ahora somos todos iguales! ¡Ciudadanos catalanes de una república independiente! - exclamó.

Su discurso era un éxito. Los independentistas congregados en la plaza estaban entusiasmados.

-¡Que envíen a toda la Policía que quieran! ¡Resistiremos!- siguió con su arenga- ¡Pondremos barricadas! ¡Pelearemos por nuestra libertad! ¡Que se atrevan a darnos porrazos de nuevo para que vean lo que va a pasar! ¡Defenderemos palmo a palmo el territorio catalán! ¡Adiós al artículo fascista 155 y a los franquistas de Madrid! ¡La libertad es de los valientes y nosotos lo somos! ¡Cataluña ya es independiente! ¡Ni un paso atrás! ¡Que envíen los tanques si quieren! ¡Ganaremos al fascismo español! ¡Viva la democracia! ¡Abajo la represión! ¡Que lo sepa todo el planeta! ¡Ha nacido un nuevo país y se llama Cataluña!- gritó consciente de que las cámaras inmortalizaban ese momento.

El furor se apoderó de todos los soberanistas en la plaza. La gente gritaba, se abrazaba, lloraba de emoción y sacaba fotos. Nadie esperaba una declaración de independencia definitiva tras el fiasco de la anterior.

Entonces el *president* se giró hacia el supuesto lehendakari y le pidió que se acercara hasta él. El otro actor lo hizo, ambos se abrazaron, juntaron sus manos y las levantaron al unísono mientras hacían el signo de victoria.

En la plaza también había numerosas ikurriñas, que entonces se movieron aún con más energía.

-El *lehendakari* me ha prometido que él hará lo mismo tan pronto regrese a *Euskadi*. ¡Nadie nos podrá parar ya! ¡Hoy nosotros, mañana ellos! *¡Viva Euskal Herria!* -exclamó el *president*.

Los dos se fundieron en otro abrazo y el que personificaba al vasco se acercó al micrófono.

-*Visca Catalunya independent! Gora Euskal Herria askatuta!* -gritó con entusiasmo.

Después regresó con el resto del grupo entre felicitaciones y sonrisas.

El entusiasmo de los independentistas parecía imposible de frenar. El anuncio de que *Euskadi* también realizaría una declaración unilateral de independencia definitiva sellaba la desintegración de España.

Mientras eso ocurría, la columna de soldados liderados por el capitán Albarracín llegó a una esquina de la plaza. Habían utilizado la calle Fernando.

En un día normal, el convoy hubiera llamado enormemente la atención, pero en aquel momento todas las miradas estaban centradas en el balcón del Palacio de la *Generalitat*.

El oficial había escuchado por radio la última parte del discurso y sabía que dispondría de tan solo algunos minutos para posicionar a sus tropas antes de que la multitud se diera cuenta de su presencia allí. Cuando eso ocurriera, el enfrentamiento sería inevitable y perderían el factor sorpresa.

-El *president* acaba de declarar la independencia de forma unilateral y definitiva. Ha violado gravemente la Constitución- comunicó por walkie a toda la tropa-. Nuestras órdenes son defender a toda costa el orden constitucional y aguantar hasta que lleguen los refuerzos de Madrid. Salgan de inmediato de los vehículos y bloqueen la entrada a la plaza por esta calle-ordenó a los tenientes.

Los soldados armados obedecieron a sus oficiales y desalojaron con rapidez a la Guardia Urbana de sus posiciones. Los policías se quedaron estupefactos ante la presencia de los militares y no opusieron resistencia.

Albarracín confiaba en que ningún soldado le fallaría. Todos eran españolistas y habían jurado hacer lo que fuera necesario para evitar una secesión.

-*Visca Catalunya! Visca Catalunya Lliure!* ¡Por las buenas o como hizo Eslovenia en los Balcanes! ¡Ya no tenemos miedo!- se escuchó de nuevo al doble del *president* enadeciendo a las masas.

En ese momento, Aritz envió un mensaje de texto a Albarracín y a Belloch.

-Tras el disparo, ejecutad el plan-se limitó a decir.

Después el *mosso* trasmitió la orden al grupo de *Cataluña Lliure* y Albarracín a los neonazis, que la esperaban con ansiedad.

Acto seguido, Aritz envió otro mensaje de texto a dos francotiradores apostados en un edificio de apartamentos situado a un lado de la plaza. Ambos tenían colocados sus rifles con silenciadores un poco atrás de la ventana para que nadie pudiera ver los cañones de las armas.

Dos *mossos* leales a Belloch custodiaban el inmueble para asegurarse de que los francotiradores pudieran concentrarse en su misión sin ningún tipo de interrupciones.

-Hace tiempo que debimos haber hecho esto así. No pidiendo permiso, sino siendo transgresores. Exigiendo nuestros derechos y que se respete la voluntad del pueblo catalán. Sin embargo, lo importante es que Cataluña ya es una nación independiente y soberana. ¡Viva Cataluña libre! ¡Viva Cataluña independiente! ¡Adiós España! ¡Que os vaya bien!- gritó con entusiasmo el doble del *president*.

La plaza retumbó como nunca ante sus palabras y los miles de independentistas continuaron inmortalizando con sus móviles un momento que muchos de ellos temieron no llegaría jamás. La sucesión de flashes fue tal que a veces los destellos luminosos opacaban casi por completo las siluetas de los manifestantes en la plaza.

Sin embargo, de repente, todo cambió.

Las pantallas de televisión estaban centradas en el rostro del supuesto *president* cuando, de pronto, mostraron cómo su cabeza era sacudida con fuerza por algo. Parecía que le hubieran pegado un puñetazo invisible.

El disparo con un proyectil de alto calibre la desequilibró y salpicó de sangre a todos a su alrededor.

Al verlo, el presidente del Gobierno español se levantó de su silla en su despacho de Moncloa y miró la imagen con estupor.

El cuerpo del impostor comenzó a desplomarse, pero, cuando apenas había iniciado la trayectoria descendente, otro proyectil se hundió en su corazón.

En la plaza se habían instalado dos pantallas gigantes y los asistentes vieron a la perfección lo que acababa de ocurrir. Aunque el magnicidio resultó obvio, la reacción inicial fue de confusión e incredulidad. Algo así, sencillamente, no podía haber ocurrido.

-¡Ratatatatata! ¡Ratatatata! -se escuchó entonces el tableteo de una ametralladora.

En ese momento, el segundo francotirador apretó el gatillo y también alcanzó su diana: el supuesto presidente de Banca Condal, que cayó fulminado por otros dos proyectiles.

El caos y los gritos se apoderaron inmediatamente de toda la plaza y la multitud despavorida intentó huir, pero los independentistas estaban tan apelotonados entre sí que casi no podían moverse. Había cientos de miles de personas en los alrededores.

En el resto de Cataluña y España millones de personas sintieron un escalofrío colectivo al ver las imágenes por sus televisores y se prepararon para lo peor. El fantasma de una nueva guerra civil planeó sobre muchos.

Los independentistas culparían a Madrid del asesinato y sólo un milagro podría evitar un derramamiento masivo de sangre.

Tras ver en directo el atentado, miles de barceloneses salieron de sus casas y se dirigieron de inmediato al centro de la ciudad. Los enfrentamientos entre españolistas y soberanistas parecían inevitables, pero esta vez no serían meramente verbales.

-¡Ratatatatata! ¡Ratatatata! -volvió a tronar la ametralladora.

Los provocadores posicionados por Aritz en otro edificio estaban cumpliendo a la perfección su cometido.

El capitán corrió hacia uno de los vehículos y ordenó lanzar bombas de humo sobre la plaza para dificultar la ubicación de sus soldados. El sargento Gutiérrez usó un lanzagranadas y comenzó a lanzar una tras otra. El humo blanco apareció de inmediato y la plaza *Sant Jaume* se convirtió en una gigantesca y densa nube blanca y gris.

-¡Ratatatatata! ¡Ratatatata! – comenzó a disparar uno de los grupos nazis.

Los independentistas de *Catalunya Lliure* identificaron el origen del sonido de las balas y devolvieron el fuego.

Avalanchas humanas, gritos de socorro, personas cayendo al suelo mientras eran pisoteadas por la multitud, desesperación y caos se sucedieron al unísono frente a las millones de personas que, estupefactas, veían los trágicos acontecimientos en las pantallas de sus casas.

Belloch y los *mossos* recogieron los cuerpos de los dobles del *president* y del jefe de Banca Condal y los llevaron con rapidez hacia el despacho presidencial.

Los corredores de la *Generalitat* también estaban sumidos en el caos y mucha gente se había tirado al suelo para evitar ser alcanzada por los constantes disparos.

El grupo corrió por el pasillo y Belloch ordenó sellar todo el Patio Central. Al acercarse a la oficina del *president* vio a Fumuro en la puerta del Salón Montserrat y, tal y como le había ordenado Aritz, hizo un gesto al japonés para que les acompañara.

El vasco quería cerca de él a una persona de máxima confianza externa al grupo de Belloch para liquidar a cualquier *mosso* que los traicionara. Era su as en la manga, ya que nadie sospecharía de él.

Los agentes catalanes bloquearon toda la zona cercana al despacho y dos policías se situaron de guardia a la entrada. Ambos llevaban fusiles de asalto y tenían la orden de usarlos para repeler cualquier agresión.

La mayoría de los *mossos* no formaban parte del complot, pero seguían las órdenes de Belloch ajenos a lo que verdaderamente sucedía frente a ellos. Reinaba la confusión y él era el único que parecía en control.

Mientras, las bombas de humo habían logrado su objetivo y, a pesar de las miles de personas que había hacinadas en la plaza Sant Jaume, no se veía prácticamente a nadie. La única prueba de que todavía estaban allí eran sus constantes gritos de desesperación.

-¡Ratatatatata! ¡Ratatatata! - continuaron las ametralladoras.

Albarracín se levantó, desenfundó su pistola y ordenó disparar.

- ¡Fuego!

Los soldados miraron hacia la nube de humo y apenas distinguieron nada.

-¡Nos están atacando, cojones! ¡Fuego! - repitió la orden y él mismo comenzó a disparar hacia la plaza.

Acto seguido, fue el turno de los otros militares. Aunque desconcertados, comenzaron a abrir fuego al pensar que los disparos contra ellos procedían de personas ubicadas en la plaza.

El tableteo de las decenas de fusiles de asalto militares provocó que la confusión y el caos aumentaran todavía más.

En ese mismo momento, el resto de los neonazis y de los independentistas catalanes también empezaron a disparar desde sus posiciones alrededor de la plaza.

-¡Ratatatatata! ¡Ratatatata!

-¡Ratatatatata! ¡Ratatatata! -se escucharon las balas.

El fuego cruzado fue intenso. En apenas unos segundos se produjeron centanares de detonaciones

-¡Fuego! ¡Fuego! ¡A por ellos! ¡Viva España!- continuó ordenando Albarracín con energía mientras aprovechaba la confusión de sus soldados y su temor a morir ametrallados.

Todos los militares seguían disparando erráticamente hacia la nube de humo, pero todavía no podían determinar con exactitud de dónde procedían los disparos de los que les atacaban.

Muy cerca de ellos, tanto los neonazis como los integrantes de *Catalunya Lliure* también ametrallaban a la multitud. Los primeros, para hacerles pagar caro haber osado separarse de España. Los segundos, porque tenían la orden de matar al mayor número posible de civiles para desencadenar otro Sarajevo.

Su misión era crear una tragedia que indignara como nunca al pueblo catalán y que les inyectara la determinación necesaria para defender a toda costa su recién declarada independencia. Ésas eran las órdenes inequívocas de Aritz y que todos habían aceptado como necesarias para alcanzar la victoria final. Un sacrificio trágico, pero imprescindible. Era necesario cruzar el Rubicón. Cataluña no sellará su independencia con tinta, sino con sangre.

A última hora, Belloch había añadido al grupo tres mercenarios para asegurarse de que, en su ausencia, alguien comenzaría a disparar. Sabía que no sería una decisión fácil para el resto de los miembros de su grupo separatista.

-¡Ratatatatata! ¡Ratatatata! -continuaron las detonaciones.

Tras otra ronda de cientos de proyectiles, las armas se silenciaron.

La plaza seguía invadida por un manto blanco, pero sólo se escuchaban ya algunas voces esporádicas en la lejanía. El incómodo silencio presagiaba una masacre histórica. La tragedia se había consumado en apenas un minuto.

De pronto, el humo empezó a disiparse y todos se prepararon para ver por primera vez el resultado del peor fusilamiento colectivo en la historia de España.

LXVIII

La capa de nube blanca se despejó ligeramente y de ella surgió una pareja de jóvenes independentistas. El hombre se había cubierto la nariz y la boca con un pañuelo para poder respirar mejor y llevaba a su novia agarrada del hombro.

Al desaparecer el tableteo de las ametralladoras, un tétrico silencio de apoderó de la plaza.

- ¡Qué suerte habéis tenido! ¡Entre tanta bala salís ilesos! -pensó el capitán Albarracín mientras los miraba con asombro.

Algunos segundos después, el humo fue desapareciendo paulatinamente de la plaza y el oficial no dio crédito a la escena que se plasmó frente a él.

Esperaba ver cientos de cuerpos en el suelo fulminados por los proyectiles, pero sólo distinguió alrededor de una docena de muertos. Ninguno mostraba manchas de sangre en sus ropas. No habían muerto por las balas, sino producto de la estampida. Los miles de independentistas continuaban allí. Caminaban conmocionados y sin dirección aparente. Estaban confundidos y temerosos, pero prácticamente todos seguían vivos.

Los soberanistas intentaban reponerse del pánico recién vivido. Habían escuchado con claridad cómo les disparaban por los cuatro costados y tampoco se explicaban por qué no había montañas de cadáveres a su alrededor. Estaban en shock.

Algunos permanecían perplejos en la plaza mientras esperaban la confirmación oficial de la muerte del *president*. Otros miraban con atención las noticias en sus móviles con el mismo objetivo, pero comenzaban a alejarse lentamente de la zona.

La pareja de soberanistas se encontraba a unos diez metros de Albarracín. Todavía estaban aturdidos porque una de las bombas de humo había explotado justo a su lado. Les fallaba el sentido de la orientación y sus oídos aún retumbaban debido a la sonora detonación.

-Pero hoy no es vuestro día…-susurró el oficial mientras los observaba.

Despúes les apuntó con su pistola.

-¡Pam! ¡Pam! - disparó dos veces.

Sin embargo, no sucedió nada. Los dos jóvenes ni se dieron cuenta que les habían disparado y pasaron casi a su lado.

La distancia era demasiado corta para haber fallado, así que Albarracín miró su pistola con incredulidad y sacó el cargador.

-¡No se mueva! ¡Está detenido! -exclamó el cabo Apolinar Garrido Palacio mientras le apuntaba con su pistola.

El capitán se giró e, incrédulo, le enseñó el cargador. Sospechó, pero todavía se resistía a creerlo.

-En efecto, son balas de fogueo- afirmó el cabo mientras otro soldado esposaba a Albarracín.

El capitán no opuso resistencia porque asumió que las balas del otro oficial sí eran reales.

-¿Quién coño es usted, cabo? - preguntó al teniente.

-Cabo su puta madre. No somos tan tontos como pensaba, Albarracín. Hace tiempo que el CNI le va siguiendo los pasos muy de cerca.

-¡Hijo de puta! ¡Un jodido espía!

El agente se rio.

-Ahora mismo también están arrestando a los neonazis y a los independentistas catalanes dispersos por toda la plaza. Igual que en el regimiento Arapiles, teníamos infiltrados a esos dos grupos. Les dejamos seguir adelante para ver hasta dónde pensaban llegar con esta locura.

Albarracín suspiró.

-Si lo que pretendía era provocar una masacre, ha fallado grotescamente- prosiguió el miembro del servicio de inteligencia español-. Nuestros agentes pusieron balas de fogueo en todos los cargadores de las armas.

Los únicos que habían usado balas reales fueron los francotiradores, que no fueron detectados a tiempo.

-¡Tu puta madre! ¡Facha!- exclamó frustrado el etarra.

-No somos tan tontos como pensaba, Albarracín…- repitió con satisfacción el espía del CNI.

LXIX

¿Qué cojones está pasando aquí? - preguntó colérico uno de los dobles ya en la oficina del *president*. A su lado yacían los cuerpos bañados en sangre de los dos actores muertos.

Aritz desenfundó su pistola y le apuntó.

-Cállate- le ordenó con desdén.

Luego caminó hacia el impostor e hizo un gesto para que él y el resto de los dobles se congregaran en una esquina del despacho.

-¡Hijo de puta! - gritó otro de los actores.

El etarra lo miró con más desprecio aún, levantó la pistola y le disparó un tiro en el pecho sin mediar palabra. Al presenciar el asesinato, los otros dobles comprendieron de inmediato que ninguno saldría con vida de allí.

-No seáis ingenuos. ¿Qué pensabais? ¿Qué os dejaríamos escapar vivos? -se mofó Aritz.

Los impostores le miraron con odio, pero no se atrevieron a moverse. Jamás los habían encañonado con un arma y el pánico los paralizó.

-Sois simples actorzuelos a sueldo que os vendéis por un puñado de euros. No me puedo fiar de vosotros. No sois patriotas como el resto de mis compañeros, que preferirían morir antes que cooperar con el enemigo- afirmó el vasco mientras miraba con admiración a Belloch.

-¡Estás desquiciado! ¡Hijo de puta! - gritó otro de los impostores.

El etarra lo ignoró.

-Tranquilos, que no moriréis solos- siguió ridiculizándolos-. Hemos colocado explosivos debajo del edificio de la *Generalitat*. Después de mataros, haremos saltar en pedazos el palacio para destruir todas las pruebas y ocasionar aún más muertes, incluidos seis de los incautos que estáis personificando. Del otro, el verdadero *president*, ya nos ocuparemos más tarde.

Después volvió a girarse hacia Belloch y sonrió.

-Si con una masacre de este calibre, el presunto asesinato del *president* en directo ante una audiencia mundial y la voladura del palacio de la *Generalitat* repleto de personas no conseguimos una sublevación masiva en Cataluña, te juro que me hago del PP- bromeó con el *mosso*.

Belloch se acercó con una ametralladora, apuntó a los dobles y se dispuso a disparar. Sólo faltaba la orden.

Aritz se giró hacia Elena y Xurxo y les señaló con la mano.

-Si sois creyentes, éste es el momento para que os pongáis a rezar. Si no lo sois, despediros de quienes os tengáis que despedir. Vosotros seréis los próximos- amenazó con satisfacción.

Akira Fumuro estaba en otra esquina del despacho y nadie había reparado mucho en él. El japonés aprovechó para revisar sus textos en el móvil. Cuando leyó el último, guardó el teléfono, abrió su maletín y sacó su ametralladora Uzi.

El etarra dirigió entonces su mirada a Belloch y le hizo una señal. El *mosso* cogió su arma con más fuerza, puso el dedo en el gatillo y se preparó para liquidar a todos los dobles.

-Un momento-intervino de repente Fumuro en inglés con un tranquilo y mesurado tono de voz que contrastaba enormemente con la tensión que se vivía en el despacho.

Aritz lo observó extrañado. Su amigo había interrumpido la ejecución y pensó que sin duda sería por algo importante.

-¿Qué pasa, Akira? -le preguntó intrigado también en inglés.

El japonés caminó un par de pasos y se situó en una posición desde la que podría disparar contra cualquiera sin apenas moverse.

-Aritz, ordena a tus hombres que depongan las armas- afirmó con seguridad.

El etarra pareció no entender.

-¿De qué coño hablas, Akira?

Fumuro alzó el arma y apuntó al etarra.

-Que ordenes a tus hombres poner las armas en el suelo- repitió.

Al verse encañonado, Aritz sintió como un arrollador brote de rabia se apoderaba de todo él. Nunca había experimentado una furia semejante. Hubiese esperado una traición por parte de cualquiera, excepto de su fiel amigo Akira Fumuro.

El vasco consideró arriesgarse y disparar contra el japonés, pero sabía que éste lo mataría incluso antes de que pudiera apuntarlo con su arma.

-¿Qué pasa, amigo? ¿Se puede saber qué cojones estás haciendo? -preguntó el etarra intentando disimular el fuego interno que lo consumía.

-No lo voy a repetir. O dejan las armas en el suelo o los fulmino a todos- insistió Fumuro.

Uno de los *mossos* intentó sorprender al japonés, pero éste descargó una ráfaga de balas sobre él y lo mató. El pánico general fue inmediato y varios de los actores se tiraron al suelo. Después Fumuro se puso en cuclillas y observó atentamente cualquier posible nueva amenaza.

-¡Soltad las armas o morid! - exclamó el japonés.

Todos lo hicieron. Luego Fumuro se irguió de nuevo, se dirigió hasta Elena y Xurxo y cortó sus esposas plásticas con un cuchillo. La espía parecía tan sorprendida como Aritz ante lo que estaba sucediendo.

El japonés dio una patada a la pistola de Aritz y ésta fue a parar a los pies de Elena.

-Cógela-indicó Fumuro.

Ella lo hizo y también apuntó a los conspiradores. No sabía qué estaba haciendo Fumuro, pero si la había liberado y entregado un arma, sin duda aquel misterioso personaje asiático era su aliado.

-¡Traidor! -gritó Aritz.

Fumuro miró fijamente al etarra y sonrió.

-Te equivocas. No soy ningún traidor.

-¡Me las vas a pagar, cabrón!

El temple y autocontrol del japonés eran admirables. No exteriorizaba un ápice de nerviosismo.

-Nos conocemos desde hace tres décadas. ¿Me has visto alguna vez matar a alguien en nombre del Ejército Rojo Japonés? - preguntó con ironía.

Aritz aún se resistía a creer que Fumuro hubiera podido engañarlo de semejante manera y durante tanto tiempo. Su furia se incrementaba por momentos, pero iba dirigida principalmente hacia sí mismo por no haberse dado cuenta antes de quién era en realidad Akira Fumuro.

-Aritz, yo jamás he sido un miembro leal del Ejército Rojo Japonés, sino un agente infiltrado en esa organización por parte de la Agencia de Inteligencia y Seguridad Pública de Japón. El servicio secreto de mi país.

-¡La madre que te parió! ¡Capullo de mierda! - exclamó el etarra mientras daba un paso amenazador hacia Akira.

Éste movió el cañón de la Uzi para recordarle que lo estaba apuntando y el vasco se detuvo en seco.

-Mi misión fue infiltrarme en el Ejército Rojo Japonés para identificar a todos sus miembros y colaboradores. Tantos años en la clandestinidad fue un sacrificio necesario para poder desarticular esa peligrosa organización terrorista. Mi lealtad siempre ha estado con mi país, Japón.

-¡Pero si has estado más de veinte años en la cárcel! - exclamó Aritz resistiéndose aún a creer lo que cada vez resultaba más evidente.

El japonés negó con la cabeza.

-Eso es lo que hicimos pensar a la gente. Me pusieron en régimen de aislamiento precisamente para que nadie supiera nada de mí. No sabes el teatro que tuve que hacer los primeros días tras salir de Fuchu por si alguien me seguía. Tenía que parecer un pueblerino que iba a la ciudad por primera vez- se rio.

-¿Entonces dónde demonios estabas?

-Pasé la mayor parte del tiempo en la pequeña ciudad de Sasebo, en la isla de Kyūshū. Al sur del país. Allí el servicio de inteligencia me consiguió un modesto y discreto trabajo como administrativo en una base naval cerca de Nagasaki. Llevé una vida tranquila y nadie se fijó jamás en mí. Tengo una mujer y dos hijos.

Aritz apenas podía contener su frustración. No perdonaba la traición, pero enseguida comprendió que Akira tenía razón. No era un traidor porque jamás le había brindado una lealtad sincera. Fue fiel, pero al enemigo y por eso merecía morir.

-Japón me pidió hacer el sacrificio de hacerme pasar por un traidor al país. Eso supuso una gran humillación no sólo para mí, sino para toda mi familia, pero lo acepté con disciplina- prosiguió Fumuro-. Después se me pidió el sacrificio de alejarme de mi familia y fingir que estaba en la cárcel y también lo acepté. He sacrificado mucho por Japón, pero lo he hecho sin quejarme y con orgullo. Como ves, no soy ningún traidor, sino un patriota- recalcó con énfasis.

-¿Y qué coño haces aquí? ¡Gilipollas! ¿Qué cojones tiene esto que ver con tu jodido Japón? - preguntó un iracundo Aritz.

Elena y Xurxo estaban tan sorprendidos como el etarra y permanecieron en silencio para escuchar todo lo que Fumuro tuviera que decir.

-El servicio de inteligencia me mantuvo en la cárcel porque sabía que, a pesar de que el Ejército Rojo Japonés había sido desarticulado, aún quedaban muchos simpatizantes que podían ser reactivados en cualquier momento. En especial ahora con este presidente americano tan impopular. Me ordenaron esperar pacientemente hasta que se reorganizaran para volver a actuar. Cuando llegó el momento, mi misión fue infiltrarme de nuevo en el grupo para acabar con ellos, pero esta vez para siempre. Los muy incautos jamás sospecharon de alguien que supuestamente prefirió pasar tanto tiempo en la cárcel antes que llegar a un acuerdo con el Gobierno- volvió a ironizar.

-¡Hijo de perra! -exclamó el etarra, culpándose por haber caído en la misma trampa.

-Ahora mismo están arrestando en Japón a todos los miembros de Rentai, la nueva versión del ERJ. El primero en caer ha sido su líder, Makoto Kobayashi.

-¿Y eso qué tiene que ver con nosotros? -siguió Aritz sin entender.

Akira se rio.

-En realidad eres una persona muy ingenua para algunas cosas- se burló-. Los servicios de inteligencia de Japón trabajan íntimamente con los de los países occidentales. Mi misión también consistía en identificar a todos los posibles colaboradores de Rentai en el extranjero como tú para encerrarlos en prisión. Proporcionar armas a un grupo subversivo japonés te convierte en enemigo automático de Tokio. Hablamos con el Gobierno español y siempre hemos actuado en colaboración con Madrid en este tema. Te convertiste en un enemigo común de varios países y por distintas razones.

-¡Capullo! - volvió a insultarlo.

-Estados Unidos también te quiere eliminar. Las armas que ibas a proporcionar a Rentai serían utilizadas contra soldados estadounidenses. ¿O pensabas que Washington te iba a enviar una tarjeta de felicitación por cooperar en el secuestro del almirante americano responsable de la Séptima Flota en Japón?

-¡La puta que te parió! - exclamó el etarra, cada vez más colérico.

La frustración de Aritz parecía complacer al japonés. Tras tantos años representando su papel, por fin podía decirle a la cara quién era de verdad.

-¿Acaso pensaste que Andreu Barberá, un agente del Mossad, iba a cooperar con tus delirios nacionalistas? ¿Es que no sabes que el Mossad siempre ha mantenido una más que estrecha relación con el CNI y, especialmente, con la CIA? ¿Es que no sabes que España e Israel son uña y carne en la lucha contra el terrorismo yihadista? ¿No sabes que la prioridad número uno de Israel es acabar con ISIS, Al Qaeda y todos sus primos hermanos? ¿Piensas que Israel iba a poner en peligro eso y su relación con España o Estados Unidos por ti? ¿Acaso creíste que podrías infiltrar a tus secuaces en el Ejército, en los grupos neonazis españoles y en Catalunya Lliure sin que las fuerzas de seguridad españolas se enteraran? ¿Cómo puedes infravalorar tanto a tus enemigos, hombre? Ya engañaste una vez al CNI con la Unidad 120050, pero ellos no son el tipo de personas que tropiezan dos veces en la misma piedra- siguió mofándose Fumuro.

El etarra apenas podía contener las ganas de lanzarse sobre el japonés y acabar con él con sus propias manos.

-Siempre supieron lo que estabas haciendo y dejaron que tú solito te pusieras la soga alrededor del cuello- siguió hundiendo el cuchillo en la herida.

-¿Ah, ¿sí? ¿Y qué me dices de la masacre que acaba de suceder? ¿Eso también lo sabían? - preguntó con rabia Aritz.

El japonés volvió a reír.

-Aritz… Aritz… No ha habido ninguna matanza a tiros en la plaza- afirmo con tono condescendiente-. Los agentes encubiertos del CNI sustituyeron las balas reales por otras de fogueo. El fusilamiento colectivo ha sido puro teatro. Ninguno de los soberanistas que se manifestaban ha muerto producto de las balas. Albarracín ya está bajo arresto; Juan Gálvez y los cabezas rapadas ya están bajo arresto; Marc Bartra y los miembros de Catalunya Lliure ya están bajo arresto. Has vuelto a fallar. No has conseguido tu tan ansiado Sarajevo. Se acabó- sentenció Fumuro.

La reacción instantánea de Aritz fue girarse y mirar a la pantalla de televisión. El humo ya se había disipado y, en efecto, no vio las pilas de cadáveres que había anticipado.

-Lo único que no pudimos evitar fueron los disparos de los francotiradores contra estos actores. Desconocíamos esa parte del plan- continuó el japonés mientras observaba con pesadumbre los cadáveres de los dos hombres.

El etarra comprendió que las palabras de Fumuro eran ciertas. Su plan había fracasado.

En ese momento Elena se acercó a Aritz y le hundió la pistola en un costado.

-Coge el walkie y di a los mossos que aún están contigo que se rindan y depongan sus armas- le ordenó.

Aritz le miró a la cara y explotó.

-¡Cerda! - exclamó.

La espía le dio un golpe con la pistola en el hígado. El etarra se desplomó y se quedó en posición fetal.

Belloch aprovechó la distracción para agarrar por la espalda a uno de los dobles.

-¡Hijos de puta! ¡No os mováis o le rompo el cuello! - amenazó mientras se dirigía con él hacia el estudio.

Fumuro consideró disparar, pero optó por salvar la vida del rehén.

-¡Quietos! ¡Os juro por Dios que lo desnuco! - gritó el *mosso*.

Al llegar a la puerta del estudio, la abrió, lanzó con fuerza al doble hacia la sala y se metió en el pasadizo que llevaba al túnel.

-Vigila a este cabrón-dijo Elena a Fumuro mientras señalaba a Aritz-. Yo voy a por Belloch-añadió.

La agente ya sabía que el plan era dinamitar la *Generalitat* y no tuvo ninguna duda de que eso sería exactamente lo que intentaría hacer Belloch. Si lo conseguía, el plan de Aritz aún podría dar resultado. Los independentistas culparían a Madrid de la explosión y eso también provocaría una lucha a muerte por la secesión.

Cuando el *mosso* alcanzó el túnel, sacó su walkie.

-¡Miguel! ¡Miguel! -repitió mientras seguía corriendo.

El mexicano no respondió. El policía pensó que tal vez también había sido arrestado, pero continuó hacia la sala donde había encerrado al minero. Tenía que arriesgarse. Había demasiado en juego. La matanza aún era posible y sería la chispa para el levantamiento popular.

Cuando el *mosso* llegó a la zona del corredor que ya no se derrumbaría con la explosión, volvió a usar el walkie.

-¡Miguel! ¡La clave de la caja fuerte es 4478! ¡Ábrela y detona los explosivos! -ordenó.

Sin embargo, siguió sin escuchar ninguna respuesta por parte del mexicano.

Elena le seguía de cerca, pero cuando entró al túnel vaciló durante unos instantes. No supo si ir hacia su derecha o hacia su izquierda. Si escogía el camino equivocado, sabía que Belloch se escaparía. El resultado sería la demolición de la *Generalitat* y del propio túnel con ella dentro.

La agente cerró los ojos, se concentró y agudizó al máximo su sentido del oído. Al cabo de unos segundos, escuchó el eco de una pisada al hundirse en un charco y corrió en esa dirección.

Belloch tenía el rostro lleno de sudor y miraba constantemente hacia atrás consciente de que alguien le perseguía. Su objetivo más importante no era escapar, sino destruir la *Generalitat*.

-¡La insurrección aún es posible! ¡Aún podemos ganar la partida a estos cabrones! -pensó para darse ánimos.

Al llegar a la sala, sacó la llave y abrió la puerta, pero no vio nada. La habitación estaba a oscuras.

-¡Miguel! -exclamó otra vez.

De nuevo, el silencio.

El catalán caminó con precaución hasta el interruptor de la luz y lo encendió. Los potentes focos se iluminaron de pronto y cegaron momentáneamente al *mosso*.

El agente se llevó una mano a la cara y protegió sus ojos. Unos instantes después apartó su mano y volvió a abrirlos. En ese instante vio al mexicano a su derecha, pero ya no le dio tiempo a reaccionar.

Miguel estiró todo lo que pudo sus brazos hacia un lado y, como si se tratara de un jugador de béisbol, lanzó con toda su fuerza el pico hacia el pecho de Belloch. La punta de la afilada herramienta metálica se hundió en el corazón del policía autonómico y provocó en él un profundo gemido final.

-Lo siento. Mi Virgencita de Guadalupe nunca me perdonaría semejante matanza. Le prometí que jamás volvería a hacer algo así- dijo a Belloch mientras observaba el último suspiro del *mosso*. Tenía la boca llena de sangre y murió con los ojos abiertos como platos.

Luego se sentó y comenzó a llorar. Ajeno a todo lo que había sucedido, asumió que, al no haber detonado los explosivos, tanto él como su familia serían asesinados por los cómplices de Belloch.

Unos segundos después apareció Elena blandiendo su pistola.

-¡Enséñame las manos! - gritó la agente.

El mexicano obedeció y no opuso resistencia. Cuando la espía vio que aquel hombre había matado a Belloch, bajó un poco la guardia.

-¿Quién eres? -preguntó mientras observaba el armario de herramientas de donde Miguel había sacado el pico.

-No puedo hacerlo. Se lo prometí a la Virgencita- afirmó el mexicano mostrándole el detonador-. No puedo hacerlo- repitió.

-Tranquilo. Tranquilo- intentó serenarlo ella.

El minero tenía el dedo pegado al detonador. Un simple roce y todo el palacio de la *Generalitat* se vendría abajo.

-Tranquilo- repitió la espía mientras se acercaba lentamente a él.

Al alcanzarlo, Miguel López le entregó el detonador y Elena se alejó de él.

-Mi Virgencita de Guadalupe jamás me lo perdonaría- insistió.

LXX

Los dos coches circulaban por las calles de la Ciudad Condal y se dirigían al Aeropuerto de Barcelona-El Prat.

El primero lo conducía Elena Martorell y a su lado iba Begoña Goyeneche. En el asiento trasero, y aislado por una reja, se encontraba Aritz Goikoetxea. El detenido había sido esposado y llevaba grilletes en los tobillos. En el otro vehículo viajaban dos agentes del CNI y Xurxo Pereira.

Begoña se giró un par de veces hacia atrás para observar el rostro del etarra. Sabía que ésa sería su última oportunidad para hablar con él cara a cara.

-Si tienes algo que decir, dilo- afirmó él desafiantemente.

Se sentía vencido, pero no derrotado. Siempre decía que las guerras tenían muchas batallas y que, incluso si se perdía una muy importante, todavía era posible alcanzar la victoria final si no se desfallecía. Que el triunfo era para quienes más lo querían.

Aritz pensaba que sólo podrían derrotarlo si lo mataban y ése era exactamente el futuro inmediato que Begoña deseaba para él.

-Mira a tu alrededor. ¿Qué ves? - le preguntó ella.

El etarra lo hizo y después la observó sin entender a qué se refería.

-Los clientes acuden a los restaurantes, los coches circulan por las calles, los jóvenes se van de juerga, la gente pasea por las avenidas, acude a sus trabajos…

Aritz siguió sin comprender.

-Ya conseguiste tus quince minutos de fama, pero la vida sigue. La vida sigue- insistió.

El vasco despreció el comentario con un sonoro resoplido.

-Eres un demagogo y manipulaste los sentimientos de la gente, pero no para conseguir algo positivo, sino para provocar un baño de sangre. ¿Y qué has logrado? ¡Nada! ¡No te han hecho ni puto caso! - exclamó.

- ¡Qué suerte la mía! No me des la tabarra. Te podrían haber puesto en el otro coche- replicó Aritz con sorna.

-A nadie le importa todo lo que organizaste. La inmensa mayoría de los catalanes se quedaron en sus casas cuando les urgiste a que se unieran a ti, incluso los independentistas. Les dijiste que era ahora o nunca y te ignoraron. La gente no está tan chalada como tú- siguió al ataque la ex amante del etarra.

Mientras Elena escuchaba la pelea, el vehículo entró en la autovía de Castelldefels. El coche pasó por zonas industriales, campo abierto y lugares en su mayoría desolados donde no se veía a nadie.

Era de noche, no había mucho tráfico y la oscuridad alrededor de la C-31 era interrumpida esporádicamente por restaurantes de carretera con grandes y llamativos carteles luminosos.

La espía sentía que el peligro había quedado atrás. No obstante, su instinto la hacía mantenerse alerta a cualquier vehículo que pasara cerca de ella.

Begoña sabía que no había nada que hiciera más daño a Aritz que pensar que los esfuerzos de toda su vida para conseguir un *Euskadi* independiente se quedarían en la nada, así que siguió pinchando donde más le dolía.

-Este país ha tropezado muchas veces, pero eso nos ha hecho madurar. Hemos aprendido de nuestros errores. No basta que ahora aparezca un agitador como tú para empezar otra guerra civil.

Aritz se rio.

-Ríete todo lo que quieras, pero no le importas a nadie. Eres un gilipollas irrelevante. Mañana los barceloneses se levantarán y continuarán con su rutina. En dos semanas ya nadie se acordará de ti. Sí, hiciste algo de ruido, pero ya eres una simple anécdota del pasado. Un jodido perdedor. Conocemos muy bien el precio de la violencia y no estamos dispuestos a pagarlo- afirmó Begoña con rabia.

-Eres una paralítica resentida. Qué patético-decidió atacar él también.

Sus palabras le dolieron y no hicieron más que reafirmarse en su decisión.

Los dos coches ya estaban en la mitad de camino hacia el aeropuerto cuando vieron un retén policial frente a ellos.

-¿Qué es eso? - preguntó a Elena por radio uno de los agentes del CNI que iba en el segundo coche.

La espía observó al grupo durante unos segundos y no vio nada anormal.

-Un control de los *mossos*. Aún tienen la orden de mantenerse vigilantes ante cualquier sospechoso que se nos haya podido escapar esta tarde- respondió la funcionaria-. Yo hablo con ellos- añadió mientras comenzaba a disminuir la velocidad.

Había tres patrullas del cuerpo autonómico y una línea de conos naranjas. Cuando Elena llegó al lugar indicado para detenerse, un *mosso* se le acercó y le hizo una señal para que bajara la ventanilla.

-Buenas noches, documentación por favor- dijo el hombre.

La agente sacó la identificación del CNI y se la enseñó.

-Buenas noches. Vamos camino del aeropuerto con un detenido- afirmó Elena.

El *mosso* cogió el carnet, lo observó detalladamente y dio un paso hacia atrás para ver a Aritz. Luego regresó frente a Elena e hizo ademán de devolverle la identificación, pero lo que se encontró la espía fue el frío cañón de una pistola pegado a su mejilla.

-Apaga el motor -ordenó mientras varios supuestos *mossos* también neutralizaban a los otros dos agentes que la seguían.

La espía del CNI obedeció.

-Dame las llaves-dijo después el hombre.

Elena también lo hizo. El policía cogió la del maletero, lanzó con fuerza el resto del manojo hacia un lado de la autopista y abrió la puerta del conductor.

-Baja- siguió con sus parcas, pero contundentes instrucciones.

Al hacerlo, el presunto agente autonómico pegó su pistola a la espalda de Elena mientras otro la registraba. Tras desarmar a los tres espías, les pusieron unas esposas plásticas. Luego hicieron lo mismo con Xurxo y les dijeron que se alejaran unos veinte metros de los vehículos. Cuando recorrieron esa distancia, les ordenaron que se sentaran en el arcén.

Varios coches pasaron al lado del retén mientras los agentes del CNI eran reducidos, pero no sospecharon nada. Pensaron que se trataba de una prueba de alcoholemia.

En los pueblos cercanos había varias discotecas, así que, más que bajar la velocidad para ver qué sucedía, los conductores la aumentaban todo lo que podían para irse lo más rápido posible de allí.

El más sorprendido de todos ante lo que sucedía era Aritz. Parecía obvio que iba a ser rescatado de las manos del CNI, pero aún no sabía quién le estaba ayudando a huir.

De pronto, una mujer vestida de *mossa* salió de uno de los coches patrulla, cogió la llave del maletero, fue hasta el coche de Elena, lo abrió y sacó una silla de ruedas plegable. Tras armarla, caminó hasta donde estaba Begoña, abrió la puerta y la ayudó a salir del coche y sentarse en la silla.

-Hola, Yesenia- la abrazó la vasca.

Después la salvadoreña ordenó que trasladasen a Aritz a uno de los coches patrulla y llevó a Begoña hasta donde estaba Elena.

-Lo siento, pero este cerdo tiene que pagar por lo que ha hecho. Mi amiga Yesenia se encargará de eso- dijo Begoña a la espía.

Elena no respondió y enseguida se dio cuenta de que se trataba de la salvadoreña Yesenia Portillo, una de las líderes de la pandilla MS-13. Yesenia y Begoña se habían jurado lealtad y la marera acudió a la llamada de socorro de la vasca.

-Elena, una vez te dije que mi vida ya no me importaba y es cierto- prosiguió Begoña-. No voy a escapar. Quiero cumplir mi condena. Sé que no hay forma de redimirme por las cosas que he hecho, pero al menos afrontaré las consecuencias. Yo también debo pagar por mis pecados.

- ¿Qué va a pasar con Aritz? -preguntó Elena.

-La ley del Talión. Ojo por ojo y diente por diente- aseveró con frialdad Begoña.

Luego miró a Aritz y guardó silencio unos segundos.

-No te canses intentando encontrar a Aritz y a Yesenia. Mi amiga es una profesional. Nunca darás con ella.

-¿Te has pasado el viaje criticando a Aritz por usar violencia y ahora lo vas a matar? ¿No dijiste que te habías reencontrado con la religión católica? ¿Te parece que asesinarlo es un comportamiento muy cristiano?-preguntó Elena.

Begoña asintió.

-Sí, lo sé. Es una incongruencia, pero la vida está llena de ellas. Ésta es una más.

-Deja que la justicia se encargue de él.

La ex etarra rio.

-La justicia se encargará de él, pero no nuestra justicia. Una mucho más efectiva. Conozco muy bien a Aritz. Ya ha estado dos veces a punto de causar una verdadera desgracia en este país. No voy a arriesgarme a que lo intente una tercera.

La agente del CNI supo que jamás podría convencer a Begoña para que cambiara de opinión.

La vasca dio un último abrazo a Yesenia y se quedó en la silla de ruedas al lado de Elena.

La pandillera ordenó echar gasolina dentro y fuera de los dos coches del CNI y les prendió fuego.

Después los supuestos *mossos* subieron a sus patrullas y partieron a toda velocidad.

Aritz, aún esposado y con grilletes, seguía sin saber qué estaba sucediendo. Había pedido explicaciones varias veces, pero nadie se las había dado.

-¿Qué está pasando? ¿Quiénes sois? ¿Qué vais a hacer conmigo? - preguntó una vez más.

-Pinche Aritz. Tu fin no vendrá de mano de la Policía Nacional ni de la Guardia Civil. ¿Es que no has escuchado que no hay nada más peligroso que una mujer despechada? -dijo Yesenia desde delante sin molestarse en girarse.

El etarra todavía no se había dado cuenta de que la salvadoreña formaba parte del grupo. Sin embargo, cuando finalmente la pandillera se giró y vio su rostro, sintió por primera vez en toda su vida que no ya había ningún tipo de esperanza.

Sabía muy bien quién era y la pregunta que se hizo no fue si lograría burlar una vez más a la muerte, sino simplemente cuánto sufriría antes de exhalar su último suspiro.

LXXI

Una hora después, Elena, Xurxo, Begoña y los otros dos espías ya estaban frente al Falcon 900 del CNI.

Antes de subir, la agente pidió a Xurxo que la acompañara al hangar para hablar a solas con él.

-Creo que es mejor que no vengas a Madrid- le dijo.

-¿Por qué? -preguntó extrañado.

Al ver su reacción, el semblante de Elena adoptó un aire de gravedad.

-Allí nos espera Allan Pierce. Aún no sabe que Aritz ha sido secuestrado, pero os quiere a Begoña y a ti fuera de la jugada.

Xurxo observó los ojos de Elena y entendió lo que quería decirle.

-Me gustan tus eufemismos.

Ella miró hacia abajo.

-Os quiere muertos. ¿Contento? -preguntó enfadada mientras levantaba la mirada.

Él se acercó y le cogió una mano.

-Gracias. Podías no habérmelo dicho.

Elena le cogió la otra y se acercó a él.

-¿Estás loco o qué te pasa? -dijo molesta-. Jamás permitiría que te pasara algo.

Xurxo la abrazó y sintió cómo la respiración de ambos se aceleraba. Luego se separaron ligeramente.

-¿Qué vas a hacer? -preguntó el reportero.

-No te preocupes por eso. Yo me ocupo de bajarle los humos. Tú desaparece durante unos días, por pura precaución.

-No somos una amenaza para él-afirmó el reportero.

-Eso es irrelevante. Basta que él lo perciba así. Esta gente no se anda con rodeos. Eliminan cualquier peligro potencial antes de que se materialice. Begoña y tú sabéis demasiado.

-Tú también.

-Es distinto. Entre nosotros es un juego. Un día gana uno y el siguiente otro, pero no solemos matarnos entre nosotros. Tiene que ser algo excepcional. Vosotros, en cambio, sois unos intrusos en ese mundo. No os protege ningún código no escrito.

El periodista volvió a abrazarla, observó su rostro y le acarició la mejilla. Elena lo miró y se preparó para saber si tendría un futuro junto a él o no.

-Xurxo, un día me dijiste que nunca podrías olvidar que yo te había traicionado. ¿Aún sientes lo mismo?

El periodista suspiró y reflexionó durante unos segundos.

-El amor me ha jugado alguna que otra mala pasada. No soy una persona fácil en ese sentido- reconoció Xurxo-. He levantado muchas barreras. Ya no estoy para dramas.

La agente asintió. Ella se sentía igual.

-Si alguien me engaña, me resulta muy difícil volver a confiar en esa persona. Me dolió mucho que no me contaras que Begoña estaba viva. Lo sentí como una traición. Antepusiste la lealtad a tu trabajo a la lealtad hacia mí-afirmó.

-Lo siento.

Él también asintió y se preparó para uno de esos momentos decisivos que trae la vida.

-Me era muy difícil imaginar cómo podríamos estar juntos- prosiguió el periodista-. Nuestros trabajos son muy importantes para los dos y defendemos intereses opuestos. Tu labor es proteger al Gobierno, la mía cuestionarlo. Tu misión es esconder los trapos sucios del Estado, la mía encontrarlos y exponerlos. Pensaba que, al final, estaríamos mintiéndonos todo el día y no quería mentiras o medias verdades entre nosotros. Sería ensuciar lo que nos une.

La espía notó algo distinto en él y se acercó un poco más para observar mejor su rostro.

-Pero todo eso quedó atrás. Lo vi claro cuando volvimos a estar juntos en Madrid. Necesito tiempo, pero contigo he comenzado a sentir cosas que jamás pensé volvería a sentir y eso es lo único que importa- admitió el reportero.

Elena lloró y le apretó las manos. Luego lo besó en los labios y ambos estrecharon sus cuerpos con fuerza. Hubieran querido congelar el tiempo y quedarse allí abrazados eternamente.

-Quiero que sepas que daría la vida por ti- afirmó Elena con seguridad.

Al escucharla, Xurxo volvió a darse cuenta de lo importante que ella era para él.

-¿Me crees?

-Sí- respondió sin titubear.

No fue fácil separarse, pero saber que volverían a estar juntos anestesió la amargura de la despedida.

-¿Qué vas a hacer? ¿Adónde vas a ir? -preguntó ella.

-Escribiré el reportaje de todo lo que ha pasado y después iré a Sarajevo.

Elena sonrió. Sabía lo importante que ese viaje era para él.

-Cuando sepas cuándo regresas, llámame y te paso a recoger el aeropuerto. Podemos pasar unos días solos en la Costa Brava.

Xurxo asintió y la besó en los labios. Tras el beso, ella lo abrazó una vez más como si fuera la última y se dirigió al avión. Nunca volvería a verlo.

LXXII

Al aterrizar en el aeropuerto de Barajas en Madrid, el avión fue directamente al hangar reservado para el CNI.

Elena descendió del jet, se sentó en el maletero de su coche y ocupó su mente revisando sus correos electrónicos.

Quince minutos más tarde llegó Allan Pierce. Tras salir de su vehículo, caminó hasta Elena y le estrechó la mano

-Pensaba que el avión aterrizaba a las once-dijo el agente de la CIA.

-Nos adelantamos. Tuvimos el viento a favor- mintió Elena, que había ordenado al piloto ir más rápido para llegar antes y poder sacar a Begoña del aeropuerto antes de que llegara Pierce.

El americano recorrió con su mirada el hangar y realizó un gesto de sospecha.

-¿Dónde están?

Habría una confrontación, así que Elena aceleró lo inevitable.

-Lejos de tu alcance.

Pierce la miró con desconfianza.

-Creía que teníamos un trato. Pensé que eras una persona de palabra.

La espía se rio.

-Ahórrate el sermón. Nunca tuvimos ningún trato. Eso lo dijiste tú. Yo nunca me comprometí a nada.

El estadounidense se acarició la boca y suspiró.

-Esto cambia las cosas- afirmó.

Elena, lejos de intimidarse, se acercó desafiante al agente de la CIA.

-No me toques los ovarios-afirmó.

Pierce se sorprendió ante el movimiento de Elena. La proximidad física de la funcionaria del CNI invadía claramente lo que tanto apreciaban los americanos: su esfera de privacidad.

- ¿Pero te has vuelto loca? ¿A qué estás jugando? Estos tres nos pueden joder la vida- dijo Pierce mientras ponía distancia entre ambos.

Elena se sentó en una silla y no dijo nada.

-Aritz va a seguir con las suyas, ya sea dentro o fuera de la cárcel- prosiguió el americano-. Es un riesgo inaceptable que nos afecta a todos. Begoña ahora se hace la santa, pero tiene las manos tan manchadas de sangre como él. Y ese periodista, Xurxo Pereira, definitivamente entra en la categoría de los que saben demasiado para su propio bien.

La española se levantó y caminó de nuevo hacia Pierce.

-Aritz ha sido secuestrado por Yesenia Portillo a petición de Begoña.

-¿Qué?

-No volveremos a verlo vivo.

-¿Cuándo? ¿Cómo?

-En Barcelona, justo antes de llegar al aeropuerto.

-¡Mierda! - exclamó el espía.

-Begoña, tal y como ordena la ley, va a cumplir su condena en España y Xurxo Pereira seguirá tranquilamente con su vida. No te atrevas a ponerles ni un dedo encima.

Pierce la miró con desprecio.

-Esto te va a costar el puesto- afirmó el agente.

-No. Es justo lo contrario- dijo con seguridad-. El que se va a joder eres tú. Has hecho una chapuza tras otra en este caso. Autorizaste una operación en España contra la Unidad 120050 sin comunicar nada al Gobierno de este país. Si nos hubieras avisado antes, quizás podríamos haber evitado la masacre de Barcelona. Por si fuera poco, y a pesar de todos los medios y años que has empleado en espiar y perseguir a Aritz, permitiste que se escapara tras el ataque a la comisaría. Esa ineficiencia también provocó la muerte de todo el personal de la Clínica Araujo en Colombia y el asesinato de uno de tus agentes más experimentados, Lajos Kovács. Si las familias de todas esas víctimas demandan a la CIA, el gobierno americano tendrá que declararse en bancarrota.

-¿Qué coño estás haciendo? -preguntó furioso Pierce.

-Aún no he acabado- continuó Elena con autoridad-. Y por si todo lo anterior no fuera suficiente, Aritz Goikoetxea se te ha escapado una vez más. Joder, es que pareces un puto aprendiz. ¡Un puto aprendiz! - repitió con énfasis.

La mirada de odio de Pierce no dejó dudas sobre lo que pensaba de Elena en aquellos momentos.

-Y a la lista añade que, además del caso de la Unidad 120050, no has parado de realizar operaciones de espionaje en España sin ningún tipo de autorización por parte de jueces españoles- le recriminó la agente.

El americano quedó confundido.

-¿Crees acaso que Estados Unidos va a dejar de espiar en España si yo no estoy aquí? -preguntó.

-Sé que lo seguirá haciendo, pero ahora estamos hablando de ti. Has violado una larga lista de leyes tanto en tu país como en el mío y tu ineptitud ha dañado enormemente la imagen y la credibilidad de la agencia que representas. Ya sabes qué pasa en estos casos. La CIA diría que actuaste por tu cuenta y negará cualquier responsabilidad o conocimiento. Te acabas de convertir en un apestado al que nadie quiere acercarse.

-¿A dónde coño quieres llegar?

-Mi jefe ya ha hablado con el tuyo. Vas a ser transferido a la sede de la CIA en Washington. Te darán un puesto burocrático. Ambos gobiernos van a barrer este tema debajo de la alfombra. Su relación es demasiado importante como para que se descarrile por un incompetente como tú. Tenemos muchos retos por delante. Da gracias a que no te despidan, te metan en la cárcel o, sinceramente, te desaparezcan.

-¿Barrer debajo de la alfombra? ¿De qué coño hablas? Xurxo va a hacer su reportaje de investigación. Todo se sabrá. Saldrá en toda la prensa.

-Que escriba lo que quiera, sabes muy bien cuál será nuestra respuesta: ni confirmamos ni desmentimos la información. Nosotros no comentamos sobre temas de seguridad nacional.

-¡Cabrona! -la insultó por primera vez.

Elena ni se inmutó.

-El escándalo apenas durará unos días. La capacidad de atención de la gente es muy corta. Los medios de comunicación informan durante las veinticuatro horas del día. Necesitan constantemente nuevo contenido. Pronto surgirán otras noticias, nuevos escándalos y ya nadie se acordará de nosotros. Es el mismo ciclo de siempre. Los famosos quince minutos de fama.

Pierce estaba enfurecido.

-¿Y tú? ¿Qué va a pasar contigo?

-Me ascenderán- dijo consciente de que eso irritaría aún más a Pierce-. Siempre he actuado bajo la ley y mis jefes se asegurarán de mantenerme contenta. De lo contrario, quién sabe, en un arrebato de ira hasta podría llamar a periodistas como Xurxo para contarles *off the record* cosas muy interesantes.

-Yo también.

-Sí, y si lo haces prepárate para que te extraditen a Colombia para encarar tu responsabilidad por la masacre de la Clínica Araujo. Estoy segura de que los presos colombianos tratarán muy bien en la cárcel a un ex agente de la CIA. En especial, los narcotraficantes.

-¡Vaya sarta de estupideces! ¿Qué tengo yo que ver con esa matanza?- explotó el americano.

-Aritz asesina a Kovács a apenas unos kilómetros de la Casa Blanca. Luego se mete como Pedro por su casa en tu patio trasero, América Latina. Allí se reúne con medio mundo, realiza una matanza y su voz incluso queda grabada. Curiosamente, todos en Colombia se enteran menos tú. Vamos, algunos incluso podrían pensar que alguien te pagó para que hicieras la vista gorda en todo esto. ¡Nadie puede ser tan inepto!

-¡Yo no tuve nada que ver con eso!- repitió.

-¿Y eso qué importa? Irías directo a una prisión colombiana y, allí, que Dios te coja confesado- insistió Elena mientras sonreía.

-Eres una verdadera hija de puta- volvió a insultarla, pero esta vez con aun más odio en sus palabras.

-Exacto y nunca cometas el error de olvidarlo- afirmó Elena mientras le daba un par de cariñosos golpecitos en la mejilla.

Luego subió a su coche y se marchó del hangar. Ahora su preocupación pasó a ser Aritz. Sabía que Yesenia lo mataría, pero tenía que asegurarse de que nada la ligaba a su muerte, sino su futuro sería igual o peor que el de Pierce.

LXXIII

El móvil de Wesley Morgan sonó cuando estaba a punto de comerse una pupusa de frijoles con queso y pollo en su restaurante favorito de San Salvador.

El fotógrafo observó con frustración la masa de maíz caliente y volvió a dejarla en la mesa.

-¿Dígame?

-Wesley, soy Víctor, el gatillero.

Se trataba de Víctor Antonio Valdez Herrera, uno de los pandilleros más peligrosos de la Mara 18.

-Hola, ¿quiubo?

-¿Qué ondas vos?

-Aquí, tranquilo y tropical, homie.

-Wesley, ¿te acordás cuando te metí plomo por equivocación?

-Agüevo-dijo el americano mientras se tocaba la pierna derecha.

Cuando hablaba con mareros, procuraba usar su mismo lenguaje para que se sintieran más cómodos con él y continuaran dándole ese acceso privilegiado a su mundo.

-¿Qué te dije ese día? -preguntó el gatillero.

-Que me debías una, papá.

-Híjole, hoy te la pago.

-Hablá, pues.

-¿Dónde estás?

-Cerca de mi casa. En la playa del Tunco.

-Vaya, donde te metí el balazo.

-Exacto.

-Vente volando para la colonia IVU.

Ése era territorio de la Mara 18 y una de las zonas más peligrosas de la capital salvadoreña.

-¿Para qué?

-¿Ubicás el barranco donde la semana pasada encontraron un cuerpo decapitado y con veinte plomazos encima?

-Sí, claro. Saqué fotos.

-Te veo ahí en una hora. Los salvatruchas han dicho que van a aparecer por allí. Si es verdad, les vamos a caer a vergazos. Podrás sacar buenas fotos.

-¿Se van a meter en territorio de la M-18? - preguntó sorprendido.

-Eso han dicho entre ellos. Nos lo dijo un cipote que los escuchó.

-Es un suicidio.

-Se querrán hacer los machos, pero si aparecen les vamos a dar chicharrón. Te vas a meter mucha lana con las fotos del desmadre.

-Ahorita voy llegando.

-¿Estamos a la par?

-No llamen a ningún fotógrafo más.

-Solo tú, chero- afirmó el marero-. Jueputa, eres el único al que dejo entrar ahí.

-Entonces sí, estamos a la par.

-Cabal. Dejate de andar pajeando y camina, púchica.

-Salú, pues-se despidió Wesley mientras pensaba que quizás el balazo en la pierna había valido la pena.

Una hora después, el fotógrafo ya estaba apostado sobre el tejado de una humilde casa de un piso junto a Víctor. Su teleobjetivo escaneaba constantemente la zona buscando cualquier miembro de la Mara Salvatrucha.

Se trataba de una casa loca usada por la mara para cometer torturas y asesinatos. Una de las paredes tenía escrito ver, oír y callar con sangre humana.

Ese barrio estaba totalmente controlado por la M-18, los archienemigos de la Mara Salvatrucha. La colonia IVU siempre estaba llena de pandilleros, pero aquel día había incluso más. Si la Salvatrucha osaba entrar en su territorio, tenían que darles un castigo ejemplar.

Había pasado una semana desde el secuestro de Aritz en Barcelona y la madre de Begoña entraba en ese momento en la cárcel donde permanecía recluida su hija. Era la hora de las visitas.

La prisionera tenía prohibido cualquier contacto físico con quienes la visitaban y se encontraba tras un cristal reforzado. Tras saludarse, la madre sacó un iPhone y envió un mensaje de texto para avisar que ya estaba lista.

-Te voy a enseñar un vídeo de tu sobrino Juan- afirmó después para no levantar sospechas entre los guardias.

Al cabo de unos segundos, Yesenia la llamó a través del *FaceTime* y la madre acercó la pantalla del móvil hacia su hija.

La salvadoreña estaba al lado de un pandillero. El joven tenía una cámara digital montada sobre un trípode y enfocaba la zona del barranco con un potente teleobjetivo. Yesenia apuntó la cámara del iPhone hacia la pantalla de la cámara del pandillero y dio la orden.

Un minuto después, apareció un coche que aceleró justo antes de llegar al barranco. Una vez allí, dio un giro de ciento ochenta grados, pero antes de irse se detuvo, se abrió una de las puertas traseras y los ocupantes lanzaron a alguien a la calle. Después, el vehículo se fue a toda velocidad.

El hombre se levantó con rapidez, pero parecía confundido. Llevaba una bandana azul en la frente, una camiseta blanca, pantalones vaqueros anchos y zapatillas deportivas.

En su cara tenía tatuado el número 13. El tatuaje iba desde la frente hasta la barbilla y ocupaba todo el rostro del individuo.

El azul era el color de la Salvatrucha y el número 13 confirmaba que se trataba de un miembro de la pandilla rival: la mara Salvatrucha o MS-13.

Los mareros de la 18 se sorprendieron al verlo solo. Sin embargo, sabían que a veces los pandilleros eran sometidos a duras pruebas para demostrar su valentía y ganarse la confianza de los líderes de las maras.

-Ese hijoeputa no sabe dónde se ha metido, güey- dijo Víctor a Wesley.

Después levantó la mano y varios pandilleros que estaban en una esquina de la calle caminaron hacia él. Cuando llegaron frente a la casa, miraron hacia el tejado y esperaron instrucciones.

La mayoría iba sin camisa, con pantalones hasta la rodilla, medias blancas largas y zapatillas deportivas. Sus cuerpos estaban completamente tatuados. Las caras tenían tantas figuras y letras que apenas se les distinguía la piel.

-¡Brinquen a ese pendejo! ¡A puro machetazo! ¡Que se sienta la vibra de la 18! -gritó.

Al escucharlo, el grupo de aproximadamente una docena de personas corrió hacia el salvatrucha. Todos iban con machetes, palos y cuchillos.

-Estos cabrones se lo van a pensar dos veces antes de volver a hacer algo así, ¿verdad? -preguntó a Wesley.

El americano asintió y continuó enfocando su lente hacia el hombre, que se sacó la bandana y echó a correr en dirección contraria.

-¡Cáiganle, homies! ¡Acaben con ese pelón! - seguía gritando Víctor.

Los pandilleros tardaron poco en alcanzarlo y cuando lo hicieron comenzaron a descargar una lluvia de machetazos y cuchilladas contra el hombre, que gritó desesperadamente del dolor.

-¡De parte de Begoña! - exclamó un marero mientras le apuñalaba. ¡De parte de Begoña! - repitió el recado cerca de la oreja de la víctima.

Cuando escuchó el nombre de Begoña, el hombre intentó decir algo, pero sólo fue capaz de escupir sangre. Luego se hizo con algo de fuerza y alcanzó a susurrar algunas frases.

-¡Hijos de puta! ¡Fascistas españoles! Hoy me matais a mí, pero la lucha continúa. Millones apoyan nuestra causa. Jamás nos derrotaréis. Tardaremos un mes, un año o un siglo, pero seremos independientes. ¡Viva *Euskal Herria* independiente!- habló por última vez en su vida.

Normalmente, los tatuajes tardaban dos semanas en sanar, pero Yesenia había evitado usar colores para que el proceso fuera más rápido. Las líneas oscuras que marcaban los números y símbolos de la Mara Salvatrucha se distinguían a la perfección sobre el rostro de Aritz.

Los filos de los machetes devastaron el cuerpo del etarra. Cuando llegó el momento decisivo, uno de los pandilleros se le acercó más y los otros se apartaron. El marero comenzó a darle golpes de machete contra el cuello hasta que la cabeza se separó. Luego la cogió por el pelo y la elevó hacia donde estaba Víctor.

Wesley se echó a un lado y vomitó.

-¡No seas mariquita! ¡Güevón! -se burló el gatillero.

El americano recogió su equipo y se fue.

Los otros mareros continuaron despedazando con sus machetes el cuerpo de Aritz hasta desmembrarlo. Después lanzaron las extremidades por el barranco y regresaron hacia la casa donde estaba Víctor. Todo había ocurrido en apenas cinco minutos.

Yesenia miró a la cámara, hizo un gesto con sus dedos que la identificaba como miembro de la MS-13, se despidió y cortó la llamada. Había prometido a su amiga que la venganza sería despiadada y, como siempre, cumplió su palabra.

La salvadoreña actuó con su osadía y brutalidad habituales. No tenía nada que perder. Era buscada por las autoridades y sabía que, si la atrapaban, sería condenada a muerte o pasaría el resto de su vida tras las rejas.

La madre de Begoña no había querido ver nada, pero el rostro de su hija le indicó con claridad que la tan deseada venganza finalmente se había consumado.

En principio, Begoña pensó que eso la haría feliz. Sin embargo, el pozo en el que vivía se hizo aún más profundo tras aquel salvaje asesinato.

Cuando la madre se despidió de ella aquella tarde, la notó especialmente sensible. Luego se daría cuenta de que, con sus ojos, la carne de su carne le había dicho: "Lo siento. Sé que esto te hará mucho daño. Te quiero, pero el dolor es demasiado intenso. No puedo más".

La mañana siguiente los funcionarios de la prisión encontraron a Begoña tendida en el suelo con un recipiente a su lado. Se había suicidado con veneno de rata casero elaborado con yeso, harina de maíz y leche.

Cuando Elena Martorell llegó a la celda, el cuerpo de la vasca aún no había sido levantado por el juez. La espía se acercó al cadáver, levantó la tela blanca y observó el rostro inerte de quien había sido la novia de Aritz Goikoetxea.

Al verla, le vinieron a la mente las fotos de Begoña cuando era estudiante universitaria. Estaba llena de vida, ilusiones y planes para el futuro. Siempre fue una mujer guapa y atractiva, pero en el apogeo de su juventud esa belleza había brillado de una foma ciertamente especial. El contraste con la expresión triste y lúgubre de aquella mujer rota y vencida por la vida no pudo ser mayor.

Elena recordó la conversación de Begoña con Aritz camino al aeropuerto de El Prat. Hubo una parte que le llamó poderosamente la atención. Pensó que la ex etarra había dicho una gran verdad, pero que, por desgracia, muchos aprendían demasiado tarde.

-El precio de la violencia… -susurró mientras cubría de nuevo el rostro de Begoña.

LXXIV

Señorita Martorell, encantado de verla de nuevo-dijo el presidente del Gobierno español mientras se levantaba de su despacho para saludarla.

-Gracias, presidente- le estrechó la mano.

El político le indicó un lugar donde había un sofá y varios sillones y ambos se sentaron.

-La felicito por cómo ha manejado todo este tema-añadió el gobernante.

La espía asintió.

-Espero que no esté resentida conmigo.

-¿Por qué habría de estarlo?

-No le dije que otro grupo del CNI estaba trabajando en paralelo en su caso.

Elena volvió a asentir.

-Para qué negarlo. Lo hubiera agradecido.

-¿Café? ¿Té? ¿Agua?

-No, gracias.

El mandatario se sirvió un vaso de agua y la observó detenidamente.

-Me gusta mucho su forma de trabajar, ¿sabe? Siempre intento rodearme de gente que me diga la verdad. Por desgracia, no abundan- afirmó.

Elena prefirió hablar lo menos posible y no hizo ningún comentario.

-A veces es necesario crear compartimientos estancos. Si uno falla, todavía queda otra opción. El famoso Plan B- prosiguió.

La expresión de descontento en la espía incomodó al político.

-Pero, claro, qué le voy a contar a usted que no sepa ya, ¿verdad? La misma definición de espionaje es precisamente eso: engañar. Usted se gana la vida haciéndolo a diario. ¿No es cierto? - le tiró un dardo.

-Nuestro trabajo es seguir órdenes- se lo devolvió.

El presidente sonrió.

-¿Ve a qué me refiero? Usted me gusta mucho porque no maquilla las cosas-afirmó en tono jocoso.

Elena también sonrió, pero pensó que si fuera completamente sincera se quedaría sin trabajo ésa misma tarde, así que se contuvo.

-¿Saben algo nuevo de Aritz Goikoetxea?

-No, pero estoy convencida de que está muerto.

-¿Por qué está tan segura?

-Primero, porque la pandillera que lo secuestró, Yesenia Portillo, es una consumada asesina y no comete fallos. Segundo, porque Begoña se suicidó.

-¿Y qué tiene que ver su suicidio con todo esto?

-Estaba empecinada en vengarse de Goikoetxea. Sólo se hubiera quitado la vida tras consumar su venganza. Nunca antes- enfatizó.

El presidente movió la cabeza en señal afirmativa. Luego dio otro sorbo a su vaso de agua y lo depositó sobre la mesa.

-Así que no piensa que Aritz Goikoetxea volverá a aparecer para darnos otro susto- insistió.

-No. Ya puede dar por zanjado ese tema- aseguró.

El jefe del Ejecutivo no quería dejar ningún cabo suelto.

-¿Y hay alguien que esté en posición de filtrar algún tipo de información que pueda perjudicar a nuestro Gobierno? ¿Qué dañe nuestra imagen internacional o que nos comprometa ante la justicia?

-No.

-¿Está segura?

-Absolutamente.

-¿Y ese tal Xurxo Pereira?

La pregunta sorprendió a Elena.

-No importa lo que publique, el pueblo español aplaudirá el papel de sus fuerzas de seguridad. Al fin y al cabo, fuimos capaces de neutralizar dos veces los planes de Aritz Goikoetxea para desmembrar nuestro país.

-Con algunos tropezones de por medio- puntualizó el político-. En Washington, Salvador de Bahía y Cartagena de Indias la Policía está que trina.

-Aritz Goikoetxea era una persona muy peligrosa. Lo que importa es el resultado final.

-Ya- dijo enigmáticamente el mandatario.

-Aunque a veces hay que quitarse los guantes para pelear contra gente como él, quiero que sepa que siempre hemos actuado dentro de la legalidad.

-Muy importante...

-En efecto. Si no hay diferencia entre ellos y nosotros, me dedicaría a otra cosa.

El presidente asintió.

-¿Me permite hacerle una pregunta personal quizás un tanto atrevida? -le espetó de pronto.

-Adelante- respondió consciente de que, no importa lo que dijera, la haría igual.

-¿Usted compartió cama con Xurxo Pereira porque él le gustaba o porque necesitaba tenerlo cerca para culminar con éxito esta misión? - preguntó sin el más mínimo reparo.

Elena recibió el golpe sin expresar un ápice la furia que la corroía.

-¿Está seguro que quiere rodearse de personas que le digan la verdad? Quizás no le gustaría escuchar ésta- respondió desafiante.

El presidente meditó durante unos segundos.

-Quizás esta vez tenga razón, señorita Martorell- prefirió evitar el enfrentamiento.

La funcionaria del CNI se calló mientras explotaba por dentro. Pensó que si fuera un hombre, jamás le hubiera hecho esa pregunta.

-Perdone, pero en mi puesto la delicadeza es un lujo que a veces no me puedo permitir. Si alguien representa una amenaza, necesito saberlo. Aquí no estamos para romanticismos- afirmó el mandatario.

-No se preocupe. Lo entiendo. Yo haría lo mismo.

-La almohada es la amenaza más peligrosa para cualquier secreto de Estado.

-Especialmente para los hombres- lanzó otro dardo.

El presidente volvió a sonreír.

-¿Me asegura entonces que no debo preocuparme del señor Pereira?-insistió.

-Yo no controlo a Xurxo Pereira ni tengo acceso a lo que vaya a publicar, pero no puedo imaginar ningún escenario en el que su Gobierno quede mal parado tras haber neutralizado un plan tan potencialmente devastador como el Aritz. Usted ha ganado claramente la partida.

El político pareció satisfecho con las respuestas que escuchaba.

-¿Ya le comunicó el director del CNI su ascenso?

-Sí, muchas gracias.

-Ha hecho un gran trabajo. España se lo agradece- dijo mientras se levantaba.

Luego ambos se estrecharon la mano y el presidente la acompañó hasta la puerta de su despacho en Moncloa.

-Cualquier cosa, ya sabe que puede llamarme directamente.

-Gracias, pero espero que no sea necesario. Lo último que usted quiere es recibir una llamada mía. Sería la señal de que ha ocurrido algo muy grave.

La expresión del presidente fue entonces de pesadumbre.

-Pero algo muy grave va a suceder. Lamentablemente, es sólo cuestión de tiempo. Sabe a qué me refiero, ¿no? - preguntó.

-Por supuesto. No pararán hasta conseguirlo de nuevo. ETA es historia, ahora el verdadero enemigo es el Estado Islámico. Los atentados en Atocha y Barcelona sólo han sido el comienzo de esta lucha. Sus derrotas en Siria e Irak los ha hecho mucho más peligrosos- afirmó.

LXXV

La llegada de Akira Fumuro al Aeropuerto Internacional de Narita, en Tokio, despertó una enorme expectación. Lo esperaban unos doscientos periodistas nacionales y extranjeros y decenas de cámaras de televisión.

La revelación por parte del Gobierno japonés de quién era verdaderamente Fumuro conmocionó al país. De ser odiado por millones de personas, pasó a convertirse en un héroe nacional por los sacrificios que había realizado por Japón.

Cuando la prensa lo vio en el pasillo, se abalanzó sobre él. Fumuro iba protegido por varios guardias de seguridad, pero resultó imposible aislarlo de aquella nube de informadores que luchaban a brazo partido por conseguir sus primeras declaraciones.

-Señor Fumuro, ¿cómo se siente de regreso en Japón? - hizo la pregunta obligada el primero.

El japonés se detuvo y respondió con amabilidad.

-Emocionado. Doy gracias por estar de nuevo en el país que tanto amo.

-¿Siente rencor por cómo ha sido tratado?

-No, por supuesto que no. Eso es exactamente lo que queríamos lograr. Necesitábamos que todos me vieran como un traidor. De lo contrario, mi misión nunca hubiera tenido éxito. Tuvimos que crear un *Shinkiro* para que nuestros enemigos cayeran en la trampa.

Shinkiro significa espejismo en japonés.

-¿Cómo le hizo sentir que lo vieran así? - preguntó un reportero americano.

-En Japón el honor es una parte esencial de nuestra cultura- explicó en caso de que el periodista no estuviese familiarizado con su nación-. El precio más alto que tuve que pagar fue que mi propia familia me viera como un traidor. Que pensaran que los había deshonrado.

-¿Qué va a hacer ahora?

Fumuro no dudó al dar la respuesta.

-En la vida puedes perder el amor, la salud y el dinero, pero todo eso se puede recuperar. Lo único que no se puede recuperar nunca es el tiempo perdido. He pasado veintitrés años alejado de mi familia y ahora sólo pienso en estar con ellos.

-¿Ya ha recibido ofertas para escribir un libro o hacer una película?

-La única oferta que me interesa es la de mi madre, Mio, que me ha invitado a comer, así que si no les importa me voy. Sería una falta de educación llegar tarde a la primera comida familiar en veintitrés años, ¿no les parece? -dijo con una sonrisa mientras continuaba su camino.

El ejército de periodistas lo siguió hasta el coche que lo esperaba. Todos continuaron haciéndole preguntas, pero la única respuesta que recibieron fue otra amable sonrisa.

Dentro del vehículo estaba su esposa, Akari, y sus hijos Nanami y Takuma. Tras abrazarlos con fuerza, partieron hacia la casa de su madre.

Cuando llegaron a la prefectura de Sugirami, Akira se puso más nervioso. Miró por la ventanilla y vio la parada de metro de Asagaya. Infinidad de personas caminaban de un lado a otro cumpliendo con sus quehaceres diarios mientras el tráfico impenitente de la macro urbe cubría el pavimento casi por completo.

Fumuro se sentía extraño. Era la primera vez en casi tres décadas que podía actuar como la persona que era en realidad. Ya no tenía que mentir, engañar ni vivir esa doble vida que había cambiado tan drásticamente su existencia.

El coche los dejó frente a la casa de Mio. Allí también estaba congregado otro numeroso grupo de periodistas. No querían perderse la escena del reencuentro familiar que aquel día encabezaría los telediarios de todo Japón. Sin embargo, respetaron su privacidad y colocaron sus cámaras al otro lado de la acera.

Akira Fumuro iba con un traje gris oscuro, camisa blanca y corbata también gris. Salió del vehículo, caminó hasta el otro lado, abrió la puerta y esperó a que salieran su esposa e hijos.

El japonés sonrió y suspiró hondo. Su mujer se acercó y lo abrazó. Después Akari observó su rostro y vio las lágrimas que resbalaban por sus mejillas. Lo besó con delicadeza en los labios y se las limpió.

-Te quiero. Eres un buen hombre- le susurró al oído.

Fumuro la cogió de la mano y caminaron hacia la casa junto a sus dos hijos. Antes de que llamaran a la puerta, ésta se abrió y frente a ellos aparecieron Mio, su otro hijo, Naoki, y la sobrina de Fumuro, Keiko.

Los tres se inclinaron en señal de respeto y cuando volvieron a erguirse Fumuro vio cómo sus ojos también estaban rojos e irritados.

Akira y su familia sonrieron y devolvieron el saludo inclinándose ante ellos.

-Os presento a mi mujer, Akari- dijo Fumuro.

Akari significaba claridad, luz.

-Y a mi hija Nanami y a mi hijo, Takuma- añadió.

Nanami significaba amor y belleza. Takuma, verdad, sinceridad.

-Los nombres no pueden ser más apropiados. Akari ha sido la luz en mi vida. No hubiera podido aguantar sin ella a mi lado. Y pusimos esos nombres a nuestros hijos porque llevo demasiado tiempo viviendo en el lado oscuro y siniestro del mundo. Ellos representan los valores por los que siempre he luchado.

Mio, Naoki y Keiko tenían cada vez más dificultades para contener sus emociones. Por otra parte, no podían evitar sentirse culpables.

-Comprendo todo lo que habéis hecho. Sólo quiero que sepáis que os quiero y que siempre he hecho todo lo posible para honrar el nombre de nuestra familia.

Mio no pudo más y corrió hacia Fumuro. Lo abrazó como nunca había abrazado a nadie y le pidió perdón.

-No hay nada que perdonar. Estoy orgulloso de ti- respondió él mientras lloraba.

Todos entraron en la casa, cerraron la puerta y se fundieron en un abrazo que duró varios minutos.

Cuando finalmente se separaron, Keiko se puso a hablar con los hijos de Akira.

-¿Y tú quién eres? - le preguntó Takuma.

Su padre se rio y se acercó a su hijo.

-Es Keiko Yamamoto, tu prima. ¿Recuerdas que te hablé de ella? -le dijo cariñosamente.

-No-puntualizó ella de inmediato-. Mi nombre es Keiko Fumuro- añadió con una sonrisa y, por primera vez en su vida, orgullosa de su verdadero apellido.

Akira se emocionó y desvió la mirada para evitar que no lo vieran llorar. Luego se levantó y caminó unos pasos en círculo mientras procuraba recuperar el control de sus emociones. Entonces, sobre una mesa, vio un paquete rectangular de correos con su nombre. Lo abrió y, cuando se encontró con el sable de su padre, cada poro de su piel se erizó de la emoción.

Dentro había una nota de Elena Martorell.

-Has evitado una tragedia y España entera te lo agradece. Tu padre fue un héroe nacional y tú eres otro. Estoy segura de que está muy orgulloso de ti- decía la nota.

Akira no pudo evitar las lágrimas en sus ojos. Cogió el sable y fue hasta un pequeño mueble donde su madre había puesto una foto de él de cuando apenas tenía diez años. Estaba disfrazado de soldado y sonreía mientras miraba una instantánea en blanco y negro de su padre tomada durante la Segunda Guerra Mundial. Era un retrato oficial de su padre con uniforme militar.

Tras algunos segundos observando con añoranza aquellas imágenes, llamó a Mio y le entregó el sable. Su madre también lloró.

Luego ambos se arrodillaron y colocaron el sable frente a la foto de su padre, que tenía una vela amarilla a cada lado. Se trataba de un altar que honraba la memoria del fallecido coronel del Ejército Imperial de Japón. A un costado había una vasija de agua y algunas flores frescas.

Cada uno encendió una de las velas y se inclinaron en señal de respeto.

-No sé si hoy podré soportar tantas emociones- susurró Mio-. Después cogió una de las manos de Akira, la acercó a su boca, la besó con suavidad y dio gracias a Dios por haberle permitido vivir hasta aquel día. Se sintió completa y pensó que ya podía morir en paz para reencontrarse con su esposo.

LXXVI

Ésta era la primera vez que Xurxo Pereira regresaba a la capital bosnia desde la muerte de Samir Mejmebasic. A pesar del tiempo transcurrido, los recuerdos de la guerra seguían frescos en su mente.

Durante el conflicto no había agua, electricidad o combustible y la comida entraba a la ciudad con cuentagotas. Sin embargo, y a pesar de los ataques serbios y la devastación, Sarajevo, increíblemente, aún resistía. Se negaba a morir.

Incluso en plena guerra, muchos bosnios decían que aún no podían creer lo que estaba sucediendo. La tensión previa a la declaración de independencia había sido obvia, pero insistían en que jamás hubieran pensado que la situación degeneraría en un conflicto bélico y mucho menos en una confrontación tan brutal y despiadada como aquélla.

Muchas personas habían tenido que huir de sus casas tan rápido que no les dio tiempo ni a sacar la ropa que estaba secándose en el tendedero. Algunos regresaron al cabo de dos años y encontraron las prendas en el mismo lugar y convertidas ya en simples harapos.

Durante el sitio de Sarajevo, Xurxo vio como los bosnios observaban de vez en cuando las fotos familiares sacadas hacía sólo uno o dos años y apenas podían reconocerse a sí mismos. Igual que en el caso de Samir, lo primero que llamaba la atención era la gran pérdida de peso. La gente caminaba por las calles con una ropa tan holgada que parecía pertenecer a otras personas.

No obstante, lo más chocante era la completa desaparición de expresiones de felicidad que habían mostrado en ocasiones especiales como bodas o bautizos. Esos rostros de alegría habían sido desterrados de las calles de la ciudad sitiada.

La violencia era constante y los altos al fuego duraban a veces treinta segundos. Angustia, sacrificio, odio, determinación, supervivencia, dolor, lucha, generosidad, salvajismo, rabia, impotencia, pánico, desesperación. Ése era el explosivo cóctel de palabras que venían a la mente cuando se observaba de cerca el rostro de quienes cada día navegaban entre la vida y la muerte en la capital bosnia.

Cuando una persona salía de su casa, siempre se despedía como si nunca fuera a regresar. No existía la noción de mañana o ni siquiera la de dentro de una hora, sino sólo la de ahora, la de en estos instantes.

Nadie estaba seguro, ni siquiera en su propio hogar. Desde casi todas las viviendas podían verse las montañas que rodeaban la ciudad y eso significaba que estaban a tiro de los francotiradores serbios. La vida transcurría en los sótanos, en los refugios y en la oscuridad.

En la calle tampoco existía ningún tipo de protección posible. Algunos se parapetaban de los francotiradores serbios tras las paredes de los edificios, pero entonces podían morir víctimas de los morteros, que caían en vertical. Los trescientos mil habitantes de Sarajevo eran una diana constante.

Cuando Xurxo decidió regresar a la capital bosnia y vio la ciudad desde el aire, sintió un vuelco en el corazón. Habían transcurrido casi veintiséis años, pero las emociones seguían a flor de piel.

Al caminar por la terminal del aeropuerto, recordó que la única forma de moverse por esa zona durante la guerra era corriendo, ya que los francotiradores siempre estaban al acecho. Era uno de los lugares más peligrosos porque por ahí entraba la ayuda internacional que evitaba el estrangulamiento de Sarajevo.

Muchos periodistas iban con chaleco antibalas y casco, pero eso no era más que un ardid psicológico para sentirse más seguros. La realidad era que si acababan en la mirilla telescópica de un francotirador, nada los salvaría.

Xurxo observó a los pasajeros caminando por el aeropuerto. Circulaban con serenidad y sin prisas. Después escuchó los anuncios de los vuelos por los altavoces. La terminal seguía su rutina diaria con una calma absoluta. Aquella tranquilidad provocó en él una sensación extraña. Se sentía fuera de lugar.

Cuando llegó a la ciudad y el taxi lo dejó frente al hotel, la sensación persistía. Necesitaba tiempo para ajustarse a aquel Sarajevo tan distinto al que recordaba y en el que ya no se escuchaban detonaciones, gritos, disparos o explosiones.

En lo primero que se fijó fue en los coches y en los adolescentes.

Muchos de los vehículos eran iguales a los de cualquier otra ciudad europea: modernos y de marcas internacionales. Durante el conflicto, apenas había coches circulando por las calles. Además, eran viejos, estaban destartalados y solían exhibir una completa colección de agujeros de bala en su carrocería.

Por otro lado, los jóvenes de ahora hablaban, se comportaban y vestían igual que cualquier londinense o berlinés de su misma edad. Verlos le generó optimismo. Eran parte de la primera generación nacida después de aquella atroz guerra. Habían escuchado innumerables historias del conflicto, pero no lo vivieron en carne propia; conocían muy bien las consecuencias de una lucha entre hermanos, pero aún conservaban la inocencia de no haber derramado sangre por una causa fraticida.

Era sábado. El periodista dejó su maleta en el hotel y salió a reencontrarse con Sarajevo.

Tras media hora caminando, Xurxo se sentó en la terraza de una avenida comercial. Ver a tanta gente caminando era una escena a la que aún le costaba acostumbrarse.

El periodista no fue allí por casualidad. A una calle de distancia se encontraba un cruce que nunca olvidaría. Allí vio durante la guerra cómo el disparo de un francotirador había desplomado a una persona en plena avenida.

Aquel día se escuchaban combates en la lejanía, así que la gente caminaba con rapidez y se protegía tras una tanquetablindada de las Naciones Unidas. De pronto, un bosnio recibió un disparo en el estómago, cayó al suelo y la multitud se echó a correr desesperadamente. Los pocos coches que circulaban por la calle aceleraron y un niño en bicicleta pedaleó a más no poder. Los gritos de pánico se escuchaban por doquier.

Un amigo de la víctima se acercó e intentó recogerlo, pero pesaba demasiado. Sabía que el segundo disparo podía ser inminente y que éste sería para él. Sin embargo, persistió con valentía. Trató de levantarlo una vez más, pero le fue imposible. Finalmente, decidió arrastrar el cuerpo y lo llevó como pudo hasta la tanqueta blanca. Ambos se salvaron. Xurxo pensó que acababa de presenciar un verdadero milagro.

Hoy, en la misma esquina, había un centro comercial con grandes carteles luminosos y las terrazas estaban repletas de gente. El resto de la calle tenía varias tiendas de souvenirs, restaurantes, supermercados y panaderías.

-Tan solo el olor a pan recién hecho hubiera sido algo impensable durante la guerra- pensó mientras recordaba el momento en que Samir le dijo que hacía un año y medio que no comía carne.

De pronto, el periodista vio en la mesa de al lado a unos estudiantes intentando ligar con unas chicas. Lo que en cualquier otro lugar jamás le hubiera llamado la atención, allí le emocionó. Las prioridades de los muchachos ya no eran sobrevivir a los disparos, la artillería o los morteros serbios, sino, simplemente, hacer las cosas propias de su edad.

El reportero se levantó y siguió caminando. En el paseo vio varios edificios nuevos y otros reconstruidos tras los daños de la contienda. Ya había caminado otros diez minutos y aún no se había encontrado con nada que le indicara que la ciudad había vivido una brutal guerra civil hacía no tanto tiempo.

Sin embargo, de pronto distinguió un edificio amarillo con decenas de pequeñas manchas grises de cemento distribuidas anárquicamente sobre su fachada. Tapaban los agujeros de las balas que los serbios habían rociado contra el inmueble.

Al llegar al edificio, giró a la derecha y siguió por la calle perpendicular a la avenida. No tuvo que caminar mucho más para toparse con el segundo vestigio del conflicto.

El edificio de tres pisos estaba totalmente agujereado por las balas. Una de las paredes se había derrumbado por el impacto de un proyectil de artillería y todas las ventanas estaban destrozadas. La imagen era estremecedora. Parecía que el inmueble hubiera sido atacado hacía sólo minutos.

Xurxo entró con cuidado. El suelo estaba lleno de vidrios rotos y casquillos de bala. Los muebles habían sido destruidos y yacían sin orden en distintas partes de la estancia. A pesar del tiempo transcurrido, el suelo aún conservaba manchas de sangre.

Ésa era la imagen de Bosnia que el periodista recordaba y que, desgraciadamente, aún se repetía en muchas ciudades y pueblos del país.

La guerra había quedado atrás, pero no la división. Los serbios vivían enclaustrados en la zona este de la ciudad y no reconocían a Sarajevo como la capital del país. Para ellos, seguía siendo Belgrado.

La experiencia había enseñado a Xurxo que comenzar una guerra era muy fácil. Cualquier demagogo podía hacerlo. Lo difícil era superar las heridas que siempre generaban y que después tardaban décadas o generaciones en cicatrizar.

En su recorrido por la ciudad, el periodista se encontró con varios lugares que le trajeron muchos recuerdos y que le invitaron a reflexionar sobre sus aciertos y fracasos en la vida a lo largo de los años transcurridos desde la guerra.

Ya de noche regresó al hotel. El domingo por la mañana paró un taxi y le indicó hacia dónde ir. Si la familia Mejmebasic seguía su costumbre, estarían comiendo juntos ese día.

Xurxo recordaba muy bien el camino. En apenas diez minutos ya estaba frente al bloque de apartamentos. Había sido reconstruido y no exhibía ninguna señal física de la guerra.

El reportero caminó hasta la puerta y miró en los buzones de correo. Comprobó que los Mejmebasic vivían en el mismo apartamento y subió.

Cuando llegó a la puerta, escuchó varias voces desde el otro lado, tanto de mujeres como de hombres. Por un momento dudó si llamar o dar media vuelta e irse.

Tras algunos segundos de vacilación, sus nudillos golpearon la madera. Cuando se abrió, vio a Amina, la esposa de Samir. La reconoció enseguida, así como ella a él. A pesar del tiempo transcurrido, del sufrimiento de la guerra y la pérdida de su esposo, se conservaba muy bien. Su rostro era el mismo.

La bosnia se quedó sin habla. Xurxo ignoraba si le invitaría a pasar o le cerraría la puerta en las narices sin ni siquiera dirigirle la palabra.

Amina por fin recuperó el control de sus emociones, sonrió levemente, se acercó y lo abrazó con cariño.

-Xurxo, qué sorpresa.

El periodista no supo cómo reaccionar y se limitó a disfrutar del calor de aquel abrazo.

-Perdona por no haber respetado tu deseo de no contactar con vosotros- se excusó.

Amina sonrió de nuevo y pareció restar importancia a lo que acababa de escuchar.

-He querido llamarte muchas veces, pero no me he atrevido. He tardado más de veinte años en armarme del valor necesario para venir aquí a veros-confesó Xurxo.

La guerra había hecho de Amina una experta en todos los matices de la palabra dolor y se conmovió por lo que le dijo el periodista.

-Perdóname tú a mí. En ese momento pensé que era lo mejor para ti y para mi familia. No sabía qué hacer con mi dolor.

Xurxo la entendió perfectamente. Él aún no sabía qué hacer con el suyo.

-Estaba segura de que no te habías olvidado de nosotros, pero sabía que tu sufrimiento era muy grande. También sabía que regresarías cuando la herida estuviera curada- afirmó.

Luego le indicó que entrara. Al hacerlo, Xurxo vio a dos hombres, dos niños y otra mujer.

Amina cogió cariñosamente del brazo a Xurxo y lo acompañó.

-¿Recuerdas a Hakim? -preguntó al periodista.

-Por supuesto- dio la mano al hijo de Samir-. Ahora debes tener treinta y cinco años.

-Sí-afirmó él, que también reconoció de inmediato a Xurxo.

Amina llamó a los dos niños y a la mujer y estos vinieron.

-Estos son sus hijos, Edin y Amin. Y te presento a Azra, la mujer de Hakim.

Todos miraban a Xurxo con curiosidad.

-Hakim es profesor de biología en la universidad. Su mujer es abogada, como yo- afirmó orgullosa la viuda de Samir.

-Felicidades- dijo el reportero.

-Y aquí tienes a Hafiz- agarró del brazo a su otro hijo-. Cuando lo viste por última vez tenía doce años. Ahora tiene treinta y siete.

-Un placer verte de nuevo, Hafiz- afirmó Xurxo mientras le estrechaba la mano.

-Igualmente. Me acuerdo muy bien de ti.

- ¿Sí? -se extrañó

-Sí y de hecho me he hecho periodista, como tú. Trabajo como reportero en un canal de televisión aquí, en Sarajevo.

-Espero no haber tenido la culpa. Aún estás a tiempo de dedicarte a una profesión decente- bromeó Xurxo.

Hafiz se rio.

- ¡La que has liado en España con tu reportaje sobre la célula rebelde de ETA! - afirmó con énfasis-. Unos dicen que eres un héroe, otros un villano. He visto todo por Internet.

El periodista estaba muy satisfecho con su reportaje de investigación. Había generado una gran polémica en España y era la comidilla de todas las tertulias.

-Entonces quizás no soy ni una cosa ni la otra- dijo salomónicamente.

Hafiz volvió a reírse. El bosnio era simpático y tenía una gracia natural.

-Yo también veo el periodismo como un servicio público. Quiero hacer reportajes de investigación como tú. Decir la verdad. Tener un impacto positivo en la sociedad. Que la gente esté mejor informada para que tome las mejores decisiones- afirmó con seguridad el hijo de Samir.

Xurxo se lo quedó mirando. Aunque se tomaba muy en serio su profesión, le sorprendió que Hafiz lo viera como un modelo a seguir. El comentario le hizo sentirse orgulloso de su trabajo y de lo que había hecho.

-Pobre Hafiz. Se confirma el diagnóstico. Tiene el virus del periodismo. Que no te pase nada-siguió bromeando.

Hafiz sonrió con camaradería a su compañero de profesión y todos comenzaron a conversar.

Xurxo jamás hubiera imaginado aquella recepción. Había asumido que estarían resentidos contra él, pero no era así. Los Mejmebasic eran nobles, generosos y no tenían un ápice de maldad en sus almas.

Como todas las familias bosnias, la suya había pagado el alto precio de la guerra y no sólo con la muerte de Samir. Habían perdido a cinco personas más y otras dos aún estaban desaparecidas.

Amina invitó a Xurxo a comer con ellos y la velada duró tres horas. Había mucho de qué hablar. Una vez comenzó a caer la noche, Xurxo se despidió y ella lo acompañó hasta la calle para buscar un taxi.

-Quiero aprovechar que aún hay luz natural. Voy a ver a Samir-dijo Xurxo.

La viuda entendió que ése sería un momento muy especial para él y que prefería privacidad.

-No quiero que te sientas culpable- afirmó Amina-. Los únicos responsables de la muerte de mi marido fueron quienes declararon esa guerra. Nunca te responsabilizamos de nada. Sé que has sufrido tanto como nosotros.

Las palabras de la viuda de su amigo le liberaron de un peso enorme que arrastraba desde el día que la vio por última vez.

-Es más, te admiramos.

Xurxo se sorprendió.

-¿A mí?

-Claro. Te admiramos porque tuviste la valentía de venir a Sarajevo varias veces. Arriesgaste tu vida para contar al mundo la tragedia que estábamos viviendo. La historia podría haber sido al revés. Tú muerto y Samir vivo. Espero que otros aprendan de los errores que cometimos aquí.

El reportero tenía una vocación, el periodismo, y lo ejercía sin esperar el reconocimiento por parte de nadie. Sin embargo, muchos de sus compañeros de profesión habían sacrificado su vida para cubrir esa guerra y agradeció aquellas palabras.

-Sé que esta guerra y todas las que has visto te han golpeado igual que a nosotros. Ninguno es ya el mismo. Antes caminábamos perfectamente por la vida, pero las brutalidades que hemos tenido la desgracia de vivir nos han convertido en un ejército de cojos- afirmó Amina mirándolo a los ojos-. Lo importante es seguir caminando, aunque estés cojo. ¿Entiendes?

Xurxo se emocionó y se le humedecieron los ojos. La comprendía a la perfección, pero no siempre había encontrado la fuerza de la que ella hablaba.

-Si algo positivo nos ha enseñado esta guerra es que, a pesar de todas las dificultades, fuimos capaces de vencer la adversidad. Es una lección de vida- prosiguió Amina.

El periodista asintió.

-Hafiz me dijo que te invitó a que visites su canal mañana.

-Tienes que estar muy orgullosa de tus hijos. Son unas personas excelentes. Lo más sencillo tras una guerra como la que sufristeis es odiar, pero les has enseñado a no amargarse por el dolor, sino a transformarlo en algo positivo. Samir estaría muy orgulloso de ti.

Amina también se emocionó. Salir adelante sin su esposo había sido muy difícil.

-Estoy seguro de que Hafiz es un gran periodista- continuó Xurxo-. Tiene lo más importante, que es la sensibilidad para entender y contar todo lo que ve. Me encantará disfrutar de su trabajo.

-Hasta mañana- se despidió Amina con un abrazo que acomodó ambas almas.

Xurxo volvió a disfrutar de aquel abrazo hasta el último segundo, subió al taxi y fue al cementerio donde estaba enterrado Samir.

El periodista había esperado aquel momento durante muchos años y volvió a sentirse nervioso.

En Sarajevo había tumbas en muchos lugares. Durante la guerra los cementerios se abarrotaron y muchas personas acabaron siendo enterradas incluso en los patios de las casas.

Xurxo sentía el complejo de culpabilidad típico de quienes ven morir a sus compañeros en las guerras. Le resultaba imposible no atormentarse cuando se preguntaba por qué ellos no habían sobrevivido y él sí.

Ese sentimiento se agravó con el tiempo porque el reportero estuvo a punto de morir en ocho ocasiones, pero, inexplicablemente, siempre había regresado a casa sin tan siquiera un rasguño.

A pesar de eso, cuando se postró frente a la tumba de Samir, sintió una inesperada paz interior.

El monolito blanco de piedra tenía grabado el nombre de Samir Mejmebasic, su fecha de nacimiento y muerte y una media luna. Estaba enterrado en una colina con un césped de intenso color verde y rodeado por varios cientos de tumbas de personas muertas también durante la guerra.

Xurxo no rezaba, pero se quedó media hora meditando junto a Samir. Recordó su vida, qué tipo de persona era y el impacto positivo que había tenido en tantas personas.

De pronto, un gorrión se posó sobre la lápida. Se quedó allí unos segundos y después salió volando de nuevo.

En algunas partes de Europa el gorrión era símbolo de muerte, pero en otras de amor puro. Un símbolo perfecto para una ciudad como Sarajevo, donde ambos extremos habían caminado de la mano.

El periodista pensó que el mejor homenaje que podía hacer a amigos como Samir, que se habían quedado en el camino, era no rendirse y seguir el suyo hasta donde éste le llevara, así que se levantó, acarició la tumba con delicadeza y comenzó a descender por la ladera.

Xurxo recordó entonces las palabras de Amina. Tenía razón. Él caminaba cojo por la vida, pero seguiría caminando.

LXXVII

Hola, ¿cómo ha ido el vuelo? - preguntó Elena a Xurxo.

-Hola, Sin problemas. Gracias. ¿Dónde estás?

-Conduciendo. A cinco minutos de la terminal. Espérame fuera. Llego enseguida.

-Ya estoy fuera. Tranquila. Hasta ahora.

- ¿Xurxo?

-Sí.

-¿Cómo te fue en Sarajevo?

El periodista no supo cómo resumir todo lo que había vivido allí en las últimas horas.

-Siento un gran alivio.

Elena notó felicidad en sus palabras y se emocionó al escucharlo.

-Te he extrañado- dijo ella.

-Yo también.

Elena sonrió. Luego mantuvo una mano en el volante y con la otra acarició con suavidad la pulsera de oro y esmeraldas que le había regalado Xurxo. En tan solo unos minutos podría abrazarlo de nuevo, sentirlo a su lado, olerlo, tocar su piel. Se sentía plena.

De pronto, la comunicación se cortó. Ambos pensaron que era debido a alguna interferencia del aeropuerto y no le dieron importancia.

El reportero se sentó en un banco situado justo frente a la salida de la terminal del Aeropuerto del Prat y esperó a Elena mientras observaba el cielo barcelonés. Estaba despejado y el azul era radiante.

Elena conducía mientras pensaba en Xurxo. Estaba feliz y no se dio cuenta de que un coche la seguía a cierta distancia.

De repente, el volante de su automóvil se bloqueó. Elena se asustó y lo sacudió un par de veces para destrabarlo, pero sin éxito. Luego vio como los seguros de las puertas se cerraban y el coche comenzaba a acelerar a una velocidad endiablada.

-¡Mierda! ¡Hijo de puta! -exclamó.

Sabía que Allan Pierce había usado ese método en el pasado para asesinar a otras personas. Hackeaba el ordenador central del vehículo, tomaba control del mismo, subía al máximo la velocidad y lo estrellaba. El coche de Elena estaba protegido electrónicamente contra ese tipo de ataques cibernéticos, pero éste era alquilado.

El pánico fue inmediato y pegó varios golpes al volante con sus puños, pero no pudo moverlo. También intentó frenar, tanto con el pedal como con el freno de mano, pero todo estaba bloqueado.

Enseguida supo que moriría y que el responsable de su muerte sería el espía de la CIA. También que Pierce debía estar muy cerca de ella mientras disfrutaba de su venganza.

Aún no podía creer que el agente estadounidense estuviera a punto de asesinarla. Aquel ajuste de cuentas significaría su fin, pero, igual que una abeja, su naturaleza era picar, aunque después él también muriera.

El vehículo alcanzó su velocidad máxima en apenas unos segundos. Consciente de que su muerte era inminente, Elena tocó una vez más su pulsera y pensó en Xurxo. Lo abrazó con más fuerza que nunca, lo besó y cerró los ojos.

Lo último que vio fue el rostro sonriente del hombre al que quería. Ella también sonrió, se sintió feliz y pensó que, si tenía que morir, no había mejor forma que ésa. Había estado muy poco tiempo junto a Xurxo, pero, a pesar de aquel trágico final, jamás lo cambiaría por toda una vida sin él.

En ese momento, el periodista miro su reloj y se levantó. Observó la calle para ver si distinguía algún coche con Elena dentro, pero todos pasaban mecánicamente frente a él para perderse después entre el tráfico.

Xurxo volvió a mirar el cielo. Su presencia era tan poderosa que parecía querer absorberlo, arrastrarlo hasta el infinito, decirle algo. Se volvió a sentar, cerró los ojos, imaginó el rostro de Elena, sintió unos segundos de paz absoluta y sonrió. La imagen era tan real que casi podía palparla.

De pronto, se escucharon varias sirenas en la distancia. Xurxo sintió un escalofrío y abrió sus ojos. No sabría cómo explicarlo, pero supo que Elena acababa de morir. Se levantó y notó las lágrimas descendiendo por sus mejillas. Sintió una rabia y una tristeza enormes y comenzó a correr hacia el ulular de las sirenas.

Por la noche, tumbado en la cama de su hotel, se preguntó por qué se había imaginado el rostro de Elena justo en el momento de su muerte. Había muchas cosas que no podía explicar, pero no tuvo ninguna duda de que trataba de ella diciéndole adiós.

Al pensar en ella, notó de nuevo su presencia, sintió un agradable calor en el cuerpo, su alma se apaciguó, cerró sus ojos y se quedó dormido. Elena se había prometido curarle sus heridas y continuaba haciéndolo incluso desde el otro lado.

FIN

Impreso en Estados Unidos
para Casasola LLC
Primera Edición
MMIX ©